Bestsellers

JOHN GRISHAM

IL SOCIO

Traduzione
di Roberta Rambelli

ARNOLDO MONDADORI EDITORE

© Copyright 1991 by John Grisham
Titolo originale dell'opera: The Firm
© 1991 Arnoldo Mondadori Editore S.p.A., Milano

I edizione Omnibus marzo 1991
I edizione Bestsellers Oscar Mondadori febbraio 1994

ISBN 88-04-38458-1

Questo volume è stato stampato
presso Arnoldo Mondadori Editore S.p.A.
Stabilimento Nuova Stampa - Cles (TN)
Stampato in Italia - Printed in Italy

Ristampe:

5 6 7 8 9 10 11 12 13 14

1995   1996   1997   1998   1999

IL SOCIO

A Renée

1

Il socio anziano studiò il curriculum per la centesima volta e per la centesima volta non trovò niente da eccepire riguardo a Mitchell Y. McDeere, almeno sulla carta. Aveva intelligenza, ambizione, bell'aspetto. Ed era affamato: doveva esserlo per forza, con quei precedenti. Era sposato, come d'obbligo. Lo studio legale non aveva mai assunto un avvocato scapolo e disapprovava energicamente il divorzio, il correre dietro alle donne e l'abitudine all'alcol. Il contratto prevedeva un controllo antidroga. Era specializzato in diritto amministrativo, aveva superato l'esame di abilitazione al primo tentativo e aspirava a diventare avvocato fiscalista, il che era ovviamente un requisito importante per uno studio legale specializzato in questioni fiscali. Era bianco e lo studio non aveva mai assunto un negro: riusciva a mantenersi molto riservato ed esclusivo perché non sollecitava mai le richieste di impiego. Altri studi lo facevano e assumevano i negri. Questo, invece, acquisiva soci e restava tutto bianco. Inoltre, la sede era a Memphis, figurarsi, e i negri più qualificati volèvano andare a lavorare a New York, Washington o Chicago. McDeere era maschio, e nello studio non c'erano donne. Quell'errore era stato commesso una sola volta a metà degli anni Cinquanta quando avevano preso come socio il primo in graduatoria dei laureati di Harvard, che era appunto una donna e una vera maga in fatto di problemi fiscali. Aveva resistito per quattro anni turbolenti ed era morta in un incidente d'auto.

Sulla carta McDeere sembrava promettente. Rappresentava per loro la migliore opportunità. Anzi, per quell'anno non c'erano altri possibili candidati. L'elenco era brevissimo: o McDeere o nessuno.

Il socio dirigente, Royce McKnight, studiava un dossier intestato "Mitchell Y. McDeere – Harvard". Era un fascicolo spesso
un paio di centimetri, con rapporti a caratteri minutissimi e poche fotografie, ed era stato preparato da certi ex agenti della CIA
che lavoravano in un'agenzia di informazioni privata con sede a
Bethesda. Erano clienti dello studio e ogni anno effettuavano le
indagini senza presentare il conto. Era un lavoro facilissimo, dicevano, controllare gli ignari studenti di legge. Avevano scoperto, per esempio, che McDeere avrebbe preferito lasciare il nord-
est, che aveva tre offerte di lavoro, due a New York e una a Chicago, e che la più alta era di 76.000 dollari, la più bassa 68.000.
Era piuttosto richiesto. Durante il secondo anno di università gli
era stata data la possibilità di barare all'esame sui titoli pubblici.
Aveva rifiutato e aveva preso il voto più alto del suo corso. Due
mesi prima gli avevano offerto la cocaina in una festa di studenti.
Aveva detto di no e quando tutti avevano cominciato a sniffare
se n'era andato. Ogni tanto beveva una birra, ma bere costava e
lui non aveva soldi. Aveva un debito di circa 23.000 dollari con il
fondo prestiti riservato agli studenti. Era affamato.

Royce McKnight sfogliò il dossier e sorrise. McDeere era l'uomo per loro.

Lamar Quin aveva trentadue anni e non era ancora diventato
socio. Era stato condotto lì perché proiettasse un'immagine gio-
vanile per conto dello studio Bendini, Lambert & Locke, che in
effetti era uno studio giovane, dato che quasi tutti i soci davano
le dimissioni o poco prima o poco dopo i cinquant'anni e si riti-
ravano con un sacco di soldi. Lamar Quin sarebbe diventato socio. Con un reddito di sei cifre garantito per il resto della vita,
poteva godersi gli abiti da milleduecento dollari confezionati su
misura che si adattavano così bene alla sua figura alta e atletica.
Si mosse con disinvoltura nella suite da mille dollari al giorno e
si versò un'altra tazza di caffè decaffeinato. Diede un'occhiata
all'orologio, poi guardò i due soci seduti al piccolo tavolo da
riunioni accanto alle finestre.

Alle due e mezzo in punto qualcuno bussò. Lamar guardò di
nuovo i soci, che fecero sparire il curriculum e il rapporto in una
borsa aperta. Tutti e tre presero le giacche. Lamar si allacciò
l'ultimo bottone e aprì la porta.

«Mitchell McDeere?» chiese con un gran sorriso, tendendo la mano destra.

«Sì.» Si strinsero la mano con energia.

«Lieto di conoscerla, Mitchell. Io sono Lamar Quin.»

«È un piacere. Prego, mi chiami Mitch.» McDeere entrò e girò prontamente lo sguardo sull'ampia stanza.

«Sicuro, Mitch.» Lamar gli posò una mano sulla spalla e lo condusse incontro ai soci che si presentarono con la massima cordialità. Gli offrirono il caffè, poi l'acqua. Sedettero intorno al lucido tavolo di mogano e si scambiarono i soliti convenevoli. McDeere si sbottonò la giacca e accavallò le gambe. Ormai era un veterano esperto nella ricerca di un posto di lavoro, e sapeva che quelli lo volevano. Si rilassò. Con tre offerte di impiego di tre degli studi legali più prestigiosi del Paese, non aveva bisogno di quel colloquio e di quello studio. Ormai poteva permettersi un certo eccesso di sicurezza. Era venuto per curiosità. E aspirava a un clima più caldo.

Oliver Lambert, il socio anziano, si sporse in avanti, si appoggiò sui gomiti e assunse il comando delle chiacchiere preliminari. Era loquace e garbato, e aveva una voce baritonale, quasi da cantante professionista. A sessantun anni era il patriarca dello studio e passava gran parte del tempo accattivandosi l'ego colossale di alcuni degli avvocati più ricchi del Paese. Era il consigliere, colui al quale si rivolgevano i soci più giovani per esporre i loro problemi. Lambert si occupava anche del reclutamento, ed era suo compito ingaggiare Mitchell Y. McDeere.

«È stanco di sostenere colloqui?» chiese Oliver Lambert.

«Non direi. Fa parte del gioco.»

Sì, sì, riconobbero tutti. Sembrava appena ieri quando avevano sostenuto colloqui, presentato curriculum e vissuto nel terrore di non trovare un posto, di aver buttato via tre anni di sudore e di torture. Sapevano che cosa stava passando, certo.

«Posso fare una domanda?» chiese Mitch.

«Certamente.»

«Sicuro.»

«Dica pure.»

«Perché questo colloquio si svolge in una stanza d'albergo?

Gli altri studi lo fanno nelle università tramite l'ufficio di collocamento.»

«È una domanda intelligente.» I tre annuirono, si scambiarono un'occhiata. Su questo erano tutti d'accordo.

«Forse posso rispondere io, Mitch» disse Royce McKnight, il socio dirigente. «Lei deve capire com'è il nostro studio. Siamo diversi, e ne andiamo molto orgogliosi. Abbiamo quarantun avvocati, quindi è uno studio relativamente piccolo in confronto a tanti altri. Non assumiamo troppa gente: all'incirca una persona all'anno. Offriamo lo stipendio più alto e i maggiori *fringe benefits* del Paese, e non sto esagerando. Quindi siamo molto esigenti. Abbiamo scelto lei. La lettera che ha ricevuto il mese scorso è stata spedita dopo che abbiamo setacciato duemila studenti del terzo anno di legge delle migliori università. E la lettera che abbiamo spedito a lei è stata l'unica. Non facciamo pubblicità e non sollecitiamo le richieste di assunzione. Ci teniamo defilati e facciamo le cose in modo diverso. Ecco la nostra spiegazione.»

«Mi sembra giusta. Che tipo di studio legale è?»

«Fiscale. Ci occupiamo anche di attività bancarie, proprietà immobiliari e titoli, ma per l'ottanta per cento il nostro lavoro riguarda le tasse. Perciò abbiamo voluto conoscerla, Mitch. Lei ha un'ottima preparazione in campo fiscale.»

«Perché si è iscritto alla Western Kentucky?» chiese Oliver Lambert.

«È molto semplice. Mi avevano offerto una borsa di studio tutto compreso per giocare a football. Se non fosse stato per quella, non avrei potuto frequentare il college.»

«Ci parli della sua famiglia.»

«Perché? È importante?»

«Per noi è importantissimo, Mitch» disse calorosamente Royce McKnight.

Dicono tutti così, pensò McDeere. «E va bene. Mio padre morì in una miniera di carbone quando avevo sette anni. Mia madre si è risposata e adesso vive in Florida. Avevo due fratelli. Rusty è morto in Vietnam. L'altro si chiama Ray McDeere.»

«Dov'è?»

«Questo non vi riguarda.» McDeere fissò Royce McKnight con aria risentita. Stranamente, il rapporto non parlava di Ray.

«Chiedo scusa» disse a voce bassa il socio dirigente.

«Mitch, il nostro studio legale si trova a Memphis» disse Lamar. «Le dispiace?»

«Per niente. Non amo il clima freddo.»

«È mai stato a Memphis?»

«No.»

«La faremo venire laggiù molto presto. Le piacerà.»

Mitch sorrise, annuì, e stette al gioco. Parlavano sul serio, quelli? Come poteva prendere in considerazione un piccolo studio legale in una città così piccola quando lo stavano aspettando a Wall Street?

«Come si è classificato nel suo corso?» chiese Lambert.

«Tra i primi cinque.» Proprio tra i primi cinque, non nel primo cinque per cento. I primi cinque su trecento. Avrebbe potuto dire che si era classificato al terzo posto, a un soffio dal secondo e a poca distanza dal primo. Ma non lo disse. I tre erano usciti da facoltà di second'ordine, Chicago, Columbia e Vanderbilt, come ricordava in base a una rapida consultazione dell'Annuario Legale Martindale-Hubbell. Sapeva che non avrebbero insistito sui dettagli accademici.

«Perché aveva scelto Harvard?»

«Per la verità era stata Harvard a scegliere me. Avevo presentato domanda di ammissione a varie università e tutte mi avevano accettato. Harvard mi offriva una migliore assistenza economica. E pensavo che fosse anche la miglior facoltà di legge. Lo penso tuttora.»

«Se l'è cavata molto bene, Mitch» disse Lambert, ammirando il curriculum. Il dossier, invece, era dentro alla borsa, sotto il tavolo.

«Grazie. Ho lavorato sodo.»

«Ha ottenuto il massimo dei voti nei corsi sulle tasse e i titoli.»

«Sono gli argomenti che mi interessano di più.»

«Abbiamo esaminato la sua tesi, ed è davvero notevole.»

«Grazie. La ricerca mi piace molto.»

I tre annuirono, accettando quell'ovvia menzogna. Faceva

parte del rituale. Nessuno studente di legge e nessun avvocato in pieno possesso delle facoltà mentali amava la ricerca; ma infallibilmente ogni aspirante associato manifestava un profondissimo amore per la biblioteca.

«Ci parli di sua moglie» disse Royce McKnight in tono quasi mite. I tre si prepararono a un'altra brusca reazione. Ma era un normale campo di indagine, esplorato da ogni studio legale.

«Si chiama Abby. Ha conseguito la laurea in pedagogia alla Western Kentucky. Ci siamo sposati una settimana dopo la laurea. Negli ultimi tre anni mia moglie ha insegnato in un kindergarten privato nei pressi del Boston College.»

«E questo matrimonio...»

«Siamo molto felici. Ci conosciamo dai tempi delle superiori.»

«In che ruolo giocava?» chiese Lamar, passando ad argomenti meno delicati.

«Quarterback. Avevo ricevuto molte proposte prima di rovinarmi un ginocchio nell'ultima partita delle superiori. Tutti gli altri college si sono volatilizzati tranne la Western Kentucky. Ho giocato a intervalli per quattro anni e a un certo punto sembrava che potessi concludere qualcosa, ma il ginocchio non era ritornato a posto.»

«Come faceva a prendere i voti migliori e contemporaneamente a giocare a football?»

«Anteponevo i libri allo sport.»

«Non credo che la Western Kentucky sia una grande università dal punto di vista accademico» commentò Lamar con un sorriso stupido, e subito si pentì di averlo detto. Lambert e McKnight aggrottarono la fronte prendendo atto dell'errore.

«Un po' come la Kansas State University» rispose Mitch. Tutti e tre restarono di sasso e per qualche secondo si scambiarono sguardi increduli. Quel McDeere sapeva che Lamar Quin aveva studiato alla Kansas State. Non l'aveva mai incontrato prima di quel giorno e non poteva aver saputo in anticipo chi si sarebbe presentato a nome dello studio per condurre il colloquio. Sì, lo sapeva. Aveva consultato l'Annuario Martindale-Hubbell e aveva controllato. Aveva letto i profili biografici dei quarantun avvocati dello studio e in una frazione di secondo aveva ricordato che uno dei quarantuno, Lamar Quin, aveva frequentato la Kansas State. Accidenti, erano decisamente molto colpiti.

«Mi rendo conto di avere detto una sciocchezza» dichiarò Lamar in tono di scusa.

«Non è niente.» Mitch sorrise con calore. Tutto dimenticato.

Oliver Lambert si schiarì la gola e decise di affrontare ancora un argomento personale. «Mitch, il nostro studio non approva chi beve e corre dietro alle donne. Non siamo dei moralisti ma riteniamo che gli affari siano più importanti di qualsiasi cosa. Non diamo nell'occhio e lavoriamo con il massimo impegno. E guadagnamo parecchio.»

«Mi sta bene.»

«Ci riserviamo il diritto di far sottoporre ad analisi antidroga qualunque membro dello studio.»

«Io non faccio uso di droghe.»

«Bene. Di che religione è?»

«Metodista.»

«Benissimo. Nel nostro studio esiste un'ampia varietà. Cattolici, battisti, episcopali. In effetti la cosa non ci riguarda, ma preferiamo sapere. Vogliamo famiglie stabili. Gli avvocati felici sono avvocati che producono e rendono. Ecco perché facciamo tutte queste domande.»

Mitch sorrise e annuì. Era un discorso che aveva già sentito.

I tre si guardarono, poi guardarono Mitch. Erano arrivati al punto del colloquio in cui il candidato doveva formulare una o due domande intelligenti. Mitch riaccavallò le gambe. L'interrogativo più importante era il denaro, soprattutto in rapporto alle altre offerte. Se non sarà abbastanza, pensò Mitch, allora dirò: Molto lieto di avervi conosciuti. Se lo stipendio è allettante, allora potremo discutere di famiglie e di matrimoni, di football e di religione. Ma, lo sapeva, come tutti gli altri studi legali sentivano il bisogno di girare intorno all'argomento fino a quando la situazione diventava imbarazzante e appariva evidente che avevano parlato di tutto, tranne che di denaro. Perciò era meglio sparare prima una domanda innocua.

«Inizialmente che tipo di lavoro dovrei fare?»

I tre annuirono e approvarono la domanda. Lambert e Mc-Knight guardarono Lamar. La risposta spettava a lui.

«Abbiamo qualcosa di simile a un apprendistato biennale, anche se non lo chiamiamo così. La manderemo a tutti i seminari su argomenti fiscali che si terranno in varie parti del Paese. La sua preparazione non è affatto ultimata. L'inverno prossimo passerà due settimane a Washington all'American Tax Institute. Siamo molto orgogliosi della nostra competenza tecnica e l'aggiornamento è continuo per tutti noi. Se vorrà conseguire un master in materie fiscali, le spese saranno a nostro carico. In quanto all'esercizio della sua professione legale, per i primi due anni non sarà esaltante. Farà molte ricerche e cose piuttosto noiose. Ma verrà pagato molto bene.»

«Quanto?»

Lamar girò lo sguardo su Royce McKnight, che sbirciò Mitch e disse: «Discuteremo il compenso e gli altri benefici quando verrà a Memphis».

«Voglio conoscere la cifra, e che sia cospicua, altrimenti a Memphis non ci verrò.» Mitch sorrise, arrogante ma cordiale. Parlava come si conveniva a un uomo che poteva contare già su tre offerte di lavoro.

I soci si scambiarono un sorriso. Fu Lambert a parlare per primo. «Sta bene. Uno stipendio base di ottantamila dollari per il primo anno, più le gratifiche. Ottantacinquemila il secondo anno, più le gratifiche. Un mutuo a basso tasso di interesse, così potrà comprare una casa. L'iscrizione a due country club. E una nuova BMW. Naturalmente, il colore lo sceglierà lei.»

Gli guardarono le labbra e attesero di veder spuntare un sorriso. Mitch tentò di controllarsi, ma non ci riuscì. Ridacchiò.

«È incredibile» mormorò. Ottantamila dollari a Memphis erano l'equivalente di centoventimila a New York. E quell'uomo aveva detto proprio «BMW»! La sua Mazda con il tettuccio apribile aveva fatto un milione di chilometri e per il momento bisognava avviarla a spinta mentre lui risparmiava per comprare un motorino d'avviamento ricostruito.

«Più vari altri *fringe benefits* che saremo lieti di discutere a Memphis.»

All'improvviso Mitch provò un gran desiderio di visitare Memphis. Non si trovava in riva al fiume?

Il sorriso sparì. Mitch ritrovò la compostezza. Guardò Oliver Lambert con aria solenne e, come se avesse dimenticato il denaro, la casa e la BMW, disse: «Mi parli dello studio legale».

«Quarantun avvocati. Lo scorso anno abbiamo guadagnato di più, per ogni singolo avvocato, di qualunque altro studio grande come il nostro o più grande, e questo include tutti gli studi importanti del Paese. Accettiamo solo clienti ricchi: società, banche e persone che pagano i nostri lauti onorari senza lamentarsi. Siamo specializzati nelle tassazioni internazionali, un campo molto interessante e molto redditizio. Lavoriamo soltanto per chi può pagare.»

«Quanto tempo è necessario per diventare soci?»

«In media dieci anni, e sono dieci anni molto duri. Non è insolito che i nostri soci guadagnino mezzo milione l'anno, e molti si ritirano prima dei cinquant'anni. Bisogna mettercela tutta, lavorare ottanta ore la settimana; ma ne vale la pena, quando si diventa soci.»

Lamar si sporse verso Mitch. «E non è necessario esserlo per guadagnare uno stipendio a sei cifre. Io lavoro presso lo studio da sette anni, e ho superato i centomila annui già quattro anni fa.»

Mitch rifletté per un secondo e calcolò che a trent'anni avrebbe potuto superare i centomila dollari e magari avvicinarsi ai duecentomila. A trent'anni!

I tre, che l'osservavano con attenzione, sapevano molto bene quali erano i suoi calcoli.

«Che cosa fa a Memphis uno studio legale specializzato in leggi fiscali internazionali?» chiese Mitch.

La domanda fece spuntare tre sorrisi. Lambert si tolse gli occhiali da lettura e li rigirò fra le dita. «Ecco una domanda intelligente. Il signor Bendini fondò lo studio nel 1944. Era avvocato fiscalista a Philadelphia e aveva acquisito diversi ricchi clienti del sud. Decise di buttarsi e sbarcò a Memphis. Per venticinque anni assunse esclusivamente fiscalisti e lo studio prosperò. Nessuno di noi è di Memphis, ma ci siamo affezionati. È una vecchia, simpatica città del sud. A proposito, il signor Bendini morì nel 1970.»

«Quanti soci fanno parte dello studio?»

«Venti sono in attività. Cerchiamo di mantenere la proporzione di un socio per ogni associato. È piuttosto elevata per il nostro campo, ma a noi piace così. Anche in questo facciamo le cose in modo diverso.»

«Tutti i nostri soci diventano multimilionari prima di arrivare ai quarantacinque anni» disse Royce McKnight.

«Tutti?»

«Sissignore. Non possiamo garantirlo: ma se entrerà a far parte del nostro studio, sgobberà per dieci anni, riuscirà a diventare socio, lavorerà per un altro decennio e se non sarà milionario a quarantacinque anni, sarà il primo in vent'anni.»

«È un dato statistico impressionante.»

«Si tratta di uno studio legale straordinario, Mitch» dichiarò Oliver Lambert. «E ne siamo molto orgogliosi. Siamo una comunità molto unita, di piccole dimensioni, e abbiamo cura l'uno dell'altro. Da noi non c'è la spietata concorrenza interna tipica dei grandi studi. Stiamo attenti a chi assumiamo, e il nostro proposito è fare in modo che ogni nuovo associato diventi socio al più presto possibile. A questo scopo investiamo su noi stessi una quantità di tempo e di denaro, soprattutto nei confronti dei nuovi. È molto, molto raro che un avvocato abbandoni il nostro studio. Anzi, direi che è inaudito. Facciamo l'impossibile per mantenere le carriere sul binario giusto. Vogliamo che i nostri siano felici: lo riteniamo il modo più redditizio per operare.»

«Ho altri impressionanti dati statistici da esporle» soggiunse McKnight. «L'anno scorso, per gli studi come i nostri o i più grandi, l'avvicendamento medio degli associati è stato del ventotto per cento. Al Bendini, Lambert & Locke è stato zero. L'anno prima, ancora zero. È passato molto tempo dall'ultima volta che un avvocato ha lasciato il nostro studio.»

I tre guardarono attentamente Mitch per essere sicuri che prendesse nota di tutto. Ogni condizione dell'impiego era importante; ma la stabilità definitiva dell'accettazione metteva in ombra tutte le altre voci dell'elenco. I tre spiegavano la situazio-

ne come meglio potevano, per il momento. I chiarimenti ulteriori sarebbero venuti più tardi.

Naturalmente, sapevano molte più cose di quelle che potevano dire. Per esempio, sapevano che la madre di Mitch McDeere
viveva in un modesto camping a Panama City Beach e si era risposata con un camionista in pensione, violento e alcolizzato.
Sapevano che era stata risarcita con 41.000 dollari per la morte
del primo marito in seguito all'esplosione nella miniera, li aveva
sperperati quasi tutti, e poi era impazzita dopo la morte del figlio maggiore in Vietnam. Sapevano che Mitch era stato trascurato e allevato nella miseria dal fratello Ray (quello che non riuscivano a trovare) e da alcuni parenti impietositi. La miseria
bruciava e i tre pensavano, a ragione, che avesse ispirato a
Mitch un intenso desiderio di riuscire. Aveva lavorato per trenta
ore la settimana in un emporio aperto tutta la notte mentre giocava a football e otteneva i voti migliori. Sapevano che dormiva
pochissimo. Sapevano che era affamato. Era l'uomo adatto.

«Le piacerebbe venire a farci visita?» chiese Oliver Lambert.

«Quando?» chiese Mitch, che sognava una 318i nera con il
tetto apribile.

La vecchissima Mazda con solo tre coprimozzi e il parabrezza
incrinato era in equilibrio nella cunetta, le ruote anteriori di tra-
verso, puntate verso il marciapiede per evitare di rotolare giù
per il pendio. Abby afferrò la maniglia dall'interno, strattonò
due volte e aprì la portiera. Inserì la chiave, azionò la frizione e
girò il volante. La Mazda si mise in moto lentamente. Quando
la sentì accelerare, trattenne il respiro, lasciò la frizione e si
morse le labbra fino a quando il motore cominciò a borbottare.

Con tre offerte di lavoro sul tavolo, si poteva contare su una
macchina nuova entro quattro mesi. La Mazda avrebbe tirato
avanti fino ad allora. Per tre anni avevano vissuto in povertà in
un appartamentino per studenti in un campus pieno di Porsche e
di piccole Mercedes decappottabili. Avevano ignorato il disprezzo dei compagni di studi e di lavoro in quella roccaforte dello
snobismo della East Coast. Erano montanari del Kentucky, con
pochi amici. Ma avevano tenuto duro e avevano tirato avanti
benissimo da soli.

Abby preferiva Chicago a New York, anche a uno stipendio inferiore, soprattutto perché era più lontana da Boston e più vicina al Kentucky. Mitch, però, non si sbilanciava e secondo la sua abitudine soppesava con cura la situazione e non esternava le proprie considerazioni. Abby non era stata invitata a recarsi a New York e a Chicago con il marito. Era stanca di tirare a indovinare. Voleva una risposta.

Parcheggiò in divieto di sosta sulla collina più vicina all'appartamento e percorse due isolati a piedi. L'alloggio era uno dei trenta contenuti in un parallelepipedo di mattoni rossi a due piani. Abby si fermò davanti alla porta e frugò nella borsetta per cercare le chiavi. All'improvviso la porta si spalancò. Il marito l'abbracciò, la trascinò all'interno, la buttò sul divano e la baciò sul collo. Abby strillò e rise e agitò braccia e gambe. Si baciarono: fu uno di quei lunghi abbracci di dieci minuti completi di carezze e gemiti, come quelli che avevano goduto da adolescenti quando i baci erano misteriosi e divertenti ed erano anche il massimo consentito.

«Santo cielo!» esclamò Abby quando ebbero finito. «Cos'è successo?»

«Non senti niente?» chiese Mitch.

Abby si guardò intorno e fiutò l'aria. «Be', sì. Che cos'è?»

«*Chow mein* di pollo e uova *foo yong*. Ordinati al Wong Boys.»

«E va bene. Che cosa festeggiamo?»

«Più una costosissima bottiglia di Chablis. Ha persino il tappo di sughero.»

«Che cos'hai fatto, Mitch?»

«Seguimi.» Sul piccolo tavolo della cucina, fra i blocchi per appunti e i testi di consultazione, c'erano una grossa bottiglia di vino e un sacchetto di specialità cinesi. Spinsero i testi da una parte e tirarono fuori i piatti. Mitch stappò la bottiglia e riempì due bicchieri di plastica.

«Oggi ho avuto un colloquio grandioso» disse.

«Con chi?»

«Ricordi quello studio di Memphis che mi aveva scritto il mese scorso?»

«Sì. Non mi sembravi molto colpito.»

«Proprio quello. Sono estremamente colpito. È un lavoro nel campo fiscale, e promette di rendere bene.»

«Bene... quanto?»

Mitch servì cerimoniosamente il *chow mein* nei due piatti e aprì le minuscole confezioni di salsa di soia. Abby aspettava ancora una risposta. Mitch aprì un altro contenitore e cominciò a dividere le uova *foo yong*. Assaggiò il vino e schioccò le labbra.

«Quanto?» ripeté Abby.

«Più di Chicago. Più di Wall Street.»

Abby bevve lentamente un sorso di vino e lo scrutò con aria sospettosa. Socchiuse gli occhi castani. Abbassò le sopracciglia e corrugò la fronte. Attese.

«Quanto?»

«Ottantamila il primo anno più le gratifiche. Ottantacinque il secondo più le gratifiche.» Mitch lo disse in tono noncurante, mentre studiava i pezzetti di sedano del *chow mein*.

«Ottantamila» ripeté Abby.

«Ottantamila, tesoro. Ottantamila dollari a Memphis, nel Tennessee, sono come centoventimila a New York.»

«Chi vuole andare a New York?» replicò lei.

«Più un prestito a basso interesse per il mutuo.»

In quelle quattro mura la parola "mutuo" non veniva pronunciata da molto tempo. Anzi, al momento Abby non ricordava discussioni a proposito dell'acquisto di una casa. Da mesi avevano accettato l'idea che avrebbero preso un'abitazione in affitto fino a che, in un futuro remoto e inimmaginabile, sarebbero diventati ricchi e avrebbero posseduto i requisiti per ottenere un grosso mutuo.

Abby posò il bicchiere sul tavolo e disse: «Non ho sentito bene».

«Un prestito a basso interesse per il mutuo. Lo studio presta la somma necessaria all'acquisto di una casa. Per loro è molto importante che gli associati facciano bella figura, perciò ci prestano i soldi a un tasso molto inferiore.»

«Vuoi dire una vera casa, con intorno l'erba e i cespugli?»

«Sicuro. Non un appartamento costosissimo a Manhattan ma una casa nei sobborghi, con tre camere da letto, un vialetto e un garage a due posti dove potremo tenere la BMW.»

La reazione fu ritardata di un secondo o due, ma finalmente Abby chiese: «La BMW? Quale BMW?».

«La nostra, tesoro. La nostra BMW. Lo studio ne prende una nuova in leasing e ci consegna le chiavi. È una specie di premio di ingaggio. Vale altri cinquemila dollari l'anno. Naturalmente il colore lo scegliamo noi. Io penso che il nero andrebbe bene. Cosa ne dici?»

«Niente più avanzi. Niente più scarti degli altri» disse Abby mentre scuoteva piano piano la testa.

Mitch si cacciò in bocca un po' di spaghettini e sorrise. Capiva che Abby stava sognando probabilmente mobili e carte da parati e forse anche una piscina da realizzare molto presto. E bambini, bambini con gli occhi scuri e i capelli castani.

«E poi ci sono altri tipi di incentivi che verranno discussi più avanti.»

«Non capisco, Mitch. Perché sono così generosi?»

«Gliel'ho chiesto anch'io. Sono particolarmente selettivi e tengono molto a pagare il massimo. Vogliono il meglio e sono disposti a ricompensarlo. Il loro tasso di avvicendamento è zero. E credo che costi di più attirare i migliori a Memphis.»

«Sarebbe più vicino a casa» disse Abby senza guardare il marito.

«Io non ho una casa. Sarebbe più vicino ai tuoi genitori, e questo mi preoccupa.»

Abby parò quel commento come faceva quasi sempre a proposito della sua famiglia. «Saresti più vicino a Ray.»

Mitch annuì, addentò un panino e immaginò la prima visita dei genitori di Abby, il dolce momento in cui si sarebbero fermati sul vialetto con la Cadillac vecchiotta e sarebbero rimasti a bocca aperta nel vedere la casa in stile coloniale francese con due macchine nuove nel garage. Sarebbero morti di invidia e si sarebbero chiesti come mai quel poveraccio senza famiglia e senza posizione sociale potesse permettersi tutto quanto a venticinque anni, appena uscito dalla facoltà di legge. Avrebbero sorriso con uno sforzo e avrebbero detto che era tutto molto carino, e dopo un po' il signor Sutherland non avrebbe più resistito e avrebbe chiesto quanto costava la casa e Mitch gli avrebbe risposto di badare agli affari suoi, e il vecchio sarebbe ammattito.

Sarebbero ripartiti dopo una breve visita e sarebbero tornati nel Kentucky, dove tutti i loro amici avrebbero saputo che la figlia e il genero se la passavano da signori a Memphis. Ad Abby sarebbe dispiaciuto perché non riuscivano ad andare d'accordo, ma non avrebbe fatto molti commenti. Fin dall'inizio l'avevano trattato come un lebbroso. Lo consideravano indegno, al punto che avevano boicottato la modesta cerimonia nuziale.

«Sei mai stata a Memphis?» chiese Mitch.

«Una volta, da bambina. Un congresso della chiesa. L'unica cosa che ricordo è il fiume.»

«Vogliono che andiamo laggiù.»

«Tutti e due? Vuoi dire che hanno invitato anche me?»

«Sì. Anzi, hanno insistito.»

«Quando?»

«Fra una quindicina di giorni. Ci faranno partire con l'aereo giovedì pomeriggio per il fine settimana.»

«Sai una cosa? Questo studio legale mi piace già molto.»

Il palazzo a cinque piani era stato edificato un secolo prima da un mercante di cotone e dai suoi figli dopo la Ricostruzione, nel periodo della rinascita del commercio del cotone a Memphis. Sorgeva al centro di Cotton Row in Front Street, vicino al fiume. Lì dentro milioni di balle di cotone erano stati acquistati dai delta del Mississippi e dell'Arkansas e venduti in tutto il mondo. Abbandonato e rimasto deserto, poi rimesso a nuovo più volte dopo la prima guerra, era stato acquistato definitivamente nel 1951 da un aggressivo avvocato fiscalista che si chiamava Anthony Bendini. L'aveva rimesso a nuovo per l'ennesima volta e aveva incominciato a riempirlo di avvocati. E l'aveva ribattezzato Bendini Building.

Si era comportato molto premurosamente con il palazzo e ogni anno aveva aggiunto una nuova patina di lusso. L'aveva fortificato, aveva reso impenetrabili porte e finestre e aveva assunto guardie armate per proteggere l'edificio e i suoi occupanti. Aveva installato ascensori, impianti di vigilanza elettronica, codici di sicurezza, televisori a circuito chiuso, una sala pesi, una stanza per i bagni turchi, spogliatoi e una sala da pranzo per i soci, al quinto piano, con una bellissima vista sul fiume.

In vent'anni aveva creato il più ricco studio legale di Memphis e senza dubbio il più tranquillo. La segretezza era la sua passione. Ogni associato che veniva assunto era indottrinato sui danni causati dalla mancanza di discrezione. Tutto era riservato: gli stipendi, le gratifiche, le promozioni e soprattutto i clienti. Divulgare i segreti dello studio (così venivano ammoniti i giovani associati) poteva ritardare la concessione del santo Graal, la promozione a socio. Niente poteva uscire dalla fortezza di Front

Street. Le mogli ricevevano l'ordine di non fare domande, oppure venivano tacitate con le menzogne. Gli associati dovevano lavorare con impegno, stare zitti e spendere i lauti stipendi. E lo facevano tutti, senza eccezioni.

Con i suoi quarantun avvocati, lo studio era il quarto di Memphis in ordine di grandezza. I suoi membri non cercavano la pubblicità. Erano molto riservati e non fraternizzavano con altri legali. Le mogli giocavano a tennis e a bridge e facevano le spese insieme. Lo studio Bendini, Lambert & Locke era una sorta di grande famiglia. Una famiglia piuttosto ricca.

Alle 10 del mattino di un venerdì la limousine dello studio si fermò in Front Street e ne scese Mitchell Y. McDeere. Ringraziò educatamente l'autista e ammirò la macchina mentre si allontanava. Era stata la prima volta che era salito su una limousine. Si fermò sul marciapiede accanto a un lampione e ammirò la sede strana, pittoresca e imponente dello studio Bendini. Era ben diversa dalle colossali costruzioni di acciaio e vetro di New York e dall'enorme cilindro che aveva visitato a Chicago. Ma si rese subito conto che gli sarebbe piaciuta. Era meno pretenziosa. Era più intonata a lui.

Lamar Quin varcò la porta d'ingresso e scese i gradini. Chiamò a gran voce Mitch e si sbracciò per invitarlo ad avvicinarsi. Era andato a prenderli all'aeroporto la sera prima e li aveva accompagnati al Peabody: "il Grand Hotel del Sud".

«Buongiorno, Mitch! Come avete passato la notte?» Si strinsero la mano come due amici che si ritrovano dopo molto tempo.

«Ottimamente. È un albergo magnifico.»

«Sapevamo che vi sarebbe piaciuto. Il Peabody piace a tutti.»

Entrarono nell'atrio, dove un piccolo cartello salutava il signor Mitchell Y. McDeere come l'ospite del giorno. Una receptionist ben vestita ma non proprio attraente sorrise con calore, spiegò che si chiamava Sylvia e se McDeere avesse avuto bisogno di qualcosa durante il soggiorno a Memphis non avrebbe dovuto far altro che avvertirla. Mitch la ringraziò. Lamar lo condusse in un lungo corridoio, per incominciare il giro di visita. Gli spiegò la disposizione del palazzo e lo presentò a varie segretarie e impiegati. Nella grande biblioteca del primo piano una folla di avvocati si aggirava intorno al gigantesco tavolo da riunioni e consumava pasticcini e caffè. Tutti ammutolirono all'ingresso dell'ospite.

Oliver Lambert accolse Mitch e lo presentò. Erano una ventina, quasi tutti associati dello studio, per la maggior parte, poco più anziani del visitatore. I soci erano troppo occupati, aveva spiegato Lamar, e si sarebbero incontrati con lui più tardi, in un pranzo privato. All'improvviso Lambert invitò tutti al silenzio.

«Signori, questo è Mitchell McDeere. Avete sentito parlare di lui, ed eccolo qui. È la prima persona che abbiamo scelto quest'anno. È corteggiato dai grandi studi di New York e Chicago e di chissà quali altri posti, quindi dobbiamo rendergli gradito il nostro piccolo studio di Memphis.» Tutti sorrisero e annuirono con aria di approvazione. L'ospite si sentiva imbarazzato.

«Fra due mesi avrà finito ad Harvard e si laureerà con tutti gli onori. È redattore dell'"Harvard Law Review".» Mitch si accorse che quell'annuncio aveva fatto colpo. «Prima aveva studiato alla Western Kentucky, dove si è laureato con lode.» Questo era molto meno sensazionale. «Inoltre ha giocato a football per quattro anni, cominciando come quarterback al terzo anno.» Adesso erano veramente colpiti. Qualcuno sembrava pieno di soggezione come se avesse davanti Joe Namath.

Il socio anziano continuò il monologo mentre Mitch gli stava a fianco con aria impacciata. Spiegò che lo studio era sempre stato molto selettivo e che Mitch si sarebbe inserito magnificamente. Lui si cacciò le mani in tasca e smise di ascoltare. Studiò i presenti. Erano giovani, benestanti e affermati. Lo stile dell'abbigliamento sembrava rigoroso, ma non diverso da quello in uso a New York e Chicago. Abiti di lana grigioscuri o blu, camicie bianche o azzurre di cotone con i colletti leggermente inamidati e fermati da bottoncini, cravatte di seta. Nessun particolare audace o anticonformista. Un paio di cravatte a farfalla, ma niente di più ardito. La sobrietà era obbligatoria: niente barbe, baffi o capelli sulle orecchie. C'erano un paio di soggetti bruttini, ma predominavano quelli di bell'aspetto.

Il signor Lambert stava per concludere. «Lamar farà visitare i nostri uffici a Mitch, quindi avrete l'occasione di parlargli più

tardi. Facciamolo sentire a suo agio. Stasera lui e la sua incante-
vole moglie Abby mangeranno costolette al Rendezvous, e naturalmente domani sera c'è la cena dello studio a casa mia. Vi prego di comportarvi nel migliore dei modi.» Sorrise e si rivolse al-
l'ospite. «Mitch, se si stanca di Lamar, me lo faccia sapere e le
troveremo qualcuno più qualificato.»

Mitch strinse di nuovo la mano a tutti prima di uscire e cercò
di ricordare più nomi che poteva.

«Cominciamo il giro» disse Lamar quando la sala si vuotò.
«Questa è una biblioteca, e ce n'è una identica in ognuno dei
primi quattro piani. Le usiamo anche per le riunioni con molti
partecipanti. I libri cambiano a seconda dei piani, e quindi non
potrai mai sapere dove ti condurranno le tue ricerche. Abbiamo
due bibliotecari, e ci serviamo molto di microfilm e microfiches.
Di regola non facciamo ricerche fuori dalla sede. Ci sono più di
centomila volumi, inclusi tutti i rapporti sul fisco: non tutte le
facoltà di legge possono vantarne altrettanti. Se hai bisogno di
un libro che non abbiamo, chiedilo a un bibliotecario.»

Passarono accanto al lungo tavolo per le riunioni e fra dozzine di scaffali. «Centomila volumi» mormorò Mitch.

«Sì, spendiamo quasi mezzo milione di dollari l'anno per gli
aggiornamenti, i supplementi e i testi nuovi. I soci si lamentano,
ma non penserebbero mai di tagliare gli acquisti. È una delle biblioteche giuridiche private più grandi della nazione, e ne siamo
molto orgogliosi.»

«È davvero sensazionale.»

«Lo scopo è di rendere la ricerca il più possibile indolore. Sai
che è noiosa e che si può perdere molto tempo per trovare il materiale giusto. I primi due anni starai parecchio qui; quindi facciamo in modo di renderlo piacevole.»

Uno dei bibliotecari, che stava dietro un banco carico di volumi in un angolo, si presentò e fece da guida nella sala computer,
dove una dozzina di terminali erano pronti a dare assistenza con
la ricerca più aggiornata. Si offrì di fare una dimostrazione con
il software del tipo più recente, ma Lamar disse che forse sarebbero tornati più tardi.

«È molto simpatico» disse poi a Mitch mentre uscivano dalla

biblioteca. «Lo paghiamo quarantamila dollari l'anno solo per tenersi aggiornato con i libri. È sorprendente.»

Lo era decisamente, pensò Mitch.

Il secondo piano era più o meno identico al primo, al terzo e al quarto. Il centro di ognuno era occupato dalle segretarie, le loro scrivanie, gli schedari, le fotocopiatrici e gli altri macchinari indispensabili. Da un lato c'era la biblioteca, dall'altro un complesso di uffici e di sale per riunioni, più piccole.

«Non vedrai segretarie carine» disse sottovoce Lamar mentre si soffermavano per osservarle al lavoro. «Sembra che sia una legge non scritta dello studio. Oliver Lambert fa il possibile per assumere le più vecchie e brutte che riesce a trovare. Naturalmente alcune lavorano qui da vent'anni e in fatto di legge hanno avuto modo di dimenticare più cose di quante noi ne abbiamo imparate alla facoltà.»

«Mi sembrano piuttosto grasse» osservò Mitch, quasi fra sé.

«Sì, fa parte della strategia generale per indurci a tenere le mani a posto. Amoreggiare è rigorosamente vietato e a quanto mi risulta non è mai successo.»

«E se dovesse succedere?»

«Chissà. Naturalmente la segretaria verrebbe licenziata. E suppongo che l'avvocato verrebbe punito con severità. Potrebbe costargli la promozione a socio. Nessuno tiene a scoprire come andrebbe a finire, soprattutto con questo branco di racchie.»

«Sono tutte ben vestite.»

«Non fraintendermi. Assumiamo le segretarie più brave e le paghiamo più di qualunque altro studio della città. Quelle che vedi sono le migliori, non le più carine. Abbiamo bisogno di esperienza e maturità. Lambert non assume segretarie al di sotto dei trent'anni.»

«Una per avvocato?»

«Sì, fino a che diventi socio. Allora te ne spetta un'altra, e ne hai veramente bisogno. Nathan Locke ne ha tre, tutte con vent'anni di esperienza, e le fa scattare.»

«Dov'è il suo ufficio?»

«Al quarto piano. È inaccessibile.»

Mitch stava per chiedere spiegazioni, ma rinunciò.

Gli uffici d'angolo erano di sette metri per sette, spiegò Lamar, ed erano occupati dai soci più anziani. Li chiamava "gli uffici del potere" in tono di grande ammirazione. Erano arredati secondo i gusti di chi li occupava, senza badare a spese, e venivano abbandonati solo quando il socio si ritirava o moriva: allora i soci più giovani se li disputavano.

Lamar fece scattare l'interruttore in uno di quegli uffici. Entrarono e si chiusero la porta alle spalle. «Bella vista, eh?» disse mentre Mitch andava alla finestra e guardava il fiume che scorreva lento al di là di Riverside Drive.

«Come si fa ad avere questo ufficio?» chiese Mitch mentre osservava una chiatta che passava sotto il ponte per l'Arkansas.

«Ci vuole tempo. E quando arriverai qui sarai molto ricco e molto indaffarato e non avrai il tempo di goderti il panorama.»

«Di chi è?»

«Victor Milligan. È il capo dell'ufficio tasse, un uomo molto a posto. È originario del New England; ma è qui da venticinque anni e a Memphis si trova a casa sua.» Lamar affondò le mani nelle tasche e fece il giro della stanza. «I pavimenti e i soffitti di legno risalgono al tempo della costruzione del palazzo, più di cento anni fa. C'è la moquette quasi dappertutto, ma in qualche posto il parquet non era stato danneggiato. Quando si arriva qui si possono scegliere moquette e tappeti.»

«Questo parquet mi piace. E il tappeto?»

«È persiano e antico. Non ne conosco la storia. La scrivania era del bisnonno che era giudice nel Rhode Island, o almeno così dice lui. Si dà molte arie, e non si capisce mai quando ti butta fumo negli occhi.»

«Dov'è?»

«In vacanza, credo. Ti hanno parlato delle ferie?»

«No.»

«Ti spettano due settimane all'anno per i primi cinque anni. Pagate, naturalmente. Poi tre settimane, fino a che diventi socio: allora puoi prenderti tutte quelle che vuoi. Lo studio ha uno chalet a Vail, una baita su un lago nel Manitoba e due condomini a Seven Mile Beach nell'isola Grand Cayman. L'uso è gratuito, ma bisogna prenotare in anticipo. I soci hanno la precedenza: dopo di loro, spetta al primo che si fa sotto. Le Cayman sono molto popolari nello studio. Sono un paradiso fiscale internazionale, e molti dei nostri viaggi vengono scaricati in conto spese. Probabilmente adesso Milligan è là a dedicarsi alla pesca subacquea e lo fa passare per un viaggio d'affari.»

In uno dei corsi sul fisco, Mitch aveva sentito parlare delle isole Cayman e sapeva che si trovavano da qualche parte nei Caraibi. Stava per chiedere dov'erano esattamente, ma decise di trattenersi.

«Appena due settimane?»

«Oh, sicuro. È un problema?»

«Non proprio. Gli studi di New York ne offrono almeno tre.» Mitch parlava come un critico schizzinoso in fatto di vacanze di lusso, ma non lo era. A parte il fine settimana di tre giorni che chiamavano "viaggio di nozze", e qualche corsa nel New England, Mitch non aveva mai partecipato a una vacanza e non aveva mai lasciato il Paese.

«Puoi avere una settimana di ferie in più, non retribuita.»

Mitch annuì come se l'idea gli sembrasse accettabile. Lasciarono lo studio di Milligan e continuarono il giro. Il corridoio era un lungo rettangolo con gli uffici degli avvocati sul lato esterno, e tutti avevano finestre, luce, belle vedute. Quelli che davano sul fiume erano i più prestigiosi, spiegò Lamar, e di solito erano occupati dai soci. C'erano liste d'attesa per averli.

Le sale per riunioni, le biblioteche e i locali delle segretarie erano sul lato interno del corridoio, lontano dalle finestre e dalle distrazioni.

Gli uffici degli associati erano più piccoli (quattro metri e mezzo per quattro e mezzo) ma erano arredati lussuosamente e risultavano molto più imponenti degli uffici degli associati che Mitch aveva visto a New York e a Chicago. Lo studio spendeva una fortuna in arredatori, disse Lamar. Gli avvocati più giovani erano cordiali e loquaci e sembravano gradire l'interruzione. Quasi tutti tenevano discorsetti entusiastici sullo studio e su Memphis. È una vecchia città che finisce per affascinarti, continuavano a ripetergli, ma ci vuole tempo. Anche loro erano stati corteggiati da grossi studi di Washington e di Wall Street, e non avevano rimpianti.

I soci erano più indaffarati, ma altrettanto gentili. Mitch era stato selezionato con ogni cura, gli veniva ripetuto, e si sarebbe

inserito benissimo. Era lo studio ideale per lui. Gli promisero
che avrebbero parlato ancora durante il pranzo.

Un'ora prima, Kay Quin aveva lasciato i figli alla bambinaia e
alla cameriera per andare a un brunch con Abby al Peabody.
Era cresciuta in una città molto piccola, come Abby. Aveva sposato Lamar dopo il college ed era vissuta per tre anni a Nashville
mentre il marito studiava legge alla Vanderbilt. Lamar guadagnava tanto che lei aveva potuto abbandonare il lavoro e mettere al mondo due figli in quattordici mesi. Adesso che aveva finito con queste due attività, passava gran parte del suo tempo tra
il Garden Club, il fondo per la lotta alle malattie cardiache, il
country club, l'associazione genitori-insegnanti e la chiesa. Nonostante il denaro, era modesta, priva di pretese e apparentemente decisa a continuare a esserlo, a prescindere dai successi
del marito. Abby aveva trovato un'amica.

Dopo i croissant e le uova alla Benedict, andarono a sedersi
nell'atrio dell'albergo a bere il caffè e a guardare le anitre che
nuotavano in tondo nella fontana. Kay aveva proposto una rapida visita di Memphis, e un pranzo più tardi vicino a casa sua.
Magari, disse, avrebbero potuto andare a fare spese.

«Hanno parlato del prestito a basso interesse?» chiese.

«Sì, già nel primo colloquio.»

«Vorranno che compriate una casa appena vi trasferirete qui.
Molti non possono permetterselo quando terminano la facoltà
di legge, e allora lo studio presta il denaro a un tasso inferiore e
detiene l'ipoteca.»

«Quale tasso?»

«Non lo so. Ci siamo trasferiti qui sette anni fa e da allora
abbiamo comprato un'altra casa. Sarà un buon affare, vedrai.
Lo studio farà in modo che abbiate una casa di vostra proprietà.
È una specie di legge non scritta.»

«Perché è tanto importante?»

«Per diverse ragioni. Innanzi tutto, vi vogliono. È uno studio
molto selettivo e di solito ottiene chi gli interessa. Ma Memphis
non è esattamente il paradiso, quindi devono offrire di più.
Inoltre sono molto esigenti, soprattutto con gli associati. Ci sono pressioni, molto lavoro, settimane di ottanta ore e lunghi pe-

riodi lontano da casa. Non sarà facile per nessuno dei due e allo studio lo sanno. In teoria, un matrimonio solido fa un avvocato felice e un avvocato felice è un avvocato produttivo, quindi tutto sommato è una questione di profitti. Sempre profitti.

«Poi c'è un'altra ragione. Quegli uomini... sono tutti uomini, non c'è neppure una donna... sono molto orgogliosi della loro ricchezza, e tutti devono comportarsi da benestanti. Sarebbe un insulto per lo studio se un associato fosse costretto a vivere in un appartamento. Vogliono che ti installi in una casa e che dopo cinque anni tu vada a vivere in una più grande. Se nel pomeriggio avremo tempo, ti mostrerò alcune delle case dei soci. Quando le vedrai, non ti dispiacerà più tanto per le settimane di ottanta ore.»

«Ci sono abituata già adesso.»

«È un'ottima cosa, ma la facoltà di legge non è paragonabile a questo. A volte lavorano anche cento ore la settimana durante il periodo della dichiarazione dei redditi.»

Abby sorrise e scosse la testa come se la cosa la colpisse molto. «Tu lavori?»

«No. In genere noi mogli non lavoriamo. I soldi ci sono, quindi non siamo costrette a farlo, e i mariti non ci danno molto aiuto con i figli. Naturalmente, lavorare non è proibito.»

«Proibito da chi?»

«Dallo studio.»

«Spero proprio di no.» Abby ripeté fra sé la parola "proibito" ma lasciò perdere.

Kay bevve il caffè e guardò le anitre. Un bambino si allontanò dalla madre e si accostò alla fontana. «Pensate di avere figli?» chiese Kay.

«Forse tra un paio d'anni.»

«Avere figli viene incoraggiato.»

«Da chi?»

«Dallo studio.»

«Perché allo studio interessa se abbiamo figli?»

«Sempre per via delle famiglie solide. Quando nasce un bambino, in ufficio è un avvenimento. Mandano fiori e regali all'ospedale. Ti trattano come una regina. A tuo marito viene concessa una settimana di permesso ma ha troppo da fare per accettarla. Versano mille dollari in un fondo fiduciario in vista delle future spese per il college. È molto piacevole.»

«Si direbbe una grande comunità.»

«Una grande famiglia, soprattutto. La nostra vita sociale ruota intorno allo studio e questo è importante perché nessuno di noi è di Memphis. Siamo tutti trapiantati.»

«È molto bello, ma io non voglio che qualcuno mi dica quando lavorare, quando smettere e quando avere un bambino.»

«Non preoccuparti. Sono molto protettivi, ma lo studio non si immischia.»

«Comincio a domandarmelo.»

«Stai tranquilla, Abby. È come una famiglia. Sono tutti straordinari e Memphis è una vecchia città meravigliosa per viverci e allevare i figli. La vita costa meno e i ritmi non sono ossessivi. Probabilmente avrai pensato alle città più grandi. L'avevamo fatto anche noi, ma preferisco Memphis.»

«Potrò visitarla?»

«Sono qui per questo. Pensavo di cominciare con il centro... poi ci dirigeremo verso est e daremo un'occhiata ai quartieri più belli, magari vedremo qualche casa e pranzeremo nel mio ristorante preferito.»

«Mi sembra un programma piacevole.»

Kay pagò il caffè come aveva pagato il brunch; poi uscirono dal Peabody e salirono sulla Mercedes nuova della famiglia Quin.

La sala da pranzo, come veniva chiamata molto semplicemente, occupava l'estremità occidentale del quinto piano sopra Riverside Drive e il fiume. Una fila di finestre da due metri e mezzo occupava la parete e offriva una veduta affascinante dei rimorchiatori, i battelli con le ruote a pale, le chiatte, i moli e i ponti.

La sala era territorio protetto, un'oasi per gli avvocati abbastanza capaci e ambiziosi da diventare soci del discretissimo studio Bendini. Ogni giorno si riunivano per gustare i pranzi preparati da Jessie Frances, una vecchia negra enorme e capricciosa, e serviti dal marito, Roosevelt, che portava i guanti bianchi e uno smoking sbiadito e grinzoso regalatogli dal signor Bendini poco prima di morire. Molto spesso si riunivano anche alla mattina per prendere caffè e ciambelle e discutere gli affari dello studio; e ogni tanto per bere un bicchiere di vino nel tardo pomeriggio se c'era da festeggiare un mese molto redditizio o un onorario particolarmente cospicuo. Era una sala riservata ai soci, e agli ospiti occasionali come un cliente importante o una recluta di riguardo. Gli associati potevano pranzarvi due volte l'anno, due volte soltanto (e le date venivano registrate) e solo su invito di un socio.

Accanto alla sala da pranzo c'era una piccola cucina dove lavorava Jessie Frances, e dove aveva preparato i primi pasti per il signor Bendini e pochi altri, ventisei anni prima. Da allora cucinava i piatti tipici del sud e ignorava gli inviti a cuocere cibi diversi e a tentare ricette di cui non sapeva pronunciare il nome. «Se non vi piace, non mangiatelo» era la sua risposta classica. A giudicare dai piatti vuoti che Roosevelt portava via da tavola, la cucina di Jessie Frances era molto apprezzata. Il lunedì esponeva il menu della settimana, esigeva le prenotazioni entro le dieci del mattino e teneva il broncio per anni se qualcuno le annullava o non si faceva vedere. Lei e Roosevelt lavoravano quattro ore al giorno e venivano pagati mille dollari al mese.

Mitch era seduto a un tavolo con Lamar Quin, Oliver Lambert e Royce McKnight. La prima portata di carne era un piatto di costolette, servite con verdura fritta e zucca bollita.

«Oggi è andata piano con i grassi» commentò Lambert.

«Squisito» disse Mitch.

«È abituato ai grassi?»

«Sì. Nel Kentucky cucinano così.»

«Sono entrato nello studio nel 1955» disse McKnight, «e vengo dal New Jersey, giusto? Per prudenza, ho evitato il più possibile molti piatti del sud. Immergono tutto nella pastella e lo friggono nel grasso animale, giusto? Poi il signor Bendini decide di aprire questo piccolo ristorante. Assunse Jessie Frances... e io ho i bruciori di stomaco da vent'anni. Pomodori maturi fritti, pomodori verdi fritti, melanzane fritte, zucca fritta, tutto fritto. Un giorno Victor Milligan ha detto che era troppo. Lui è del Connecticut, giusto? E Jessie Frances aveva preparato un piatto di sottaceti fritti. Ve l'immaginate? Sottaceti fritti! Milligan ha detto qualcosa di terribile a Roosevelt, e lui l'ha riferito a Jessie Frances, che ha sbattuto la porta e se n'è andata. È stata via una settimana. Roosevelt avrebbe voluto lavorare, ma lei lo teneva a casa. Alla fine, il signor Bendini ha appianato le cose e lei ha accettato di tornare, purché non ci fossero più lamentele. Però ha ridotto le dosi di grasso. Credo che vivremo dieci anni di più.»

«Squisito» disse Lamar mentre imburrava un altro panino.

«È sempre squisito» soggiunse Lambert mentre Roosevelt gli passava accanto. «Sono ricette che ingrassano, ma è raro che saltiamo il pranzo.»

Mitch mangiava con cautela, parlava nervosamente e si sforzava di apparire a suo agio; ma non era facile. Circondato da avvocati affermati, tutti milionari, nella loro sala da pranzo esclusiva e lussuosa, aveva l'impressione di trovarsi su un terreno consacrato. La presenza di Lamar era rassicurante, come quella di Roosevelt.

Quando fu evidente che Mitch aveva finito di mangiare, Oliver Lambert si asciugò le labbra, si alzò e batté il cucchiaino sul bicchiere del tè. «Signori, vorrei la vostra attenzione, prego.»

Nella sala da pranzo scese il silenzio. I venti e più soci si voltarono verso il tavolo principale. Posarono i tovaglioli e fissarono l'ospite. Su ognuna delle loro scrivanie c'era una copia del suo fascicolo personale. Due mesi prima avevano deciso all'unanimità di sceglierlo. Sapevano che correva sette chilometri al giorno, non fumava, era allergico ai solfiti, era stato operato di tonsille, aveva una Mazda blu, una madre pazza e una volta era riuscito a fare tre intercettazioni in un tempo di una partita. Sapevano che non prendeva mai niente di più forte dell'aspirina anche quando si ammalava, e che era abbastanza affamato per lavorare cento ore la settimana se glielo avessero chiesto. Lo trovavano simpatico. Era un vero uomo atletico, di bell'aspetto, magro e intelligente.

«Come sapete, oggi abbiamo un ospite speciale, Mitch McDeere. Fra poco si laureerà a Harvard con tutti gli onori...»

«Udite! Udite!» esclamarono due ex allievi di Harvard.

«Sì, grazie. Questo fine settimana Mitch e sua moglie Abby alloggiano al Peabody come nostri ospiti. Mitch concluderà il corso di laurea fra i primi cinque su trecento ed è molto richiesto. Lo vogliamo con noi, e so che gli parlerete prima che riparta. Stasera

cenerà con Lamar e Kay Quin, e domani sera ci sarà la cena a casa mia. Dovete venire tutti.» Mitch rivolse un sorriso impacciato
ai soci mentre Lambert continuava a dissertare sull'importanza
dello studio. Quando ebbe terminato, ripresero a mangiare. Roosevelt servì la torta e il caffè.

Il ristorante preferito di Kay era un locale chic di East Memphis, frequentato dai giovani ricchi. C'erano felci appese dappertutto e il jukebox suonava soltanto motivi dei primi anni Sessanta. I daiquiri venivano serviti in grandi bicchieri-souvenir.

«Uno è sufficiente» avvertì Kay.

«Non sono una grande bevitrice.»

Ordinarono la quiche del giorno e sorseggiarono i daiquiri.

«Mitch beve?»

«Pochissimo. È un atleta e tiene molto alla forma. Una birra o
un bicchiere di vino ogni tanto, niente di più forte. E Lamar?»

«Più o meno lo stesso. Ha scoperto la birra alla facoltà di legge, ma ha problemi di peso. Lo studio non approva chi beve.»

«È ammirevole, ma perché li riguarda?»

«Perché l'alcol e gli avvocati vanno di pari passo, come il sangue e i vampiri. Molti avvocati bevono come spugne; la professione è afflitta dall'alcolismo. Credo che cominci alla facoltà di
legge. Alla Vanderbilt c'era sempre qualcuno che apriva un bari-
letto di birra. Probabilmente succede la stessa cosa ad Harvard.
Il lavoro comporta molte pressioni, e di solito questo spinge a bere. Allo studio non sono astemi, sia chiaro; ma si controllano.
Un avvocato sano è un avvocato produttivo.»

«Sì, mi pare che abbia senso. Mitch mi ha detto che non c'è
avvicendamento.»

«Praticamente, sono assunzioni in pianta stabile. Non ricordo
che qualcuno se ne sia andato in sette anni da quando siamo arrivati noi. Pagano molto bene e stanno attenti a chi assumono.
Non vogliono nessuno che sia ricco di famiglia.»

«Non riesco a seguirti.»

«Non assumono un avvocato se ha altre risorse economiche.
Li vogliono giovani e affamati. È una questione di lealtà. Se tutto il tuo denaro proviene da una data fonte, tendi a esserle fedele. Lo studio chiede la massima lealtà. Lamar dice che nessuno

parla mai di andarsene. Sono tutti felici: sono ricchi o stanno per diventarlo. E se qualcuno volesse andarsene, non guadagnerebbe altrettanto in un altro studio. Offriranno a Mitch quanto sarà necessario per farvi venire qui. Sono molto orgogliosi di pagare di più.»

«Perché non ci sono avvocati donne?»

«Hanno tentato una volta sola. Era una vera carogna e causava una quantità di problemi. Molte avvocatesse non cercano altro che pretesti per litigare. Sono difficili da trattare. Lamar dice che hanno paura di assumerne una perché se non andasse bene non potrebbero licenziarla.»

Arrivò la quiche, e tutte e due rifiutarono un altro daiquiri. Molti giovani professionisti si stavano affollando sotto la nube di felci, e nel ristorante l'atmosfera divenne animata. Dal jukebox giungeva in sordina la voce di Smokey Robinson.

«Mi è venuta un'idea grandiosa» disse Kay. «Conosco un'agente immobiliare: telefoniamole e andiamo a vedere qualche casa.»

«Quali case?»

«Per te e per Mitch. Per il nuovo associato di Bendini, Lambert & Locke. Potrà mostrartene diverse nella fascia di prezzo che ti interessa.»

«Non so quale sia la nostra fascia di prezzo.»

«Direi fra i cento e i centocinquantamila. L'ultimo associato ha comprato una casa a Oakgrove e sono sicura che ha pagato più o meno quella cifra.»

Abby si sporse verso Kay e abbassò la voce. «Come sarebbero le rate?»

«Non lo so. Ma potrete permettervele. Circa mille dollari al mese, forse un po' di più.»

Abby sgranò gli occhi e deglutì. A Manhattan, i piccoli appartamenti si affittavano per il doppio. «Telefoniamole.»

Com'era prevedibile, Royce McKnight aveva un "ufficio del potere" con vista magnifica, situato in uno degli angoli del terzo piano, di fronte a quello di Nathan Locke. Lamar si scusò e il socio dirigente invitò Mitch a sedere al piccolo tavolo per le riunioni accanto al divano. Una segretaria fu mandata a ordinare il caffè.

McKnight gli chiese cosa pensava della visita e Mitch rispose che ne aveva ricevuto un'ottima impressione.

«Mitch, vorrei precisare la nostra offerta.»

«Certamente.»

«Lo stipendio base è di ottantamila dollari per il primo anno. Quando supera l'esame di ammissione all'ordine, riceve un aumento di cinquemila dollari. Non è una gratifica: è un aumento. Gli esami si svolgono in agosto e passerà quasi tutta l'estate a prepararsi. Abbiamo corsi di studio appositi, e lei riceverà lezioni da alcuni dei soci: tutto questo viene fatto durante l'orario di lavoro. Come sa, in generale gli altri studi la farebbero lavorare e pretenderebbero che si preparasse nel tempo libero. Noi no. Nessun associato del nostro studio è mai stato bocciato in un esame di ammissione, e non temiamo che lei rompa la tradizione. Ottantamila dollari all'inizio, ottantacinquemila dopo sei mesi. Dopo che sarà stato qui un anno, lo stipendio salirà a novantamila; e inoltre ogni dicembre avrà una gratifica in base ai profitti e alle prestazioni dei dodici mesi precedenti. L'anno scorso la gratifica media per gli associati è stata di novemila dollari. Come sa, è molto raro che uno studio legale faccia partecipi dei profitti gli associati. Qualche domanda a proposito dello stipendio?»

«Cosa succede dopo il secondo anno?»

«Lo stipendio base aumenta del dieci per cento annuo, fino a che si diventa soci. Gli aumenti e le gratifiche non sono garantiti: si basano sul rendimento.»

«Mi sembra giusto.»

«Come sa, per noi è molto importante che acquisti una casa. Conferisce stabilità e prestigio e queste cose ci interessano molto, soprattutto per quanto riguarda i nostri associati. Lo studio offre un prestito a basso interesse per trent'anni, tasso fisso, non trasferibile se decidesse di rivendere dopo pochi anni. È un'offerta che vale solo per la prima casa. Poi dovrà arrangiarsi da solo.»

«Qual è l'interesse?»

«Il più basso che possiamo assicurare senza avere problemi con il fisco. L'attuale interesse per i mutui è del dieci o del dieci e mezzo. Noi possiamo farle ottenere un tasso dal sette all'otto per cento. Rappresentiamo diverse banche, e ci favoriscono. Con il suo stipendio non avrà difficoltà a presentare i requisiti richiesti. Anzi, se necessario lo studio firmerà come garante.»

«È un gesto molto generoso, signor McKnight.»

«Per noi è importante. E non perdiamo nulla. Quando lei avrà trovato la casa, il nostro servizio proprietà immobiliari provvederà a tutto. Lei non dovrà fare altro che andarvi ad abitare.»

«E la BMW?»

McKnight rise. «Abbiamo incominciato dieci anni fa ed è risultato un ottimo incentivo. È molto semplice. Lei sceglie una BMW, una delle più piccole; noi facciamo un contratto di leasing per tre anni e le consegnamo le chiavi. Paghiamo la manutenzione e l'assicurazione. Dopo tre anni lei potrà acquistarla dalla società di leasing per il prezzo di mercato. Anche questa è un'offerta unica: vale solo per la prima macchina.»

«È molto allettante.»

«Lo sappiamo.»

McKnight diede un'occhiata al blocco degli appunti. «Forniamo la più completa assicurazione medica e dentistica per l'intera famiglia. Gravidanze, check-up, apparecchi per i denti, e via di seguito. Lo studio paga tutto.»

Mitch annuì, ma questo non lo colpiva molto. Era normale.

«Il nostro programma di pensionamento non è secondo a nessuno. Per ogni dollaro che lei investe, lo studio ne mette due, purché investa almeno il dieci per cento dello stipendio base. Diciamo che incominci con ottantamila dollari: il primo anno ne mette da parte ottomila. Lo studio ne versa sedicimila, e quindi lei ne ha ventiquattro dopo dodici mesi. Se ne occupa un esperto di New York, e lo scorso anno il nostro fondo pensioni ha guadagnato il diciannove per cento. Niente male. Se investe per vent'anni, diventerà milionario a quarantacinque anni, poco prima di potersi ritirare. Una sola condizione: se lascia l'impiego prima di vent'anni, perde tutto tranne il denaro che ha versato: niente rendita.»

«Mi sembra una condizione piuttosto dura.»

«Al contrario, è generosa. Trovi un altro studio o un'altra azienda che versi il doppio di quanto versa il dipendente. A quanto mi risulta, non lo fa nessuno. È così che provvediamo a noi stessi. Molti dei nostri soci si ritirano a cinquant'anni, alcuni a quarantacinque. Non c'è pensionamento obbligatorio, e qualcuno continua a lavorare anche dopo i sessanta o i settanta. Ognuno a modo suo. Il nostro scopo è assicurare una pensione generosa e lasciare la possibilità di un pensionamento anticipato.»

«Quanti soci pensionati avete?»

«Una ventina. Li vedrà qui di tanto in tanto. Vengono volentieri a pranzo, e alcuni conservano il loro ufficio. Lamar le ha parlato delle ferie?»

«Sì.»

«Bene. Bisogna prenotare in anticipo, soprattutto per Vail e le Cayman. Deve pagare i biglietti aerei, ma la permanenza nei condomini è gratis. Facciamo molti affari nelle Cayman, e ogni tanto la manderemo laggiù per due o tre giorni: questi viaggi non vengono contati come vacanze, e ne farà uno all'anno, più o meno. Noi lavoriamo sodo, Mitch, e riconosciamo il valore del tempo libero.»

Mitch annuì. Sognava di stare sdraiato su una spiaggia assolata dei Caraibi a bere *piña colada* e a guardare le belle ragazze in tanga.

«Lamar ha parlato del premio d'ingaggio?»

«No, ma dev'essere interessante.»

«Se entrerà nel nostro studio le daremo un assegno di cinquemila dollari. Preferiamo che lo spenda per farsi un guardaroba nuovo. Dopo sette anni di jeans e camicie di flanella, con ogni probabilità non avrà molti abiti, ce ne rendiamo conto. Per noi le apparenze sono molto importanti. Vogliamo che i nostri avvocati vestano in modo elegante e tradizionale. Non c'è un codice preciso per l'abbigliamento, ma si farà presto un'idea.»

Aveva parlato di cinquemila dollari? Per i vestiti? Al momento Mitch possedeva due soli abiti, e uno l'aveva addosso. Rimase impassibile, senza sorridere.

«Qualche domanda?»

«Sì. I grandi studi sono tristemente famosi come luoghi di sfruttamento dove gli associati sono oberati di ricerche noiosissime e rinchiusi in una biblioteca per i primi tre anni. Io non voglio saperne. Non mi dispiace fare la mia parte di ricerca e mi rendo conto che sarò sull'ultimo gradino della scala. Ma non voglio fare ricerche e scrivere memorie per tutto lo studio. Vorrei lavorare con i clienti e con i loro problemi.»

McKnight ascoltò con attenzione e poi diede la risposta prefabbricata. «Capisco, Mitch. Ha ragione: è un vero problema con i grandi studi. Ma qui è diverso. Per i primi tre mesi non farà molto più che prepararsi per l'esame di ammissione all'ordine. Poi comincerà a esercitare la professione. Verrà assegnato a un socio, e i clienti del socio diventeranno i suoi clienti. Farà quasi tutte le ricerche per entrambi; ogni tanto le verrà chiesto di collaborare con qualcun altro per preparare una memoria o per organizzare una ricerca. Noi vogliamo che si trovi bene. Siamo molto orgogliosi del fatto che il nostro tasso di avvicendamento è zero, e siamo disposti a fare di tutto per mantenere le carriere sul binario giusto. Se non riuscirà ad andare d'accordo con il socio cui sarà assegnato, ne troveremo un altro. Se scoprirà che le questioni fiscali non le piacciono, lasceremo che provi con i titoli obbligazionari e con le banche. Starà a lei decidere. Molto presto lo studio investirà una somma cospicua in Mitch McDeere, e vogliamo che lui sia produttivo.»

Mitch bevve lentamente il caffè e cercò qualche altra domanda da fare. McKnight diede un'occhiata all'elenco.

«Pagheremo le spese del trasferimento a Memphis.»

«Non saranno molte. Basterà un piccolo camion a noleggio.»

«C'è altro, Mitch?»

«No, signore. Non mi viene in mente niente.»

McKnight piegò il foglio e lo mise nella cartelletta. Appoggiò i gomiti sul tavolo e si sporse in avanti. «Mitch, non vogliamo essere troppo insistenti, ma abbiamo bisogno di una risposta al più presto possibile. Se decide di accettare un'altra offerta, dovremo interpellare altri candidati. È un processo piuttosto lungo, e vorremmo che il nuovo assunto incominciasse a lavorare il 1° luglio.»

«Va bene fra dieci giorni?»

«Benissimo. Diciamo entro il 30 marzo?»

«Sicuro, ma mi farò vivo prima.» Mitch salutò, uscì, e trovò Lamar che lo stava aspettando nel corridoio davanti all'ufficio di McKnight. Si accordarono per trovarsi alle sette per la cena.

Al quinto piano del Bendini Building non c'erano uffici. La sala da pranzo dei soci e la cucina occupavano l'estremità occidentale, al centro c'erano alcuni vecchi magazzini vuoti e chiusi a chiave; poi un robusto muro di cemento isolava la restante terza parte dell'intero piano. Una porticina metallica con un pulsante accanto e sovrastata da una telecamera stava al centro del divisorio e si apriva su una stanzetta dove una guardia armata sorvegliava la porta e una quantità di schermi a circuito chiuso. Un corridoio zigzagava in un labirinto di piccoli uffici dove c'era una quantità di individui segretamente occupati a osservare e a raccogliere informazioni. All'esterno le finestre erano coperte da una mano di vernice e da tapparelle. La luce del sole non aveva la possibilità di penetrare nella fortezza.

DeVasher, il capo della sicurezza, occupava il più grande di quegli ufficetti così insignificanti. Un certificato appeso alla parete spoglia era il suo riconoscimento per trent'anni di onorato servizio come detective della polizia di New Orleans. Era un uomo di taglia media con un accenno di pancia, spalle e torace massicci, la testa perfettamente rotonda e un sorriso poco frequente. La camicia gualcita era sbottonata in alto e lasciava intravedere il collo grosso e cascante. Una cravatta di poliestere era appesa all'attaccapanni insieme a un blazer molto liso.

Il lunedì mattina dopo la visita di McDeere, Oliver Lambert si fermò davanti alla porticina metallica e fissò l'obiettivo che la sovrastava. Premette due volte il pulsante e finalmente venne fatto passare. Attraversò in fretta l'anticamera ed entrò nell'ufficio. DeVasher lanciò uno sbuffo di fumo da un Dutch Masters e spostò le carte in tutte le direzioni finché liberò una parte del piano della scrivania.

«Buongiorno, Ollie. Immagino che vorrai parlare di McDeere.»

In tutto il Bendini Building DeVasher era l'unico che si permettesse di chiamarlo Ollie.

«Sì, fra le altre cose.»

«Bene. Si è divertito, è rimasto favorevolmente impressionato dallo studio, Memphis gli piace e probabilmente firmerà.»

«Dov'erano i tuoi uomini?»

«Avevamo le stanze ai due lati della sua, all'albergo. Nella sua camera c'erano microfoni nascosti, naturalmente, e così pure nella limousine, nel telefono e in tutto il resto. Come al solito, Ollie.»

«Cerchiamo di essere più precisi.»

«D'accordo. Giovedì sera sono rientrati tardi e sono andati a letto. Non ci sono state discussioni. Venerdì sera lui le ha raccontato tutto sullo studio, gli uffici, la gente, e ha detto che sei un tipo molto simpatico. Ho pensato che ti avrebbe fatto piacere saperlo.»

«Continua.»

«Le ha parlato della lussuosa sala e del pranzo con i soci. Ha riferito le condizioni dell'offerta. Erano estasiati: molto meglio di tutte le altre proposte. Lei vuole una casa con un vialetto e un marciapiede, alberi e un prato sul retro. Lui ha risposto che andava bene.»

«Qualche problema con lo studio?»

«Non proprio. Lui ha fatto un commento sull'assenza di negri e di donne, ma sembrava che la cosa non gli desse fastidio.»

«E la moglie?»

«Era entusiasta. La città le piace e si è trovata subito bene con la moglie di Quin. Venerdì pomeriggio sono andate a vedere diverse case e ce ne sono due che le piacciono.»

«Hai gli indirizzi?»

«Naturalmente, Ollie. Sabato mattina hanno fatto venire la limousine e hanno girato per tutta la città. La limousine li ha molto impressionati. Il nostro autista si è tenuto alla larga dai quartieri peggiori, e hanno visto altre case. Credo che ne abbia-

no scelta una. Al numero 1231 di East Meadowbrook. È vuota.
Gliel'ha fatta visitare un'agente immobiliare che si chiama Betsy
Bell. Chiede centoquarantamila dollari ma accetterà una somma
inferiore. Ha bisogno di venderla.»

«È una bella zona. Quanti anni ha la casa?»

«Dieci o quindici. Duecentottanta metri quadrati. Stile coloniale. Andrebbe abbastanza bene per uno dei tuoi ragazzi,
Ollie.»

«Sei sicuro che vogliano proprio quella?»

«Almeno per ora. Hanno parlato di tornare fra un mese circa
per vederne altre. Magari vorrai farli venire qui non appena ac-
cetteranno. È la procedura normale, no?»

«Sì. Ci penserò io. E lo stipendio?»

«Erano molto impressionati. L'offerta più alta ricevuta finora. Hanno parlato a lungo dei soldi. Stipendio, piano pensione,
mutuo, BMW, gratifiche, tutto quanto. Non riuscivano a crederci. Devono essere veramente al verde.»

«Lo sono. Pensi che lo abbiamo accalappiato, eh?»

«Ci scommetterei. A un certo punto ha detto che lo studio
forse non era prestigioso come quelli di Wall Street, però gli avvocati erano altrettanto qualificati e molto più simpatici. Credo
che accetterà, oh, sì.»

«Qualche sospetto?»

«Non proprio. Evidentemente Quin gli ha detto di stare alla
larga dall'ufficio di Locke. Ha raccontato alla moglie che non ci
entra mai nessuno, a parte qualche segretaria e alcuni soci. Ma
ha detto che, secondo Quin, Locke è un tipo eccentrico e scor-
butico. Non credo che si sia insospettito. La moglie ha detto che
lo studio sembra interessato a certe cose che non lo riguardano.»

«Per esempio?»

«Faccende personali. I figli, le mogli che lavorano, eccetera.
Pareva un po' irritata. Sabato mattina ha detto a Mitch che non
intende permettere a un branco di avvocati di dirle quando deve
lavorare e quando deve avere un figlio. Però non credo che sia
un problema.»

«Lui si rende conto che il posto è definitivo?»

«Credo di sì. Non ha parlato di fermarsi qualche anno per

poi cambiare. Penso che abbia capito il messaggio. Vuole diventare socio, come tutti. È squattrinato e vuole i soldi.»

«E la cena a casa mia?»

«Erano nervosi ma si sono trovati bene. Sono rimasti molto ben impressionati. E pensano che tua moglie sia proprio simpatica.»

«Hanno fatto l'amore?»

«Tutte le notti. Sembravano in luna di miele.»

«Cosa facevano?»

«Ricorda che non potevamo vedere. A sentirli, sembrava tutto normale. Niente di strano. Ho pensato a te e alla tua passione per le fotografie, e continuavo a dirmi che avremmo dovuto piazzare qualche macchina fotografica per il vecchio Ollie.»

«Piantala, DeVasher.»

«Magari la prossima volta.»

Rimasero in silenzio mentre DeVasher guardava gli appunti. Spense il sigaro nel portacenere e sorrise fra sé.

«Tutto sommato» disse, «è un matrimonio solido, sembravano molto affettuosi. Il tuo autista ha detto che hanno continuato a tenersi per mano durante l'intero fine settimana. Neppure un battibecco in tre giorni. Così va bene, no? Ma è meglio che io non parli, vero? Sono stato sposato tre volte.»

«È comprensibile. E i figli?»

«Fra un paio d'anni. Lei vuole lavorare per un po', e poi avere un bambino.»

«Cosa pensi di lui?»

«Un giovane molto a posto. E anche molto ambizioso. Credo che sia deciso a farsi strada e non mollerà prima di essere arrivato in cima. Correrà qualche rischio e farà qualche strappo alle regole in caso di necessità.»

Ollie sorrise. «È quello che volevo sentire.»

«Due telefonate. Tutte e due alla madre di lei nel Kentucky. Niente di straordinario.»

«E la famiglia di lui?»

«Non ne hanno mai parlato.»

«Non si sa niente di Ray?»

«Stiamo ancora indagando, Ollie. Lasciaci un po' di tempo.»

DeVasher chiuse il fascicolo intestato a McDeere e ne aprì un altro, molto più grosso. Lambert si massaggiò le tempie e fissò il pavimento. «Quali sono le ultime novità?» chiese a voce bassa.

«Niente di buono, Ollie. Sono convinto che Hodge e Kozinski, adesso, lavorino insieme. La settimana scorsa l'FBI ha ottenuto un mandato e ha controllato la casa di Kozinski. Hanno trovato le nostre microspie. Lo hanno avvertito, ma naturalmente non sapevano chi era stato a metterle. Kozinski l'ha detto a Hodge venerdì scorso, mentre erano nascosti nella biblioteca del terzo piano. Abbiamo una microspia lì vicino e abbiamo captato una parte del dialogo. Non molto, ma sappiamo che hanno parlato delle intercettazioni. Sono convinti che ci siano microspie dappertutto e sospettano di noi. Quando parlano sono molto guardinghi.»

«Perché mai l'FBI si è preso la briga di procurarsi un mandato di perquisizione?»

«Ecco una domanda intelligente. Con ogni probabilità, l'hanno fatto per noi. Per fare in modo che tutto apparisse regolare. Ci rispettano.»

«Che agente è?»

«Tarrance. Evidentemente è lui che se ne occupa.»

«È efficiente?»

«Sì. Giovane, inesperto, troppo zelante, ma efficiente. Non è in grado di reggere il confronto con i nostri.»

«Quante volte ha parlato con Kozinski?»

«Non c'è modo di saperlo. Pensano che li stiamo ascoltando, perciò sono tutti molto prudenti. A me risultano quattro incontri durante l'ultimo mese, ma sospetto che ce ne siano stati di più.»

«Quanto ha spifferato?»

«Non molto, spero. Sono ancora alle schermaglie preliminari. L'ultimo colloquio che abbiamo intercettato risale a una settimana fa, e non ha detto molto. È spaventatissimo. Insistono ma non ottengono grandi cose. Lui non ha ancora deciso di collaborare. Ricorda che sono stati loro a contattarlo. O almeno, pensiamo che sia stato così. Lo avevano terrorizzato a dovere e sembrava pronto a un accordo. Adesso sta cambiando idea. Comunque è ancora in contatto con loro e questo mi preoccupa.»

«La moglie lo sa?»

«Non credo. Sa che si comporta in modo strano, ma lui risponde che è per la pressione del lavoro.»

«E Hodge?»

«A quanto ne sappiano non ha ancora parlato con i federali. Lui e Kozinski chiacchierano parecchio... o bisbigliano. Hodge continua a dire che ha una paura mortale dell'FBI, che l'FBI non gioca pulito e bara. Non si muoverà senza Kozinski.»

«E se Kozinski venisse eliminato?»

«Hodge sarà il nuovo uomo. Ma non credo che siamo arrivati a questo punto. Accidenti, Ollie, non è un delinquente dalla testa calda che si mette in mezzo. È un giovane per bene, ha figli e tutto quanto.»

«La tua compassione è commovente. Forse credi che io mi diverta. Accidenti, li ho allevati io, quei ragazzi.»

«Allora li rimetteremo in riga prima che la cosa vada troppo oltre. A New York si insospettiscono, Ollie. Stanno facendo una quantità di domande.»

«Chi?»

«Lazarov.»

«Tu cosa gli hai detto, DeVasher?»

«Tutto. È il mio lavoro. Vogliono che tu vada a New York dopodomani per una relazione completa.»

«Cosa vogliono?»

«Risposte. E piani.»

«Piani per che cosa?»

«Piani preliminari per l'eliminazione di Kozinski, Hodge e Tarrance, se si rendesse necessario.»

«Tarrance! Sei impazzito, DeVasher? Non possiamo eliminare un poliziotto. Interverrebbero in forze.»

«Lazarov è stupido, Ollie. Lo sai. È un idiota, ma non credo che dobbiamo dirglielo.»

«Credo che glielo dirò. Credo che andrò a New York e dirò a Lazarov che è completamente scemo.»

«Fallo pure, Ollie. Fallo pure.»

Oliver Lambert si alzò di scatto e si avviò verso la porta. «Sorveglia McDeere per un altro mese.»

«Sicuro, Ollie. Ci puoi scommettere. Firmerà. Non preoccu-

4

La Mazda fu venduta per duecento dollari e la maggior parte della somma fu investita immediatamente nel noleggio di un camioncino della U-Haul. La spesa sarebbe stata rimborsata a Memphis. Metà dei mobili fu regalata o buttata via; una volta carico, il camioncino trasportava un frigorifero, un letto, un tavolo da toilette e un cassettone, un piccolo televisore a colori, scatoloni di piatti, indumenti e cianfrusaglie e un vecchio sofà che era stato salvato per ragioni sentimentali ma non sarebbe durato a lungo nella nuova residenza.

Abby teneva Hearsay, il cane, mentre Mitch attraversava Boston e puntava verso sud, verso sud e verso la promessa di una vita migliore. Per tre giorni percorsero strade secondarie, ammirarono la campagna, cantarono accompagnando la radio, dormirono in motel modestissimi e parlarono della casa, la BMW, i mobili nuovi, i figli, la ricchezza. Abbassarono i vetri dei finestrini e lasciarono che il vento entrasse mentre si avvicinavano alla massima velocità consentita di settantacinque chilometri orari. A un certo punto, in Pennsylvania, Abby disse che avrebbero potuto fermarsi nel Kentucky per una breve visita. Mitch non disse nulla, ma scelse un percorso che attraversava le due Caroline e la Georgia senza mai avvicinarsi a meno di trecento chilometri dal confine con il Kentucky. Abby non insistette.

Arrivarono a Memphis un giovedì mattina e la 318i nera era in attesa nel garage come promesso. Mitch guardò la macchina. Abby guardò la casa. L'erba del prato era folta, verde e ben tagliata. Le siepi erano curatissime, le calendule in fiore.

Trovarono le chiavi sotto un secchio nella stanza della caldaia, come promesso.

Dopo un primo giro di prova con la BMW, scaricarono in fretta il camioncino prima che i vicini potessero vedere quei pochi mobili. Il camioncino U-Haul fu riconsegnato all'agenzia più vicina. Un altro giro di prova.

Un'arredatrice, la stessa che si sarebbe occupata dell'ufficio di Mitch, arrivò poco dopo mezzogiorno e portò campioni di moquette, tinte per i muri, tende, carta da parati. Abby trovava piuttosto buffa l'idea di servirsi di un'arredatrice dopo il loro appartamento di Cambridge, ma stette al gioco. Mitch si annoiò subito, si scusò e andò a fare un altro giro di prova. Percorse i viali alberati e tranquilli del bel quartiere di cui era diventato residente. Sorrise quando i bambini in bicicletta si fermavano e fischiavano nel vedere la sua macchina nuova. Salutò con un cenno il postino che stava arrivando lungo il marciapiede e sudava abbondantemente. Ecco: era Mitchell Y. McDeere, aveva venticinque anni, aveva lasciato da una settimana la facoltà di legge ed era un uomo arrivato.

Alle tre seguirono l'arredatrice in un grandioso magazzino di arredamento. Il direttore li informò educatamente che il signor Oliver Lambert si era già accordato per il loro credito, e che non c'erano limiti fissati per i loro acquisti. Comprarono tutto quello che occorreva per la casa. Ogni tanto Mitch aggrottava la fronte, e per due volte mise il veto a pezzi troppo cari, ma fu la gran giornata di Abby. L'arredatrice si complimentò più volte con lei per il suo gusto meraviglioso e promise che lunedì sarebbe andata da Mitch per occuparsi del suo ufficio. Magnifico, disse lui.

Armati di una cartina della città, partirono in cerca della residenza dei Quin. Abby aveva visto la casa in occasione della prima visita, ma non sapeva come trovarla. Il quartiere si chiamava Chickasaw Gardens, e Abby ricordava i lotti boscosi, le case immense e i giardini ideati da specialisti. Parcheggiarono nel viale dietro alla Mercedes nuova e alla Mercedes vecchia.

La cameriera li accolse educatamente ma senza sorridere. Li accompagnò in soggiorno e li lasciò. La casa era buia e silenziosa... niente bambini, niente voci, niente di niente. Ammirarono l'arredamento e attesero. Mormorarono tra loro, poi si spazientirono. Sì, convennero, erano stati effettivamente invitati a cena per quella sera, giovedì 25 giugno alle sei del pomeriggio. Mitch controllò di nuovo l'orologio e parlò di maleducazione. Continuarono ad aspettare.

Kay arrivò dal corridoio e si sforzò di sorridere. Aveva gli occhi gonfi e vitrei, con il mascara che colava agli angoli. Le lacrime le scorrevano sulle guance, e si premeva un fazzoletto contro la bocca. Abbracciò Abby e sedette sul divano accanto a lei. Morse il fazzoletto e pianse ancora di più.

Mitch si inginocchiò davanti a lei. «Kay, cos'è successo?»

Kay morse di nuovo il fazzoletto e scosse la testa. Abby le strinse un ginocchio, Mitch batté la mano sull'altro. Tutti e due la fissarono spaventati, temendo il peggio. Era accaduto qualcosa a Lamar o a uno dei bambini?

«È successa una tragedia» disse Kay fra un singhiozzo e l'altro.

«Chi?» chiese Mitch.

Lei si asciugò gli occhi e respirò profondamente. «Due dello studio, Marty Kozinski e Joe Hodge. Sono morti oggi. Gli eravamo molto affezionati.»

Mitch sedette sul tavolino. Ricordava Marty Kozinski dalla seconda visita, effettuata in aprile. Era andato a pranzo con Lamar e lui in un delicatessen in Front Street. Era candidato alla promozione a socio, ma non era parso molto entusiasta. In quanto a Joe Hodge, Mitch non lo ricordava affatto.

«Cos'è successo?» chiese.

Kay aveva smesso di singhiozzare, ma le lacrime continuavano a scorrerle sulle guance. Si asciugò di nuovo il viso e lo guardò. «Non lo sappiamo. Erano a Grand Cayman e stavano facendo un'immersione. C'è stata una specie di esplosione su una barca e pensiamo che siano annegati. Lamar ha detto che non si conoscono molti particolari. Qualche ora fa c'è stata una riunione allo studio e sono stati informati. Lamar è arrivato a casa sconvolto.»

«Dov'è?»

«In piscina. Vi aspetta.»

Lamar era seduto su una sedia da giardino, accanto a un tavolino con un ombrellone, a pochi passi dal bordo della piscina.

Vicino a un'aiuola, un innaffiatore rotante sibilava e gettava l'acqua in un arco perfetto che investiva il tavolino, l'ombrellone, la sedia e Lamar Quin. Lamar era bagnato fradicio. L'acqua gli sgocciolava dal naso, dalle orecchie e dai capelli. La camicia di cotone blu e i pantaloni di lana erano zuppi. Non portava né calzini né scarpe.

Era immobile e indifferente a ogni nuovo spruzzo. Aveva perso il contatto con la realtà. Fissava qualcosa dall'altra parte del prato. Una bottiglia di Heineken ancora tappata stava in una pozza sul cemento, accanto alla sedia.

Mitch si guardò intorno, anche per assicurarsi che i vicini non potessero vedere. No, non potevano. Una siepe di cipressi alti due metri e mezzo assicurava la più completa privacy. Girò intorno alla piscina e si fermò al margine dell'area asciutta. Lamar lo notò, fece un cenno di saluto, si sforzò di sorridere e indicò con la mano una sedia bagnata. Mitch la scostò di un metro e sedette proprio mentre arrivava un'altra raffica d'acqua.

Lamar tornò a guardare al di là del prato o chissà dove. Rimasero per un'eternità ad ascoltare il suono dell'innaffiatore. A volte Lamar scuoteva la testa e si sforzava di mormorare qualcosa. Mitch sorrideva impacciato, e non riusciva a immaginare cosa poteva dire.

«Lamar, mi dispiace moltissimo» articolò alla fine.

Lamar lo guardò. «Anche a me.»

«Vorrei poter dire qualcosa.»

Lamar distolse finalmente lo sguardo e inclinò la testa verso Mitch. I capelli scuri, bagnati fradici, gli spiovevano sugli occhi arrossati e mesti. Restò a guardare fino a quando fu passato un altro spruzzo.

«Lo so. Ma non c'è niente da dire. Mi rincresce che sia successo proprio oggi. Non ce la sentiamo di metterci a cucinare.»

«Non ti preoccupare. Io ho perso l'appetito un momento fa.»

«Te li ricordi?» chiese Lamar soffiando via l'acqua dalle labbra.

«Ricordo Kozinski ma non Hodge.»

«Marty Kozinski era uno dei miei migliori amici. Veniva da Chicago. Era entrato nello studio tre anni prima di me ed era candidato alla promozione a socio. Un grande avvocato; lo ammiravano tutti e chiedevano sempre il suo consiglio. Probabilmente era il miglior negoziatore dello studio. Restava freddo e lucido anche sotto pressione.»

Lamar si asciugò le sopracciglia e fissò il terreno. Quando parlava, era disturbato dall'acqua che gli scorreva dal naso. «Tre bambini. Le gemelle hanno un mese più di nostro figlio, e hanno sempre giocato insieme.» Chiuse gli occhi, si morse le labbra e cominciò a piangere.

Mitch provò l'impulso di andarsene. Si sforzò di non guardare l'amico. «Mi dispiace molto, Lamar. Moltissimo.»

Dopo qualche minuto Lamar smise di piangere ma i getti d'acqua continuarono. Mitch girò lo sguardo sull'ampio prato in cerca del rubinetto esterno. Per due volte fu sul punto di chiedere se poteva fermare l'innaffiatore, e per due volte decise che poteva sopportarlo se lo sopportava Lamar. Forse andava bene così. Guardò l'orologio. Sarebbe venuto buio fra un'ora e mezzo.

«Cosa si sa dell'incidente?» chiese finalmente.

«Non ci hanno detto molto. Stavano facendo un'immersione e c'è stata un'esplosione sulla barca. Anche il capitano è morto. Era un isolano. Adesso stanno cercando di riportare a casa i cadaveri.»

«Dove erano le mogli?»

«A casa, per fortuna. Era un viaggio di lavoro.»

«Non ricordo assolutamente Hodge.»

«Era un tipo alto, biondo, taciturno. Il tipo che non si ricorda. Era laureato ad Harvard come te.»

«Quanti anni aveva?»

«Erano coetanei, trentaquattro anni. Sarebbe diventato socio dopo Marty. Erano molto amici. Credo che siamo tutti molto legati, soprattutto adesso.»

Lamar si passò le dita fra i capelli. Si alzò e raggiunse un tratto di terreno asciutto. L'acqua gli grondava dalla camicia e dai pantaloni. Si fermò a fianco di Mitch e guardò con occhi vacui le cime degli alberi del giardino attiguo. «Come va la BMW?»

«Magnifica. Una gran macchina. Grazie per avermela consegnata.»

«Quando siete arrivati?»

«Stamattina. Le ho già fatto fare un sacco di chilometri.»

«L'arredatrice è venuta?»

«Sì. Lei e Abby mi hanno costretto a spendere lo stipendio dell'anno prossimo.»

«Molto bene. È una bella casa. Siamo contenti che tu sia qui, Mitch. Mi rincresce che le circostanze siano così tristi. Vedrai, stare qui ti piacerà.»

«Non devi scusarti.»

«Ancora non riesco a crederlo. Sono intontito, paralizzato. Tremo all'idea di dover vedere la moglie e i figli di Marty. Sarei disposto a non so cosa pur di non dover andare da loro.»

Le donne uscirono, attraversarono il patio e scesero i gradini. Kay andò al rubinetto e fermò l'innaffiatore.

Lasciarono Chickasaw Gardens e puntarono a ovest, con il traffico diretto verso il tramonto. Si tenevano per mano ma non parlavano. Mitch aprì il tettuccio e abbassò i vetri. Abby frugò in una scatola di vecchie cassette e ne trovò una di Springsteen. Lo stereo funzionava magnificamente. *Hungry Heart* volò dai finestrini mentre la macchina lucente sfrecciava verso il fiume. L'aria calda e afosa dell'estate di Memphis si fece sentire ancora di più con l'imbrunire. I campi di softball prendevano vita e le squadre di uomini grassi con i calzoncini attillati di poliestere e le magliette verde-cedro e giallo-fluorescente tracciavano linee con il gesso e si preparavano allo scontro. Gli adolescenti arrivati con le macchine stracariche si affollavano nei fast-food a bere birra, chiacchierare e adocchiare gli esponenti dell'altro sesso. Mitch cominciò a sorridere. Cercò di non pensare più a Lamar, a Kozinski e a Hodge. Perché doveva essere triste? Non erano amici suoi. Gli dispiaceva per le famiglie, ma in realtà non li conosceva. E lui, Mitchell Y. McDeere, un ragazzo povero e senza famiglia, aveva molti motivi per essere felice. Una bella moglie, una casa nuova, una macchina nuova, un lavoro nuovo, una nuova laurea ad Harvard. Un'intelligenza brillante e un corpo solido che non ingrassava e aveva poco bisogno di dormire. Ottantamila dollari l'anno, per ora. Entro due anni avrebbe superato i centomila, e tutto ciò che doveva fare era lavorare novanta ore la settimana. Uno scherzo.

Si fermò a un distributore self-service e fece sessanta litri. Entrò a pagare e poi si immersero di nuovo nel traffico. Adesso Mitch sorrideva.

«Andiamo a mangiare» disse.

«Non siamo vestiti nel modo adatto» osservò lei.

Mitch le guardò le gambe, lunghe e abbronzate. Abby portava una gonna di cotone bianco sopra il ginocchio e una camicetta, anche quella di cotone bianco. Lui indossava calzoni corti, scarpe da tennis e una polo nera piuttosto stinta. «Con due gambe come le tue, potresti farti ammettere in qualunque ristorante di New York.»

«Cosa ne diresti del Rendezvous? Mi sembra che fossero tutti vestiti sportivi.»

«Ottima idea.»

Si fermarono in un parcheggio a pagamento e percorsero due isolati a piedi fino a raggiungere un vicolo. L'odore del barbecue si diffondeva nell'aria e gravava come una nebbia vicino al marciapiede. L'aroma penetrava dolcemente attraverso il naso, la bocca e gli occhi e causava un fremito nello stomaco. Il fumo si riversava nel vicolo dagli sfiatatoi che correvano sottoterra fino ai forni enormi dove le migliori costolette di maiale venivano cotte al barbecue nel miglior ristorante specializzato in barbecue della città famosa per i suoi barbecue. Il Rendezvous era giù, sotto il vicolo, sotto una vecchia costruzione di mattoni rossi che sarebbe stata demolita da decenni se non avesse vantato la presenza di quel locale famoso.

C'era sempre una gran folla e una lista d'attesa, ma i giovedì erano le giornate più fiacche. Mitch e Abby furono condotti attraverso l'immenso, rumoroso ristorante e accompagnati a un piccolo tavolo con la tovaglia a quadretti rossi. Tutti li guardavano. Gli uomini smettevano di mangiare con il boccone fra i denti, mentre Abby McDeere passava fra loro come un'indossatrice in una sfilata. Una volta aveva fermato il traffico a un incrocio di Boston. Era abituata ai fischi di ammirazione. E c'era abituato anche il marito. Era molto fiero della bellezza della moglie.

Davanti a loro stava un negro dall'aria arrabbiata e con un grembiule rosso. «Allora, signore?» disse.

I menu erano tovagliette all'americana sui tavoli, e del tutto superflui. Costolette, costolette e costolette.

«Due completi, un piatto di formaggi, una caraffa di birra» disse Mitch. Il cameriere non scrisse nulla. Si voltò e gridò in direzione dell'entrata: «Due completi, formaggio, caraffa».

Quando il negro se ne andò, Mitch strinse la gamba di Abby sotto il tavolo. Lei gli diede una pacca sulla mano.

«Sei bella» disse Mitch. «Quando è stata l'ultima volta che te l'ho detto?»

«Circa due ore fa.»

«Due ore! Sono imperdonabile.»

«Che non succeda più.»

Mitch le strofinò il ginocchio. Abby lo lasciò fare. Gli rivolse un sorriso seducente, mettendo in mostra le fossette. I denti brillavano nella luce tenue, gli occhi castani splendevano. I capelli scuri e lisci le ricadevano quasi fino alle spalle.

Il cameriere portò la birra e riempì due boccali senza dire una parola. Abby bevve un sorso e smise di sorridere.

«Come ti è sembrato Lamar?» chiese.

«Non lo so. All'inizio mi pareva ubriaco. Mi sentivo un idiota, mentre stavo lì seduto a guardarlo e lui si infradiciava.»

«Poveraccio. Kay ha detto che i funerali saranno probabilmente lunedì, se le salme arriveranno in tempo.»

«Parliamo d'altro. I funerali non mi piacciono, anche se ci andrò solo per rispetto e non conosco il defunto. Ho avuto qualche brutta esperienza in fatto di funerali.»

Arrivarono le costolette, servite su piatti di carta rivestiti d'alluminio per trattenere il grasso. Un piatto di cavoli salati e uno di fagioli stufati stavano intorno a una distesa di costolette cosparse abbondantemente della salsa che costituiva il segreto del locale. Si misero all'opera con le dita.

«Di cosa vorresti parlare?» chiese Abby.

«Di un figlio.»

«Mi pareva che avessimo deciso di aspettare qualche anno.»

«Certo. Ma credo che dovremmo allenarci con diligenza.»

«Ci siamo allenati in tutti i motel tra qui e Boston.»

«Lo so: ma non nella nostra casa nuova.» Mitch separò due costolette e la salsa gli schizzò sulle sopracciglia.

«Siamo arrivati appena questa mattina.»

«Lo so. Cosa stiamo aspettando?»

«Mitch, ti comporti come se ti sentissi trascurato.»

«Sono stato trascurato da stamattina. Propongo di farlo stanotte, per battezzare la casa nuova.»

«Vedremo.»

«È una promessa? Ehi, hai visto quel tizio laggiù? Rischia di rompersi il collo per adocchiarti le gambe. Dovrei andare a prenderlo a calci.»

«Sì, è una promessa. Non preoccuparti per quegli uomini. Guardano te. Ti trovano carino.»

«Spiritosa.»

Mitch ripulì tutte le sue costolette e metà della porzione di Abby. Quando ebbero finito la birra, pagò il conto e risalirono nel vicolo. Mitch guidò prudentemente attraverso la città e trovò il nome di una strada che riconobbe da uno dei numerosi giri di prova di quel giorno. Dopo aver sbagliato due volte a voltare, arrivò in Meadowbrook e alla casa dei signori McDeere.

Il materasso e la rete erano accatastati nella camera da letto grande, in mezzo alle casse. Hearsay si nascose dietro una lampada sul pavimento e restò a guardare mentre si allenavano.

Quattro giorni dopo, in quello che avrebbe dovuto essere il suo primo giorno nel nuovo ufficio Mitch e la bella moglie, con i trentanove componenti superstiti dello studio legale e le loro belle mogli, resero l'estremo omaggio a Martin S. Kozinski. La cattedrale era piena. Oliver Lambert tenne un elogio funebre così eloquente e toccante che persino Mitchell McDeere, sebbene avesse sepolto il padre e un fratello, si sentì accapponare la pelle. Ad Abby vennero le lacrime agli occhi nel vedere la vedova e gli orfani.

Quel pomeriggio si trovarono di nuovo nella chiesa presbiteriana di East Memphis per dire addio a Joseph M. Hodge.

La piccola anticamera davanti all'ufficio di Royce McKnight era vuota quando Mitch arrivò in perfetto orario alle otto e mezzo. Canticchiò, tossicchiò e cominciò ad attendere ansiosamente. Un'anziana segretaria con i capelli dai riflessi azzurri apparve fra due schedari e gli rivolse una specie di smorfia. Quando si rese conto che la sua presenza non era gradita, Mitch si presentò e spiegò che aveva appuntamento con il signor McKnight. La donna sorrise, si qualificò come Louise, segretaria personale del signor McKnight da trentun anni. Un caffè? Sì, grazie, disse Mitch, senza zucchero né panna. Louise sparì e tornò con tazza e piattino. Avvertì il superiore attraverso l'intercom e invitò Mitch a sedere. Adesso lo riconosceva. Una delle altre segretarie glielo aveva indicato il giorno prima, durante i funerali.

Louise si scusò per l'atmosfera tetra. Nessuno aveva voglia di lavorare, spiegò, e sarebbero passati diversi giorni prima che la situazione tornasse alla normalità. I due erano così benvoluti. Il telefono squillò; Louise spiegò che il signor McKnight era impegnato in una riunione importante e non poteva essere disturbato. Il telefono squillò di nuovo. Louise ascoltò e accompagnò Mitch nell'ufficio del socio dirigente.

Oliver Lambert e Royce McKnight salutarono Mitch e lo presentarono ad altri due soci, Victor Milligan e Avery Tolleson. Sedettero a un tavolo per le riunioni. Louise fu mandata a prendere altri caffè. Milligan era il capo del servizio tasse e Tolleson, a quarantun anni, era uno dei soci più giovani.

«Mitch, ci scusiamo per questo inizio così deprimente» disse McKnight. «Abbiamo apprezzato la sua presenza ai funerali, e ci dispiace che il suo primo giorno di lavoro nel nostro studio legale sia stato così triste.»

«Mi sono sentito in dovere di partecipare alla cerimonia» disse Mitch.

«Siamo molto fieri di lei, e abbiamo grandi progetti per il suo futuro. Abbiamo appena perduto due dei nostri avvocati migliori che si occupavano esclusivamente di tasse, e quindi dovremo chiederle di più. Tutti noi dovremo lavorare con maggiore impegno.»

Louise arrivò con il vassoio. Caffettiera d'argento, tazze di splendida porcellana.

«Siamo molto addolorati» disse Oliver Lambert. «Quindi abbia pazienza.»

Tutti annuirono, aggrottarono la fronte e fissarono il tavolo. Royce McKnight diede un'occhiata a un blocco di appunti.

«Mitch, mi pare che ne abbiamo già parlato. In questo studio, assegnamo ogni associato a un socio che funge da supervisore e da mentore. È un rapporto molto importante. Cerchiamo di abbinarla a un socio con cui sia compatibile e possa collaborare; e di solito i risultati ci danno ragione. Abbiamo commesso qualche errore. Mancanza d'intesa, comunque quando succede ci limitiamo ad assegnare l'associato a un altro socio. Lei collaborerà con Avery Tolleson.»

Mitch rivolse un sorriso imbarazzato a Tolleson.

«Lavorerà sotto la sua direzione, e le pratiche che sbrigherà saranno sue. Si tratterà esclusivamente di questioni fiscali.»

«Benissimo.»

«Prima che me ne dimentichi, vorrei che oggi pranzassimo insieme» disse Tolleson.

«Certamente» replicò Mitch.

«Prendete la mia limousine» disse Lambert.

«L'avevo appunto deciso» disse Tolleson.

«E io quando avrò una limousine?» chiese Mitch.

I quattro sorrisero. «Fra una ventina d'anni» rispose Oliver Lambert.

«Posso aspettare.»

«Come va la BMW?» chiese Victor Milligan.

«Magnificamente. È pronta per il tagliando degli ottomila chilometri.»

«È andato bene il trasloco?»

«Sì, benissimo. Sono molto grato per l'assistenza dello studio. Mi avete fatto sentire bene accetto; Abby e io ve ne siamo molto riconoscenti.»

McKnight smise di sorridere e tornò a consultare gli appunti. «Come le ho detto, Mitch, l'esame di ammissione all'ordine ha la precedenza assoluta. Ha sei settimane per studiare e noi l'aiuteremo in ogni modo. Abbiamo corsi di ripasso tenuti dai nostri soci e nei quali vengono approfondite tutte le materie. I suoi progressi saranno seguiti da vicino da tutti noi, in particolare da Avery. Almeno metà della giornata sarà dedicata al ripasso, e anche gran parte del suo tempo libero. Nessun associato dello studio ha mai fallito l'esame.»

«Non sarò il primo.»

«Se non sarà ammesso, le toglieremo la BMW» disse Tolleson con un sorrisetto.

«La sua segretaria si chiama Nina Huff. Lavora con noi da più di otto anni. Ha un carattere un po' spinoso e non è molto bella, ma è efficientissima. Conosce piuttosto bene le leggi e ha la tendenza a dare consigli, soprattutto agli avvocati appena arrivati. Toccherà a lei tenerla al suo posto. Se non potrà sopportarla, la trasferiremo.»

«Dov'è il mio ufficio?»

«Al secondo piano, vicino a quello di Avery. L'arredatrice verrà nel pomeriggio per la scelta della scrivania e dei mobili. Segua il suo consiglio per quanto è possibile.»

Anche Lamar era al primo piano, e al momento quella vicinanza gli parve consolante. Mitch pensò a Lamar seduto accanto alla piscina, bagnato fradicio e in lacrime.

McKnight disse: «Mitch, purtroppo ho trascurato di accennare a qualcosa che avrei dovuto discutere durante la sua prima visita qui».

Mitch attese, e finalmente chiese: «Bene. Di cosa si tratta?».

I soci fissavano McKnight con attenzione. «Non permettiamo mai che un associato inizi la sua carriera gravato dai prestiti rice-

vuti per studiare. Preferiamo che abbia altre cose a cui pensare e
altri modi per spendere il suo denaro. Quant'è il suo debito?»

Mitch bevve un sorso di caffè e fece un rapido calcolo. «Quasi ventitremila dollari.»

«Consegni i documenti a Louise domattina.»

«Vuol... vuol dire che lo studio salda i prestiti?»

«È la nostra politica. A meno che lei non disapprovi.»

«Nessuna obiezione. Non so cosa dire.»

«Non dica niente. L'abbiamo fatto per tutti gli associati, in
questi ultimi quindici anni. Basta che consegni la documentazione a Louise.»

«È un gesto molto generoso, signor McKnight.»

«Sì, infatti.»

Avery Tolleson parlava incessantemente, mentre la limousine
avanzava lenta nel traffico di mezzogiorno. Mitch gli ricordava
se stesso, pensò. Un ragazzo povero, appartenente a una famiglia distrutta, allevato da famiglie adottive un po' qua e un po'
là nel Texas del sud-ovest, e poi buttato per la strada dopo le superiori. Aveva fatto il turno di notte in una fabbrica di scarpe
per pagarsi il college. Una borsa di studio accademica dell'U-
TEP gli aveva aperto la porta. Si era laureato con il massimo dei
voti, aveva presentato domanda d'iscrizione a undici facoltà di
legge e aveva scelto Stanford. Era finito al secondo posto nella
graduatoria del suo corso e aveva respinto le offerte di tutti i
grandi studi legali della West Coast. Voleva occuparsi di questioni fiscali, niente altro. Oliver Lambert l'aveva reclutato sedici anni prima, quando lo studio aveva meno di trenta avvocati.

Aveva moglie e due figli, ma parlava poco della famiglia. Parlava di denaro. Era la sua passione, diceva. Il primo milione era
in banca. Mancavano due anni per arrivare al secondo. Non ci
avrebbe messo molto, dato che guadagnava quattrocentomila
dollari lordi all'anno. Era specializzato nella costituzione di società per l'acquisto di superpetroliere. Era il massimo esperto
del campo e lavorava per trecento dollari l'ora, sessanta o settanta ore la settimana.

Mitch avrebbe incominciato a cento dollari l'ora per cinque
ore al giorno come minimo dopo aver superato l'esame di am-

missione all'ordine. Poi sarebbe arrivato a otto ore al giorno, a centocinquanta dollari l'ora. Le parcelle erano la linfa vitale dello studio. Tutto gli ruotava intorno: promozioni, aumenti, gratifiche, sopravvivenza, successo, tutto dipendeva dalle parcelle che si facevano incassare. Soprattutto per i nuovi arrivati. La strada più breve per meritare un rimprovero era trascurare di accumulare onorari. Avery non ricordava che ci fossero mai stati rimproveri del genere. Era inaudito che un membro dello studio trascurasse certe cose.

L'onorario medio degli associati era centosettantacinque dollari l'ora, trecento per i soci. Milligan ne prendeva quattrocento da un paio dei suoi clienti, e una volta Nathan Locke aveva presentato una parcella di cinquecento dollari l'ora per un lavoro relativo alle tasse che comportava un complicato giro di proprietà in diversi Paesi stranieri. Cinquecento dollari l'ora! Avery accarezzava quel pensiero e calcolava quei cinquecento per cinquanta ore la settimana e per cinquanta settimane all'anno. Un milione e duecentocinquantamila all'anno! Ecco come si facevano i quattrini in quella professione. Si mette insieme un branco di avvocati, li si fa lavorare a un tanto all'ora, e si fonda una dinastia. Più sono gli avvocati, e più i soci guadagnano.

Non bisogna ignorare le parcelle, avvertì. Era la prima regola della sopravvivenza. Se non ci sono pratiche per cui spedire le parcelle, bisogna segnalarlo subito al suo ufficio: lui ne ha in abbondanza. Il decimo giorno di ogni mese i soci controllano le parcelle del mese precedente durante uno dei loro pranzi esclusivi. È una grande cerimonia. Royce McKnight legge il nome di ogni avvocato e il totale delle sue parcelle del mese. Fra i soci c'è una notevole concorrenza, ma dominata da uno spirito amichevole. Stanno diventando tutti ricchi, no? E questa è una grande motivazione. In quanto agli associati, non si dice niente a quello che ha meno parcelle, a meno che si tratti del secondo mese consecutivo. Oliver Lambert dirà qualcosa, così, *en passant*. Nessuno è mai risultato ultimo per tre mesi di seguito. Gli associati possono ottenere gratifiche se hanno presentato parcelle rilevanti. La promozione a socio si basa sull'abilità di far incassare parcelle ingenti. Quindi stia attento, disse di nuovo. Deve avere la precedenza, naturalmente dopo l'esame di ammissione all'albo.

Quanto a quello, era solo una seccatura, una prova da sostenere, un rito del passaggio, e un laureato di Harvard non doveva preoccuparsi. Bastava concentrarsi sui corsi di ripasso, disse, e sforzarsi di ricordare tutto quello che aveva appena imparato alla facoltà di legge.

La limousine svoltò in una strada laterale fra due costruzioni altissime e si fermò davanti a una pensilina che andava dal marciapiede a una porta di metallo nero. Avery diede un'occhiata all'orologio e disse all'autista: «Torna alle due».

Due ore per il pranzo, pensò Mitch. Più di seicento dollari di tempo da mettere in conto ai clienti. Che spreco.

Il Manhattan Club occupava l'ultimo piano di un palazzo di uffici che era stato occupato completamente, per l'ultima volta, negli anni Cinquanta. Avery disse che il posto era una topaia, ma si affrettò ad aggiungere che il club era il rifugio più esclusivo della città per chi voleva andare a pranzo o a cena. Offriva pasti eccellenti in un ambiente lussuoso, riservato a maschi bianchi e ricchi. Pranzi di potere per persone potenti. Banchieri, avvocati, dirigenti, imprenditori, qualche politico e qualche aristocratico. Un ascensore dorato salì senza fermarsi davanti ai piani degli uffici abbandonati e si arrestò all'elegante decimo piano. Il maître chiamò per nome il signor Tolleson e chiese come stavano Oliver Lambert e Nathan Locke. Poi fece le condoglianze per la morte di Kozinski e Hodge. Avery lo ringraziò e presentò l'ultimo acquisto dello studio. Il tavolo preferito li attendeva nell'angolo. Un negro cerimonioso che si chiamava Ellis venne a portare i menu.

«Lo studio non permette di bere alcolici a pranzo» dichiarò Avery mentre apriva il suo.

«A pranzo non bevo mai.»

«Molto bene. Cosa prende?»

«Tè con ghiaccio.»

«Tè freddo per lui» ordinò Avery al cameriere. «Per me, un Bombay martini on the rocks con tre olive.»

Mitch si morse la lingua e nascose un sorriso dietro il menu.

«Abbiamo troppe regole» mormorò Avery.

Dopo il primo martini ci fu il secondo, ma Avery non andò oltre. Ordinò per entrambi. Pesce ai ferri. La specialità del giorno. Era a dieta, disse. Ogni giorno andava in un health club, il suo health club. Invitò Mitch ad andare a sudare un po' con lui. Magari dopo l'esame di ammissione. Poi vennero le solite domande sul football al college e le solite risposte modeste.

Mitch chiese notizie dei figli di Avery Tolleson, e lui rispose che vivevano con la madre.

Il pesce era mezzo crudo, la patata al forno era dura. Mitch spilluzzicò, mangiò lentamente l'insalata e ascoltò Avery che parlava di molte delle persone presenti. Il sindaco era seduto a un tavolo grande in compagnia di alcuni giapponesi. Al tavolo accanto c'era uno dei banchieri dello studio. C'erano alcuni avvocati importanti e dirigenti d'azienda, e tutti mangiavano voracemente, con aria autorevole e solenne. L'atmosfera era soffocante. Secondo Avery, ogni socio del club era un personaggio importantissimo, una potenza nel suo campo e nella città. Avery sembrava a casa sua.

Rifiutarono entrambi il dessert e ordinarono il caffè. Mitch doveva andare in ufficio ogni mattina alle nove, spiegò Avery mentre si accendeva un Montesino. Le segretarie arrivavano alle otto e mezzo. Dalle nove alle cinque... ma nessuno lavorava otto ore al giorno. Avery andava in ufficio alle otto e raramente ne usciva prima delle sei. Poteva mettere in conto dodici ore al giorno, indipendentemente dal numero effettivo di quelle lavorate. Dodici ore al giorno per cinque giorni la settimana, a trecento dollari l'ora per cinquanta settimane. Novecentomila dollari! Tutto tempo da addebitare nelle parcelle! Quella era la sua meta. L'anno precedente era arrivato a settecentomila dollari, ma solo perché aveva avuto certi problemi personali. Allo studio non interessava se Mitch andava in ufficio alle sei del mattino o alle nove, purché sbrigasse il suo lavoro.

«A che ora aprono la porta d'ingresso?» chiese Mitch.

Ognuno aveva la chiave, spiegò Avery, in modo da andare e venire come voleva. La sicurezza era rigorosa, ma per le guardie certi maniaci del lavoro non erano una novità. Alcune abitudini erano passate nella leggenda. In gioventù Victor Milligan aveva lavorato per sedici ore al giorno e per sette giorni la settimana fino a che era stato promosso socio. Poi aveva smesso di lavorare la domenica. Aveva avuto un attacco di cuore e aveva smesso di lavorare anche il sabato. Il medico gli aveva imposto di fare un massimo di dieci ore al giorno per cinque giorni la settimana, e da allora Milligan era molto insoddisfatto. Marty Kozinski conosceva tutti i portinai per nome. Andava in ufficio alle nove perché prima voleva far colazione con i figli: arrivava alle nove e se ne andava a mezzanotte. Nathan Locke sosteneva di non riuscire a lavorare bene dopo l'arrivo delle segretarie, e perciò andava in ufficio alle sei: considerava una vergogna incominciare più tardi. Aveva sessantun anni, valeva dieci milioni di dollari, e lavorava dalle sei del mattino alle otto di sera per cinque giorni la settimana, più mezza giornata al sabato. Se fosse andato in pensione sarebbe morto.

Nessuno timbrava il cartellino, spiegò Avery. Si va e si viene come si vuole, basta fare il proprio lavoro.

Mitch rispose che aveva capito il messaggio. Sedici ore al giorno non sarebbero state una novità.

Avery si complimentò per l'abito nuovo. C'era una specie di codice non scritto che riguardava l'abbigliamento, e a quanto pareva Mitch ci si era adeguato perfettamente. Avery aveva un sarto, un vecchio coreano con laboratorio in South Memphis, e glielo consigliava, per quando Mitch avesse potuto permetterselo. Millecinquecento dollari ad abito. Mitch rispose che avrebbe aspettato un anno o due.

Un avvocato di uno degli studi più grandi si avvicinò e parlò con Avery. Fece le condoglianze e chiese delle famiglie. L'anno prima lui e Joe Hodge avevano lavorato insieme su un caso, e non riusciva a credere che Joe fosse morto. Avery lo presentò a Mitch. L'avvocato disse che era stato al funerale. Aspettarono che se ne andasse, ma quello continuò a ripetere che era molto addolorato. Si capiva benissimo che sperava di ottenere qualche particolare. Avery non ne fornì, e alla fine l'avvocato tornò al suo tavolo.

Verso le due la folla si diradò. Avery firmò il conto e il maître li accompagnò alla porta. L'autista attendeva paziente dentro la limousine. Mitch salì e si abbandonò sul sedile di cuoio. Guardò le costruzioni e il traffico. Guardò i pedoni che camminavano veloci sui marciapiedi arroventati e si chiese quanti di loro avessero viaggiato su una limousine o fossero mai entrati nel Manhattan Club. Quanti sarebbero diventati ricchi entro dieci anni? Sorrise, soddisfatto. Harvard era lontana un milione di miglia. Harvard senza prestiti per gli studenti. Il Kentucky era in un altro mondo. Aveva dimenticato il passato. Era un arrivato.

L'arredatrice lo aspettava in ufficio. Avery si scusò e disse a Mitch di raggiungerlo dopo un'ora per incominciare il lavoro. L'arredatrice aveva portato una quantità di cataloghi di mobili e di campionari. Mitch chiese suggerimenti, ascoltò con tutto l'interesse, poi disse che si fidava di lei e l'autorizzava a scegliere ciò che riteneva adatto. All'arredatrice piaceva una solida scrivania di ciliegio senza cassetti, poltrone di pelle bordeaux e un tappeto orientale che costava un patrimonio. Mitch disse che era tutto meraviglioso.

Poi lei se ne andò e Mitch sedette dietro la vecchia scrivania, che era bellissima e che sarebbe andata bene, se non fosse stata considerata usata e quindi inadatta a un nuovo avvocato dello studio Bendini, Lambert & Locke. L'ufficio era quattro metri e mezzo per quattro e mezzo, con due finestre alte un metro e ottanta rivolte a nord, verso il primo piano del vecchio palazzo vicino. La vista non era un granché. Allungando il collo, Mitch poteva scorgere a stento il fiume a nord-ovest. Le pareti erano spoglie. L'arredatrice aveva scelto anche qualche quadro. Mitch decise che la Parete Personale sarebbe stata quella di fronte alla scrivania, dietro alle poltrone. Sarebbe stato necessario incorniciare i diplomi e il resto. L'ufficio era grande, per un associato: molto più grande dei buchetti dove venivano piazzati i novellini a New York e a Chicago. Sarebbe andato bene per un paio d'anni: poi sarebbe passato a un altro con una vista più bella, e finalmente in un ufficio d'angolo, uno degli uffici del potere.

Nina Huff bussò alla porta e si presentò come la nuova segretaria. Era una donna tozza di quarantacinque anni, e bastava un'occhiata per capire come mai era ancora nubile. Non aveva una famiglia da mantenere, ed era evidente che spendeva tutto lo stipendio in abiti e cosmetici... ma senza grandi risultati. Mitch si chiese perché non si rivolgeva a una consulente specia-

lizzata per rimettersi in forma. Nina Huff gli comunicò che lavorava presso lo studio da otto anni e mezzo e sapeva tutto ciò
che c'era da sapere sulle procedure d'ufficio. Se aveva qualche
problema, poteva rivolgersi a lei. Mitch la ringraziò. Nina Huff
era stata nell'ufficio dattilografe per qualche tempo ed era con-
tenta di poter tornare ai compiti di segreteria. Mitch annuì come
se capisse tutto. Lei gli chiese se sapeva come far funzionare il
registratore. Sì, rispose Mitch. Per la verità, l'anno prima aveva
lavorato per uno studio di Wall Street che aveva trecento avvocati e quanto c'era di meglio e di più aggiornato in fatto di tec-
nologia per l'ufficio. Ma se avesse avuto un problema si sarebbe
rivolto a lei, promise.

«Come si chiama sua moglie?» chiese Nina Huff.

«È importante?»

«Perché quando telefona mi piacerebbe sapere il suo nome
per poter essere veramente gentile.»

«Abby.»

«Come preferisce il caffè?»

«Senza panna né zucchero, ma lo preparerò da solo.»

«Non mi dispiace prepararglielo io, davvero. Fa parte del mio
lavoro.»

«Lo preparerò da solo.»

«Lo fanno tutte le segretarie.»

«Se si prova a toccare il mio caffè, la faccio mandare all'ufficio posta a leccare i francobolli.»

«Abbiamo un leccafrancobolli automatico. A Wall Street lec-
cano ancora i francobolli?»

«Era un modo di dire.»

«Bene, ho imparato a memoria il nome di sua moglie e abbiamo chiarito la questione del caffè, quindi credo di essere pronta
per incominciare.»

«Domattina. Si trovi qui alle otto e mezzo.»

«Sì, capo.» Nina uscì e Mitch sorrise tra sé. Era un po' inva-
dente, ma abbastanza simpatica.

Poi entrò Lamar. Era arrivato un po' in ritardo per una riunione con Nathan Locke, ma aveva voluto fermarsi per vedere
come se la cavava il suo amico. Era contento che i loro uffici
fossero vicini. Si scusò di nuovo per la cena del giovedì. Sì, lui e

Kay e i bambini sarebbero venuti alle sette per vedere la casa nuova e i mobili.

Hunter Quin aveva cinque anni. Sua sorella Holly ne aveva sette. Tutti e due mangiarono educatamente gli spaghetti seduti al nuovo tavolo da pranzo e da bravi bambini ignorarono i discorsi degli adulti. Abby li guardava e sognava tanti figli. Mitch pensava che erano carini, ma non si sentiva ispirato. Era troppo occupato a rievocare gli avvenimenti della giornata.

Le due donne mangiarono in fretta, poi andarono a vedere i mobili e a parlare della ristrutturazione della casa. I bambini uscirono in giardino con Hearsay.

«Mi ha sorpreso un po' che ti abbiano messo con Tolleson» dichiarò Lamar mentre si asciugava la bocca.

«Perché?»

«Non credo che abbia mai fatto da supervisore a un associato.»

«C'è una ragione speciale?»

«Non penso. È formidabile, ma non è mai stato il tipo che gioca in squadra. Piuttosto solitario: preferisce lavorare per conto suo. Lui e la moglie hanno qualche problema, e a quanto si dice sono separati. Ma Tolleson non ne parla.»

Mitch scostò il piatto e bevve un sorso di tè freddo. «È un buon avvocato?»

«Sì, bravissimo. Devono esserlo, per diventare soci. Molti suoi clienti sono ricchi sfondati e investono milioni nei cosiddetti *tax-shelters*. Lui crea società in accomandita: molti dei suoi *tax-shelters* sono rischiosi, e tutti sanno che è disposto a tentare e a battersi più tardi con il fisco. Quasi tutti i suoi clienti sono disposti a correre grossi rischi. Dovrai fare una quantità di ricerche, per trovare scappatoie alle leggi fiscali. Sarà un divertimento.»

«Mi ha fatto una conferenza di mezz'ora sulle parcelle.»

«È una cosa d'importanza vitale. C'è sempre molta pressione per accumulare le parcelle. L'unica cosa che abbiamo da vendere è il nostro tempo. Quando avrai superato l'esame di ammissione all'ordine, i conti delle tue parcelle verranno controllati ogni settimana da Tolleson e Royce McKnight. È tutto compute-

rizzato e sono in grado di accertare al centesimo la tua produtti-
vità. Dovrai presentare parcelle per trenta o quaranta ore la settimana nei primi sei mesi, poi cinquanta per un paio di anni.
Prima che ti prendano in considerazione per la promozione a socio, dovrai arrivare a sessanta ore la settimana per diversi anni
almeno. Nessun socio attivo mette in conto meno di sessanta ore
settimanali... quasi tutte alla tariffa massima.»

«Sono parecchie ore.»

«Apparentemente, ma non lasciarti ingannare. Quasi tutti gli
avvocati migliori lavorano otto o nove ore al giorno e ne mettono in conto dodici. Lo chiamano arrotondamento. Non è molto
onesto nei confronti del cliente, però lo fanno. I grandi studi sono stati costruiti arrotondando in questo modo. È un gioco molto comune.»

«Mi sembra contrario all'etica professionale.»

«Lo è anche il comportamento degli avvocati che corrono dietro alle ambulanze per convincere le vittime degli incidenti ad
affidargli le cause per danni. È contrario all'etica professionale
quando un avvocato che difende uno spacciatore di droga accet-
ta l'onorario in contanti se ha motivo di sospettare che si tratti
di denaro sporco. Tante cose sono contrarie all'etica. E il medico convenzionato con un'assicurazione mutualistica che visita
cento pazienti al giorno? O fa operazioni chirurgiche non neces-
sarie? Alcuni degli individui più immorali che conosco sono miei
clienti. È facile arrotondare una parcella quando il tuo cliente è
un multimilionario che mira a fregare il governo e vuole che tu
lo faccia in modo legale. È così per tutti.»

«Te lo insegnano?»

«No. Ma lo impari. I primi tempi lavori fino a ore impossibi-
li, ma non puoi reggere in eterno. Allora cominci a prendere le
scorciatoie. Credimi, Mitch: quando sarai con noi da un anno,
imparerai a lavorare dieci ore e a metterne in conto il doppio al
cliente. È una specie di sesto senso che tutti gli avvocati acquisi-
scono.»

«E cos'altro acquisirò?»

Lamar fece tintinnare i cubetti di ghiaccio nel bicchiere e rifletté per un momento. «Una certa dose di cinismo. È un lavoro
che ti condiziona. Quando studiavi alla facoltà di legge avevi

un'idea molto nobile di ciò che dovrebbe essere un avvocato. Campione dei diritti dell'individuo, difensore della Costituzione, protettore degli oppressi, sostenitore dei principi del cliente. Poi, dopo aver esercitato la professione per sei mesi, ti rendi conto che siamo soltanto sicari prezzolati. Portavoce in vendita al miglior offerente, a disposizione di tutti, i disonesti, i mascalzoni abbastanza ricchi per pagare i nostri onorari vergognosi. Non ti scandalizzi più di niente. Dovrebbe essere una professione onorevole, ma incontrerai tanti avvocati corrotti che ti verrà voglia di piantare tutto e di trovarti un lavoro onesto. Sicuro, Mitch, diventerai cinico. Ed è molto triste.»

«Non dovresti dirmi queste cose proprio quando sto incominciando la carriera.»

«Il denaro compensa tutto. È sorprendente quante porcherie si riesca a digerire per duecentomila dollari l'anno.»

«Porcherie? Mi fai paura.»

«Scusami. Non è tanto terribile. La mia prospettiva della vita è cambiata in modo radicale giovedì scorso.»

«Vuoi vedere la casa? È meravigliosa.»

«Sarà per un'altra volta. Preferisco parlare.»

6

Alle cinque del mattino la sveglia squillò sul comodino nuovo e sotto la lampada nuova, e fu immediatamente ridotta al silenzio. Mitch si mosse a tentoni nella casa buia e trovò Hearsay che aspettava davanti alla porta sul retro. Lo fece uscire nel prato e andò a fare la doccia. Venti minuti più tardi trovò la moglie ancora sotto le coperte e le diede un bacio per salutarla. Abby non reagì.

Non c'era traffico, e poteva raggiungere l'ufficio in dieci minuti. Aveva deciso di incominciare la giornata lavorativa alle cinque e mezzo, a meno che qualcuno lo facesse ancora prima; allora sarebbe andato in ufficio alle cinque, o alle quattro e mezzo, o all'ora necessaria per essere il primo. Il sonno era un fastidio. Sarebbe stato il primo avvocato ad arrivare al Bendini Building quel giorno e ogni altro giorno fino a che fosse diventato socio. Se gli altri ci mettevano dieci anni, lui poteva farcela in sette. Aveva deciso che sarebbe diventato il socio più giovane nella storia dello studio.

Il parcheggio vuoto accanto al Bendini Building aveva una recinzione di rete metallica alta tre metri e una guardia al cancello. All'interno c'era un posto riservato, con il suo nome scritto in vernice spray fra le linee gialle. Mitch si fermò davanti al cancello e attese. La guardia in uniforme uscì dall'oscurità e si avvicinò alla portiera. Mitch premette un pulsante, abbassò il vetro e mostrò un tesserino di plastica con la foto.

«Lei deve essere quello nuovo» disse la guardia prendendo il tesserino.

«Sì, Mitch McDeere.»

«So leggere anch'io. Non potevo riconoscere la macchina.»

«Come si chiama?» chiese Mitch.

«Dutch Hendrix. Ho lavorato nella polizia di Memphis per trentatré anni.»

«Lieto di conoscerla, Dutch.»

«Altrettanto. Comincia a lavorare presto, eh?»

Mitch sorrise e riprese il tesserino. «No, pensavo di trovare già tutti quanti.»

Dutch si sforzò di sorridere. «È il primo. Il signor Locke arriverà fra poco.»

Il cancello si aprì e Dutch gli ordinò di passare. Trovò il suo nome scritto in bianco sull'asfalto e parcheggiò la BMW lucidissima in terza fila. Prese la borsa vuota color bordeaux dal sedile posteriore e chiuse delicatamente la portiera. Un'altra guardia aspettava accanto all'entrata. Mitch si presentò e rimase in attesa mentre veniva aperta la porta. Diede un'occhiata all'orologio. Le cinque e trentacinque in punto. Era un sollievo scoprire che era ancora abbastanza presto. Gli altri dello studio erano ancora addormentati.

Accese la luce nel suo ufficio e posò la borsa sulla scrivania provvisoria. Si avviò verso la saletta del caffè in fondo al corridoio, accendendo via via le luci. La caffettiera era di dimensioni industriali, con vari bruciatori e vari livelli, ma senza istruzioni sul modo di farla funzionare. La studiò per un momento mentre metteva una bustina di caffè nel filtro. Versò l'acqua in uno dei fori in alto e sorrise quando vide che cominciava a sgocciolare nel posto giusto.

In un angolo del suo ufficio c'erano tre scatoloni pieni di libri, incartamenti, blocchi e appunti di lezioni che aveva accumulato nei tre anni precedenti. Posò il primo sulla scrivania e cominciò a estrarne il contenuto, lo suddivise e lo dispose in mucchietti ordinati.

Dopo due tazze di caffè, trovò il materiale di ripasso per l'esame nello scatolone numero tre. Andò alla finestra e alzò le tapparelle. Era ancora buio. Non si accorse che qualcuno era apparso all'improvviso sulla soglia.

«Buongiorno.»

Mitch si voltò di scatto e guardò l'uomo. «Mi ha fatto paura» disse, respirando a fondo.

«Mi dispiace. Sono Nathan Locke. Non mi pare che ci conosciamo.»

«Io sono Mitch McDeere. Il nuovo assunto.» Si strinsero la mano.

«Sì, lo so. Mi scusi se non ho potuto riceverla prima. Avevo molto da fare durante le sue visite precedenti. Mi sembra di averla vista lunedì ai funerali.»

Mitch annuì. Era certo di non essersi mai avvicinato a meno di cento metri da Nathan Locke. L'avrebbe ricordato. Erano gli occhi, gli occhi neri e gelidi con strati di rughe scure tutt'intorno. Occhi grandi. Occhi indimenticabili. I capelli erano bianchi e radi sulla sommità della testa, folti intorno alle orecchie. Quel candore contrastava nettamente con il resto della faccia. Quando parlava socchiudeva le palpebre e le pupille brillavano. Occhi sinistri. Occhi onniscienti.

«Può darsi» ammise Mitch, affascinato dalla faccia più perversa che avesse mai incontrato. «Può darsi.»

«Vedo che si alza presto.»

«Sì, signore.»

«Bene, lieto di averla con noi.»

Nathan Locke si allontanò dalla soglia e sparì. Mitch diede un'occhiata nel corridoio e chiuse la porta. Non era affatto strano che lo tenessero al quarto piano, lontano da tutti, pensò. Adesso capiva perché non aveva mai incontrato Nathan Locke prima di accettare l'impiego. Avrebbe potuto avere un ripensamento. Probabilmente lo nascondevano a tutte le possibili recluto. Senza dubbio era la presenza più malevola e minacciosa che Mitch avesse mai conosciuto. Erano gli occhi, si disse di nuovo mentre appoggiava i piedi sulla scrivania e beveva il caffè. Gli occhi.

Come Mitch prevedeva, Nina si presentò alle otto e mezzo portando qualcosa da mangiare: gli offrì una ciambella, e Mitch ne prese un paio. Lei chiese se doveva portare ciambelle per tutti e due ogni mattina, e Mitch rispose che sarebbe stata una vera gentilezza.

«Cos'è quella roba?» chiese lei, indicando i mucchi di fascicoli e di appunti sulla scrivania.

«È il lavoro della giornata. Dobbiamo metterlo tutto in ordine.»

«Non ha niente da dettare?»

«Per ora no. Devo andare da Avery fra qualche minuto, e ho bisogno di dare una sistemata a questo materiale.»

«Affascinante» disse Nina, e si avviò verso la saletta del caffè.

Avery Tolleson stava aspettando con un grosso raccoglitore che consegnò a Mitch. «Questo è il fascicolo Capps. Una parte. Il nome del cliente è Sonny Capps. Ora abita a Houston, ma è cresciuto nell'Arkansas. Vale una trentina di milioni e li tiene tutti sotto controllo. Il padre gli cedette una vecchia linea di trasporti su chiatte poco prima di morire, e lui l'ha trasformata nel più importante servizio di rimorchiatori del fiume Mississippi. Adesso ha navi, o barche come le chiama lui, un po' in tutto il mondo. Ci occupiamo dell'ottanta per cento del lavoro legale che lo riguarda, tutto eccettuate le liti. Vuole costituire un'altra società in accomandita per acquistare un'altra flotta di petroliere dalla famiglia di un cinese morto di recente a Hong Kong. Di solito Capps è il socio principale, e includerà fino a venticinque soci a partecipazione limitata per distribuire il rischio e mettere in comune le risorse. Questo è un affare da circa sessantacinque milioni. Ho già creato più di una società in accomandita per lui, e sono tutte diverse, tutte complicate. Ed è un tipo molto difficile da trattare. È un perfezionista e crede di saperne più di me. Non parlerà con lui: in realtà è una cosa che spetta solo a me. Quel fascicolo rappresenta una parte dell'ultima società che ho costituito per lui. Fra l'altro contiene un prospetto di statuto, un accordo per la costituzione di una società, lettere di intenti, descrizioni e l'accordo vero e proprio per la società in accomandita. Legga ogni parola. Poi voglio che prepari una bozza per il nuovo accordo.»

Il fascicolo pareva diventato di colpo più pesante. Forse non sarebbe bastato andare in ufficio alle cinque e mezzo.

Avery continuò: «Abbiamo una quarantina di giorni, secondo Capps, quindi siamo già indietro. Marty Kozinski stava dando una mano, e non appena avrò rivisto il suo incartamento lo passerò a lei. Qualche domanda?»

« E le ricerche? »

« Per la maggior parte sono aggiornate, ma dovrà controllare. Lo scorso anno Capps ha guadagnato nove milioni e ha pagato una sciocchezza di tasse. Non gli piace pagarle, e mi ritiene responsabile personalmente per ogni cent che deve sborsare. È tutto legale, naturalmente, ma quel che voglio dire è che si tratta di un lavoro molto delicato. Qui sono in gioco milioni di dollari di investimenti e di risparmi sulle tasse. La nuova società sarà passata al microscopio dai governi di almeno tre Paesi. Quindi stia molto attento. »

Mitch sfogliò i documenti. «Quante ore al giorno devo dedicare a questa pratica? »

« Il più possibile. So che l'esame per l'ammissione all'albo è importante, ma lo è anche Sonny Capps. Lo scorso anno ci ha pagato onorari per circa mezzo milione di dollari. »

« Provvederò. »

« Ne sono sicuro. Come ho detto, la sua tariffa è cento dollari l'ora. Nina esaminerà con lei le tabelle. Ricordi di non trascurare le parcelle. »

« Come potrei dimenticarlo? »

Oliver Lambert e Nathan Locke stavano davanti alla porta metallica al quarto piano e fissavano la telecamera. Si sentì un rumoroso scatto e la porta si aprì. Una guardia fece un cenno di assenso. DeVasher li aspettava nel suo ufficio.

« Buongiorno, Ollie » salutò senza degnare d'uno sguardo l'altro socio.

« Quali sono le ultime notizie? » scattò Locke senza guardare DeVasher.

« Da dove? » chiese quello con calma.

« Chicago. »

« Lassù sono molto preoccupati, Nat. Indipendentemente da quello che credi, non amano sporcarsi le mani. E in realtà non vedono il motivo di doverlo fare. »

« Sarebbe a dire? »

« Stanno facendo domande molto scomode. Per esempio, perché non siamo capaci di tenere in riga i nostri? »

« E tu cos'hai risposto? »

«Che va tutto benone. A meraviglia. Il grande studio Bendini è solido. Le falle sono state tappate. Gli affari procedono come sempre. Non ci sono problemi.»

«Che danni hanno causato?» chiese Oliver Lambert.

«Non siamo sicuri. Non saremo mai sicuri; ma non credo che abbiano parlato. Avevano deciso di farlo, senza dubbio, ma non penso che l'abbiano fatto. Sappiamo da una fonte molto attendibile che certi agenti dell'FBI erano in viaggio nell'isola il giorno dell'incidente, quindi pensiamo che avessero combinato un incontro per spifferare tutto.»

«Come fate a saperlo?» chiese Locke.

«Andiamo, Nat. Abbiamo le nostre fonti di informazione. E poi c'erano dei nostri uomini su tutta l'isola. Facciamo bene il nostro lavoro, sai.»

«Evidentemente.»

«È stata una cosa molto sporca?»

«No, no. Un lavoretto professionale.»

«Come mai c'è andato di mezzo l'indigeno?»

«Dovevamo fare in modo che fosse credibile, Ollie.»

«E le autorità locali?»

«Quali autorità? È un'isoletta tranquilla, Ollie. L'anno scorso hanno avuto un omicidio e quattro incidenti a subacquei. Per quello che ne sanno loro, è un incidente come gli altri. Tre annegamenti accidentali.»

«E l'FBI?» chiese Locke.

«Non lo so.»

«Mi pareva che aveste un informatore.»

«Sì, ma non riusciamo a trovarlo. Fino a ieri non abbiamo saputo niente. I nostri sono ancora sull'isola e non hanno notato nulla di insolito.»

«Per quanto tempo ci resterete?»

«Un paio di settimane.»

«E se comparisse l'FBI?» chiese Locke.

«Li sorveglieremo da vicino. Li vedremo quando scenderanno dall'aereo, li seguiremo all'albergo. Forse metteremo sotto controllo i loro telefoni. Sapremo cosa mangiano a colazione e di cosa parlano. Assegneremo tre dei nostri a ognuno dei loro, e sapremo persino quando andranno al gabinetto. Non potranno scoprire niente, Nat. Te l'ho detto, è stato un lavoro pulito, professionale. Niente prove, calmati.»

«Mi viene da vomitare» disse Lambert.

«Credi che a me piaccia? Cosa volevi che facessimo? Che stessimo lì a rigirare i pollici e a lasciarli parlare? Andiamo, Ollie, siamo esseri umani. Io non volevo, ma Lazarov ha deciso. Se vuoi discutere con Lazarov, accomodati. Ti ritroveranno in acqua da qualche parte. Quei ragazzi avevano pessime intenzioni. Avrebbero dovuto stare zitti, correre con le loro auto di lusso e giocare a fare gli avvocati. E invece si sono fatti venire un sacco di scrupoli.»

Nathan Locke accese una sigaretta e lanciò una nuvola di fumo in direzione di DeVasher. Rimasero in silenzio tutti e tre mentre il fumo aleggiava intorno alla scrivania. DeVasher lanciò un'occhiataccia a Locke ma non disse niente.

Oliver Lambert si alzò e fissò la parete nuda accanto alla porta. «Perché hai voluto vederci?»

DeVasher tirò un respiro profondo. «Chicago vuole mettere sotto controllo i telefoni di casa di tutti quelli che non sono soci.»

«Cosa ti avevo detto?» chiese Lambert a Locke.

«Non è stata un'idea mia, ma loro insistono. Sono molto nervosi, lassù, e vogliono prendere qualche altra precauzione. Non potete dargli torto.»

«Non pensi che sia un po' troppo?» chiese Lambert.

«Sì, è del tutto superfluo. Ma Chicago non la pensa così.»

«Quando?» chiese Locke.

«La settimana prossima. Ci vorrà qualche giorno.»

«Tutti?»

«Sì. Hanno deciso così.»

«Anche McDeere?»

«Sì, anche McDeere. Credo che Tarrance ritenterà e questa volta potrebbe cominciare dall'ultimo gradino.»

«L'ho conosciuto questa mattina» disse Locke. «Era arrivato prima di me.»

«Alle cinque e trentadue» precisò DeVasher.

I souvenir della facoltà di legge furono rimessi sul pavimento e la pratica Capps venne sparsa sulla scrivania. Quando Nina tornò dal pranzo portò un sandwich all'insalata di pollo, e Mitch lo mangiò continuando a leggere mentre Nina archiviava la roba lasciata in giro. Poco dopo la una, Wally Hudson, o J. Walter Hudson come figurava sulla carta intestata dello studio, arrivò per incominciare il ripasso per l'esame. La sua specialità erano i contratti. Era membro dello studio da cinque anni, e l'unico che provenisse dalla Virginia, il che gli sembrava strano perché secondo la sua opinione la Virginia aveva la migliore facoltà di legge degli Stati Uniti. Negli ultimi due anni aveva messo a punto un nuovo corso di ripasso per la disciplina d'esame relativa ai contratti. Era molto ansioso di collaudarlo con qualcuno, e McDeere era l'uomo adatto. Consegnò a Mitch un quaderno di appunti spesso una decina di centimetri e pesante quanto la pratica Capps.

L'esame durava quattro giorni e consisteva di tre parti, spiegò Wally. Il primo giorno ci sarebbe stato un questionario a scelte multiple di carattere etico, con quattro ore di tempo per rispondere. Gill Vaughn, uno dei soci, era l'esperto di etica dello studio e si sarebbe occupato del relativo ripasso. Il secondo giorno ci sarebbe stata una prova di otto ore, conosciuta semplicemente come "multistato", che approfondiva la maggior parte degli aspetti delle leggi comuni a tutti gli Stati dell'Unione. Anche questa era una prova a scelte multiple, e le risposte erano molto fuorvianti. Poi veniva il pezzo forte. Il terzo e il quarto giorno c'erano prove di otto ore ciascuna, che coprivano quindici campi del diritto sostanziale. Contratti, Codice Commerciale Uniforme, proprietà immobiliari, illeciti civili, relazioni domestiche, testamenti, assi patrimoniali, tassazione, indennità per infortuni sul lavoro, procedura civile, procedura penale, società per azioni, società in accomandita, assicurazioni e rapporti debitori-creditori. Tutte le risposte dovevano essere in forma di saggio, e le domande riguardavano principalmente le leggi in vigore nel Tennessee. Lo studio aveva un programma di ripasso per ognuna delle quindici sezioni.

«Vuole dire quindici quaderni come questo?» chiese Mitch mentre lo soppesava.

Wally sorrise. «Sì. Siamo molto meticolosi. In questo studio nessuno è mai stato bocciato...»

«Lo so. Lo so. Non sarò io il primo.»

«Noi due ci incontreremo almeno una volta alla settimana per le prossime sei settimane per ripassare gli argomenti. Ogni seduta durerà circa due ore, quindi potrà organizzàrsi. Io proporrei il mercoledì alle tre.»

«Mattina o pomeriggio?»

«Pomeriggio.»

«Benissimo.»

«Come sa, i contratti e il Codice Commerciale Uniforme procedono di pari passo, perciò ho unito anche quest'ultimo. Ci occuperemo di tutti e due, ma ci vorrà più tempo. Un tipico esame di ammissione all'ordine è pieno di transazioni commerciali. Sono problemi che comportano domande decisive, quindi questo quaderno è molto importante. Ho incluso i quesiti dei vecchi esami, oltre alle risposte modello. È una lettura affascinante.»

«Non vedo l'ora.»

«Studi le prime ottanta pagine per la settimana prossima. Troverà diverse domande d'esame a cui dovrà rispondere.»

«Quindi dovrei fare i compiti?»

«Certamente. La settimana prossima le darò il voto. È necessario che si eserciti ogni settimana.»

«Mi sembra peggio che alla facoltà di legge.»

«Perché è molto più importante. Noi lo prendiamo molto sul serio. C'è una commissione che seguirà i suoi progressi da questo momento fino al giorno dell'esame. La osserveremo molto da vicino.»

«Chi fa parte della commissione?»

«Io, Avery Tolleson, Royce McKnight, Randall Dunbar e Kendall Mahan. Ci riuniremo ogni venerdì per valutare i suoi progressi.»

Wally tirò fuori un quaderno più piccolo e lo posò sulla scrivania. «Questo è il suo diario. Deve annotare le ore passate a studiare per l'esame e le materie studiate. Io lo ritirerò ogni venerdì mattina prima che si riunisca la commissione. Qualche domanda?»

«Non me ne viene in mente nessuna» disse Mitch mentre posava il quaderno sulla pratica Capps.

«Bene. Ci vediamo mercoledì alle tre.»

Dieci secondi dopo che Wally era uscito, entrò Randall Dunbar con un grosso quaderno molto simile al primo. Per la verità era identico, ma meno voluminoso. Dunbar era il capo del settore proprietà immobiliari e in maggio si era occupato dell'acquisto della casa di McDeere. Consegnò il quaderno intestato "Diritto immobiliare" e spiegò che la sua specialità costituiva la parte fondamentale dell'esame. Tutto è imperniato sulla proprietà, disse. Aveva preparato scrupolosamente il materiale negli ultimi dieci anni e aveva spesso pensato di pubblicarlo come testo autorevole su quella disciplina. Avrebbe avuto bisogno di almeno un'ora la settimana, di preferenza il martedì pomeriggio. Parlò a lungo spiegando quanto era diverso l'esame trent'anni prima, quando l'aveva sostenuto lui.

Kendall Mahan aggiunse un pizzico di novità. Voleva vedere Mitch il sabato mattina. Piuttosto presto, alle sette e mezzo.

«Non è un problema» disse Mitch. Prese il quaderno e lo mise accanto agli altri. L'argomento era il diritto costituzionale, il preferito di Kendall anche se gli capitava raramente di servirsene. Era la parte più importante dell'esame, o almeno lo era quando lui l'aveva sostenuto cinque anni prima. Nell'ultimo anno della facoltà aveva pubblicato un articolo sui diritti sanciti dal Primo Emendamento sulla "Columbia Law Review" e ne aveva incluso una copia nel quaderno, caso mai Mitch volesse leggerlo. Mitch promise di farlo al più presto.

La processione durò per tutto il pomeriggio fino a che metà degli avvocati dello studio furono venuti a consegnare quaderni, compiti da fare a casa e richieste di incontri settimanali. Almeno sei dei visitatori gli rammentarono che nessun membro dello studio era stato bocciato all'esame.

Alle cinque, quando la segretaria lo salutò prima di andarsene, la scrivania era coperta da un numero di quaderni sufficiente per soffocare dieci avvocati. Mitch non riuscì a parlare; si limitò a sorridere a Nina e tornò a sprofondarsi nel diritto contrattuale in versione Wally. Un'ora dopo pensò a qualcosa da mangiare. Poi, per la prima volta dopo dodici ore, pensò ad Abby. Le telefonò.

«Verrò a casa un po' tardi» le disse.

«Ma sto preparando la cena.»

«Lasciala sul fornello» rispose Mitch un po' brusco.

Un silenzio. «Quando torni?» chiese Abby staccando le due parole.

«Fra qualche ora.»

«Qualche ora. Sei lì già da mezza giornata.»

«Sì, e ho molte altre cose da fare.»

«Ma è il tuo primo giorno di lavoro.»

«Non lo crederesti se te lo dicessi.»

«Sei sicuro di sentirti bene?»

«Sto benissimo. Verrò a casa più tardi.»

Il rombo del motore svegliò Dutch Hendrix. Balzò in piedi. Aprì il cancello per far uscire dal parcheggio l'ultima macchina, che si fermò accanto a lui.

«'sera, Dutch» disse Mitch.

«Se ne va adesso?»

«Sì, ho avuto molto da fare.»

Dutch puntò la torcia elettrica sul polso e controllò l'orologio. Le undici e mezzo.

«Be', sia prudente» disse.

«Sì. Ci vediamo fra qualche ora.»

La BMW svoltò in Front Street e sfrecciò via nella notte. Qualche ora, pensò Dutch. I novellini erano davvero straordinari. Diciotto, venti ore al giorno per sei giorni la settimana. A volte anche sette. Erano tutti decisi a diventare i più grandi avvocati del mondo e a guadagnare un milione di dollari da un giorno all'altro. A volte lavoravano ventiquattr'ore su ventiquattro e dormivano in ufficio. Aveva già visto tutto ciò. Ma non potevano resistere. L'organismo umano non era fatto per quella vitaccia. Dopo circa sei mesi perdevano slancio. Scendevano a quindici ore al giorno, sei giorni alla settimana. Poi a cinque e mezzo. Poi a dodici ore al giorno.

Nessuno poteva lavorare cento ore alla settimana per più di sei mesi.

7

Una segretaria frugava in uno schedario alla ricerca di una documentazione che serviva immediatamente ad Avery. L'altra stava di fronte alla scrivania con il blocco da stenografia e ogni tanto trascriveva le istruzioni che Avery impartiva quando smetteva di urlare al telefono e ascoltava l'interlocutore. Tre spie rosse lampeggiavano sull'apparecchio. Quando Avery gridava al telefono, le segretarie parlavano rapidamente fra loro. Mitch entrò nell'ufficio e si fermò accanto alla porta.

«Silenzio!» urlò Avery alle segretarie.

Quella accanto allo schedario sbatté il cassetto e si spostò, si chinò e tirò fuori il cassetto in fondo. Avery schioccò le dita per attirare l'attenzione dell'altra e indicò il calendario da tavola, poi riattaccò senza salutare.

«Che impegni ho per oggi?» chiese mentre estraeva un fascicolo dallo scaffale.

«Un incontro con quel funzionario del fisco alle dieci. Appuntamento alla una con Nathan Locke per la pratica Spinosa. Alle tre e mezzo, riunione dei soci. Domani sarà tutto il giorno alla commissione fiscale, e oggi doveva prepararsi.»

«Magnifico. Annulli tutti gli impegni. Si informi sui voli per Houston sabato pomeriggio e i voli di ritorno, per lunedì mattina.»

«Sissignore.»

«Mitch! Dov'è la pratica Capps?»

«Sulla mia scrivania.»

«Cosa ne ha fatto finora?»

«Ho letto quasi tutto.»

«Dobbiamo darci dentro. Era Sonny Capps, al telefono. Vuole

vedermi sabato mattina a Houston, e vuole un abbozzo dell'accordo per la costituzione della società in accomandita.»

Mitch sentì una fitta nervosa nello stomaco vuoto. Se non ricordava male, l'accordo era di circa centoquaranta pagine.

«Basta un abbozzo» aggiunse Avery indicando una segretaria.

«Nessun problema» disse Mitch con tutta la sicurezza di cui era capace. «Magari non sarà perfetto, ma lo preparerò senz'altro.»

«Ne ho bisogno per sabato a mezzogiorno e deve essere perfetto il più possibile. Dirò a una delle mie segretarie di mostrare a Nina dove sono le formule per gli accordi nella banca memoria. Così si risparmierà un po' di dettatura e di battiture a macchina. So che non è giusto, ma con Sonny Capps le cose vanno così. È molto esigente. Mi ha detto che l'affare deve essere concluso entro venti giorni altrimenti andrà a monte. Tutto dipende da noi.»

«Provvederò.»

«Bene. Incontriamoci domattina alle otto per vedere a che punto siamo arrivati.»

Avery premette uno dei tasti lampeggianti e cominciò a discutere al telefono. Mitch tornò in ufficio e cercò la pratica Capps sotto i quindici quaderni. Nina si affacciò.

«Oliver Lambert vuole vederla.»

«Quando?» chiese Mitch.

«Subito.»

Mitch guardò l'orologio. Era in ufficio da tre ore e avrebbe già voluto smettere. «Non può aspettare?»

«Non credo. Di solito il signor Lambert non aspetta nessuno.»

«Capisco.»

«Sarà meglio che vada.»

«Che cosa vuole?»

«La sua segretaria non l'ha detto.»

Mitch mise la giacca, si sistemò la cravatta e salì correndo al quarto piano dove lo aspettava la segretaria di Lambert, che si presentò e gli comunicò che lavorava nello studio da trentun anni. Anzi, era stata la seconda segretaria assunta dal signor An-

thony Bendini quando si era trasferito a Memphis. Si chiamava
Ida Renfroe, ma tutti la chiamavano signora Ida. Lo fece entrare nel grande ufficio e chiuse la porta.

Oliver Lambert era in piedi dietro la scrivania. Si tolse gli occhiali, sorrise calorosamente e posò la pipa sul poggiapipe d'ottone. «Buongiorno, Mitch» disse con voce calma. «Sediamoci
qui.» Indicò il divano. «Vuole un caffè?»

«No, grazie.»

Mitch si lasciò cadere sul divano, e il socio prese posto su una
poltrona distante mezzo metro e più alta di un metro. Mitch si
sbottonò la giacca e cercò di rilassarsi. Accavallò le gambe e lanciò un'occhiata alle sue Cole-Haan nuove. Duecento dollari.
Un'ora di lavoro per un associato in quella fabbrica di quattrini.
Cercò di rilassarsi. Ma aveva sentito il panico nella voce di
Avery, aveva visto la disperazione nei suoi occhi mentre ascoltava Capps al telefono. Era il suo secondo giorno di lavoro allo
studio, e la testa gli martellava e gli doleva lo stomaco.

Lambert gli sorrise dall'alto in basso: il più sincero sorriso da
buon nonno. Era il momento per una predica. Indossava una
camicia di un candore abbagliante, con un cravattino scuro a
farfalla che gli conferiva un'aria di estrema intelligenza e sag-
gezza. Come al solito era molto più abbronzato delle consuete,
intensissime abbronzature estive di Memphis. I denti scintillava-
no come diamanti. Sembrava un indossatore di sessant'anni.

«Solo un paio di cosette, Mitch» disse. «So che è piuttosto
occupato.»

«Sissignore. Molto.»

«Il panico è normale in un grande studio legale e i clienti come Sonny Capps possono far venire l'ulcera. I nostri clienti sono anche la nostra unica ricchezza, e quindi ci ammazziamo per
loro.»

Mitch sorrise e aggrottò la fronte nello stesso tempo.

«Due cose, Mitch. Innanzi tutto io e mia moglie vogliamo che
lei e Abby veniate a cena con noi sabato. Ceniamo spesso fuori,
e ci fa piacere avere con noi i nostri amici. Sono uno chef discreto, e apprezzo la buona cucina e i buoni vini. Di solito prenotia-
mo un grande tavolo in uno dei nostri ristoranti preferiti, invi-

tiamo gli amici e passiamo la serata con una cena di nove portate e i vini più rari. Sarete liberi sabato?»

«Naturalmente.»

«Verranno anche Kendall Mahan, Wally Hudson, Lamar
Quin e le loro mogli.»

«Sarà un piacere.»

«Bene. Il mio locale preferito a Memphis e Justine's. È un
vecchio ristorante francese con una cucina squisita e una lista
dei vini eccezionale. Sabato alle sette?»

«Senz'altro.»

«In secondo luogo, c'è qualcosa che dobbiamo discutere. Sono sicuro che se ne renderà conto, ma è meglio accennarvi. Per
noi è molto importante. Ad Harvard, lo so, le hanno insegnato
che esiste un rapporto confidenziale tra lei, in quanto avvocato,
e il suo cliente. È un rapporto protetto dal segreto professionale,
e lei non potrà mai essere costretto a rivelare ciò che le dice un
cliente. Discutere gli affari del nostro cliente è una violazione
dell'etica. Ora, questo vale per tutti gli avvocati, ma nel nostro
studio prendiamo molto sul serio il segreto professionale. Non
discutiamo gli affari dei clienti con nessuno. Né con altri avvocati né con le mogli. A volte neppure fra di noi. Di regola, a casa non parliamo di lavoro e le nostre mogli hanno imparato a
non fare domande. Meno si dice e meglio è. Il signor Bendini
aveva una grande fede nella segretezza, e l'aveva insegnata anche a noi. Non sentirà mai un membro di questo studio nominare un cliente fuori da questo palazzo. Siamo molto seri.»

Dove vorrà andare a parare? si chiese Mitch. Qualunque studente del secondo anno della facoltà di legge avrebbe saputo tenere quel discorsetto. «Capisco benissimo, signor Lambert. Non
deve preoccuparsi per quanto mi riguarda.»

«"Le lingue lunghe fanno perdere le cause." Era il motto del
signor Bendini, e l'applicava a tutto. Noi non discutiamo gli affari del nostro cliente con nessuno, incluse le nostre mogli. Tute-
liamo la segretezza e ci piace continuare così. Farà conoscenza
con altri avvocati della città e prima o poi le faranno domande
sul nostro studio o su un cliente. Noi non parliamo, capisce?»

«Certo, signor Lambert.»

«Bene. Siamo molto fieri di lei, Mitch. Diventerà un grande avvocato. Un avvocato molto ricco. Arrivederci a sabato.»

La signora Ida aveva un messaggio per Mitch. Il signor Tolleson voleva vederlo immediatamente. Mitch la ringraziò, scese di corsa le scale e si precipitò nel grande ufficio d'angolo. Adesso c'erano tre segretarie che rovistavano negli schedari e mormoravano fra di loro mentre il principale urlava al telefono. Mitch sedette su una sedia accanto alla porta e restò a guardare. Le donne tiravano fuori fascicoli e appunti e si scambiavano strani borbottii. Ogni tanto Avery schioccava le dita, indicava di qua e di là e le segretarie scattavano come tanti conigli spaventati.

Dopo qualche minuto Avery posò bruscamente il ricevitore, sempre senza salutare. Fissò Mitch con aria truce.

«Era di nuovo Sonny Capps. I cinesi vogliono settantacinque milioni e lui ha accettato. Ci saranno quarantun soci anziché venticinque. Abbiamo a disposizione venti giorni per concludere, altrimenti l'accordo salta.»

Due segretarie si avvicinarono a Mitch e gli consegnarono due grossi raccoglitori.

«Ce la farà?» chiese Avery con una smorfia sprezzante. Le segretarie lo guardarono.

Mitch prese i raccoglitori e si avviò verso la porta. «Certamente. È tutto?»

«È abbastanza. Non voglio che si occupi di altro da oggi a sabato, chiaro?»

«Sissignore.»

Quando tornò in ufficio Mitch tolse dalla scrivania i quindici quaderni del materiale per l'esame e li ammucchiò in un angolo. Sistemò la pratica Capps, trasse un respiro profondo e cominciò a leggere. Bussarono alla porta.

«Chi è?»

Nina si affacciò. «Scusi se la disturbo, ma sono arrivati i mobili nuovi.»

Mitch si massaggiò le tempie e mormorò qualcosa di incomprensibile.

«Forse farebbe meglio ad andare a lavorare in biblioteca per un paio d'ore.»

«Sì, forse.»

Raccolsero la documentazione della pratica Capps e trasferirono i quindici quaderni nel corridoio, dove due negri colossali aspettavano con una fila di grandi scatoloni e un tappeto orientale.

Nina lo seguì nella biblioteca del primo piano.

«Alle due devo incontrarmi con Lamar Quin per studiare per l'esame. Gli telefoni per annullare l'appuntamento. Gli dica che gli spiegherò più tardi.»

«Alle due ha un appuntamento con Gill Vaughn» disse Nina.

«Annulli anche quello.»

«Vaughn è un socio.»

«Lo annulli. Riguadagnerò più tardi il tempo perso.»

«Non è prudente.»

«Faccia come dico.»

«Il capo è lei.»

«Grazie.»

La tappezziera era una donna bassa e muscolosa un po' avanti negli anni, ma abituata al lavoro faticoso e magnificamente allenata. Da quasi quarant'anni, spiegò a Abby, tappezzava le case più belle di Memphis. Parlava di continuo ma non faceva movimenti inutili. Tagliava con la precisione di un chirurgo e applicava la colla come un artista. Mentre la colla si asciugava, sganciava il metro avvolgibile dalla cintura e analizzava l'ultimo angolo della sala da pranzo, mormorando numeri che Abby non riusciva a decifrare. Misurò la lunghezza e l'altezza in quattro punti diversi e mandò il tutto a memoria. Salì sulla scala e ordinò ad Abby di passarle un rotolo di carta. Corrispondeva alla perfezione. Lo premette contro la parete e per la centesima volta ripeté che la carta era bellissima e costosa, avrebbe fatto una magnifica figura e sarebbe durata a lungo. Anche il colore le piaceva. S'intonava a meraviglia con le tende e il tappeto. Abby ormai si era stancata di ringraziare. Annuì e diede un'occhiata all'orologio. Era ora di cominciare a preparare la cena.

Quando la parete fu terminata, Abby annunciò che era meglio smettere e pregò la donna di tornare l'indomani mattina alle nove. La donna si dichiarò d'accordo e cominciò a rimettere in ordine. Veniva pagata dodici dollari l'ora, in contanti, e sembrava piuttosto ragionevole. **Abby ammirò la stanza.** L'indomani avrebbero finito, e la tappezzeria sarebbe stata completa, a parte i due bagni e lo studio. La verniciatura doveva incominciare la settimana successiva. La colla della carta, la lacca umida della mensola del camino e i mobili nuovi creavano un odore fresco, meraviglioso. Come una vera casa nuova.

Abby salutò la tappezziera e andò in camera. Si spogliò e si sdraiò sul letto. Chiamò il marito, parlò con Nina e seppe che Mitch era in riunione e che sarebbe stato impegnato per un po'. Nina promise che le avrebbe fatto telefonare. Abby allungò le gambe indolenzite e si massaggiò le spalle. Il ventilatore girava lentamente sul soffitto sopra di lei. Mitch sarebbe rincasato, prima o poi. Per un po' avrebbe lavorato cento ore la settimana, poi sarebbe sceso a ottanta. Lei poteva aspettare.

Si svegliò un'ora dopo e balzò dal letto. Erano quasi le sei. Piccatina di vitello. Indossò un paio di calzoncini kaki e una polo bianca. Corse nella cucina, che ormai era finita, a parte una mano di vernice e le tende che sarebbero arrivate la settimana seguente. Trovò la ricetta in un libro e dispose in ordine gli ingredienti sul piano di lavoro. Negli anni in cui Mitch studiava alla facoltà di legge avevano mangiato pochissima carne rossa, al massimo qualche hamburger. Quando preparava lei, era sempre qualcosa a base di pollo: ma in prevalenza avevano mangiato sandwich e hot dog.

Ma adesso, con quella ricchezza improvvisa, era tempo di imparare a cucinare. La prima settimana aveva fatto qualcosa di nuovo ogni sera, e avevano mangiato insieme quando Mitch rincasava. Abby sceglieva i pasti, studiava i libri di ricette, faceva esperimenti con le salse. Inspiegabilmente, a Mitch piacevano i piatti italiani: e adesso che Abby aveva imparato a preparare alla perfezione spaghetti e tagliatelle, era il momento di passare alla piccata di vitello. Batté le scaloppe con il pestacarne fino ad assottigliarle, poi le passò nella farina con aggiunta di sale e pepe. Mise sul fornello l'acqua per le linguine. Si versò un bicchiere di Chablis e accese la radio. Dopo pranzo aveva telefonato due volte in ufficio e Mitch non aveva trovato il tempo di richiamarla. Pensò di cercarlo ancora ma cambiò idea. Adesso toccava a lui. Avrebbe preparato la cena e avrebbero mangiato quando fosse rientrato.

Abby fece saltare le scaloppe nell'olio bollente fino a che il vitello divenne abbastanza tenero, poi le tolse dal fuoco. Eliminò l'olio e aggiunse vino e succo di limone, e rimestò per far restringere la salsa. Rimise la carne nel tegame, e aggiunse funghetti, carciofi e burro. Poi coprì il tutto e lo lasciò cuocere a fuoco lento.

Fece friggere la pancetta, affettò i pomodori, cucinò le linguine e si versò un altro bicchiere di vino. Per le sette la cena era pronta: insalata di pancetta e pomodoro, linguine, piccata di vitello e pane all'aglio nel forno. Mitch non aveva telefonato. Abby portò il bicchiere di vino nel patio e si guardò in giro, Hearsay arrivò correndo dai cespugli. Percorsero insieme il prato e andarono a fermarsi sotto due grosse querce. Fra i rami della quercia più grande c'erano i resti di un rifugio arboreo abbandonato da molto tempo. Sul tronco erano incise alcune iniziali. Dall'altra quercia pendeva un pezzo di corda. Abby trovò una palla di gomma, la lanciò e restò a guardare mentre il cane la inseguiva. Tese l'orecchio verso la finestra della cucina per sentire eventualmente il telefono. Ma non squillava.

Hearsay si fermò di colpo e ringhiò in direzione della casa accanto. Il signor Rice apparve dietro una curatissima siepe di bosso che circondava il suo patio. Il sudore gli colava dal naso, e la canottiera di cotone era fradicia. Si tolse i guanti verdi e notò Abby che stava sotto l'albero, al di là della rete metallica. Sorrise; le guardò le gambe abbronzate e sorrise. Si asciugò la fronte con il braccio sudato e si avvicinò.

«Come va?» chiese ansimando un po'. I folti capelli grigi grondavano ed erano appiccicati.

«Bene, signor Rice. E lei?»

«Fa caldo. Saranno almeno quaranta gradi.»

Abby si avvicinò alla rete per chiacchierare. Da una settimana, ormai, aveva notato le occhiate del vicino, ma non era irritata. Il signor Rice doveva essere sulla settantina e probabilmente era innocuo. Guardasse pure. E poi era un essere umano vivo, che respirava, sudava e sapeva sostenere una conversazione. Da quando Mitch era uscito di casa prima dell'alba lei aveva parlato soltanto con la tappezziera.

«Il suo prato è bellissimo» disse.

Il signor Rice si asciugò di nuovo il sudore e sputò per terra. «Bellissimo? Meriterebbe di essere fotografato su una rivista. Non ho mai visto neppure un campo da golf tenuto così bene. Meriterei il premio per il giardino del mese, ma non me lo danno. Dov'è suo marito?»

«In ufficio. Lavora fino a tardi.»

«Sono quasi le otto. Dev'essersi alzato all'alba, stamattina. Io faccio la passeggiata alle sei e mezzo ed era già partito. Come mai?»

«Gli piace lavorare.»

«Se avessi una moglie come lei, starei a casa. Nessuno riuscirebbe a mandarmi via.»

Abby sorrise del complimento. «Come sta la signora Rice?»

Rice aggrottò la fronte e strappò un'erbaccia. «Non molto bene, purtroppo, non molto bene.» Distolse lo sguardo e si morse le labbra. La signora Rice stava morendo di cancro. Non avevano figli. I medici dicevano che le restava un anno di vita. Un anno al massimo. Le avevano asportato quasi tutto lo stomaco, ma adesso aveva le metastasi ai polmoni. Pesava quaranta chili e non lasciava mai il letto. Quando aveva fatto conoscenza con Abby, al signor Rice erano venute le lacrime agli occhi mentre parlava della moglie e della prospettiva di restare solo dopo cinquantun anni di matrimonio.

«No, non mi daranno il premio per il giardino del mese. Abito nella parte sbagliata della città. Lo danno sempre ai ricconi che assumono i giardinieri per fare tutto il lavoro mentre loro stanno seduti accanto alla piscina a bere i daiquiri. È bello, vero?»

«È incredibile. Quante volte alla settimana falcia l'erba?»

«Tre o quattro. Dipende dalla pioggia. Vuole che falci anche quella del suo?»

«No. Voglio che sia Mitch a occuparsene.»

«Ma non ne ha il tempo, mi sembra. Darò un'occhiata, e se ci sarà bisogno di una tagliatina, verrò io.»

Abby si voltò verso la finestra della cucina. «Il telefono?»

chiese avviandosi. Il signor Rice indicò il suo apparecchio acustico per far capire che non aveva sentito.

Lo salutò e corse in casa. Il telefono smise di squillare quando sollevò il ricevitore. Erano le otto e mezzo ed era quasi buio. Chiamò l'ufficio ma non rispose nessuno. Forse Mitch stava tornando in quel momento.

Il telefono squillò alle undici. A parte quello e un lieve russare, nell'ufficio al primo piano c'era silenzio. Mitch teneva i piedi sulla scrivania nuova, incrociati alle caviglie e informicoliti dalla mancanza di circolazione. Era comodamente abbandonato sulla poltroncina, un po' inclinato verso un lato, e ogni tanto emetteva il respiro pesante del sonno profondo. I documenti della pratica Capps erano sparsi sulla scrivania; uno era stretto contro lo stomaco. Le scarpe erano sul pavimento accanto a un mucchio di altri incartamenti della pratica Capps. Fra le scarpe c'era un sacchetto vuoto di patatine chips.

Dopo una dozzina di squilli, Mitch si mosse e si buttò sull'apparecchio. Era sua moglie.

«Perché non hai telefonato?» chiese Abby, con una calma sfumatura di preoccupazione.

«Scusami. Mi sono addormentato. Che ore sono?» Mitch si strofinò gli occhi e guardò l'orologio.

«Le undici. Avrei voluto che mi chiamassi.»

«L'ho fatto. Non ha risposto nessuno.»

«Quando?»

«Fra le otto e le nove. Dov'eri?»

Abby non rispose. Attese. «Vieni a casa?»

«No. Devo lavorare tutta la notte.»

«Tutta la notte? Non puoi, Mitch.»

«Certo che posso. Qui è una cosa normale. Prevista e prevedibile.»

«Ti aspettavo a casa, Mitch. E il meno che potessi fare era chiamarmi. La cena è ancora sui fornelli.»

«Scusami. Sono alle prese con certe scadenze precise e ho perso la nozione del tempo. Scusami.»

Vi fu un momento di silenzio mentre Abby rifletteva. «Diventerà un'abitudine, Mitch?»

«È possibile.»

«Capisco. Quando prevedi di tornare a casa?»

«Hai paura?»

«No, non ho paura. Vado a letto.»

«Verrò verso le sette per fare una doccia.»

«Va bene. Se dormo, non svegliarmi.»

Abby riattaccò. Mitch fissò il ricevitore, poi lo posò. Al quarto piano un agente della sicurezza ridacchiò. «"Non svegliarmi"» disse mentre premeva un tasto del registratore computerizzato. Premette tre tasti e parlò in un microfono. «Ehi, Dutch, sveglia.»

Dutch si svegliò e si chinò sull'intercom. «Ehi, cosa c'è?»

«Sono Marcus. Credo che il nostro amico abbia intenzione di restare tutta la notte.»

«Che problema ha?»

«Per il momento, la moglie. Ha dimenticato di chiamarla e lei gli aveva preparato una cenetta deliziosa.»

«Oh, che peccato. Sono discorsi che abbiamo già sentito, vero?»

«Già, tutti i novellini fanno così la prima settimana. Comunque le ha detto che non andrà a casa fino a domattina. Puoi tornare a dormire.»

Marcus premette qualche altro tasto e riprese a leggere la rivista.

Abby stava aspettando quando il sole si affacciò fra le querce. Bevve il caffè, trattenne il cane e ascoltò i suoni tranquilli del quartiere che si svegliava. Aveva dormito di un sonno inquieto. Una doccia calda non aveva cancellato la stanchezza. Aveva addosso un accappatoio bianco del marito, e niente altro. I capelli bagnati erano pettinati all'indietro.

La portiera di una macchina sbatté rumorosamente. Il cane si girò. Abby sentì aprirsi la porta della cucina, e dopo qualche minuto si aprì anche quella scorrevole del patio. Mitch posò la giacca su una panca accanto alla porta e le andò incontro.

«Buongiorno» disse, e sedette al tavolo di vimini.

Abby gli rivolse un sorriso forzato. «Buongiorno anche a te.»

«Ti sei alzata presto» disse lui, cercando di mostrarsi cordiale. Non servì a nulla. Abby sorrise di nuovo e bevve un altro sorso di caffè.

Mitch respirò profondamente e guardò in giardino. «Vedo che sei ancora arrabbiata per ieri sera.»

«Non proprio. Non sono il tipo che porta rancore.»

«Mi sono scusato. E mi dispiace sinceramente. Ho cercato di telefonarti.»

«Avresti potuto riprovare.»

«Ti prego, non divorziare, Abby. Ti giuro che non succederà mai più. Non mi abbandonare.»

Questa volta il sorriso di Abby fu spontaneo. «Hai un aspetto orribile» osservò.

«Che cos'hai sotto l'accappatoio?»

«Niente.»

«Vediamo.»

«Perché non fai un sonnellino? Hai l'aria stralunata.»

«Grazie. Ma alle nove ho una riunione con Avery. E alle dieci un'altra riunione, sempre con Avery.»

«Stanno cercando di ammazzarti la prima settimana?»

«Sì, ma non ci riusciranno. Sono troppo forte. Andiamo a fare la doccia.»

«L'ho già fatta.»

«Nuda?»

«Sì.»

«Racconta. Racconta tutti i particolari.»

«Se venissi a casa a ore decenti non saresti così depravato.»

«Sono sicuro che succederà ancora, cara. Dovrò passare molte notti in ufficio. Non ti lamentavi quando ero alla facoltà di legge e studiavo anche ventiquattro ore filate.»

«Era diverso. Sopportavo perché sapevo che sarebbe finita presto. Ma adesso sei un avvocato, e lo sarai per molto tempo. Continuerà così? Lavorerai sempre mille ore la settimana?»

«Abby, questa è la mia prima settimana.»

«Ecco perché mi preoccupo. Diventerà anche peggio.»

«Sicuro. È inevitabile, Abby. È una professione spietata; i deboli finiscono divorziati e i forti si arricchiscono. È una maratona. Chi resiste vince la medaglia d'oro.»

«E crolla morto sul traguardo.»

«Non ci credo. Ci siamo trasferiti qui una settimana fa, e tu ti preoccupi già per la mia salute.»

Abby continuò a bere il caffè e ad accarezzare il cane. Era bellissima. Con gli occhi stanchi, i capelli bagnati e niente trucco, era bellissima. Mitch si alzò, le girò intorno e le baciò la guancia. «Ti amo» mormorò.

Lei afferrò la mano che le aveva posato sulla spalla. «Vai a fare la doccia. Ti preparo la colazione.»

La tavola era apparecchiata in modo perfetto. Abby aveva usato per la prima volta nella casa nuova il servizio di porcellana di sua nonna. C'erano candele accese nei candelieri d'argento. Il succo di pompelmo splendeva nei bicchieri di cristallo. Sui piatti erano piegati i tovaglioli di lino identici alla tovaglia. Quando Mitch ebbe finito di fare la doccia ed ebbe indossato una vestaglia nuova scozzese, entrò in sala da pranzo e fece un fischio.

«È un'occasione particolare?»

«Una colazione speciale per un marito speciale.»

Mitch sedette e ammirò il servizio di porcellana. La colazione era in caldo su un piatto d'argento coperto. «Cos'hai preparato?» chiese schioccando le labbra. Abby gli fece un cenno e lui sollevò il coperchio e sgranò gli occhi.

«Cos'è?» chiese.

«Piccatina di vitello.»

«Che cosa?»

«Piccatina di vitello.»

Mitch diede un'occhiata all'orologio. «Credevo che fosse ora di colazione.»

«L'avevo cucinata ieri sera per cena, e ti consiglio di mangiarla.»

«Piccatina di vitello a colazione?»

Abby sorrise con fermezza e scosse leggermente la testa. Mitch guardò di nuovo il piatto e per qualche secondo valutò la situazione.

Finalmente disse: «L'odore è buono».

8

Sabato mattina. Mitch aveva dormito a casa e non andò in ufficio fino alle sette. Non si fece la barba, indossò un paio di jeans, una vecchia camicia e un paio di mocassini, senza calze: abbigliamento da studente. L'accordo per Capps era stato battuto e ribattuto il venerdì sera. Mitch aveva apportato altre modifiche e Nina l'aveva ribattuto di nuovo il venerdì alle otto. Lui pensava che non facesse vita mondana e quindi non aveva esitato a chiederle di lavorare fino a tardi. Nina aveva detto che fare gli straordinari non le dispiaceva, e allora Mitch le aveva chiesto di andare in ufficio anche il sabato mattina.

Nina arrivò alle nove, in jeans. Mitch le consegnò l'accordo di duecentosei pagine con le ultime modifiche e le chiese di ripassarlo per la quarta volta. Doveva incontrarsi con Avery alle dieci.

Il sabato l'ufficio sembrava diverso. C'erano tutti gli associati, quasi tutti i soci e alcune segretarie. Ma non c'erano clienti, quindi non era obbligatorio vestirsi come al solito. C'erano abbastanza blue jeans per una squadra di cowboy. Niente cravatte. Alcuni dei più raffinati portavano Duckheads con i colletti fermati da bottoncini, così inamidate che scricchiolavano a ogni passo.

Ma Mitchell Y. McDeere, il nuovo associato, era comunque sotto pressione. Aveva annullato i ripassi per gli esami di giovedì, venerdì e sabato, e i quindici quaderni stavano sullo scaffale a riempirsi di polvere e a rammentargli che correva il rischio di essere veramente il primo membro dello studio bocciato all'esame di ammissione all'ordine.

Alle dieci la quarta stesura fu completata e Nina la depositò cerimoniosamente sulla scrivania di Mitch e andò nella saletta del caffè. La bozza era arrivata a duecentodiciannove pagine. Mitch aveva letto quattro volte ogni parola e aveva fatto ricerche sulle disposizioni fiscali fino a impararle a memoria. Si avviò nel corridoio, entrò nell'ufficio di Avery e posò il documento sulla scrivania. Una segretaria stava riempiendo una borsa gigantesca mentre il socio parlava al telefono.

«Quante pagine?» chiese Avery dopo aver riattaccato.

«Più di duecento.»

«Davvero di grande effetto! È un abbozzo approssimativo?»

«Non proprio. È la quarta stesura, da ieri mattina. È quasi perfetto.»

«Vedremo. Lo leggerò in aereo. Poi Capps lo leggerà con una lente d'ingrandimento. Se troverà un errore scatenerà l'inferno per un'ora e minaccerà di non pagare. Quante ore di lavoro ci sono volute?»

«Cinquantaquattro e mezzo a partire da mercoledì.»

«So che le ho messo fretta, e le chiedo scusa. È stata una prima settimana difficile. Ma a volte i nostri clienti insistono molto, e non sarà l'ultima volta che ci rompiano il collo per qualcuno che ci paga duecento dollari l'ora. Fa parte del nostro lavoro.»

«Non ho niente da obiettare. Sono indietro con il ripasso per gli esami, ma posso rifarmi.»

«Quel piccolo scocciatore di Hudson le rende la vita difficile?»

«No.»

«Se lo fa, mi avverta. È qui da cinque anni appena e si diverte a fare il professore. Si crede un vero accademico. Non mi è molto simpatico.»

«Non è un problema.»

Avery mise nella borsa la bozza di accordo. «Dove sono il prospetto e gli altri documenti?»

«Ho fatto una minuta di ognuno. Ha detto che abbiamo a disposizione venti giorni.»

«Sì, ma cerchi di sbrigarsi. Capps comincia già a pretendere che gli consegnamo il materiale molto prima delle scadenze. Domani lei lavora?»

«Pensavo di no. Anzi, mia moglie insiste per andare in chiesa.»

Avery scosse la testa. «A volte le mogli sono un gran fastidio, no?» Lo disse come se non si aspettasse una risposta.

Mitch tacque.

«Finiamo la pratica Capps entro sabato prossimo.»

«Bene. Nessun problema» disse Mitch.

«Abbiamo parlato della Koker-Hanks?» chiese Avery mentre frugava in un fascicolo.

«No.»

«Ecco qui. La Koker-Hanks è una grossa azienda appaltatrice con sede a Kansas City. Ha contratti per circa cento milioni di dollari in tutto il Paese. Un'azienda di Denver, la Holloway Brothers, si è offerta di acquistare la Koker-Hanks. Vogliono uno scambio di azioni, di proprietà e di contratti, e in più aggiungono una somma in contanti. Un accordo molto complicato. Studi la pratica per familiarizzarsi, poi ne discuteremo martedì mattina, quando rientrerò.»

«Quanto tempo abbiamo?»

«Trenta giorni.»

Il fascicolo era meno spesso di quello di Capps, ma incuteva altrettanta soggezione. «Trenta giorni» mormorò Mitch.

«È un accordo che vale ottanta milioni, e noi guadagneremo almeno duecentomila dollari di parcelle. Niente male. Ogni volta che dà un'occhiata alla pratica, metta in conto un'ora. Ci lavori quando può. Anzi, se le passa per la mente il nome della Koker-Hanks mentre è in macchina per venire al lavoro, metta un'ora in conto sulla parcella. In queso caso non ci sono limiti.»

Avery era estasiato all'idea di un cliente che avrebbe pagato senza fare storie. Mitch lo salutò e tornò nel suo ufficio.

Dopo aver finito i cocktail, mentre studiavano la lista dei vini e ascoltavano Oliver Lambert che dissertava sulle sottigliezze, le sfumature e le distinzioni di ognuno dei vini francesi, più o meno quando Mitch e Abby si resero conto che avrebbero preferito essere a casa loro a mangiare una pizza e a guardare la televisione, due uomini armati di chiavi regolari salirono a bordo della lucida BMW nera nel parcheggio di Justine's. Indossavano giacca e cravatta e non avevano nulla che desse nell'occhio. Si allontanarono tranquillamente e raggiunsero la nuova casa dei signori McDeere. Parcheggiarono la BMW nel garage. Il guidatore tirò fuori un'altra chiave e, insieme all'altro entrò in casa. Hearsay fu chiuso nello stanzino della lavanderia.

Al buio, i due misero sul tavolo da pranzo una borsa di cuoio.
Poi calzarono sottili guanti di gomma e presero una piccola torcia elettrica per ciascuno.

«Prima i telefoni» disse uno degli uomini.

Lavorarono in fretta, al buio. Il ricevitore dell'apparecchio
della cucina venne staccato e posato sulla tavola. Il microfono
fu svitato ed esaminato. Una minuscola trasmittente, non più
grande di un chicco d'uva passa, fu incollata nella cavità e tenuta ferma per dieci secondi. Quando la colla fece presa, il microfono venne riavvitato e il ricevitore fu ricollegato all'apparecchio e appeso alla parete della cucina. Le voci e i segnali sarebbero stati trasmessi a una piccola ricevente da installare in soffitta. Una trasmittente più grande, accanto alla ricevente, avrebbe inviato i segnali attraverso la città fino a un'antenna in cima
al Bendini Building. Le piccole microspie, che usavano le linee
della corrente alternata come fonte di alimentazione, potevano
continuare a trasmettere a tempo indeterminato.

«Vai a prendere quello dello studio.»

La borsa fu spostata su un divano. Gli uomini inserirono un
chiodo nei pannelli e lo rimossero, quindi misero nel foro un
sottile cilindretto nero, due centimetri di lunghezza e un millimetro di diametro, e lo cementarono con un po' di saldante epossidico nero. Il microfono era invisibile. Un filo sottile quanto un
capello fu sistemato delicatamente nello spazio fra i pannelli e
prolungato fino al soffitto, per essere collegato con un ricevitore
in solaio.

Altri microfoni identici vennero nascosti nelle pareti di ognuna delle camere da letto. Gli uomini trovarono la scala retrattile
nel corridoio principale e salirono in solaio. Uno tolse ricevente
e trasmittente dalla scatola mentre l'altro estraeva meticolosamente i minuscoli cavi dalle pareti. Poi li avvolse tutti insieme, li
fece scorrere sotto lo strato di isolante fino all'angolo dove il

compagno stava piazzando la trasmittente in una vecchia scatola di cartone. Una linea della corrente alternata fu collegata all'unità per fornire l'energia per la trasmissione. Una minuscola antenna fu innalzata fino a un paio di centimetri dal rivestimento del tetto.

I due uomini cominciarono a respirare più pesantemente nel caldo afoso della soffitta. Il piccolo involucro di plastica di una vecchia radio venne adattato intorno alla trasmittente, poi i due le sparsero intorno isolanti e vecchi indumenti. Era in un angolo remoto e probabilmente nessuno l'avrebbe notato per mesi, forse per anni. E se qualcuno l'avesse notato, avrebbe pensato che era una cianfrusaglia senza importanza, e magari l'avrebbe presa e buttata via senza insospettirsi. I due ammirarono per un secondo il risultato della loro opera, quindi scesero la scala.

Fecero sparire meticolosamente ogni traccia. Finirono entro dieci minuti.

Liberarono Hearsay dallo stanzino e tornarono nel garage. Uscirono rapidamente a marcia indietro e sfrecciarono via nella notte.

Mentre veniva servito il pesce, la BMW tornò a parcheggiare vicino al ristorante. Il guidatore si frugò nelle tasche e tirò fuori la chiave di una Jaguar marrone, di proprietà dell'avvocato Kendall Mahan. I due tecnici richiusero le portiere della BMW e salirono sulla Jaguar. I Mahan abitavano molto più vicino dei McDeere; e a giudicare dalla pianta della loro casa il lavoro sarebbe stato ancora più svelto.

Al quarto piano del Bendini Building, Marcus osservava un quadro di spie lampeggianti e attendeva un segnale proveniente dal 1231 di East Meadowbrook. La cena era terminata da mezz'ora, ed era tempo di mettersi in ascolto. Una piccola spia gialla lampeggiò debolmente e Marcus mise la cuffia. Premette un tasto per registrare. Attese. Cominciò a lampeggiare una luce verde accanto alla sigla McD6. Era la parete della camera da letto. Il segnale divenne più chiaro; giunsero le voci, dapprima fioche, poi più forti. Marcus alzò il volume. E ascoltò.

«Jill Mahan è una strega» stava osservando la donna. «E più beveva e più lo diventava.»

«Mi pare che abbia il sangue blu» rispose McDeere.

«Il marito è un tipo a posto, ma lei è tremenda» ribadì la signora McDeere.

«Sei sbronza?» chiese lui.

«Quasi. Sono pronta per il sesso più appassionato.»

Marcus alzò il volume e si tese verso le luci lampeggianti.

«Spogliati» disse la signora McDeere.

«Non lo facevamo da un pezzo» disse il signor McDeere.

Marcus si alzò e restò accanto agli interruttori e alle spie luminose.

«E di chi è la colpa?» chiese la donna.

«Non ho dimenticato come si fa. Sei bellissima.»

«Vieni a letto.»

Marcus girò la manopola del volume fino a quando non riuscì a spingerla oltre. Sorrise alle spie luminose e ansimò. Apprezzava molto gli associati, freschi di laurea e pieni di energie. Sorrise nel sentirli fare l'amore. Chiuse gli occhi e continuò a spiare.

9

La crisi Capps passò in due settimane senza disastri, grazie soprattutto a una successione di giornate lavorative di diciotto ore
da parte del nuovo arrivato, un associato che non aveva ancora
superato l'esame di ammissione all'ordine ed era troppo impegnato a esercitare la professione di avvocato per preoccuparse-
ne. In luglio mise in conto in media cinquantanove ore la settimana, un primato per i non-avvocati. Avery informò con orgoglio gli altri soci, nel corso della riunione mensile, che McDeere
svolgeva un lavoro straordinario per un novellino. L'accordo
Capps fu concluso con tre giorni di anticipo sulla data fissata,
grazie a McDeere. I documenti ammontavano in totale a quattrocento pagine, tutte perfette, tutte corredate da una ricerca
meticolosa, stilate e revisionate da Mitch. L'accordo della Koker-Hanks si sarebbe concluso entro un mese grazie a McDeere,
e lo studio avrebbe guadagnato poco meno di un quarto di milione di dollari. Era una vera macchina.

Oliver Lambert espresse preoccupazione per il metodo di studio di McDeere. Mancavano meno di tre settimane all'esame ed
era evidente per tutti che non era pronto. Aveva disdetto metà
delle sedute di ripasso in luglio, e aveva dedicato allo studio meno di venti ore. Avery disse che non era il caso di preoccuparsi
perché il suo allievo si sarebbe preparato in tempo.

Quindici giorni prima degli esami, Mitch protestò. Sarebbe
stato bocciato, spiegò ad Avery mentre pranzavano al Manhattan Club: aveva bisogno di tempo per studiare. Molto tempo.
Avrebbe potuto sgobbare come un pazzo per le due prossime
settimane e passare l'esame per il rotto della cuffia. Ma dovevano lasciarlo tranquillo, senza imporgli scadenze ossessive né casi

di emergenza, e senza farlo lavorare tutta la notte. Supplicò. Avery ascoltò con attenzione e si scusò. Promise di lasciarlo in pace per due settimane. Mitch lo ringraziò.

Il primo lunedì di agosto nella biblioteca del primo piano fu indetta una riunione di tutto lo studio. Era la più grande delle quattro biblioteche, e la sala delle assemblee. Metà degli avvocati sedevano intorno all'antico tavolo per riunioni circondato da venti sedie. Gli altri erano in piedi accanto agli scaffali dei grossi testi di legge che nessuno consultava da decenni. Erano presenti tutti i membri dello studio, persino Nathan Locke, che arrivò tardi e si fermò tutto solo accanto alla porta. Non parlò con nessuno e nessuno lo guardò. Mitch gli lanciava occhiate furtive appena poteva.

L'atmosfera era cupa. Nessuno sorrideva. Beth Kozinski e Laura Hodge entrarono, scortate da Oliver Lambert, e sedettero di fronte a una parete dov'erano appesi due ritratti coperti da teli. Si tenevano per mano e si sforzavano di sorridere. Lambert si piazzò con le spalle alla parete e si rivolse ai presenti.

Parlò con tono sommesso. Il bel timbro baritonale irradiava solidarietà e compassione. All'inizio quasi sussurrava, ma poi il potere della sua voce rese chiari ogni sillaba e ogni suono. Guardò le due vedove e parlò della tristezza profonda di tutti i presenti, poi assicurò che finché lo studio fosse esistito avrebbe continuato a provvedere a loro. Parlò di Marty e Joe, dei loro primi anni di lavoro, della loro importanza, del vuoto incolmabile causato dalla loro morte. Parlò del loro affetto e della dedizione per le famiglie.

Fu molto eloquente. Si espresse in una prosa forbita e con molta spontaneità. Le vedove piangevano in silenzio e si asciugavano gli occhi. Poi alcuni degli amici più intimi dei due defunti, Lamar Quin e Doug Turney, cominciarono visibilmente a commuoversi.

Quando ebbe terminato di parlare, Lambert scoprì il ritratto di Martin Kozinski. Fu un momento emozionante. Vi furono altri pianti. Alla facoltà di legge di Chicago sarebbe stata istituita una borsa di studio intestata al suo nome. Lo studio avrebbe costituito fondi vincolati per pagare l'istruzione dei suoi figli e avrebbe provveduto alla sua famiglia. Beth si morse le labbra ma pianse ancora più forte. I duri, smaliziati negoziatori del grande studio Bendini deglutivano in fretta ed evitavano di guardarsi l'un l'altro. Soltanto Nathan Locke era impassibile. Fissava cupamente il muro con occhi gelidi e ignorava la cerimonia.

Poi fu la volta del ritratto di Joe Hodge, con una biografia simile, e con l'istituzione di una borsa di studio e di un fondo fiduciario. Mitch aveva sentito dire che Hodge aveva stipulato un'assicurazione sulla vita per due milioni di dollari quattro mesi prima di morire.

Terminati gli elogi funebri, Nathan Locke sparì. Gli avvocati circondarono le vedove e dispensarono abbracci e parole di conforto. Mitch non le conosceva e non aveva nulla da dire. Si avvicinò alla parete ed esaminò i quadri. Accanto ai ritratti di Kozinski e Hodge ce n'erano tre, più piccoli ma altrettanto dignitosi. Quello della donna attirò la sua attenzione. La targhetta di ottone diceva: "Alice Knauss – 1948-1977".

«Quella fu un errore» disse sottovoce Avery accostandosi al suo associato.

«Cosa intende dire?» chiese Mitch.

«La tipica avvocatessa. Arrivò qui da Harvard, prima classificata nel suo corso e piena di risentimenti perché era una donna. Pensava che tutti gli uomini fossero maschilisti e riteneva che la sua missione nella vita consistesse nell'eliminare le discriminazioni. Una supercarogna. Dopo sei mesi la odiavamo tutti ma non potevamo sbarazzarcene. Costrinse due soci a ritirarsi prima del previsto. Milligan sostiene ancora adesso che fu la responsabile del suo attacco di cuore. Lavorava con lei.»

«Era brava, come avvocato?»

«Bravissima, ma era impossibile apprezzare le sue qualità. Era troppo litigiosa e contestatrice.»

«E come morì?»

«Un incidente d'auto. Fu uccisa da un camionista ubriaco. Fu una cosa molto tragica.»

«Era la prima donna?»

«Sì, e sarà anche l'ultima, a meno che qualcuno ci faccia causa.»

Mitch indicò con un cenno il secondo ritratto. «E quello?»

«Robert Lamm. Un mio buon amico. Aveva studiato alla facòltà di legge Emory di Atlanta. Era tre anni più avanti di me.»

«E cosa gli successe?»

«Non lo sa nessuno. Era un cacciatore appassionato. Un inverno andammo a caccia di alci nel Wyoming. Nel 1970 era a caccia di cervi nell'Arkansas... e non tornò più. Lo trovarono un mese dopo in fondo a un burrone con un foro nella testa. Secondo l'autopsia, il proiettile era penetrato dalla parte posteriore del cranio e aveva devastato quasi completamente la faccia. Si dice che il colpo fosse partito da un fucile potentissimo che aveva sparato da grande distanza. Con ogni probabilità fu un incidente ma non lo sapremo mai con certezza. Non so proprio chi avrebbe potuto desiderare di uccidere Bobby Lamm.»

L'ultimo ritratto era di John Mickel, 1940-1984. «E lui che fine ha fatto?» mormorò Mitch.

«Forse è il caso più tragico. Non era molto forte, e risentiva della pressione del lavoro. Beveva molto e aveva incominciato a drogarsi. Poi la moglie lo piantò e la causa per il divorzio fu feroce. Per lo studio fu un serio motivo di imbarazzo. Era qui da dieci anni e cominciava a temere di non farcela a diventare socio. Beveva ancora di più. Spendemmo un patrimonio in cure e psichiatri, tentammo di tutto. Ma fu inutile. Diventò depresso e cominciò a pensare al suicidio. Scrisse una lettera di addio di sette pagine e si fece saltare le cervella.»

«Terribile.»

«Infatti.»

«Dove lo trovarono?»

Avery si schiarì la gola e girò lo sguardo sulla sala. «Nell'ufficio dove adesso sta lei.»

«Cosa?»

«Sì, ma lo ripulirono.»

«Sta scherzando?»

«Non scherzo affatto. È successo anni fa, e da allora l'ufficio è sempre stato usato. Non c'è niente da temere.»

Mitch era rimasto senza parole.

«Non è superstizioso, vero?» chiese Avery con un sorriso maligno.

«No, naturalmente.»

«Forse avrei dovuto dirglielo prima, ma preferiamo non parlarne.»

«Posso cambiare ufficio?»

«Sicuro. Basta che si faccia bocciare all'esame di ammissione all'ordine e le assegneremo uno degli uffici paralegali nel seminterrato.»

«Se sarò bocciato sarà per causa sua.»

«Sì, ma sarà promosso, vero?»

«Se è stato promosso lei, posso esserlo anch'io.»

Dalle cinque alle sette del mattino il Bendini Building era vuoto e silenzioso. Nathan Locke arrivava verso le sei, andava subito nel suo ufficio e si chiudeva dentro. Alle sette cominciavano a comparire gli associati, e si sentivano le prime voci. Entro le sette e trenta lo studio poteva contare su un quorum, e arrivava un primo gruppo di segretarie. Alle otto i corridoi erano pieni e c'era il solito caos. Diventava difficile concentrarsi. Le interruzioni erano una cosa normale. I telefoni squillavano incessantemente. Alle nove tutti gli avvocati, i paralegali, gli impiegati e le segretarie erano presenti o assenti giustificati.

Mitch apprezzava molto la solitudine delle prime ore. Aveva anticipato di mezz'ora la sveglia e aveva preso l'abitudine di presentarsi a Dutch alle cinque anziché alle cinque e mezzo. Dopo aver preparato due volte il caffè si aggirava per i corridoi bui, faceva scattare gli interruttori e ispezionava l'edificio. Ogni tanto, nelle mattine serene, si piazzava alla finestra dell'ufficio di Lamar e guardava l'alba spuntare sul possente Mississippi. Contava le chiatte allineate davanti ai rimorchiatori che risalivano lentamente il fiume. Guardava i camion che sfilavano sul ponte lontano. Ma sprecava poco tempo. Dettava lettere, memorie, riepiloghi, memorandum e altri numerosi documenti che poi Nina batteva a macchina e Avery revisionava. Studiava come un pazzo per l'esame.

La mattina dopo la commemorazione degli avvocati morti, andò nella biblioteca del primo piano in cerca di un trattato e notò di nuovo i cinque ritratti. Si accostò al muro e li scrutò, ricordando i brevi necrologi di Avery. Cinque avvocati morti in quindici anni. Era un posto piuttosto pericoloso per lavorarci.

Scrisse su un blocco i loro nomi e gli anni in cui erano morti. Erano le cinque e mezzo.

Qualcosa si mosse nel corridoio, e Mitch si voltò di scatto verso destra. Nell'oscurità Locke lo stava osservando: poi si accostò alla porta e lo fissò minacciosamente. «Cosa sta facendo?» gli chiese.

Mitch si sforzò di sorridere. «Buongiorno. Sto studiando per l'esame di ammissione all'ordine.»

Locke guardò prima i ritratti, poi Mitch. «Capisco. Perché le interessano tanto?»

«Semplice curiosità. Questo studio ha avuto parecchie tragedie.»

«Sono tutti morti. La vera tragedia sarà se lei non supera l'esame di ammissione.»

«Ho intenzione di superarlo.»

«Ho sentito dire ben altro. I suoi metodi di studio destano molte preoccupazioni fra i soci.»

«I soci sono preoccupati per le mie parcelle eccessive?»

«Non faccia l'insolente. Le è stato detto che l'esame di ammissione all'ordine ha la precedenza su tutto. Un impiegato senza l'abilitazione per l'esercizio della professione è del tutto inutile in questo studio.»

Mitch pensò una dozzina di risposte taglienti, ma vi rinunciò. Locke indietreggiò e sparì. Nel suo ufficio, con la porta chiusa, Mitch nascose nomi e date in un cassetto e aprì un volume di ripasso sul diritto costituzionale.

10

Il sabato dopo l'esame di ammissione all'ordine, Mitch evitò l'ufficio e la casa e passò la mattinata scavando aiuole e aspettando. Adesso che la ristrutturazione era terminata, la casa era presentabile e ovviamente i primi ospiti dovevano essere i genitori di Abby. Lei aveva pulito e lucidato per una settimana, ed era prossimo il grande momento. Aveva assicurato che non si sarebbero trattenuti a lungo, non più di qualche ora. E lui aveva promesso di essere gentile il più possibile.

Mitch aveva lavato e lucidato le due macchine nuove che sembravano appena uscite dal concessionario. Il prato era stato falciato con cura da un ragazzetto che abitava in fondo alla strada. Il signor Rice aveva distribuito fertilizzante per un mese, e adesso il prato, diceva, sembrava un campo da golf.

A mezzogiorno gli ospiti arrivarono e Mitch lasciò le aiuole con riluttanza. Sorrise, li salutò e si scusò per andare a ripulirsi. Capiva che si sentivano a disagio, ed era ciò che voleva. Rimase a lungo sotto la doccia mentre Abby mostrava ai genitori ogni mobile e ogni centimetro di carta da parati. I Sutherland rimasero molto impressionati. I dettagli li impressionavano sempre. Indugiavano sulle cose che gli altri avevano o non avevano. Lui era presidente di una piccola banca che da dieci anni era sull'orlo del fallimento. Lei si considerava troppo importante per lavorare e aveva passato tutta la vita di adulta cercando l'affermazione sociale in una cittadina dove era impossibile ottenerla. Aveva scoperto di discendere da una famiglia reale europea, e questo aveva sempre fatto colpo sui minatori di Danesboro, nel Kentucky. Con tutto quel sangue blu nelle vene, aveva sentito il dovere di non fare altro che bere tè bollente, giocare a bridge, parlare del denaro del marito, criticare i meno fortunati e prodigarsi instancabilmente nel Garden Club. Il marito era un pallone gonfiato che sussultava quando la moglie alzava la voce e viveva nell'eterno terrore di farla arrabbiare. Insieme, avevano implacabilmente spronato la figlia fin dalla nascita perché fosse sempre la migliore e ottenesse i risultati migliori e soprattutto sposasse il partito migliore. La figlia si era ribellata e aveva sposato un ragazzo povero che non aveva famiglia, a parte una madre pazza e un fratello criminale.

«Hai veramente una bella casa, Mitch» affermò il signor Sutherland per rompere il ghiaccio. Sedettero a pranzo e cominciarono a passarsi i piatti.

«Grazie.» Nient'altro, solo "grazie". Mitch si concentrò sul cibo. Non aveva nessuna intenzione di sorridere. Meno parlava, e più quei due sarebbero stati a disagio. Voleva che si sentissero impacciati e tormentati dai rimorsi. Voleva che sudassero e sanguinassero. Erano stati loro a voler boicottare il matrimonio. Erano stati loro i primi a criticare, non lui.

«È tutto così adorabile» dichiarò la madre di Abby guardandolo con aria entusiasta.

«Grazie.»

«Ne siamo molto orgogliosi, mamma» disse Abby.

La conversazione passò subito al tema della ristrutturazione. Gli uomini mangiarono in silenzio mentre le donne parlavano dei vari interventi dell'arredatrice. A volte, Abby sentiva il bisogno quasi disperato di colmare i silenzi con le prime parole che le venivano in mente. A Mitch faceva quasi pena, ma teneva lo sguardo fisso sul tavolo. La tensione era tale che si sarebbe tagliata con un coltello.

«E così hai trovati un lavoro?» chiese la signora Sutherland.

«Sì. Comincerò l'altro lunedì. Insegnerò ai bambini della terza alla scuola episcopale di St. Andrew.»

«L'insegnamento non rende molto» osservò suo padre.

È implacabile, pensò Mitch.

«Non lo faccio per i soldi, papà. Sono un'insegnante. Per me è la professione più importante del mondo. Se avessi mirato al guadagno, avrei studiato medicina.»

«I bambini della terza elementare» disse la madre. «Sono così carini a quell'età. Immagino che presto vorrai avere un bambino tuo.»

Mitch aveva già calcolato che se c'era qualcosa che poteva attirare regolarmente quei due a Memphis sarebbero stati i nipotini. E aveva deciso che poteva aspettare per molto tempo. Non aveva mai avuto bambini intorno. Non aveva nipoti, a parte forse qualcuno che non conosceva e che Ray poteva aver sparso qua e là per tutto il Paese. E non aveva nessuna affinità nei confronti dei bambini.

«Forse fra qualche anno, mamma.»

Forse quando saranno morti tutti e due, pensò Mitch.

«Tu vuoi avere figli, vero, Mitch?» chiese la suocera.

«Forse fra qualche anno.»

Il signor Sutherland scostò il piatto e accese una sigaretta. Il problema del fumo era stato discusso ripetutamente nei giorni antecedenti alla visita. Mitch voleva bandirlo completamente da casa sua, in particolare se a fumare erano quei due. Si erano accalorati, e Abby l'aveva spuntata.

«Com'è stato l'esame di ammissione all'ordine?» chiese il suocero.

Questo poteva essere interessante, pensò Mitch. «Terribile.» Abby masticava nervosamente un boccone.

«Credi di essere stato promosso?»

«Lo spero.»

«Quando lo saprai?»

«Fra quattro o sei settimane.»

«Quanto è durato?»

«Quattro giorni.»

«Non ha fatto che studiare e lavorare da quando siamo arrivati. L'ho visto pochissimo, questa estate» intervenne Abby.

Mitch rivolse un sorriso alla moglie. Il tempo che passava lontano da casa era già un argomento delicato, ed era divertente vederla dimostrare tanta comprensione.

«Cosa succederà se non sarai promosso?» chiese il suocero.

«Non lo so. Non ci ho pensato.»

«Ti daranno un aumento dopo la promozione?»

Mitch decise di essere gentile come aveva promesso. Ma era difficile. «Sì, un bell'aumento e una gratifica.»

«Quanti avvocati ci sono nello studio?»

«Quaranta.»

«Santo cielo!» esclamò la signora Sutherland. Accese una sigaretta. «Non ce ne sono tanti in tutta Dane County.»

«Dove hai l'ufficio?» chiese il suocero.

«In centro.»

«Possiamo vederlo?» chiese la signora Sutherland.

«Un'altra volta, forse. Il sabato è chiuso ai visitatori.» Mitch trovò divertente la sua risposta. Chiuso ai visitatori, come un museo.

Abby presentì l'imminenza di un disastro e cominciò a parlare della chiesa che frequentavano. Aveva quattromila fedeli, una palestra e un bowling. Lei cantava nel coro e insegnava ai bambini di otto anni nella scuola domenicale. Mitch ci andava quando non lavorava, ma la domenica lavorava quasi sempre.

«Mi fa piacere vedere che hai trovato una chiesa, Abby» disse devotamente il padre che per anni aveva guidato le preghiere nella Prima chiesa metodista di Danesboro e durante gli altri sei giorni aveva messo in pratica instancabilmente avidità e maneggiamenti. Secondo Ray, si dedicava anche al whiskey e alle donne, costantemente ma con discrezione.

Vi fu un silenzio imbarazzante. La conversazione era arrivata a un punto morto. Sutherland accese un'altra sigaretta. Continua a fumare, vecchio mio, pensò Mitch. Continua a fumare.

«Prendiamo il dessert nel patio» disse Abby e cominciò a sparecchiare.

I due elogiarono l'abilità di giardiniere del genero, e Mitch accettò le lodi. Il ragazzo che abitava in fondo alla strada aveva potato gli alberi, estirpato le erbacce, tagliato le siepi e sistemato il patio. Mitch sapeva solo strappare le erbacce e raccogliere lo sterco del cane. Sapeva anche far funzionare l'innaffiatore, ma di solito lasciava fare al signor Rice.

Abby servì la torta di fragole e il caffè. Guardò con aria disperata il marito, ma lui non si pronunciò.

«È davvero una bella casa» disse Sutherland per la terza volta, mentre girava gli occhi sul prato. Mitch aveva la sensazione di vedere la sua mente in funzione: aveva preso le misure della casa e del quartiere, ed era tormentato da una curiosità insopportabile. Quanto costava quel posto, maledizione? Ci teneva molto a saperlo. A quanto ammontava l'anticipo? E a quanto ammontavano le rate mensili del mutuo? Tutto. Avrebbe continuato a insistere fino a che fosse riuscito a introdurre le domande che lo interessavano.

«È una casa deliziosa» disse per la terza volta la madre di Abby.

«Quando è stata costruita?» chiese il padre.

Mitch posò il piatto sul tavolo e si schiarì la gola. Sentiva che il colpo stava per arrivare. «Una quindicina di anni fa» rispose.

«E la metratura?»

«Un po' più di duecento metri quadri» rispose nervosamente Abby. Mitch le lanciò un'occhiataccia. Stava perdendo la compostezza.

«È un bellissimo quartiere» disse la madre di Abby.

«È un mutuo nuovo o hai rilevato quello vecchio?» chiese il padre come se interrogasse qualcuno venuto a chiedere un prestito con garanzie insufficienti.

«Un mutuo nuovo» disse Mitch. Attese. Abby attese e pregò.

Sutherland non attese. Non poteva. «Quanto l'hai pagata?»

Mitch respirò profondamente. Stava per rispondere: «Troppo». Abby lo precedette. «Non l'abbiamo pagata molto, papà» disse in tono fermo aggrottando la fronte. «Siamo capaci di gestire bene i nostri soldi.»

Mitch riuscì a sfoggiare un sorriso mentre si mordeva la lingua.

La signora Sutherland si alzò. «Perché non andiamo a fare un giro in macchina? Voglio vedere il fiume e la piramide nuova che hanno costruito sulla riva. Vieni, Harold.»

Harold avrebbe voluto altre informazioni sulla casa, ma la moglie lo tirava per il braccio.

«Ottima idea» disse Abby.

Salirono sulla BMW nuova e andarono a vedere il fiume. Abby pregò i genitori di non fumare in macchina. Mitch guidava in silenzio e si sforzava di essere gentile.

11

Nina entrò precipitosamente in ufficio con un fascio di pratiche e lo mise davanti al principale. «Deve firmare» gli disse e gli porse la penna.

«Cos'è questa roba?» chiese Mitch mentre scarabocchiava con diligenza il proprio nome.

«Non lo chieda. Si fidi di me.»

«Ho trovato un errore di ortografia nell'accordo della Landmark Partners.»

«È il computer.»

«Allora lo faccia riparare.»

«Fino a che ora resterà a lavorare stasera?»

Mitch dava un'occhiata a ogni documento e firmava. «Non lo so. Perché?»

«Ha l'aria stanca. Perché non va a casa presto, diciamo verso le dieci o le dieci e mezzo, a riposare un po'? I suoi occhi cominciano ad assomigliare a quelli di Nathan Locke.»

«Spiritosa.»

«Ha telefonato sua moglie.»

«La chiamerò fra un minuto.»

Quando Mitch ebbe finito, Nina rimise in ordine lettere e documenti. «Sono le cinque. Io vado. Oliver Lambert l'aspetta nella biblioteca del pianterreno.»

«Oliver Lambert? Aspetta me?»

«Appunto. Ha chiamato meno di cinque minuti fa. Ha detto che è molto importante.»

Mitch si sistemò la cravatta, percorse in fretta il corridoio, scese la scala, rallentò ed entrò nella biblioteca. Lambert, Avery e parecchi soci erano seduti intorno al tavolo delle riunioni. Erano presenti anche tutti gli associati: stavano in piedi dietro ai soci. Il posto a capotavola era vuoto. C'era un silenzio quasi solenne, e nessuno sorrideva. Avery sembrava intimidito, quasi imbarazzato. Wally Hudson rigirava fra le dita un'estremità della cravatta e scuoteva la testa lentamente.

«Sieda, Mitch» disse Lambert con aria grave. «Abbiamo qualcosa da discutere con lei.» Doug Turney chiuse la porta.

Mitch sedette e si guardò intorno, cercando qualche piccolo segno che potesse rassicurarlo. Niente. I soci girarono le sedie verso di lui, stringendosi gli uni agli altri. Gli associati lo circondarono, accigliati.

«Cosa c'è?» chiese Mitch lanciando un'occhiata impotente ad Avery. Minuscole gocce di sudore gli spuntarono sulla fronte. Il cuore gli batteva come un martello pneumatico. Respirava a fatica.

Oliver Lambert si sporse al di sopra del tavolo e si tolse gli occhiali. Aggrottò la fronte come se quanto stava per dire lo addolorasse. «Abbiamo appena ricevuto una telefonata da Nashville, Mitch, e volevamo parlarne con lei.»

L'esame di ammissione all'ordine. L'esame di ammissione. Il guaio era fatto. Un associato del grande studio legale Bendini era stato finalmente bocciato all'esame di ammissione. Fissò cupamente Avery. Avrebbe voluto urlargli: «È tutta colpa sua!». Avery si massaggiò le sopracciglia come se avesse l'emicrania ed evitò il suo sguardo. Lambert squadrò gli altri soci con aria sospettosa e tornò a fissare Mitch.

«Temevamo che sarebbe andata così.»

Mitch avrebbe voluto parlare, spiegare che meritava un'altra possibilità, che ci sarebbe stato un altro esame fra sei mesi e che l'avrebbe superato, e non avrebbe causato altri motivi di imbarazzo allo studio. Si sentiva come se avesse incassato un brutto colpo sotto la cintura.

«Sissignore» disse con umiltà rassegnata.

Lambert continuò: «Da Nashville ci hanno comunicato che si è classificato al primo posto nella graduatoria d'esame. Congratulazioni, avvocato».

Nella stanza esplosero risate e applausi. Tutti si affollarono intorno a Mitch per stringergli la mano, dargli pacche sulla schiena e ridere di lui. Avery accorse con un fazzoletto per asciugargli la fronte. Kendall Mahan posò sul tavolo tre bottiglie di champagne e cominciò a stapparle. Vennero riempiti i bicchieri di plastica. Finalmente, Mitch riprese a respirare e sorrise. Tracannò lo champagne e gliene versarono un altro bicchiere.

Oliver Lambert gli passò un braccio intorno alle spalle. «Siamo molto fieri di lei Mitch. È il terzo membro del nostro studio che conquista il primo posto, e pensiamo che questo meriti una piccola gratifica. Ho qui un assegno di duemila dollari che le offro come modesta ricompensa per il risultato ottenuto.»

Risuonarono fischi e grida.

«In aggiunta, naturalmente, al sostanzioso aumento che ha appena meritato.»

Altre grida e altri fischi. Mitch prese l'assegno senza guardarlo.

Lambert alzò una mano per imporre silenzio. «A nome dello studio, ho il piacere di offrirle questo.» Lamar gli porse un pacchetto avvolto in carta scura. Lambert lo aprì e lo mise sul tavolo.

«È una targa che avevamo fatto preparare in attesa di questo giorno. È una copia in bronzo della carta intestata dello studio con tutti i nostri nomi. Come può vedere, è stato aggiunto anche il suo.»

Mitch si alzò e con aria impacciata ricevette il riconoscimento. La sua faccia aveva ripreso colore, e lo champagne incominciava a fare un effetto piacevole. «Grazie» disse a voce bassa.

Tre giorni dopo il giornale di Memphis pubblicò i nomi degli avvocati che avevano superato l'esame di ammissione all'ordine. Abby ritagliò la notizia per il suo album e ne mandò una copia ai suoi genitori e una a Ray.

Mitch aveva scoperto un delicatessen a tre isolati dal Bendini Building, tra Front Street e Riverside Drive, vicino al fiume. Era un buchetto con pochi clienti e *chili dogs* troppo unti. A lui piaceva perché andava a rifugiarvisi per correggere i documenti mentre mangiava. Adesso che era un associato in piena regola poteva mangiare un hot dog a pranzo e mettere in conto al cliente centocinquanta dollari l'ora.

Una settimana dopo che il suo nome era apparso sul giornale, stava seduto tutto solo a un tavolo in fondo al locale e mangiava un *chili dog* con la forchetta. Il locale era vuoto, e Mitch stava esaminando un voluminoso prospetto societario. Il padrone, un greco, dormiva alla cassa.

Uno sconosciuto si avvicinò al tavolo e si fermò. Tolse l'incarto a un pezzo di Juicy Fruit facendo più rumore che poteva. Quando si accorse che non era stato notato, raggiunse il tavolo e sedette. Mitch alzò gli occhi e posò il documento accanto al tè freddo.

«Desidera?» chiese.

Lo sconosciuto lanciò un'occhiata al banco e ai tavoli vuoti, si guardò alle spalle. «Lei è McDeere, vero?»

Aveva un accento molto forte, probabilmente di Brooklyn. Mitch lo scrutò con attenzione. Era sulla quarantina, con i capelli tagliati corti ai lati e un ciuffo grigio che gli spioveva sulle sopracciglia. L'abito era un completo blu, almeno al novanta per cento di poliestere. La cravatta era di finta seta. Non era elegante ma piuttosto ordinato. E aveva un'aria baldanzosa.

«Sì. E lei chi è?» chiese Mitch.

L'uomo infilò una mano in tasca e tirò fuori un distintivo. «Tarrance, Wayne Tarrance, agente speciale dell'FBI.» Inarcò le sopracciglia e attese una reazione.

«Si accomodi» disse Mitch.

«Non le spiace?»

«Vuole perquisirmi?»

«Se mai più tardi. Volevo solo conoscerla. Ho visto il suo nome sul giornale e ho saputo che è il nuovo avvocato di Bendini, Lambert & Locke.»

«E perché questo interessa all'FBI?»

«Sorvegliamo attentamente lo studio.»

Mitch dimenticò il *chili dog* e spinse il piatto al centro del tavolo. Aggiunse altro dolcificante al tè nella grossa tazza di plastica.

«Vuole bere qualcosa?» chiese Mitch.

«No, grazie.»

«Perché sorvegliate lo studio Bendini?»

Tarrance sorrise e guardò il greco. «Per il momento non posso dirlo. Abbiamo le nostre buone ragioni, ma non è di questo che sono venuto a parlarle. Sono venuto per conoscerla e metterla in guardia.»

«Per mettermi in guardia?»

«Sì, a proposito dello studio.»

«L'ascolto.»

«Tre cose. Numero uno: non si fidi di nessuno. In tutto lo studio non c'è una sola persona con cui può confidarsi. Non lo dimentichi. Più tardi diventerà importante. Numero due, è molto probabile che ogni sua parola, in casa, in ufficio o in qualunque punto del palazzo, venga registrata. È possibile che l'ascoltino persino quando è sulla sua macchina.»

Mitch ascoltò attentamente. Tarrance aveva l'aria di divertirsi.

«Numero tre?» chiese Mitch.

«Numero tre: i soldi non crescono sugli alberi.»

«Le dispiacerebbe spiegarsi?»

«Al momento non posso. Credo che io e lei ci rivedremo spesso. Voglio che si fidi di me, e so di dovermi guadagnare la sua fiducia. Perciò non voglio muovermi troppo in fretta. Non possiamo incontrarci nel suo ufficio o nel mio e non possiamo parlarci per telefono. Quindi ogni tanto verrò a cercarla. Nel frattempo si ricordi le tre cose che le ho detto e sia prudente.»

Tarrance si alzò e tirò fuori il portafoglio. «Ecco il mio biglietto. Sul retro c'è il mio numero di casa. Chiami solo da un telefono pubblico.»

Mitch lo esaminò. «Perché dovrei chiamarla?»

«Per un po' non sarà necessario. Ma tenga il biglietto.»

Mitch lo mise nel taschino della camicia.

«Un'altra cosa» aggiunse Tarrance. «L'abbiamo vista ai funerali di Hodge e Kozinski. Molto doloroso, davvero. Non sono morti per un incidente.»

Infilò le mani nelle tasche, guardò Mitch e sorrise.

«Non capisco.»

Tarrance si avviò alla porta. «Mi dia un colpo di telefono, qualche volta, ma stia attento. Ricordi che quelli l'ascoltano.»

Qualche minuto dopo le quattro un clacson strombettò e Dutch balzò in piedi, bestemmiò e si avviò nella luce dei fari.

«Accidenti, Mitch. Sono le quattro. Cos'è venuto a fare?»

«Mi scusi, Dutch. Non riuscivo a dormire.» Il cancello si aprì.

Alle sette e mezzo Mitch aveva dettato abbastanza materiale per tenere Nina occupata per due giorni. Nina scocciava meno quando doveva stare con il naso incollato allo schermo del computer. Lo scopo immediato di Mitch era diventare il primo associato dello studio che avesse bisogno di una seconda segretaria.

Alle otto andò nell'ufficio di Lamar e attese. Corresse un contratto, bevve un caffè e disse alla segretaria di Lamar di farsi gli affari suoi. Lamar arrivò alle otto e un quarto.

«Devo parlarti» disse Mitch, e chiuse la porta. Se doveva credere a Tarrance, nell'ufficio c'erano microfoni nascosti e la conversazione sarebbe stata registrata. Non sapeva a chi credere.

«Che faccia seria» osservò Lamar.

«Hai mai sentito parlare di un certo Tarrance, Wayne Tarrance?»

«No.»

«FBI.»

Lamar chiuse gli occhi. «FBI» mormorò.

«Appunto. Aveva il distintivo e tutto.»

«Dove l'hai conosciuto?»

«È venuto a cercarmi al Lansky's Deli in Union Street. Sapeva chi ero, sapeva che sono stato appena assunto. Ha detto che sa tutto dello studio. Ci sorvegliano attentamente.»

«L'hai detto ad Avery?»

«No. Solo a te. Non so bene cosa fare.»

Lamar prese il telefono. «Dobbiamo avvertire Avery. Credo che sia capitato altre volte.»

«Cosa sta succedendo, Lamar?»

Lamar parlò con la segretaria di Avery e disse che era una cosa urgente. Dopo pochi secondi, Avery venne all'apparecchio. «Abbiamo un piccolo problema, Avery. Ieri un agente dell'FBI ha contattato Mitch, che adesso è nel mio ufficio.»

Lamar ascoltò, poi disse a Mitch: «Mi ha chiesto di attendere in linea. Sta chiamando Lambert».

«Immagino che sia una faccenda piuttosto seria» disse Mitch.

«Sì, ma non preoccuparti. C'è una spiegazione. È già successo.»

Lamar accostò il ricevitore all'orecchio, ascoltò e riattaccò. «Ci vogliono nell'ufficio di Lambert fra dieci minuti.»

Li stavano aspettando Avery, Royce McKnight, Oliver Lambert, Harold O'Kane e Nathan Locke. Stavano in piedi intorno al piccolo tavolo per le riunioni e si sforzavano di apparire calmi, quando Mitch entrò nell'ufficio.

«Sieda» disse Nathan Locke con un fuggevole sorriso forzato. «Vogliamo che ci riferisca tutto.»

«Quello cos'è?» Mitch indicò il registratore al centro del tavolo.

«Non vogliamo farci sfuggire niente» spiegò Locke, e indicò una sedia vuota. Mitch sedette e lo fissò. Avery sedette tra i due. Nessuno fiatava.

«Ecco, ieri stavo pranzando al Lansky's Deli in Union Street. Questo tale si avvicina e siede al mio tavolo. Sa come mi chiamo. Mi mostra un distintivo e si presenta come Wayne Tarrance, agente speciale dell'FBI. Ho dato un'occhiata al distintivo: era autentico. Quello mi dice che ha voluto conoscermi perché dovremo vederci spesso. Sorvegliano lo studio. Mi avverte di non fidarmi di nessuno. Gli domando perché, e lui risponde che non ha tempo di spiegare, ma lo farà più tardi. Io non so cosa dire, quindi mi limito ad ascoltare. Lui dice che si metterà in contatto con me. Si alza per andarsene poi aggiunge che mi hanno visto ai funerali. E dice che la morte di Kozinski e Hodge non è stata un incidente. E se ne va. Il tutto non è durato più di cinque minuti.»

Locke fissava cupamente Mitch e assorbiva ogni parola. «Aveva mai visto quell'uomo?»

«Mai.»

«A chi ne ha parlato?»

«Soltanto a Lamar. Gliel'ho detto stamattina.»

«E a sua moglie?»

«No.»

«Quell'uomo le ha dato un numero di telefono per chiamarlo?»

«No.»

«Voglio sapere parola per parola» ordinò Locke.

«Ho già detto quello che ricordo. Non rammento ogni parola.»

«È sicuro?»

«Mi faccia pensare un momento.» C'erano diverse cose che Mitch intendeva tenere per sé. Fissò Locke e comprese che sospettava qualcosa di più.

«Vediamo. Ha detto che aveva visto il mio nome sul giornale e sapeva che sono il nuovo associato. Non c'è altro. È stato un dialogo molto breve.»

«Cerchi di ricordare tutto» insistette Locke.

«Gli ho chiesto se voleva del tè. Ha rifiutato.»

Il registratore venne spento. I soci parvero tranquillizzarsi un po'. Locke andò alla finestra. «Mitch, abbiamo già avuto grane con l'FBI e con il fisco. Va avanti così da anni. Alcuni dei nostri clienti sono individui molto ricchi che guadagnano milioni, spendono milioni e vogliono pagare poche o niente tasse. Pagano a noi migliaia di dollari per eludere legalmente il fisco. Noi abbiamo fama di essere molto aggressivi e non esitiamo a correre rischi, se i clienti ce lo chiedono. Stiamo parlando di uomini d'affari molto esperti che sono consapevoli dei rischi che corrono e pagano profumatamente per la nostra collaborazione. Il fisco ha contestato alcuni dei *tax shelters* e dei passivi che facciamo figurare sulle dichiarazioni dei redditi. Da vent'anni siamo ai ferri corti con loro per una quantità di ricorsi e cause. Non hanno simpatia per noi e noi non ne abbiamo per loro. Non sempre certi nostri clienti hanno dimostrato di avere il più alto livello di etica, e l'FBI ha indagato su di loro e li ha perseguitati. Negli ultimi tre anni siamo stati perseguitati anche noi.

«Tarrance è un novellino in cerca di un colpo grosso. È qui da meno di tre anni ed è diventato una spina nel fianco. Non deve più parlare con lui. Probabilmente la conversazione di ieri è stata registrata. È un individuo pericoloso, estremamente pericoloso. Non gioca secondo le regole; e imparerà molto presto che quasi nessuno dei federali gioca lealmente.»

«Quanti di quei clienti sono stati riconosciuti colpevoli?»

«Neppure uno. E abbiamo vinto la nostra buona parte di cause contro il fisco.»

«E Kozinski e Hodge?»

«Ecco una domanda intelligente» rispose Oliver Lambert. «Non sappiamo cosa sia successo. In un primo momento sembrava un incidente, ma ora non ne siamo più tanto sicuri. A bordo con Marty e Joe c'era un isolano, un indigeno. Era il capitano e l'organizzatore delle immersioni. Le autorità di laggiù adesso dicono di avere il sospetto che fosse un anello importante in un traffico di droga con base in Giamaica, e che l'esplosione avesse lo scopo di eliminarlo. Naturalmente è morto.»

«Non credo che sapremo mai la verità» soggiunse Royce McKnight. «Laggiù la polizia non è molto brillante. Noi abbiamo deciso di proteggere le famiglie dei nostri collaboratori e per quanto ci riguarda è stato un incidente. Per essere sinceri, non sappiamo come comportarci.»

«Non ne faccia parola con nessuno» ordinò Locke. «Stia lontano da Tarrance. Se la contattasse di nuovo, ce lo faccia sapere immediatamente. Chiaro?»

«Sissignore.»

«Non lo dica neppure a sua moglie» raccomandò Avery.

Mitch annuì.

Sulla faccia di Oliver Lambert riapparve l'espressione cordiale da buon nonno. Sorrise e fece roteare gli occhiali. «Mitch, sappiamo che è inquietante, ma ci siamo abituati. Lasci fare a noi e si fidi. Non abbiamo paura del signor Tarrance, dell'FBI, del fisco e di chiunque altro perché non abbiamo fatto nulla di male. Anthony Bendini creò questo studio con l'impegno, il talento e un'etica senza compromessi. Questi principi sono saldamente radicati in tutti noi. Alcuni dei nostri clienti non sono santi, ma un avvocato non può imporre una morale al cliente. Non vogliamo che lei si preoccupi. Stia alla larga da quell'individuo... è molto, molto pericoloso. Se gli darà ascolto, diventerà ancora più audace e le causerà molte seccature.»

Locke puntò verso Mitch un indice nodoso. «Ogni ulteriore contatto con Tarrance metterà in pericolo il suo futuro in questo studio.»

«Capisco» disse Mitch.

«Ha capito» intervenne Avery in tono difensivo. Locke lo fulminò con un'occhiata.

«È tutto, Mitch» concluse Lambert. «Sia prudente.»

Mitch e Lamar uscirono e si avviarono verso la scala.

«Chiama DeVasher» ordinò Locke a Lambert che era accanto al telefono. Due minuti più tardi i due soci anziani erano seduti davanti alla scrivania di DeVasher.

«Hai sentito?» chiese Locke.

«Certo che ho sentito, Nat. Abbiamo sentito ogni parola del ragazzo. Tu hai manovrato la cosa molto bene. Credo che sia abbastanza spaventato da fuggire appena vedrà Tarrance.»

«E Lazarov?»

«Dovrò dirglielo. Il capo è lui. Non possiamo far finta che non sia successo niente.»

«Cosa faranno?»

«Niente di importante. Sorveglieremo il giovanotto ventiquattr'ore su ventiquattro e controlleremo tutte le sue telefonate. E aspetteremo. Non si muoverà. Toccherà a Tarrance. Andrà di nuovo a cercarlo, e questa volta ci saremo anche noi. Cercate di tenerlo in sede il più possibile. Quando esce fatecelo sapere, se potete. Non credo che sia una cosa molto grave.»

«Perché hanno scelto proprio McDeere?» chiese Locke.

«È una strategia nuova, penso. Ricordate che erano stati Hodge e Kozinski a rivolgersi a loro. Forse avevano detto più di quanto immaginassimo. Non so. Forse pensano che McDeere sia il più vulnerabile perché è fresco di studi e ancora pieno dell'idealismo dei novellini. E di principi etici... come il nostro amico Ollie. È stato un bel discorso, Ollie, davvero.»

«Zitto, DeVasher.»

DeVasher smise di sorridere e si morse il labbro superiore. Non reagì. Guardò Locke. «Sai qual è la prossima mossa, no? Se Tarrance continua a insistere, un giorno quell'idiota di Lazarov mi chiamerà e mi dirà di toglierlo di mezzo. Ridurlo al silenzio. Metterlo in un barile e buttarlo nel golfo. E quando succederà tutti voi, onorevoli signori, vi metterete in pensione anticipatamente e lascerete il Paese.»

«Lazarov non ordinerebbe mai di eliminare un federale.»

«Oh, sarebbe una mossa stupida, ma Lazarov è scemo. È

molto preoccupato per la situazione da queste parti. Telefona spesso e fa un sacco di domande. Io rispondo. Qualche volta ascolta, qualche volta bestemmia. Qualche volta dice che deve parlare con il consiglio. Ma se mi dirà di far fuori Tarrance, lo faremo fuori.»

«Mi viene la nausea solo a pensarci» disse Lambert.

«Non è il caso, Ollie. Prova a lasciare che uno dei tuoi avvocati con le scarpe firmate Gucci faccia amicizia con Tarrance e cominci a cantare, e ti capiterà ben peggio della nausea. Per il momento vi consiglio di tenere McDeere molto occupato in modo che non abbia tempo di pensare a Tarrance.»

«Mio Dio, DeVasher, lavora venti ore al giorno. Ha cominciato come una furia e non ha ancora rallentato.»

«Sorvegliatelo attentamente. Dite a Lamar Quin di stargli molto vicino. Così, se avrà in mente qualcosa, forse si confiderà con lui.»

«Buona idea» disse Locke. Guardò Ollie. «Facciamo una lunga chiacchierata con Quin. È il più vicino a McDeere, e potrà diventare ancora più intimo.»

«State bene a sentire, ragazzi» intervenne DeVasher, «adesso McDeere è spaventato. Non si muoverà. Se Tarrance lo contatterà di nuovo, rifarà quello che ha fatto oggi. Correrà da Lamar Quin. Ha dimostrato di fidarsi di lui.»

«Ha detto qualcosa alla moglie, stanotte?» chiese Locke.

«Stiamo controllando le registrazioni. Ci vorrà circa un'ora. Abbiamo tante microspie sparse per la città che ci vogliono sei computer per trovare qualcosa.»

Mitch guardò dalla finestra dell'ufficio di Lamar e scelse con cura le parole. Parlò il meno possibile. Se Tarrance era attendibile, allora tutto ciò che diceva veniva registrato.

«Ti senti un po' meglio?» chiese Lamar.

«Sì, credo di sì. Mi sembra logico.»

«È successo altre volte, proprio come ha detto Locke.»

«Chi? Chi avevano avvicinato prima d'ora?»

«Non ricordo. Mi pare che sia successo tre o quattro anni fa.»

«Ma non ricordi chi era?»

«No. Perché, è importante?»

«Mi piacerebbe saperlo. Non capisco perché abbiano scelto proprio me, l'ultimo arrivato, l'unico avvocato su quaranta che non sa quasi nulla dello studio e dei clienti. Perché hanno scelto me?»

«Non lo so, Mitch. Senti, perché non fai quello che ti ha consigliato Locke? Cerca di dimenticare tutto e gira al largo da Tarrance. Non sei obbligato a parlare con lui, a meno che si presenti con un mandato. Se si rifà vivo, digli di sparire. È un tipo pericoloso.»

«Sì, credo che tu abbia ragione.» Con un sorriso forzato, Mitch si avviò alla porta. «Siamo ancora d'accordo per domani sera a cena?»

«Sicuro. Kay vuole cuocere le bistecche alla griglia e mangiare intorno alla piscina. Venite un po' tardi, diciamo verso le sette e mezzo.»

«D'accordo.»

12

La guardia chiamò il suo nome, lo perquisì e lo condusse in uno stanzone dove c'era una fila di piccole cabine occupate dai visitatori che parlavano e bisbigliavano attraverso gli schermi metallici.

«Numero quattordici» disse la guardia, e gliela indicò. Mitch entrò e sedette. Dopo un minuto comparve Ray, che sedette dall'altra parte dello schermo. Se non fosse stato per una cicatrice sulla fronte di Ray e qualche ruga intorno agli occhi, avrebbero potuto passare per gemelli. Tutti e due erano alti un metro e novanta, pesavano un'ottantina di chili, avevano capelli castani, occhi azzurri piuttosto piccoli, zigomi alti e mento quadrato. Si diceva che nella loro famiglia ci fosse sangue indiano, ma la pelle scura era andata perduta negli anni trascorsi dai McDeere nelle miniere di carbone.

Mitch non andava a Brushy Mountain da tre anni. Tre anni e tre mesi. Si scrivevano due volte al mese ormai da otto anni.

«Come va con il francese?» chiese finalmente Mitch. I risultati del test dell'esercito avevano rivelato che Ray possedeva una straordinaria attitudine per le lingue. Per due anni aveva prestato servizio come interprete nel Vietnam. Aveva imparato il tedesco in sei mesi mentre era di stanza in Germania. Per lo spagnolo aveva impiegato quattro anni, ma aveva dovuto studiarlo su un dizionario nella biblioteca del carcere. Il francese era la sua ultima iniziativa.

«Credo di parlarlo correntemente» rispose Ray. «Qui è un po' difficile dirlo. Non ho molte occasioni di fare pratica. Evidentemente non insegnano il francese, e quasi tutti i fratelli che stanno qui dentro parlano una lingua sola. Senza dubbio è la lingua più bella che esista.»

«È facile?»

«Meno del tedesco. Naturalmente imparare il tedesco è stato più facile perché vivevo dove lo parlavano tutti. Sapevi che il cinquanta per cento della nostra lingua deriva dal tedesco tramite l'inglese antico?»

«No, non lo sapevo.»

«Ma è vero. Inglese e tedesco sono primi cugini.»

«E poi cosa verrà?»

«L'italiano, probabilmente. È una lingua romanza come il francese, lo spagnolo e il portoghese. Forse il russo. E il greco. Ho letto molto sulle isole greche. Ho intenzione di andarci presto.»

Mitch sorrise. A Ray mancavano almeno sette anni prima di poter ottenere la libertà vigilata.

«Credi che stia scherzando, vero?» chiese Ray. «Me ne andrò da qui, Mitchell, e fra non molto.»

«Che piani hai?»

«Non posso parlarne. Ma ci sto lavorando.»

«Non farlo, Ray.»

«Avrò bisogno di un po' di aiuto dall'esterno, e di denaro sufficiente per uscire dal Paese. Mille dollari dovrebbero bastare. Puoi provvedere tu, no? Non verrai implicato.»

«Ci stanno ascoltando?»

«Qualche volta.»

«Parliamo d'altro.»

«Certo. Come sta Abby?»

«Benissimo.»

«Dov'è?»

«In questo momento è in chiesa. Voleva venire anche lei, ma le ho spiegato che non le avrebbero permesso di entrare.»

«Mi piacerebbe vederla. A leggere le tue lettere, sembra che ve la passiate proprio bene. Casa nuova, macchina nuova, country club. Sono molto fiero di te. Sei il primo McDeere in due generazioni che abbia combinato qualcosa di buono.»

«I nostri genitori erano brava gente, Ray. Hanno avute poche possibilità e molta sfortuna. Hanno fatto tutto il possibile.»

Ray sorrise e distolse lo sguardo. «Sì, credo di sì. Hai parlato con la mamma?»

«No, da parecchio tempo.»

«È ancora in Florida?»

«Credo di sì.»

Tacquero e si guardarono le dita, pensando alla madre. Erano pensieri dolorosi. C'erano stati tempi più felici, quando erano piccoli e il loro padre era vivo. La madre non si era mai ripresa dopo la morte del marito; e quando Rusty era stato ucciso, gli zii e le zie l'avevano fatta ricoverare.

Ray passò l'indice sulle sottili sbarre metalliche dello schermo e lo seguì con lo sguardo. «Parliamo d'altro.»

Mitch annuì. C'erano molte cose di cui parlare, ma appartenevano tutte al passato. Non avevano nulla in comune tranne il passato, ed era meglio lasciarlo perdere.

«In una delle tue lettere mi hai detto che un tuo ex compagno di cella è investigatore privato a Memphis.»

«Eddie Lomax. Aveva fatto il poliziotto a Memphis per nove anni, prima che lo condannassero per stupro.»

«Stupro?»

«Sì. Qui se la passava male. Gli stupratori non sono visti di buon occhio. I poliziotti sono odiati. Stavano per massacrarlo quando sono intervenuto io. È uscito quasi tre anni fa, e mi scrive sempre. Si occupa soprattutto di indagini per divorzi.»

«È sull'elenco telefonico?»

«969-3838. Perché hai bisogno di lui?»

«Un mio amico avvocato ha una moglie che si dà alla pazza gioia, ma non riesce a beccarla sul fatto. Il tuo amico sa il suo mestiere?»

«È bravissimo, o almeno dice. Guadagna piuttosto bene.»

«Posso fidarmi di lui?»

«Vorrai scherzare. Digli che sei mio fratello e sarà disposto a uccidere per te. Mi aiuterà a uscire di qui, ma non lo sa. Potresti parlargliene tu.»

«Vorrei che ci rinunciassi.»

Una guardia passò alle spalle di Mitch. «Tre minuti» disse.

«Cosa posso mandarti?» chiese Mitch.

«Vorrei un grosso favore, se non ti dispiace.»

«Quello che vuoi.»

«Vai in una libreria e cerca uno di quei corsi in cassette che insegnano a parlare il greco in ventiquattr'ore. Mi farebbe comodo anche un dizionario greco-inglese.»

«Te li manderò la settimana prossima.»

«Anche per l'italiano.»

«Va bene.»

«Non ho ancora deciso se andrò in Sicilia o nelle isole greche. Sono molto incerto. Ho chiesto al cappellano della prigione, ma non mi è stato di grande aiuto. Ho pensato di rivolgermi al direttore. Cosa ne pensi?»

Mitch rise e scosse la testa. «Perché non vai in Australia?»

«Ottima idea. Mandami qualche nastro in australiano e un dizionario.»

Sorrisero entrambi, poi ridivennero seri. Si studiarono attentamente e attesero che la guardia annunciasse il termine del colloquio. Mitch guardava la cicatrice sulla fronte del fratello e pensava agli innumerevoli bar e alle innumerevoli risse che avevano portato all'inevitabile uccisione. Legittima difesa, diceva Ray. Per anni Mitch avrebbe voluto rimproverargli di essere stato uno stupido, ma la collera era passata. Adesso avrebbe voluto abbracciarlo, portarlo a casa e aiutarlo a cercare un lavoro.

«Non devi compiangermi» disse Ray.

«Abby vuole scriverti.»

«Mi farebbe piacere. La ricordo appena quando era bambina a Danesboro. La vedevo intorno alla banca del padre in Main Street. Chiedile di mandarmi una foto. E mi piacerebbe una foto di casa tua. Sei il primo McDeere in cento anni a possedere una casa.»

«Ora devo andare.»

«Fammi un favore. Devo trovare la mamma, almeno per assicurarmi che sia viva. Adesso che hai terminato gli studi, sarebbe bello mettersi in contatto con lei.»

«Ci ho già pensato.»

«Pensaci ancora, okay?»

«Va bene. Ci vediamo fra un mese.»

DeVasher aspirò un Roi-Tan e lanciò uno sbuffo di fumo nel purificatore. «Abbiamo trovato Ray McDeere» annunciò con orgoglio.

«Dov'è?» chiese Ollie.

«Nel carcere statale di Brushy Mountain. Condannato per omicidio non premeditato a Nashville otto anni fa. Quindici anni senza concessione della libertà vigilata. Il vero nome è Raymond McDeere. Ha trentun anni. Non ha famiglia. Ha prestato servizio nell'esercito per tre anni. Congedo disonorevole. Un vero perdente.»

«Come l'avete trovato?»

«Ieri Mitch è andato a fargli visita. Noi lo stavamo seguendo. Lo sorvegliamo ventiquattr'ore su ventiquattro, ricordalo.»

«La condanna figura nei documenti ufficiali. Avreste dovuto riuscirci prima.»

«Lo avremmo trovato, Ollie, se fosse stato importante. Ma non lo è. Noi facciamo il nostro mestiere.»

«Quindici anni, eh? Chi aveva ammazzato?»

«Una delle solite storie. Un branco di ubriachi si è azzuffato in un bar per una donna. Niente armi. La polizia e il referto dell'autopsia dicono che aveva colpito due volte la vittima con i pugni e gli aveva spaccato il cranio.»

«Perché il congedo disonorevole?»

«Insubordinazione. E aveva aggredito un ufficiale. Non so come avesse evitato di finire davanti a una corte marziale. Un gran brutto soggetto.»

«Hai ragione. Non è importante. Cos'altro sapete?»

«Non molto. Abbiamo riempito la casa di microspie, giusto? Mitch McDeere non ha parlato di Tarrance alla moglie. Lo ascoltiamo ventiquattr'ore su ventiquattro e non ha parlato di Tarrance con nessuno.»

Ollie sorrise e annuì con aria di approvazione. Era orgoglioso di McDeere. Che avvocato!

«E il sesso?»

«Noi possiamo soltanto ascoltare, Ollie, ma ascoltiamo attentamente, e non credo che abbiano fatto l'amore nelle ultime due settimane. Naturalmente lui sgobba sedici ore al giorno come fanno qui i novellini maniaci del lavoro. E sembra che lei cominci a stancarsi. Potrebbe essere la solita sindrome della moglie del nuovo assunto. Telefona spesso alla madre... con la chiamata a carico del destinatario, in modo che il marito non lo sappia. Ha detto a mammina che lui sta cambiando, e stronzate del genere. Pensa che si ammazzerà per il troppo lavoro. Questo è ciò che sentiamo. Non ho fotografie, Ollie, e mi rincresce perché so che ti piacciono tanto. Alla prima occasione ti procureremo anche quelle.»

Ollie fissò il muro ma non disse niente.

«Senti, Ollie, penso che dobbiamo mandare il ragazzo con Avery a Grand Cayman per lavoro. Vedi se puoi combinarlo.»

«Non è un problema. Posso chiedere il perché?»

«Non subito. Lo saprai più tardi.»

L'edificio era in un modesto quartiere del centro, a un paio di isolati dalle ombre dei moderni grattacieli di vetro e acciaio che si affollavano come se a Memphis ci fosse scarsità di aree fabbricabili. Una targa su una porta attirava l'attenzione sul piano superiore, dove c'era l'ufficio di Eddie Lomax, investigatore privato che riceveva solo per appuntamento. Al piano superiore la porta prometteva indagini di ogni genere: divorzi, incidenti, parenti scomparsi, sorveglianze. L'inserzione nell'elenco telefonico parlava dell'esperienza acquisita nella polizia ma non della conclusione di quella carriera. Elencava sorveglianza elettronica, contromisure, custodia dei minori, fotografie, prove da presentare in tribunale, analisi delle voci registrate, individuazione dei beni, ricerche assicurative e precedenti prematrimoniali. Regolarmente autorizzato e disponibile ventiquattr'ore al giorno. Affidabile, rispettoso dell'etica, riservato.

Mitch era impressionato dall'abbondanza della riservatezza. L'appuntamento era per le cinque del pomeriggio. Arrivò con qualche minuto di anticipo. Una bionda platinata molto formosa con una gonna di pelle attillatissima e stivali neri chiese il suo nome e gli indicò una poltroncina di vinile arancione accanto a una finestra. Eddie sarebbe arrivato fra un minuto. Mitch esaminò la poltroncina, scoprì un velo di polvere e diverse macchie di grasso, e disse che gli faceva male la schiena e preferiva stare in piedi. La segretaria, Tammy, alzò le spalle e riprese a masticare il chewing gum e a battere a macchina un documento. Mitch si chiese se era un rapporto prematrimoniale, un riepilogo su qualche sorveglianza o un piano di contromisure. Il portacenere sulla scrivania era pieno di mozziconi sporchi di rossetto. La ragazza continuò a battere sui tasti con la mano sinistra e con la destra pescò un'altra sigaretta e l'inserì fra le labbra. Con una coordinazione ammirevole, fece scattare qualcosa con la sinistra e una fiammella si accese all'estremità di una sigaretta molto sottile e molto lunga. Quando la fiamma sparì, le labbra si strinsero istintivamente, e sembrò che tutto il corpo cominciasse ad aspirare. Le lettere divennero parole, le parole divennero frasi, le frasi divennero capoversi mentre la ragazza cercava disperatamente di riempirsi i polmoni. Finalmente, quando dalla sigaretta pendevano due centimetri di cenere, deglutì, la tolse dalle labbra con due unghie molto rosse ed espirò poderosamente. Il fumo salì verso il soffitto macchiato, spodestò una nube preesistente e turbinò intorno a una lampada fluorescente. Tossì, una tosse irritante che le arrossò la faccia e fece sobbalzare i seni prosperosi pericolosamente vicini ai tasti della macchina da scrivere. La ragazza prese un bicchiere, bevve un sorso, poi reinserì fra le labbra la sigaretta e si rimise al lavoro.

Dopo due minuti, Mitch cominciò a temere un avvelenamento da ossido di carbonio. Notò un minuscolo foro nella finestra, in un vetro che i ragni non avevano coperto di ragnatele. Si avvicinò alle tende polverose e cercò di aspirare l'aria in direzione dell'apertura. Si sentì assalire dalla nausea. Dietro di lui, la ragazza tossì di nuovo. Mitch cercò di aprire la finestra, ma gli strati di vernice incrostata la bloccavano ormai da molto tempo.

Proprio mentre cominciava ad avere dei capogiri la ragazza smise di battere a macchina e di fumare.

«Lei è avvocato?»

Mitch voltò le spalle alla finestra e guardò la segretaria. Era seduta sull'orlo della scrivania, con le gambe accavallate e la gonna di pelle nera sopra le ginocchia. Stava bevendo una Diet Pepsi.

«Sì.»

«In uno studio importante?»

«Sì.»

«Lo immaginavo. L'ho capito dall'abito, la camicia con i bottoni alle punte del colletto e la cravatta di seta a piccoli disegni. Riesco sempre a riconoscere gli avvocati degli studi importanti. Sono così diversi dai tipi comuni che si incontrano in tribunale.»

Il fumo si andava diradando e Mitch respirava più facilmente. Ammirò le gambe della segretaria, che in quel momento erano nella posizione più adatta per attirare lo sguardo. Lei gli guardava le scarpe.

«Il mio abito le piace, eh?» chiese Mitch.

«Deve costare un sacco. E anche la cravatta. La camicia e le scarpe, però, non sono sicura.»

Mitch studiò gli stivali, le gambe, la gonna e il maglioncino che aderiva ai seni abbondanti e cercò qualcosa di carino da dire. La segretaria mostrò di apprezzare quell'attenzione e bevve un altro sorso di Diet Pepsi.

Quando ne ebbe abbastanza, indicò con un cenno la porta e disse: «Adesso può entrare. Eddie la sta aspettando».

L'investigatore era al telefono e cercava di convincere un povero vecchio che suo figlio era omosessuale. Un omosessuale molto attivo. Indicò una sedia, e Mitch sedette. Vide che c'erano due finestre, entrambe aperte, e respirò meglio.

Con una smorfia di disgusto, Eddie coprì il microfono. «Sta piangendo» mormorò a Mitch che sorrise doverosamente come se la cosa lo divertisse.

Eddie portava stivaletti di lucertola blu a punta, un paio di Levi's, una camicia color pesca inamidata e sbottonata in modo da mettere in mostra il petto villoso, due pesanti catene d'oro e una collana di turchesi. Somigliava a Tom Jones o a Humperdinck o a qualche altro dei cantanti con la testa cespugliosa, gli occhi scuri, le basette folte e il mento pronunciato.

«Ho le fotografie» disse, e si scostò il ricevitore dall'orecchio quando il vecchio gridò. Tirò fuori da una cartelletta cinque foto venti per venticinque e le fece scivolare sulla scrivania verso Mitch. In effetti, chiunque fossero, i personaggi fotografati erano omosessuali. Eddie sorrise con orgoglio. I due erano sul palcoscenico di quello che doveva essere un locale per gay. Mitch posò le foto sulla scrivania e guardò la finestra. Erano foto a colori e di ottima qualità. Chi le aveva fatte doveva essere stato nel locale. Mitch pensò alla condanna per stupro. Un poliziotto in galera per violenza carnale.

Eddie sbatté il ricevitore. «Dunque lei è Mitchell McDeere! È un piacere conoscerla.»

Si strinsero la mano. «Il piacere è mio» replicò Mitch. «Domenica ho visto Ray.»

«Mi sembra di conoscerla da anni. È tutto Ray. Me l'aveva detto, sa? Mi aveva detto tutto di lei. Immagino che le avrà parlato di me. Gli anni nella polizia. La condanna. Lo stupro. Le ha spiegato che era uno stupro solo per la legge, che la ragazza aveva diciassette anni, ne dimostrava venticinque e mi avevano testo una trappola per incastrarmi?»

«Sì, me l'ha accennato. Lei sa che Ray non è molto loquace.»

«È un tipo straordinario. Gli devo letteralmente la vita. Per poco non mi ammazzarono in prigione, quando scoprirono che ero un poliziotto. Lui intervenne e persino i negri fecero marcia indietro. Quando vuole, è capace di ridurre male qualcuno.»

«È tutta la mia famiglia.»

«Sì, lo so. Quando si vive per anni con un uomo in una cella di due metri e mezzo per tre e mezzo, si impara tutto di lui. Parlava di lei per ore. Quando mi concessero la libertà vigilata, lei stava pensando di iscriversi alla facoltà di legge.»

«Ho finito nel giugno di quest'anno e adesso lavoro per lo studio Bendini, Lambert & Locke.»

«Mai sentito nominare.»

«Ha sede in Front Street e si occupa di tasse e di diritto societario.»

«Io faccio parecchio lavoro sporco per gli avvocati divorzisti. Sorveglianza, fotografie come queste. Raccolgo fango da presentare in tribunale.» Eddie parlava in fretta, a frasi brevi e secche. Gli stivali da cowboy erano tenuti in mostra sulla scrivania. «In più, ho alcuni avvocati fissi, e mi occupo di casi di vario genere per conto loro. Se scopro un incidente d'auto interessante o una causa per lesioni personali, tasto il terreno per sapere chi è disposto a darmi la fetta più grossa. È così che ho comprato questa casa. Quelle sono le cause che fanno guadagnare veramente... le lesioni personali. Gli avvocati si prendono il quaran-

ta per cento del risarcimento danni. Il quaranta per cento!»
Scosse la testa disgustato come se non riuscisse a credere che in
quella città esistessero avvocati tanto esosi.

«Si fa pagare a un tanto all'ora?» chiese Mitch.

«Trenta dollari più le spese. Stanotte ho passato sei ore nel
mio furgoncino davanti a un Holiday Inn ad aspettare che il marito della mia cliente uscisse dalla stanza con la sua puttana, per
poterli fotografare. Sei ore. Centottanta dollari per starmene seduto a guardare riviste porno e aspettare. Ho messo in conto anche la cena.»

Mitch ascoltava con attenzione, come se lo invidiasse.

Tammy, la segretaria, si affacciò per annunciare che se ne andava. Una nube di fumo freddo la seguì e Mitch guardò le finestre. La ragazza sbatté la porta.

«È formidabile» disse Eddie. «Ha i suoi guai con il marito,
un camionista che si crede Elvis Presley. Ha i capelli neri a coda
d'anitra e i basettoni, e porta gli occhialoni da sole dorati come
Elvis. Quando non è in viaggio sta nella roulotte ad ascoltare gli
album di Presley e a guardare i suoi film orrendi. Sono venuti
dall'Ohio perché quel buffone vuole stare vicino alla tomba del
Re. Indovini come si chiama.»

«Non ne ho idea.»

«Elvis. Elvis Aaron Hemphill. Ha cambiato legalmente nome
quando è morto il Re. Lo impersona nei nightclub della città.
Una sera sono andato a vederlo. Aveva una tuta bianca attillata
e sbottonata fino all'ombelico, che sarebbe andata bene se lui
non avesse la pancia che spenzola come un cocomero scolorito.
Era molto squallido. La voce fa ridere; sembra un vecchio capo
indiano che canta intorno al fuoco del bivacco.»

«E qual è il problema?»

«Le donne. Non può immaginare quante maniache di Elvis
vengono a visitare la città. Corrono a vedere quel buffone che
impersona il Re. Gli lanciano le mutandine, mutandine di taglia
forte, fatte per deretani molto abbondanti, e lui ci si asciuga la
fronte e gliele ributta. Gli danno il numero delle loro camere
d'albergo, e sospettiamo che ci stia e cerchi di fare il grande stallone, proprio come Elvis. Ma finora non sono riuscito a beccarlo.»

Mitch non sapeva cosa dire. Faceva un sorriso idiota, come se quella fosse veramente una storia incredibile. Lomax lo scrutò.

«Ha qualche guaio con sua moglie?»

«No, assolutamente. Ho bisogno di informazioni su quattro persone. Tre sono morte, una è viva.»

«Interessante. Mi dica.»

Mitch prese gli appunti da una tasca. «Immagino che sia strettamente confidenziale.»

«Naturalmente. C'è la stessa riservatezza che esiste fra lei e i suoi clienti.»

Mitch annuì, ma poi pensò a Tammy e a Elvis e si chiese perché Lomax gli avesse parlato di quella storia.

«È una faccenda molto riservata.»

«Gliel'ho assicurato. Può fidarsi di me.»

«Trenta dollari l'ora?»

«Per lei, venti. L'ha mandato Ray, ricorda?»

«Grazie.»

«Chi sono questi tre?»

«I tre morti erano avvocati del nostro studio legale. Robert Lamm fu ucciso nel 1970 in un incidente di caccia nell'Arkansas. Tra le montagne. Sparì, e un mese dopo lo trovarono con una pallottola nella testa. Ci fu un'autopsia. Non so altro. Alice Knauss morì nel 1977 in un incidente d'auto, qui a Memphis. Sembra che l'investitore fosse ubriaco. John Mickel si suicidò nel 1984. Lo trovarono morto nel suo ufficio, con la pistola e una lettera di addio.»

«È tutto quello che sa?»

«Sì.»

«E cosa sta cercando?»

«Voglio sapere il più possibile sulla morte di questi tre. Quali furono le circostanze? Chi fece le indagini? Voglio conoscere tutti i sospetti e tutti gli interrogativi rimasti senza risposta.»

«Lei cosa sospetta?»

«A questo punto, niente. Semplice curiosità.»

«È qualcosa di più di una curiosità.»

«D'accordo, lo ammetto. Ma per il momento lasciamo le cose come stanno.»

«Mi sembra giusto. Chi è il quarto?»

«Un certo Wayne Tarrance. È agente dell'FBI, qui a Memphis.»

«FBI!»

«Questo la preoccupa?»

«Sì, mi preoccupa. Per i poliziotti chiedo quaranta dollari l'ora.»

«Non è un problema.»

«Cosa vuole sapere?»

«Controlli. Da quanto tempo è qui? Quando è diventato agente? Che reputazione ha?»

«È abbastanza facile.»

Mitch piegò il foglio e lo rimise in tasca. «Quanto tempo ci vorrà?»

«Circa un mese.»

«Sta bene.»

«Senta, come ha detto che si chiama il suo studio?»

«Bendini, Lambert & Locke.»

«I due che sono morti l'estate scorsa...»

«Erano due associati.»

«Qualche sospetto?»

«No.»

«Ho pensato che fosse il caso di chiederlo.»

«Senta, Eddie, deve essere molto prudente. Non mi telefoni a casa o in ufficio. La chiamerò io fra circa un mese. Ho il sospetto di essere sorvegliato molto da vicino.»

«E da chi?»

«Vorrei tanto saperlo.»

13

Avery guardò il printout del computer e sorrise. «Nel mese di ottobre ha messo in conto per le parcelle una media di sessantun ore settimanali.»

«Pensavo che fossero sessantaquattro» replicò Mitch.

«Sessantuno vanno benissimo. Anzi, non avevamo mai registrato medie così alte con un avvocato al primo anno. È tutto regolare?»

«Non ho arrotondato. Anzi, avrei potuto indicare una media più elevata.»

«Quante ore lavora ogni settimana?»

«Dalle ottantacinque alle novanta. Potrei metterne in conto settantacinque, se volessi.»

«Non glielo consiglio, almeno per ora. Potrebbe suscitare una certa invidia. Gli associati più giovani la osservano con molta attenzione.»

«Vuole che rallenti un po'?»

«No, certo. Io e lei siamo già indietro di un mese. Mi preoccupo per i suoi orari. Mi preoccupo un po', voglio dire. Tanti associati incominciano a testa bassa, lavorano da ottanta a novanta ore la settimana ma poi si stancano dopo un paio di mesi. La media è fra sessantacinque e settanta. Lei, però, sembra avere un'energia eccezionale.»

«Non ho bisogno di molte ore di sonno.»

«Sua moglie cosa ne pensa?»

«È importante?»

«Non le dispiace che il marito lavori tanto?»

Mitch fissò Avery e per un secondo pensò alla discussione della sera precedente, quando era arrivato a casa per cena a mezzanotte meno tre minuti. Era stato un litigio controllato, ma anche il peggiore che avessero mai avuto, e tutto lasciava pensare che ne sarebbero venuti altri. Nessuno dei due aveva ceduto. Abby aveva detto che si sentiva più vicina al signor Rice della casa accanto che al marito.

«Mia moglie capisce la situazione. Le ho detto che diventerò socio in due anni e mi ritirerò prima di arrivare alla trentina.»

«A quanto pare ci sta provando.»

«Lei non si sta lamentando, vero? Tutte le ore che ho messo in conto il mese scorso riguardavano una delle sue pratiche e non mi è sembrato che fosse preoccupato di farmi lavorare troppo.»

Avery posò il printout e guardò Mitch aggrottando la fronte. «Non voglio che si bruci o che trascuri la sua vita personale.»

Era strano, ricevere consigli sul matrimonio da un uomo che era in rotta con la moglie. Mitch guardò Avery con tutto il disprezzo di cui era capace. «Non si preoccupi di quello che succede in casa mia. Finché sono produttivo per lo studio, dovrebbe ritenersi soddisfatto.»

Avery si sporse verso di lui. «Senta, Mitch, non sono molto abile in questo genere di cose. La raccomandazione giunge dall'alto. Lambert e McKnight temono che si stia spremendo troppo. Voglio dire, viene qui tutte le mattine alle cinque, persino molte domeniche. È parecchio, Mitch.»

«Che cos'hanno detto?»

«Non molto. Può crederlo o non crederlo, ma hanno davvero a cuore lei e la sua famiglia. Vogliono avvocati felici con mogli felici. Se tutto va bene, gli avvocati sono più produttivi. Lambert è molto paternalista. Conta di andare in pensione entro un paio d'anni e cerca di rivivere i suoi anni gloriosi tramite lei e gli altri giovani. Se fa troppe domande e qualche predica, lo lasci fare. Si è guadagnato il diritto di essere il nonno spirituale di tutti.»

«Gli dica che io sto bene, Abby sta bene, siamo felici e io sono molto produttivo.»

«Benissimo. E adesso che la faccenda è chiarita, noi due possiamo partire per Grand Cayman fra otto giorni. Devo incontrarmi con alcuni banchieri delle Cayman per conto di Sonny

Capps e di altri tre clienti. Sarà soprattutto un viaggio di affari, ma riusciamo sempre a includere qualche immersione. Ho detto a Royce McKnight che avrò bisogno di lei, e ha approvato. Ritiene che forse le farà bene un po' di svago. Le va di venire?»

«Certo. Sono soltanto un po' sorpreso.»

«Sarà un viaggio di lavoro, quindi le mogli non verranno. Lambert era un po' preoccupato. Temeva che causasse qualche problema in famiglia.»

«Penso che il signor Lambert si preoccupi troppo di quello che succede in casa mia. Gli dica che ho la situazione sotto controllo. Non ci saranno problemi.»

«Allora verrà?»

«Certo. Quanto ci fermeremo?»

«Un paio di giorni. Alloggeremo in uno dei condomini dello studio. Sonny Capps alloggerà probabilmente nell'altro. Sto cercando di ottenere l'aereo dello studio, ma può darsi che dobbiamo partire con un volo commerciale.»

«Per me va benissimo.»

Solo due dei passeggeri saliti a Miami a bordo del 727 delle Cayman Airways portavano la cravatta: e dopo il primo giro di punch al rum Avery si tolse la sua e la infilò nella tasca della giacca. Il punch fu servito da belle hostess caymaniane con i capelli scuri, gli occhi azzurri e sorrisi deliziosi. Avery ripeté più volte che laggiù le donne erano splendide.

Seduto accanto al finestrino, Mitch si sforzava di nascondere l'emozione per il suo primo viaggio all'estero. In una biblioteca aveva trovato un libro sulle isole Cayman. Le isole erano tre: Grand Cayman, Little Cayman e Cayman Brac. Le due minori erano scarsamente popolate e venivano visitate di rado. Grand Cayman contava diciottomila abitanti, dodicimila società registrate e trecento banche. Il venti per cento della popolazione era di razza bianca, il venti per cento negra, e il rimanente sessanta per cento non lo sapeva con certezza e non se ne preoccupava. La capitale, Georgetown, negli ultimi anni era diventata un paradiso fiscale e i suoi banchieri rispettavano il segreto più degli svizzeri. Non esistevano imposte sul reddito, imposte sulle società, tasse sui capital gains, imposte di successione o sulle donazioni. A certe socieà e a certi investimenti venivano fornite garanzie che non ci sarebbero state tassazioni per cinquant'anni. Le isole erano un territorio dipendente dalla Gran Bretagna e con un governo molto stabile, che traeva il proprio finanziamento dai dazi sull'importazione e dal turismo. Non c'era né delinquenza né disoccupazione.

Grand Cayman era lunga trentasette chilometri e larga tredici nel punto più ampio, ma vista dall'alto sembrava molto più piccola: una pietruzza circondata da un limpido mare di zaffiro.

Per qualche istante sembrò che l'aereo dovesse atterrare in una laguna, ma all'ultimo momento apparve una piccola pista asfaltata. Scesero a terra e passarono la dogana senza difficoltà. Un ragazzo negro prese i bagagli di Mitch e quelli di Avery e li buttò nel baule di una Ford LTD del 1972. Mitch gli diede una mancia generosa.

«Seven Mile Beach» ordinò Avery con un rutto provocato dall'ultimo punch al rum.

«Okay, amico» disse il taxista lanciando la macchina in direzione di Georgetown. La radio barriva un reggae. Il taxista sussultava, si dondolava e batteva il ritmo con le dita sul volante. Viaggiava sul lato sbagliato della strada, ma lo facevano tutti. Mitch si abbandonò sul sedile logoro e accavallò le gambe. La macchina non aveva aria condizionata, a parte i finestrini aperti. L'afosa aria tropicale gli alitava in faccia e gli agitava i capelli. Era piuttosto piacevole.

L'isola era pianeggiante e la strada per Georgetown era affollata da piccole, impolverate utilitarie europee, scooter e biciclette. Le case erano basse, a un solo piano, con i tetti di lamiera e i colori vivacissimi. I prati erano minuscoli e con poca erba, ma ben tenuti. Quando si avvicinarono alla cittadina le case lasciarono il posto a negozi, costruzioni bianche a due o tre piani dove i turisti oziavano sotto i tendoni al riparo dal sole. Il taxista svoltò all'improvviso, e si trovarono in un centro affollato di banche modernissime.

Avery si assunse il ruolo di cicerone. «Qui ci sono banche di tutti i Paesi. Germania, Francia, Gran Bretagna, Canada, Spagna, Giappone, Danimarca. Persino Arabia Saudita e Israele. Sono più di trecento, secondo l'ultimo calcolo. È diventato un vero paradiso fiscale. I banchieri tengono molto alla segretezza. In confronto a loro, gli svizzeri fanno la figura dei pettegoli.»

La Ford rallentò in mezzo al traffico e la brezza cessò. «Ci sono molte banche canadesi» osservò Mitch.

«Quella è la Royal Bank di Montreal. Ci andremo domattina alle dieci. Tratteremo soprattutto con banche canadesi.»

«C'è una ragione particolare?»

«Sono molto solide e discrete.»

Dopo una curva entrarono in un'altra strada affollata. Al di là dell'incrocio apparve all'orizzonte l'azzurro splendente del Mar dei Caraibi. Nella baia era ancorata una nave da crociera.

«Quella è Hogsty Bay» spiegò Avery. «I pirati vi attraccavano con le loro navi tre secoli fa. Persino Barbanera frequentava queste isole e vi seppelliva il bottino. Ne hanno ritrovato una parte qualche anno fa in una grotta a est di qui, vicino a Bodden Town.»

Mitch annuì come se credesse a quella leggenda. Il taxista guardò lo specchietto retrovisore e sorrise.

Avery si asciugò la fronte sudata. «Questo posto ha sempre attirato i pirati. Una volta era Barbanera, adesso sono i pirati moderni che fondano società di comodo e nascondono qui i loro quattrini. Giusto, amico?»

«Giusto» rispose il taxista.

«Quella è Seven Mile Beach. La sabbia è bianca come lo zucchero. L'acqua limpida e tiepida. Le donne sono belle e calde. Giusto, amico?»

«Giusto.»

«Stasera c'è un banchetto all'aperto al Palms?»

«Sì, amico. Alle sei.»

«È vicinissimo al nostro condominio. Il Palms è un albergo molto conosciuto e anche il più allegro e movimentato della spiaggia.»

Mitch sorrise e guardò gli alberghi. Ricordava il colloquio ad Harvard quando Oliver Lambert aveva spiegato che lo studio disapprovava i divorzi e il correre appresso alle donne. E l'alcol. Forse Avery non aveva mai ascoltato quelle prediche. O forse sì.

I condomini erano nel centro di Seven Mile Beach, vicino a un altro complesso e al Palms. Com'era prevedibile, gli appartamenti di proprietà dello studio erano spaziosi e arredati lussuosamente. Avery disse che avrebbero trovato facilmente compratori per mezzo milione l'uno, ma non erano in vendita. Non venivano neppure affittati. Erano i rifugi degli avvocati di Bendini, Lambert & Locke e di pochissimi clienti privilegiati.

Dal balcone della camera da letto del primo piano, Mitch guardava le barche scivolare senza meta sul mare scintillante. Il sole incominciava a calare e le onde minuscole ne riflettevano i raggi in un milione di direzioni. La nave da crociera si allontanò lentamente dall'isola. Dozzine di persone camminavano sulla spiaggia: prendevano a calci la sabbia, sguazzavano nell'acqua, inseguivano i granchi e bevevano punch al rum e birra giamaicana Red Stripe. Il ritmo martellante della musica caraibica giungeva dal Palms, dove un grande bar dalla tettoia di canne attirava gente come una calamita. In una capanna poco lontana si noleggiavano attrezzature subacquee, catamarani e palloni da pallavolo.

Avery uscì sul balcone con un paio di calzoncini a fiori gialli e arancio. Era magro e solido: non per niente era comproprietario di un health club di Memphis dove andava a fare ginnastica ogni giorno. Evidentemente il club disponeva anche di lampade abbronzanti. Mitch rimase molto colpito.

«Le piace la mia tenuta?» chiese Avery.

«Molto simpatica. Le sta bene.»

«Ho un altro paio di calzoncini da prestarle, se vuole.»

«No, grazie. Terrò quelli da ginnastica che usavo alla Western Kentucky.»

Avery bevve qualche sorso da un bicchiere e osservò il panorama. «Sono venuto qui una dozzina di volte, ma mi emoziono sempre. Ho pensato di stabilirmi qui, quando mi ritirerò dal lavoro.»

«Dovrebbe essere piacevole. Potrebbe passeggiare sulla spiaggia e dare la caccia ai granchi.»

«E giocare a domino e bere Red Stripe. Ha mai bevuto una Red Stripe?»

«No, a quanto ricordo.»

«Allora andiamo.»

Il bar all'aperto si chiamava Rumheads. Era pieno di turisti assetati: alcuni caymaniani erano seduti intorno a un tavolo di legno e giocavano a domino. Avery si fece largo tra la folla e tornò con due bottiglie. Andarono a sedersi accanto ai giocatori.

«È quello che farò quando andrò in pensione. Verrò qui e giocherò a domino. E berrò Red Stripe.»

«È un'ottima birra.»

«E quando sarò stanco del domino, giocherò al tiro con le freccette.»

Avery indicò con un cenno un angolo dove alcuni inglesi ubriachi tiravano le freccette contro un bersaglio e si scambiavano imprecazioni. «E quando sarò stanco anche delle freccette, chissà cosa farò. Mi scusi.» Avery si avviò verso un tavolo del patio dove si erano appena sedute due donne in tanga. Si presentò, e loro lo invitarono a sedersi. Mitch ordinò un'altra Red Stripe e andò sulla spiaggia. In lontananza si scorgevano le banche di Georgetown. Si incamminò in quella direzione.

Invitanti piatti di cibo erano preparati su tavoli pieghevoli intorno alla piscina. Cernie alla griglia, squalo arrosto, gamberi fritti, tartarughe e ostriche, aragoste e *lutfanus aya*. Veniva tutto dal mare, e tutto era fresco. Gli ospiti si affollavano intorno ai tavoli e si servivano da soli mentre i camerieri correvano avanti e indietro con litri e litri di punch al rum. La gente mangiava ai tavolini nel cortile con vista sul Rumheads e sul mare. Un'orchestrina reggae accordava gli strumenti. Il sole si nascose dietro una nuvola e poi dietro l'orizzonte.

Mitch seguì Avery oltre il buffet e, come prevedeva, arrivarono a un tavolino dove attendevano le due donne. Erano sorelle, tutte e due sulla trentina, tutte e due divorziate e semisbronze. Quella che si chiamava Carrie sembrava affascinata da Avery e l'altra, Julia, cominciò subito ad adocchiare Mitch. Lui si chiese che cosa poteva aver raccontato Avery.

«Vedo che sei sposato» sussurrò Julia mentre gli si avvicinava.

«Sì, felicemente.»

Julia sorrise come se accettasse la sfida. Avery e la sua donna si scambiarono una strizzata d'occhio. Mitch prese un bicchiere di punch e lo scolò.

Spilluzzicò il cibo. Non riusciva a pensare ad altro che ad Abby. Quella faccenda sarebbe stata difficile da giustificare, se si fosse resa necessaria una spiegazione... una cena con due donne attraenti e seminude. Sarebbe stata impossibile da raccontare. La conversazione procedeva con un certo impaccio, e Mitch non vi contribuiva. Un cameriere mise sul tavolo una grossa caraffa che fu svuotata molto presto. Avery cominciò a esagerare. Raccontò alle donne che Mitch aveva giocato per i Giants di New York e aveva partecipato a due Super Bowls. Aveva guadagnato un milione di dollari all'anno prima che un infortunio al ginocchio gli rovinasse la carriera. Mitch scosse la testa e continuò a bere. Julia si avvicinò ancora di più.

L'orchestrina aumentò il volume. Era venuto il momento di ballare. Metà dei presenti si trasferì su una pista di legno sotto due alberi, tra la piscina e la spiaggia. «Balliamo!» gridò Avery abbrancando la sua donna. Corsero fra i tavoli e si persero quasi subito tra la folla dei turisti che si agitavano al ritmo della musica.

Mitch sentì Julia avvicinarsi ancora di più e posargli la mano sulla gamba. «Vuoi ballare?» chiese lei.

«No.»

«Bene. Neanch'io ne ho voglia. Cosa ti piacerebbe fare?» Gli strofinò i seni contro il bicipite e gli rivolse un sorriso provocante da una distanza di pochi centimetri.

«Non ho intenzione di fare niente.» Mitch le scostò la mano.

«Oh, su, andiamo. Divertiamoci un po'. Tua moglie non verrà mai a saperlo.»

«Senti, sei una donna deliziosa, ma con me perdi tempo. È ancora presto. Hai tutto il tempo per sceglierti un vero stallone.»

«Tu sei carino.»

La mano tornò alla carica, e Mitch respirò profondamente. «Perché non sparisci?»

«Come hai detto?» La mano si ritirò.

«Ho detto "sparisci".»

Julia si scostò. «Che cosa ti prende?»

«Ho paura delle malattie contagiose. Sparisci.»

«Sparisci tu.»

«È un'ottima idea. Credo che sparirò. È stata una cena molto gradevole.»

Mitch prese un bicchiere di punch al rum, passò in mezzo ai ballerini e raggiunse il bar. Ordinò una Red Stripe e andò a sedersi in un angolo buio del patio. La spiaggia davanti a lui era deserta. Sull'acqua si muovevano le luci di una dozzina di barche. Dietro di lui c'erano la musica dei Barefoot Boys e le risate della notte caraibica. Molto bello, pensò, ma sarebbe stato ancora più bello in compagnia di Abby. Forse avrebbero potuto venire lì in vacanza l'estate seguente. Avevano bisogno di stare un po' insieme, lontano dalla casa e dall'ufficio. C'era un distacco fra loro... un distacco che non sapeva definire. Un distacco che non potevano discutere ma che sentivano entrambi. Un distacco che gli faceva paura.

«Che cosa guardi?» La voce lo fece trasalire. Lei si avvicinò al tavolo e gli sedette accanto. Era un'indigena con la pelle scura e gli occhi azzurri o nocciola: al buio era impossibile capirlo. Ma erano occhi molto belli, ardenti e disinibiti. I capelli ricci e neri erano pettinati all'indietro e arrivavano fin quasi alla vita. Era un miscuglio esotico di sangue bianco, negro e probabilmente latino. E probabilmente anche d'altro. Portava un reggiseno scollatissimo che copriva appena i seni abbondanti e una gonna lunga e colorata con uno spacco fino alla vita che metteva in mostra quasi tutto quando si sedeva e accavallava le gambe. Era a piedi nudi.

«Oh, niente» disse Mitch.

La ragazza era molto giovane, e aveva un sorriso infantile che rivelava i denti perfetti. «Di dove sei?» gli chiese.

«Stati Uniti.»

Lei sorrise. «È naturale. Di dove, precisamente?» Parlava inglese con molta sicurezza.

«Memphis.»

«Ne vengono molti, da Memphis. Soprattutto per la pesca subacquea.»

«Tu abiti qui?» chiese Mitch.

«Sì, da sempre. Mia madre è indigena. Mio padre è inglese. Adesso se n'è andato. È tornato in patria.»

«Vuoi bere qualcosa?» offrì Mitch.

«Sì. Rum e soda.»

Mitch andò al bar e attese che lo servissero. Sentiva una strana, sorda pulsazione nello stomaco. Avrebbe potuto dileguarsi nel buio, sparire tra la folla e mettersi al sicuro nel condominio. Poteva chiudere la porta a chiave e leggere un libro sui paradisi fiscali. Molto noioso. E poi, probabilmente c'era già Avery con la sua amichetta occasionale. Il rum e la Red Stripe gli assicuravano che la ragazza era innocua. Avrebbero bevuto un paio di drink e si sarebbero augurati la buonanotte.

Tornò con i due bicchieri e sedette di fronte alla ragazza, lontano il più possibile. Erano soli nel patio.

«Sei venuto per la pesca subacquea?» chiese lei.

«No. Anche se è difficile crederlo, sono qui per affari. Sono avvocato e domattina dovrò incontrare certi banchieri.»

«Ti fermerai molto?»

«Un paio di giorni.» Mitch parlava in tono educato, ma era laconico. Meno diceva e meglio era. La ragazza accavallò di nuovo le gambe e gli rivolse un sorriso ingenuo. Lui si sentì mancare.

«Quanti anni hai?» chiese.

«Venti, e mi chiamo Eilene. Sono abbastanza grande.»

«Io sono Mitch.» Lo stomaco gli diede un guizzo, la testa gli girò. Bevve in fretta qualche sorso di birra e diede un'occhiata all'orologio.

La ragazza continuò a guardarlo con quel sorriso seducente. «Sei molto bello.»

La situazione stava precipitando. Non perdere la testa, si disse Mitch. Non perdere la testa.

«Grazie.»

«Sei un atleta?»

«Una specie. Perché me lo domandi?»

«Sembri un atleta. Così muscoloso e solido.» Il modo in cui la ragazza disse "solido" gli diede un altro guizzo allo stomaco. Ammirò il suo corpo e cercò di farsi venire in mente un complimento che non fosse troppo allusivo. Era meglio lasciar perdere.

«Dove lavori?» chiese, puntando su un argomento meno pericoloso.

«Sono commessa in una gioielleria, in città.»

« Dove abiti? »

« A Georgetown. Tu dove alloggi? »

« In un condominio qui vicino. » Mitch indicò con la testa e la ragazza guardò verso sinistra. Si capiva che voleva vedere l'appartamento. Bevve un altro sorso di rum e soda.

« Perché non sei alla festa? » gli chiese.

« Non mi piacciono molto le feste. »

« La spiaggia ti piace? »

« È bellissima. »

« È ancora più bella al chiaro di luna. » Di nuovo quel sorriso. Mitch non seppe cosa dire.

« C'è un bar anche migliore, un chilometro e mezzo più avanti » disse lei. « Andiamo a fare una passeggiata. »

« Non so se è il caso. Dovrei tornare. Ho un po' di lavoro da sbrigare prima di domattina. »

La ragazza rise e si alzò. « Nessuno va a dormire così presto nelle Cayman. Vieni. Ti devo un drink. »

« No. È meglio di no. »

Lei gli prese la mano e Mitch la seguì sulla spiaggia. Camminarono in silenzio fino a che persero di vista il Palms e la musica si affievolì in lontananza. La luna era alta e più luminosa, la spiaggia era deserta. La ragazza si tolse la gonna e rimase con un cordoncino intorno alla vita e una sottile striscia di stoffa fra le gambe. Arrotolò la gonna e la mise al collo di Mitch, poi gli prese di nuovo la mano.

L'istinto gli suggeriva di fuggire. Getta la bottiglia di birra nell'oceano. Getta la gonna sulla sabbia. E scappa come il vento. Scappa al condominio. Chiudi bene la porta. Chiudi le finestre. Scappa. Scappa. Scappa.

Ma un'altra voce gli diceva di lasciarsi andare. È un divertimento innocuo. Bevi ancora qualche drink. Se succede qualcosa, goditela. Nessuno lo saprà mai. Memphis è molto lontana. Avery non lo saprà. E comunque, cosa può dire Avery? Lo fanno tutti. Era già successo una volta, al college, quando era già fidanzato ma non ancora sposato. Aveva dato la colpa alla birra bevuta ed era sopravvissuto senza gravi conseguenze. Il tempo aveva rimediato a tutto. Abby non l'avrebbe mai saputo.

Scappa. Scappa. Scappa.

Camminarono per un chilometro e mezzo, ma il bar non si vedeva. La spiaggia era più buia. Una nuvola provvidenziale nascose la luna. Non avevano visto nessuno da quando avevano lasciato il Rumheads. La ragazza lo tirò verso due sdraio di plastica vicino all'acqua. «Riposiamo» disse. Mitch finì la birra.

«Non parli molto» osservò lei.

«Cosa vorresti che dicessi?»

«Ti sembro bella?»

«Molto. E hai un corpo stupendo.»

Lei sedette sul bordo della sdraio e immerse i piedi nell'acqua. «Facciamo una nuotata.»

«Io... uhm... non ne ho voglia.»

«Vieni, Mitch. L'acqua mi piace.»

«Allora vai. Starò a guardare.»

La ragazza si inginocchiò sulla sabbia, a pochi centimetri da lui. Con movimenti lentissimi si portò le mani dietro il collo. Sganciò il reggiseno del bikini che cadde lentamente. Mitch sentì i seni premergli sull'avambraccio sinistro. Lei gli porse il reggiseno. «Tienilo tu.» Era morbido e bianco ed era leggero come una piuma. Mitch era paralizzato. Il suo respiro, pesante e faticoso fino a pochi minuti prima, si era arrestato completamente.

La ragazza avanzò lentamente nell'acqua. Il tanga bianco non copriva nulla, dietro. I lunghi capelli scuri scendevano fino alla vita. Quando l'acqua le arrivò alle ginocchia, si voltò verso la spiaggia.

«Vieni, Mitch. È meraviglioso.»

Gli rivolse un sorriso fulgido. Mitch stropicciò fra le mani il reggiseno del bikini e comprese che quella era la sua ultima occasione per scappare. Ma si sentiva stordito e debole. Per scappare avrebbe avuto bisogno di un'energia che gli mancava. Voleva starsene lì seduto: allora, forse, lei se ne sarebbe andata. Forse sarebbe annegata. Forse la marea sarebbe arrivata all'improvviso e l'avrebbe trascinata al largo.

«Vieni, Mitch.»

Mitch si tolse la camicia e avanzò nell'acqua. La ragazza lo guardò sorridendo e, quando l'ebbe raggiunta, lo prese per mano e lo condusse più avanti. Gli passò le braccia intorno al collo. Si baciarono. Mitch trovò i cordoncini del tanga. Si baciarono ancora.

All'improvviso lei smise e, senza parlare, risalì verso la spiaggia. Mitch restò a guardarla mentre sedeva sulla sabbia, fra le due sdraio, e si toglieva il tanga: allora si immerse sott'acqua e trattenne il respiro per un'eternità. Quando riemerse, lei era sdraiata sulla sabbia, appoggiata sui gomiti. Scrutò la spiaggia: naturalmente non vide nessuno. In quel preciso momento la luna si nascose dietro un'altra nube. Sull'acqua non c'erano barche né catamarani, né nuotatori né sub.

«Non posso» mormorò Mitch a denti stretti.

«Cos'hai detto?»

«Non posso» gridò lui.

«Ma io ti desidero.»

«Non posso.»

«Su, Mitch. Non lo saprà mai nessuno.»

Non lo saprà mai nessuno. Non lo saprà mai nessuno. Mitch si avvicinò lentamente. Non lo saprà mai nessuno.

C'era un silenzio assoluto a bordo del taxi che portava i due avvocati a Georgetown. Erano in ritardo. Avevano dormito troppo e saltato la colazione. Nessuno dei due si sentiva molto bene. Avery, in particolare, aveva un'aria sciupata, gli occhi iniettati di sangue e la faccia pallida. Non si era fatto la barba.

Il taxista si fermò in mezzo al traffico davanti alla Royal Bank di Montreal. Il caldo e l'umidità erano già soffocanti.

Il banchiere era Randolph Osgood, un britannico borioso in doppiopetto blu, occhiali dalla montatura di corno, una gran fronte lucida e il naso a punta. Salutò Avery come un vecchio amico e si presentò a Mitch. Li condusse in un grande ufficio al primo piano, con vista su Hogsty Bay, dov'erano in attesa due impiegate.

«Cosa ti occorre esattamente, Avery?» chiese Osgood con voce nasale.

«Tanto per cominciare, un caffè. Ho bisogno dei riepiloghi di tutti i conti di Sonny Capps, Al Coscia, Dolph Hemmba, la Tatzlaff Partners e il Greene Group.»

«Sì. Fino a che data vuoi risalire?»

«Sei mesi fa. Per ogni conto.»

Osgood fece cenno a una delle impiegate che uscì e tornò poco dopo portando caffè e pasticcini. L'altra prendeva appunti.

«Naturalmente, Avery, ci occorrono le autorizzazioni e le procure per ognuno dei clienti» dichiarò Osgood.

«Sono nelle pratiche» replicò Avery mentre apriva la borsa.

«Sì, ma sono scadute. Abbiamo bisogno di quelle nuove. Per ognuno dei conti.»

«Sta bene.» Avery gli passò un fascicolo. «Sono qui. Tutte aggiornate.» E strizzò l'occhio a Mitch.

Un'impiegata prese il fascicolo e mise i documenti sul tavolo. Entrambe esaminarono ogni procura e autorizzazione, poi le passarono a Osgood. I due avvocati bevevano il caffè e aspettavano.

Osgood sorrise. «Sembra tutto in regola. Manderò a prendere i rendiconti. Che altro ti occorre?»

«Devo fondare tre società. Due per Sonny Capps e una per il Greene Group. Seguiremo la solita procedura. La banca fungerà da agente e così via.»

«Procurerò i documenti necessari» disse Osgood guardando un'impiegata. «C'è altro?»

«Per ora è tutto.»

«Molto bene. Dovremmo avere i rendiconti entro mezz'ora. Venite a pranzo con me?»

«Mi dispiace, Randolph, ma purtroppo devo rifiutare. Io e Mitch abbiamo già un impegno. Forse domani.»

Mitch non sapeva nulla di un impegno precedente, o almeno di un impegno che riguardasse anche lui.

«Sì, forse» disse Osgood. Uscì dall'ufficio con le impiegate.

Avery chiuse la porta e si tolse la giacca. Andò alla finestra e continuò a bere il caffè. «Senta, Mitch, mi scuso per ieri sera. Mi ero ubriacato ed ero un po' confuso. Non avevo il diritto di imporle quella donna.»

«Accetto le scuse. Che non succeda più.»

«Non succederà. Lo prometto.»

«Era brava?»

«Credo. Non ricordo molto. Lei cos'ha combinato con la sorella?»

«Mi ha detto di sparire. Ho fatto una passeggiata sulla spiaggia.»

Avery addentò un pasticcino e si asciugò le labbra. «Come sa, sono separato. Con ogni probabilità divorzieremo entro un anno. Mi comporto con molta discrezione perché la causa per il divorzio potrebbe diventare una faccenda spiacevole. Nel nostro studio c'è una legge non scritta: quello che facciamo lontano da Memphis resta lontano. Chiaro?»

«Andiamo, Avery. Sa bene che non lo dirò.»

«Lo so. Lo so.»

Mitch era contento di scoprire quella legge non scritta, anche se si era svegliato con la certezza di aver commesso il delitto perfetto. Aveva pensato alla ragazza a letto, sotto la doccia, in taxi, e adesso faticava a concentrarsi: quando erano arrivati a Georgetown si era sorpreso a sbirciare le gioiellerie.

«Avrei una domanda da fare» disse.

Avery annuì e continuò a mangiare il pasticcino.

«Quando sono stato assunto qualche mese fa da Oliver Lambert, McKnight e il resto della banda, mi hanno detto e ripetuto che lo studio legale disapprova il divorzio, le donne, l'alcol, la droga, insomma tutto tranne il lavoro e il denaro. Perciò ho accettato il posto. Il lavoro e il denaro li ho visti, ma adesso vedo anche altre cose. In che punto ha deviato dalla retta via? Oppure lo fanno tutti?»

«È una domanda che non mi piace.»

«Lo prevedevo. Ma vorrei una risposta. Merito una risposta. Ho la sensazione di essere stato imbrogliato.»

«E allora cosa intende fare? Andarsene perché mi sono sbronzato e sono andato a letto con una puttana?»

«Non ho pensato di andarmene.»

«Bene. Non lo faccia.»

«Ma ho diritto a una risposta.»

«D'accordo, mi sembra giusto. Io sono lo scavezzacollo dello studio, e mi salteranno alla gola quando parlerò di divorzio. Ogni tanto corro dietro alle donne ma non lo sa nessuno. O almeno, non riescono a pescarmi. Sono sicuro che lo fanno anche altri soci, ma non si fanno mai beccare. Non tutti, ma alcuni sì. Molti hanno matrimoni solidi e sono eternamente fedeli alle mogli. Io sono sempre stato la pecora nera, ma mi tollerano grazie alle mie capacità. Sanno che bevo a pranzo e a volte anche in ufficio, sanno che vengo meno ad altre sacre regole, ma mi hanno promosso socio perché hanno bisogno di me. E adesso che sono socio non possono far molto. Non sono un gran mascalzone, Mitch.»

«Non ho detto che lo sia.»

«Non sono perfetto. Alcuni degli altri lo sono, mi creda. Sono macchine, robot. Vivono, mangiano e respirano per lo studio Bendini, Lambert & Locke. A me piace divertirmi un po'.»

«Quindi è l'eccezione...»

«Anziché la regola, sì. E non me ne pento.»

«Non le ho chiesto di pentirsi. Volevo solo un chiarimento.»

«Adesso l'ha avuto?»

«Sì. Ho sempre ammirato la sua franchezza.»

«E io ammiro la sua disciplina. Un uomo dev'essere molto forte per restare fedele alla moglie nonostante tentazioni come quella di ieri sera. Io non sono tanto forte e non voglio neppure esserlo.»

Tentazioni. Mitch aveva pensato di andare a fare un rapido giro delle gioiellerie del centro durante l'ora di pranzo.

«Senta, Avery, non sono un moralista e non mi scandalizzo. Non sta a me giudicare... sono stato giudicato per tutta la vita. Avevo le idee un po' confuse per quanto riguarda le regole, ecco tutto.»

«Le regole non cambiano mai. Sono incise nel cemento. Scolpite nel granito. Eternate nella pietra. Se fa troppe trasgressioni, la buttano fuori. O meglio, può trasgredire quanto vuole, purché non si faccia sorprendere.»

«Mi sembra giusto.»

Osgood e un gruppo di impiegati entrarono con fasci di printout e di documenti. Li disposero sul tavolo in ordine alfabetico.

«Questo dovrebbe tenervi occupati per un giorno o due» disse Osgood con un sorriso forzato. Schioccò le dita e gli impiegati sparirono. «Se avete bisogno di me, sono nel mio ufficio.»

«Sì, grazie» rispose Avery, chinandosi sul primo mucchio di fascicoli. Mitch si tolse la giacca e allentò la cravatta.

«Cosa dobbiamo fare, esattamente?» chiese.

«Due cose. Per primo, controlleremo le voci di tutti i conti. Cerchiamo soprattutto gli accrediti degli interessi, i relativi tassi, l'ammontare complessivo, eccetera. Faremo una revisione approssimativa di ogni conto per assicurarci che gli interessi vadano dove debbono andare. Per esempio, Dolph Hemmba trasferisce i suoi interessi in nove diverse banche delle Bahamas. È una stupidaggine, ma lui è contento così; inoltre, è impossibile seguirli per chiunque, tranne me. Ha circa dodici milioni in questa banca, quindi è bene tenerli d'occhio. Potrebbe farlo personalmente ma si sente più tranquillo se lo faccio io. E a duecentocinquanta dollari l'ora, non mi dispiace. Controlleremo gli interessi che la banca paga per ogni conto. Il tasso varia secondo un certo numero di fattori, a discrezione della banca... e questo è un buon sistema per costringerle a essere oneste.»

«Credevo che lo fossero sempre.»

«Sì, ma sono banche, non lo dimentichi.

«Qui abbiamo circa trenta conti, e prima di ripartire conosceremo l'ammontare esatto, gli interessi accreditati e la loro destinazione. In secondo luogo, dobbiamo istituire tre società sotto la giurisdizione caymaniana. È un lavoro abbastanza semplice e potremmo farlo anche a Memphis. Ma i clienti pensano che dobbiamo venire a farlo qui. Ricordi, abbiamo a che fare con gente che investe milioni. Qualche migliaio di dollari di onorari non li spaventa.»

Mitch sfogliò un printout del conto Hemmba. «Chi è questo Hemmba? Non l'ho mai sentito nominare.»

«Ho molti clienti che non ha mai sentito nominare. Hemmba è uno dei più grossi proprietari terrieri dell'Arkansas.»

«Dodici milioni di dollari?»

«Soltanto in questa banca.»

«Un bel mucchio di cotone e di soia, direi.»

«Ecco... ha anche altre attività.»

«Per esempio?»

«Non posso dirlo, esattamente.»

«Legali o illegali?»

«Diciamo che nasconde al fisco, in varie banche dei Caraibi, circa venti milioni di dollari più gli interessi.»

«E noi lo aiutiamo a farlo?»

Avery sparse i documenti su una estremità del tavolo e cominciò a controllare le varie voci. Mitch continuò a guardarlo, in attesa di una risposta. Il silenzio divenne più pesante. Era evidente che la risposta non sarebbe arrivata. Avrebbe potuto insistere, ma aveva già fatto abbastanza domande per quel giorno. Si rimboccò le maniche e si mise al lavoro.

A mezzogiorno seppe qual era il precedente impegno di Avery. La sua donna lo aspettava nel condominio; perciò lui propose di sospendere il lavoro per un paio d'ore e consigliò a Mitch di andare a pranzo in un caffè del centro.

Invece Mitch andò nella biblioteca di Georgetown, a quattro isolati dalla banca. Al primo piano, nel settore periodici, trovò uno scaffale pieno di vecchie edizioni del "Daily Caymanian". Cercò tra i numeri di sei mesi prima e tirò fuori quello con la data del 27 giugno. Lo mise su un tavolino accanto a una finestra che si affacciava sulla strada. Guardò fuori, distrattamente, poi con maggiore attenzione. C'era un uomo che pochi minuti prima aveva visto per la strada vicino alla banca. Era al volante di una Chevette gialla malandata, fermo di fronte alla biblioteca; era massiccio, con i capelli scuri e l'aria dello straniero, una sgargiante camicia verde e arancio e un paio di comunissimi occhiali neri da turista.

La stessa Chevette con lo stesso guidatore era stata parcheggiata davanti al negozio di articoli da regalo vicino alla banca; e adesso era lì, a quattro isolati di distanza. Un indigeno in bici si fermò accanto alla macchina e prese una sigaretta. L'automobilista indicò la biblioteca. L'indigeno lasciò la bici e attraversò in fretta la strada.

Mitch piegò il giornale e lo mise in tasca. Passò davanti alle file degli scaffali, trovò un "National Geographic" e sedette a un tavolo. Sfogliò la rivista e tese l'orecchio mentre l'indigeno saliva, notava la sua presenza, gli passava alle spalle, si soffermava come per spiare cosa stava leggendo, e spariva nuovamente giù per la scala. Mitch attese un momento, poi tornò alla finestra. L'indigeno prese un'altra sigaretta e parlò con l'uomo al volante della Chevette. Accese la sigaretta e se ne andò.

Mitch aprì il giornale sul tavolo e diede un'occhiata alla notizia principale: il caso dei due avvocati americani e della loro guida morti il giorno prima in un misterioso incidente. Si impresse nella memoria i dati che gli interessavano e restituì il giornale.

La Chevette era ancora di guardia. Mitch le passò davanti, percorse l'isolato e si avviò verso la banca. La zona commerciale era incuneata fra le banche e Hogsty Bay. Le vie erano strette e affollate di turisti a piedi, turisti in scooter e turisti al volante di utilitarie prese a nolo. Si tolse la giacca ed entrò in un negozio di magliette che aveva un pub al piano di sopra. Salì la scala, ordinò una Coca e sedette sulla balconata.

Pochi minuti dopo l'indigeno della bicicletta entrò nel bar, ordinò una Red Stripe e cominciò a tenerlo d'occhio fingendo di consultare un menu.

Mitch continuò a bere la Coca e a guardare la strada. Non c'era traccia della Chevette, ma sapeva che era vicina. Vide un altro uomo che lo fissava dal lato opposto della strada e poi spariva. Quindi fu la volta di una donna. Era diventato paranoico. Finalmente la Chevette svoltò all'angolo, due isolati più avanti, e passò adagio sotto di lui.

Mitch scese nel negozio e comprò un paio di occhiali da sole. Uscì, percorse un isolato, si infilò in un vicolo. Corse verso la strada dalla parte opposta ed entrò in un negozio di articoli da regalo. Uscì dall'ingresso posteriore e si trovò in un altro vicolo. Vide un grande emporio di abbigliamento per turisti ed entrò dalla porta laterale. Sorvegliò con attenzione la strada ma non notò nulla. L'emporio vendeva calzoncini e camicie di tutti i colori, indumenti che gli indigeni non acquistavano ma che piacevano molto agli americani. Mitch si tenne sul tradizionale: calzoncini bianchi e un pullover rosso. Trovò un paio di sandali di paglia che si intonavano con un cappello piuttosto simpatico. La commessa rise e gli indicò un camerino. Mitch diede un'altra occhiata alla strada. Niente. Pullover e calzoncini andavano bene; chiese se poteva lasciare il suo vestito e le scarpe per un paio d'ore. «Certo, amico» disse la commessa. Mitch pagò in contanti, le allungò un biglietto da dieci dollari e la pregò di chiamare un taxi. La commessa gli disse che era un bell'uomo.

Mitch sorvegliò attentamente la strada fino all'arrivo del taxi. Si precipitò fuori e salì. «Abanks Dive Lodge» disse.

«È molto lontano, amico.»

Mitch allungò un biglietto da venti dollari. «Si muova. Tenga d'occhio lo specchietto. Se qualcuno ci segue, mi avvisi.»

Il taxista afferrò i soldi al volo. «Okay, amico.»

Mitch si rincantucciò sul sedile posteriore con il cappello nuovo calcato sugli occhi mentre la macchina percorreva Shedden Road, lasciava la zona commerciale, girava intorno a Hogsty Bay e procedeva verso est, oltre Red Bay, fuori da Georgetown e sulla strada per Bodden Town.

«Da chi sta scappando, amico?»

Mitch sorrise e abbassò il finestrino. «Dal fisco.» Pensò che fosse una risposta spiritosa, ma il taxista sembrava confuso. Mitch ricordò che nelle isole Cayman non c'erano tasse né esattori. L'uomo proseguì in silenzio.

Secondo il giornale, la guida per le immersioni era Philip Abanks, figlio di Barry Abanks, proprietario del centro sub. Era morto a diciannove anni. I tre erano annegati in seguito all'esplosione della barca. Un'esplosione molto misteriosa. I cadaveri erano stati trovati a ventiquattro metri di profondità, in completa tenuta subacquea. L'incidente non aveva avuto testimoni, e nessuno aveva saputo spiegare perché la barca si trovasse a due miglia dalla riva, in una zona dove nessuno si immergeva mai. L'articolo diceva che c'erano molti interrogativi senza risposta.

Bodden Town era un villaggio a venti minuti da Georgetown. Il centro sub era a sud del paese, su un tratto di spiaggia isolato.

«Ci ha seguiti qualcuno?» chiese Mitch.

Il taxista scosse la testa.

«Ottimo lavoro. Ecco quaranta sacchi.» Mitch diede un'occhiata all'orologio. «È quasi la una. Può venire a prendermi alle due e mezzo in punto?»

«Certo, amico.»

La strada finiva alla spiaggia e diventava un parcheggio ombreggiato da dozzine di palme reali. Il primo edificio del centro era una grossa casa a due piani con il tetto di lamiera e una scala esterna. Si chiamava Grand House; era dipinta di celeste con rifiniture bianche ed era nascosta parzialmente da fitti rampicanti. I fregi di ferro battuto erano verniciati di rosa, le imposte di

legno di color oliva. Lì c'erano l'ufficio e la sala da pranzo del-
l'Abanks Dive Lodge. Sulla destra le palme si diradavano e un
vialetto si incurvava intorno alla Grand House e scendeva verso
un ampio spiazzo aperto di rocce bianche. Ai due lati c'erano
gruppi di una dozzina di capanne dai tetti di paglia dove allog-
giavano i sub. Un labirinto di passerelle di legno andava dalle
capanne al punto centrale, un bar all'aperto in riva all'oceano.

Mitch si avviò verso il bar tra i suoni familiari del reggae e
delle risate. Era molto simile al Rumheads, ma senza la folla.
Dopo qualche istante Henry il barista gli portò una Red Stripe.

«Dov'è Barry Abanks?» chiese Mitch.

Henry indicò l'oceano e tornò al banco. A mezzo miglio dalla
riva, un'imbarcazione tagliava lentamente l'acqua immobile e
puntava verso il centro. Mitch mangiò il cheeseburger e restò a
guardare.

La barca attraccò a un molo tra il bar e una capanna più
grande con la scritta OFFICINA dipinta su una finestra. I sub balzarono dalla barca con le borse dell'equipaggiamento e si diressero verso il bar. Un uomo basso, magro e solido restò accanto
all'imbarcazione a gridare ordini ai marinai che scaricavano sul
molo le bombole vuote dei respiratori. Portava un berretto bianco da baseball e non molto di più. Un perizoma nero gli copriva
l'inguine e parte del didietro. A giudicare dalla carnagione color
cuoio non doveva aver portato molti indumenti negli ultimi cinquant'anni. Andò a dare un'occhiata nell'officina, gridò qualcosa ai capitani e ai marinai e andò al bar. Senza guardarsi intorno, si avvicinò al frigo, prese una Heineken, la stappò e bevve una lunghissima sorsata.

Il barista disse qualcosa ad Abanks e indicò Mitch. Abanks
stappò un'altra Heineken e si avvicinò al tavolo.

Non sorrise. «Stava cercando me?» Fu quasi una smorfia di
scherno.

«Lei è il signor Abanks?»

«Sono io. Cosa vuole?»

«Vorrei parlarle un momento.»

Abanks trangugiò la birra e guardò l'oceano. «Ho troppo da
fare. Ho una barca che parte fra quaranta minuti per un'immersione.»

«Mi chiamo Mitch McDeere. Sono un avvocato di Memphis.»

Abanks lo fissò con gli occhietti nocciola. Sembrava incuriosito. «E allora?»

«Allora, i due che sono morti con suo figlio erano miei amici. Le porterò via pochi minuti.»

Abanks sedette su uno sgabello e si appoggiò al tavolo con i gomiti. «Non è uno dei miei argomenti preferiti.»

«Lo so. Mi dispiace.»

«La polizia mi ha raccomandato di non parlare con nessuno.»

«Manterrò il segreto. Glielo giuro.»

Abanks socchiuse gli occhi e scrutò la fulgida acqua azzurra. Portava sul viso e sulle braccia le cicatrici di una vita trascorsa sul mare, una vita vissuta a venti metri di profondità a guidare i novellini fra le scogliere coralline e le navi naufragate.

«Cosa vuole sapere?» chiese a voce bassa.

«Non possiamo parlare da qualche altra parte?»

«Va bene. Facciamo due passi.» Abanks gridò qualcosa a Henry e si fermò a scambiare poche parole con un gruppo di sub seduti a un tavolo. Poi si avviarono alla spiaggia.

«Vorrei parlare dell'incidente» disse Mitch.

«Chieda pure. Forse non risponderò.»

«Qual è stata la causa dell'esplosione?»

«Non lo so. Forse un compressore. Forse il carburante. Non siamo sicuri. La barca era molto danneggiata e quasi tutti gli indizi sono andati in fumo.»

«La barca era sua?»

«Sì. Una delle più piccole. Trenta piedi. I suoi amici l'avevano noleggiata per l'intera mattina.»

«Dove hanno trovato i corpi?»

«A ventiquattro metri di profondità. Non avevano niente di strano, a parte il fatto che non c'erano ustioni o altre lesioni tali da dimostrare che erano stati investiti dall'esplosione. Credo che questo sia molto, molto sospetto.»

«Secondo l'autopsia sono annegati.»

«Sì, sono annegati. Ma i suoi amici erano in tenuta completa da sub, e più tardi uno dei miei esperti ha esaminato l'attrezzatura. Funzionava perfettamente. Quei due sapevano il fatto loro.»

«E suo figlio?»

«Non aveva l'attrezzatura. Ma nuotava come un pesce.»

«Dov'è avvenuta l'esplosione?»

«Avevano programmato di immergersi lungo una serie di scogliere a Roger's Wreck Point. Conosce l'isola?»

«No.»

«È oltre East Bay, sulla Northeastern Point. I suoi amici non si erano mai immersi là, e mio figlio gliel'aveva proposto. Li conosceva bene. Erano sub con una notevole esperienza e facevano le cose sul serio. Volevano sempre una barca tutta per loro e pagavano senza discutere. E volevano sempre Philip come capitano. Non sappiamo se si erano immersi là. La barca è stata trovata in fiamme a due miglia da terra, lontana dai soliti posti delle nostre immersioni.»

«È possibile che la barca sia andata alla deriva?»

«No. Se ci fosse stata un'avaria al motore, Philip avrebbe avvertito per radio. Abbiamo attrezzature moderne e i nostri capitani sono sempre in contatto con l'officina. È impossibile che l'esplosione sia avvenuta alla Point. Nessuno ha visto o sentito qualcosa, eppure là c'è sempre gente. E poi, una barca in avaria non poteva andare alla deriva per due miglia in quelle acque. Ma soprattutto ricordi che i cadaveri non erano a bordo. Supponiamo che la barca fosse andata alla deriva: come spiega che siano andati alla deriva anche i corpi alla profondità di ventiquattro metri? Li hanno trovati a meno di venti metri dalla barca.»

«Chi li ha trovati?»

«I miei uomini. Abbiamo sentito la segnalazione alla radio e io ho mandato una squadra. Sapevamo che era la nostra barca e i miei hanno cominciato a immergersi. Hanno ritrovato i corpi in pochi minuti.»

«Mi rendo conto che deve essere molto difficile parlarne.»

Abanks finì la birra e gettò la bottiglia in una cassa portarifiuti. «Sì. Ma il tempo attenua il dolore. Perché le interessa tanto?»

«I familiari hanno molti dubbi.»

«Mi dispiace per loro. Avevo conosciuto le mogli, l'anno scorso. Erano stati qui una settimana. Gran brava gente.»

«È possibile che quando è successo l'incidente stessero esplorando una zona nuova?»

«Sì, è possibile ma non probabile. Le nostre barche riferiscono i loro movimenti da un punto di immersione all'altro. È una procedura seguita senza eccezioni. Ho licenziato un capitano perché non aveva avvertito di uno spostamento. Mio figlio era il miglior capitano dell'isola. Era cresciuto in queste acque, non avrebbe mai trascurato di segnalare i suoi movimenti in mare. È molto semplice. Alla polizia credono che abbia fatto proprio questo, ma devono pur credere a qualcosa. È l'unica spiegazione che possono dare.»

«Ma come spiegano le condizioni dei corpi?»

«Non sono in grado di farlo. Per quanto li riguarda, si è trattato di un incidente.»

«È stato davvero un incidente?»

«Non credo.»

I sandali gli avevano fatto venire le vesciche ai piedi, e Mitch li tolse. Si avviarono di nuovo verso il centro.

«Se non è stato un incidente, cos'è stato?»

Abanks guardava l'oceano che lambiva la spiaggia. Per la prima volta sorrise. «Che altre possibilità ci sono?»

«A Memphis circola la voce che si sia trattato di una faccenda di droga.»

«Si spieghi.»

«Hanno raccontato che suo figlio era in un giro di droga e forse quel giorno aveva usato la barca per incontrarsi al largo con un trafficante. Ci sarebbe stato un diverbio e i miei amici ci sarebbero andati di mezzo.»

Abanks sorrise di nuovo e scosse la testa. «Philip? No certo. Per quanto ne so non si è mai drogato, e sono sicuro che non era nel giro. I quattrini non lo interessavano: pensava soltanto alle donne e alle immersioni.»

«Quindi è impossibile?»

«Sì, impossibile. Non ho mai sentito questa voce, e non credo che a Memphis ne sappiano di più. La nostra isola è piccola, a quest'ora l'avrei sentita anch'io. È completamente falso.»

Il colloquio era finito. Si fermarono vicino al bar. «Le chiedo un favore» disse Abanks. «Non ne parli ai familiari dei suoi amici. Non posso dimostrare quella che secondo me è la verità, quindi è meglio che nessuno ne sappia niente. Soprattutto i parenti.»

«Non lo dirò a nessuno. E le chiedo di non parlare di questo incontro. Può darsi che qualcuno mi segua fin qui e faccia domande sulla mia visita. Dica semplicemente che abbiamo parlato di immersioni.»

«Come vuole.»

«Io e mia moglie verremo qui in vacanza la prossima primavera. Tornerò senz'altro a trovarla.»

La scuola episcopale di St. Andrews si trovava dietro la chiesa in un parco alberato e curatissimo di due ettari. I mattoni si scorgevano ogni tanto nei tratti dove l'edera aveva preferito seguire un altro percorso. I marciapiedi erano fiancheggiati da siepi di bosso e così pure il piccolo campo giochi. Era un edificio a un piano a forma di L, all'ombra di una dozzina di vecchie querce. Molto apprezzata per la sua esclusività, quella di St. Andrews era la scuola privata più cara di Memphis, dall'asilo alla sesta elementare. I genitori ricchi iscrivevano i figli nella lista d'attesa fin dalla nascita.

Mitch fermò la BMW nel parcheggio fra la chiesa e la scuola. La Peugeot bordeaux di Abby era tre spazi più avanti. Non era atteso. L'aereo era atterrato un'ora prima, e lui si era fermato a casa per cambiarsi e indossare qualcosa di più consono alla dignità di avvocato. Avrebbe visto la moglie, poi sarebbe tornato in ufficio a lavorare per qualche ora da mettere in conto a centocinquanta dollari.

Voleva incontrarla senza preavviso. Un attacco di sorpresa. Una contromossa. L'avrebbe salutata. Aveva sentito molto la sua mancanza. Era ansioso di rivederla; perciò si era fermato alla scuola. Sarebbe stata una cosa breve, il primo contatto dopo l'episodio sulla spiaggia. Si chiese se Abby avrebbe capito tutto guardandolo. Forse poteva leggergli negli occhi. Avrebbe notato una certa forzatura nella voce? No, se fosse stata sorpresa e lusingata dalla sua visita.

Mitch strinse il volante e guardò la macchina della moglie. Che stupido. Che idiota. Perché non era scappato? Avrebbe dovuto buttare la gonna sulla sabbia e fuggire. Ma naturalmente non l'aveva fatto. Si era detto: al diavolo, nessuno verrà mai a saperlo. E adesso doveva scrollare le spalle e dire: al diavolo, tanto lo fanno tutti.

Aveva preparato i suoi piani a bordo dell'aereo. Prima, avrebbe aspettato fino a tarda sera e le avrebbe detto la verità. Non avrebbe mentito; non voleva vivere con una menzogna. L'avrebbe ammesso e avrebbe detto esattamente cos'era successo. Forse Abby avrebbe capito. Quasi tutti gli uomini... be', sì, quasi tutti avrebbero approfittato dell'occasione. La mossa successiva sarebbe dipesa dalla reazione di Abby. Se fosse rimasta calma e si fosse mostrata comprensiva, le avrebbe detto che era pentito e che non ci sarebbe ricascato mai più. Se fosse andata in crisi, avrebbe implorato perdono e avrebbe giurato sulla Bibbia che era stato uno sbaglio e non si sarebbe più ripetuto. Le avrebbe detto che l'amava e l'adorava, e l'avrebbe pregata di concedergli un'altra possibilità. E se Abby avesse cominciato a fare le valigie, probabilmente avrebbe capito che avrebbe fatto meglio a non dirle niente.

Negare. Negare. Negare. Il suo professore di diritto penale ad Harvard era stato un radicale, un certo Moskowitz che si era fatto un nome difendendo sicari, terroristi e pedofili. La sua teoria della difesa era molto semplice: Negare! Negare! Negare! Non ammettere mai un fatto o un indizio che potessero far pensare alla colpevolezza.

Mitch aveva pensato a Moskowitz mentre l'aereo atterrava a Miami, e aveva cominciato a preparare il piano B, che richiedeva quella visita a sorpresa a scuola e una cena romantica nel ristorante preferito di Abby. E a proposito del viaggio alle Cayman, nient'altro che discorsi sugli impegni di lavoro. Aprì la portiera, pensò al bel viso sorridente e fiducioso della moglie e si sentì assalire dalla nausea. Un dolore sordo gli martellava lo stomaco. Si avviò lentamente verso l'ingresso principale, nella brezza d'autunno.

Il corridoio era vuoto e silenzioso. Sulla destra c'era l'ufficio del direttore. Attese per un momento che qualcuno lo vedesse, ma non c'era nessuno. Avanzò fino a quando, davanti alla terza aula, sentì la voce meravigliosa della moglie. Stava recitando la tavola pitagorica quando Mitch si affacciò e sorrise. Abby restò immobile e poi proruppe in una risatina. Si scusò, raccomandò ai bambini di restare seduti e di leggere la pagina seguente. Chiuse la porta.

«Cosa ci fai qui?» chiese mentre Mitch la abbracciava e la spingeva contro la parete. Abby si guardò intorno nervosamente.

«Mi sei mancata» le disse Mitch in tono convinto. La tenne stretta per un minuto. La baciò sul collo, assaporando il suo profumo. Poi ricordò la ragazza. Mascalzone, perché non sei scappato?

«Quando sei arrivato?» chiese lei. Si ravviò i capelli e sbirciò il corridoio.

«Circa un'ora fa. Sei meravigliosa.»

Lei aveva gli occhi umidi di lacrime. Quegli splendidi occhi sinceri. «Com'è andato il viaggio?»

«Bene. Mi sei mancata. Non è divertente se non ci sei tu.»

Abby sorrise ancora di più e distolse lo sguardo. «Anche tu mi sei mancato.»

Si presero per mano e si avviarono alla porta. «Vorrei un appuntamento per stasera» disse lui.

«Non lavori?»

«No, non lavoro. Vado con mia moglie al suo ristorante preferito. Mangeremo e berremo vini di lusso e staremo fuori fino a tardi, e appena arriveremo a casa ci spoglieremo del tutto.»

«Ti sono mancata davvero.» Abby lo baciò ancora sulle labbra, poi guardò nel corridoio. «È meglio che te ne vada prima che ti veda qualcuno.»

Raggiunsero la porta senza incontrare nessuno.

Mitch respirò profondamente l'aria fresca e tornò alla macchina. Ce l'aveva fatta. L'aveva guardata negli occhi, l'aveva abbracciata e baciata come al solito. Abby non aveva sospetti. Anzi, era un po' commossa.

DeVasher girò nervosamente dietro la scrivania e aspirò un Roi-Tan. Sedette sulla vecchia poltroncina e cercò di concentrarsi su un promemoria, poi balzò in piedi e ricominciò a camminare avanti e indietro. Consultò l'orologio. Chiamò la sua segretaria. Chiamò la segretaria di Oliver Lambert. Camminò avanti e indietro ancora per un pezzo.

Finalmente, con diciassette minuti di ritardo, Ollie superò i controlli della sicurezza ed entrò nell'ufficio di DeVasher.

DeVasher si alzò e lo fissò con aria irritata. «Ti stavo aspettando!»

«Ho molto da fare» ribatté Ollie, sedendo su una poltroncina logora. «Cosa c'è di tanto importante?»

DeVasher esibì immediatamente un sorriso subdolo e maligno. Con un gesto teatrale aprì un cassetto della scrivania e gettò una grossa busta sulle ginocchia di Ollie. «Uno dei lavori migliori che abbiamo mai fatto.»

Lambert aprì la busta e guardò a bocca aperta le foto in bianco e nero, formato venti per venticinque. Le esaminò a una a una tenendole a pochi centimetri dal naso e si impresse nella memoria ogni dettaglio. DeVasher rimase a osservarlo con aria orgogliosa.

Lambert riesaminò di nuovo le foto e cominciò ad ansimare. «Sono incredibili.»

«Sì, l'abbiamo pensato anche noi.»

«Chi è la ragazza?» chiese Ollie.

«Una prostituta del posto. Brava, eh? Non ci eravamo mai serviti di lei, ma puoi scommettere che la useremo di nuovo.»

«Voglio conoscerla, e presto.»

«Non è un problema. Immaginavo che l'avresti chiesto.»

«È incredibile. Come ha fatto?»

«All'inizio sembrava difficile. Lui aveva detto alla prima ragazza di sparire. Avery era con l'altra, ma il tuo uomo non voleva saperne dell'amica. Se n'è andato a quel piccolo bar sulla spiaggia. Allora la nostra ragazza l'ha abbordato. È una professionista.»

«E i tuoi dov'erano?»

«Dappertutto. Queste sono state scattate dietro una palma, da una distanza di circa venticinque metri. Belle, eh?»

«Molto belle. Dai una gratifica al fotografo. Per quanto tempo si sono rotolati sulla sabbia?»

«Piuttosto a lungo. Erano perfettamente in sintonia.»

«Credo che lui se la sia proprio spassata.»

«Abbiamo avuto fortuna. La spiaggia era deserta e il momento era ideale.»

Lambert si accostò agli occhi una fotografia. «Hai fatto fare le copie per me?» chiese.

«Certo, Ollie. So quanto ti piacciono queste cose.»

«Credevo che McDeere sarebbe stato più duro.»

«Lo è. Ma è anche umano. E non è stupido. Non siamo sicuri, ma pensiamo che il giorno dopo, all'ora di pranzo, si sia accorto che lo stavamo sorvegliando. Sembrava insospettito. Ha cominciato a correre di qua e di là nella zona commerciale. Poi è scomparso. È arrivato con un'ora di ritardo all'appuntamento in banca con Avery.»

«Dov'era andato?»

«Non lo sappiamo. Lo sorvegliavamo per curiosità. Niente di serio. Diavolo, può darsi che fosse in un bar del centro. Comunque era sparito.»

«Sorvegliatelo attentamente. Mi preoccupa.»

DeVasher agitò un'altra busta. «Smettila di angosciarti, Ollie. Ormai lo abbiamo in pugno. Sarebbe disposto a uccidere per noi, se sapesse di queste.»

«E di Tarrance?»

«Neppure l'ombra. McDeere non ne ha parlato con nessuno, almeno per quanto ci risulta. A volte è difficile seguire le tracce di Tarrance, ma pensiamo che gli stia alla larga.»

«Tieni gli occhi aperti.»

«Non preoccuparti per la parte che spetta a me, Ollie. Tu sei l'avvocato e ricevi le copie formato venti per venticinque. Io dirigo la vigilanza.»

«Come va in casa McDeere?»

«Non troppo bene. Lei era poco entusiasta del viaggio.»

«Cos'ha fatto durante l'assenza del marito?»

«Be', non è il tipo che se ne sta chiusa fra quattro pareti. Per due sere lei e la moglie di Quin sono andate a cena in un paio di tipici ristoranti per yuppie. Poi al cinema. Una sera è uscita con un'insegnante sua amica. È andata un po' in giro per negozi.

«Ha anche telefonato spesso alla madre, con chiamate a carico del destinatario. Evidentemente non c'è un grande amore fra il nostro ragazzo e i suoceri, e lei vorrebbe appianare le cose. È molto affezionata a mammina e le dispiace che non possano essere una grande famiglia felice. Vorrebbe andare a casa nel Kentucky per Natale e ha paura che il marito non voglia saperne. C'è un attrito notevole. Lei dice a mammina che Mitch lavora troppo, e mammina risponde che si comporta così per farsi bello ai loro occhi. La situazione non mi piace, Ollie. Pessime vibrazioni.»

«Tu continua ad ascoltare. Abbiamo cercato di convincerlo a calmarsi un po', ma è una macchina.»

«Sì, immagino proprio che vorrete farlo rallentare, a centocinquanta dollari l'ora. Perché non mettete tutti i vostri associati a quaranta ore settimanali in modo che abbiano più tempo da passare con le famiglie? Potresti ridurti lo stipendio, vendere un paio di Jaguar, impegnare i diamanti di tua moglie, magari disfarti della casa e comprarne una più piccola vicina al country club.»

«Piantala, DeVasher.»

Oliver Lambert uscì a passo di carica. DeVasher rise fino a diventare rosso in faccia. Quando rimase solo, chiuse le fotografie in uno schedario. «Mitchell McDeere» si disse con un gran sorriso, «ormai sei nostro.»

15

Il venerdì a mezzogiorno, due settimane prima di Natale, Abby
salutò gli allievi per le vacanze e uscì dalla scuola. Alla una lasciò la macchina in un parcheggio pieno di Volvo, BMW e Saab
e altre Peugeot e si avviò a passo svelto, sotto la pioggia fredda,
verso il terrarium affollato dove i giovani benestanti andavano a
mangiare quiche e *fajita* e zuppa di fagioli neri in mezzo alle
piante. Ultimamente era il locale preferito da Kay Quin in quel
periodo, e dall'inizio di dicembre era la seconda volta che vi
pranzavano insieme. Come al solito, Kay era in ritardo.

Era un'amicizia ancora nella fase iniziale. Guardinga per natura, Abby non aveva mai familiarizzato precipitosamente con
un'estranea. Durante i tre anni ad Harvard non aveva avuto
amicizie e aveva imparato molte cose sull'indipendenza. In sei
mesi a Memphis aveva conosciuto alcune possibili future amiche
in chiesa e una a scuola, ma si muoveva con prudenza.

All'inizio Kay Quin era stata piuttosto incalzante. Le aveva
fatto da guida, consulente per gli acquisti, persino da arredatrice. Ma Abby si era mossa lentamente; aveva imparato qualcosa
a ogni incontro e aveva osservato con attenzione la nuova amica. Avevano mangiato diverse volte in casa Quin. Si erano viste
ai pranzi e ai ricevimenti dello studio, ma sempre in mezzo ad
altra gente. Avevano apprezzato la reciproca compagnia in
quattro lunghi pranzi nei locali di gran moda per i giovani de-
tentori della Gold MasterCard di Memphis. Kay dava importanza alle macchine, alle case e ai vestiti, ma fingeva di ignorarli.
Voleva essere un'amica, un'amica intima, una confidente. Abby
manteneva le distanze e si lasciava avvicinare a poco a poco.

La riproduzione di un jukebox degli anni Cinquanta era di

fianco al tavolo di Abby nei pressi del bar, dove molta gente prendeva l'aperitivo in attesa che si liberasse qualche posto. Dopo dieci minuti e due Roy Orbison, Kay uscì dalla folla intorno alla porta e alzò gli occhi. Abby sorrise e le fece un cenno di richiamo.

Si abbracciarono e si scambiarono baci sulle guance, ben attente a non macchiarsi di rossetto.

«Scusa il ritardo» disse Kay.

«Non importa. Ci sono abituata.»

«Quanta gente» osservò Kay guardandosi intorno con aria meravigliata. Il locale era sempre pieno. «E così hai finito le lezioni?»

«Sì. Un'ora fa. Sono libera fino al sei gennaio.»

Ognuna ammirò l'abito dell'altra e dichiarò di trovarla più magra, bella e giovane che mai.

Cominciarono a parlare degli acquisti natalizi, dei negozi e dei figli fino a che arrivò il vino. Abby ordinò scampi e Kay si attenne alla solita specialità, quiche di broccoli.

«Che programmi avete per Natale?» chiese Kay.

«Per ora nessuno. Io vorrei andare nel Kentucky a trovare i miei, ma ho paura che Mitch non accetti. Ho lasciato cadere un paio di allusioni e lui le ha ignorate.»

«Continua a non avere simpatia per i tuoi?»

«Non ci sono stati cambiamenti. Per la precisione, non parliamo mai di loro. Non so come comportarmi.»

«Con la massima prudenza, immagino.»

«Sì, e anche con molta pazienza. I miei genitori avevano torto, ma io ho ancora bisogno di loro. È molto doloroso: l'unico uomo che abbia mai amato non sopporta i miei. Ogni giorno prego perché avvenga un miracolo.»

«Avrai bisogno di un miracolo sensazionale. Lavora davvero tanto come dice Lamar?»

«Non so come potrebbe lavorare di più. Diciotto ore al giorno dal lunedì al venerdì, otto ore il sabato e dato che la domenica è un giorno di riposo si accontenta di cinque o sei ore. La domenica mi riserva un po' di tempo.»

«Mi sembra di avvertire una sfumatura di frustrazione.»

«Parecchia frustrazione, Kay. Sono molto paziente, ma la situazione peggiora. Comincio a sentirmi come una vedova. Sono stanca di dormire sul divano in attesa che lui torni a casa.»

«Stai lì ad aspettare cena e sesso, eh?»

«Magari. Lui è troppo stanco per il sesso. Non è più una cosa importante. Eppure non ne aveva mai abbastanza. Voglio dire, per poco non ci siamo distrutti a vicenda quando studiava alla facoltà di legge. Adesso, se sono fortunata, se ne parla una volta alla settimana. Torna a casa, mangia se ne ha la forza, e va a letto. Quando tutto va bene, mi parla per qualche minuto prima di addormentarsi. Ho un gran bisogno di conversare con un adulto, Kay. Passo sette ore al giorno in compagnia di bambini di otto anni, e mi piacerebbe sentire qualche parola con più di tre sillabe. Quando cerco di spiegarglielo, lui russa. Anche a te è capitata la stessa cosa con Lamar?»

«Più o meno. Il primo anno lavorava settanta ore la settimana. Credo che lo facciano tutti. È una specie di iniziazione, un rituale maschile per dimostrare quanto valgono. Ma quasi tutti finiscono il carburante dopo un anno, e scendono a sessanta o sessantacinque ore. Lavorano ancora con impegno, ma non è più la routine da kamikaze dell'inizio.»

«Lamar lavora ogni sabato?»

«Molti sabati, sì, per qualche ora. Mai di domenica. Ho puntato i piedi. Naturalmente, se c'è una scadenza importante o se è il periodo della dichiarazione dei redditi, allora lavorano senza sosta. Credo che Mitch li abbia un po' sconcertati.»

«Non accenna a rallentare. Sembra ossessionato. Ogni tanto non rincasa fino all'alba. Poi fa una doccia veloce e corre di nuovo in ufficio.»

«Lamar dice che nello studio è già diventato una leggenda.»

Abby assaggiò il vino e guardò in direzione del bar. «Magnifico. Allora ho sposato una leggenda.»

«Avete pensato ai figli?»

«Per averne bisogna far l'amore, ricordi?»

«Suvvia, Abby, non può essere tanto tragico.»

«Non sono pronta per avere un figlio. Non reggerei all'idea di essere l'unico genitore a occuparsene. Amo mio marito, ma in questa fase della sua vita è molto probabile che avrebbe una riunione importantissima e mi lascerebbe sola in sala travaglio, con una dilatazione di otto centimetri. Non pensa ad altro che a quel maledetto studio legale.»

Kay le prese la mano con dolcezza. «Andrà tutto a posto» disse con un sorriso sicuro e un'occhiata saggia. «Il primo anno è il più difficile. Poi le cose migliorano, te lo garantisco.»

Abby sorrise. «Scusami.»

Il cameriere arrivò con le portate. Ordinarono altro vino. Gli scampi sobbollivano ancora nella salsa al burro e aglio ed esalavano un aroma squisito. La quiche fredda era tutta sola su un letto di foglie di lattuga con un'unica, patita fetta di pomodoro.

Kay mangiò un po' di broccoletti. «Sai, Abby, lo studio incoraggia le coppie ad avere figli.»

«Non mi importa niente. In questo momento non ho nessuna simpatia per lo studio. Gli sto facendo concorrenza, e sono in svantaggio. Quindi non mi interessa affatto ciò che vogliono. Non gli permetterò di pianificare la mia famiglia. Non capisco perché s'impiccino tanto di cose che non li riguardano. È un posto strano, Kay. Non saprei dire il perché, ma mi fanno accapponare la pelle.»

«Vogliono avvocati felici con famiglie solide.»

«E io rivoglio mio marito. Me lo stanno portando via, quindi la famiglia non è solida. Se lo lasciassero respirare, forse potremmo essere normali come tutti gli altri e avere molti bambini. Ma adesso no.»

Arrivò il vino e gli scampi si raffreddarono. Abby li mangiò adagio e bevve. Kay si avventurò in cerca di argomenti meno delicati.

«Lamar mi ha detto che il mese scorso Mitch è andato alle Cayman.»

«Sì. Lui e Avery ci sono stati tre giorni. Esclusivamente per affari, o almeno così mi ha detto. Tu ci sei stata?»

«Ci vado ogni anno. È un posto bellissimo, con spiagge splendide e l'acqua tiepida. Ci andiamo sempre in giugno, al termine della scuola. Lo studio ha due enormi appartamenti in un condominio proprio sul mare.»

«Mitch vuole che ci andiamo in marzo, durante le mie ferie di primavera.»

«Vi farà bene. Prima che arrivassero i bambini, non facevamo altro che stare sdraiati sulla spiaggia, bere rum e fare l'amore. È una delle ragioni per cui lo studio mette a disposizione gli appartamenti e, se si ha fortuna, anche l'aereo. Lavorano sodo ma capiscono la necessità di svagarsi.»

«Non parlarmi dello studio, Kay. Non voglio sentire cosa piace o non piace a quegli individui, cosa fanno o non fanno, cosa incoraggiano o scoraggiano.»

«Vedrai che andrà meglio, Abby, te lo garantisco. Devi capire che tuo marito e il mio sono ottimi avvocati, ma altrove non riuscirebbero a guadagnare tanto. E io e te andremmo in giro con le Buick, anziché con le Peugeot e le Mercedes.»

Abby tagliò a metà uno scampo e lo rigirò nel burro. Lo urtò con la forchetta e respinse il piatto. Il bicchiere del vino era vuoto. «Lo so, Kay, lo so. Ma nella vita c'è qualcosa di più di un grande prato e di una Peugeot. Sembra che qui nessuno lo capisca. Ti giuro, credo che fossimo più felici quando vivevamo a Cambridge in un bilocale.»

«Siete qui da pochi mesi. Mitch finirà per calmarsi, e tu ti adatterai alla tua routine. Molto presto ci sarà qualche piccolo McDeere che correrà sul prato, e prima che tu te ne renda conto Mitch diventerà socio. Credimi, Abby, le cose miglioreranno. Stai passando un periodo che abbiamo passato tutte, e ce l'abbiamo fatta.»

«Grazie, Kay. Mi auguro che tu abbia ragione.»

Il parco era piccolo, un ettaro o poco più su un'altura che sovrastava il fiume. Una fila di cannoni e due statue di bronzo commemoravano i valorosi confederati che si erano battuti per salvare il fiume e la città. Sotto il monumento a un generale e al suo cavallo, un ubriaco si raggomitolò su se stesso. Lo scatolone e la trapunta lacera non offrivano un gran riparo dal freddo intenso e dal nevischio. Quindici metri più in basso, il traffico serale scorreva lungo Riverside Drive. Era buio.

Mitch si avvicinò alla fila dei cannoni e si fermò a guardare il fiume e i ponti che conducevano nell'Arkansas. Chiuse l'impermeabile e rialzò il bavero. Diede un'occhiata all'orologio. E attese.

Il Bendini Building era quasi visibile a sei isolati di distanza.

Aveva lasciato la macchina in un garage del centro e aveva preso un taxi per tornare al parco. Era certo che nessuno l'avesse seguito. Attese.

Il vento gelido che soffiava dal fiume gli arrossava la faccia e gli ricordava gli inverni nel Kentucky dopo che aveva perduto i genitori. Erano stati inverni freddi e terribili. Solitari e desolati. Lui aveva sempre indossato il cappotto smesso di qualcun altro, un cugino o un amico. E non erano mai abbastanza pesanti. Indumenti di seconda mano. Scacciò quei pensieri.

La pioggia gelida, trasformata in nevischio, aderiva ai suoi capelli e rimbalzava sul marciapiede intorno a lui. Mitch guardò di nuovo l'orologio.

Si sentì un passo e una figura si avviò in fretta verso i cannoni. Si fermò e poi riprese ad avvicinarsi più lentamente.

«Mitch?» Era Eddie Lomax, in jeans e pelliccia di coniglio. Con i baffi folti e il cappellaccio bianco da cowboy sembrava la pubblicità di una marca di sigarette. L'Uomo Marlboro.

«Sì, sono io.»

Lomax si portò dall'altra parte dei cannoni. Rimasero immobili come due sentinelle confederate a guardare il fiume.

«Qualcuno l'ha seguita?» chiese Mitch.

«No, non credo. E lei?»

«No.»

Mitch guardò il traffico in Riverside Drive e il fiume. Lomax affondò le mani nelle tasche. «Ha parlato con Ray di recente?» chiese Lomax.

«No.» La risposta fu laconica, come per dire: Non ho intenzione di stare qui sotto il nevischio a chiacchierare del più e del meno.

«Cos'ha scoperto?» chiese Mitch senza guardarlo.

Lomax accese una sigaretta. Adesso era veramente l'Uomo Marlboro. «Ho trovato qualche informazione sui tre avvocati. Alice Knauss morì in un incidente d'auto nel 1977. Il rapporto della polizia affermava che era stata investita da un ubriaco; ma stranamente il responsabile non fu mai trovato. L'incidente accadde verso mezzanotte, un mercoledì. Aveva lavorato in ufficio fino a tardi e stava tornando a casa. Abitava verso est, in Sycamore View, e a circa un chilometro e mezzo dal suo condominio fu investita in pieno da un furgone di una tonnellata. In New London Road. La macchina, una piccola Fiat sportiva, andò a pezzi. Non ci furono testimoni. Quando arrivò la polizia, il furgone era vuoto, abbandonato. Non c'era traccia del guidatore. Controllarono le targhe e scoprirono che era stato rubato a St. Louis tre giorni prima. Niente impronte digitali né altro.»

«Cercarono le impronte?»

«Sicuramente. Conosco l'investigatore che se ne occupò. Avevano parecchi sospetti, ma niente su cui basarsi. A bordo del furgone c'era una bottiglia di whiskey rotta, e così diedero la colpa a un guidatore ubriaco rimasto ignoto e archiviarono la pratica.»

«Fu fatta l'autopsia?»

«No. La causa della morte era evidente.»

«Mi sembra un caso sospetto.»

«Moltissimo. Sono sospetti tutti e tre. Robert Lamm era il cacciatore di cervi in Arkansas. Lui e alcuni amici avevano una baita nell'Izard County, negli Ozarks. Ci andavano due o tre volte all'anno, durante la stagione. Dopo aver passato una mattina nei boschi, tutti tornarono alla baita tranne Lamm. Lo cercarono per due settimane e un mese dopo lo trovarono in un burrone, parzialmente coperto da uno strato di foglie. Era stato ucciso con un colpo alla testa, e questa è la sola cosa certa. Esclusero il suicidio, ma non c'erano indizi che giustificassero l'apertura di un'indagine.»

«Quindi era stato assassinato?»

«Sembra di sì. L'autopsia confermò un foro d'entrata alla base del cranio e un foro di uscita che aveva devastato la faccia quasi completamente. Non poteva essere un suicidio.»

«Poteva essere stato un incidente.»

«Forse. Può darsi che fosse stato colpito da un proiettile destinato a un cervo, ma è inverosimile. Lo trovarono a una notevole distanza dalla baita, in una zona dove i cacciatori non andavano quasi mai. Gli amici dichiararono di non aver visto o sentito altri cacciatori in giro, la mattina della scomparsa. Ho parlato con lo sceriffo, che adesso è in pensione; è convinto che sia stato un omicidio. Ha detto che secondo tutti gli indizi il cadavere era stato coperto intenzionalmente con le foglie.»

«È tutto?»

«Sì, per quanto riguarda Lamm.»

«E Mickel?»

«Molto doloroso. Si suicidò nel 1984 a soli trentaquattro anni. Si sparò alla tempia destra con una Smith & Wesson calibro 357. Lasciò una lunga lettera di addio per chiedere perdono alla ex moglie e dire addio ai figli e alla madre. Molto commovente.»

«Era scritta di suo pugno?»

«Non proprio. Era dattiloscritta, e questo non era particolarmente strano dato che batteva molto a macchina. Aveva un'IBM Selectric in ufficio, e la lettera era stata scritta con quella. La sua grafia era orribile.»

«E cosa c'è di sospetto?»

«La pistola. Non aveva mai comprato una pistola in tutta la sua vita. Nessuno sa da dove venisse quell'arma. Non era registrata, non aveva numero di serie, niente di niente. Uno dei colleghi dichiarò che Mickel gli aveva confidato di aver comprato una pistola per autodifesa. Evidentemente aveva problemi emotivi.»

«Lei cosa ne pensa?»

Lomax buttò il mozzicone della sigaretta. Si accostò le mani alla bocca e vi alitò sopra. «Non lo so. Non posso credere che un avvocato fiscalista privo della minima conoscenza in fatto di armi abbia potuto procurarsene una senza registrazione e senza numero di serie. Se uno come lui avesse voluto una pistola, sarebbe andato in un negozio di armaiolo, avrebbe riempito tutti i moduli e avrebbe comprato una bella pistola nuova. Quella, invece, aveva almeno dieci anni ed era stata lavorata da professionisti che avevano limato i numeri di serie.»

«La polizia fece qualche indagine?»

«Non direi. Il caso fu aperto e chiuso.»

«Mickel aveva firmato la lettera?»

«Sì, ma non so chi confermò l'autenticità della firma. Lui e la moglie erano divorziati da un anno, e lei era tornata a Baltimora.»

Lomax abbottonò il collo della pelliccia e scrollò via i cristalli di ghiaccio. Il nevischio era più fitto e copriva il marciapiede.

Sotto la bocca del cannone cominciavano a formarsi minuscoli ghiaccioli. Il traffico andava rallentando su Riverside Drive perché i pneumatici slittavano.

«Dunque cosa ne pensa del nostro studio?» chiese Mitch, con lo sguardo fisso sul fiume lontano.

«È un posto pericoloso per chi ci lavora. Hanno perso cinque avvocati negli ultimi quindici anni. Non direi che sia un primato di sicurezza.»

«Cinque?»

«Se include anche Hodge e Kozinski. Una mia fonte mi ha detto che ci sono diversi interrogativi rimasti senza risposta.»

«Non le avevo chiesto di indagare su quei due.»

«E io non glielo metto in conto. Mi sono incuriosito, ecco tutto.»

«Quanto le devo?»

«Seicentoventi.»

«La pago in contanti. Niente tracce, d'accordo?»

«Per me va benissimo. Preferisco i contanti.»

Mitch distolse gli occhi dal fiume e guardò i palazzi a tre isolati dal parco. Faceva freddo, ma non aveva fretta di andarsene. Lomax lo sbirciò con la coda dell'occhio.

«Ha qualche problema, vero?»

«Non sembra anche a lei?» ribatté Mitch.

«Io non vorrei lavorare in quello studio. Voglio dire, non so tutto quello che sa lei, e ho il sospetto che sappia molto più di quanto mi ha detto. Ma stiamo qui sotto il nevischio perché non vogliamo che nessuno ci veda. Non possiamo comunicare per telefono. Non possiamo incontrarci nel suo ufficio. E lei non vuole venire nel mio: è convinto di essere sempre seguito. Mi ha raccomandato di essere prudente e di guardarmi le spalle perché loro, chiunque siano, potrebbero pedinare anche me. Cinque avvocati del suo studio sono morti in circostanze molto sospette, e lei si comporta come se potesse essere il prossimo. Sì, direi proprio che ha dei problemi. Dei grossi problemi.»

«E cosa ha saputo di Tarrance?»

«Uno dei migliori agenti dell'FBI, trasferito qui circa due anni fa.»

«Da dove?»

«New York.»

L'ubriaco rotolò via dallo spazio sotto il cavallo di bronzo e cadde sul marciapiede. Borbottò, si rialzò, riprese lo scatolone e la trapunta e si incamminò verso il centro. Lomax trasalì e si voltò di scatto, allarmato. «È un barbone» disse Mitch. Si tranquillizzarono entrambi.

«Da chi ci nascondiamo?» chiese Lomax.

«Vorrei tanto saperlo.»

Lomax lo scrutò con attenzione. «Io credo che lo sappia.»

Mitch non rispose.

«Senta, Mitch, lei non mi paga per essere coinvolto. Lo capisco. Ma l'istinto mi dice che è nei guai, e penso che abbia bisogno di un amico, qualcuno di cui fidarsi. Posso aiutarla, se ha bisogno di me. Non so chi siano i cattivi che la preoccupano, ma sono convinto che sono molto pericolosi.»

«Grazie» disse Mitch a voce bassa senza guardarlo, come se per Lomax fosse venuto il momento di andarsene e di lasciarlo solo sotto il nevischio.

«Sarei pronto a buttarmi nel fiume per Ray McDeere, e posso certamente dare una mano a suo fratello.»

Mitch annuì ma non disse nulla. Lomax accese un'altra sigaretta e batté i piedi per liberare gli stivali di lucertola dalle incrostazioni di ghiaccio. «Mi chiami quando vuole. E sia prudente. Quelli fanno sul serio.»

16

All'incrocio fra Madison e Cooper, verso il centro, le vecchie costruzioni a due piani erano state ristrutturate e trasformate in bar per single, negozi di articoli da regalo e ristoranti di classe. Lo slargo si chiamava Overton Square, ed era il fulcro della vita notturna di Memphis. Un teatro e una libreria aggiungevano una nota di cultura. Madison ostentava un bel filare di alberi. Durante i fine settimana c'era una gran folla di studenti universitari e di marinai della base della Marina; le sere dei giorni feriali i ristoranti erano frequentati ma tranquilli. Paulette's, un curioso locale francese in una costruzione di stucco bianco, era famoso per la lista dei vini, i dessert e la voce garbata del pianista che suonava uno Steinway. Con il benessere improvviso era arrivata una collezione di carte di credito, e i McDeere usavano le loro per esplorare i ritrovi migliori della città. Finora Paulette's era il preferito.

Mitch era seduto nell'angolo del bar. Beveva un caffè e teneva d'occhio la porta. Era presto, ma aveva deciso così. Tre ore prima aveva telefonato alla moglie e le aveva dato appuntamento per le sette. Lei aveva chiesto il perché; le aveva risposto che le avrebbe spiegato più tardi. Dopo il viaggio alle Cayman si era accorto che qualcuno lo seguiva, lo spiava e lo ascoltava. Durante l'ultimo mese era stato prudentissimo quando parlava al telefono, aveva tenuto continuamente d'occhio lo specchietto retrovisore della macchina, era stato attento a ciò che diceva persino in casa. Qualcuno spiava e ascoltava: ne era sicuro.

Abby entrò a passo svelto e si guardò intorno. Mitch le andò incontro e le diede un bacio sulla guancia. Abby si tolse il cappotto; poi seguirono il maître a un piccolo tavolo in una fila di altri pieni di gente, e tutti a portata d'orecchio. Mitch si guardò intorno per cercare un altro, ma non ce n'erano. Ringraziò il maître e sedette di fronte alla moglie.

«Che cosa festeggiamo?» chiese Abby in tono sospettoso.

«Mi occorre una ragione speciale per andare a cena con mia moglie?»

«Sì. Sono le sette di un lunedì sera e tu non sei in ufficio. È veramente un'occasione speciale.»

Un cameriere si infilò fra il loro tavolo e quello accanto e chiese se prendevano un drink. Due vini bianchi, prego. Mitch si guardò intorno di nuovo e vide un uomo seduto tutto solo a cinque tavoli di distanza. La faccia gli sembrava familiare. Quando tornò a guardarlo, l'uomo si nascose dietro il menu.

«Cosa c'è, Mitch?»

Mitch le prese la mano e aggrottò la fronte. «Abby, dobbiamo parlare.»

La mano di Abby sussultò leggermente. Il sorriso sparì. «Di che cosa?»

Lui abbassò la voce. «Di una cosa molto seria.»

Abby fece un respiro profondo. «Aspettiamo il vino. Forse ne avrò bisogno.»

Mitch guardò di nuovo la faccia dietro il menu. «Qui non possiamo parlare.»

«Perché ci siamo venuti, allora?»

«Senti, Abby, sai dove sono le toilette? Là in fondo al corridoio, sulla destra.»

«Sì, lo so.»

«C'è un'uscita secondaria, e dà nella strada laterale dietro il ristorante. Voglio che tu esca di là. Ti aspetterò vicino alla strada.»

Abby non disse nulla. Abbassò le sopracciglia e socchiuse le palpebre. Inclinò leggermente la testa verso destra.

«Fidati di me, Abby. Ti spiegherò tutto. Ci vedremo fuori e andremo a mangiare in qualche altro posto. Là potremo parlare.»

«Mi fai paura.»

«Ti prego» disse lui con fermezza, e le strinse la mano. «Va tutto bene. Ti porterò il cappotto.»

Lei si alzò, prese la borsa e lasciò la sala. Mitch girò la testa per guardare l'uomo dalla faccia familiare, che in quel momento si alzò per accogliere al suo tavolo una signora anziana. Non aveva notato l'uscita di Abby.

Nella strada dietro Paulette's, Mitch mise il cappotto sulle spalle di Abby e indicò verso est. «Posso spiegare tutto» ripeté più volte. Una trentina di metri più avanti passarono in un vicolo e arrivarono all'ingresso del Bombay Bicycle Club, un bar per single noto per la buona cucina e l'orchestrina che suonava i blues. Mitch guardò il capocameriere, controllò con uno sguardo le due sale e indicò un tavolo nell'angolo in fondo. «Quello» disse.

Sedette con le spalle al muro e la faccia verso la porta. L'angolo era buio, e sul tavolo erano accese le candele. Ordinarono altro vino.

Abby stava immobile. Lo fissava e attendeva.

«Ricordi un certo Rick Acklin che studiava alla Western Kentucky?»

«No» disse lei senza muovere le labbra.

«Giocava a baseball e viveva nel dormitorio. Mi pare di avertelo presentato una volta. Un tipo a posto, simpatico, ottimo studente. Credo che venisse da Bowling Green. Non eravamo amici intimi ma ci conoscevamo.»

Abby scosse la testa e attese.

«Be', lui finì un anno prima di noi e si iscrisse alla facoltà di legge a Wake Forest. Adesso è nell'FBI. E lavora qui a Memphis.» Mitch studiò la moglie per vedere se "FBI" faceva qualche effetto. Niente. «Oggi stavo pranzando da Obloe's in Main Street quando è comparso Rick e si è avvicinato. Come se fosse una coincidenza. Abbiamo chiacchierato per qualche minuto; poi un altro agente, un certo Tarrance, è venuto a sedersi con noi. È la seconda volta che Tarrance mi contatta da quando sono entrato nell'ordine.»

«La seconda volta...»

«Sì. Da agosto.»

«E sono... agenti dell'FBI?»

«Sì, con i distintivi e tutto. Tarrance viene da New York. È qui da due anni. Acklin è un novellino arrivato tre mesi fa.»

«Cosa vogliono da te?»

Il cameriere portò il vino e Mitch si guardò intorno. Un'orchestrina accordava gli strumenti sul piccolo podio nell'angolo opposto. Il bar era affollato di professionisti eleganti che chiacchieravano. Il cameriere indicò i menu. «Dopo» disse bruscamente Mitch.

«Abby, non so cosa vogliono. La prima visita risale al mese di agosto, subito dopo che il giornale aveva pubblicato l'elenco degli ammessi all'ordine degli avvocati.» Mitch assaggiò il vino e raccontò il primo incontro con Tarrance al Lanksy's Deli in Union Street, i consigli di non fidarsi e di non parlare, il colloquio con Locke e Lambert e gli altri soci. Riferì la spiegazione che gli avevano dato circa il motivo per cui l'FBI si interessava tanto allo studio e aggiunse che ne aveva discusso con Lamar e credeva a ogni parola di Locke e di Lambert.

Abby ascoltava attentamente, ma senza fare domande.

«E oggi, mentre pensavo agli affari miei e mangiavo un hot-dog con cipolle, questo mio ex compagno di college mi abborda e mi racconta che loro dell'FBI sanno con assoluta certezza che i miei telefoni sono sotto controllo, la mia casa è piena di microspie e qualcuno allo studio Bendini, Lambert & Locke sa sempre quando starnutisco e quando vado al cesso. Pensa, Abby: Rick Acklin è stato trasferito qui dopo che ho superato l'esame di ammissione all'ordine. Una bella coincidenza, non ti pare?»

«Ma cosa vogliono?»

«Non l'hanno detto. Per ora non possono dirmelo. Vogliono che mi fidi di loro, e via discorrendo. Non so, Abby, non ho idea di quello che vogliono. Ma mi hanno scelto per qualche ragione.»

«Hai parlato a Lamar di questo incontro?»

«No, non l'ho detto a nessuno. Solo a te. E non ho intenzione di dirlo ad altri.»

Abby bevve un sorso di vino. «I nostri telefoni sono sotto controllo?»

«Sì, secondo l'FBI. Ma come possiamo esserne sicuri?»

«Non sono stupidi, Mitch. Se l'FBI mi dicesse che i miei telefoni sono sotto controllo, gli crederei. Tu no?»

«Non so a chi credere. Locke e Lambert sono stati molto convincenti quando hanno spiegato che lo studio ha continui scontri con il fisco e l'FBI. Io vorrei credergli, ma ci sono molte cose che non quadrano. Rifletti un momento: se lo studio avesse un cliente ricco tanto discutibile al punto di attirare l'attenzione dell'FBI, perché l'FBI avrebbe scelto me, l'ultimo arrivato, quello che sa meno di tutti, e avrebbe cominciato a seguirmi? Io cosa so? Lavoro alle pratiche che mi passa qualcun altro. Non ho clienti miei. Faccio quello che mi dicono. Perché non stanno dietro a uno dei soci?»

«Forse vogliono che tu gli spifferi qualcosa sul conto dei clienti.»

«No, è escluso. Sono un avvocato e devo rispettare il segreto professionale. Tutto ciò che so sul conto di un cliente è assolutamente riservato. I federali lo sanno. Nessuno può pretendere che un avvocato parli degli affari dei suoi clienti.»

«Ti è capitato di vedere qualche transazione illegale?»

Mitch fece scrocchiare le dita e si guardò intorno. Sorrise alla moglie. Il vino cominciava a fare effetto. «Non dovrei rispondere alla domanda, neppure se sei tu a farmela, Abby. Ma la risposta è no. Ho lavorato sulle pratiche di venti clienti di Avery e di diversi altri, ogni tanto, e non ho visto niente di sospetto. Magari un paio di *tax shelters* rischiosi, ma nulla di illecito. Ho qualche dubbio sui conti in banca che ho visto nelle Cayman, ma non è niente di serio.» Le Cayman! Mitch provò una stretta allo stomaco al ricordo della ragazza sulla spiaggia.

Il cameriere ronzava intorno al tavolo e fissava i menu. «Ci porti altro vino» chiese Mitch indicando i bicchieri.

Abby si chinò verso le candele. Sembrava frastornata. «E va bene. Chi tiene sotto controllo i nostri telefoni?»

«Presumendo che sia vero, non ne ho idea. Nel nostro primo incontro in agosto, Tarrance ha fatto capire che è qualcuno dello studio. Almeno io ho capito così. Mi ha detto di non fidarmi di nessuno del Bendini Building e ha aggiunto che tutto quello che dicevo veniva ascoltato e registrato. Ho pensato che alludesse a loro.»

«E il signor Locke che cosa ne ha detto?»

«Niente. Non gliel'ho riferito. Ho tenuto certe cose per me.»

«Qualcuno ha messo sotto controllo i nostri telefoni e ha piazzato microspie in casa nostra?»

«Forse anche nelle nostre macchine. Rick Acklin ha insistito molto, oggi. Continuava a raccomandarmi di non dire niente, se non voglio che venga registrato.»

«Mitch, questo è incredibile. Perché uno studio legale dovrebbe fare una cosa simile?»

Mitch scosse lentamente la testa e fissò il bicchiere vuoto. «Non ne ho idea, piccola. Non ne ho idea.»

Il cameriere posò sul tavolo altri due bicchieri di vino e restò lì con le mani dietro la schiena. «Vogliono ordinare?» chiese.

«Fra qualche minuto» disse Abby.

«La chiamiamo noi» soggiunse lui.

«Tu ci credi, Mitch?»

«Credo che ci sia sotto qualcosa. La storia non è finita qui.»

Abby intrecciò le dita e lo fissò impaurita. Mitch parlò di Hodge e Kozinski, incominciando da ciò che aveva detto Tarrance al delicatessen, raccontò quando, a Grand Cayman, qualcuno l'aveva seguito e quando era andato a cercare Abanks. Riferì ciò che Abanks gli aveva confidato. Poi parlò di Eddie Lomax e delle morti di Alice Knauss, Robert Lamm e John Mickel.

«Mi è passato l'appetito» dichiarò Abby quando Mitch tacque.

«Anche a me. Però mi sento meglio, ora che te l'ho detto.»

«Perché non me ne hai parlato prima?»

«Speravo che tutto finisse. Speravo che Tarrance mi lasciasse in pace e trovasse qualcun altro da tormentare. Ma non ha intenzione di mollarmi. Perciò Rick Acklin è stato trasferito a Memphis. Per lavorarmi. L'FBI mi ha scelto per una missione di cui non so niente.»

«Mi sento svenire.»

«Dobbiamo essere prudenti, Abby. Dobbiamo continuare a vivere come se non avessimo sospetti.»

«Non posso crederci. Sono qui, ti ascolto, ma non riesco a credere a quello che mi dici. Non può essere vero, Mitch. Pretendi che io viva in una casa dove ci sono le microspie e i telefoni sono sotto controllo, mentre qualcuno, chissà dove, ascolta tutto quello che diciamo.»

«Hai un'idea migliore?»

«Sì. Incarica Lomax di ispezionare la casa.»

«Ci avevo pensato anch'io. Ma cosa succede se trova qualcosa? Pensaci. Se scopriamo che ci sono le microspie, cosa facciamo? E se Lomax ne rompesse una? Loro, chiunque siano, capirebbero che sappiamo la verità. Sarebbe troppo pericoloso, almeno per ora. In un secondo tempo, forse.»

«È pazzesco, Mitch. Immagino che dovremo uscire nel prato dietro la casa per poter parlare.»

«No, naturalmente. Possiamo parlare nel giardino davanti alla casa.»

«In questo momento non sono nelle condizioni più adatte per apprezzare il tuo spirito.»

«Scusami. Senti, Abby, comportiamoci normalmente per un po'. Tarrance mi ha convinto che fa sul serio e che non si dimenticherà di me. Non posso fermarmi. Ricorda che è stato lui a trovarmi. Credo che mi seguano e mi controllino. Per il momento è importante che continuiamo come al solito.»

«Come al solito? Ora che ci penso, da un po' di tempo non si parla molto in casa nostra. Quasi mi fanno un po' pena, se stanno aspettando di ascoltare qualche dialogo interessante. Io parlo soprattutto con Hearsay.»

17

La neve sparì molto prima di Natale. Lasciò il terreno bagnato e cedette il posto al tradizionale clima festivo del sud, con cieli grigi e piogge fredde. Memphis aveva visto due soli Natali bianchi negli ultimi novant'anni, e gli esperti non ne prevedevano altri almeno entro la fine del secolo.

C'era neve nel Kentucky, ma le strade erano sgombre. Abby chiamò i genitori molto presto, la mattina di Natale, dopo aver fatto la valigia. Sarebbe andata a trovarli, annunciò: ma da sola. I genitori si dissero molto delusi, e soggiunsero che forse avrebbe fatto meglio a restare a Memphis, se questo doveva causare qualche difficoltà. Abby insistette. Era un viaggio di dieci ore. Non doveva esserci molto traffico, e sarebbe arrivata all'imbrunire.

Mitch parlava pochissimo. Aprì il giornale del mattino sotto l'albero e finse di leggerlo mentre Abby caricava la macchina. Il cane si era nascosto sotto una sedia come se aspettasse un'esplosione. I regali erano stati aperti e disposti in ordine sul divano: capi di abbigliamento, profumi e album di dischi e, per lei, una pelliccia di volpe. Per la prima volta da quando erano sposati, avevano avuto denaro da spendere per Natale.

Abby si buttò la pelliccia sul braccio e si avvicinò al giornale. «Allora io vado» disse a voce bassa ma ferma.

Mitch si alzò e la guardò.

«Vorrei tanto che venissi con me» disse lei.

«Forse l'anno prossimo.» Era una bugia, e lo sapevano. Ma suonava bene. Era promettente.

«Sii prudente.»

«E tu abbi cura del mio cane.»

«Ce la caveremo benissimo.»

Mitch la prese per le spalle e la baciò sulla guancia. La guardò e sorrise. Abby era bella, molto più di quando si erano sposati. Dimostrava tutti i suoi ventiquattro anni, ma il tempo era generoso con lei.

Andarono nel garage, e Mitch l'aiutò a salire in macchina. Si scambiarono un altro bacio, e Abby uscì a marcia indietro sul vialetto.

Buon Natale, si disse Mitch. Buon Natale, disse al cane.

Dopo essere rimasto per un'ora a guardare le pareti, Mitch buttò due cambi d'abito sulla BMW, fece salire Hearsay sul sedile anteriore e lasciò la città. Puntò verso sud sull'interstatale 55, lasciò Memphis ed entrò nel Mississippi. La strada era deserta, ma Mitch teneva d'occhio lo specchietto retrovisore. Il cane guaiva a intervalli di sessanta minuti esatti, e Mitch si fermava sulla banchina... se possibile appena oltre un dosso. Cercava un gruppo di alberi dove poteva nascondersi e tenere d'occhio il traffico mentre Hearsay faceva i suoi bisogni. Non notò nulla. Dopo cinque soste, ebbe la certezza di non essere seguito. Evidentemente, "loro" facevano festa il giorno di Natale.

Dopo sei ore arrivò a Mobile e due ore più tardi attraversò la baia a Pensacola e si diresse verso l'Emerald Coast della Florida. L'autostrada 98 attraversava le città costiere di Navarre, Fort Walton Beach, Destin e Sandestin, e incontrava gruppi di condomini e di motel, chilometri di centri commerciali, una successione di parchi di divertimenti un po' malconci e jeanserie modeste, molte delle quali erano chiuse dal Labor Day. Poi proseguiva per chilometri senza ingorghi, con una vista sensazionale di spiagge candide e delle acque smeraldine del Golfo. A est di Sandestin, l'autostrada si restringeva e lasciava la costa. Per un'ora, Mitch corse da solo senza nient'altro da vedere che i boschi, qualche stazione di servizio e qualche emporio.

Al crepuscolo superò un dosso e incontrò un cartello: Panama City Beach era tredici chilometri più avanti. La strada ritrovò la costa in un punto dove si biforcava e permetteva di scegliere fra una deviazione verso nord e il percorso panoramico chiamato Miracle Strip. Mitch scelse la panoramica vicina alla spiaggia,

che si estendeva per circa venticinque chilometri ed era fiancheggiata su entrambi i lati da condomini, motel modesti, camping,
cottage per le vacanze, fast-food e jeanserie. Quella era Panama
City Beach.

Quasi tutti gli appartamenti condominiali erano vuoti, ma c'erano alcune macchine parcheggiate e Mitch pensò che qualche
famiglia era venuta al mare per le vacanze. Un Natale al calduccio. Almeno quelli erano insieme, pensò. Il cane abbaiò. Si fermarono vicino a un molo dove alcuni uomini venuti dalla Pennsylvania, dall'Ohio e dal Canada pescavano e guardavano le acque scure.

Percorsero il Miracle Strip da soli. Hearsay stava in piedi accanto al finestrino e guardava la scena. Ogni tanto abbaiava alle
insegne lampeggianti di un motel che annunciava stanze libere e
prezzi convenienti. Sul Miracle Strip, il Natale aveva fatto chiudere tutto tranne qualche motel e qualche caffè.

Si fermò a fare benzina a un distributore della Texaco. L'addetto era un tipo molto cordiale.

«San Luis Street?» chiese Mitch.

«Sì, sì» rispose l'uomo, e indicò verso ovest. Spiegò, con un
forte accento: «Secondo semaforo a sinistra. Poi la prima strada a sinistra. Quella è San Luis».

Era una zona occupata da vecchie roulotte, dette anche case
mobili... mobili, sì, ma evidentemente non si muovevano da decenni. Erano allineate in file compatte come i pezzi di un domino. I viali corti e stretti erano pieni di furgoncini malandati e di
mobili da giardino arrugginiti; le strade erano affollate da macchine parcheggiate e da macchine abbandonate. Moto e biciclette stavano appoggiate ai ganci delle roulotte, e qua e là spuntavano i manubri delle motofalciatrici. Un cartello affermava che
era un villaggio per pensionati: "San Pedro Estates, a meno di
un chilometro dall'Emerald Coast". Ma sembrava piuttosto una
baraccopoli su ruote.

Mitch trovò San Luis Street e si sentì assalire dal nervosismo.
Era stretta e tortuosa, e piena di roulotte più piccole e in condizioni peggiori delle altre. Procedeva piano, guardava con ansia i
numeri e la moltitudine delle targhe di altri Stati. La via era deserta, a parte le macchine parcheggiate e abbandonate.

La roulotte al numero 486 di San Luis era una delle più vecchie e piccole. Il colore originale doveva essere stato argento, ma la vernice era scrostata, e uno strato di muffa verdescuro copriva il tetto e scendeva a punta sopra i finestrini, dove gli schermi a zanzariera non c'erano più. Il finestrino sopra il gancio era incrinato e riparato alla meno peggio con un nastro isolante grigio. Un minuscolo portico coperto circondava l'unica entrata. La porta era aperta, e attraverso la zanzariera Mitch vide un piccolo televisore a colori e la sagoma di un uomo che si muoveva.

Non era ciò che gli interessava. Non aveva mai voluto incontrarsi con il secondo marito di sua madre, e non era quello il momento. Proseguì con la macchina. Era pentito di essere venuto fin lì.

Sullo Strip trovò l'insegna di un Holiday Inn. Era vuoto, ma aperto. Nascose la BMW lontano dalla strada e prese alloggio sotto il nome di Eddie Lomax di Danesboro, Kentucky. Pagò in contanti per una stanza singola con vista sull'oceano.

L'elenco telefonico di Panama City Beach registrava tre Waffle Hut sullo Strip. Mitch si sdraiò sul letto e compose il primo numero. Niente. Chiamò il secondo, e anche questa volta chiese di Ida Ainsworth. Un minuto, gli disse qualcuno. Riattaccò. Erano le undici di sera. Aveva dormito due ore.

Il taxi impiegò venti minuti per arrivare all'Holiday Inn, e il taxista spiegò che quando l'avevano chiamato era a casa a mangiare il tacchino avanzato con la moglie, i figli e i parenti, e dato che era Natale aveva sperato di poter stare con i suoi e non di dover pensare al lavoro almeno per un giorno all'anno. Mitch gli buttò un biglietto da venti dollari sul sedile e lo pregò di stare zitto.

«Cosa c'è al Waffle Hut?» chiese il taxista.

«Andiamoci e basta.»

«Per le cialde, eh?» L'uomo rise e borbottò fra sé. Regolò il volume della radio e trovò una stazione che trasmetteva musica soul. Diede un'occhiata allo specchietto, sbirciò dai finestrini, fischiettò, poi chiese: «Come mai è venuto da queste parti il giorno di Natale?».

«Sto cercando qualcuno.»

«Chi?»

«Una donna.»

«Come tutti. Qualcuna in particolare?»

«Una vecchia amica.»

«È al Waffle Hut?»

«Credo.»

«Per caso è un investigatore privato o qualcosa del genere?»

«No.»

«Mi sembra una faccenda sospetta.»

«Perché non pensa a guidare?»

Il Waffle Hut era un piccolo edificio rettangolare con una dozzina di tavoli e un lungo banco di fronte al grill, dove tutto veniva cucinato all'aperto. Uno dei lati era a vetrate, in modo che i clienti potessero ammirare lo Strip e i condomini in distanza mentre gustavano le cialde alle noci e il bacon. Il piccolo parcheggio era quasi pieno, e Mitch disse al taxista di fermarsi in uno spazio libero vicino al locale.

«Non scende?» chiese il taxista.

«No. Tenga in funzione il tassametro.»

«Ehi, si comporta in modo molto strano.»

«La pagherò.»

«Faccia pure.»

Mitch appoggiò le braccia sulla spalliera del sedile anteriore. Il tassametro ticchettava mentre lui osservava i clienti. Il taxista scrollò la testa ma continuò a guardare, spinto dalla curiosità.

Nell'angolo, accanto al distributore automatico di sigarette, c'era un tavolo affollato di turisti grassi con camicie vistose, gambe bianche e calzini neri che bevevano caffè e parlavano tutti contemporaneamente. Il capo della comitiva, con la camicia sbottonata, una pesante catena d'oro sul petto villoso, folte basette grigie e il berretto da baseball dei Phillies, guardava verso il grill per cercare una cameriera.

«La vede?» chiese il taxista.

Mitch non disse nulla. Si sporse in avanti e aggrottò la fronte. Lei comparve all'improvviso e si fermò accanto al tavolo, con la penna e il blocchetto delle ordinazioni. Il capocomitiva disse qualcosa e gli altri grassoni risero. Lei non sorrise; continuò a scrivere. Era fragile e molto più magra. Quasi troppo magra. L'uniforme nera e bianca era attillata e metteva in risalto la vita sottile. I capelli grigi, tirati all'indietro, erano nascosti sotto la cuffietta del Waffle Hut. Aveva cinquantun anni, e da quella distanza li dimostrava tutti. Niente di più. Sembrava molto lucida. Quando ebbe finito di scrivere riprese i menu, disse qualcosa educatamente, accennò un sorriso e sparì. Si muoveva svelta in mezzo ai tavoli, versava il caffè, distribuiva bottiglie di ketchup e passava gli ordini al cuoco.

Mitch si rilassò. Il tassametro ticchettava lentamente.

«È quella?» chiese il taxista.

«Sì.»

«E adesso?»

«Non so.»

«Be', l'abbiamo trovata, no?»

Mitch seguì i movimenti della donna e non disse nulla. Lei versò un caffè a un uomo seduto solo a un tavolo. L'uomo disse qualcosa che la fece sorridere. Un sorriso meraviglioso, indulgente. Un sorriso che Mitch aveva visto mille volte al buio mentre fissava il soffitto. Il sorriso di sua madre.

Cominciò a scendere una nebbiolina. I tergicristalli pulivano il parabrezza ogni dieci secondi. Era quasi mezzanotte del giorno di Natale.

Il taxista batté nervosamente le dita sul volante. Sprofondò sul sedile, poi cambiò stazione. «Per quanto dobbiamo restare qui fermi?»

«Non molto.»

«Ehi, è piuttosto strano.»

«La pagherò.»

«Amico, i soldi non sono tutto. È Natale. Ho i figli che mi aspettano, i parenti che sono venuti a trovarmi, il tacchino e il vino da finire, e me ne sto qui davanti al Waffle Hut perché lei possa guardare una vecchia attraverso il vetro.»

«È mia madre.»

«Che cosa?»

«Mi ha sentito.»

«Oh, questa poi. Me ne capitano di tutti i colori.»

«Basta che stia zitto, d'accordo?»

«D'accordo. Non va a parlarle? Voglio dire, è Natale, e ha trovato la sua mamma. Vorrà dirle qualcosa, no?»

«No. Per ora no.»

Mitch si assestò sul sedile e guardò la spiaggia buia al di là della strada. «Andiamo.»

Allo spuntare del giorno, indossò jeans e maglietta, senza scarpe né calze, e portò Hearsay a fare una passeggiata sulla spiaggia. Si avviarono verso est, verso il primo chiarore color arancio che si affacciava all'orizzonte. Le onde si rompevano dolcemente a trenta metri di distanza e rotolavano sulla sabbia fresca e bagnata. Il cielo era sereno, pieno di gabbiani che continuavano a stridere. Hearsay corse audacemente verso il mare, poi tornò indietro rapidissimo quando vide arrivare un'onda. Per un cane casalingo, quella distanza infinita di sabbia e di acqua era un invito all'esplorazione. Precedette Mitch di un centinaio di metri.

Dopo circa tre chilometri si avvicinarono a un grosso molo di cemento che si staccava dalla spiaggia e si protendeva nell'oceano per sessanta metri. Hearsay si lanciò e corse fino a un secchio pieno di esche, accanto a due uomini che stavano immobili a guardare l'acqua. Mitch passò dietro di loro e arrivò in fondo al molo, dove dieci o dodici pescatori si scambiavano qualche parola e attendevano che un pesce abboccasse. Il cane si strusciò contro le gambe di Mitch e si calmò. Stava sorgendo il sole e tutto intorno l'acqua splendeva e si mutava dal nero al verde.

Mitch si appoggiò alla ringhiera e rabbrividì nel vento fresco. Aveva i piedi nudi gelati e incrostati di sabbia. Per chilometri e chilometri, in entrambe le direzioni, alberghi e condomìni attendevano il nuovo giorno. Sulla spiaggia non c'era nessuno. Un altro molo si allungava nell'acqua, molto lontano.

I pescatori parlavano con l'accento secco del nord. Mitch rimase ad ascoltarli quanto bastava per apprendere che i pesci non abboccavano. Studiò il mare. Guardò verso sud-est e pensò alle Cayman e ad Abanks. Pensò per un momento anche alla ragazza. In marzo sarebbe tornato alle isole per una vacanza con la moglie. Accidenti a quella ragazza. Di sicuro non l'avrebbe rivista. Avrebbe fatto qualche immersione con Abanks e avrebbe

coltivato la sua amicizia. Avrebbero bevuto Heineken e Red
Stripe al suo bar e avrebbero parlato di Hodge e Kozinski.
Avrebbe seguito chi lo seguiva. Adesso che Abby sapeva tutto,
l'avrebbe aiutato.

L'uomo attendeva nel buio accanto alla Lincoln Town Car.
Consultò nervosamente l'orologio e lanciò un'occhiata al marciapiede male illuminato che spariva davanti alla casa. Al primo
piano, una luce si spense. Un minuto più tardi l'investigatore
privato uscì e si avviò alla macchina. L'uomo si avvicinò.

«Lei è Eddie Lomax?» chiese in tono ansioso.

Lomax rallentò, poi si fermò. Erano faccia a faccia. «Sì. Lei
chi è?»

L'uomo tenne le mani in tasca. L'aria era fredda e umida.
Tremava. «Al Kilbury. Ho bisogno del suo aiuto, signor Lomax. Un gran bisogno. Sono pronto a pagarla subito e in contanti. Qualunque somma. Basta che mi aiuti.»

«Senta, è un po' tardi.»

«La prego. Ho qui i soldi. Dica lei la cifra. Deve aiutarmi, signor Lomax.» L'uomo tirò fuori un rotolo di biglietti di banca
dalla tasca dei pantaloni e si preparò a contare.

Lomax diede un'occhiata ai soldi, poi si guardò alle spalle.
«Qual è il problema?»

«Mia moglie. Fra un'ora si incontrerà con un uomo in un
motel di South Memphis. Ho il numero della camera e tutto. Ho
bisogno che lei venga con me e li fotografi mentre entrano ed
escono.»

«Come lo sa?»

«Ho intercettato le telefonate. Mia moglie lavora con quel-
l'uomo, e mi ero insospettito. Sono ricco, signor Lomax, e devo
assolutamente vincere la causa di divorzio. Le darò subito mille
dollari in contanti.» L'uomo contò dieci biglietti e glieli porse.

Lomax li prese. «Va bene. Mi dia il tempo di prendere la
macchina fotografica.»

«Si sbrighi, per favore. Tutto in contanti, d'accordo? Niente
registrazioni.»

«Per me va bene» disse Lomax, e si avviò verso il portone.

Venti minuti più tardi, la Lincoln attraversò lentamente il parcheggio affollato di un Days Inn. Kilbury indicò una camera al primo piano sul retro del motel, poi un posto libero accanto a un furgoncino Chevy marrone. Lomax fece entrare la sua Town Car a marcia indietro a fianco del furgone. Kilbury indicò di nuovo la stanza, controllò l'orologio e disse a Lomax che apprezzava molto la sua collaborazione. Lomax pensò ai quattrini. Mille dollari per due ore di lavoro. Niente male. Prese una macchina fotografica, caricò il rullino e regolò l'esposizione. Kilbury assisteva nervosamente; girava di continuo lo sguardo dalla macchina fotografica alla stanza di fronte. Sembrava addolorato. Parlava della moglie e degli anni meravigliosi vissuti insieme e perché, ah, perché lei si comportava così?

Lomax ascoltava e sorvegliava la fila delle macchine parcheggiate davanti a lui. Teneva fra le mani la macchina fotografica.

Non badò alla portiera del furgoncino marrone che si aprì adagio, senza far rumore, un metro appena dietro di lui. Un uomo con il maglione nero e un paio di guanti neri si acquattò nel furgoncino e attese. Quando nel parcheggio scese il silenzio, saltò a terra, spalancò la portiera posteriore sinistra della Lincoln e sparò tre volte alla nuca di Eddie. Gli spari, attutiti dal silenziatore, non si sentirono fuori dalla macchina.

Eddie si accasciò sul volante. Era già morto. Kilbury balzò dalla Lincoln, corse nel furgone e si allontanò con l'assassino.

18

Dopo tre giorni di ore che non si potevano mettere in conto ai clienti, di improduttività, di esilio dai loro santuari, di tacchini e prosciutti e salsa di mirtilli e giocattoli nuovi da montare, gli avvocati dello studio Bendini, Lambert & Locke, ristorati e riposati, tornarono nella fortezza di Front Street con una nuova carica di energia. Il parcheggio era pieno già alle sette e mezzo. Sedettero comodamente alle scrivanie, bevvero litri di caffè, meditarono sulla corrispondenza e sui documenti e borbottarono furiosamente nei dittafoni. Impartivano ordini alle segretarie e ai paralegali. Ci fu qualche scambio di frasi tipo «Come hai passato il Natale?» nei corridoi e intorno alle macchine del caffè, ma le chiacchiere non potevano venire incluse nelle parcelle. Le voci delle macchine da scrivere, degli intercom e delle segretarie si armonizzavano in un ammirevole brusio. Oliver Lambert si aggirava per i corridoi, sorrideva soddisfatto e ascoltava, ascoltava i suoni della ricchezza che veniva prodotta a ore.

A mezzogiorno, Lamar entrò in ufficio e si appoggiò alla scrivania. Mitch era occupatissimo con un contratto petrolifero in Indonesia.

«Vieni a pranzo?» chiese Lamar.

«No, grazie. Sono indietro col lavoro.»

«Come tutti. Pensavo che avremmo potuto andare al Front Street Deli a mangiare il *chili*.»

«Ci rinuncio. Grazie.»

Lamar girò la testa, guardò la porta e si chinò come se avesse da comunicare una notizia straordinaria. «Sai che giorno è oggi, vero?»

Mitch diede un'occhiata all'orologio. «Il ventotto.»

«Già. E sai cosa succede il ventotto dicembre di ogni anno?»

«Tu hai male alla pancia.»

«Sì. E che altro?»

«Va bene, rinuncio a indovinare. Cosa succede?»

«In questo preciso momento, nella sala da pranzo del quinto piano, tutti i soci sono radunati e pasteggiano con anitra arrosto e vini francesi.»

«Bevono vino a pranzo?»

«Sì. È un'occasione speciale.»

«Ah, davvero?»

«Dopo circa un'ora, Roosevelt e Jessie Frances se ne andranno e Lambert chiuderà la porta a chiave. Resteranno solo i soci, capisci? Solo i soci. E Lambert distribuirà il rendiconto finanziario dell'anno. C'è un elenco con i nomi di tutti i soci, e accanto a ogni nome un numero, che rappresenta il totale delle parcelle per l'anno in corso. Sulla pagina seguente c'è il rendiconto degli utili netti, dedotte le spese. Quindi si spartiscono la torta in base alla produzione.»

Mitch ascoltava attentamente. «E poi?»

«E poi l'anno scorso la fetta media della torta era di trecentotrentamila dollari. Naturalmente si prevede che stavolta sarà ancora più grossa. Aumenta ogni anno.»

«Trecentotrentamila dollari» ripeté Mitch.

«Certo. Ed è la media. Locke incasserà poco meno di un milione. Victor Milligan verrà al secondo posto.»

«E noi?»

«Anche noi avremo la nostra fetta. Una fetta molto piccola. L'anno scorso era in media sui novemila dollari. Dipende da quanto tempo sei qui e da quanto hai prodotto.»

«Possiamo andare a vedere?»

«Non lascerebbero entrare neppure il presidente. Dovrebbe essere una riunione segretissima, ma veniamo sempre a sapere tutto. Prima di sera si avranno notizie più precise.»

«E quando votano per la scelta del nuovo socio?»

«Di norma dovrebbero farlo oggi. Ma secondo le voci che circolano, quest'anno non ci sarà un socio nuovo dopo quanto è successo a Marty e Joe. Credo che Marty fosse il primo candidato, seguito da Joe. Può darsi che ora aspettino un anno o due.»

«Adesso chi viene al primo posto?»

Lamar si raddrizzò con orgoglio. «Fra un anno, mio caro amico, diventerò socio dello studio Bendini, Lambert & Locke. Al primo posto vengo io, quindi quest'anno non metterti fra i piedi.»

«Ho sentito dire che il candidato è Massengill... è laureato ad Harvard, potrei aggiungere.»

«Massengill non ha speranze. Mi propongo di mettere in conto centoquaranta ore la settimana per le prossime cinquantadue settimane; vedrai, mi supplicheranno di diventare socio. Salirò al tèrzo piano, e Massengill finirà nel seminterrato con i paralegali.»

«Io punto su Massengill.»

«È una nullità. Lo stenderò. Andiamo a mangiare un bel piatto di *chili* e ti rivelerò la mia strategia.»

«Ti ringrazio, ma devo lavorare.»

Lamar uscì dall'ufficio mentre entrava Nina, con un fascio di carte. Le posò in un angolo della scrivania ingombra. «Vado a mangiare. Ha bisogno di niente?»

«No, grazie. Anzi, sì, una Diet Coke.»

Nel corridoio ritornò il silenzio durante l'ora di pranzo. Le segretarie fuggivano per rifugiarsi nei piccoli caffè e nei delicatessen della zona. Mentre metà degli avvocati era al quarto piano a contare il bottino, il brusio dell'attività subì una pausa.

Mitch trovò una mela sulla scrivania di Nina e la lustrò. Aprì un manuale di regolamenti fiscali, lo mise sulla fotocopiatrice dietro la scrivania e premette il tasto verde della stampa. Una spia rossa si accese e fece lampeggiare il messaggio: INSERIRE NUMERO DELLA PRATICA. Mitch si scostò e guardò la fotocopiatrice. Sì, era un modello nuovo. Accanto al pulsante PRINT ce n'era un altro con la dicitura BYPASS. Lo premette con il pollice. Una sirena cominciò a suonare e tutte le spie rosse si accesero. Mitch si guardò intorno, disperato, non vide nessuno e afferrò freneticamente il manuale delle istruzioni.

«Cosa succede?» chiese qualcuno fra gli ululati della fotocopiatrice.

«Non lo so!» gridò Mitch sventolando il manuale.

Lela Pointer, una segretaria troppo vecchia per uscire a pranzo, allungò una mano dietro la macchina e fece scattare un interruttore. La sirena tacque.

«Cosa diavolo è successo?» chiese Mitch ansimando.

«Non gliel'hanno detto?» chiese la segretaria. Prese il manuale e lo rimise a posto. Trapassò Mitch con gli occhietti feroci come se l'avesse sorpreso a frugarle nella borsa.

«Evidentemente no. Cos'è?»

«Abbiamo un sistema nuovo per le copie» spiegò con degnazione. «È stato installato il giorno dopo Natale. Perché la macchina faccia le copie, deve battere il codice della pratica. La sua segretaria avrebbe dovuto dirglielo.»

«La macchina non fa le copie se io non batto un numero di dieci cifre?»

«Esattamente.»

«E le copie in generale, senza una pratica particolare?»

«Impossibile. Il signor Lambert dice che ci rimettiamo troppi soldi per le copie che non vengono messe in conto ai clienti. Quindi d'ora in poi ogni copia viene addebitata automaticamente alla relativa pratica. Prima deve battere il numero. La macchina registra il numero delle copie e lo trasmette al terminal centrale, che lo annota sul conto del cliente.»

«E le copie personali?»

Lela scosse la testa con aria di totale frustrazione. «Non posso credere che la sua segretaria non gliel'abbia detto.»

«No, non me l'ha detto. Quindi perché non mi aiuta a capire come stanno le cose?»

«Lei ha un numero di accesso di quattro cifre. Alla fine di ogni mese, le vengono addebitate le copie personali.»

Mitch fissò la fotocopiatrice e scosse la testa. «E perché c'è il sistema di allarme?»

«Il signor Lambert ha detto che lo toglieranno dopo trenta giorni, ma per il momento è necessario proprio per quelli come lei. Ha preso la cosa molto sul serio. Dice che stiamo perdendo migliaia di dollari per le copie non addebitate.»

«Giusto. Immagino che siano state sostituite tutte le fotocopiatrici dello studio.»

Lela sorrise con aria soddisfatta. «Sì. Tutte e diciassette.»

«Grazie.» Mitch tornò nel suo ufficio in cerca del numero di una pratica.

Quel pomeriggio alle tre, i festeggiamenti al quarto piano si conclusero allegramente e i soci, molto più ricchi e un po' sbronzi, uscirono dalla sala da pranzo e scesero nei rispettivi uffici. Avery, Oliver Lambert e Nathan Locke percorsero il breve corridoio che li separava dal servizio di sicurezza e premettero il pulsante. DeVasher li aspettava.

Indicò le sedie dell'ufficio e li invitò a sedere. Lambert offrì a tutti sigari Honduran incartati a mano, e tutti li accesero.

«Bene, vedo che siamo molto allegri» disse DeVasher con una smorfia. «Quanto è? Trecentonovantamila in media?»

«Esatto, DeVasher» rispose Lambert. «È stato un anno molto propizio.» Lanciò verso il soffitto una serie di anelli di fumo.

«Abbiamo passato tutti un Natale magnifico?» chiese DeVasher.

«Cos'hai in mente?» chiese Locke.

«Buon Natale anche a te, Nat. Solo alcune cosette. Due giorni fa ho incontrato Lazarov a New Orleans. Lui non celebra la nascita di Cristo, vedete. L'ho aggiornato sulla situazione, con particolare riguardo per McDeere e l'FBI. Gli ho assicurato che non ci sono stati altri contatti dopo l'incontro iniziale. Non ne è affatto convinto e ha detto che avrebbero controllato con le loro fonti nell'FBI. Non so che cosa significhi, ma chi sono io per fare domande? Mi ha dato ordine di seguire McDeere ventiquattr'ore al giorno per i prossimi sei mesi. Gli ho spiegato che in un certo senso lo stiamo già facendo. Non vuole un altro caso Hodge-Kozinski. È molto preoccupato. McDeere non deve lasciare la città per incarico dello studio a meno che vadano con lui almeno due di noi.»

«Fra due settimane andrà a Washington» disse Avery.

«Perché?»

«All'American Tax Institute. Un seminario di quattro giorni che imponiamo a tutti i nuovi associati. Glielo avevamo promesso, e si insospettirà se il viaggio verrà annullato.»

«Abbiamo fatto le sue prenotazioni fin da settembre» soggiunse Ollie.

«Vedrò se è possibile sistemare le cose con Lazarov» replicò DeVasher. «Fatemi sapere le date, i voli e le prenotazioni all'albergo. Non gli piacerà per niente.»

«Cos'è successo per Natale?» chiese Locke.

«Non molto. La moglie è andata dai suoi nel Kentucky ed è ancora là. McDeere ha preso la macchina ed è andato a Panama City Beach in Florida. Ha passato una notte in un Holiday Inn sulla spiaggia. Lui e il cane. Una noia. Poi è andato a Birmingham, ha preso una camera in un altro Holiday Inn, e ieri mattina presto ha proseguito per Brushy Mountain dove ha fatto visita al fratello. Un viaggio innocuo.»

«Che cos'ha detto alla moglie?» chiese Avery.

«Niente, a quanto ne sappiamo. Ma è difficile ascoltare tutto.»

«Chi altro stiamo sorvegliando?» chiese Avery.

«Tutti, sporadicamente. Non abbiamo veri sospetti, tranne McDeere, e solo a causa di Tarrance. Per il momento è tutto tranquillo.»

«McDeere deve andare a Washington, DeVasher.»

«Va bene, va bene. Sentirò Lazarov. Ci dirà di mandare cinque uomini a sorvegliarlo. Che idiota.»

L'Ernie's Airport Lounge era effettivamente vicino all'aeroporto. Mitch lo trovò al terzo tentativo e parcheggiò fra due fuoristrada incrostate di fango autentico di palude sui copertoni e sui fari. Il parcheggio era pieno di veicoli del genere. Si guardò intorno e, istintivamente, si tolse la cravatta. Erano quasi le undici. Il lounge era un locale lungo e stretto, molto buio, con le insegne colorate di varie marche di birra che lampeggiavano dalle vetrine dipinte.

Guardò di nuovo il biglietto, per essere sicuro. "Caro signor McDeere, vediamoci all'Ernie's Lounge in Winchester Street questa sera sul tardi. Si tratta di Eddie Lomax. È molto importante. Tammy Hemphill, la segretaria."

Aveva trovato il biglietto fissato con una puntina alla porta della cucina quando era tornato a casa. La ricordava dall'unica visita nell'ufficio di Eddie, in novembre. Ricordava l'attillatissima gonna di pelle nera, i seni enormi, i capelli ossigenati, le labbra rosse e il fumo che le usciva dal naso. E ricordava la storia del marito Elvis.

La porta si aprì senza incidenti. Entrò. Una fila di biliardi occupava la metà sinistra del locale. Nonostante il buio e il fumo nero, scorse una piccola pista da ballo verso il fondo. A destra c'era un lungo banco tipo saloon affollato da cowboy e cowgirl che bevevano tutti Bud longneck. Nessuno lo notò. Si avviò a passo svelto in fondo al banco e sedette su uno sgabello. «Una Bud longneck» disse al barista.

Tammy arrivò prima della birra. Lo aspettava seduta su una panca affollata vicina ai biliardi. Portava jeans attillati e stinti, una camicia denim scolorita e scarpe rosse a tacco alto. I capelli erano ancora più schiariti.

«Grazie di essere venuto» gli disse subito. «Stavo aspettando da quattro ore. Non conoscevo altri sistemi per trovarla.»

Mitch annuì e sorrise come per dire: Ha fatto bene.

«Cosa c'è?» le chiese.

Tammy si guardò intorno. «Dobbiamo parlare, ma non qui.»

«Dove propone di andare?»

«Possiamo fare un giro in auto?»

«Sì, ma non con la mia. Potrebbe... ecco, potrebbe non essere una buona idea.»

«Ho una macchina. È vecchia, ma cammina.»

Mitch pagò la birra e seguì Tammy. Un cowboy seduto accanto alla porta commentò: «Questa è bella. Compare un tipo vestito bene e la rimorchia in trenta secondi». Mitch gli sorrise e si affrettò a uscire. Minuscola in una fila di grosse fuoristrada, c'era una Volkswagen Rabbit molto sciupata. Tammy aprì la portiera, e Mitch si piegò in due e si infilò sul sedile. Tammy premette cinque volte l'acceleratore e girò la chiave. Mitch trattenne il respiro fino a che il motore si accese.

«Dove vuole andare?» chiese Tammy.

Dove non possono vederci, pensò Mitch. «Dove vuole.»

«È sposato, vero?» chiese Tammy.

«Sì. E lei?»

«Sì, e mio marito non capirebbe la situazione. Per questo ho scelto quel postaccio. Non ci andiamo mai.»

Lo disse come se lei e il marito vedessero con occhio critico quel genere di locale.

«Neppure mia moglie capirebbe, credo. Ma è fuori città.»

Tammy si avviò verso l'aeroporto. «Ho un'idea» disse. Strinse con forza il volante e parlò in tono nervoso.

«Di cosa si tratta?» chiese Mitch.

«Be', avrà saputo di Eddie.»

«Sì.»

«Quando l'aveva visto l'ultima volta?»

«Una decina di giorni prima di Natale. È stato una specie di appuntamento segreto.»

«Lo immaginavo. Eddie non teneva nota del lavoro che faceva per lei. Diceva che era una sua richiesta. Non mi ha spiegato molto. Ma io e Eddie, ecco, noi eravamo... uhm... intimi.»

Mitch non sapeva cosa rispondere.

«Molto intimi, voglio dire. Capisce?»

Mitch borbottò e bevve un sorso della longneck.

«E mi diceva cose che non avrebbe dovuto. Diceva che era un caso molto strano, che diversi avvocati del suo studio erano morti in circostanze assai sospette. E che lei era convinto che qualcuno la seguisse e la spiasse. Un modo di fare piuttosto insolito per uno studio legale.»

Con tanti saluti al segreto professionale, pensò Mitch. «Sì, è vero.»

Tammy svoltò all'uscita per l'aeroporto e si diresse verso un parcheggio sconfinato.

«E dopo che aveva finito il lavoro per lei, una volta, mentre eravamo a letto, mi ha detto che aveva l'impressione di essere pedinato. È stato tre giorni prima di Natale. Gli ho chiesto chi era. Ha risposto che non lo sapeva, ma ha accennato al suo caso e ha detto che probabilmente si trattava della stessa gente che seguiva lei. Non mi ha detto molto.»

Tammy parcheggiò nel settore riservato alle soste brevi, vicino al terminal.

«Chi altro poteva seguirlo?» chiese Mitch.

«Nessuno. Era un investigatore molto abile, e non lasciava tracce. Dopotutto, era stato nella polizia e in prigione. Era molto furbo. Si faceva pagare per seguire gli altri e pescare nel torbido. Nessuno lo seguiva. Mai.»

«E allora chi l'ha ucciso?»

«Chi lo stava seguendo. A sentire il giornale, si è fatto sorprendere a spiare qualche riccone e ci ha lasciato la pelle. Ma non è vero.»

Tammy sfoderò all'improvviso una 1000 con filtro e l'accese. Mitch abbassò il vetro.

«Le dispiace se fumo?» chiese lei.

«No, basta che stia girata da quella parte» disse Mitch indicando il finestrino.

«Comunque, io ho paura. Eddie era convinto che quelli che la pedinano siano molto pericolosi e molto abili. Molto sofisticati, diceva. Se lo hanno ucciso quelli, cosa sarà di me? Forse pensano che io sappia qualcosa. Non sono più andata in ufficio dal giorno della sua morte. Non ho intenzione di tornarci.»

«Al suo posto non ci tornerei.»

«Non sono stupida. Ho lavorato per Eddie due anni e ho imparato parecchie cose. Ci sono un sacco di pazzi in circolazione. Ne vedevamo di tutti i colori.»

«Come gli hanno sparato?»

«Lui aveva un amico nella squadra omicidi, il quale mi ha detto in confidenza che Eddie è stato colpito tre volte alla nuca, da vicino, con una calibro 22. E non hanno indizi. Mi ha detto che si è trattato di un lavoro pulito, da professionisti.»

Mitch finì la longneck e posò la bottiglia sul tappetino dove c'era una mezza dozzina di lattine di birra vuote. Un lavoro pulito, da professionisti.

«Non ha senso» ripeté Tammy. «Voglio dire, com'è possibile che qualcuno arrivasse alle spalle di Eddie, andasse a sedersi sul sedile posteriore e gli sparasse tre volte alla nuca? E lui non avrebbe neppure dovuto trovarsi là.»

«Forse si era addormentato e gli hanno teso un'imboscata.»

«No. Quando lavorava fino a tardi prendeva stimolanti di ogni genere. Restava sempre sveglio e attento.»

«Ci sono documenti in ufficio?»

«Che riguardano lei, vuol dire?»

«Sì.»

«Ne dubito. Non ho mai visto niente di scritto. Diceva che lei voleva così.»

«Appunto» replicò Mitch con un respiro di sollievo.

Guardarono un 727 che decollava e puntava verso nord. Il parcheggio vibrava.

«Sono spaventata, Mitch. Posso chiamarla Mitch?»

«Certo. Perché no?»

«Credo che l'abbiano ammazzato a causa del lavoro che aveva fatto per lei. Non può essere stato per altro. E se l'hanno ammazzato perché sapeva qualcosa, penseranno probabilmente che lo sappia anch'io. Cosa ne dice?»

«Al suo posto non correrei rischi.»

«Potrei sparire per un po'. Mio marito lavora a volte nei nightclub, e se è necessario possiamo spostarci. Non gli ho raccontato tutta la storia, ma dovrò farlo, immagino. Cosa ne dice?»

«Dove potrebbe andare?»

«A Little Rock, St. Louis, Nashville. Mio marito è disoccupato, quindi potremo spostarci...» La sua voce si affievolì. Accese un'altra sigaretta.

Un lavoro pulito, da professionisti, si disse Mitch. Lanciò un'occhiata a Tammy e notò una minuscola lacrima sulla guancia. Non era brutta, ma gli anni passati nei locali notturni facevano sentire il loro peso. I lineamenti erano marcati, e senza i capelli schiariti e il trucco pesante sarebbe stata abbastanza piacente per la sua età. Doveva essere sulla quarantina.

Tammy tirò una boccata e lanciò una nuvola di fumo. «Credo che siamo nella stessa barca, no? Voglio dire, ce l'hanno con tutti e due. Hanno ammazzato quegli avvocati, e adesso Eddie. Immagino che la prossima volta toccherà a noi.»

Avanti, pupa, dillo apertamente. «D'accordo, facciamo così. Dobbiamo tenerci in contatto. Non può chiamarmi al telefono e non possiamo farci vedere insieme. Mia moglie sa tutto e le parlerò di questo incontro. Non si preoccupi per lei. Una volta la settimana mi mandi un biglietto per dirmi dov'è. Come si chiama sua madre?»

«Doris.»

«Bene. Sarà il suo nome in codice. Quando mi scrive, si firmi Doris.»

«Leggono anche la sua posta?»

«È probabile, Doris. È probabile.»

19

Alle cinque del pomeriggio, Mitch spense la lampada del suo ufficio, prese le due borse e si fermò davanti alla scrivania di Nina. Lei teneva il ricevitore del telefono incollato alla spalla mentre batteva sulla tastiera dell'IBM. Quando lo vide, frugò in un cassetto e prese una busta. «Questa è la conferma della prenotazione al Capital Hilton» disse nel microfono.

«Il materiale dettato è sulla mia scrivania» disse Mitch. «Ci vediamo lunedì.» Salì la scala, arrivò al terzo piano, entrò nell'ufficio d'angolo di Avery dove era in corso una piccola rivoluzione. Una segretaria stipava le pratiche in una grossa busta. Un'altra parlava bruscamente ad Avery, che gridava al telefono con chissà chi. Un paralegale urlava ordini alla prima segretaria.

Avery sbatté il ricevitore. «È pronto?» chiese a Mitch.

«La sto aspettando.»

«Non riesco a trovare la pratica Greenmark» disse rabbiosamente una segretaria al paralegale.

«Era con la pratica Rocconi» rispose quello.

«Non ho bisogno della pratica Greenmark!» gridò Avery. «Quante volte devo ripeterlo? È sorda?»

La segretaria gli lanciò un'occhiataccia. «No, ci sento benissimo. E l'ho sentita dire proprio: "Mi prenda la pratica Greenmark".»

«La limousine sta aspettando» annunciò l'altra segretaria.

«Non ho bisogno della stramaledetta pratica Greenmark!» sbraitò Avery.

«E quella Rocconi?» chiese il paralegale.

«Sì, sì per la decima volta! Ho bisogno della pratica Rocconi!»

«Anche l'aereo sta aspettando» soggiunse l'altra segretaria.

Una delle borse venne chiusa a chiave. Avery affondò le mani in un mucchio di documenti sulla scrivania. «Dov'è la pratica Fender? Dove sono i miei fascicoli? Perché non riesco a trovarne neanche uno?»

«Ecco la pratica Fender» disse la prima segretaria, e la mise in un'altra borsa.

Avery fissò un appunto. «Bene. Allora ho Fender, Rocconi, Cambridge Partners, Greene Group, Sonny Capps-Otaki, Burton Brothers, Galveston Freight e McQuade?»

«Sì, sì, sì» rispose la prima segretaria.

«Ci sono tutte» dichiarò il paralegale.

«Non ci credo» disse Avery, e prese la giacca. «Andiamo.» Varcò la porta seguito dalle segretarie, il paralegale e Mitch. Mitch portava due borse, il paralegale altre due, una segretaria ne aveva un'altra. La seconda segretaria scribacchiava appunti mentre Avery impartiva gli ordini che dovevano essere eseguiti durante la sua assenza. Il gruppo si affollò nel piccolo ascensore per scendere al pianterreno. Fuori, l'autista entrò in azione. Aprì le portiere e caricò le borse nel portabagagli.

Avery e Mitch si lasciarono cadere sul sedile posteriore.

«Si calmi, Avery» disse Mitch. «Dopotutto va alle Cayman per tre giorni. Si calmi.»

«Giusto, giusto. Porto con me abbastanza lavoro per un mese. Ho diversi clienti che vogliono la mia testa e minacciano di farmi causa per infedele patrocinio. Sono indietro di due mesi con il lavoro, e adesso lei parte per annoiarsi quattro giorni a Washington a un seminario sulle tasse. Ha un magnifico senso del tempismo, McDeere. Davvero magnifico.»

Avery aprì un mobiletto bar e si preparò un drink. Mitch rifiutò. La limousine si avviò in Riverside Drive nel traffico dell'ora di punta. Dopo tre sorsate di gin, Avery respirò profondamente.

«La continuazione degli studi. Che scherzo» disse.

«L'ha fatta anche lei quando era un principiante. E se non sbaglio, poco tempo fa ha passato una settimana a quel seminario sul fisco internazionale a Honolulu. O l'ha dimenticato?»

«Era lavoro. Sempre lavoro. Si è portato dietro le sue pratiche?»

«Certo, Avery. Devo assistere al seminario per otto ore al giorno, imparare le più recenti revisioni delle leggi fiscali accordate dal Congresso e nel tempo libero devo mettere in conto ai clienti cinque ore al giorno.»

«Faccia sei, se può. Siamo indietro, Mitch.»

«Siamo sempre indietro, Avery. Beva ancora un goccio. Ha bisogno di distendere i nervi.»

«Ho intenzione di distenderli al Rumheads.»

Mitch pensò al bar sulla spiaggia con la Red Stripe, i giocatori di domino, le freccette e, sì, i tanga. E la ragazza.

«È la prima volta che vola sul Lear?» chiese Avery, un po' più rilassato.

«Sì. Sono qui da sette mesi, ma l'aereo lo vedo solo adesso. Se l'avessi saputo nel marzo scorso, sarei andato a lavorare presso uno studio di Wall Street.»

«Lei non è tagliato per Wall Street. Sa cosa fanno da quelle parti? Hanno trecento avvocati in uno studio, giusto? E ogni anno assumono trenta nuovi associati o anche di più. Tutti ci tengono a lavorare là perché è Wall Street, giusto? E dopo circa un mese li radunano in uno stanzone e li informano che devono sgobbare novanta ore la settimana per cinque anni; e alla fine dei cinque anni, metà di loro si sono persi per strada. L'avvicendamento è incredibile. Cercano di ammazzare i novellini, mettono in conto il loro lavoro per cento, centocinquanta dollari l'ora, guadagnano un patrimonio sulla loro pelle e poi li fanno scappare. Ecco cos'è Wall Street. E i poveretti non vedono mai l'aereo dello studio. O la limousine dello studio. Lei è molto fortunato, Mitch. Dovrebbe ringraziare ogni giorno il Padreterno perché abbiamo deciso di accoglierla nel buon vecchio studio Bendini, Lambert & Locke.»

«Novanta ore la settimana mi sembrano uno scherzo. Mi resterebbe un po' di tempo libero.»

«Finirà per tornarle utile. Ha saputo quanto ho avuto come gratifica l'anno scorso?»

«No.»

«Quattrocentottantacinquemila. Niente male, eh? Ed è stata solo la gratifica.»

«Io ho avuto seimila dollari» replicò Mitch.

«Rimanga al mio fianco e molto presto salirà nella classifica.»

«Certo, ma prima devo continuare gli studi.»

Dieci minuti più tardi la limousine svoltò in un viale che portava a una fila di hangar. Il cartello diceva "Memphis Aero". Un agile Lear 55 argenteo si stava avviando lentamente verso il terminal. «Eccolo là» disse Avery.

Borse e valigie furono caricate in fretta sull'aereo. Pochi minuti dopo arrivò l'autorizzazione al decollo. Mitch allacciò la cintura e ammirò la cabina tutta cuoio e ottone. Era molto lussuosa, proprio come si aspettava. Avery si versò di nuovo da bere e allacciò a sua volta la cintura.

Dopo un'ora e quindici minuti, il Lear cominciò a scendere verso l'aeroporto internazionale di Baltimora-Washington. Quando si fermò, Avery e Mitch sbarcarono e aprirono il portello dei bagagli. Avery indicò un uomo in uniforme che attendeva accanto a un cancello. «Il suo autista. La limousine è fuori. Lo segua. È a una quarantina di minuti dal Capital Hilton.»

«Un'altra limousine?» chiese Mitch.

«Sì. Quelli di Wall Street non la metterebbero certo a sua disposizione.»

Si strinsero la mano, e Avery risalì sull'aereo. Il rifornimento di carburante richiese mezz'ora, e quando il Lear ripartì e puntò verso il sud, si era addormentato di nuovo.

Tre ore dopo il Lear atterrò a Georgetown, Grand Cayman. Passò davanti al terminal ed entrò in un piccolo hangar dove sarebbe rimasto per la notte. Un uomo del servizio di sicurezza si mise a disposizione di Avery e del bagaglio e lo scortò al terminal e attraverso la dogana. Il pilota e il secondo pilota sbrigarono le pratiche di rito. Anche loro furono scortati attraverso il terminal.

Dopo mezzanotte, le luci dell'hangar si spensero. I sei aerei rimasero immersi nell'oscurità. Una porta laterale si aprì e tre uomini, uno dei quali era Avery, entrarono e si avvicinarono al

Lear 55. Avery aprì lo scomparto bagagli, e tutti e tre scaricarono in fretta venticinque pesanti scatole di cartone. Nell'afa tropicale, l'hangar era un forno. I tre sudavano. Ma rimasero silenziosi fino a quando tutte le scatole furono scaricate.

«Devono essere venticinque. Contale» disse Avery a un indigeno muscoloso che portava una pistola al fianco. L'altro teneva in mano una cartelletta e assisteva con attenzione, come se fosse l'addetto alla ricezione merci in un magazzino. L'indigeno contò in fretta mentre il sudore gocciolava sulle scatole.

«Sì. Venticinque.»

«Quanto?» chiese l'uomo con la cartelletta.

«Sei milioni e mezzo.»

«Tutti contanti?»

«Tutti contanti. Dollari americani. In biglietti da cento e da venti. Avanti, carichiamo.»

«Dove vanno portati?»

«Alla Quebec Bank. Ci aspettano.»

Ognuno dei tre prese una scatola e varcò la porta laterale, dove c'era di guardia un altro uomo armato di Uzi. Le scatole furono caricate su un furgoncino malandato con la scritta CAYMAN ORTOFRUTTICOLI stampigliata malamente sulla fiancata. Gli indigeni armati sedettero con le armi imbracciate e il magazziniere partì dall'hangar per dirigersi verso il centro di Georgetown.

Le iscrizioni incominciavano alle otto davanti alla Century Room, al mezzanino. Mitch arrivò presto, firmò, ritirò il pesante volume con il suo nome stampato in copertina ed entrò. Sedette quasi al centro della grande sala. L'iscrizione era limitata a duecento persone, diceva l'opuscolo illustrativo. Un inserviente venne a portare il caffè, e Mitch aprì il "Washington Post". Le notizie più vistose riguardavano gli amatissimi Redskins, impegnati ancora una volta nella finalissima del Super Bowl.

La sala si riempì a poco a poco. Da tutto il Paese erano venuti molti esperti ad apprendere gli ultimi sviluppi di una legislazione fiscale che cambiava ogni giorno. Pochi minuti prima delle nove un avvocato dall'aria molto giovane sedette in silenzio alla sua sinistra. Mitch gli lanciò un'occhiata, poi riprese a leggere il giornale. Quando la sala fu piena, il moderatore diede il benvenuto a tutti e presentò il primo oratore, un membro del Congresso che veniva dall'Oregon ed era presidente di una sottocommissione finanziaria della Camera dei Rappresentanti. Mentre quello prendeva la parola, l'avvocato alla sinistra di Mitch tese la mano.

«Salve, Mitch» bisbigliò. «Sono Grant Harbison dell'FBI.» E gli porse un biglietto.

Il membro del Congresso attaccò con una battuta spiritosa che Mitch non sentì neppure. Studiò il biglietto, tenendolo vicino al petto. C'erano cinque persone sedute a meno di un metro da lui. Non conosceva nessuno dei presenti, ma sarebbe stato imbarazzante se si fosse saputo che aveva in mano un biglietto dell'FBI. Dopo cinque minuti, lanciò ad Harbison uno sguardo un po' smarrito.

Harbison bisbigliò: «Ho bisogno di parlarle per qualche minuto».

«E se fossi occupato?» chiese Mitch.

L'agente estrasse dal volume del seminario una busta bianca non intestata e la passò a Mitch, che l'aprì tenendola accostata a sé. Era scritta a mano. In alto, in lettere minuscole ma solenni, c'era l'intestazione: "Ufficio del Direttore – FBI".

La lettera diceva:

> Caro signor McDeere,
>
> vorrei parlarle per qualche minuto all'ora di pranzo. La prego di seguire le istruzioni dell'agente Harbison. Non ci vorrà molto. Le siamo grati per la sua collaborazione.
>
> Grazie
> *F. Denton Voyles*
> Direttore

Mitch piegò il foglio, lo rimise nella busta e lo infilò tra le pagine del volume. Le siamo grati per la sua collaborazione. Firmato, il direttore dell'FBI. Si rendeva conto che in quel momento era indispensabile mantenere la compostezza, restare calmo e impassibile come se fosse una questione di routine. Ma si strofinò le tempie con le mani e fissò il pavimento. Chiuse gli occhi,

stordito. L'FBI. Seduto al suo fianco! Lo aspettavano. Il direttore e chissà chi altro. Tarrance non doveva essere lontano.

All'improvviso, tutti i presenti risero della battuta dell'oratore. Harbison si chinò verso Mitch e mormorò: «Vediamoci nel
gabinetto degli uomini, qui girato l'angolo, fra dieci minuti».
L'agente lasciò i volumi sul tavolo e uscì mentre risuonavano
ancora le risate.

Mitch aprì il volume e finse di studiare gli argomenti. L'oratore stava illustrando la sua battaglia per proteggere i *tax shelters* dei ricchi e per alleviare nel contempo il carico fiscale dei la-
voratori. Sotto la sua guida, la sottocommissione aveva rifiutato
di approvare un progetto di legge che pretendeva di limitare la
deducibilità delle spese per le ricerche petrolifere.

Mitch attese un quarto d'ora, poi altri cinque minuti. Quindi
cominciò a tossire. Aveva bisogno di bere un po' d'acqua. Co-
prendosi la bocca con la mano passò fra le sedie e uscì dalla porta in fondo alla sala. Harbison era nel gabinetto degli uomini e
si lavava le mani per la decima volta.

Mitch si avvicinò al lavabo e fece scorrere l'acqua fredda.
«Che cosa avete in mente, ragazzi?» chiese.

Harbison lo guardò nello specchio. «Non faccio altro che ese-
guire gli ordini. Il direttore Voyles vuole parlarle personalmente
e mi ha mandato a prenderla.»

«E cosa vuole da me?»

«Ecco, non vorrei rubargli la scena, ma sono sicuro che è una
faccenda piuttosto importante.»

Cautamente, Mitch si guardò intorno. Il gabinetto era vuoto.
«E se fossi troppo occupato per incontrarmi con lui?»

Harbison chiuse il rubinetto e scrollò le mani. «È un incontro
inevitabile, Mitch. Non scherziamo. Quando il seminario si in-
terromperà per il pranzo, troverà un taxi con il numero 8667 a
sinistra dell'ingresso principale. La porterà al monumento dei
veterani del Vietnam, e là ci saremo noi. Sia prudente. Due di
loro l'hanno seguita fin qui da Memphis.»

«Due di loro?»

«Gli amici di Memphis. Faccia come le diciamo, e non lo sapranno mai.»

Il moderatore ringraziò il secondo oratore, un professore di diritto fiscale dell'Università di New York, e lasciò tutti liberi di andare a pranzo.

Mitch non disse niente al taxista che sfrecciò via come un pazzo e si perse in mezzo al traffico. Un quarto d'ora più tardi si fermarono nei pressi del Muro.

«Non scenda, adesso» disse il taxista in tono autorevole. Mitch non si mosse. Per dieci minuti rimase immobile e in silenzio. Finalmente una Ford Escort bianca si affiancò al taxi e suonò il clacson, poi ripartì.

Il taxista guardò fisso davanti a sé e disse: «Bene. Raggiunga il Muro. La troveranno fra cinque minuti».

Mitch scese sul marciapiede e restò a guardare mentre la macchina si allontanava. Infilò le mani nelle tasche del cappotto e si avviò a passo moderato verso il monumento. Le raffiche del vento del nord sparpagliavano le foglie morte in tutte le direzioni. Con un brivido, Mitch rialzò il bavero del cappotto.

Un pellegrino solitario stava seduto rigido su una sedia a rotelle e fissava il Muro. Era protetto da una pesante trapunta. Sotto il berretto mimetico troppo grande, un paio di occhiali da aviatore gli copriva gli occhi. Era seduto verso l'estremità del Muro, davanti ai nomi dei caduti del 1972. Mitch seguì gli anni lungo il marciapiede e si fermò accanto alla sedia a rotelle. Cercò i nomi con lo sguardo. Aveva dimenticato la presenza di quell'uomo.

Respirò profondamente, mentre un senso di torpore gli attanagliava le gambe e lo stomaco. Abbassò lo sguardo. Era lì, quasi in fondo, inciso chiaramente come tutti gli altri. Il nome di Rusty McDeere.

Un cesto di fiori avvizziti e gelati stava accanto al monumento, pochi centimetri sotto il nome. Mitch li scostò delicatamente e si inginocchiò. Toccò le lettere del nome di Rusty. Rusty McDeere. Diciotto anni per l'eternità. Era nel Vietnam da sette settimane quando aveva calpestato una mina. Morte immediata, avevano detto. Secondo Ray, dicevano sempre così. Mitch si asciugò una lacrima e restò a guardare il Muro. Pensò alle cinquantottomila famiglie cui avevano detto che la morte era stata immediata e che nessuno aveva sofferto.

«Mitch, stanno aspettando.»

Si voltò a guardare l'uomo sulla sedia a rotelle, l'unico essere umano in vista. Gli occhiali da aviatore erano fissi sul Muro. Mitch guardò in tutte le direzioni.

«Si calmi, Mitch. Abbiamo isolato la zona. Loro non ci stanno osservando.»

«E lei chi è?» chiese Mitch.

«Uno della banda. Deve fidarsi di noi, Mitch. Il direttore ha qualcosa di importante da dirle, qualcosa che potrebbe salvarle la vita.»

«Dov'è?»

L'uomo sulla sedia a rotelle girò la testa e guardò verso l'estremità del marciapiede. «Vada da quella parte. Saranno loro a trovarla.»

Mitch fissò ancora per un momento il nome del fratello e girò dietro la sedia a rotelle. Passò oltre il monumento dei tre soldati. Camminava adagio, con le mani affondate nelle tasche. Dopo cinquanta metri Wayne Tarrance uscì da dietro un albero e gli si affiancò. «Continui a camminare» disse.

«Perché non mi sorprende trovarla qui?» chiese Mitch.

«Continui a camminare. Sappiamo con certezza che almeno due uomini sono arrivati in aereo da Memphis prima di lei. Alloggiano nel suo albergo, vicino alla sua stanza. Non l'hanno seguita fin qui. Credo che li abbiamo seminati.»

«Cosa diavolo sta succedendo, Tarrance?»

«Sta appunto per scoprirlo. Continui a camminare. Ma si rilassi. Nessuno la sta sorvegliando, a parte una ventina di nostri agenti.»

«Una ventina?»

«Sì. Abbiamo isolato la zona. Vogliamo essere sicuri che quei bastardi di Memphis non compaiano. Credo che non si faranno vedere.»

«Chi sono?»

«Glielo spiegherà il direttore.»

«E perché c'entra il direttore?»

«Lei fa un mucchio di domande, Mitch.»

«E lei non mi dà abbastanza risposte.»

Tarrance indicò verso destra. Lasciarono il marciapiede e si diressero verso una grossa panchina di cemento accanto a un ponticello pedonale che portava a un boschetto. L'acqua del laghetto sottostante era ghiacciata.

«Sieda» disse Tarrance. Sedettero. Due uomini attraversarono il ponticello. Mitch riconobbe subito il più basso: era Voyles. F. Denton Voyles, direttore dell'FBI sotto tre presidenti. Un cacciatore di criminali che parlava con durezza, usava le maniere forti e aveva fama di essere spietato.

Mitch si alzò in segno di rispetto. Voyles tese la mano fredda e lo fissò sollevando verso di lui la faccia larga, famosa in tutto il mondo. Si presentarono, poi Voyles indicò la panchina. Tarrance e l'altro agente raggiunsero il piccolo ponte e scrutarono l'orizzonte. Mitch girò lo sguardo oltre il laghetto e vide due uomini, senza dubbio agenti, con gli impermeabili neri identici e i capelli tagliati corti, che stavano appoggiati a un albero a un centinaio di metri di distanza.

Voyles sedette accanto a Mitch, così vicino che le loro gambe si toccavano. Portava una lobbia marrone, un po' inclinata sulla testa calva. Aveva almeno settant'anni, ma gli occhi verdescuro erano vivacissimi e non si lasciavano sfuggire nulla. Tutti e due stavano immobili sulla panchina gelata, con le mani affondate nelle tasche dei cappotti.

«Grazie di essere venuto» esordì Voyles.

«Non credo di avere avuto scelta. Siete gente implacabile.»

«Sì. Per noi è molto importante.»

Mitch fece un respiro profondo. «Ha idea di quanto sono confuso e spaventato? Sono completamente frastornato. Vorrei una spiegazione, signore.»

«Signor McDeere... posso chiamarla Mitch?»

«Certo. Perché no?»

«Bene, Mitch. Io sono un uomo di poche parole. E quanto sto per dirle la sconvolgerà sicuramente. Resterà inorridito. Forse non mi crederà; ma le assicuro che è tutto vero, e con il suo aiuto potremo salvarle la vita.»

Mitch si fece forza e attese.

«Mitch, nessun avvocato ha mai lasciato da vivo il suo studio legale. Ci hanno provato in tre, e sono stati uccisi. Due stavano per andarsene e sono morti l'estate scorsa. Quando un avvocato entra nello studio Bendini, Lambert & Locke non se ne va più, a meno che si metta in pensione e tenga la bocca chiusa. E quando vanno in pensione, fanno parte della congiura e non possono parlare. Lo studio ha un formidabile servizio di vigilanza con sede al quarto piano. Ci sono microspie in casa sua e sulla sua macchina. I suoi telefoni sono sotto controllo. Ci sono altre microspie nel suo ufficio. In pratica ogni parola che pronuncia viene ascoltata e registrata al quarto piano. Seguono lei, a volte persino sua moglie. Mentre parliamo sono qui a Washington. Vede, Mitch, lo studio legale è qualcosa di più di uno studio legale. È una divisione di un'azienda grandissima, un'azienda molto redditizia. E molto illegale. Lo studio non è di proprietà dei soci.»

Mitch si voltò a fissarlo con attenzione. Il direttore continuò a parlare con lo sguardo rivolto al laghetto gelato.

«Vede, Mitch, lo studio legale Bendini, Lambert & Locke è di proprietà della famiglia Morolto di Chicago. Una famiglia della mafia. È da là che partono gli ordini. Ed ecco perché noi siamo qui.» Voyles posò la mano sul ginocchio di Mitch e lo squadrò da una distanza di quindici centimetri. «È mafia, Mitch, e illegale quanto l'inferno.»

«Non ci credo» dichiarò Mitch, agghiacciato dalla paura. La sua voce suonò fiacca e stridula.

Il direttore dell'FBI sorrise. «Sì, Mitch, lei mi crede. Ha sospetti da diverso tempo, ormai. Perciò ha parlato con Abanks alle Cayman. Perciò aveva assunto quell'investigatore poco raccomandabile che è stato ucciso dagli amici del quarto piano. Sa molto bene che il suo studio legale puzza.»

Mitch si sporse e appoggiò i gomiti sulle ginocchia. Fissò il terreno fra le scarpe. «Non ci credo» mormorò.

«Per quanto ci risulta, circa il venticinque per cento dei loro clienti, o forse dovrei dire dei vostri, sono legittimi. Nello studio ci sono alcuni avvocati abilissimi che si occupano di fisco e di titoli per conto di ricchi clienti. È un'ottima facciata. Quasi tutte le pratiche che lei ha seguito finora erano legittime. È il loro sistema. Assumono un principiante e lo imbottiscono di soldi, gli comprano la BMW e la casa, lo invitano di qua e di là, lo portano alle Cayman e lo fanno ammazzare di fatica su pratiche per-

fettamente lecite. Clienti veri. Veri contratti. Va avanti così per
qualche anno, e il principiante non ha sospetti, giusto? È un
grande studio, tutta brava gente. Soldi a palate. Ehi, è tutto meraviglioso. Dopo cinque o sei anni, quando lei guadagna davvero parecchio, quando hanno in mano il mutuo della casa, quando ha moglie e figli a cui pensare, lanciano la bomba e dicono la
verità. Non ci sono vie di uscita. È la mafia, Mitch. Quelli non
scherzano. Sono pronti ad ammazzarle un figlio o la moglie: per
loro non fa differenza. Lei guadagna più di quanto potrebbe
guadagnare altrove. L'hanno in pugno perché ha una famiglia
di cui alla mafia non importa niente; e quindi che cosa fa,
Mitch? Resta. Non può andarsene. Se resta, guadagna un milione di dollari e va in pensione giovane e con la famiglia sana e
salva. Se vuole andarsene, il suo ritratto finisce appeso nella biblioteca del pianterreno. Sono molto convincenti.»

Mitch si strofinò le tempie e cominciò a rabbrividire.

«Senta, Mitch, sono certo che avrà mille domande da farmi.
Bene. Continuerò a parlare e le dirò tutto quello che so. I cinque
avvocati che sono morti volevano andarsene dopo avere scoperto la verità. Non abbiamo mai parlato con i primi tre perché,
francamente, fino a sette anni fa non sapevamo niente dello studio. Erano stati abilissimi: si tenevano nell'ombra e non lasciavano tracce. I primi tre, con ogni probabilità, volevano solo andarsene. E se ne sono andati. Dentro alle casse da morto. Hodge
e Kozinski erano diversi. Si erano rivolti a noi e per un anno abbiamo avuto numerosi incontri. Kozinski era stato informato
della verità dai suoi superiori dopo sette anni che lavorava lì. Lo
disse a Hodge. Continuarono a bisbigliare fra loro per un anno.
Kozinski stava per essere promosso socio e voleva uscirne prima. Perciò lui e Hodge presero la decisione fatale di andarsene.
Non sospettavamo che i primi tre fossero stati assassinati: almeno, a noi non lo dissero. Mandammo Wayne Tarrance a Memphis per trattare con loro. Tarrance è specializzato nelle indagini
sulla criminalità organizzata e viene da New York. Lui e i due
avvocati erano arrivati a un buon punto quando è successo il
fatto delle Cayman. I signori di Memphis sono assai efficienti,
Mitch. Non lo dimentichi mai. Hanno molto denaro e ingaggia-
no i sicari più abili. Perciò, dopo l'uccisione di Hodge e Kozin-

ski, ho deciso di colpire lo studio. Se riusciremo a smascherarlo, potremo incriminare tutti i membri principali della famiglia Morolto. Potrebbero esserci più di cinquecento rinvii a giudizio. Evasione fiscale, riciclaggio di denaro sporco, racket, insomma un po' di tutto. Potremmo arrivare ad annientare la famiglia Morolto, e sarebbe il colpo più micidiale sferrato in trent'anni alla criminalità organizzata. E vede, Mitch, è tutto negli archivi del rispettabile studio Bendini di Memphis.»

«Perché proprio a Memphis?»

«Domanda intelligente. Chi sospetterebbe un piccolo studio legale di Memphis nel Tennessee? Laggiù non ci sono attività mafiose. È una bella, tranquilla città in riva al fiume. Avrebbero potuto scegliere Durham o Topeka o Wichita Falls. Ma hanno scelto Memphis. Una città comunque abbastanza grande per nascondere uno studio con quaranta avvocati. La scelta ideale.»

«Vuol dire che tutti i soci...» Mitch non finì la frase.

«Sì, tutti i soci sanno e giocano secondo le regole. Sospettiamo che anche molti degli associati siano al corrente di tutto, ma è difficile dirlo. Ci sono molte cose che non conosciamo, Mitch. Non so spiegare come funziona lo studio e chi c'è dentro. Ma riteniamo che copra parecchie attività criminose.»

«Per esempio?»

«Frode fiscale. Si occupano di tutte le questioni fiscali del gruppo Morolto. Ogni anno presentano dichiarazioni dei redditi apparentemente regolari che denunciano solo una minima parte dei guadagni. Riciclano quattrini sporchi a tutto andare. Fondano aziende legittime con il denaro sporco. Quella banca di St. Louis, quel grosso cliente, come si chiama?»

«La Commercial Guaranty.»

«Sì, appunto. È della mafia. Lo studio si occupa di tutte le sue pratiche legali. La famiglia Morolto incassa approssimativamente trecento milioni all'anno grazie al gioco d'azzardo, la droga, le lotterie e tutto il resto. Sempre in contanti, giusto? E quasi tutto finisce nelle banche delle Cayman. Come arrivano da Chicago alle isole? Ha qualche idea? Noi sospettiamo che si servano dell'aereo. Il Lear argenteo che l'ha portata qui fa in media un volo alla settimana per Georgetown.»

Mitch si assestò sulla panchina e seguì con gli occhi Tarrance,

che adesso era sul ponticello. «E allora perché non li incrimina-
te tutti quanti?»

«Non possiamo. Un giorno lo faremo, glielo assicuro. Ho assegnato al caso cinque agenti a Memphis e tre qui a Washington. Li pescherò, Mitch, glielo prometto. Ma abbiamo bisogno
di qualcuno all'interno. Sono molto furbi. Dispongono di somme enormi. Si muovono con estrema prudenza e non commetto-
no errori. Sono convinto che abbiamo bisogno di aiuto, da lei o
da qualche altro dipendente dello studio. Abbiamo bisogno di
copie delle pratiche, dei rendiconti bancari, di un milione di documenti che possono venire soltanto dall'interno. Altrimenti sarà impossibile.»

«E avete scelto me.»

«Abbiamo scelto lei. Se rifiuta, può continuare per la sua
strada, guadagnare un sacco di soldi e diventare un avvocato di
successo. Ma noi insisteremo. Aspetteremo che assumano un
nuovo associato e cercheremo di convincerlo. Se non funzionerà, tenteremo con qualcuno degli associati più anziani che abbia
principi morali e il coraggio di fare ciò che è giusto. Un giorno
troveremo l'uomo che fa per noi, Mitch, e quando succederà in-
crimineremo anche lei insieme con tutti gli altri e la sbatteremo
in galera. Andrà così, figliolo, mi creda.»

In quel momento e in quel luogo, Mitch era disposto a credergli. «Signor Voyles, ho freddo. Non possiamo camminare un
po'?»

«Certo, Mitch.»

Raggiunsero il marciapiede e si avviarono verso il monumento. Mitch si voltò a guardare. Tarrance e l'altro agente li seguivano a una certa distanza. Un altro, vestito di marrone, era seduto su una panchina poco più avanti.

«Chi era Anthony Bendini?»

«Sposò una Morolto nel 1930. E diventò il genero del vecchio
patriarca. A quei tempi avevano una specie di filiale a Philadelphia, e Bendini fu mandato lì. Poi, negli anni Quaranta, venne
inviato a Memphis a metter su bottega. A quanto ne sappiamo
era un avvocato molto abile.»

Mille interrogativi si affollarono nella mente di Mitch. Si sforzava di mostrarsi calmo, scettico, padrone di sé.

«E Oliver Lambert?»

«Un vero gentiluomo. Il socio anziano ideale, che sapeva tutto sul conto di Hodge e Kozinski e sui piani per eliminarli. La prossima volta che vedrà in ufficio il signor Lambert, non dimentichi che è un assassino a sangue freddo. Certo, non ha molta scelta. Se non collabora lo troveranno annegato da qualche parte. Sono tutti così, Mitch. Hanno cominciato come lei. Giovani, intelligenti, ambiziosi... e poi un giorno si sono trovati dentro fino al collo senza sapere dove andare. Perciò stanno al gioco, lavorano con impegno e fanno il possibile per mantenere la facciata del piccolo, rispettabile studio legale. Più o meno ogni anno reclutano un giovane studente di legge molto brillante, molto povero, senza una famiglia alle spalle e con una moglie che vuole avere figli; lo coprono di soldi e lo assumono.»

Mitch pensò al denaro, allo stipendio eccessivo per un piccolo studio di Memphis, alla macchina e al mutuo a tasso agevolato. Si era lasciato fuorviare dai soldi proprio quando aveva deciso di puntare su Wall Street. L'aveva fatto solo per quello.

«E Nathan Locke?»

Il direttore dell'FBI sorrise. «Locke è un'altra storia. Era un ragazzino poverissimo di Chicago e faceva commissioni per il vecchio Morolto quando aveva dieci anni. È sempre stato un delinquente. Riuscì bene o male a laurearsi in legge e il vecchio lo mandò al sud a lavorare con Anthony Bendini nella divisione della famiglia specializzata nella criminalità dei colletti bianchi. Era un beniamino del vecchio.»

«Quando morì Morolto?»

«Undici anni fa, a ottantotto anni. Ha due figli, due tipi viscidi, Mickey Lingualunga e Joey il Prete. Mickey vive a Las Vegas e ha un ruolo limitato negli affari della famiglia. Il capo è Joe.»

Arrivarono a un incrocio tra due marciapiedi. Sulla sinistra, in lontananza, il monumento a Washington si protendeva verso il cielo nel vento rabbioso. A destra, il marciapiede conduceva al Muro. Adesso c'era un gruppetto di persone che cercavano i nomi di figli, mariti, amici. Mitch puntò in quella direzione. Si incamminarono lentamente.

Mitch parlò a voce bassa. «Non capisco come lo studio possa

svolgere tante attività illecite senza dare nell'occhio. Brulica di segretarie, impiegati e paralegali.»

«Sì, ha ragione, e non so darle una risposta precisa. Pensiamo che funzioni come se fossero due studi separati. Uno è perfettamente legale, e include i nuovi associati, quasi tutte le segretarie e gli impiegati di supporto. Gli associati anziani e i soci, invece, fanno il lavoro sporco. Hodge e Kozinski stavano per passarci molte informazioni, ma non ce l'hanno fatta. Una volta, Hodge aveva detto a Tarrance che nel seminterrato c'era un gruppo di paralegali di cui non sapeva molto. Lavoravano direttamente per Locke, Milligan, McKnight e pochi altri soci, e nessuno era al corrente di cosa facessero. Le segretarie sanno sempre tutto, e pensiamo che alcune di loro siano al corrente della verità. Se è così, certamente sono pagate molto bene e hanno troppa paura per parlare. Ci pensi, Mitch. Se lavora là dentro, guadagna parecchio e ottiene grandi benefici, e sa che facendo troppe domande e cominciando a parlare finirà nel fiume, che cosa fa? Tiene la bocca chiusa e intasca i quattrini.»

Si fermarono all'inizio del Muro, in un punto dove il granito nero incominciava al livello del terreno e procedeva per settantacinque metri fino a svoltare ad angolo nella seconda fila di pannelli identici. A venti metri di distanza, due anziani coniugi guardavano il Muro e piangevano sommessamente, tenendosi abbracciati per scaldarsi e farsi coraggio. Poi la madre si chinò e depose alla base una foto in bianco e nero incorniciata. Il padre posò una scatola da scarpe piena di souvenir delle scuole superiori: programmi di incontri di football, foto di classe, lettere d'amore, portachiavi, una catena d'oro. I due piansero più forte.

Mitch voltò le spalle al Muro e fissò il monumento a Washington. Il direttore dell'FBI seguì il suo sguardo.

«Allora, cosa dovrei fare?» chiese Mitch.

«Innanzi tutto tenga la bocca chiusa. Se comincia a fare domande, la sua vita potrebbe essere in pericolo. E anche la vita di sua moglie. Eviti di avere figli per il prossimo futuro: sono bersagli troppo facili. È meglio fare il finto tonto, come se tutto fosse meraviglioso e lei avesse ancora l'intenzione di diventare il più grande avvocato del mondo. Poi deve prendere una decisio-

ne. Non subito, ma presto. Deve decidere se intende collaborare
o no. Se deciderà di aiutarci, naturalmente faremo in modo che
ne valga la pena. Se non vorrà saperne, continueremo a sorvegliare lo studio fino a che decideremo di contattare un altro associato. E come ho detto, uno di questi giorni troveremo qualcuno che abbia il coraggio necessario per inchiodare quei delin-
quenti. E la famiglia Morolto cesserà di esistere. La proteggere-
mo, Mitch, e non avrà più bisogno di lavorare per il resto della
vita.»

«Quale vita? Se mi salverò, vivrò per sempre con la paura addosso. Ho sentito cos'è successo a certi testimoni che l'FBI
avrebbe dovuto nascondere. Dieci anni più tardi gli esplode la
macchina mentre escono a marcia indietro dal vialetto di casa
per andare al lavoro. I pezzi del cadavere finiscono sparsi per tre
isolati. La mafia non dimentica mai, direttore. Lei lo sa.»

«È vero, ma le assicuro che lei e sua moglie saranno pro-
tetti.»

Il direttore guardò l'orologio. «È meglio che torni indietro, o
quelli si insospettiranno. Tarrance si terrà in contatto. Si fidi di
lui, Mitch. Sta cercando di salvarle la vita. Ha l'autorità per agire a mio nome. Se le dice qualcosa, è come se fossi io a dirgliela.
Ha il potere di negoziare.»

«Negoziare... che cosa?»

«Le condizioni, Mitch. Quello che le daremo in cambio di ciò
che darà a noi. Vogliamo la famiglia Morolto, e lei può conse-
gnarcela. Fissi il prezzo: e il governo, per mezzo dell'FBI, lo pagherà. Entro limiti ragionevoli, ovviamente. Glielo assicuro,
Mitch.» Proseguirono a passo lento lungo il Muro e si fermarono accanto all'agente sulla sedia a rotelle. Voyles tese la mano.
«Senta, c'è un taxi che l'aspetta nel punto dov'è arrivato. Numero 1073. L'autista è lo stesso. È meglio che ora vada. Non ci
incontreremo più, ma Tarrance la contatterà fra un paio di giorni. La prego, rifletta su quanto le ho detto. Non pensi che lo
studio è invincibile e potrà continuare a operare per sempre,
perché non lo permetterò. Ci muoveremo nel prossimo futuro,
posso assicurarglielo. Mi auguro di averla dalla nostra parte.»

«Non ho ancora capito cosa dovrei fare.»

«Tarrance conosce il piano. Molto dipenderà da lei e da ciò che scoprirà dopo essersi impegnato.»

«Impegnato?»

«È la parola esatta, Mitch. Quando si sarà impegnato, non potrà tornare indietro. Quelli sanno essere spietati più di altre organizzazioni al mondo.»

«Perché avete scelto proprio me?»

«Dovevamo scegliere qualcuno. No, non è esatto. L'abbiamo scelta perché ha il coraggio necessario. Non ha famiglia, a parte la moglie. Niente legami, niente radici. È stato ferito da tutte le persone a cui era affezionato, esclusa Abby. È cresciuto da solo ed è diventato indipendente e autosufficiente. Non ha bisogno dello studio legale. Può abbandonarlo. È diventato un duro, molto più di quanto succeda mediamente a qualcuno della sua età. Ed è abbastanza intelligente per farcela. Non si farà beccare. Perciò abbiamo scelto lei. Buongiorno, Mitch. Grazie per essere venuto. Ora è meglio che vada.»

Voyles si voltò e si allontanò a passo svelto. Tarrance rimase fermo in fondo al Muro e rivolse a Mitch un cenno di saluto come per dire: Arrivederci... per ora.

20

Dopo lo scalo obbligatorio ad Atlanta, il Delta DC9 atterrò all'aeroporto internazionale di Memphis sotto una pioggia gelida. Si fermò all'uscita 19 e la folla dei passeggeri scese in fretta. Mitch portava con sé soltanto la borsa e una copia di "Esquire". Vide Abby che lo aspettava vicino ai telefoni e allungò il passo. Buttò contro il muro la borsa e la rivista e l'abbracciò. I quattro giorni trascorsi a Washington gli sembravano un mese. Si baciarono più volte e sussurrarono teneramente.

«Perché non usciamo insieme?» chiese Mitch.

«Ho la cena in tavola e il vino in fresco» disse Abby. Si presero per mano e si avviarono tra la folla in direzione del ritiro bagagli.

Mitch abbassò la voce: «Dobbiamo parlare e non possiamo farlo in casa».

Abby gli strinse più forte la mano. «Oh?»

«Sì. Anzi, dovrà essere una conversazione piuttosto lunga.»

«Cos'è successo?»

«Ci vorrà un po' per spiegartelo.»

«Perché mi sento improvvisamente nervosa?»

«Stai calma. Continua a sorridere. Loro ci osservano.»

Lei sorrise e lanciò un'occhiata alla sua destra. «Chi è che ci osserva?»

«Te lo dirò fra un momento.»

Mitch attirò la moglie alla sua sinistra. Passarono attraverso un mare di gente ed entrarono in una sala d'aspetto affollata e semibuia, piena di uomini d'affari che bevevano, guardavano il televisore sopra il banco e attendevano che venissero chiamati i loro voli. C'era un tavolino libero, coperto di boccali di birra

vuoti. Sedettero voltando le spalle alla parete, in vista del banco
e del grande atrio. Stavano vicini, a meno di un metro da un altro tavolino, Mitch guardava la porta e scrutava ogni faccia che
entrava. «Per quanto dobbiamo stare qui?» chiese Abby.

«Perché?»

Lei si sfilò la pelliccia di volpe e la piegò sulla sedia di fronte.
«Che cosa stai cercando, esattamente?»

«Continua a sorridere per un momento. Fingi di avere sentito
molto la mia mancanza. Ecco, dammi un bacio.» Mitch la baciò
sulle labbra. Si sorrisero. La baciò sulla guancia e tornò a girarsi
verso la porta. Un cameriere si precipitò al tavolino e lo sgom-
brò. Ordinarono due bicchieri di vino.

Abby sorrise. «Com'è andato il viaggio?»

«Noioso. Eravamo a lezione per otto ore al giorno e per quattro giorni. Non sono uscito quasi mai dall'albergo. Hanno com-
presso sei mesi di dati sulla revisione delle norme fiscali in trentadue ore.»

«Hai fatto un po' il turista?»

Mitch sorrise e la guardò con aria sognante. «Mi sei mancata,
Abby. Più di quanto mi sia mai mancato qualcuno in vita mia.
Ti amo. Sei affascinante, meravigliosa. Non mi ha fatto piacere
viaggiare da solo e svegliarmi senza di te in un letto d'albergo. E
ho qualcosa di orribile da dirti.»

Lei smise di sorridere. Mitch si guardò intorno lentamente. Il
banco del bar era affollato di clienti che gridavano seguendo la
partita Knicks-Lakers. Il rumore di fondo era diventato più intenso.

«Te lo dirò. Ma è molto probabile che in questo momento ci
sia qualcuno che ci spia. Non possono sentirci, ma possono os-
servarci. Ogni tanto sorridi, anche se ti sarà difficile.»

Il cameriere portò il vino e Mitch cominciò a raccontare, senza omettere nulla. Abby parlò una volta sola. Mitch riferì di
Anthony Bendini e del vecchio Morolto, di Nathan Locke che
era cresciuto a Chicago, di Oliver Lambert e degli uomini al
quarto piano.

Abby sorseggiò nervosamente il vino e si sforzò di sembrare la
classica moglie affettuosa che ha sofferto per la lontananza del
marito e ascolta con grande interesse mentre lui descrive il semi-

nario sulla normativa fiscale. Guardava i clienti al banco, beveva qualche piccolo sorso e ogni tanto sorrideva a Mitch, mentre le parlava del riciclaggio del denaro sporco e degli avvocati uccisi. Era intorpidita dalla paura. Respirava a fatica. Ma ascoltava e fingeva.

Il cameriere portò altro vino mentre la folla si diradava. Un'ora dopo aver incominciato, Mitch concluse a bassa voce.

«E Voyles ha detto che Tarrance si metterà in contatto con me fra qualche giorno per sapere se sono disposto a collaborare. Mi ha salutato e se n'è andato.»

«Tutto questo è successo martedì?» chiese Abby.

«Sì. Il primo giorno.»

«Cos'hai fatto durante il resto della settimana?»

«Ho dormito poco, ho mangiato poco, e sono stato quasi sempre tormentato da un sordo mal di testa.»

«Io me lo sento arrivare.»

«Mi dispiace, Abby. Avrei voluto prendere il primo aereo per venire a raccontarti tutto. Sono rimasto per tre giorni in stato di choc.».

«Io lo sono adesso. Non ci credo, Mitch. Sembra un brutto sogno. Ma è molto peggio.»

«Ed è solo l'inizio. L'FBI fa maledettamente sul serio. Altrimenti, perché il direttore in persona sarebbe venuto a parlare con me, un insignificante avvocato novellino di Memphis, sulla panchina di un parco, con qualche grado sotto zero? Ha assegnato cinque agenti a Memphis e tre a Washington, e ha detto che sono disposti a tutto pur di inchiodare lo studio. Perciò, se io tengo la bocca chiusa, li ignoro e continuo a fare il bravo e fedele dipendente dello studio Bendini, Lambert & Locke, un giorno compariranno muniti di mandati d'arresto e porteranno via tutti. Se io decido di collaborare, noi due lasceremo Memphis nel cuore della notte dopo che avrò consegnato lo studio ai federali, e andremo a vivere a Boise nell'Idaho sotto un altro nome. I soldi non ci mancheranno, ma dovremo fare il possibile per non destare sospetti. Dopo l'operazione di chirurgia plastica, avrò un posto come operatore di un carrello elevatore in un magazzino, e tu potrai lavorare part-time in un asilo nido. Avremo due figli, forse tre, e ogni sera pregheremo perché certe persone che non abbiamo mai conosciuto tengano la bocca chiusa e si dimentichino di noi. Vivremo ogni ora di ogni giorno in preda alla paura morbosa di venire scoperti.»

«È l'ideale, Mitch. È veramente l'ideale.» Abby si sforzava di non piangere.

Lui sorrise e si guardò intorno. «Abbiamo una terza possibilità. Possiamo uscire da quella porta, prendere due biglietti per San Diego, attraversare clandestinamente il confine e mangiare tortillas per il resto della vita.»

«Allora andiamo.»

«Ma molto probabilmente ci seguiranno. Con la fortuna che ho, troverò Oliver Lambert ad aspettarmi a Tijuana con una squadra di sicari. Non funzionerà. Era solo un'idea.»

«E Lamar?»

«Non so. È qui da sei o sette anni, ed è probabile che sia al corrente. Avery è socio, quindi fa parte dell'organizzazione.»

«E Kay?»

«Chissà. Molto probabilmente le mogli non sanno nulla. Ci ho pensato per quattro giorni, Abby, e come attività di facciata è l'ideale. Lo studio sembra esattamente ciò che deve sembrare. Riuscirebbero a ingannare chiunque. Voglio dire, tu o io e le altre possibili reclute non penseremmo mai a un'attività del genere. È perfetto. Però adesso i federali lo sanno.»

«E pretendono che tu faccia il lavoro più sporco. Perché ti hanno scelto, Mitch? Ci sono quaranta avvocati nello studio.»

«Perché io non ne sapevo niente. Ero un bersaglio immobile. L'FBI non sa con certezza quando i soci rivelano la verità agli associati, e perciò non potevano correre il rischio con qualcun altro. Io sono il nuovo arrivato, e mi hanno preparato la trappola non appena ho superato l'esame di ammissione all'ordine.»

Abby si morse le labbra e dominò le lacrime. Fissò la porta dall'altra parte della sala. «E loro ascoltano tutto quello che diciamo» mormorò.

«No, soltanto le telefonate e le conversazioni che facciamo in casa e in macchina. Possiamo incontrarci qui e nei ristoranti, e poi c'è sempre il patio. Comunque, propongo di allontanarci dalla porta scorrevole. Per essere più sicuri, dobbiamo andare dietro il capanno e bisbigliare.»

«Cerchi di fare lo spiritoso? Spero di no. Non è il momento di scherzare. Sono spaventata, furiosa, confusa, e non so da che parte voltarmi. Ho paura di parlare in casa mia. Controllo ogni parola che pronuncio al telefono, persino se è qualcuno che ha sbagliato numero. Ogni volta che il telefono suona, sobbalzo e lo fisso. E adesso tu mi dici tutto questo.»

«Ti occorre un altro drink.»

«Me ne occorrono dieci.»

Mitch le afferrò il polso, lo strinse. «Aspetta un momento. Ho visto una faccia familiare. Non voltarti.»

Abby trattenne il respiro. «Dove?»

«Dall'altra parte del banco. Sorridi e guardami.»

Seduto su uno sgabello e intento a seguire la televisione c'era un tipo biondo e abbronzato con un vistoso maglione da sciatore bianco e azzurro. Arrivato diritto dalle piste. Ma Mitch aveva visto l'abbronzatura, la frangetta e i baffi biondi anche a Washington. Lo fissò con attenzione. La luce azzurrina dello schermo gli investiva il volto. Mitch si ritrasse nell'ombra. L'uomo sollevò una bottiglia di birra, esitò e poi lanciò un'occhiata nell'angolo dove sedevano i coniugi McDeere.

«Sei sicuro?» chiese Abby senza muovere le labbra.

«Sì. Era a Washington, ma non rammento dove. Anzi, l'ho visto due volte.»

«È uno di loro?»

«Come posso saperlo?»

«Andiamo via.»

Mitch lasciò un biglietto da venti dollari sul tavolo. Uscirono dall'aeroporto.

Al volante della Peugeot, Mitch attraversò in fretta il parcheggio, pagò e si lanciò verso il centro. Dopo cinque minuti di silenzio, Abby si sporse verso di lui e gli sussurrò all'orecchio: «Possiamo parlare?».

Lui scosse la testa. «Be', com'è stato il tempo durante la mia assenza?»

Abby alzò gli occhi al cielo, poi guardò dal finestrino. «Freddo» disse. «Stasera potrebbe nevicare.»

«A Washington è stato sotto zero per tutta la settimana.»

Abby si mostrò stupefatta dalla rivelazione. «È nevicato?» chiese inarcando le sopracciglia come se l'argomento la affascinasse.

«No, c'era solo un freddo atroce.»

«Che coincidenza. Freddo qui e freddo là.»

Mitch ridacchiò. Proseguirono in silenzio sulla bretella interstatale. «E allora, chi vincerà il Super Bowl?» chiese.

«Gli Oilers.»

«Ne sei convinta, eh? Io credo che vinceranno i Redskins. A Washington non si parlava d'altro.»

«Oh, oh. Dev'essere una città molto divertente.»

Un altro silenzio. Abby si portò alla bocca il dorso della mano e fissò i fanalini rossi delle macchine che li precedevano. In quel momento sarebbe stata disposta a correre il rischio di una fuga a Tijuana. Suo marito, classificato al terzo posto nel corso ad Harvard, corteggiato da diversi studi di Wall Street, aveva scelto... la mafia! Con cinque avvocati assassinati all'attivo, quelli non avrebbero certo esitato ad ammazzarne un sesto. Suo marito! Poi le numerose conversazioni con Kay Quin le turbinarono nella mente. Lo studio incoraggia ad avere bambini. Lo studio permette che le mogli lavorino ma non per sempre. Lo studio non assume nessuno che sia ricco di famiglia. Lo studio esige la massima lealtà. Lo studio ha il tasso di avvicendamento più basso del Paese. Non c'era da meravigliarsi.

Mitch la osservava attento. Venti minuti dopo aver lasciato l'aeroporto, la Peugeot si fermò nel garage accanto alla BMW. Si presero per mano e si incamminarono lungo il vialetto.

«È pazzesco, Mitch.»

«Sì. Ma è tutto vero. Non è un incubo che scomparirà.»

«Cosa dobbiamo fare?»

«Non lo so, piccola. Ma dobbiamo agire in fretta e senza commettere errori.»

«Io ho paura.»

«Io sono terrorizzato.»

Tarrance non attese a lungo. Una settimana dopo aver salutato Mitch al Muro lo vide mentre camminava in fretta in direzione del Federal Building in North Main, a otto isolati dalla sede dello studio Bendini. Lo seguì per due isolati, poi entrò in un piccolo caffè con le vetrate che guardavano sulla strada. A Memphis le macchine non potevano circolare in Main Street. L'asfalto era stato ricoperto di piastrelle quando aveva cessato di essere una strada ed era stato trasformato nel Mid-America Mall. Qua e là spuntava un albero desolato e inutile e tendeva i rami spogli tra gli edifici. Gli alcolizzati e i nomadi urbani vagavano senza meta da un'estremità all'altra del Mall e mendicavano per procurarsi denaro e cibo.

Tarrance sedette accanto a una vetrata e restò a guardare in distanza mentre Mitch entrava nel Federal Building. Ordinò un caffè e una ciambella al cioccolato. Controllò l'orologio. Erano le dieci del mattino. Secondo le sue informazioni, McDeere aveva un'udienza davanti al tribunale fiscale e sarebbe stata una cosa molto breve. Tarrance continuò ad attendere.

In un tribunale non c'era mai niente che si sbrighi davvero in fretta. Dopo un'ora, Tarrance accostò la faccia ai vetri e osservò la gente che passava in lontananza. Finì il terzo caffè, lasciò due dollari sul tavolino, si alzò e andò a mettersi accanto alla porta. Quando Mitch arrivò, si affrettò ad andargli incontro.

Mitch lo vide e rallentò.

«Salve, Mitch. Le dispiace se faccio un pezzo di strada con lei?»

«Sì, mi dispiace. Non pensa che sia pericoloso?»

Si incamminarono a passo svelto, senza guardarsi. «Vede quel negozio?» disse Tarrance indicando sulla destra. «Ho bisogno di un paio di scarpe.» Entrarono nella Don Pang's House of Shoes. Tarrance si avviò verso il fondo e si fermò tra due file di false Reebok che si vendevano a quattro dollari e novantanove ogni due paia. Mitch lo seguì e ne esaminò un paio. Don Pang, o forse un altro coreano, li sbirciò con aria sospettosa ma non disse niente. Guardarono in direzione della strada.

«Ieri mi ha telefonato il direttore» disse Tarrance senza muovere le labbra. «Ha chiesto di lei. Ha detto che è ora di prendere una decisione.»

«Gli riferisca che ci sto ancora pensando.»

«L'ha detto ai suoi amici dello studio?»

«No. Ci sto ancora pensando.»

«Bene. Non credo che dovrebbe dirglielo.» Tarrance gli porse un biglietto. «Lo tenga. Dietro ci sono due numeri. Chiami l'uno o l'altro da un telefono pubblico. Parlerà con un registratore, quindi detti un messaggio e mi faccia sapere esattamente quando e dove dovremo incontrarci.»

Mitch mise il biglietto in tasca.

All'improvviso, Tarrance si chinò. «Cosa succede?» volle sapere Mitch.

«Credo che ci abbiano sorpresi. Ho appena visto uno dei loro passare davanti al negozio e guardare dentro. Mi ascolti, Mitch, e mi ascolti attentamente. Esca insieme a me, e appena saremo usciti dalla porta, mi gridi di sparire e mi dia uno spintone. Io fingerò di reagire, e lei dovrà mettersi a correre verso il suo ufficio.»

«Vuole farmi ammazzare, Tarrance?»

«Faccia quello che le dico. Appena arriva allo studio, riferisca l'episodio ai soci. Gli racconti che l'ho abbordato e che è scappato al più presto possibile.»

Quando uscirono, Mitch spinse con più energia del necessario e urlò: «Vada al diavolo e mi lasci in pace!». Corse per due isolati fino a Union Avenue ed entrò nel Bendini Building. Si fermò nel gabinetto del pianterreno per riprendere fiato. Si guardò allo specchio e respirò profondamente per dieci volte.

Avery era al telefono, con due spie lampeggianti che segnalavano altre telefonate in arrivo. Una segretaria era seduta sul divano, con un blocco da stenografia fra le mani, in attesa di ordini. Mitch le lanciò un'occhiata e disse: «Le dispiace uscire? Devo parlare con Avery in privato». La donna si alzò, e Mitch l'accompagnò alla porta. Poi chiuse.

Avery lo fissò per un momento e riattaccò il ricevitore. «Cos'è successo?» domandò.

Mitch si fermò accanto al sofà. «L'FBI mi ha beccato mentre uscivo dal tribunale.»

«Accidenti! Chi era?»

«Lo stesso agente dell'altra volta. Quel Tarrance.»

Avery prese il telefono e intanto continuò a parlare. «Dov'è successo?»

«Sul Mall. A nord di Union Street. Io ero solo e stavo pensando agli affari miei.»

«È il primo contatto, dopo l'altra volta?»

«Sì. Sul momento non avevo neppure riconosciuto il loro uomo.»

Avery parlò nel ricevitore. «Qui Avery Tolleson. Devo parlare immediatamente con Oliver Lambert. Non mi interessa se è al telefono. Lo interrompa subito.»

«Cosa succede, Avery?» chiese Mitch.

«Pronto, Oliver, sono Avery. Scusa il disturbo. Mitch McDeere è qui nel mio ufficio. Pochi minuti fa era appena uscito dal Federal Building quando l'agente dell'FBI l'ha abbordato sul Mall... Cosa? Sì, è venuto subito nel mio ufficio e me l'ha raccontato... D'accordo, saremo lì fra cinque minuti.» Avery riattaccò. «Si calmi, Mitch. Ci siamo passati altre volte.»

«Lo so, Avery, ma non ha senso. Perché ce l'hanno proprio con me? Sono l'ultimo assunto dello studio.»

«È una persecuzione pura e semplice, Mitch. Nient'altro che una persecuzione. Si sieda.»

Mitch andò alla finestra e guardò il fiume. Avery mentiva con molta freddezza. Era venuto il momento del solito "ce l'hanno con noi". Si calmi, Mitch. Si calmi? Con otto agenti dell'FBI assegnati al caso dello studio e il direttore in persona che seguiva giornalmente gli sviluppi? Come faceva a stare calmo? Si era appena fatto sorprendere a parlottare con un agente dell'FBI in un negozio di scarpe da quattro soldi. E adesso era costretto a comportarsi come se fosse una ignara pedina circuita dalle forze maligne del governo federale. Persecuzione? E allora perché quel tale lo aveva seguito in una normalissima visita al tribunale? Prova un po' a rispondere, Avery.

«È spaventato, vero?» chiese Avery. Gli passò un braccio intorno alle spalle e guardò anche lui dalla finestra.

«Non proprio. L'altra volta Locke ha spiegato tutto; ma vorrei che mi lasciassero in pace.»

«È una faccenda seria, Mitch. Non la prenda alla leggera. Andiamo a parlarne con Lambert.»

Mitch seguì Avery in fondo al corridoio. Uno sconosciuto dall'abito nero aprì la porta per farli passare e la richiuse. Lambert, Nathan Locke e Royce McKnight erano in piedi vicino al piccolo tavolo delle riunioni sul quale, anche questa volta, c'era un registratore. Mitch sedette di fronte all'apparecchio. Locke si mise a capotavola e lo fissò.

Quando parlò, aggrottò la fronte in una smorfia minacciosa. Nessuno sorrideva. «Mitch, Tarrance o qualcun altro dell'FBI si è messo in contatto con lei dopo il primo incontro dell'agosto scorso?»

«No.»

«È sicuro?»

Mitch batté la mano sul tavolo. «Accidenti, ho detto di no! Cosa vuole? Interrogarmi sotto giuramento?»

Locke sembrava meravigliato. Sembravano meravigliati tutti quanti. Scese un silenzio pesante che si protrasse per trenta secondi. Mitch guardò male Locke, che indietreggiò con un movimento casuale della testa.

Intervenne Lambert, il diplomatico, il mediatore. «Senta, Mitch, sappiamo che è una cosa preoccupante.»

«Può dirlo forte. Non mi piace per niente. Mi faccio gli affari miei, mi ammazzo di fatica per novanta ore la settimana, mi sforzo di essere un buon avvocato, e per una ragione sconosciuta continuo ad avere strani contatti da parte dell'FBI. Vorrei qualche spiegazione.»

Locke premette il tasto rosso del registratore. «Ne parleremo fra un minuto. Prima ci racconti tutto.»

«È molto semplice, signor Locke. Alle dieci sono entrato nel Federal Building e mi sono presentato al giudice Kofer per il caso di Malcolm Delaney. Sono rimasto là circa un'ora, e ho finito quello che avevo da fare. Sono uscito e mi sono avviato verso l'ufficio... piuttosto di fretta, devo aggiungere. Fuori fa un freddo cane. A un paio di isolati da Union Street, quel Tarrance è comparso all'improvviso, mi ha afferrato per il braccio e mi ha trascinato in un negozietto. Avevo tutte le intenzioni di pestarlo ma dopotutto è un agente dell'FBI. E non volevo fare una scena. Mi ha detto che voleva parlarmi per un minuto. Mi sono svincolato e sono corso alla porta. Mi ha raggiunto, ha cercato di afferrarmi di nuovo e gli ho dato uno spintone. Poi sono corso qui e sono andato subito da Avery. Ecco tutto quello che è stato detto. Parola per parola.»

«Di cosa voleva parlarle?»

«Non gliene ho lasciato la possibilità, signor Locke. Non ho nessuna intenzione di parlare con un agente dell'FBI, a meno che non sia munito di un mandato.»

«È sicuro che fosse lo stesso agente?»

«Credo di sì. In un primo momento non l'ho riconosciuto. Non lo vedevo dall'agosto scorso. Quando mi ha trascinato nel negozio ha tirato fuori il distintivo e mi ha ripetuto il suo nome. A questo punto sono scappato.»

Locke premette un altro tasto e si appoggiò alla spalliera della sedia. Dietro di lui, Lambert sorrise calorosamente. «Stia a sentire, Mitch, glielo abbiamo spiegato l'altra volta. I federali diventano sempre più temerari. Appena il mese scorso hanno abbordato Jack Aldrich mentre pranzava in un piccolo grill della Seconda Strada. Non sappiamo con certezza che cosa stiano tramando, ma Tarrance è impazzito. È una vera e propria persecuzione.»

Mitch gli guardava le labbra ma non ascoltava. Mentre Lambert parlava, pensò a Kozinski e Hodge e alle loro belle vedove e agli orfani che aveva visto il giorno dei funerali.

Locke si schiarì la gola. «È una cosa seria, Mitch. Ma non abbiamo niente da nascondere. Se sospettano qualcosa di illecito, farebbero meglio a indagare sui nostri clienti. Noi siamo avvocati. Può capitarci di rappresentare individui che scherzano con la legge, ma non abbiamo fatto niente di male. Per noi è una situazione sconcertante.»

Mitch sorrise e allargò le mani. «Cosa volete che faccia?» chiese con la massima sincerità.

«Non può fare proprio niente» intervenne Lambert. «Basta che stia lontano da quell'individuo, e scappi appena lo vede. Se si azzarda anche soltanto a guardarla, ce lo riferisca immediatamente.»

«È appunto quello che ha fatto» replicò Avery in tono difensivo.

Mitch si sforzò di sembrare più avvilito.

«Può andare» concluse Lambert. «E ci tenga informati.»
Mitch lasciò l'ufficio da solo.

DeVasher camminava avanti e indietro, senza guardare i soci.
«Ha mentito, vi dico. Ha mentito. Quel figlio di puttana mente.
Lo so.»

«Che cos'ha visto il tuo uomo?» chiese Locke.

«Il mio uomo ha visto una scena diversa. Leggermente diversa... ma molto diversa. Dice che McDeere e Tarrance sono entrati con disinvoltura nel negozio di scarpe. Non ci sono state in-
timidazioni fisiche da parte di Tarrance: si è avvicinato, hanno
parlato, e sono entrati insieme. Il mio uomo dice che sono spariti nell'angolo in fondo e ci sono rimasti tre, quattro minuti. Poi
un altro dei nostri è passato davanti alla vetrina, ha guardato al-
l'interno e non ha visto niente. Senza dubbio l'hanno visto quei
due perché pochi secondi più tardi sono usciti di corsa, con Mc-
Deere che gridava e spintonava. C'è qualcosa che non va, ve lo
assicuro.»

«Tarrance l'ha preso per il braccio e l'ha costretto a entrare
nel negozio?» chiese Nathan Locke.

«No, diavolo. È questo il problema. McDeere l'ha seguito
spontaneamente; e quando dice che il federale l'ha afferrato per
il braccio, racconta una balla. Secondo il mio uomo sarebbero
rimasti là dentro per un pezzo se non ci avessero visti.»

«Però non ne sei sicuro» disse Nathan Locke.

«Non ne sono sicuro, accidenti. Non mi hanno invitato nella
calzoleria.»

DeVasher seguitò a camminare avanti e indietro mentre gli avvocati fissavano il pavimento. Tolse l'incarto a un Roi-Tan e se
lo infilò tra le labbra.

Alla fine fu Oliver Lambert a parlare. «Senti, DeVasher, è
possibile che McDeere dica la verità e che il tuo uomo abbia capito male. È possibile. Credo che McDeere abbia diritto al beneficio del dubbio.»

DeVasher borbottò e non rispose.

«Vi risultano altri contatti dopo lo scorso agosto?» chiese
Royce McKnight.

«Non ne sappiamo niente, ma questo non significa che non si

siano mai parlati, vero? Degli altri due non abbiamo saputo niente se non quando era quasi troppo tardi. È impossibile sorvegliare ogni mossa che fanno. Impossibile.»

DeVasher seguitò a camminare avanti e indietro, immerso nei suoi pensieri. «Devo parlare con lui» disse alla fine.

«Con chi?»

«Con McDeere. È ora che io e lui facciamo due chiacchiere.»

«A proposito di che?» chiese nervosamente Lambert.

«Lascia fare a me. D'accordo? Non immischiarti.»

«Mi sembra un po' prematuro» disse Locke.

«E a me non frega niente di quello che pensate. Se i responsabili della sicurezza foste voi, sareste già tutti in galera.»

Mitch era seduto nel suo ufficio con la porta chiusa e fissava il muro. Aveva un'emicrania incipiente ed era assalito dalla nausea. Sentì bussare alla porta.

«Avanti» disse a voce bassa.

Avery si affacciò, poi si avvicinò alla scrivania. «Viene a pranzo?»

«No, grazie. Non ho fame.»

Il socio infilò le mani nelle tasche dei pantaloni e sorrise con calore. «Senta, Mitch, mi rendo conto che è preoccupato. Facciamo una pausa. Io devo correre in centro per una riunione. Perché non ci troviamo alla una al Manhattan Club? Pranzeremo con calma e parleremo. Le ho prenotato la limousine. L'aspetterà qui fuori alla una meno un quarto.»

Mitch riuscì a sorridere come se fosse commosso. «Va bene, Avery. Perché no?»

«Ci vediamo alla una.»

Alla una meno un quarto, Mitch uscì sulla strada e si avviò alla limousine. L'autista aprì la portiera e Mitch salì. C'era già qualcuno a bordo.

Un uomo basso, tarchiato e calvo, dal collo molto grosso e cascante era seduto con aria trionfante nell'angolo del sedile posteriore. Tese la mano. «Mi chiamo DeVasher, Mitch. Lieto di conoscerla.»

«È la limousine giusta?» chiese Mitch.

«Certo. Certo. Si calmi.» La macchina si staccò dal marcìapiede.

«Desidera?» chiese Mitch.

«Desidero che mi ascolti per un po'. Dobbiamo fare una chiacchieratina.» L'autista svoltò in Riverside Drive e puntò verso il ponte Hernando de Soto.

«Dove andiamo?» chiese Mitch.

«A fare un giretto. Si rilassi, figliolo.»

Dunque io sono il numero sei, pensò Mitch. Ci siamo. No, un momento. Quando ammazzavano, quelli dimostravano un po' più di fantasia.

«Mitch... posso chiamarla Mitch?»

«Certo.»

«Benissimo. Mitch, io sono il responsabile del servizio di sicurezza dello studio e...»

«Perché c'è bisogno di un servizio di sicurezza?»

«Mi ascolti, figliolo, e glielo spiegherò. Lo studio ha un ampio programma di sicurezza grazie al vecchio Bendini. Vede, lui aveva la mania della sicurezza e della segretézza. Il mio compito è proteggere lo studio, e per essere sincero siamo molto preoccupati di questa faccenda dell'FBI.»

«Lo sono anch'io.»

«Sì. Pensiamo che l'FBI stia cercando di infiltrarsi tra di noi con la speranza di riuscire a raccogliere informazioni su certi clienti.»

«Quali clienti?»

«Alcuni molto ricchi che hanno *tax shelters* piuttosto discutibili.»

Mitch annuì e guardò il fiume. Erano arrivati nell'Arkansas, e il profilo di Memphis svaniva alle loro spalle. DeVasher interruppe la conversazione. Se ne stava seduto come un ranocchio, con le dita intrecciate sulla pancia. Mitch attese fino a che diventò evidente che quei silenzi non disturbavano affatto il suo interlocutore. Oltre il fiume, dopo diversi chilometri, l'autista lasciò l'interstatale e prese una strada locale che tornava verso est. Poi passò su una strada di ghiaia che procedeva per un chilometro e mezzo fra i campi di fagioli lungo il fiume. Sull'altra sponda, la città ridivenne visibile.

«Dove stiamo andando?» chiese Mitch, un po' allarmato.

«Stia tranquillo. Voglio mostrarle una cosa.»

Una fossa per seppellirmi, pensò Mitch. La limousine si fermò su un'altura. Tre metri più sotto c'era una barena di sabbia. Dall'altra parte il profilo di Memphis si stagliava contro il cielo e si scorgeva la sommità del Bendini Building.

«Facciamo due passi» propose DeVasher.

«Dove?» chiese Mitch.

«Venga. Non abbia paura.» Aprì la portiera e andò a fermarsi accanto al paraurti posteriore. Mitch lo seguì lentamente.

«Come le stavo dicendo, siamo molto seccati per questo contatto con l'FBI. Se parla con loro diventeranno ancora più audaci e chissà cos'altro tenteranno. È indispensabile che non succeda mai più. Capisce?»

«Sì. Questo lo avevo capito fin dal primo incontro in agosto.»

All'improvviso DeVasher si accostò, naso contro naso. Sorrise malignamente. «Ho qualcosa che servirà a farla restare onesto.» Infilò la mano all'interno della giacca sportiva ed estrasse una busta.

«Dia un'occhiata» disse con una smorfia, e si allontanò.

Mitch si appoggiò alla limousine e aprì nervosamente la busta. C'erano quattro fotografie in bianco e nero, venti per venticinque, nitidissime. Sulla spiaggia. La ragazza.

«Oh, mio Dio! Chi le ha fatte?» gridò Mitch.

«Che importanza ha? È lei, vero?»

Non c'era il minimo dubbio circa l'identità. Mitch strappò le foto in pezzi minutissimi e li lanciò in direzione di DeVasher.

«Ne abbiamo molte copie in ufficio» disse quello con molta calma. «A pacchi. Non vogliamo servircene, ma se parlerà ancora con il signor Tarrance o qualche altro agente federale, le spediremo a sua moglie. Le piacerebbe, Mitch? Immagini la sua graziosa mogliettina che va ad aprire la cassetta delle lettere per ritirare il "Redbook" e i cataloghi e vede questa strana busta indirizzata a lei. Provi a pensarci. La prossima volta che deciderà di andare a comprare un paio di scarpe di plastica in compagnia di Tarrance, pensi a noi. Perché la sorveglieremo.»

«Chi sa di queste foto?» chiese Mitch.

«Io, il fotografo e adesso anche lei. Nello studio non lo sa nessuno e non ho intenzione di dirlo. Ma se ne combina un'altra, immagino che le faranno circolare all'ora di pranzo. So giocare pesante, Mitch.»

Mitch si appoggiò al portabagagli senza parlare. DeVasher gli si avvicinò. «Mi ascolti. Lei è un giovane molto brillante, ed è sulla strada della ricchezza. Non rovini tutto. Lavori, stia al gioco, compri altre macchine nuove, costruisca una casa più grande e così via. Come tutti gli altri. Non cerchi di fare l'eroe. Non voglio essere costretto a servirmi delle fotografie.»

«D'accordo, d'accordo.»

21

Per diciassette giorni e diciassette notti, la vita di Mitch e Abby McDeere procedette nella calma, senza interferenze da parte di Wayne Tarrance o di altri federali. Ripresero le solite abitudini. Mitch lavorava diciotto ore al giorno, ogni giorno della settimana, e non lasciava mai l'ufficio se non per tornare a casa. Pranzava alla scrivania. Avery mandava altri associati a sbrigare le commissioni, a presentare mozioni e a discutere in tribunale. Mitch lasciava di rado il suo ufficio, il rifugio di quattro metri e mezzo per quattro e mezzo dove era certo che Tarrance non poteva raggiungerlo. Quando era possibile, stava lontano persino dai corridoi, dai gabinetti e dalla saletta del caffè. Era sicuro che lo spiassero. Non sapeva con certezza chi fossero, ma non c'era dubbio: un gruppo di individui era interessato ai suoi movimenti. Perciò restava alla scrivania, quasi sempre con la porta chiusa, lavorava con diligenza, metteva in conto le ore ai clienti e cercava di dimenticare che il palazzo aveva un quinto piano e che al quinto piano c'era un uomo basso, grasso e carogna che si chiamava DeVasher e aveva una collezione di fotografie in grado di rovinarlo.

Via via che i giorni passavano, Mitch si rinchiudeva sempre più nel suo rifugio e sperava che l'episodio nel negozio di scarpe coreano avesse spaventato Tarrance o causato il suo siluramento. Forse Voyles si sarebbe dimenticato del caso, e lui avrebbe potuto navigare felicemente verso la ricchezza, la promozione a socio e la possibilità di comprare tutto ciò che desiderava. Ma sapeva che non era così.

Per Abby la casa era una prigione, anche se poteva entrare e uscire quando voleva. Lavorava più ore a scuola, passava più tempo nei centri commerciali e andava almeno una volta al giorno al negozio di alimentari. Guardava sempre tutti, soprattutto gli uomini vestiti di scuro che la osservavano. Portava le lenti scure perché non vedessero i suoi occhi. Le portava anche se pioveva. La sera, quando aspettava il marito dopo aver cenato da sola, fissava le pareti e resisteva a stento alla tentazione di controllare. Avrebbe potuto esaminare i telefoni con una lente di ingrandimento. I fili e i microfoni non potevano essere invisibili, si diceva. Più di una volta pensò di comprare un libro su quel tipo di aggeggi per poterli identificare. Ma Mitch disse di no. Erano in casa, le assicurò: e un tentativo di individuarli poteva essere disastroso.

Perciò si muoveva in silenzio nella sua stessa casa. La sentiva violata e capiva che non poteva continuare così per molto. Tutti e due sapevano quanto fosse importante apparire normali ed esprimersi in modo normale. Cercavano di parlare delle loro giornate, dell'ufficio e della scuola, del tempo, di questo e di quello. Ma le conversazioni erano fiacche, spesso forzate. Quando Mitch studiava alla facoltà di legge avevano fatto l'amore spesso e intensamente. Adesso non lo facevano quasi più. Qualcuno era in ascolto.

Le passeggiate notturne intorno all'isolato diventarono un'abitudine. Ogni sera, dopo aver mangiato in fretta un sandwich, recitavano le solite frasi dichiarando che avevano bisogno di fare due passi, e uscivano per strada. Si tenevano per mano e camminavano nel freddo, e parlavano dello studio e dell'FBI e di ciò che potevano fare. La conclusione era sempre la stessa: non c'erano vie di uscita. Niente da fare. Diciassette giorni e diciassette notti.

Il diciottesimo giorno portò una novità. Alle nove di sera Mitch, esausto, decise di andare a casa. Aveva lavorato ininterrottamente per quindici ore e mezzo. A duecento dollari l'ora. Come al solito, si avviò per i corridoi del primo piano, quindi salì la scala che portava al secondo. Controllò in ogni ufficio per vedere se c'era ancora qualcuno che lavorava. Al secondo piano non c'era nessuno. Mitch salì al terzo e avanzò nell'ampio corridoio rettangolare come se cercasse qualcosa. Tutte le luci erano spente, tranne una. Royce McKnight era ancora al lavoro.

Mitch passò davanti al suo ufficio senza essere visto. La porta di Avery era chiusa, e Mitch girò la maniglia. Era chiusa a chiave. Andò nella biblioteca in fondo al corridoio, in cerca di un libro che non gli serviva. Dopo due settimane di ispezioni a tarda sera, non aveva trovato telecamere a circuito chiuso nei corridoi e negli uffici. Si limitavano ad ascoltare, pensava. Non potevano vedere.

Salutò Dutch Hendrix al cancello e tornò a casa. Abby non lo aspettava così presto. Aprì la porta passando dal garage ed entrò in cucina. Accese la luce. Abby era in camera da letto. Tra la cucina e lo studio c'era un piccolo vestibolo con una scrivania dove lei lasciava ogni giorno la posta. C'era una grossa busta gialla: era indirizzata ad Abby McDeere, con un pennarello nero. Non c'era l'indirizzo del mittente. Una scritta a grandi lettere nere avvertiva: FOTOGRAFIE – NON PIEGARE. Gli si bloccò il cuore, poi il respiro. Prese la busta. Era stata aperta.

Il sudore gli imperlò la fronte. Aveva la bocca arida e non riusciva a deglutire. Il cuore riprese a battere furiosamente. Il respiro era pesante, faticoso. La nausea lo assalì. Indietreggiò tenendo la busta fra le mani. Lei è a letto, pensò. Ferita, sconvolta, distrutta e furibonda. Si asciugò la fronte e cercò di calmarsi. Affronta la situazione da uomo, si disse.

Abby era a letto e leggeva un libro con la televisione accesa. Il cane era fuori, in giardino. Mitch aprì la porta della camera, e Abby sussultò inorridita. Per un momento sembrò sul punto di urlare, poi lo riconobbe.

«Mitch, mi hai fatto paura!»

Gli occhi si illuminarono. Non avevano pianto: erano normali. Niente sofferenza. Niente collera. Mitch non riusciva a parlare.

«Come mai sei già a casa?» chiese Abby. Si sollevò a sedere sul letto con un sorriso.

Un sorriso? «Abito qui» disse Mitch con un filo di voce.

«Perché non hai telefonato?»

«Devo telefonare prima di tornare a casa?» Il respiro era tornato quasi normale. Era tutto a posto!

«Sarebbe simpatico. Vieni a darmi un bacio.»

Mitch si chinò a baciarla. Le porse la busta. «Cos'è?» chiese con noncuranza.

«Non lo so. È indirizzata a me, ma dentro non c'era niente.» Abby chiuse il libro e lo posò sul comodino.

Niente! Mitch sorrise e la baciò di nuovo. «Aspetti qualche fotografia da qualcuno?» chiese.

«No, che io sappia. Sarà stato uno sbaglio.»

Mitch ebbe l'impressione di sentire DeVasher che in quel momento rideva al quarto piano. Quel grasso bastardo era lassù, in una stanza buia piena di cavi e di apparecchi, con la cuffia sulla testa calva, e rideva sfrenatamente.

«È strano» disse Mitch. Abby infilò un paio di jeans e indicò il giardino. Lui annuì. Il segnale era semplice: un cenno in direzione del patio.

Mitch tornò a posare la busta sulla scrivania del piccolo vestibolo e per un secondo toccò le scritte. Probabilmente erano di mano di DeVasher. Gli sembrava di sentirlo ridere, di vedere la faccia grassa, il sorriso maligno. Probabilmente le fotografie erano passate di mano in mano durante un pranzo dei soci. Non era difficile immaginare Lambert e McKnight e persino Avery che le ammiravano tra il caffè e il dessert.

Facevano bene a godersi quelle foto, accidenti. Facevano bene a godersi gli ultimi mesi delle loro fulgide, redditizie carriere di avvocati.

Abby gli passò accanto. Le prese la mano. «Cosa c'è di buono per cena?» chiese, a tutto beneficio di quelli che stavano ascoltando.

«Perché non usciamo? Dobbiamo festeggiare, dato che sei tornato a un'ora decente.»

Attraversarono lo studio. «Buona idea» convenne Mitch. Uscirono dalla porta sul retro e si avviarono nell'oscurità del patio.

«Cosa c'è?» chiese Mitch.

«Oggi è arrivata una lettera di Doris. Dice che è a Nashville ma tornerà a Memphis il ventisette febbraio. Dice che ha bisogno di vederti. È importante. È una lettera molto breve.»

«Il ventisette? Ma era ieri.»

«Lo so. Immagino che sia già arrivata. Chissà che cosa vuole.»

«Sì. E chissà dov'è.»

«Dice che il marito aveva una scrittura qui in città.»

«Bene. Ci troverà lei» disse Mitch.

Nathan Locke chiuse la porta del suo ufficio e indicò a DeVasher il piccolo tavolo per le riunioni accanto alla finestra. Si odiavano, e non cercavano di mostrarsi cordiali. Ma gli affari erano affari e prendevano ordini dallo stesso uomo.

«Lazarov vuole che ti parli, da solo» disse DeVasher. «Ho passato gli ultimi due giorni a Las Vegas con lui, ed è molto preoccupato. Sono tutti preoccupati, Locke, e lui si fida di te più che di tutti gli altri di qui. Ha più simpatia per te che per me.»

«È comprensibile» commentò Locke senza sorridere. Gli occhi neri si socchiusero e fissarono DeVasher.

«Comunque ci sono diverse cose di cui vuole che parliamo.»

«Sto ascoltando.»

«McDeere mente. Sai che Lazarov si è sempre vantato di avere una talpa nell'FBI. Io non gli ho mai creduto, e ancora oggi non gli credo del tutto. Ma secondo Lazarov, la sua fonte sostiene che c'è stato un incontro segreto tra McDeere e alcuni pezzi molto grossi dell'FBI quando il ragazzo è andato a Washington in gennaio. Noi c'eravamo e i nostri non hanno visto niente. Ma è impossibile stare dietro a qualcuno per ventiquattro ore al giorno senza farsi notare. È possibile che ci sia scappato per un po' senza che ce ne siamo accorti.»

«Tu lo credi?»

«Non ha importanza se io ci credo o no. Lazarov lo crede, e questa è la sola cosa che conta. Comunque, mi ha detto di fare i piani preliminari per... uhm... per occuparci di lui.»

«Accidenti! Non possiamo continuare a eliminare gente.»

«Solo i piani preliminari, niente di decisivo. Ho detto a Lazarov che è troppo presto e che sarebbe un errore. Ma sono molto preoccupati, Locke.»

«Non si può continuare così, DeVasher. Maledizione! Dobbiamo pensare alla nostra reputazione. Abbiamo un tasso di

mortalità più elevato di una piattaforma petrolifera. La gente comincerà a chiacchierare. Arriveremo al punto che nessuno studente di legge con la testa sulle spalle sarà disposto a venire a lavorare per noi.»

«Di questo non devi preoccuparti. Lazarov ha ordinato di bloccare le assunzioni. Mi ha detto di riferirtelo. E vuole sapere quanti degli associati sono ancora all'oscuro.»

«Cinque, mi pare. Vediamo un po'... Lynch, Sorrell, Buntin, Myers e McDeere.»

«Lascia perdere McDeere. Lazarov è convinto che sappia molto più di quanto crediamo. Sei sicuro che gli altri quattro non sappiano niente?»

Locke rifletté per un attimo e mormorò sottovoce. «Be', noi non gliel'abbiamo detto. Voi li sorvegliate di continuo. Che cosa avete sentito?»

«Da quei quattro, niente. Sembrano ignorare tutto e si comportano come se non avessero sospetti. Puoi licenziarli?»

«Licenziarli? Sono avvocati, DeVasher. Non si licenziano gli avvocati. Sono membri fedeli dello studio.»

«Lo studio deve cambiare, Locke. Lazarov vuole licenziare quelli che non sanno e interrompere le nuove assunzioni. È evidente che i federali hanno cambiato strategia, e dobbiamo cambiarla anche noi. Lazarov vuole prevenire un attacco e tappare tutte le falle. Non possiamo restare inerti ad aspettare che mettano nel sacco i nostri ragazzi.»

«Licenziarli» ripeté Locke, incredulo. «Lo studio non ha mai licenziato un avvocato.»

«Molto commovente, Locke. Ne abbiamo eliminati cinque ma non ne abbiamo mai licenziato uno. Molto bene. Hai un mese per provvedere, quindi comincia a farti venire in mente una ragione. Ti consiglio di licenziarli tutti e quattro insieme. Digli che avete perso un grosso *account* e che dovete ridimensionarvi.»

«Noi abbiamo clienti, non *accounts*.»

«Va bene, va bene. Il vostro cliente più grosso vi dice di licenziare Lynch, Sorrell, Buntin e Myers. Comincia a preparare i piani.»

«Come possiamo licenziare quei quattro senza licenziare anche McDeere?»

«Ti verrà in mente qualcosa, Nat. Hai un mese di tempo. Sbarazzati di loro e non fare altre assunzioni. Lazarov vuole una piccola unità compatta dove siano tutti fidati. È spaventato, Nat. Spaventato e furioso. Non è necessario che ti dica cosa potrebbe succedere se uno dei tuoi ragazzi spifferasse tutto.»

«No, non c'è bisogno che tu me lo dica. Cosa conta di fare Lazarov con McDeere?»

«Per il momento niente, a parte la solita routine. Ascoltiamo ventiquattr'ore al giorno e il ragazzo non ha detto una parola con la moglie o con altri. Non una parola! È stato abbordato per due volte da Tarrance, e ve l'ha riferito. Io penso ancora che il secondo incontro fosse piuttosto sospetto, perciò è meglio essere molto prudenti. Lazarov, d'altra parte, sostiene che c'è stato anche un incontro a Washington. Sta cercando la conferma. Ha detto che le sue fonti sapevano poco ma stavano scavando. Se McDeere si è effettivamente incontrato lassù con i federali e non l'ha riferito, sono sicuro che Lazarov mi darà ordine di agire in fretta. Ecco perché vuole i piani preliminari per farlo fuori.»

«Come conti di fare?»

«È troppo presto. Non ci ho ancora pensato.»

«Sai che lui e la moglie andranno alle Cayman in vacanza fra due settimane. Alloggeranno in uno dei nostri condomini, come al solito.»

«Non dobbiamo agire di nuovo su quelle isole. Sarebbe troppo sospetto. Lazarov mi ha ordinato di farla restare incinta.»

«La moglie di McDeere?»

«Sì. Vuole che quei due abbiano un bambino. Sarebbe un'arma. Lei prende la pillola: quindi dobbiamo intervenire, prendere la sua scatola delle pillole e sostituirle con altrettanti placebo.»

Gli occhi neri di Locke assunsero un'espressione un po' triste e guardarono dalla finestra. «Cosa diavolo succede, DeVasher?»

«Lo studio sta per cambiare, Nat. Sembra che i federali siano molto interessati a noi e continuano a insistere. Un giorno, chis-

sà, uno dei tuoi ragazzi potrebbe abboccare all'amo, e voi abbandonerete la città nel cuore della notte.»

«Non ci credo, DeVasher. Un avvocato dello studio sarebbe pazzo se rischiasse la vita e la sua famiglia per le promesse dei federali. Non penso che succederà. Questi ragazzi sono troppo furbi, e guadagnano troppo.»

«Mi auguro che tu abbia ragione.»

22

L'agente immobiliare si appoggiò alla parete dell'ascensore e ammirò da dietro la minigonna di pelle nera. La seguì fin quasi alle ginocchia, dove finiva, e dove cominciavano le cuciture delle calze di seta nera che scendevano fino ai tacchi neri. Erano tacchi eccentrici, e le scarpe avevano piccoli fiocchi rossi verso la punta. L'agente risalì con lo sguardo le cuciture, ammirò la rotondità del sedere, poi arrivò al golf di cashmere rosso, che dal punto in cui si trovava non rivelava niente di importante ma che visto dall'altra parte era sensazionale, come aveva avuto modo di notare nell'atrio. I capelli scendevano fin sotto le scapole e contrastavano piacevolmente con il rosso. Sapeva che erano schiariti, ma se si aggiungeva la decolorazione alla mini di pelle, alle calze, ai tacchi eccentrici e al golfino aderente che abbracciava quelle cose sul davanti, si capiva che era una donna che avrebbe potuto avere. Gli sarebbe piaciuto averla lì, nel palazzo. Lei cercava un piccolo ufficio. L'affitto era trattabile.

L'ascensore si fermò. La porta si aprì e l'agente seguì la donna nel corridoio. «Da questa parte» disse, e accese la luce. Quando arrivò all'angolo, le passò davanti e inserì una chiave in una porta di legno malmessa.

«Sono due stanze» spiegò, facendo scattare un altro interruttore. «Una ventina di metri quadrati.»

La donna andò alla finestra. «C'è una bella vista» disse guardando in lontananza.

«Sì, molto bella. La moquette è nuova. Le pareti sono state ridipinte lo scorso autunno. Il gabinetto è in fondo al corridoio. Un gran bell'ufficio. Il palazzo è stato completamente ristrutturato negli ultimi otto anni.» L'agente immobiliare parlava guardando le cuciture delle calze nere.

«Non è male» commentò Tammy. Non era una risposta a quelle frasi. Continuò a guardare dalla finestra. «Come si chiama questo posto?»

«Cotton Exchange Building. Uno dei più antichi di Memphis. È un indirizzo di prestigio.»

«Anche l'affitto è di prestigio?»

L'agente si schiarì la gola e aprì la cartelletta, ma non la guardò. Guardò i tacchi. «Be', è un ufficio così piccolo. Per cosa ha detto che le occorre?»

«Lavoro di segreteria. Un lavoro indipendente.» Tammy andò all'altra finestra. L'agente seguiva ogni suo movimento.

«Capisco. Per quanto tempo ne avrà bisogno?»

«Sei mesi, con un'opzione per un anno.»

«D'accordo. Per sei mesi possiamo affittarlo per trecentocinquanta al mese.»

Lei non trasalì e non staccò gli occhi dalla finestra. Sfilò il piede destro dalla scarpa e lo strusciò sul polpaccio sinistro. La cucitura continuava sotto il calcagno e lungo la pianta del piede. E le unghie erano... rosse! La donna drizzò il sedere verso sinistra e si appoggiò al davanzale. La cartelletta tremava un po'.

«Pagherò duecentocinquanta al mese» dichiarò lei in tono autoritario.

L'agente si schiarì la gola. Non aveva senso essere troppo avido. Quelle due stanzette erano uno spazio morto, inutile per tutti gli altri, ed erano sfitte da anni. Nel palazzo una segretaria indipendente poteva far comodo. Diavolo, poteva far comodo a lui.

«Trecento, ma non di meno. Ci sono molte richieste. Il novanta per cento degli uffici del palazzo è occupato. Trecento al mese, ed è ancora poco. Bastano appena a coprire le spese.»

La donna si voltò e l'agente immobiliare si trovò di fronte ai seni fasciati dal cashmere aderente. «L'annuncio diceva che gli uffici erano arredati» disse lei.

«Questo possiamo arredarlo» replicò premuroso l'agente. «Che cosa le occorre?»

Lei si guardò intorno. «Vorrei una scrivania per segretaria

con un armadio. Qualche schedario. Un paio di sedie per i clienti. Niente di lussuoso. Non c'è bisogno di arredare l'altra stanza. Ci metterò una fotocopiatrice.»

«Nessun problema» disse l'agente con un sorriso.

«E pagherò trecento dollari al mese per l'ufficio arredato.»

«Benissimo.» L'agente aprì la cartelletta e tirò fuori un contratto in bianco. Lo posò su un tavolino pieghevole e cominciò a scrivere.

«Il suo nome?»

«Doris Greenwood.» Sua madre si chiamava Doris Greenwood, e lei si era chiamata Tammy Inez Greenwood prima di incontrare Buster Hemphill, che in seguito era diventato (legalmente) Elvis Aaron Hemphill. E da allora la vita non era andata molto bene. Sua madre abitava a Effingham, nell'Illinois.

«Bene, Doris» disse l'agente in tono confidenziale, come se fossero diventati amici intimi. «L'indirizzo di casa?»

«Perché vuole saperlo?» chiese lei, irritata.

«Ecco, uhm... abbiamo bisogno di queste informazioni.»

«Non sono affari suoi.»

«Va bene, va bene. Nessun problema.» L'agente cancellò ostentatamente un paio di righe del modulo. «Vediamo. Il contratto è valido da oggi, 2 marzo, per sei mesi, fino al 2 settembre. Giusto?»

Lei annuì e accese una sigaretta.

L'agente lesse il paragrafo successivo. «Abbiamo bisogno di un deposito di trecento dollari più un mese di affitto anticipato.»

La donna estrasse un rotolo di biglietti di banca dalla tasca della minigonna di pelle. Ne contò sei da cento dollari e li mise sul tavolo. «La ricevuta, per favore» chiese.

«Certo.» L'agente continuò a scrivere.

«A che piano siamo?» chiese lei tornando alla finestra.

«All'ottavo. Per i pagamenti effettuati dopo il quindici del mese scatta una maggiorazione del dieci per cento. Abbiamo il diritto di entrare in qualunque momento per ispezionare. I locali non possono venire usati per scopi illegali e i servizi e le assicurazioni per tutto ciò che in essi è contenuto sono a carico suo.

Lei ha diritto a un posto macchina nel parcheggio dall'altra parte della strada, e queste sono le due chiavi. Qualche domanda?»

«Sì. Cosa succede se resto a lavorare fino a tarda notte?»

«Niente. Può andare e venire come vuole. Dopo l'imbrunire l'uomo della vigilanza che sta alla porta su Front Street la farà passare.»

Tammy infilò una sigaretta fra le labbra truccate e andò al tavolo. Diede un'occhiata al contratto, esitò, quindi firmò "Doris Greenwood".

Chiusero l'ufficio, e l'agente la seguì lungo il corridoio fino all'ascensore.

L'indomani, prima di mezzogiorno, i mobili erano stati consegnati e Doris Greenwood della Greenwood Services sistemò sopra la scrivania la macchina per scrivere e il telefono presi a nolo. Quando sedeva alla macchina per scrivere, poteva guardare dalla finestra e osservare il traffico in Front Street. Riempì i cassetti di carta da macchina, blocchi per appunti, matite e oggetti vari. Mise numerose riviste sugli schedari e sul tavolino fra le due sedie destinate ai clienti.

Bussarono alla porta. «Chi è?» chiese Tammy.

«La fotocopiatrice» rispose una voce.

Tammy andò ad aprire. Un uomo basso ed energico che si chiamava Gordy entrò precipitosamente, si guardò intorno e chiese in tono brusco: «Bene, dove vuole che la sistemiamo?».

«Là dentro» disse Tammy, e indicò lo stanzino di due metri e mezzo per tre. Due giovani in tuta blu entrarono spingendo la fotocopiatrice.

Gordy mise i documenti sulla scrivania. «È molto efficiente, per un posto così. Fa novanta copie al minuto, con collator e inserimento automatico. È una gran macchina.»

«Dove devo firmare?» chiese Tammy senza badargli.

L'uomo indicò con la penna. «Sei mesi, duecentoquaranta al mese, che includono servizio e manutenzione più cinquecento fogli per i primi due mesi. Li vuole formato protocollo o lettera?»

«Protocollo.»

«Il primo pagamento il dieci, e così via per cinque mesi. Il manuale è lì. Se ha bisogno di spiegazioni mi chiami.»

I due operai sgranarono gli occhi nel vedere i jeans attillati e le scarpe rosse e uscirono lentamente. Gordy strappò la copia su carta gialla e la porse a Tammy. «E grazie» disse.

Tammy chiuse la porta a chiave. Andò alla finestra e guardò verso nord, lungo Front Street. Due isolati più avanti, dall'altra parte, erano visibili il terzo e il quarto piano del Bendini Building.

Stava molto sulle sue, con il naso affondato nei volumi e nelle pile di documenti. Era troppo occupato per tutti, eccettuato Lamar. Si rendeva conto che il suo comportamento non passava inosservato. Perciò lavorava di più. Forse non si sarebbero insospettiti, se avesse messo in conto ai clienti venti ore al giorno. Forse il denaro poteva isolarlo.

Nina lasciò una scatola con una pizza fredda quando uscì dopo pranzo. Mitch la mangiò mentre sgombrava la scrivania. Chiamò Abby. Le disse che sarebbe andato a trovare Ray e sarebbe rientrato a Memphis la domenica pomeriggio sul tardi. Uscì dalla porta secondaria che dava nel parcheggio.

Corse per tre ore e mezzo lungo l'interstatale 40, con gli occhi fissi sullo specchietto retrovisore. Niente. Non li vide mai. Con ogni probabilità avevano telefonato per avvertire i colleghi che adesso lo stavano aspettando lassù. A Nashville uscì dall'interstatale ed entrò in città. Si servì di una cartina piena di annotazioni e si destreggiò nel traffico: invertì più volte la marcia e in generale guidò come un pazzo. A sud della città, svoltò in un grande complesso abitativo e avanzò lentamente fra i palazzi. Era una zona piuttosto ordinata. I parcheggi erano puliti e gli abitanti erano solo bianchi. Posteggiò vicino all'ufficio e chiuse a chiave la BMW. Il telefono pubblico accanto alla piscina coperta funzionava. Chiamò un taxi e diede un indirizzo a due isolati di distanza. Corse fra due caseggiati, raggiunse una strada laterale e arrivò contemporaneamente al taxi. «Alla stazione degli autobus Greyhound» disse. «In fretta. Ho solo dieci minuti.»

«Tranquillo, amico. È a sei isolati da qui.»

Mitch si rannicchiò sul sedile posteriore e osservò il traffico. Il taxista si muoveva con sicurezza. Sette minuti dopo svoltò nell'Ottava Strada e si fermò davanti alla stazione. Mitch gli buttò dieci dollari e si precipitò nel terminal. Prese un biglietto di sola andata sull'autobus delle quattro e mezzo per Atlanta. Secondo l'orologio appeso al muro erano le quattro e trentuno. L'impiegato indicò una porta. «Autobus numero 454. Parte fra un momento.»

L'autista chiuse lo sportello del portabagagli, ritirò il biglietto e salì dietro a Mitch. Le prime tre file erano occupate da negri anziani. Un'altra dozzina di passeggeri era sparsa più indietro. Mitch si avviò lungo la corsia. Osservava ogni faccia e non vedeva nessuno. Sedette accanto al finestrino, quarta fila contando dal fondo. Mise gli occhiali da sole e si guardò alle spalle. Nessuno. Accidenti! Aveva sbagliato autobus? Guardò dai finestrini mentre il Greyhound si inseriva nel traffico. Era prevista una fermata a Knoxville. Forse il contatto sarebbe avvenuto là.

Quando furono sull'interstatale e l'autobus ebbe raggiunto la velocità di crociera, comparve all'improvviso un uomo in jeans e camicia di madras che gli si sedette accanto. Era Tarrance. Mitch si rilassò.

«Dov'era?» chiese.

«Alla toilette. Li ha seminati?» Tarrance parlava a bassa voce e scrutava le nuche dei passeggeri. Nessuno stava ascoltando. Nessuno poteva sentire.

«Non li vedo mai, Tarrance. Quindi non so se li ho seminati. Ma credo che avrebbero dovuto essere tutti supermen per seguire le mie tracce questa volta.»

«Ha visto il nostro uomo alla stazione?»

«Sì. Vicino al telefono con il berretto rosso dei Falcons. Un negro.»

«È lui. Avrebbe fatto un segnale, se l'avessero seguita.»

«Mi ha fatto segno di procedere.»

Tarrance portava un paio di occhiali a specchio sotto il berretto verde della squadra di baseball dell'Università del Michigan.

«Non è in uniforme, vero?» chiese senza sorridere. «Voyles le ha dato il permesso di vestirsi così?»

«Ho dimenticato di domandarglielo. Gliene parlerò domattina.»

«Domenica mattina?» chiese Mitch.

«Certo. Vorrà notizie del nostro viaggetto in autobus. Ho parlato con lui per un'ora prima di lasciare la città.»

«Bene, prima le cose più importanti. La mia macchina?»

«La manderemo a prendere fra pochi minuti e le faremo da balia. La troverà a Knoxville quando ne avrà bisogno. Non si preoccupi.»

«Non pensa che ci scoveranno?»

«Impossibile. Nessuno l'ha seguita da Memphis, e a Nashville non abbiamo notato niente. È pulito.»

«Mi scusi, ma sono preoccupato. Dopo il fiasco nel negozio di scarpe, so che neppure voi siete immuni dalla stupidità.»

«Quello è stato un errore, certo. Noi...»

«Un grosso errore. Poteva farmi finire nell'elenco degli individui da eliminare.»

«Ha rimediato molto bene. E non succederà più.»

«Mi prometta una cosa, Tarrance. Mi prometta che nessuno mi contatterà più in pubblico.»

Tarrance girò gli occhi verso il corridoio e annuì.

«No, Tarrance. Voglio sentirlo dalla sua voce. Lo prometta.»

«Va bene, va bene. Non succederà più. Promesso.»

«Grazie. Adesso forse potrò mangiare in un ristorante senza la paura di essere afferrato all'improvviso da qualcuno.»

«Si è spiegato chiaramente.»

Un vecchio negro si avvicinò appoggiandosi a un bastone, sorrise e passò oltre. La porta della toilette sbatté. Il Greyhound sfrecciò sulla corsia di sinistra e sorpassò gli automobilisti ligi al codice della strada.

Tarrance sfogliò una rivista. Mitch guardò la campagna. Il vecchio con il bastone uscì dal gabinetto e, zoppicando, tornò a sedersi nella prima fila.

«Come mai è qui?» chiese Tarrance girando le pagine.

«Non mi piacciono gli aerei. Prendo sempre l'autobus.»

«Capisco. Da dove vuole incominciare?»

«Voyles ha detto che lei ha un piano strategico per la partita.»

«È vero. Mi occorre semplicemente un quarterback.»

«Un buon quarterback costa parecchio.»

«Il denaro non ci manca.»

«Vi costerà molto più di quanto immaginiate. Secondo i miei calcoli, butterò al vento quarant'anni di carriera, diciamo con una media di mezzo milione l'anno.»

«Venti milioni di dollari.»

«Lo so. Ma possiamo trattare.»

«Mi fa piacere di sentirglielo dire. Lei presume che eserciterà la professione per quarant'anni. È una previsione un po' azzardata. Così, tanto per dire, immaginiamo che fra cinque anni smascheriamo lo studio, incriminiamo anche lei con tutti i suoi colleghi e otteniamo la condanna. Lei finirà in prigione per un bel po'. Non la terranno molto al fresco perché è un colletto bianco, e naturalmente sa che le carceri federali sono posti simpatici. Comunque perderà l'iscrizione all'ordine, la casa e la BMW. Probabilmente anche la moglie. Quando uscirà, potrà aprire uno studio di investigatore privato come il suo vecchio amico Lomax. È un lavoro facile, a meno che le capiti un cliente sbagliato.»

«Come ho detto, è una faccenda trattabile.»

«D'accordo. Trattiamo. Quanto vuole?»

«Per che cosa?»

Tarrance chiuse la rivista, la mise sotto il sedile e aprì un grosso tascabile. Finse di leggere. Mitch parlava storcendo la bocca e con gli occhi fissi sulla strada.

«È una domanda molto intelligente» disse Tarrance con una voce alta appena quanto bastava per farsi sentire nonostante il rombo smorzato del motore diesel. «Cosa vogliamo da lei? Una domanda intelligente. Innanzi tutto dovrà rinunciare alla carriera di avvocato. Dovrà divulgare segreti e documenti che appartengono ai suoi clienti. Naturalmente questo basterà per farla radiare dall'ordine, ma non ha molta importanza. Io e lei dobbiamo accordarci: ci consegnerà lo studio su un piatto d'argento. Quando ci saremo messi d'accordo, se ci metteremo d'accordo, il resto andrà a posto. Secondo, ci fornirà la documentazione necessaria per incriminare tutti i membri dello studio e quasi tutti quelli della famiglia Morolto. I documenti sono tutti là, in Front Street.»

«Come fate a saperlo?»

Tarrance sorrise. «Perché spendiamo miliardi di dollari nella lotta alla criminalità organizzata. Perché stiamo seguendo i Morolto da vent'anni. Perché abbiamo informatori nella famiglia. Perché Hodge e Kozinski avevano cominciato a parlare quando sono stati assassinati. Non ci sottovaluti, Mitch.»

«E siete convinti che io possa portare fuori le informazioni?»

«Sì, avvocato. Può raccogliere dall'interno una documentazione che farà crollare lo studio e annienterà una delle più grosse famiglie del crimine che esistano in questo Paese. Dovrà farci una piantina dello stabile. Chi lavora in ognuno degli uffici? I nomi di segretarie, impiegati, paralegali. Chi si occupa delle tali pratiche? Chi ha i tali clienti? Vogliamo l'organigramma. Cosa c'è al quarto piano? Dove sono tenute le documentazioni? C'è un archivio centrale? Quanta parte del materiale è computerizzata? E quanta è su microfilm? Cosa ancora più importante, dovrà portar fuori quella roba e consegnarla a noi. Quando avremo una giustificazione verosimile, potremo entrare con un piccolo esercito e mettere le mani su tutto. Ma è un passo molto importante. Dobbiamo avere prove inoppugnabili prima di piombare là dentro con i mandati di perquisizione.»

«È tutto quello che volete?»

«No. Dovrà testimoniare ai processi contro tutti i suoi colleghi. Forse ci vorranno anni.»

Mitch respirò profondamente e chiuse gli occhi. L'autobus rallentò e si accodò a una colonna di camper. Si stava avvicinando l'imbrunire. Le macchine sulla corsia opposta accendevano i fari. Testimoniare al processo! Non ci aveva pensato. Dato che gli imputati avrebbero avuto milioni a disposizione per pagarsi i migliori penalisti, i processi avrebbero potuto trascinarsi per un'eternità.

Tarrance cominciò a leggere il tascabile, un western di Louis L'Amour. Regolò la lampadina di lettura, come se fosse davvero un passeggero qualunque durante un viaggio qualunque. Dopo cinquanta chilometri di silenzio senza trattative, Mitch si tolse gli occhiali da sole e lo guardò.

«Cosa ne sarà di me?»

«Avrà un sacco di soldi, per quello che può valere. Se ha una coscienza morale, potrà guardarsi nello specchio tutti i giorni. Potrà vivere in qualunque località del Paese con una identità nuova, naturalmente. Le troveremo un lavoro, le cambieremo il naso, faremo tutto ciò che vorrà, davvero.»

Mitch cercò di tenere lo sguardo sulla strada, ma era impossibile. Lanciò un'occhiata a Tarrance. «Coscienza morale? Non me ne parli mai più. Io sono una vittima innocente, e lei lo sa.»

Tarrance sorrise.

Viaggiarono in silenzio per qualche altro chilometro.

«E mia moglie?»

«Oh, può tenerla.»

«Molto spiritoso.»

«Mi scusi. Sua moglie avrà tutto ciò che vuole. Che cosa sa?»

«Tutto.» Mitch pensò alla ragazza della spiaggia. «Be', quasi tutto.»

«Le procureremo un ottimo impiego governativo presso l'amministrazione dell'assistenza sociale, dovunque vorrà. Non sarà tanto male, Mitch.»

«Sarà meraviglioso. Fino al momento imprecisato in cui uno dei vostri aprirà bocca, si farà sfuggire qualcosa di fronte alla persona sbagliata, e lei leggerà di me e di mia moglie sui giornali. La mafia non dimentica mai, Tarrance. Sono peggio degli elefanti. E tengono i segreti meglio di voi. Voi avete perso diversi elementi, non può negarlo.»

«Non lo nego. E ammetto che quando decidono di uccidere sono molto abili.»

«Grazie. Quindi io dove andrò?»

«Starà a lei scegliere. In questo momento abbiamo circa duemila testimoni che vivono sparsi per il Paese con nomi nuovi, nuove case e nuovi posti di lavoro. Le probabilità sono tutte a suo favore.»

«Quindi dovrei giocare in base a queste probabilità?»

«Sì. O prende i soldi e scappa, oppure continua a fare l'avvocato e spera che non riusciamo mai a infiltrarci.»

«Che razza di alternativa, Tarrance.»

«Sì. E sono contento che tocchi a lei scegliere, non a me.»

La compagna del vecchio negro con il bastone si alzò e avanzò adagio verso di loro, afferrandosi ai sedili. Quando passò, Tarrance si chinò verso Mitch. Preferiva non parlare con la sconosciuta nelle vicinanze. Aveva almeno novant'anni, era seminvalida e probabilmente analfabeta, e se ne infischiava di Tarrance. Ma lui ammutolì subito.

Dopo un quarto d'ora, la porta della toilette si aprì e si sentì il gorgogliare dello sciacquone. La donna passò di nuovo e tornò a sedere.

«Chi è Jack Aldrich?» chiese Mitch. Sospettava che ci fosse stato un insabbiamento, e spiò attentamente la reazione con la coda dell'occhio: Tarrance alzò la testa dal libro e fissò la spalliera del sedile davanti.

«Il nome mi è familiare. Non saprei identificarlo.»

Mitch guardò di nuovo il finestrino. Tarrance sapeva. Aveva trasalito e aveva socchiuso troppo in fretta le palpebre prima di rispondere. Mitch seguì con gli occhi il traffico diretto a ovest.

«Chi è?» chiese finalmente Tarrance.

«Non lo conosce?»

«Se lo conoscessi, non avrei chiesto chi è.»

«Lavora nel nostro studio. Almeno questo dovrebbe saperlo.»

«La città è piena di avvocati. Immagino che lei li conosca tutti.»

«Conosco quelli che lavorano per Bendini, Lambert & Locke, il piccolo, tranquillo studio legale che voi sorvegliate da dieci anni. Aldrich è un avvocato assunto da sei anni che a quanto pare due mesi fa è stato contattato dall'FBI. Vero o falso?»

«Assolutamente falso. Chi gliel'ha detto?»

«Non ha importanza. È una voce che circola in ufficio.»

«È una menzogna. Dopo agosto abbiamo parlato soltanto con lei. Le do la mia parola. E non abbiamo in programma di parlare con altri, a meno che lei rifiuti e dobbiamo rivolgerci a un altro possibile candidato.»

«Non avete mai parlato con Aldrich?»

«Gliel'ho detto.»

Mitch annuì e prese una rivista. Per mezz'ora proseguirono in silenzio. Tarrance rinunciò a leggere il romanzo e alla fine disse: «Senta, Mitch, fra circa un'ora arriveremo a Knoxville. Dobbiamo metterci d'accordo. Domattina il direttore Voyles avrà mille domande da farmi».

«Qual è l'offerta in denaro?»

«Mezzo milione di dollari.»

Qualunque avvocato degno di questo nome sapeva che la prima proposta doveva essere respinta. Sempre. Aveva visto Avery spalancare la bocca e scuotere risolutamente la testa con aria incredula e disgustata di fronte alle prime offerte, anche quando erano ragionevoli. Ci dovevano essere controfferte e contro-controfferte e ulteriori trattative, ma la prima proposta veniva sempre respinta.

E così, scuotendo la testa e sorridendo al finestrino come se le cose andassero come si aspettava, Mitch disse di no al mezzo milione.

«Ho detto qualcosa di divertente?» chiese Tarrance, che non era avvocato e non era un negoziatore.

«È ridicolo, Tarrance. Non può pretendere che abbandoni una miniera d'oro per mezzo milione di dollari. Dedotte le tasse, me ne resterebbero al massimo trecentomila.»

«E se noi chiudessimo la miniera e spedissimo in prigione tutti voi pezzi grossi calzati da Gucci?»

«Se, se, se. Se sapete tante cose, perché non avete fatto niente? Voyles ha detto che state sorvegliando e aspettando da dieci anni. Un vero primato, Tarrance. Siete sempre così fulminei?»

«Vuole correre il rischio, McDeere? Diciamo che ci metteremo altri cinque anni, va bene? Tra cinque anni smantelliamo lo studio e la sbattiamo in prigione. A questo punto non farà nessuna differenza il tempo che avremo impiegato, vero? Il risultato sarà lo stesso, Mitch.»

«Mi dispiace. Credevo che negoziasse, non che stesse minacciando.»

«Le ho fatto un'offerta.»

«Troppo bassa. Lei pretende che le raccolga una documentazione tale da permettere centinaia di incriminazioni a carico di un gruppo dei peggiori criminali d'America, una documentazione che potrebbe facilmente costarmi la vita. E mi offre una miseria. Tre milioni come minimo.»

Tarrance non batté ciglio. Ascoltò la controproposta restando impassibile; e Mitch, il negoziatore, comprese di non aver chiesto troppo.

«È parecchio» disse Tarrance, come se parlasse a se stesso. «Non credo che abbiamo mai pagato tanto.»

«Ma potete farlo, no?»

«Ne dubito. Dovrò parlarne con il direttore.»

«Il direttore! Mi pareva che in questo caso lei avesse la più completa autorità. Dobbiamo continuare a correre dal direttore fino a quando non ci saremo messi d'accordo?»

«Cos'altro vuole?» *

«Ho in mente diverse cose, ma non ne discuteremo fino a quando non ci saremo accordati sui contanti.»

Il vecchio con il bastone, evidentemente, aveva qualche problema ai reni. Si alzò di nuovo e si avviò a fatica verso la toilette. Tarrance riprese a leggere il libro. Mitch sfogliò un vecchio numero di "Field & Stream".

Il Greyhound lasciò l'interstatale a Knoxville due minuti prima delle otto. Tarrance si chinò verso Mitch e bisbigliò: «Esca dal terminal passando dall'ingresso principale. Vedrà un giovane con la tuta arancione dell'Università statale del Tennessee vicino a una Bronco bianca. La riconoscerà e la chiamerà Jeffrey. Gli dia la mano come se fosse un vecchio amico e salga sulla Bronco. L'accompagnerà alla sua macchina».

«Dov'è?» mormorò Mitch.

«Dietro un dormitorio dell'università.»

«Hanno controllato se ci sono microspie?»

«Credo. Lo domandi all'uomo della Bronco. Se l'avessero pedinato quando ha lasciato Memphis, a quest'ora potrebbero essersi insospettiti. Vada fino a Henderson. È a un'ottantina di chilometri da questa parte di Nashville. C'è un Holiday Inn. Passi la notte là e domattina vada a trovare suo fratello. Anche noi terremo gli occhi aperti. Se il terreno cominciasse a scottare, mi farò sentire lunedì mattina.»

«A quando il prossimo viaggio in autobus?»

«Martedì è il compleanno di sua moglie. Prenoti per le otto da Grisanti's, il ristorante italiano in Airways. Alle nove in punto vada al distributore di sigarette nel bar, inserisca sei monete da un quarto di dollaro e scelga un pacchetto della marca che preferisce. Nello scomparto dove escono i pacchetti troverà una cassetta registrata. Compri uno di quei piccoli mangianastri con la cuffia e ascolti la registrazione in macchina, non a casa e soprattutto non in ufficio. Usi la cuffia. E la faccia ascoltare anche a sua moglie. Nella registrazione sentirà la mia voce, e le farò la nostra massima offerta. Inoltre, spiegherò diverse cose. Dopo averla ascoltata un paio di volte, la distrugga.»

«Piuttosto complicato, no?»

«Sì, ma non avremo più bisogno di parlarci per un paio di settimane. Quelli osservano e ascoltano, Mitch. E sanno il fatto loro. Non lo dimentichi.»

«Non si preoccupi!»

«Che numero di maglia portava quando giocava a football alle superiori?»

«Quattordici.»

«E al college?»

«Quattordici.»

«Bene. Il suo numero di codice è quattordici-quattordici. Giovedì sera, da un telefono pubblico, chiami il 757-6000. Una voce le darà istruzioni a proposito del numero di codice: poi sentirà la mia voce registrata che le rivolgerà una serie di domande. Partiremo da lì.»

«Perché non posso continuare a esercitare la mia professione?»

L'autobus entrò nel terminal e si fermò. «Io proseguo per Atlanta» disse Tarrance. «Non ci vedremo per un paio di settimane. Se c'è qualcosa di urgente, chiami uno dei due numeri che le ho dato in precedenza.»

Mitch si alzò e guardò l'agente dell'FBI. «Tre milioni, Tarrance. Non un soldo di meno. Se potete spendere miliardi per la lotta alla criminalità organizzata, potete anche trovare tre milioni per me. Un'altra cosa: ho una terza possibilità. Posso sparire nel cuore della notte, dileguarmi nell'aria. Se andrà così, voi e i Morolto potrete continuare a battervi finché gelerà l'inferno mentre io giocherò a domino nei Caraibi.»

«È vero, Mitch. Potrà giocare un paio di partite, ma loro la troveranno dopo una settimana. E noi non saremo lì a proteggerla. Arrivederci, amico.»

Mitch balzò dall'autobus e attraversò di corsa il terminal.

23

Alle otto e mezzo di martedì mattina, Nina mise in ordine i mucchi di scartoffie sparse sulla scrivania. Le piaceva molto quel rituale mattutino, quando metteva ordine sulla scrivania e pianificava la giornata di Mitch McDeere. La rubrica degli appuntamenti stava in un angolo. Nina le diede un'occhiata. «Oggi è pieno di impegni, signor McDeere.»

Mitch, che stava sfogliando una pratica, cercò di ignorarla. «Ho impegni tutti i giorni.»

«Alle dieci ha una riunione nell'ufficio del signor Mahan per l'appello della Delta Shipping.»

«Non vedo l'ora» mormorò Mitch.

«Alle undici ha una riunione nell'ufficio del signor Tolleson per lo scioglimento della società Greenbriar, e la sua segretaria mi ha comunicato che durerà almeno due ore.»

«Perché due ore?»

«Non sono pagata per rispondere a queste domande, signor McDeere. Se lo facessi, rischierei il licenziamento. Alle tre e mezzo, Victor Milligan vuole incontrarsi con lei.»

«A che proposito?»

«Le ripeto, signor McDeere, che non sono autorizzata a fare domande. E fra quindici minuti deve trovarsi in centro, nell'ufficio di Frank Mulholland.»

«Sì, lo so. Dov'è?»

«Nel Cotton Exchange Building. Quattro o cinque isolati più avanti lungo Front Street, all'incrocio con Union Avenue. Ci sarà passato davanti a piedi un centinaio di volte.»

«Bene. C'è altro?»

«Devo portarle qualcosa quando torno dal pranzo?»

« No, mangerò un sandwich in centro. »

« Benissimo. Ha tutto il materiale per Mulholland? »

Lui indicò silenziosamente la grossa busta nera. Nina uscì. Dopo pochi secondi Mitch si avviò per il corridoio, scese la scala e uscì nella strada. Si fermò per un istante sotto un lampione, poi si incamminò a passo svelto. Teneva la borsa nera con la destra e quella color bordeaux con la sinistra. Era il segnale.

Davanti a una costruzione verde con le vetrine chiuse da assi, si fermò a fianco di un idrante. Attese un secondo, poi attraversò Front Street. Un altro segnale.

All'ottavo piano del Cotton Exchange Building, Tammy Greenwood della Greenwood Services si scostò dalla finestra e indossò il cappotto. Uscì, chiuse la porta a chiave e premette il pulsante dell'ascensore. Attese. Stava per incontrare un uomo che poteva facilmente farle fare una brutta fine.

Mitch entrò nell'atrio e si avviò subito verso gli ascensori. Non notò nessuno in particolare. Cinque o sei uomini d'affari che uscivano o entravano. Una donna sussurrava al telefono. Una guardia del servizio di sicurezza oziava accanto all'entrata di Union Avenue. Mitch premette il pulsante e attese. Era solo. Quando la porta si aprì, un tipo dall'aria di giovane dirigente in abito nero e scarpe lucidissime entrò nell'ascensore. Mitch aveva sperato di poter salire da solo.

L'ufficio di Mulholland era al sesto piano. Mitch premette il pulsante con il numero sei e ignorò il giovane vestito di nero. Quando la cabina si mosse, entrambi guardarono i numeri che lampeggiavano sopra la porta. Mitch si spostò sul fondo della cabina e posò la borsa più pesante sul pavimento, accanto al piede destro. Al terzo piano la porta si aprì, e Tammy entrò con aria nervosa. Il giovane le lanciò un'occhiata. Era vestita in modo sorprendentemente sobrio: un abito di jersey, abbastanza corto ma senza scollature vertiginose. E niente scarpe eccentriche. I capelli erano tinti di un rosso discreto. Il giovane lanciò un'altra occhiata, poi premette il pulsante per richiudere la porta. Tammy aveva portato con sé una grossa borsa nera, identica a quella di Mitch. Evitò i suoi occhi e gli restò accanto, dopo aver posato la borsa a fianco dell'altra. Al sesto piano, Mitch prese la borsa di Tammy e uscì dall'ascensore. Al settimo, scese il giovane vestito di nero e all'ottavo Tammy prese la pesante borsa nera piena di incartamenti dello studio Bendini, Lambert & Locke e la portò nel suo ufficio. Chiuse a chiave la porta, si tolse in fretta il cappotto e andò nella stanzetta dove era in attesa la fotocopiatrice. I fascicoli erano sette, e ognuno aveva uno spessore di almeno un paio di centimetri. Tammy li posò sul tavolo pieghevole accanto alla copiatrice e prese quello con la dicitura "Koker-Hanks = East Texas Pipe". Sganciò il fermaglio di alluminio, tolse i fogli dalla cartelletta e mise il tutto nell'inseritore automatico. Premette il tasto PRINT e rimase a guardare mentre la macchina faceva due copie perfette di ogni documento.

Trenta minuti più tardi, i sette fascicoli tornarono nella borsa. I quattordici fascicoli nuovi furono riposti in uno schedario antincendio nascosto in uno sgabuzzino, chiuso a chiave anche quello. Tammy andò a posare la borsa accanto alla porta e attese.

Frank Mulholland era socio di uno studio specializzato in questioni bancarie e titoli azionari. Il suo cliente era un vecchio che aveva fondato e potenziato una catena di negozi di ferramenta per *bricoleurs*, ed era arrivato a valere diciotto milioni di dollari prima che il figlio e il consiglio di amministrazione, con un colpo di mano a tradimento, lo costringessero a ritirarsi dagli affari. Il vecchio aveva fatto causa, la società aveva fatto causa a lui, e da diciotto mesi il procedimento, fra liti e contro-liti, era inesorabilmente bloccato. Adesso che gli avvocati avevano guadagnato quello che volevano, era venuto il momento di concludere una transazione. Lo studio Bendini, Lambert & Locke si occupava della consulenza fiscale per conto del figlio e del nuovo consiglio di amministrazione, e due mesi prima Avery aveva messo Mitch al corrente della situazione. Il piano consisteva nell'offrire al vecchio un pacchetto di azioni ordinarie, *warrants* convertibili e obbligazioni per un totale di cinque milioni di dollari.

Mulholland non era per niente soddisfatto. Il suo cliente non era un tipo avido, ripeté più volte, e si rendeva conto che non avrebbe più ripreso il controllo della società. La sua società. Ma

cinque milioni non bastavano. Una giuria dotata di un livello di
intelligenza appena decente avrebbe simpatizzato per il vecchio,
e anche un imbecille poteva capire che una transazione poteva
ammontare almeno a... be', almeno a venti milioni!

Dopo un'ora di proposte, offerte e controfferte, Mitch era salito a otto milioni e l'avvocato del vecchio dichiarava che era disposto a prendere in considerazione un accordo sulla base di
quindici. Mitch rimise i documenti nella borsa color bordeaux e
Mulholland lo scortò cortesemente fino alla porta. Si strinsero
la mano da vecchi amici con la promessa di incontrarsi di nuovo
la settimana successiva.

L'ascensore si fermò al quarto piano e Tammy entrò con disinvoltura. Dentro c'era soltanto Mitch. Quando la porta si richiuse, lui domandò: «Qualche problema?».

«No. Ho messo le copie sottochiave.»

«Quanto tempo c'è voluto?»

«Mezz'ora.»

L'ascensore si fermò al terzo piano, e Tammy riprese la borsa
vuota. «Domani a mezzogiorno?» chiese.

«Sì» rispose Mitch. La porta si aprì e lei uscì. Mitch scese al
pianterreno. Nell'atrio c'era soltanto la guardia del servizio di
sicurezza. L'avvocato Mitchell McDeere uscì in fretta dal palazzo reggendo una borsa pesante con ogni mano, e tornò nel suo
ufficio.

Il venticinquesimo compleanno di Abby fu celebrato piuttosto
in sordina. Nella luce fioca delle candele in un angolo buio di
Grisanti's, marito e moglie sussurravano e si sforzavano di sorridere. Era difficile. In quel preciso momento un agente invisibile dell'FBI teneva in mano una cassetta che avrebbe inserito in
un distributore di sigarette alle nove in punto, e Mitch doveva
presentarsi dopo pochi secondi per ritirarla senza farsi notare o
sorprendere dai cattivi, dovunque essi fossero. Il nastro avrebbe
rivelato quale somma avrebbero ricevuto i McDeere in cambio
delle prove e di una futura esistenza da fuggiaschi.

Mangiucchiarono svogliatamente, cercarono di sorridere e di
parlare, ma soprattutto continuarono a dare occhiate agli orologi. La cena fu breve. Alle otto e quarantacinque avevano finito.

Mitch si avviò verso la toilette e mentre passava si voltò a guardare il bar semibuio. Il distributore delle sigarette era nell'angolo, esattamente dove doveva essere.

Ordinarono il caffè e alle nove in punto Mitch tornò nel bar, si avvicinò al distributore, inserì nervosamente sei monete da un quarto di dollaro e tirò la leva delle Marlboro Lights, in ricordo di Eddie Lomax. Frugò subito nel cassetto, prese le sigarette, cercò a tastoni e trovò il nastro. Il telefono a gettone accanto al distributore cominciò a squillare, facendolo trasalire. Si voltò a guardare il bar. Era deserto; c'erano soltanto due uomini al banco che guardavano il televisore acceso dietro il barista. Da un angolo lontano e buio risuonò una risata da ubriaco.

Abby continuò a osservare ogni mossa fino a che il marito tornò a sedersi di fronte a lei. Inarcò le sopracciglia. «Allora?»

«L'ho trovata. La tipica cassetta Sony.» Mitch bevve il caffè e sorrise con aria innocente mentre girava gli occhi sulla sala da pranzo affollata. Nessuno lo spiava. Nessuno si curava di lui.

Porse al cameriere il conto e il tesserino dell'American Express. «Abbiamo fretta» disse bruscamente. Il cameriere tornò dopo pochi secondi. Mitch firmò con uno scarabocchio.

La BMW era effettivamente piena di microspie. Gli esperti di Tarrance l'avevano esaminata minuziosamente mentre attendevano l'arrivo del Greyhound, quattro giorni prima. Erano microspie sensibilissime e molto costose, in grado di captare e registrare il minimo sospiro, il minimo colpo di tosse. Ma le microspie potevano appunto ascoltare e registrare, non potevano segnalare la posizione. Mitch pensava che era una bella prova di correttezza, accontentarsi di ascoltare senza seguire i movimenti della BMW.

La macchina uscì dal parcheggio di Grisanti's senza che gli occupanti parlassero. Abby aprì con cura un mangianastri portatile e vi inserì la cassetta. Porse la cuffia a Mitch che la mise sulla testa, e premette il tasto PLAY. Poi restò a guardare il marito che ascoltava mentre si dirigeva verso l'interstatale.

Era la voce di Tarrance. «Salve, Mitch. Oggi è martedì 25 febbraio, e sono da poco passate le nove di sera. Buon compleanno alla sua deliziosa moglie. Il nastro ha la durata di dieci minuti e le consiglio di ascoltare attentamente una volta o due, prima di distruggerlo. Ho avuto un incontro con il direttore Voyles domenica scorsa e gli ho riferito tutto. A proposito, il viaggio in autobus è stato piacevole. Il direttore Voyles è molto soddisfatto per come vanno le cose, ma pensa che abbiamo parlato abbastanza. Vuole arrivare a un accordo piuttosto in fretta. Mi ha spiegato con molta chiarezza che non abbiamo mai pagato tre milioni di dollari e che non intendiamo pagarli neppure a lei. Ha imprecato parecchio ma, per farla breve, ha detto che possiamo darle un milione in contanti, non di più. Ha detto che la somma verrebbe depositata in una banca svizzera e che non ne saprebbe niente nessuno, neppure il fisco. Un milione di dollari esentasse. È il massimo che possiamo offrire, e Voyles dice che se risponde di no può andare all'inferno. Smaschereremo quello studio, con lei o senza di lei.»

Mitch sorrise cupamente e continuò a guardare le macchine che correvano sulla bretella dell'I-240. Abby era in attesa di un segno, un borbottio o un gemito che rivelasse una buona o una cattiva notizia. E taceva.

La voce continuò: «Avremo cura di lei, Mitch. Avrà accesso alla protezione dell'FBI non appena riterrà di averne bisogno. Se vuole, la terremo d'occhio periodicamente. E se dopo qualche anno deciderà di trasferirsi in un'altra città, provvederemo. Potrà spostarsi ogni cinque anni, se vorrà, e noi pagheremo le spese e le troveremo un lavoro. Un buon posto nell'Amministrazione Veterani, nell'Assistenza Sociale o alle Poste. Voyles dice che potremmo trovarle un impiego molto ben retribuito presso un'industria privata che si occupa di appalti per il governo. Non avrà che da chiedere, Mitch. Naturalmente forniremo identità nuove a lei e a sua moglie, e potrete cambiarle dopo qualche anno, se deciderete in questo senso. Non ci saranno problemi. Oppure, se ha qualche idea migliore, l'ascolteremo. Se vuole vivere in Australia o in Europa, basterà che lo dica. Avrà un trattamento speciale. Lo so, promettiamo molto, Mitch, ma facciamo sul serio e siamo pronti a mettere tutto per iscritto. Pagheremo un milione di dollari esentasse e la sistemeremo dove vorrà. Ecco la nostra proposta. In cambio lei deve consegnarci lo studio e i Morolto. Ne parleremo più tardi. Per ora il tempo è scaduto. Voyles mi sta facendo fretta e bisogna muoversi velocemente.

Mi chiami a quel numero giovedì sera alle nove dal telefono pubblico vicino alla toilette maschile di Houston's in Poplar Street. A risentirci, Mitch».

Lui si passò l'indice sotto la gola. Abby premette il tasto STOP, quindi REWIND. Le passò la cuffia, e lei cominciò ad ascoltare con attenzione.

Era una passeggiata innocente nel parco: due colombi che si tenevano per mano e camminavano nel chiaro di luna. Si fermarono accanto a un cannone e guardarono il fiume maestoso che scorreva lentissimo verso New Orleans. Era lo stesso cannone dove una sera il defunto Eddie Lomax, sotto il nevischio, aveva fatto uno degli ultimi rapporti della sua carriera di investigatore.

Abby stringeva in mano la cassetta e guardava il fiume. L'aveva ascoltata due volte e aveva rifiutato di lasciarla in macchina, dove poteva impadronirsene chiunque. Dopo settimane di silenzi e di dialoghi all'aperto, parlare era diventato difficile.

«Sai, Abby» disse finalmente Mitch mentre batteva la mano sulla ruota di legno del cannone, «ho sempre desiderato lavorare in un ufficio postale. Avevo uno zio che consegnava la corrispondenza nelle campagne. Sarebbe magnifico.»

Era un tentativo di scherzare: ma funzionò. Abby esitò per tre secondi poi rise, come se trovasse l'idea davvero divertente. «Certo. E io potrei lavare i pavimenti in un ospedale dell'Amministrazione Veterani.»

«Non saresti obbligata a farlo. Potresti cambiare le padelle... un lavoro importante e discreto. Vivremo in una casetta bianca di legno in Maple Street a Omaha. Io mi chiamerò Harvey e tu Thelma. E avremo bisogno di un cognome breve e semplice.»

«Poe» disse Abby.

«Magnifico. Harvey e Thelma Poe. La famiglia Poe. Avremo un milione di dollari in banca ma non potremo spendere neppure un soldo, altrimenti in Maple Street tutti lo sapranno e ci giudicheranno diversi, il che è l'ultima cosa che desideriamo.»

«Io mi farò cambiare il naso.»

«Ma il tuo naso è perfetto.»

«È perfetto il naso di Abby, ma quello di Thelma? Dobbiamo farlo correggere, non pensi?»

«Sì, credo di sì.» Mitch si stancò del gioco e tacque. Abby gli passò davanti, e lui le circondò le spalle con un braccio. Guardarono un rimorchiatore che trainava cento chiatte sotto il ponte. Ogni tanto una nube offuscava il chiaro di luna, e da ovest giungeva a intervalli un vento fresco.

«Tu ci credi alle promesse di Tarrance?» chiese Abby.

«In che senso?»

«Supponiamo che tu non faccia nulla. Credi che un giorno riusciranno a infiltrarsi nello studio?»

«Temo di non crederci.»

«Allora prendiamo i soldi e scappiamo?»

«Per me è più facile, Abby. Io non ho nulla da lasciarmi alle spalle. Per te è diverso. Non rivedrai più i tuoi.»

«Dove andremmo?»

«Non lo so. Ma non vorrei restare in America. Non ci si può fidare completamente dei federali. Mi sentirei più sicuro in un altro Paese, ma non lo dirò a Tarrance.»

«E allora che cosa faremo?»

«Ci metteremo d'accordo, quindi raccoglieremo in fretta informazioni sufficienti per far colare a picco la nave. Non so che cosa vogliano, ma posso trovarlo. Quando Tarrance avrà abbastanza materiale, noi spariremo. Prenderemo il denaro, ci faremo correggere il naso e spariremo dalla circolazione.»

«Quanti soldi?»

«Più di un milione. I federali stanno giocando con i quattrini. È tutto trattabile.»

«Quanto incasseremo?»

«Due milioni in contanti, esentasse. Non un soldo di meno.»

«Pagheranno?»

«Sì, ma il problema non è questo. Il problema è: prenderemo i soldi e scapperemo?»

Abby aveva freddo e Mitch le sistemò il cappotto sulle spalle, la strinse a sé. «È una brutta storia, Mitch» disse lei. «Ma almeno staremo insieme.»

«Mi chiamo Harvey, non Mitch.»

«Credi che saremo al sicuro, Harvey?»

«Qui non lo siamo.»

«Qui non mi piace. Mi sento sola e ho paura.»

«Io sono stanco di fare l'avvocato.»

«Prendiamo i soldi e filiamocela.»

«D'accordo, Thelma.»

Abby gli porse la cassetta registrata. Mitch la guardò per un attimo e poi la scagliò lontano, oltre Riverside Drive, in direzione del fiume. Si presero per mano e attraversarono in fretta il parco per raggiungere la BMW parcheggiata in Front Street.

24

Per la seconda volta nella sua carriera, Mitch fu autorizzato a entrare nella sala da pranzo principesca al quinto piano. L'invito di Avery era giunto con la motivazione che i soci erano rimasti favorevolmente colpiti dalle settantuno ore settimanali che aveva messo in conto ai clienti durante il mese di febbraio, e desideravano offrirgli quel piccolo riconoscimento. Era un invito al quale nessun associato poteva sottrarsi, nonostante gli impegni, le riunioni, i clienti, le scadenze e tutti gli altri aspetti importantissimi e urgenti del lavoro dello studio Bendini, Lambert & Locke. Mai, nel corso della storia, un associato aveva rifiutato un invito nella sala da pranzo. Ognuno riceveva ogni anno due inviti che venivano meticolosamente annotati.

Mitch aveva due giorni per prepararsi. Il primo impulso era stato di rifiutare; e quando Avery ne aveva parlato per la prima volta, gli era passata per la mente una dozzina di scuse poco convincenti. L'idea di mangiare, sorridere e chiacchierare amabilmente con un gruppo di criminali, per quanto ricchi e raffinati, era meno allettante della prospettiva di dividere una scodella di minestra con un senzatetto alla stazione degli autobus. Ma dire di no avrebbe significato venire meno alla tradizione. E così come andavano le cose, il suo comportamento era già abbastanza sospetto.

Perciò Mitch sedette con le spalle alla finestra e si sforzò di sorridere e di parlare del più e del meno con Avery e Royce McKnight e, naturalmente, Oliver Lambert. Sapeva che avrebbe pranzato al tavolo di quei tre. Lo sapeva da due giorni. Sapeva che lo avrebbero osservato attentamente, anche se in modo disinvolto e avrebbero cercato di scoprire un sintomo di minore entusiasmo, di cinismo, o disperazione. Qualunque cosa. Sapeva che avrebbero assorbito con attenzione ogni parola, indipendentemente da quello che poteva dire. Sapeva che avrebbero riversato elogi e promesse sulle sue spalle stanche.

Oliver Lambert non era mai stato più piacevole. Settantuno ore la settimana nel mese di febbraio per un associato... era un record per lo studio, disse mentre Roosevelt serviva le costolette. Tutti i soci erano sbalorditi e soddisfatti, spiegò a voce bassa mentre si guardava intorno. Con un sorriso forzato, Mitch tagliò la sua porzione. Gli altri soci, sorpresi o indifferenti, parlavano tra loro e si concentravano sui loro piatti. Mitch contò diciotto soci attivi e sette in pensione, quelli con i pantaloni kaki, i maglioni e l'aria distesa.

«Lei ha un'energia eccezionale» osservò Royce McKnight masticando un boccone. Mitch annuì educatamente. Sì, mi tengo in esercizio, pensò. Per quanto era possibile, cercava di non pensare a Joe Hodge e a Marty Kozinski e agli altri tre avvocati morti ed eternati sulla parete della biblioteca. Ma non riusciva ad allontanare dalla mente le foto con la ragazza sulla sabbia, e si chiedeva se tutti lo sapevano. Avevano visto tutti quelle fotografie? Le avevano fatte girare di mano in mano durante uno dei pranzi a cui partecipavano soltanto i soci? DeVasher aveva promesso di non mostrarle a nessuno, ma quanto valeva la promessa di un delinquente? Certo, le avevano viste. Voyles aveva detto che tutti i soci e quasi tutti gli associati erano coinvolti nel complotto.

Anche se non ne aveva molta voglia, Mitch mangiò. Arrivò persino a imburrare e divorare un panino in più, tanto per far vedere che il suo appetito era normale.

«E così lei e Abby andate alle Cayman la settimana prossima?» chiese Oliver Lambert.

«Sì. Abby ha le vacanze primaverili, e abbiamo prenotato uno degli appartamenti due mesi fa. Non vediamo l'ora.»

«È il momento peggiore per partire» dichiarò Avery in tono disgustato. «Già adesso siamo in arretrato di un mese con il lavoro.»

«Siamo sempre in arretrato di un mese, Avery. Quindi, cosa

conta una settimana in più? Sicuramente vorrà che io mi porti dietro le pratiche.»

«Non è una cattiva idea. Io lo faccio sempre.»

«Non lo faccia, Mitch» intervenne Oliver Lambert in tono di ironica protesta. «Lo studio sarà ancora in piedi al suo ritorno. Lei e Abby meritate una settimana tutta per voi.»

«Le piacerà» disse Royce McKnight, come se Mitch non fosse mai stato alle Cayman e l'episodio sulla spiaggia non fosse accaduto e nessuno sapesse delle fotografie.

«Quando parte?» chiese Lambert.

«Domenica mattina presto.»

«Va con il Lear?»

«No. Un volo nonstop della Delta.»

Lambert e McKnight si scambiarono una rapida occhiata che Mitch non avrebbe dovuto vedere. C'erano altre occhiate, lanciate dai soci seduti agli altri tavoli, rapide occhiate occasionali colme di curiosità che Mitch aveva sorpreso da quando era entrato nella sala. Era lì perché lo notassero.

«Fa immersioni con le bombole?» chiese Lambert, che stava ancora pensando al Lear e al volo nonstop della Delta.

«No, ma contiamo di farne qualcuna in apnea.»

«C'è un tale a Rum Point, nella parte nord dell'isola. Si chiama Adrian Bench e ha un magnifico centro per le immersioni. Potrà farle prendere l'abilitazione in sette giorni. È una settimana faticosa, con molte lezioni, ma ne vale la pena.»

In altre parole, pensò Mitch, devo stare lontano da Abanks. «Come si chiama il centro?» chiese.

«Rum Point Divers. Un posto magnifico.»

Mitch aggrottò la fronte come se prendesse nota mentalmente di quell'utile consiglio. All'improvviso, Oliver Lambert si rattristò. «Sia prudente, Mitch. Non posso fare a meno di pensare a Marty e a Joe.»

Avery e McKnight abbassarono gli occhi in un secondo di commemorazione per i due morti. Mitch deglutì e si trattenne a stento dal rivolgere una smorfia a Oliver Lambert. Tuttavia rimase impassibile, e riuscì persino ad assumere la stessa espressione mesta degli altri. Marty e Joe, le loro giovani vedove e i figlioletti orfani. Marty e Joe, due avvocati giovani e ricchi uccisi da professionisti e tolti di mezzo prima che potessero parlare. Marty e Joe, due squali promettenti sbranati dai loro simili. Voyles aveva raccomandato a Mitch di pensare a Marty e Joe ogni volta che vedeva Oliver Lambert.

E adesso, per un modesto milione di dollari, avrebbe dovuto fare ciò che erano stati sul punto di fare Marty e Joe, e senza farsi sorprendere. Forse tra un anno un nuovo associato si sarebbe seduto a quel tavolo e avrebbe guardato i soci che, in atteggiamento di tristezza, parlavano del giovane Mitch McDeere, della sua straordinaria energia e della carriera che avrebbe fatto se non avesse avuto l'incidente.

Quanti altri avvocati sarebbero stati capaci di uccidere?

Ne voleva due di milioni. Più un paio di altre cose.

Dopo un'ora di discorsi importanti e di ottime specialità gastronomiche, i soci cominciarono a scusarsi, a scambiare qualche parola con Mitch e a uscire. Erano fieri di lui, dicevano. Era il loro astro del futuro. Il futuro dello studio Bendini, Lambert & Locke. Lui sorrideva e ringraziava.

Più o meno nel momento in cui Roosevelt serviva la torta alla banana e al caffè, Tammy Greenwood Hemphill della Greenwood Services fermò la polverosa Rabbit marrone dietro la lucidissima Peugeot nel parcheggio della scuola. Lasciò il motore acceso. Fece quattro passi, inserì una chiave nel bagagliaio della Peugeot e prelevò la pesante borsa nera. Richiuse il bagagliaio e ripartì con la Rabbit.

Alla finestra della sala insegnanti, Abby bevve un sorso di caffè e guardò fra gli alberi al di là del campo giochi, in direzione del parcheggio. Riusciva a intravedere appena la sua macchina. Sorrise e diede un'occhiata all'orologio. Le dodici e mezzo, come d'accordo.

Tammy si destreggiò con prudenza nel traffico di mezzogiorno, e si diresse verso il centro. Era una seccatura guidare e tenere d'occhio nel contempo lo specchietto retrovisore. Come al solito, non vide nulla. Parcheggiò nello spazio che le spettava di fronte al Cotton Exchange Building.

In quel carico c'erano nove pratiche. Le posò in ordine sul tavolo pieghevole e cominciò a fare le copie. Sigalas Partners, Let-

tie Plunk Trust, HandyMan Hardware e due incartamenti trattenuti da un grosso elastico, con la dicitura FASCICOLI DI AVERY.
Tammy fece due copie di ogni foglio e li rimise insieme meticolosamente. Segnò su un registro la data, l'ora e l'intestazione di
ogni pratica. Adesso le annotazioni erano ventinove. Lui aveva
detto che sarebbero state una quarantina in totale. Mise una copia di ogni pratica nello schedario chiuso a chiave del ripostiglio, quindi ripose nella borsa gli originali e una copia.

Aveva seguito le istruzioni. Una settimana prima aveva preso
in affitto sotto il proprio nome uno stanzino di due metri e mezzo per due e mezzo nel Mini Storage di Summer Avenue. Era a
una ventina di chilometri dal centro: mezz'ora dopo arrivò a destinazione e aprì la porta numero 38C. Infilò in una scatola di
cartone le altre copie delle nove pratiche e scribacchiò la data sul
coperchio, poi la sistemò accanto ad altre tre che erano sul pavimento.

Alle tre del pomeriggio entrò di nuovo nel parcheggio, si fermò dietro la Peugeot, aprì il portabagagli e rimise la borsa dove
l'aveva trovata.

Pochi secondi più tardi, Mitch uscì dalla porta principale del
Bendini Building e allargò le braccia. Inspirò profondamente e
guardò avanti e indietro lungo Front Street. Una splendida giornata di primavera. Notò che in un palazzo cinque isolati più a
nord, all'ottavo piano, la tapparella di una finestra era completamente abbassata. Il segnale. Bene. Tutto andava per il meglio.
Sorrise fra sé e tornò in ufficio.

Alle tre del mattino, Mitch si alzò dal letto senza far rumore,
infilò un paio di jeans scoloriti, la camicia di flanella dei tempi
dell'università, calzini bianchi e un paio di vecchi scarponi da lavoro. Voleva avere l'aspetto di un camionista. Senza una parola, diede un bacio ad Abby, che era sveglia, e uscì di casa. East
Meadowbrook era deserta come tutte le strade fino all'interstatale. Sicuramente non l'avrebbero seguito a quell'ora.

Percorse l'interstatale 55 verso sud per quaranta chilometri fino a Senatobia, nel Mississippi. Un locale per camionisti aperto
tutta la notte e chiamato 4-55 splendeva a un centinaio di metri
dalle quattro corsie. Mitch passò fra i camion e arrivò sul retro

dove erano parcheggiati per la notte cento semiarticolati. Si fermò vicino all'impianto di lavaggio e attese. Una dozzina di autotreni a diciotto ruote faceva la coda davanti ai distributori.

Un negro con il berretto dei Falcons girò intorno all'angolo e guardò la BMW. Mitch riconobbe l'agente federale del terminal degli autobus a Knoxville. Spense il motore e scese dalla macchina.

«McDeere?» chiese l'agente.

«Certo, e chi se no? Dov'è Tarrance?»

«Dentro, seduto a un tavolo vicino alla vetrata. La sta aspettando.»

Mitch aprì la porta e consegnò le chiavi all'agente. «Dove va?»

«Un po' più avanti. Ci pensiamo noi. Da Memphis non l'ha seguita nessuno. Stia tranquillo.»

Il negro salì in macchina, passò fra due pompe di gasolio e puntò verso l'interstatale. Mitch vide sparire la BMW mentre entrava nel bar per camionisti. Erano le tre e tre quarti.

Il locale era rumoroso, pieno di uomini corpulenti di mezza età che bevevano caffè e mangiavano fette di torta. Si pulivano i denti con stecchini colorati e parlavano di pesca al pesce persico e di politica. Molti avevano forti accenti del nord. Dal jukebox usciva la voce lamentosa di Merle Haggard.

L'avvocato si avviò incerto verso il retro, fino a quando scorse in un angolo male illuminato una faccia nota, nascosta da un paio di occhiali scuri da aviatore e dal solito berretto da baseball. Poi la faccia sorrise. Tarrance aveva in mano un menu e fissava la porta d'ingresso. Mitch si avvicinò.

«Salve, amico» disse Tarrance. «Le piace fare il camionista?»

«Moltissimo. Però preferisco gli autobus.»

«La prossima volta sceglieremo un treno o qualcosa del genere. Tanto per cambiare. Laney ha preso la sua macchina?»

«Laney?»

«Il negro. Sa che è un agente?»

«Nessuno ci ha mai presentati. Sì, ha preso la mia macchina. Dove la sta portando?»

«È lungo l'interstatale. Tornerà fra un'ora circa. Faremo il possibile per rimetterla in viaggio entro le cinque, così alle sei potrà andare in ufficio. Non vorremmo rovinarle la giornata.»

«È già rovinata abbastanza.»

Una cameriera zoppa che si chiamava Dot venne a prendere le ordinazioni. Solo caffè. Un'orda di camionisti invase il locale. La voce di Merle si sentiva a stento.

«Come vanno i ragazzi dello studio?» chiese allegramente Tarrance.

«Va tutto a meraviglia. Mentre stiamo parlando i tassametri sono in funzione e tutti si arricchiscono. Grazie per averlo chiesto.»

«Non c'è di che.»

«Come sta il mio grande amico Voyles?» chiese Mitch.

«È molto preoccupato. Ieri mi ha telefonato due volte e ha ripetuto per la decima volta che aspetta una risposta da lei. Ha detto che lei ha avuto tutto il tempo e via discorrendo. Gli ho raccomandato di stare tranquillo. Gli ho parlato del nostro appuntamento di stanotte, e si è emozionato molto. Per la precisione, devo telefonargli fra quattro ore.»

«Gli riferisca che un milione di dollari non basta, Tarrance. Vi vantate tanto di spendere miliardi per combattere la criminalità organizzata, quindi date qualche briciola anche a me. Cosa sono due milioni in contanti per il governo federale?»

«E così, adesso sono diventati due milioni?»

«Sì. E non un soldo di meno. Voglio un milione adesso e un milione più tardi. Sto copiando tutte le mie pratiche, e fra pochi giorni dovrei avere finito. Credo che siano pratiche legittime. Se le consegnassi a qualcuno, verrei radiato definitivamente dall'ordine. Perciò, quando le consegnerò a voi, voglio il primo milione. Diciamo che sarà un pagamento a riprova della vostra buona fede.»

«Come lo vuole?»

«Depositato su un conto di una banca di Zurigo. Ma discuteremo i dettagli più tardi.»

Dot mise sul tavolo due piattini e vi posò due tazze spaiate. Versò il caffè da un metro di altezza e lo fece spruzzare in tutte le direzioni. «Servitevi pure del resto» borbottò prima di allontanarsi.

«E il secondo milione?» chiese Tarrance senza toccare la tazza.

«Quando io, lei e Voyles decideremo che vi ho passato una documentazione sufficiente per arrivare alle incriminazioni, me ne darete una metà. Dopo che avrò testimoniato per l'ultima volta, avrò l'altra metà. Mi sembra incredibilmente onesto, Tarrance.»

«Sì. Siamo d'accordo.»

Mitch fece un respiro profondo. Si sentiva mancare. D'accordo. Un contratto. Un contratto che non sarebbe mai stato stilato per iscritto, ma nonostante questo era tremendamente valido. Bevve qualche sorso di caffè ma non ne sentì il sapore. Si erano accordati per la somma. Ormai era lanciato. Poteva continuare a fare pressioni.

«C'è un'altra cosa, Tarrance.»

Tarrance abbassò la testa e la girò leggermente verso destra. «Sì?»

Mitch appoggiò i gomiti sul tavolo e si sporse verso di lui. «Non vi costerà né soldi né fatica. Va bene?»

«L'ascolto.»

«Mio fratello Ray è a Brushy Mountain. Dovrà aspettare altri sette anni prima di poter ottenere la libertà vigilata. Voglio che lo facciate uscire.»

«È assurdo, Mitch. Possiamo fare parecchie cose, ma non dare la libertà ai detenuti nelle prigioni statali. Se fosse in un carcere federale, forse; ma così no. Impossibile.»

«Mi ascolti, Tarrance, e apra bene le orecchie. Se dovrò scappare con la mafia che mi insegue, mio fratello verrà con me. Fa parte dell'accordo. E so che se il direttore Voyles decide di tirarlo fuori dalla galera, può farlo. Lo so. Adesso, basta che voi troviate il modo per riuscirci.»

«Ma non abbiamo l'autorità per intervenire nei casi di detenuti condannati da tribunali statali.»

Mitch sorrise e continuò a bere il caffè. «James Earl Ray è evaso da Brushy Mountain. E senza aiuti dall'esterno.»

«Ah, questa poi! Attacchiamo la prigione come un commando e liberiamo suo fratello. Magnifico.»

«Non faccia il finto tonto, Tarrance. La condizione non è trattabile.»

«Va bene, va bene. Vedrò che cosa posso fare. C'è altro? Qualche altra sorpresa?»

«No, solo qualche domanda: dove andremo e cosa faremo? Dove ci nasconderemo all'inizio? Dove ci nasconderemo durante i processi? Dove passeremo il resto della nostra vita? Piccoli dettagli del genere.»

«Potremmo discuterne più tardi.»

«Che cosa vi avevano detto Hodge e Kozinski?»

«Non ci avevano detto abbastanza. Abbiamo un fascicolo, un grosso fascicolo, dove abbiamo raccolto e catalogato tutto ciò che sappiamo sui Morolto e lo studio. Il materiale riguarda soprattutto i Morolto, la loro organizzazione, i personaggi chiave, le attività illegali e così via. Dovrà leggere tutto prima che cominciamo a lavorare.»

«Vale a dire dopo che avrò ricevuto il primo milione.»

«Certo. Quando possiamo vedere le pratiche?»

«Fra circa una settimana. Sono riuscito a copiare quattro pratiche che appartengono a qualcun altro. Forse riuscirò ancora a mettere le mani su cose del genere.»

«Chi fa il lavoro di copiatura?»

«Questo non la riguarda.»

Tarrance rifletté per un secondo, ma non insistette. «Quante pratiche?»

«Da quaranta a cinquanta. Devo portarle fuori di nascosto, un po' alla volta. Su alcune ho lavorato per otto mesi, su altre per una settimana appena. A quanto posso capire, riguardano tutte clienti legittimi.»

«Quanti di questi clienti ha conosciuto personalmente?»

«Due o tre.»

«Non creda che siano tutti legittimi. Hodge ci ha parlato di certe pratiche fasulle, che circolano da anni. È su quelle che si fanno le ossa i nuovi associati. Sono pratiche voluminose che richiedono centinaia di ore di lavoro e danno ai novellini la sensazione di essere veri avvocati.»

«Pratiche fasulle?»

«Così diceva Hodge. Non è un gioco facile, Mitch. La invogliano con i soldi. La caricano di lavoro che sembra legittimo e probabilmente lo è per la maggior parte. Poi, dopo qualche anno, senza rendersene conto è entrato a far parte dell'associazione per delinquere. È inchiodato e non può più uscirne. Questo vale anche per lei, Mitch. Ha cominciato a lavorare in luglio, otto mesi fa, ed è probabile cha abbia già toccato qualcuna delle pratiche sporche. Non lo sapeva e non aveva motivo di sospettare. Ma l'hanno già messa nel sacco.»

«Due milioni, Tarrance. Due milioni e mio fratello.»

Tarrance bevve un paio di sorsi di caffè quasi freddo e quando Dot gli passò vicino ordinò una fetta di torta al cocco. Diede un'occhiata all'orologio e poi alla folla dei camionisti che fumavano, bevevano caffè e continuavano a parlare.

Si assestò gli occhiali da sole. «Quindi, che cosa devo riferire al signor Voyles?»

«Gli dica che l'accordo non vale se non si impegna a tirare fuori Ray dalla prigione.»

«Probabilmente troveremo una soluzione.»

«Ne sono sicuro.»

«Quando parte per le Cayman?»

«Domenica mattina. Perché?»

«Semplice curiosità.»

«Bene, vorrei sapere quanti gruppi diversi mi seguiranno laggiù. Chiedo troppo? Sono sicuro che attireremo una vera folla e, per essere sincero, avevamo sperato di stare un po' in pace.»

«Alloggerà nel condominio dello studio?»

«Naturalmente.»

«Allora scordi pure l'idea dell'intimità. Probabilmente ci saranno più impianti che in un centralino. Forse anche qualche telecamera nascosta.»

«Molto consolante. Potremmo andare per un paio di notti alla Dive Lodge di Abanks. Se voi ragazzi vi troverete nelle vicinanze, fermatevi a bere qualcosa.»

«Molto spiritoso. Se ci saremo, avremo le nostre buone ragioni. E lei non se ne accorgerà.»

Tarrance mangiò la fetta di torta in tre bocconi. Lasciò due dollari sul tavolo. Si avviarono verso l'uscita posteriore. L'asfalto sporco vibrava per il rombo dei motori diesel. Attesero nell'oscurità.

«Fra poche ore parlerà con Voyles» disse Tarrance. «Lei e sua moglie dovrete fare una piacevole gita, sabato pomeriggio.»

«In un posto particolare?»

«Certo. A una cinquantina di chilometri a est di qui c'è una cittadina che si chiama Holly Springs. È vecchiotta, piena di case che risalgono a prima della guerra e di ricordi storici della Confederazione. Alle donne piace molto girare in macchina per vedere le vecchie residenze. Arrivi verso le quattro; la troveremo noi. Il nostro amico Laney verrà con una Chevy Blazer rossa targata Tennessee. Lo segua. Troveremo un posto per parlare.»

«Non ci sarà pericolo?»

«Si fidi di noi. Se vedremo o fiuteremo qualcosa che non va, manderemo a monte l'appuntamento. Giri per la cittadina per un'ora; e se non vede Laney, si faccia un sandwich e torni a casa. Vorrà dire che loro erano troppo vicini. Non correremo rischi.»

Laney spuntò all'angolo con la BMW e balzò a terra. «Via libera. Non si è visto nessuno.»

«Bene» disse Tarrance. «A domani, Mitch. Buon viaggio.» Si strinsero la mano.

«Non è trattabile, Tarrance» disse di nuovo Mitch.

«Mi chiami Wayne. Arrivederci a domani.»

25

I nuvoloni neri e la pioggia battente avevano messo in fuga i turisti da Seven Mile Beach quando i McDeere, stanchi e bagnati fradici, arrivarono nel lussuoso condominio. Mitch fece entrare a marcia indietro nel piccolo prato la Mitsubishi presa a nolo e si fermò davanti al portoncino dell'Unità B. La volta precedente aveva alloggiato nell'Unità A. Sembravano identiche, a parte i colori e le rifiniture. Girò la chiave. Scaricarono i bagagli mentre le nubi esplodevano e la pioggia raddoppiava di intensità.

Quando furono al coperto, andarono a disfare le valigie nella stanza da letto principale al piano di sopra, con il lungo balcone affacciato sulla spiaggia. Esplorarono l'appartamento, controllando ogni stanza e ogni ripostiglio e parlando il meno possibile. Il frigo era vuoto, ma il bar era ben fornito. Mitch preparò due drink, rum e Coca, in onore delle isole. Sedettero sul balcone con i piedi esposti alla pioggia e guardarono l'oceano che tumultuava e si avventava verso la spiaggia. Il Rumheads era quasi deserto e appena visibile in lontananza. Due indigeni erano seduti al banco, bevevano e guardavano il mare.

«Quello è il Rumheads» disse Mitch, indicando con il bicchiere.

«Il Rumheads?»

«Te ne ho parlato. È un posto frequentatissimo dove i turisti bevono e i locali giocano a domino.»

«Capisco.» Abby era abbastanza indifferente. Sbadigliò e si assestò sulla sdraio di plastica. Chiuse gli occhi.

«Oh, è magnifico, Abby. È il nostro primo viaggio all'estero, il nostro vero viaggio di nozze, e tu ti addormenti dieci minuti dopo l'arrivo.»

«Sono stanca, Mitch. Ho passato la notte a fare i bagagli mentre tu dormivi.»

«Hai riempito otto valigie... sei per te e due per me. Ci hai messo dentro tutto il nostro guardaroba. Non mi sorprende che ti ci sia voluta una notte intera.»

«Non voglio restare a corto di vestiti.»

«A corto di vestiti? Quanti bikini hai messo nelle valigie? Dieci? Dodici?»

«Sei.»

«Benissimo. Uno al giorno. Perché non ne metti uno?»

«Cosa?»

«Mi hai sentito. Va' a mettere quello celeste sgambato con i lacci davanti, quello che pesa mezzo grammo e costa sessanta dollari, e che ti lascia scoperto il seno quando cammini. Voglio vederlo.»

«Mitch, sta piovendo! Mi hai portato sull'isola nella stagione dei monsoni. Guarda quei nuvoloni come sono scuri, fitti e stabili. Questa settimana non avrò bisogno dei bikini.»

Mitch sorrise e cominciò ad accarezzarle le gambe. «La pioggia non mi dispiace. Anzi, spero che piova tutta la settimana. Resteremo in casa, a letto, a bere rum e a cercare di farci male a vicenda.»

«Sono quasi sconvolta. Vuoi dire che hai davvero intenzione di fare l'amore? Questo mese l'abbiamo già fatto una volta.»

«Due.»

«Credevo che contassi di fare immersioni in apnea e con le bombole per tutta la settimana.»

«No. Probabilmente là fuori c'è uno squalo che mi aspetta.»

Il vento soffiò più forte e la pioggia investì il balcone.

«Spogliamoci» disse Mitch.

Dopo un'ora, il temporale cominciò ad allontanarsi. La pioggia si placò, divenne meno intensa, poi cessò del tutto. Il cielo si schiarì mentre i nuvoloni scuri e bassi abbandonavano l'isola e si dileguavano verso nord-est e Cuba. Poco prima di sparire all'orizzonte, il sole si affacciò all'improvviso per una breve apparizione, e svuotò i cottage e le case e le stanze degli alberghi: i turisti si avviarono sulla sabbia, verso l'acqua. Il Rumheads si riempì di lanciatori di freccette e di vacanzieri assetati. Le partite a domino ripresero. L'orchestrina reggae cominciò ad accordare gli strumenti all'hotel Palms.

Mitch e Abby si incamminarono sulla spiaggia in direzione di Georgetown, lontano dal punto dov'era successo l'episodio con la ragazza. Ogni tanto Mitch pensava a lei e alle fotografie. Era arrivato alla conclusione che fosse una professionista e che fosse stata pagata da DeVasher per sedurlo e conquistarlo davanti agli obiettivi in agguato. Questa volta non prevedeva che sarebbe comparsa.

Quasi a un segnale la musica tacque, la gente sulla spiaggia si fermò, il chiasso del Rumheads si smorzò. Tutti gli occhi si voltarono verso il sole che stava per toccare l'acqua. Le nubi grigie e bianche, ultimi residui del temporale, erano basse all'orizzonte. Tramontarono con il sole: a poco a poco si colorarono di arancione, giallo e rosso, tinte dapprima pallide, poi all'improvviso più brillanti. Per qualche attimo il cielo divenne una tela su cui il sole spandeva con pennellate audaci una gamma infinita di colori. Poi la sfera arancione toccò l'acqua e scomparve in pochi secondi. Le nubi diventarono nere e si dispersero. Un tramonto alle Cayman.

Abby procedeva prudentemente con la jeep nel traffico del primo mattino, nel quartiere commerciale. Veniva dal Kentucky e non aveva mai guidato sul lato sinistro della strada. Mitch le dava le indicazioni e teneva d'occhio lo specchietto retrovisore. Le strade strette e i marciapiedi erano già affollati di turisti che guardavano le vetrine piene di porcellane, cristallerie, profumi, macchine fotografiche e gioielli: tutti articoli duty-free.

Mitch indicò una via laterale nascosta, e la jeep sfrecciò fra due gruppi di persone. Baciò Abby sulla guancia. «Ci vediamo qui alle cinque.»

«Sii prudente» raccomandò lei. «Andrò alla banca, poi sarò sulla spiaggia vicino al condominio.»

Mitch sbatté la portiera e sparì fra due negozietti. Il vicolo conduceva a una strada più ampia che a sua volta portava a Hogsty Bay. Entrò in una jeanseria piena di camicie per turisti, cappelli di paglia e occhiali da sole. Scelse una camicia sgargian-

te a fiorami verdi e arancione e un cappello di panama. Due minuti più tardi uscì dal negozio e salì su un taxi di passaggio.
«All'aeroporto» disse. «In fretta. E stia attento. Può darsi che
qualcuno ci segua.»

· Il taxista non fece commenti. Passò davanti alle banche e uscì
dalla città. Dieci minuti più tardi si fermò davanti al terminal.

«Qualcuno ci ha seguiti?» chiese Mitch, prendendo il denaro
dalla tasca.

«No, amico. Quattro dollari e dieci.»

Mitch buttò sul sedile un biglietto da cinque dollari ed entrò
nel terminal. Il volo delle Cayman Airways per Cayman Brac sarebbe partito alle nove. Mitch si fermò a bere un caffè in un negozio di articoli da regalo e si nascose tra due file di scaffali pieni di souvenir. Sorvegliò l'atrio e non vide nessuno. Naturale-
mente, non sapeva che aspetto avessero; ma non c'era nessuno
che si guardasse intorno con l'aria di cercare qualcuno. Forse
stavano seguendo la jeep o rastrellavano la zona commerciale
per cercarlo. Forse.

Aveva prenotato, con una spesa di settantacinque dollari caymaniani, l'ultimo posto sul Trislander trimotore a dieci posti.
Abby aveva fatto la prenotazione da un telefono pubblico la sera dell'arrivo. All'ultimo secondo, Mitch uscì correndo dal terminal e salì a bordo. Il pilota chiuse i portelli e lanciò l'aereo
sulla pista. Non c'erano altri velivoli. Sulla destra c'era un piccolo hangar.

I dieci turisti ammirarono il fulgido mare azzurro e parlarono
poco durante i dieci minuti del volo. Quando si avvicinarono a
Cayman Brac, il pilota si assunse le funzioni di guida e descrisse
un ampio cerchio intorno all'isoletta. Indicò le alte scogliere che
precipitavano in mare all'estremità meridionale. Senza quelle,
spiegò, l'isola sarebbe stata piatta come Grand Cayman. Poi atterrò senza scosse su una stretta pista di asfalto.

Accanto alla piccola costruzione bianca di legno con la scritta
AEROPORTO, un bianco attese che i passeggeri scendessero a terra. Si chiamava Rick Acklin, era un agente speciale, e il sudore
gli gocciolava dal naso e gli incollava la camicia alla schiena. Si
fece avanti. «Mitch» disse a voce bassa.

Lui esitò un attimo, poi lo raggiunse.

«La macchina è qui fuori» disse Acklin.

«Dov'è Tarrance?» Mitch si guardò intorno.

«La sta aspettando.»

«La macchina ha l'aria condizionata?»

«No, purtroppo.»

La macchina non aveva aria condizionata, e non aveva neppure le frecce funzionanti. Era una LTD del 1974, e mentre percorrevano la strada polverosa Acklin spiegò che a Cayman Brac non c'era molto da scegliere come macchine a nolo. E il governo degli Stati Uniti aveva dovuto ripiegare su quella perché lui e Tarrance non erano riusciti a trovare un taxi. Potevano considerarsi fortunati se avevano potuto trovare una stanza, con un preavviso così breve.

Le case piccole e linde sorgevano vicine l'una all'altra. Giunsero in vista del mare. Si fermarono nel parcheggio di un centro che si chiamava Brac Divers. Un vecchio pontile si protendeva nell'acqua, e offriva un ormeggio a un centinaio di imbarcazioni di ogni genere. Verso ovest, lungo la spiaggia, una dozzina di bungalow con il tetto di paglia, montati su pilastri di mezzo metro alloggiava i sub arrivati da ogni parte del mondo. Accanto al molo c'era un bar all'aperto, senza un nome ma completo di domino e bersaglio per le freccette. Dal soffitto pendevano ventilatori di legno e ottone che ruotavano lentamente e in silenzio e rinfrescavano i giocatori di domino e il barista.

Wayne Tarrance era seduto tutto solo a un tavolo. Beveva una Coca e guardava una squadra di sub che caricava su una barca un migliaio di bombole arancione. Era vestito in modo assurdo persino per un turista. Occhiali scuri con la montatura gialla, sandali marrone di paglia nuovissimi, calzini neri, un'attillata camicia hawaiana a venti colori sfacciati e un paio di calzoncini dorati da ginnastica, molto vecchi e molto corti, che lasciavano scoperte le gambe troppo bianche. Tarrance indicò le due sedie libere.

«Che bella camicia, Tarrance» disse Mitch con aria sinceramente divertita.

«Grazie. Anche la sua è magnifica.»

«E che bella abbronzatura.»

«Sì, sì. Dovevo avere un aspetto adatto alla parte.»

Il cameriere si avvicinò e attese. Acklin ordinò una Coca. Mitch disse che voleva una Coca con un po' di rum. Tutti e tre guardarono la barca e i sub che caricavano l'equipaggiamento.

«Cos'è successo a Holly Springs?» chiese finalmente Mitch.

«Mi dispiace, ma non abbiamo potuto farci niente. L'hanno seguita da Memphis, e a Holly Springs l'aspettavano con due macchine. Non abbiamo potuto avvicinarla.»

«Lei e sua moglie avevate parlato della gita, prima di partire?» chiese Acklin.

«Mi pare di sì. Probabilmente ne abbiamo parlato un paio di volte mentre eravamo in casa.»

Acklin sembrava soddisfatto. «Si tenevano pronti. Una Skylark verde l'ha seguita per una trentina di chilometri, poi si è persa. A questo punto abbiamo annullato l'incontro.»

Tarrance bevve un sorso di Coca e disse: «Sabato notte il Lear è partito da Memphis e con un volo senza scalo ha raggiunto Grand Cayman. Pensiamo che vi fossero a bordo due o tre dei loro. È ripartito domenica mattina presto ed è tornato a Memphis».

«Dunque sono qui e ci seguono?»

«Naturalmente. Con ogni probabilità avevano mandato una o due persone sull'aereo con lei e Abby. Potevano essere uomini o donne, o magari un uomo e una donna. Un negro o una ragazza orientale. Chissà? Non dimentichi che dispongono di un sacco di soldi. Due dei loro uomini li conosciamo. Uno era a Washington quando c'è andato lei. Biondo, sui quaranta, alto uno e novanta o qualcosa di più, capelli molto corti, e lineamenti energici, da nordico. Si muove in fretta. Ieri l'abbiamo visto al volante di una Escort rossa presa a nolo sull'isola alla Coconut Car Rentals.»

«Credo di averlo visto» disse Mitch.

«Dove?» chiese Acklin.

«In un bar dell'aeroporto di Memphis, la sera del mio rientro da Washington. Ho notato che mi osservava, e mi sono ricordato che mi era sembrato di averlo visto nella capitale.»

«È lui. Adesso è qui.»

«Chi è l'altro?»

«Tony Verkler, o Tony Two-Ton, come lo chiamiamo noi. È

un ex galeotto con una sfilza impressionante di precedenti penali, quasi tutti a Chicago. Lavora da anni per Morolto. Pesa circa
centoventi chili e lo usano per tenere d'occhio la gente perché
nessuno sospetterebbe mai di lui.»

«Ieri sera era al Rumheads» soggiunse Acklin.

«Ieri sera? C'eravamo anche noi.»

L'imbarcazione dei sub si staccò dal pontile e avanzò verso il
largo. I pescatori a bordo delle minuscole barche salpavano le
reti, i marinai portavano lontano da terra i catamarani coloratis-
simi. Dopo un risveglio sognante, l'isola era in movimento. Metà delle barche attraccate erano partite o stavano per partire.

«E voi, quando siete arrivati?» chiese Mitch assaggiando il
drink che conteneva più rum che Coca.

«Domenica sera» rispose Tarrance, mentre guardava allontanarsi l'imbarcazione dei sub.

«Per pura curiosità, quanti uomini avete sulle isole?»

«Quattro uomini e due donne» disse Tarrance. Acklin rimase
zitto e lasciò che fosse il suo superiore a parlare.

«E perché siete qui, esattamente?» volle sapere Mitch.

«Oh, per varie ragioni. Innanzi tutto vogliamo parlare con lei
e concludere l'accordo. Il direttore Voyles tiene moltissimo ad
arrivare a un punto di intesa che la soddisfi. In secondo luogo,
vogliamo sorvegliare gli amici per accertare quanti ce ne sono da
queste parti. Passeremo la settimana cercando di identificarli.
L'isola è piccola, è un ottimo posto di osservazione.»

«E in terzo luogo volete abbronzarvi?»

Acklin rise. Tarrance sorrise, poi aggrottò la fronte. «No,
non proprio. Siamo qui per proteggerla.»

«Per proteggermi?»

«Sì. L'ultima volta che mi sono seduto a questo tavolo ho
parlato con Joe Hodge e Marty Kozinski. Circa nove mesi fa. Il
giorno prima che li uccidessero, per la precisione.»

«E pensa che stiano per uccidere anche me?»

«No. Non ancora.»

Mitch fece segno al barista di portargli un altro drink. La partita a domino entrò in una fase animata. Gli indigeni discutevano e bevevano birra.

«Sentite, ragazzi, mentre stiamo qui a parlare, gli amici stanno probabilmente seguendo mia moglie per tutta Grand Cayman. Sarò piuttosto nervoso fino a quando non l'avrò rivista. Dunque, il nostro accordo?»

Tarrance staccò gli occhi dal mare e dall'imbarcazione dei sub e fissò Mitch. «Due milioni, e...»

«Naturalmente, Tarrance. L'avevamo già deciso, no?»

«Si calmi, Mitch. Le pagheremo un milione quando consegnerà tutte le sue pratiche. A quel punto non potrà più tornare indietro, come si dice. Ci sarà dentro fino al collo.»

«Ne sono perfettamente consapevole. Sono stato io a suggerirlo, ricorda?»

«Ma questa è la parte più facile. Per la verità non vogliamo le sue pratiche, dato che sono pulite. Legittime. Noi vogliamo quelle sporche, quelle che ci serviranno per le incriminazioni. E metterci le mani sopra sarà molto più difficile. Non appena ci riuscirà le pagheremo un altro mezzo milione. Il saldo dopo l'ultimo processo.»

«E mio fratello?»

«Faremo il possibile.»

«Non basta. Voglio un impegno preciso.»

«Non possiamo promettere di consegnarle suo fratello. Diavolo, deve scontare almeno altri sette anni.»

«Ma è mio fratello, Tarrance. Non m'importerebbe neppure se fosse un pluriomicida nel braccio della morte in attesa dell'ultimo pasto. È mio fratello. Se mi volete, dovete liberarlo.»

«Ho detto che faremo il possibile, ma non possiamo impegnarci. Non esiste un modo formale e legittimo per tirarlo fuori; quindi dovremo tentare con altri mezzi. E se venisse ucciso durante la fuga?»

«Lo tiri fuori da quella prigione.»

«Tenteremo.»

«Metterà a disposizione il potere e le risorse dell'FBI per aiutare mio fratello a evadere, d'accordo, Tarrance?»

«Le do la mia parola.»

Mitch si appoggiò alla spalliera della sedia e bevve una lunga sorsata. Adesso l'accordo era definitivo. Respirò più agevolmente e sorrise al Mar dei Caraibi.

«Quando avremo le pratiche?» chiese Tarrance.

«Mi pareva che non le voleste. Sono troppo pulite, ricorda?»

«Vogliamo quelle pratiche, Mitch, perché a quel punto avremo in pugno lei. Avrà dimostrato la sua buona fede quando ce le consegnerà e, in un certo senso, la sua appartenenza all'ordine degli avvocati.»

«Fra dieci o quindici giorni.»

«Quanti fascicoli?»

«Fra i trenta e i quaranta. I più piccoli hanno uno spessore di un paio di centimetri. I più grossi non starebbero su questo tavolo. Non posso usare le fotocopiatrici dello studio, quindi ho dovuto organizzarmi in un altro modo.»

«Forse potremmo aiutarla noi» intervenne Acklin.

«Forse no. Forse, se avrò bisogno del vostro aiuto, lo chiederò.»

«Come conta di consegnarcele?» chiese Tarrance. Acklin tornò a ritirarsi in buon ordine.

«È molto semplice, Wayne. Quando avrò copiato tutte le pratiche e avrò incassato il milione dove voglio io, le consegnerò la chiave di un certo stanzino nell'area di Memphis, e lei potrà andare a prenderle con il furgone.»

«Le ho detto che avremmo depositato la somma in una banca svizzera» disse Tarrance.

«E io non la voglio in una banca svizzera, chiaro? Detterò le condizioni dell'accredito, e dovrà essere fatto esattamente come vorrò. Da questo momento sono io che rischio l'osso del collo, ragazzi, quindi detto le condizioni. Quasi tutte, almeno.»

Tarrance sorrise, borbottò e guardò il pontile. «Allora non si fida degli svizzeri?»

«Diciamo che ho in mente un'altra banca. Non dimentichi che lavoro per riciclatori di denaro sporco, Wayne, e sono diventato un esperto nel nascondere i soldi nei conti *offshore*.»

«Vedremo.»

«Quando potrò avere gli appunti sui Morolto?»

«Dopo che avremo ricevuto le sue pratiche e pagato la prima rata. Le faremo sapere il più possibile, ma per la maggior parte dovrà arrangiarsi da solo. Noi due dovremo incontrarci spesso e ovviamente sarà pericoloso. Forse dovremo fare diversi viaggi in autobus.»

«D'accordo, ma la prossima volta voglio il posto dalla parte del corridoio.»

«Va bene, va bene. Chi vale due milioni di dollari ha il diritto di scegliersi il posto che preferisce a bordo di un Greyhound.»

«Non vivrò abbastanza per godermeli, Wayne. E lo sa benissimo.»

Mitch lo vide a cinque chilometri da Georgetown, sulla strada tortuosa e stretta che portava a Bodden Town. L'uomo stava acquattato dietro un vecchio Maggiolino Volkswagen con il cofano alzato, come se si fosse fermato per un guasto al motore. Vestiva come un abitante dell'isola, non come un turista. Poteva passare facilmente per uno dei britannici che lavoravano nelle banche per conto del governo. Era molto abbronzato. Aveva in mano una chiave inglese e fingeva di esaminarla mentre seguiva con gli occhi la jeep Mitsubishi che passava rombando sul lato sinistro della strada. L'uomo era il nordico.

Avrebbe dovuto passare inosservato.

Istintivamente, Mitch rallentò a cinquanta all'ora per aspettarlo. Abby si voltò a guardare la strada. Era stretta e seguiva la spiaggia per otto chilometri, poi si biforcava e si allontanava dall'oceano. Pochi minuti dopo la Volkswagen verde superò una curva a tutta velocità. La jeep dei McDeere era molto più vicina di quanto avesse previsto il nordico. Quando si accorse che lo vedevano, rallentò di colpo, quindi svoltò nel primo vialetto dalla parte dell'oceano.

Mitch lanciò la jeep verso Bodden Town. A ovest del piccolo abitato svoltò verso sud e dopo meno di un chilometro tornò in vista del mare.

Erano le dieci del mattino e il parcheggio dell'Abanks Dive Lodge era semipieno. Le due barche per le immersioni del mattino erano partite da mezz'ora. I McDeere raggiunsero il bar, dove Henry stava già portando birre e sigarette ai giocatori di domino.

Barry Abanks stava appoggiato a un sostegno della tettoia del bar e seguiva con lo sguardo le sue due barche che stavano per sparire dietro la punta dell'isola. Ognuna aveva in programma due immersioni in località come Bonnie's Arch, Devil's Grotto,

Eden Rock e Roger's Wreck Point, posto dove era stato con i turisti migliaia di volte. Alcune di quelle località le aveva scoperte lui stesso.

I McDeere si avvicinarono. Mitch presentò la moglie ad Abanks, che si mostrò poco cerimonioso ma non sgarbato. Si avviarono verso il piccolo molo, dove un marinaio stava preparando una barca da pesca, un nove metri. Abanks gridò una sfilza di ordini indecifrabili al giovane, che doveva essere sordo o forse non aveva nessuna paura del principale.

Mitch si fermò a fianco di Abanks e indicò il bar, lontano una cinquantina di metri. «Li conosce tutti?» chiese.

Abanks aggrottò la fronte.

«Hanno cercato di seguirmi fin qui. L'ho chiesto per curiosità» spiegò Mitch.

«Sono i soliti» rispose Abanks. «Nessuno sconosciuto.»

«Ha notato qualche sconosciuto che girava qui intorno, stamattina?»

«Senta, è un posto che attira molta gente. Io non tengo un registro delle persone che passano di qui.»

«Ha visto un americano grasso e con i capelli rossi, che pesa almeno centoventi chili?»

Abanks scosse la testa. Il marinaio spinse la barca lontano dal molo, verso l'orizzonte. Abby sedette su una panchetta imbottita e guardò il molo che si allontanava. Fra i piedi, dentro una borsa di plastica, c'erano due coppie di pinne nuove e due maschere. Ufficialmente era una spedizione per un'immersione in apnea e magari un po' di pesca, se i pesci avessero abboccato. Il capo aveva acconsentito ad accompagnarli, ma solo dopo che Mitch aveva insistito e gli aveva detto che dovevano discutere di questioni personali. Questioni personali relative alla morte di suo figlio.

Da un balcone protetto da una zanzariera, al primo piano di una casa sulla spiaggia di Cayman Kai, il nordico guardava le due teste che emergevano e sparivano vicino alla barca da pesca. Porse il binocolo a Tony Two-Ton Verkler che si annoiò subito e lo restituì. Una bionda sensazionale in un costume nero sgambato fin quasi alle costole arrivò alle spalle del nordico e prese il binocolo. Il marinaio sembrava interessante.

Tony disse: «Non capisco. Se devono fare un discorso serio, perché hanno portato il ragazzo? Perché tenersi appresso due orecchie di troppo?».

«Forse parlano di pesca e di immersioni» disse il nordico.

«Non lo so» dichiarò la bionda. «Di solito Abanks non va in giro su una barca da pesca. Preferisce i subacquei che si immergono con i respiratori. Deve avere una buona ragione per sprecare una giornata in compagnia di due novizi che hanno soltanto la maschera. C'è sotto qualcosa.»

«Chi è il ragazzo?» volle sapere Tony.

«Uno dei tuttofare» disse la bionda. «Ne ha una dozzina.»

«Puoi parlare con lui più tardi?» chiese il nordico.

«Certo» disse Tony. «Mostragli un po' di pelle e fagli sniffare un po' di coca. Parlerà.»

«Ci proverò» disse la bionda.

«Come si chiama?» chiese il nordico.

«Keith Rook.»

Keith Rook fece accostare la barca al molo di Rum Point. Mitch, Abby e Abanks scesero e si avviarono verso la spiaggia. Keith non era stato invitato a pranzo. Rimase a bordo e lavò pigramente la tolda.

Lo Shipwreck Bar era a un centinaio di metri dalla riva, all'ombra degli alberi. Era un locale buio e umido, con le finestre schermate e i ventilatori cigolanti. Non c'erano orchestrine reggae, né domino né bersagli per le freccette. I clienti erano tranquilli, assorti, e parlottavano tra loro.

Dal loro tavolo si vedeva il mare, verso nord. Ordinarono cheeseburger e birra... il cibo tipico dell'isola.

«Questo bar è diverso» commentò sottovoce Mitch.

«Moltissimo» confermò Abanks. «E per una ragione precisa. È un ritrovo di trafficanti di droga, proprietari di molti degli appartamenti e delle belle case della zona. Arrivano qui con i loro jet privati, depositano i soldi nelle nostre banche e passano qualche giorno a dare un'occhiata alle loro proprietà.»

«Bell'ambientino.»

«Oh, sì. Sono ricchi a milioni e si fanno gli affari loro.»

La cameriera, una mulatta piacente, posò sul tavolo tre bottiglie di Red Stripe giamaicana senza dire una parola. Abanks si
appoggiò sui gomiti e abbassò la testa: era il modo in cui parlavano tutti, allo Shipwreck Bar. «Allora, pensa di potersi sgan-
ciare?» chiese.

Mitch e Abby si sporsero contemporaneamente verso di lui.
Le tre teste si sfiorarono al centro del tavolo, sopra le birre.
«Non sganciarmi... correre come un razzo. Me me andrò. E
avrò bisogno del suo aiuto.»

Abanks rifletté per un momento e alzò la testa. Scrollò le
spalle. «Ma cosa dovrei fare?» Bevve il primo sorso di Red
Stripe.

Fu Abby a notarla per prima: ci voleva una donna per individuare un'altra donna che cercava con tanta eleganza di spiare la
loro conversazione. Voltava le spalle ad Abanks. Era una bionda, parzialmente nascosta da un paio di grandi occhiali da sole
molto scuri che le coprivano quasi tutta la faccia: guardava l'o-
ceano e ascoltava con troppo impegno. Quando i tre si erano
chinati, si era raddrizzata per cogliere quello che dicevano. Era
seduta da sola a un tavolo per due.

Abby piantò le unghie nella gamba del marito. Ammutolirono. La bionda in nero ascoltò, poi si girò verso il suo tavolo e il
suo drink.

Wayne Tarrance aveva migliorato il suo guardaroba entro il
venerdì della settimana alle Cayman. Non aveva più i sandali di
paglia, i calzoncini aderenti e i vistosi occhiali da sole. Non aveva più neppure le gambe pallide: adesso erano di un rosa acceso,
bruciate e irriconoscibili. Dopo tre giorni trascorsi a Cayman
Brac, lui e Acklin, inviati dal governo degli Stati Uniti, avevano
trovato una stanza a buon mercato a Grand Cayman, a vari chilometri da Seven Mile Beach e piuttosto lontano dal mare. Lì
avevano istituito un posto di comando per seguire i movimenti
dei McDeere e di altre persone. Lì, al Coconut Motel, si divide-
vano una stanzetta con due letti e la doccia. Mercoledì mattina
avevano contattato McDeere e avevano chiesto un incontro al
più presto. McDeere aveva risposto di no. Aveva detto che era

tróppo occupato. Aveva detto che lui e la moglie erano in luna
di miele e non avevano tempo per quell'incontro. Più tardi,
forse.

Poi, giovedì verso sera, mentre Mitch e Abby mangiavano
cernia alla griglia al Lighthouse sulla strada per Bodden Town,
l'agente Laney, vestito come un indigeno e assai poco distingui-
bile da un negro delle isole, si fermò al loro tavolo e li informò
che Tarrance esigeva un incontro.

Nelle isole Cayman i polli venivano importati, e non erano
della qualità migliore. Erano polli mediocri, e venivano consu-
mati non già dagli isolani ma dagli americani che, lontani dalla
patria, avevano nostalgia di quell'alimento fondamentale. Il co-
lonnello Sanders aveva il suo da fare a insegnare alle ragazze
dell'isola come si friggeva il pollo. Non volevano proprio imparare.

E così fu che l'agente speciale Wayne Tarrance, nato nel
Bronx, organizzò in fretta un incontro segreto nel Kentucky
Fried Chicken di Grand Cayman, l'unica filiale della catena che
esistesse nelle isole. Pensava che il locale sarebbe stato deserto.
Ma si sbagliava.

Cento turisti affamati venuti dalla Georgia, dall'Alabama, dal
Texas e dal Mississippi affollavano il locale e divoravano pollo
fritto con cavoli in salamoia e patate alla panna. Era senza dubbio meglio a Tupelo, ma poteva andare.

Tarrance e Acklin erano seduti in un séparé del ristorante affollato e tenevano d'occhio nervosamente la porta d'ingresso.
Era ancora possibile annullare l'incontro. C'era troppa gente.
Finalmente Mitch entrò da solo e si mise in coda. Portò la scatola rossa al loro tavolo e sedette. Non salutò e non disse nulla.
Cominciò a consumare il pasto che aveva pagato 4,89 dollari
delle isole Cayman. Pollo di importazione.

«Dov'è stato?» chiese Tarrance.

Mitch attaccò una coscia. «Sull'isola. È una stupidaggine incontrarci qui, Tarrance. C'è troppa gente.»

«Sappiamo quello che facciamo.»

«Sicuro. Come nella calzoleria coreana.»

«Spiritoso! Perché non ha voluto vederci mercoledì?»

«Mercoledì avevo da fare. Non avevo voglia di vedervi. Mi ha seguito qualcuno?»

«Nessuno. Laney l'avrebbe bloccato alla porta se fosse stato seguito.»

«Questo posto mi innervosisce, Tarrance.»

«Perché è andato da Abanks?»

Mitch si asciugò la bocca e tenne fra le dita la coscia mangiata a metà. «Abanks ha una barca. Io volevo pescare e fare qualche immersione, e così ci siamo messi d'accordo. Lei dov'era, Tarrance? A bordo di un sottomarino per seguirci intorno all'isola?»

«Cosa ha detto Abanks?»

«Oh, conosce una quantità di parole. Salve. Mi dia una birra. Chi è che ci segue? Tante parole, sì.»

«Le risulta che quelli vi abbiano seguiti?»

«Quelli! Chi sono quelli? I vostri o i loro? Mi seguono così in tanti da causare ingorghi nel traffico.»

«Mi riferisco ai cattivi, Mitch. Gli uomini venuti da Memphis, Chicago e New York. Quelli che sono pronti ad ammazzarla domani, se fa il furbo.»

«Mi sento commosso. Dunque mi hanno seguito. Dove dovrei portarli? A pesca? A fare qualche immersione? Andiamo, Tarrance. Loro mi seguono, voi seguite loro e me, e loro seguono voi. Se schiaccio di colpo il freno mi trovo venti nasi contro la schiena. Perché ci siamo incontrati qui, eh? È un posto troppo affollato.»

Tarrance si guardò intorno con aria frustrata.

Mitch chiuse la confezione con il pollo. «Senta, sono nervoso e ho perso l'appetito.»

«Si calmi. Dal condominio a qui non l'ha seguita nessuno.»

«Non mi segue mai nessuno, Tarrance. Immagino che anche Hodge e Kozinski non fossero seguiti da nessuno quando si spostavano. Al Centro di Abanks. Sulla barca. Al funerale. Non è stata una buona idea, Tarrance. Io me ne vado.»

«D'accordo. Quando parte il suo aereo?»

«Perché? Avete intenzione di seguirmi? Seguirete me o loro? E se loro vi seguono? E se ci fosse una gran confusione e io seguissi tutti?»

«Andiamo, Mitch!»

«Parto alle nove e quaranta del mattino. Cercherò di tenerle un posto. Potrà sedersi accanto al finestrino e a fianco di Tony Two-Ton.»

«Quando avremo le pratiche promesse?»

Mitch si alzò. «Fra una settimana circa. Mi lasci dieci giorni, Tarrance, e niente più incontri in pubblico. Ricordi che quelli ammazzano avvocati, non stupidi agenti dell'FBI.»

26

Il lunedì mattina alle otto, Oliver Lambert e Nathan Locke superarono il muro divisorio del quinto piano ed entrarono nel labirinto di minuscoli uffici. DeVasher li stava aspettando. Chiuse la porta e indicò le sedie. Non aveva i movimenti molto agili: quella notte aveva sostenuto una battaglia con la vodka, e aveva perso. Aveva gli occhi rossi e il cervello che si dilatava a ogni respiro.

«Ho parlato con Lazarov, ieri a Las Vegas. Gli ho spiegato meglio che ho potuto perché voi siete così riluttanti a licenziare i quattro avvocati, Lynch, Sorrell, Buntin e Myers. Gli ho esposto tutte le vostre ragioni. Ha risposto che ci penserà, ma nel frattempo dobbiamo fare in modo che quei quattro si occupino esclusivamente di pratiche pulite. Non correte rischi e sorvegliateli con molta attenzione.»

«È davvero un tipo simpatico, no?» disse Oliver Lambert.

«Oh, sì. Adorabile. Ha detto che da sei settimane il signor Morolto chiede notizie sullo studio una volta la settimana. Ha detto che sono tutti preoccupati.»

«Cosa gli hai risposto?»

«Gli ho detto che la situazione è sicura, per ora. Abbiamo tappato le falle, per ora. Non penso che mi abbia creduto.»

«E McDeere?» chiese Locke.

«Ha passato una settimana meravigliosa in compagnia della moglie. L'avete mai vista in tanga? Ne ha indossato uno diverso tutti i giorni. Sensazionale! Abbiamo fatto qualche foto per puro divertimento.»

«Non sono certo venuto qui per guardare fotografie!» esclamò Locke.

«Non mi dire. Hanno passato una giornata intera con il nostro amico Abanks, solo loro tre e un marinaio. Hanno sguazzato in acqua e hanno pescato un po'. E hanno parlato parecchio. Non sappiamo di che cosa. Non siamo mai riusciti ad avvicinarci abbastanza. Ma la cosa mi insospettisce. Mi insospettisce molto.»

«Non vedo perché» disse Oliver Lambert. «Di cosa possono avere parlato se non di pesca e immersioni, e naturalmente di Hodge e Kozinski? E se hanno parlato di Hodge e Kozinski, cosa c'è di male?»

«McDeere non ha mai conosciuto quei due, Oliver» replicò Locke. «Perché dovrebbe interessarsi tanto di come sono morti?»

«Tenete presente» intervenne DeVasher, «che in occasione del primo incontro Tarrance gli aveva detto che non si trattava di morti accidentali. E adesso fa lo Sherlock Holmes a caccia di indizi.»

«Non ne troverà, vero, DeVasher?»

«No, diavolo. È stato un lavoro perfetto. Oh, sicuro, c'è qualche interrogativo senza risposta, ma la polizia delle Cayman non troverà certo le soluzioni. E non ci riuscirà neppure il nostro McDeere.»

«Allora perché sei così preoccupato?» chiese Lambert.

«Perché a Chicago sono preoccupati, Ollie, e mi pagano molto bene per rimanere preoccupato qui. E fino a che i federali non ci lasceranno in pace, continueremo a essere tutti preoccupati, chiaro?»

«Cos'altro ha fatto?»

«La solita vacanza alle Cayman. Sesso, sole, rum, shopping e gite turistiche. Avevamo tre dei nostri sull'isola e l'hanno perso di vista un paio di volte; ma niente di serio, mi auguro. Come ho sempre detto, non si può pedinare un uomo per ventiquattr'ore al giorno, sette giorni la settimana, senza farsi sorprendere. Perciò ogni tanto dobbiamo andarci piano.»

«Pensi che McDeere stia cantando?» chiese Locke.

«So con certezza che mente, Nat. Ha mentito a proposito dell'episodio nella calzoleria coreana un mese fa. Voi non avete voluto credermi, ma sono convinto che era entrato volontariamente nel negozio per parlare con Tarrance. Uno dei nostri ha commesso lo sbaglio di avvicinarsi troppo e ha fatto interrompere l'incontro. Non è la versione di McDeere, certo, ma è andata così. Certo, Nat. Io credo che stia cantando. Forse si incontra con Tarrance e lo manda all'inferno. Forse fumano spinelli insieme. Non lo so.»

«Ma non hai in mano niente di concreto, DeVasher» obiettò Ollie.

Il cervello si dilatò e premette con forza contro il cranio. Gli faceva troppo male per arrabbiarsi. «No, Ollie, niente di simile a Hodge e Kozinski, se è questo che intendi. Abbiamo le registrazioni di quei due, e sappiamo che stavano per parlare. McDeere è un po' diverso.»

«E poi è un novellino» dichiarò Nat. «È con noi da otto mesi e non sa niente. Ha dedicato mille ore alle pratiche fasulle, e gli unici clienti di cui si è occupato erano tutti legittimi. Avery è stato molto attento alle pratiche che gli ha messo nelle mani. Ne abbiamo parlato.»

«Non ha niente da dire perché non sa niente» soggiunse Ollie. «Marty e Joe sapevano parecchio, ma erano qui da anni. McDeere è una recluta.»

DeVasher si massaggiò delicatamente le tempie. «Allora avete assunto un vero imbecille. Supponiamo che l'FBI abbia intuito chi è il nostro cliente principale. Okay. Ora riflettete insieme a me. E supponiamo che Hodge e Kozinski gli avessero passato abbastanza informazioni per confermare l'identità di quel particolare cliente. Capite dove voglio arrivare? Ora, supponiamo che i federali abbiano detto a McDeere tutto quello che sanno, con l'aggiunta di molti abbellimenti. Di colpo, il vostro novellino ignorante diventa un uomo molto informato. E molto pericoloso.»

«Come puoi provarlo?»

«Tanto per incominciare, intensifichiamo la sorveglianza. Mettiamo la moglie sotto controllo per ventiquattr'ore su ventiquattro. Ho già telefonato a Lazarov per chiedere altri uomini. Gli ho detto che abbiamo bisogno di facce nuove. Domani andrò a Chicago per riferire a lui e forse anche al signor Morolto. Lazarov pensa che Morolto abbia una talpa nell'FBI, un tale che è molto vicino a Voyles e che manderà informazioni. Ma sembra che costi parecchio. Vogliono valutare la situazione e decidere.»

«E gli dirai che McDeere sta parlando?» domandò Locke.

«Gli dirò quello che so e quello che sospetto. Ho paura che se stiamo a grattarci la pancia in attesa di prove sicure, potrebbe essere troppo tardi. Sono sicuro che Lazarov vorrà discutere i piani per eliminarlo.»

«I piani preliminari?» chiese Ollie in tono speranzoso.

«Ormai la fase preliminare l'abbiamo superata, Ollie.»

L'Hourglass Tavern di New York si trova sulla Quarantaseiesima, vicino all'angolo con la Nona. È un localino buio con ventidue posti a sedere, diventato famoso grazie al menu dispendioso e al limite di cinquantanove minuti concessi per ogni pasto. Sulla parete, sopra i tavoli, le clessidre piene di sabbia bianca misurano in silenzio i secondi e i minuti fino a quando la cameriera fa i suoi calcoli e annuncia che il tempo è scaduto. È frequentato dalla gente di Broadway e di solito è affollatissimo, mentre i fan devoti attendono sul marciapiede.

A Lou Lazarov l'Hourglass piaceva perché era buio e perché era possibile parlare senza essere disturbati. Erano conversazioni brevi: meno di cinquantanove minuti. Gli piaceva perché il locale non era in Little Italy, e lui non era italiano e, sebbene i suoi padroni fossero siciliani, non era costretto a mangiare le loro specialità. Gli piaceva perché era nato e vissuto per i primi quarant'anni nella zona dei teatri. Poi la sede centrale era stata trasferita a Chicago e lui aveva traslocato. Ma gli affari richiedevano la sua presenza a New York almeno due volte la settimana, e quando imponevano un incontro con un elemento di pari importanza appartenente a un'altra famiglia, Lazarov suggeriva sempre l'Hourglass. Tubertini aveva la sua stessa importanza, forse un po' di più. Aveva accettato di venire all'Hourglass con una certa riluttanza.

Lazarov arrivò per primo e non dovette attendere che si liberasse un tavolo. Sapeva per esperienza che la folla si diradava verso le quattro del pomeriggio, soprattutto il giovedì. Ordinò un bicchiere di vino rosso. La cameriera girò la clessidra sopra la sua testa e la sabbia cominciò a scorrere. Era seduto vicino alla strada, e voltava le spalle agli altri tavoli. Era un uomo massiccio di cinquantotto anni, con un grosso torace e la pancia prominente. Appoggiò le mani sulla tovaglia a quadretti rossi e osservò il traffico sulla Quarantaseiesima.

Per fortuna Tubertini fu puntuale. L'attesa aveva divorato meno di un quarto della sabbia bianca. Si strinsero la mano educatamente, mentre Tubertini guardava il piccolo ristorante con aria di disprezzo. Rivolse a Lazarov un sorriso forzato e lanciò un'occhiata alla sedia accanto alla vetrata. Avrebbe dato le spalle alla strada, e questo era irritante. E pericoloso. Ma la sua macchina era proprio lì davanti con due dei suoi uomini. Decise di mostrarsi educato. Girò intorno al tavolo e sedette.

Tubertini era un tipo raffinato. Aveva trentasette anni ed era il genero del vecchio Palumbo: ne aveva sposato l'unica figlia. Era snello, abbronzato, con i capelli neri e corti imbrillantinati alla perfezione e pettinati all'indietro. Ordinò un bicchiere di vino rosso.

«Come sta il mio amico Joey Morolto?» chiese con un sorriso radioso.

«Benissimo. E il signor Palumbo?»

«Sta molto male ed è di pessimo umore. Come al solito.»

«Gli porti i miei ossequi.»

«Certamente.»

La cameriera si avvicinò e guardò la clessidra con aria minacciosa. «Io voglio solo il vino» disse Tubertini. «Non mangio niente.»

Lazarov guardò il menu e lo porse alla cameriera. «Coda di rospo e un altro bicchiere di vino.»

Tubertini lanciò un'occhiata ai suoi uomini che erano in macchina. Sembrava che sonnecchiassero. «Allora, cosa c'è che non va a Chicago?»

«Niente. Ci serve una piccola informazione, ecco tutto. Abbiamo sentito dire, ma ovviamente senza conferma, che voi avete un uomo molto affidabile nell'FBI, molto vicino a Voyles.»

«E se anche fosse?»

«Abbiamo bisogno che quell'uomo ci fornisca certe informazioni. A Memphis abbiamo una piccola unità, e i federali cercano disperatamente di infiltrarsi. Sospettiamo che uno dei nostri dipendenti collabori con loro, ma sembra che non riusciamo a beccarlo.»

«E se lo beccate?»

«Gli strapperemo il fegato e lo daremo in pasto ai topi.»

«Una faccenda seria, eh?»

«Estremamente seria. Qualcosa mi dice che i federali hanno puntato gli occhi sulla nostra piccola unità, e siamo molto nervosi.»

«Diciamo che il nostro uomo si chiama Alfred, e diciamo che è molto vicino a Voyles.»

«Benissimo. Abbiamo bisogno che Alfred ci dia una risposta molto semplice. Dobbiamo sapere, sì o no, se il nostro dipendente collabora con l'FBI.»

Tubertini fissò Lazarov e bevve un sorso di vino. «Alfred è speciale per le risposte semplici. Preferisce i sì e i no. Ci siamo serviti di lui due volte, solo in casi critici, e tutte e due le volte si trattava di sapere: "I federali stanno per andare qui o là?". È molto prudente. Non credo che sarebbe disposto a fornire molti dettagli.»

«È attendibile?»

«Attendibile al massimo.»

«Allora dovrebbe essere in grado di aiutarci. Se la risposta è sì, agiremo di conseguenza. Se è no, il nostro dipendente è a posto e gli affari continuano come al solito.»

«Alfred costa caro.»

«Lo temevo. Quanto?»

«Ecco, è nell'FBI da sedici anni e sta facendo carriera. Perciò è così prudente. Ha molto da perdere.»

«Quanto costerà?»

«Mezzo milione.»

«Accidenti!»

«Naturalmente noi dobbiamo avere un piccolo utile dalla transazione. Dopotutto Alfred è nostro.»

«Un piccolo utile?»

«Molto piccolo, per la verità. Va quasi tutto ad Alfred. Parla ogni giorno con Voyles. Ha l'ufficio a due porte dal suo.»

«D'accordo. Pagheremo.»

Tubertini gli rivolse un sorriso trionfale e assaggiò il vino. «Credo che lei abbia mentito, signor Lazarov. Ha detto che a Memphis c'è una piccola unità. Non è vero, eh?»

«No.»

«Come si chiama l'unità?»

«È lo studio Bendini.»

«La figlia del vecchio Morolto aveva sposato un Bendini.»

«Appunto.»

«Come si chiama il dipendente?»

«Mitchell McDeere.»

«Forse ci vorranno due o tre settimane. Incontrarsi con Alfred è molto complicato.»

«Sì. Veda di far presto.»

27

Era molto insolito che le mogli comparissero nella piccola, tranquilla fortezza di Front Street. A loro veniva detto che erano le benvenute; ma raramente erano invitate. Abby McDeere varcò la porta d'ingresso e si presentò senza essere stata invitata e senza preannunciarsi. Doveva assolutamente vedere il marito, dichiarò. La receptionist telefonò al primo piano, e pochi secondi dopo Nina arrivò in gran fretta e salutò calorosamente la moglie del suo principale. Mitch era in riunione, disse. Era sempre in riunione, ribatté Abby. Lo faccia uscire! Si precipitarono in ufficio. Abby chiuse la porta e attese.

Mitch stava assistendo a un'altra della partenze caotiche di Avery. Le segretarie si scontravano e riempivano le borse mentre Avery urlava al telefono. Doveva andare a Grand Cayman per due giorni. Il 15 aprile incombeva sul calendario come un appuntamento con un plotone di esecuzione, e laggiù le banche avevano certi dati che cominciavano a diventare critici. Era tutta una questione di lavoro, insisteva Avery. Aveva parlato del viaggio per cinque giorni, sbuffando e imprecando, ma lo aveva riconosciuto inevitabile. Sarebbe partito con il Lear che lo stava aspettando, disse una segretaria.

Probabilmente stava aspettando con un carico di contanti, pensò Mitch.

Avery sbatté il ricevitore e afferrò la giacca. Nina entrò in quel momento e guardò fisso Mitch. «Signor McDeere, c'è qui sua moglie. Dice che è urgente.»

Il caos lasciò il posto al silenzio. Mitch lanciò un'occhiata ad Avery, stordito. Le segretarie rimasero immobili. «Cosa c'è?» chiese Mitch, e si alzò.

«È nel suo ufficio» disse Nina.

«Mitch, io devo andare» disse Avery. «Le telefonerò domani. Spero che sia tutto a posto.»

«Certo.» Mitch seguì in silenzio Nina, scese la scala ed entrò nel suo ufficio. Abby era seduta sulla scrivania. Lui chiuse la porta a chiave e la squadrò con attenzione.

«Mitch, devo andare a casa.»

«Perché? Cos'è successo?»

«Mio padre ha telefonato a scuola. Hanno scoperto che la mamma ha un tumore a un polmone. La operano domani.»

Mitch si lasciò fuggire un respiro profondo. «Mi dispiace moltissimo.» Non la toccò. Lei non piangeva.

«Devo andare. Mi sono fatta dare un permesso dalla scuola.»

«Quanto starai via?» La domanda aveva un tono nervoso.

Abby non lo guardò. Guardò la parete dei souvenir. «Non lo so, Mitch. Abbiamo bisogno di stare separati per un po'. Sono stanca di tante cose e ho bisogno di tempo. Credo che sia meglio per tutti e due.»

«Parliamone.»

«Tu sei troppo occupato per parlarne, Mitch. Sono sei mesi che tento di parlare, ma non mi ascolti.»

«Quanto starai via, Abby?»

«Non lo so. Dipenderà dalla mamma, credo. No, dipende da moltissime cose.»

«Abby, mi fai paura.»

«Tornerò, te lo prometto. Non so quando. Forse tra una settimana, Forse tra un mese. Ho bisogno di riflettere.»

«Un mese?»

«Non so, Mitch. Ho bisogno di un po' di tempo. E devo stare vicina alla mamma.»

«Spero che guarisca perfettamente. Lo dico davvero.»

«Lo so. Ora vado a casa a fare le valigie. Partirò fra circa un'ora.»

«D'accordo. Abbi cura di te.»

«Ti amo, Mitch.»

Lui annuì e rimase immobile a guardarla mentre apriva la porta. Non si abbracciarono.

Al quinto piano, un tecnico riavvolse il nastro e premette il tasto delle chiamate di emergenza che comunicava con l'ufficio di DeVasher.

Questi comparve immediatamente e mise la cuffia. Ascoltò per un momento. «Riavvolgi» ordinò. Rimase in silenzio ancora per qualche secondo.

«Quando è successo?» chiese.

Il tecnico guardò un pannello di numeri digitali. «Due minuti e quattordici secondi fa. Nel suo ufficio al primo piano.»

«Accidenti, accidenti. Lei lo ha piantato, no? Non avevano mai parlato di separazione o di divorzio prima d'ora?»

«No. Lei lo avrebbe saputo. Hanno discusso perché lui lavora troppo, e odia i genitori della moglie. Ma niente di più.»

«Certo, certo. Chiedi a Marcus se aveva sentito qualcosa. Controllate i nastri, caso mai ci fosse sfuggito qualche accenno. Accidenti, accidenti, accidenti!»

Abby partì per il Kentucky, ma non vi arrivò. Dopo un'ora di viaggio a ovest di Nashville, lasciò l'interstatale 40 e svoltò a nord sull'autostrada 13. Non le sembrava di essere seguita. A volte viaggiava a centotrenta, a volte a ottanta. Niente. Quando giunse alla cittadina di Clarksville, presso il confine del Kentucky, svoltò a est sull'autostrada 112. Un'ora più tardi entrò a Nashville da una strada di campagna, e la Peugeot si perse nel traffico cittadino.

La parcheggiò nel settore per soste prolungate all'aeroporto di Nashville e prese un mezzo pubblico per raggiungere il terminal. In una toilette al pianterreno si cambiò: indossò un paio di calzoncini kaki, un paio di mocassini e un pullover blu. Era un abbigliamento un po' leggero, inadatto alla stagione, ma Abby stava per partire per climi più caldi. Raccolse i capelli a coda di cavallo e li infilò sotto il colletto. Cambiò gli occhiali da sole e infilò il vestito, le scarpe con il tacco alto e il collant in una borsa da ginnastica.

Quasi cinque ore dopo avere lasciato Memphis, varcò il cancello della Delta e presentò il biglietto. Chiese un posto accanto al finestrino.

Non esiste nel mondo libero un volo Delta che tagli fuori

Atlanta, ma per fortuna Abby non fu costretta a cambiare aereo. Restò in attesa al finestrino e guardò l'oscurità che scendeva sull'aeroporto. Era nervosa, ma si sforzava di non pensarci. Bevve un bicchiere di vino e lesse "Newsweek".

Due ore più tardi atterrò a Miami e scese dall'aereo. Attraversò in fretta l'aeroporto. Attirava molti sguardi, ma li ignorava. Erano le solite occhiate di ammirazione e di desiderio, si disse. Niente di più.

All'unico cancello delle Cayman Airways, mostrò il biglietto di andata e ritorno, il certificato di nascita e la patente. I caymaniani erano meravigliosi, ma non ti lasciavano entrare nel loro Paese se non avevi già acquistato il biglietto per andartene. Prego, venite pure a spendere, ma poi tornate a casa. Per favore.

Sedette in un angolo della sala d'attesa affollata e cercò di leggere. Un giovane padre con una moglie carina e due bambini piccoli continuava a guardarle le gambe, ma nessun altro l'aveva notata. Il volo per Grand Cayman sarebbe partito fra mezz'ora.

Dopo un inizio sgradevole, Avery prese slancio e passò sette ore alla Royal Bank di Montreal, Georgetown, filiale di Grand Cayman. Quando uscì, alle cinque del pomeriggio, la sala per le riunioni era piena di printout di computer e di rendiconti. Avrebbe terminato l'indomani. Aveva bisogno di McDeere, ma le circostanze avevano congiurato contro di lui. Avery era sfinito e aveva sete. E sulla spiaggia c'era un gran movimento.

Andò al Rumheads, prese una birra al bar e passò in mezzo alla folla per cercare un tavolo libero nel patio. Mentre transitava baldanzoso accanto ai giocatori di domino, Tammy Greenwood Hemphill, della Greenwood Services, comparve con aria un po' nervosa ma abbastanza disinvolta e sedette al bar. Lo adocchiò. L'abbronzatura di Tammy era artificiale, più intensa in certi punti che in altri. Ma nel complesso era invidiabile per la fine di marzo. I capelli erano tinti di un morbido biondo chiaro, e anche il trucco era più sobrio. Il bikini era all'ultima moda, di un arancione fluorescente che attirava l'attenzione. I seni abbondanti tendevano al massimo il tessuto e le spalline. Il minuscolo triangolo sul sedere copriva ben poco. Aveva quarant'anni, ma venti paia di occhi famelici la seguirono al banco, dove ordinò una club soda e accese una sigaretta. Fumò e tenne d'occhio Avery.

Era un donnaiolo. Aveva un bell'aspetto e lo sapeva. Beveva la birra lentamente ed esaminava tutte le femmine nel raggio di cinquanta metri. Fissò una giovane bionda come se stesse per avventarsi, ma in quel momento arrivò l'amico della ragazza, che gli sedette sulle ginocchia. Lui continuò a centellinare la birra e a guardarsi intorno.

Tammy ordinò un'altra club soda con uno spruzzo di lime e si avviò verso il patio. Avery fissò immediatamente lo sguardo sui seni prorompenti e li guardò avvicinarsi.

«Posso sedermi?» chiese lei.

Lui si alzò a mezzo e spostò la sedia. «Prego.» Era un grande momento. La donna lo aveva scelto fra tutti i donnaioli famelici del Rumheads. Era stato con donne più giovani, certo; ma in quel momento e in quel locale era la più appetibile.

«Mi chiamo Avery Tolleson. Di Memphis.»

«Lieta di conoscerti. Io sono Libby. Libby Lox di Birmingham.» Adesso era Libby. Aveva una sorella che si chiamava Libby, una madre che si chiamava Doris, e lei si chiamava Tammy. E sperava di non fare confusione. Sebbene non portasse la fede, aveva anche un marito che si chiamava legalmente Elvis e che in quel momento doveva essere a Oklahoma City a impersonare il Re e probabilmente anche a sbattere le ragazzine che portavano magliette con la scritta LOVE ME TENDER.

«Come mai sei qui?» chiese Avery.

«Per divertirmi. Sono arrivata stamattina. Alloggio al Palms. E tu?»

«Sono un avvocato fiscalista e, anche se ti sembrerà incredibile, sono qui per lavoro. Sono costretto a venire nelle Cayman diverse volte all'anno. Una vera tortura.»

«Dove alloggi?»

Avery indicò con la mano. «Il mio studio è proprietario di quei due appartamenti condominiali. Deducibili dalle tasse.»

«Molto carino.»

Lui non esitò. «Ti piacerebbe vederli?»

Libby ridacchiò come una diciottenne. «Più tardi, forse.»

Avery le sorrise. Sarebbe stato facile. Le isole erano meravigliose.

«Cosa bevi?» chiese.

«Gin and tonic. Con uno spruzzo di lime.»

Avery andò al bar e tornò con due bicchieri. Avvicinò la sedia. Le loro gambe si toccarono. I seni di Libby erano appoggiati sul piano del tavolo. Lui li guardò.

«Sei sola?» La risposta era ovvia, ma era doveroso chiederlo.

«Sì. E tu?»

«Sì. Hai qualche programma per la cena?»

«Non proprio.»

«Bene. Alle sei c'è un grande banchetto all'aperto al Palms. Le migliori specialità di mare dell'isola. Buona musica. Punch al rum. Non è di rigore l'abito da sera.»

«Ci sto.»

Si avvicinarono ancora di più e Avery le mise la mano fra le ginocchia, accostò un gomito al seno sinistro di Libby e sorrise. Anche lei sorrise. Non le sembrò del tutto spiacevole. Ma doveva pensare al lavoro.

I Barefoot Boys cominciarono ad accordare gli strumenti, e la festa iniziò. Al Palms arrivava gente da tutte le direzioni. Un piccolo esercito di indigeni in giacca bianca e calzoncini corti allineò i tavoli pieghevoli e stese le tovaglie di cotone bianco. L'odore dei gamberetti bolliti, delle seriole alla griglia e dei tranci di squalo arrostiti sul barbecue invase la spiaggia. Avery e Libby, i due colombi, entrarono tenendosi per mano nel cortile del Palms e si misero in fila davanti al buffet.

Per tre ore mangiarono e ballarono, bevvero e ballarono e dimostrarono il massimo ardore reciproco. Appena lui si sbronzò, lei tornò alle club soda. Doveva lavorare. Alle dieci, lui barcollava un po', e lei lo condusse verso il vicino condominio. Avery l'assalì davanti alla porta, e per cinque minuti si baciarono e si accarezzarono. Finalmente lui riuscì a trovare la chiave. Entrarono.

«Ancora un drink» propose lei allegramente. Avery andò al mobile bar e le preparò un gin and tonic. Per sé prese scotch con acqua. Sedettero sul balcone della camera da letto grande e guardarono la mezza luna che illuminava il mare tranquillo.

Avery aveva notato che Libby beveva quanto lui; e pensò che se poteva reggere un altro drink, anche lui poteva fare altrettanto. Ma la natura stava chiamando di nuovo; si scusò. Il bicchiere di scotch e acqua era rimasto sul tavolo di vimini. Libby sorrise. Era molto più facile di quanto avesse previsto. Estrasse dallo slip del bikini una bustina di plastica e versò nel bicchiere due compresse di idrato di cloralio. Poi bevve un sorso di gin and tonic.

«Su, finisci, bello» esortò Avery al suo ritorno. «Sono pronta per andare a letto.»

Lui prese il whiskey e lo tracannò. Le sue papille gustative erano intorpidite da ore. Bevve un altro sorso e cominciò a rilassarsi. Un altro sorso. La testa ciondolò da una parte e dall'altra finché il mento ricadde sul petto. Il respiro diventò pesante.

«Dormi bene, cocco» si disse Libby.

In un uomo che pesava ottanta chili, due dosi di idrato di cloralio inducevano un sonno profondo per dieci ore. Tammy prese il bicchiere per vedere quanto ne era rimasto. Non molto. Otto ore, per stare sul sicuro. Lo fece rotolare dalla sedia e lo trascinò fino al letto, lo issò... prima la testa, poi i piedi. Delicatamente, gli sfilò i calzoncini gialli e blu e li posò sul pavimento. Rimase a guardarlo per un secondo, poi lo avvolse nel lenzuolo e nella coperta e gli diede il bacio della buonanotte.

Sul tavolo da toilette trovò due portachiavi con undici chiavi in tutto. Al pianterreno, nel corridoietto fra la cucina e la sala con vista sulla spiaggia, trovò la misteriosa porta chiusa che Mitch aveva notato in novembre. Aveva misurato a passi tutte le camere, e aveva calcolato che quella doveva essere almeno di quattro metri e mezzo per quattro e mezzo. Era molto sospetta perché aveva la porta di metallo, chiusa a chiave e recava, ben visibile, la scritta MAGAZZINO. Era l'unica stanza di tutto il condominio contraddistinta da una targhetta. Una settimana prima, quando Mitch e Abby avevano alloggiato all'Unità B, non avevano trovato una stanza analoga.

In un mazzo c'erano la chiave di una Mercedes, due del Bendini Building, una chiave di casa, due chiavi di appartamenti e una di una scrivania. Le chiavi dell'altro mazzo non erano contrassegnate e avevano un aspetto piuttosto generico. Tammy le

provò per prime; la quarta andava bene. Trattenne il respiro e
aprì la porta. Niente scosse elettriche, niente campanelli d'allarme, niente. Mitch le aveva detto di aprire la porta, attendere
cinque minuti; poi, se non succedeva niente, poteva accendere la
luce.

Attese dieci minuti. Dieci minuti lunghi e spaventosi. Mitch
aveva dedotto che l'Unità A veniva usata dai soci e dagli ospiti
fidati, mentre l'Unità B era riservata agli associati e agli altri che
dovevano essere sorvegliati. Quindi si augurava che l'Unità A
non fosse piena zeppa di microspie, telecamere, registratori e sistemi di allarme. Dopo dieci minuti, Tammy spalancò la porta e
accese la luce. Attese di nuovo e non sentì nulla. Era una stanza
quadrata, quattro metri e mezzo per quattro e mezzo, con le pareti bianche, niente moquette e dodici schedari antincendio.
Tammy si avvicinò adagio a uno dei dodici e tirò il primo cassetto. Non era chiuso a chiave.

Spense la luce, chiuse la porta e tornò di sopra, in camera da
letto, dove Avery, in stato comatoso, russava rumorosamente.
Erano le dieci e mezzo. Avrebbe lavorato come una pazza per
otto ore e se ne sarebbe andata alle sei del mattino.

Accanto a una scrivania d'angolo c'erano tre grosse borse in
fila. Le prese, spense le luci e uscì dalla porta principale. Il minuscolo parcheggio era buio e deserto, e un vialetto di ghiaia
conduceva alla strada. Un marciapiede fiancheggiava le siepi e si
arrestava davanti a uno steccato bianco. Un cancelletto portava
a una piccola altura erbosa, oltre la quale sorgeva la prima costruzione del Palms.

C'era un tratto piuttosto breve dai condomini al Palms, ma le
borse sembravano diventate molto più pesanti quando arrivò
nella stanza 188. Era al pianterreno, con una vista della piscina
ma non della spiaggia. Tammy ansava e sudava quando bussò
alla porta.

Abby la spalancò. Prese le borse e le mise sul letto. «Qualche
problema?»

«Non ancora. Penso che lui sia morto.» Tammy si asciugò il
viso con una salvietta e aprì una lattina di Coca.

«Dov'è?» Abby era sbrigativa e non sorrideva.

«Nel suo letto. Credo che abbiamo a disposizione otto ore. Fino alle sei.»

«Sei entrata nella stanza?» chiese Abby, e le porse un paio di calzoncini e una camicia di cotone.

«Sì. C'è una dozzina di grossi schedari. Non sono chiusi a chiave. Qualche scatola di cartone e altre cianfrusaglie, ma non molto di più.»

«Una dozzina di schedari?»

«Sì, molto alti. Tipo studio legale. Sarà una fortuna se riusciremo a finire prima delle sei.»

Era una stanza singola con il letto a una piazza e mezzo. Il divano, il tavolino e il letto erano stati accostati al muro, e al centro troneggiava una fotocopiatrice Canon modello 8580 con inseritore di fogli automatico e raccoglitrice. Era già accesa. Era stata noleggiata dalla Island Office Supply al prezzo da strozzinaggio di trecento dollari per ventiquattr'ore. Era la fotocopiatrice più grossa e più nuova che si potesse prendere a nolo sull'isola, aveva spiegato il commesso che non si era mostrato entusiasta all'idea di separarsene per un'intera giornata. Ma Abby aveva sorriso e aveva cominciato a posare sul banco i biglietti da cento dollari. Accanto al letto c'erano due scatole di carta per copie, diecimila fogli in tutto.

Aprirono la prima borsa e ne tolsero sei fascicoli piuttosto sottili. «Tutti dello stesso tipo» mormorò Tammy. Aprì i fermagli all'interno del primo ed estrasse le carte. «Mitch ha detto che sono molto pignoli, per quanto riguarda le loro pratiche» spiegò Tammy mentre toglieva i punti metallici da un documento di dieci pagine. «Dice che gli avvocati hanno un sesto senso e capiscono dall'odore se una segretaria o un impiegato ha messo le mani su un fascicolo. Quindi devi stare molto attenta. Lavora adagio. Copia un fascicolo e, quando rimetti i punti metallici, mettili esattamente sui fori di quelli precedenti. È molto noioso. Copia un solo fascicolo per volta, indipendentemente dal numero delle pagine. Poi rimettili insieme con cura, e spilla la tua copia.»

Con l'inseritore automatico, il documento di dieci pagine fu pronto in otto secondi.

«Piuttosto veloce» commentò Tammy.

Il contenuto della prima borsa si esaurì in venti minuti. Tammy consegnò i due mazzi di chiavi ad Abby e prese due valigie di tela nuove, completamente vuote. Poi uscì per tornare al condominio.

Abby la seguì fuori dalla porta e chiuse a chiave. Andò all'entrata anteriore del Palms, dove era parcheggiata la Nissan Stanza presa a nolo da Tammy. Partì e, destreggiandosi nel traffico, risalì Seven Mile Beach e arrivò a Georgetown. Due isolati oltre il maestoso Swiss Bank Building, in una via stretta fiancheggiata da linde casette, trovò quella di proprietà dell'unico fabbro di chiavi dell'isola di Grand Cayman. O almeno, era l'unico che fosse riuscita a scovare. Era una casa verde, con le finestre aperte e le imposte e le porte verniciate di bianco.

Abby lasciò la macchina in strada, raggiunse il piccolo portico dove il fabbro e alcuni vicini bevevano tranquilli e ascoltavano un reggae trasmesso da Radio Cayman. Tutti ammutolirono quando Abby si avvicinò, ma nessuno si alzò in piedi. Erano quasi le undici. L'uomo aveva detto che avrebbe fatto il lavoro nell'officina sul retro, che le sue tariffe erano modeste, e che avrebbe gradito una bottiglia di Myers's Rum come anticipo prima di mettersi all'opera.

«Signor Dantley, scusi il ritardo. Le ho portato un regalino.» Abby gli porse la bottiglia.

Il signor Dantley uscì dall'ombra, prese la bottiglia e la esaminò. «Ragazzi, una bottiglia di Myers's!»

Abby non capiva il vociare dei presenti, ma evidentemente erano molto eccitati. Dantley lasciò loro la bottiglia e la condusse in un piccolo capannone dietro la casa, pieno di attrezzi e di macchinari. Una lampadina gialla pendeva dal soffitto e attirava centinaia di zanzare. Abby consegnò le undici chiavi, e l'uomo le posò sul banco da lavoro. «Sarà semplice» disse senza alzare gli occhi.

Anche se aveva già bevuto in compagnia degli amici, Dantley era perfettamente lucido. Mise un paio di occhialoni e cominciò a lavorare. Finì in venti minuti, e consegnò ad Abby i due mazzi originali e le copie.

«Grazie, signor Dantley. Quanto le devo?»

«Oh, è stato un lavoro facile» rispose lui. «Un dollaro per chiave.»

Abby pagò e se ne andò.

Tammy riempì le due valigie con il contenuto del primo cassetto del primo schedario. Cinque cassetti per schedario, dodici schedari, sessanta viaggi fino alla copiatrice e ritorno. In otto ore. Sì, era possibile. C'erano fascicoli, quaderni, printout di computer e altri dossier. Mitch aveva raccomandato di non tralasciare niente: non sapeva con precisione che cosa cercava, quindi era meglio copiare tutto.

Spense la luce e corse di sopra per vedere come stava Casanova. Non si era mosso. Adesso russava al rallentatore.

Le valigie pesavano una dozzina di chili l'una, e aveva le braccia indolenzite quando arrivò alla stanza 188. Il primo di sessanta viaggi... non ce l'avrebbe fatta. Abby non era ancora tornata da Georgetown, quindi Tammy scaricò le valigie sul letto. Bevve un sorso di Coca e se ne andò con le valigie vuote. Tornò al condominio. Il secondo cassetto era identico. Inserì in ordine le pratiche nelle valigie. Sudava e ansimava. Quattro pacchetti di sigarette al giorno, pensò, e giurò che si sarebbe accontentata di due. O magari di un pacchetto solo. Salì la scala per andare a vedere Avery. Lui non si era neppure mosso dall'ultima volta.

La fotocopia ronzava e ticchettava quando Tammy tornò dal secondo viaggio. Abby aveva terminato il contenuto della seconda borsa e stava per cominciare con quello della terza.

«Hai fatto fare le chiavi?» chiese Tammy.

«Sì, non ci sono state difficoltà. Cosa fa il tuo uomo?»

«Se non ci fosse la copiatrice in funzione, lo sentiresti russare.» Tammy dispose in bell'ordine sul letto un altro carico di documenti. Si asciugò la faccia con una salvietta e tornò al condominio.

Abby finì il contenuto della terza borsa e cominciò a copiare i mucchi provenienti dagli schedari. Imparò in fretta a regolare l'inseritore automatico, e dopo una mezz'ora si muoveva con la destrezza di una veterana. Caricava gli originali e toglieva e rimetteva i punti metallici mentre la macchina ticchettava e sputava le copie attraverso la raccoglitrice.

Tammy arrivò dal terzo viaggio ansimando e con il sudore che le gocciolava dal naso. «Il terzo cassetto» annunciò. «Lui conti-nua a russare.» Aprì le valigie e fece un'altra pila ordinata sul letto. Riprese fiato, si asciugò la faccia e mise nelle valigie le pratiche ormai copiate provenienti dal primo cassetto. Per il re-sto della notte avrebbe continuato ad andare e venire, carica co-me un mulo.

A mezzanotte i Barefoot Boys cantarono l'ultima canzone, e al Palms scese il silenzio. Il ronzio sommesso della fotocopiatri-ce non si sentiva fuori dalla stanza 188. La porta era chiusa a chiave, le tende erano tirate ed era accesa solo la lampada ac-canto al letto. Nessuno notava la donna grondante di sudore che entrava e usciva portando ogni volta due valigie.

Dopo mezzanotte non parlarono più. Erano stanche, indaffa-rate e impaurite, e non c'era niente da riferire se non i movimen-ti di Avery nel suo letto... se c'erano. Ma non ce ne furono fino alla una del mattino, quando si girò sul fianco e rimase così per venti minuti. Poi tornò a girarsi sul dorso. Tammy andava a controllarlo ogni volta, e si chiedeva che cosa avrebbe dovuto fare se lui avesse aperto gli occhi all'improvviso e si fosse lancia-to all'attacco. Aveva una bomboletta di Mace nella tasca dei calzoncini, nell'eventualità che si arrivasse a uno scontro e si rendesse necessaria una fuga. Mitch era stato piuttosto vago in proposito: «Basta che non lo porti alla stanza del motel» aveva detto. «Sistemalo con il Mace, poi scappa come una disperata e urla "Aiuto, mi vuole violentare!"»

Ma dopo venticinque viaggi, Tammy si convinse che Avery non avrebbe ripreso conoscenza se non dopo qualche ora. Era già abbastanza spiacevole trottare carica come un mulo, avanti e indietro: e per giunta doveva salire anche quattordici gradini ogni volta per andare a vedere Casanova. Così, cominciò a con-trollare ogni due viaggi. Poi ogni tre.

Alle due del mattino, a metà operazione, avevano copiato il contenuto di cinque schedari. Avevano fatto più di quattromila duplicati, e il letto era coperto da tanti mucchietti ordinati di materiale. Le copie erano allineate lungo la parete accanto al di-vano, in sette cataste che arrivavano all'altezza della cintura.

Riposarono per un quarto d'ora.

Alle cinque e mezzo baluginò a oriente il primo palpito dell'aurora, e le due donne dimenticarono la stanchezza. Abby accelerò i movimenti intorno alla copiatrice, e si augurò che non si bruciasse. Tammy si massaggiò i polpacci indolenziti e tornò al condominio. Era il cinquantunesimo o il cinquantaduesimo viaggio: aveva perso il conto. Sarebbe stato l'ultimo, per un po'. Lui la stava aspettando.

Aprì la porta e, come al solito, andò nel magazzino. Posò sul pavimento le valigie piene. Salì la scala senza far rumore e si fermò di colpo. Avery era seduto sul bordo del letto e stava rivolto verso il balcone. La sentì e si girò lentamente. Aveva gli occhi gonfi e vitrei. La guardò con una smorfia.

Con un gesto istintivo, Tammy si sbottonò i calzoncini e li lasciò cadere sul pavimento. «Ehi, ragazzone» disse sforzandosi di respirare normalmente e di rientrare nella parte di facile preda. Si avvicinò al letto. «Ti sei svegliato presto. Dormiamo ancora un po'.»

Avery guardò di nuovo la finestra, senza dire nulla. Lei gli sedette accanto e gli accarezzò l'interno della coscia, Avery non si mosse.

«Sei sveglio?» chiese Tammy.

Nessuna risposta.

«Avery, tesoro, dimmi qualcosa. Dormiamo ancora un po'. Fuori è buio.»

Lui crollò sul cuscino. Grugnì. Non tentò neppure di parlare. Solo un grugnito. Poi chiuse gli occhi. Tammy gli sollevò le gambe sul letto e tornò a coprirlo.

Gli rimase seduta accanto per dieci minuti e, quando lui riprese a russare con l'intensità di prima, infilò di nuovo i calzoncini e corse al Palms.

«Abby, si è svegliato!» riferì atterrita. «Si è svegliato, poi è crollato di nuovo.»

Abby si fermò, sgranò gli occhi. Le due donne guardarono il letto, coperto di documenti da copiare.

«Bene. Vai a fare una doccia» disse Abby con calma. «Poi infilati a letto con lui e aspetta. Chiudi a chiave la porta del magazzino e chiamami quando si sveglia e va nella doccia. Io continuerò a copiare quello che resta. Cercheremo di rimetterlo a posto più tardi, appena sarà andato al lavoro.»

«È rischioso.»

«È tutto rischioso. Sbrigati.»

Cinque minuti più tardi Tammy-Doris-Libby dal tanga arancione fece un altro viaggio fino al condominio, senza le valigie. Chiuse a chiave la porta d'ingresso e quella del magazzino e salì in camera da letto. Si tolse il reggiseno e si infilò sotto le coperte.

Il russare di Avery la tenne sveglia per un quarto d'ora. Poi si assopì. Si sollevò sul letto per non addormentarsi. Le faceva paura, essere a letto con un uomo che l'avrebbe uccisa se avesse saputo la verità. Infine il suo corpo stanco si rilassò e il sonno divenne inevitabile.

Casanova uscì dal coma alle nove e tre minuti. Gemette e si girò verso il bordo del letto. Aveva le palpebre incollate. Le aprì lentamente e il sole gli ferì gli occhi. Gemette di nuovo. La testa pesava cinquanta chili e oscillava goffamente da destra a sinistra, e ogni volta era uno scossone per il cervello. Inspirò profondamente, e l'ossigeno gli trapassò le tempie. Si guardò la mano destra. Cercò di alzarla, ma gli impulsi nervosi non arrivavano a destinazione. La mano si sollevò adagio. La fissò socchiudendo gli occhi, prima con il destro, poi con il sinistro. L'orologio!

Guardò per trenta secondi la sveglia digitale prima di riuscire a decifrare i numeri rossi. Le nove e cinque. Accidenti! In banca lo aspettavano alle nove. Gemette. La donna!

Lei lo aveva sentito muoversi e gemere, e stava immobile a occhi chiusi. Pregava che Avery non la toccasse. Si sentiva il suo sguardo addosso.

Avery aveva conosciuto molti postumi di sbronza. Mai, però, come quelli. La guardò in faccia e cercò di ricordare se era stata brava a letto. Se non altro, questo lo ricordava sempre. Indipendentemente dall'entità dei postumi della sbronza, ricordava sempre le donne. La scrutò per un momento, poi rinunciò.

«Accidenti!» disse quando si alzò e cercò di camminare. I

piedi sembrano calzati di piombo ed erano restii a obbedirgli. Si appoggiò alla porta scorrevole del balcone.

Il bagno era a sei metri di distanza, e decise di raggiungerlo. La scrivania e il tavolo da toilette servirono come puntelli. Ce la fece, muovendo goffamente un passo dopo l'altro. Andò in bagno e fece quello che doveva fare.

Tammy si girò verso il balcone. Dopo un po', lo sentì sedere sul bordo del letto e toccarle delicatamente la spalla. «Libby, svegliati.» La scosse, e lei sussultò.

«Svegliati, cara» disse Avery. Un vero gentiluomo.

Lei gli rivolse un sorriso insonnolito. Il sorriso di soddisfazione di Rossella O'Hara il mattino dopo un'ardente notte d'amore con Rhett. «Sei stato grande, tesoro» tubò a occhi chiusi.

Nonostante la sofferenza e la nausea, nonostante gli stivali di piombo e la testa pesante, Avery si sentì fiero di sé. La donna sembrava molto bene impressionata. Di colpo, ricordò che quella notte era stato grande.

«Libby, abbiamo dormito troppo. Devo andare a lavorare. Sono già in ritardo.»

«Non ti va, eh?» Libby ridacchiò, e si augurò che non gli venisse voglia di fare l'amore.

«No, adesso no. Stasera?»

«Ci sarò, ragazzone mio.»

«Bene. Vado a fare la doccia.»

«Svegliami quando esci.»

Avery si alzò e borbottò qualcosa, poi chiuse la porta del bagno. Tammy si spostò sul letto per avvicinarsi al telefono. Chiamò Abby che rispose al terzo squillo.

«Lui è nella doccia.»

«Tutto bene?»

«Sì. Benissimo. Non ce l'avrebbe fatta neanche se avesse voluto.»

«Come mai ci hai messo tanto?»

«Non si svegliava più.»

«È insospettito?»

«No. non ricorda niente. Credo che stia male.»

«Per quanto resterai lì?»

«Lo saluterò quando uscirà dalla doccia. Dieci minuti, forse quindici.»

«Bene. Sbrigati.» Abby riattaccò e Tammy tornò nella sua metà del letto. In soffitta, sopra la cucina, un registratore scattò automaticamente, pronto per la prossima telefonata.

Alle dieci e mezzo si erano organizzate per l'assalto finale all'appartamento del condominio. Il lavoro da fare fu diviso in tre parti eguali. Tre incursioni audaci in pieno giorno. Tammy mise le chiavi nuove nel taschino della camicetta e partì con le valigie. Camminava a passo svelto, e al riparo delle lenti scure i suoi occhi scrutavano in tutte le direzioni. Il parcheggio davanti al condominio era ancora deserto. Sulla strada c'era poco traffico.

La chiave nuova andava bene. Entrò. Anche la chiave del magazzino andava bene. Cinque minuti dopo Tammy uscì dal condominio. Anche il secondo e il terzo viaggio si svolsero senza inconvenienti. Quando uscì per l'ultima volta dal magazzino, lo studiò con attenzione. Era tutto in ordine, esattamente come l'aveva trovato. Chiuse a chiave l'appartamento e riportò nella sua camera le valigie vuote.

Per un'ora le due donne rimasero distese sul letto a riposare e a ridere di Avery e dei suoi postumi della sbornia. Ormai il più era passato, e avevano commesso il delitto perfetto. E Casanova era stato un complice volenteroso ma ignaro. Era stato facile, conclusero.

La piccola montagna di materiale riempiva undici scatoloni e mezzo. Alle due e trenta un indigeno senza camicia e con il cappello di paglia bussò alla porta e annunciò che veniva da parte di un'organizzazione chiamata Cayman Storage. Abby indicò gli scatoloni di cartone ondulato. L'uomo prese il primo con molta calma e lo portò al furgoncino. Come tutti gli indigeni, funzionava secondo il ritmo delle Cayman. Niente fretta, amico.

Lo seguirono con la Nissan Stanza fino a un magazzino di Georgetown. Abby ispezionò lo stanzino che le veniva proposto e lo prese in affitto per tre mesi pagando in contanti.

28

Wayne Tarrance era seduto nell'ultima fila del Greyhound delle 11 e 40 di sera che andava da Louisville a Indianapolis e a Chicago. Era solo, ma c'era molta gente. Era venerdì sera. L'autobus aveva lasciato il Kentucky mezz'ora prima, e ormai lui si era convinto che qualcosa fosse andato storto. Mezz'ora e nessun segnale convenuto. Forse aveva sbagliato autobus. Forse McDeere aveva cambiato idea. Forse era successo chissà cosa. Il sedile posteriore era proprio sopra il motore diesel, e Wayne Tarrance del Bronx adesso sapeva perché i viaggiatori abituali dei Greyhound si disputavano i primi posti dietro l'autista. Il tascabile di Louis L'Amour vibrava tanto da fargli venire il mal di testa. Mezz'ora. Niente.

Si sentì il suono dello sciacquone della toilette e la porta si spalancò. Arrivò una zaffata puzzolente e Tarrance girò la testa dall'altra parte. La donna sedette all'improvviso accanto a lui e si schiarì la gola. Tarrance si voltò di scatto. L'aveva già vista in qualche posto.

«Lei è il signor Tarrance?» La donna portava un paio di jeans, scarpe di tela bianca e un maglione verde. Il viso era seminascosto da un paio di occhiali scuri.

«Sì. E lei chi è?»

La donna gli strinse la mano. «Abby McDeere.»

«Io aspettavo suo marito.»

«Lo so. Ha deciso di non venire, ed eccomi qui.»

«Ecco, uhm... volevo parlare con lui.»

«Sì, ma ha mandato me. Mi consideri il suo agente.»

Tarrance posò il tascabile sotto il sedile e guardò la strada. «Dov'è?»

«Ha importanza, signor Tarrance? Mi ha mandata a parlare di affari, lei è qui per parlare di affari, quindi procediamo.»

«D'accordo. Tenga la voce bassa e se si avvicina qualcuno, mi prenda la mano e taccia. Si comporti come se fossimo marito e moglie o qualcosa di simile. D'accordo? Ora, il signor Voyles... sa chi è?»

«So tutto, signor Tarrance.»

«Bene. Il signor Voyles ha intenzione di mandare a monte l'operazione perché non abbiamo ancora ricevuto le pratiche di Mitch. Quelle buone, naturalmente. Lei capisce perché sono importanti, vero?»

«Lo capisco benissimo.»

«Quindi le vogliamo.»

«E noi vogliamo un milione di dollari.»

«Sì, il patto era questo. Ma prima dobbiamo avere le pratiche.»

«No, il patto è diverso. Il patto, signor Tarrance, è che avremo il milione di dollari esattamente dove vogliamo, e poi vi consegneremo le pratiche.»

«Non vi fidate di noi?»

«Appunto. Non ci fidiamo di lei, di Voyles o di altri. La somma deve essere accreditata con un bonifico su un certo conto numerato di una banca di Freeport, nelle Bahamas. Dovremo essere informati immediatamente, quindi trasferiremo la somma a un'altra banca. Quando sarà dove vogliamo noi, le pratiche saranno vostre.»

«Dove sono?»

«In un magazzino di Memphis. Sono cinquantuno in tutto, confezionate in perfetto ordine. Resterà impressionato. Noi facciamo sempre un ottimo lavoro.»

«Noi? Vuol dire che lei le ha viste?»

«Naturalmente. Ho aiutato a metterle nelle scatole. In quella numero otto ci sono le sorprese.»

«E va bene. Quali?»

«Mitch è riuscito a copiare tre dei fascicoli di Avery Tolleson, e sembrano piuttosto discutibili. Due accordi con una società, la Dunn Lane, Ltd., che ci risulta essere controllata dalla mafia e fondata nelle Cayman. Fu creata nel 1986 con dieci milioni di dollari riciclati. Le pratiche riguardano due progetti di costruzione finanziati dalla società. Vedrà, è una lettura interessante.»

«Come sa che fu fondata nelle Cayman? E come sa dei dieci milioni? Di sicuro questo non risulta.»

«No, infatti. Abbiamo altri documenti.»

Per una decina di chilometri Tarrance pensò agli altri documenti. Era ovvio che non li avrebbe visti fino a quando i McDeere non avessero incassato il primo milione. Non insistette.

«Non so se potremo trasferire la somma come volete voi senza avere prima le pratiche.» Come bluff era piuttosto debole. Lei capì subito e sorrise.

«È proprio necessario fare questi giochini, signor Tarrance? Perché non ci consegnate il denaro e non la smettete con queste schermaglie?»

Uno studente straniero, probabilmente arabo, passò nel corridoio ed entrò nel gabinetto. Tarrance restò immobile e fissò il finestrino. Abby gli batté affettuosamente la mano sul braccio. Lo scroscio dello sciacquone risuonò come una cascata.

«Quando possiamo procedere?» chiese Tarrance. Lei non lo toccava più.

«Le pratiche sono pronte. Fra quanto potete mettere a disposizione un milione di dollari?»

«Domani.»

Abby guardò dal finestrino e parlò senza muovere le labbra. «Domani è venerdì. Martedì prossimo, alle dieci del mattino fuso orario delle Bahamas, voi trasferite il milione di dollari dal vostro conto della Chemical Bank di Manhattan a un conto numerato dell'Ontario Bank di Freeport. È un bonifico pulito e legittimo... e richiede all'incirca quindici secondi.»

Tarrance aggrottò la fronte e ascoltò con attenzione. «E se non avessimo un conto presso la Chemical Bank di Manhattan?»

«Per adesso no, ma l'avrete entro lunedì. Sono sicura che a Washington avete qualcuno in grado di occuparsi di un trasferimento tanto semplice.»

«Ne sono sicuro anch'io.»

«Bene.»

«Perché proprio la Chemical Bank?»

«Ordini di Mitch, signor Tarrance. Si fidi di lui. Sa quello che fa.»

«Vedo che ha imparato bene la lezione.»

«La impara sempre molto bene. E c'è una cosa che non dovrà mai dimenticare: è più furbo di voi.»

Tarrance sbuffò e simulò una risatina. Rimasero in silenzio per un altro paio di chilometri. Ognuno dei due pensava alla prossima domanda e alla prossima risposta.

«Va bene» riprese Tarrance, come se parlasse a se stesso. «E quando avremo le pratiche?»

«Quando la somma sarà stata accreditata a Freeport, noi verremo informati. Mercoledì mattina prima delle dieci e mezzo, lei riceverà nel suo ufficio di Memphis un pacchetto recapitato dalla Federal Express, con una lettera e la chiave di un magazzino.»

«Quindi posso comunicare al signor Voyles che avremo i documenti entro mercoledì pomeriggio?»

Abby alzò le spalle e non rispose. Tarrance si sentì molto stupido per averle fatto la domanda. Si affrettò a pensarne una più intelligente.

«Abbiamo bisogno del numero del conto di Freeport.»

«L'ho scritto. Glielo consegnerò quando si fermerà l'autobus.»

Ormai i dettagli erano completi. Tarrance riprese il libro. Lo aprì e finse di leggere. «Resti seduta qui ancora per un minuto» disse.

«Qualche domanda?» chiese lei.

«Sì. Possiamo parlare degli altri documenti a cui ha accennato?»

«Va bene.»

«Dove sono?»

«Buona domanda. Così come mi è stato spiegato l'accordo, prima dovremo ricevere la prossima rata, mezzo milione, in cambio delle prove sufficienti per permettervi di ottenere le incriminazioni. Questi altri documenti riguardano la prossima rata.»

Tarrance girò una pagina del tascabile. «Vuole dire che vi siete già procurati i fascicoli... uhm... i fascicoli sporchi?»

«Abbiamo quasi tutto il necessario. Sì, un mucchio di fascicoli sporchi, come dice lei.»

«Dove sono?»

Abby sorrise e gli batté la mano sul braccio. «Posso assicurarle che non sono nel magazzino insieme alle pratiche pulite.»

«Ma sono in vostro possesso?»

«Diciamo di sì. Le piacerebbe vederne un paio?»

Tarrance chiuse il libro, respirò profondamente e la guardò. «Certo.»

«Lo immaginavo. Mitch dice che vi daremo un bel mucchietto di documenti relativi alla Dunn Lane, Ltd. – copie di rendiconti bancari, statuti societari, verbali di assemblee, nominativi di dirigenti e azionisti, registrazioni di bonifici, lettere di Nathan Locke a Joey Morolto, documenti operativi e cento altri bocconcini che vi faranno perdere il sonno. Materiale meraviglioso. Mitch dice che con ogni probabilità potrete ottenere trenta rinvii a giudizio solo con la documentazione della Dunn Lane.»

Tarrance beveva ogni parola. Le credeva. «Quando potrò vedere questa documentazione?» chiese sottovoce, ansiosamente.

«Quando Ray uscirà dalla prigione. Fa parte dell'accordo, non lo dimentichi.»

«Ah, sì. Ray.»

«Ah, sì. Deve uscire, signor Tarrance, altrimenti può dimenticarsi lo studio Bendini. Io e Mitch prenderemo il nostro misero milione e ci dilegueremo nella notte.»

«Mi sto dando da fare.»

«Sarà meglio che ce la metta tutta.» Era più di una minaccia, e Tarrance lo sapeva. Aprì di nuovo il libro e lo fissò.

Abby prese dalla tasca un biglietto da visita dello studio Bendini, Lambert & Locke, e lo lasciò cadere tra le pagine. Sul retro aveva scritto il numero del conto: 477DL-19584, Ontario Bank, Freeport.

«Ora torno al mio posto là davanti, lontano dal motore. Siamo d'accordo per martedì prossimo?»

«Nessun problema. Scende a Indianapolis?»

«Sì.»

«Dove andrà?»

«A casa dei miei genitori nel Kentucky. Io e Mitch siamo separati.»

Abby si allontanò.

Tammy era in attesa in una delle tante code alla dogana di Miami. Portava calzoncini, sandali, top prendisole, occhiali neri e cappello di paglia, ed era identica alle altre mille turiste che tornavano a casa dalle spiagge assolate dei Caraibi. Davanti a lei c'erano due giovani sposi irritabili che portavano vistosi sacchetti di liquori e profumi acquistati in un duty-free shop e stavano discutendo rabbiosamente. Dietro di lei c'erano due valigie nuove di pelle piene di documenti che sarebbero bastati per incriminare quaranta avvocati. Il suo principale, avvocato anche lui, le aveva consigliato di acquistare due valigie con le rotelle, per poterle trasportare più agevolmente attraverso l'aeroporto internazionale di Miami. Aveva anche una ventiquattrore con qualche indumento e uno spazzolino da denti, tanto per assumere un'aria molto normale.

A intervalli di dieci minuti la coppia di sposi avanzava di quindici centimetri e Tammy la seguiva con i due bagagli. Un'ora dopo essersi messa in fila, arrivò al controllo.

«Niente da dichiarare?» chiese brusco l'agente in un inglese approssimativo.

«No!» ribatté Tammy.

L'agente indicò le due grosse valigie. «Cosa c'è lì dentro?»

«Carte.»

«Carte?»

«Carte.»

«Che specie di carte?»

Carta igienica, pensò Tammy. Ho passato le vacanze nei Caraibi facendo collezione di carta igienica. «Documenti legali e altra roba del genere. Io sono avvocato.»

«Sì, sì.» L'agente aprì la ventiquattrore e sbirciò all'interno. «Va bene. Avanti un altro!»

Tammy tirò adagio le valigie. Un inserviente le afferrò prima che si rovesciassero e le mise su un carrellino. «Volo Delta 282 per Nashville, uscita 44, sala B» disse Tammy, e gli passò un biglietto da cinque dollari.

Tammy e le tre valigie arrivarono a Nashville alla mezzanotte di sabato. Caricò tutto sulla Rabbit e lasciò l'aeroporto. Nel sobborgo di Brentwood si fermò nel parcheggio designato e portò i bagagli nell'appartamentino.

A parte un divano letto preso a nolo, non c'erano mobili. Tammy aprì le valigie e cominciò pazientemente a mettere in ordine il materiale. Mitch voleva un elenco completo dei documenti, dei rendiconti bancari, delle società. Aveva detto che un giorno sarebbe passato di lì in gran fretta, e voleva che fosse tutto pronto e organizzato a dovere.

Per due ore, Tammy preparò l'inventario. Sedette sul pavimento e prese appunti. Dopo tre viaggi di un solo giorno a Gran Cayman, la stanza cominciava a riempirsi. Lunedì sarebbe partita di nuovo.

Le sembrava di non avere dormito più di tre ore nelle ultime due settimane. Ma lui aveva detto che era urgente. Questione di vita o di morte.

Tarry Ross, alias Alfred, era nell'angolo più buio della sala d'ingresso nel Phoenix Inn di Washington. L'incontro sarebbe stato brevissimo. Alfred beveva un caffè e attendeva l'ospite.

Attese, e giurò di aspettare altri cinque minuti, non di più. La tazza tremava quando tentava di bere. Il liquido caldo si rovesciò sul tavolino. Fissò il tavolino e cercò disperatamente di non guardarsi intorno. Continuò ad attendere.

L'ospite comparve all'improvviso e sedette con le spalle al muro. Si chiamava Vinnie Cozzo e veniva da New York. Faceva parte della Famiglia Palumbo.

«Cosa vuoi?» sibilò Alfred.

«Voglio bere qualcosa.»

«Non c'è tempo. Io me ne vado.»

«Calmati, Alfred, calmati, amico.»

«Cosa vuoi?» sibilò di nuovo Alfred.

«Una piccola informazione.»

«Costerà parecchio.»

«È sempre così.» Un cameriere si avvicinò e Vinnie ordinò un Chivas con acqua.

«Come sta il mio amicone Denton Voyles?» chiese Vinnie.

«Vai a farti fottere, Cozzo. Me ne vado.»

«D'accordo, amico. Calmati. Ho solo bisogno di qualche informazione.»

«Sbrigati.» Alfred si guardò intorno. La sua tazza era vuota. Quasi tutto il caffè era sparso sul tavolino.

Arrivò il Chivas, e Vinnie bevve un sorso abbondante. «Abbiamo una certa situazione, giù a Memphis. Alcuni dei ragazzi sono piuttosto preoccupati. Mai sentito parlare dello studio Bendini?»

Alfred scrollò la testa in un gesto istintivo di diniego. Bisognava sempre dire di no, all'inizio. E poi, dopo avere sondato con cura, presentare un rapportino e dire di sì. Sì, aveva sentito parlare dello studio Bendini e del suo prezioso cliente. Operazione Lavanderia. Era stato Voyles in persona ad assegnargli quel nome in codice ed era molto orgoglioso del suo volo di fantasia.

Vinnie bevve un altro sorso. «Be', laggiù c'è un certo McDeere, Mitchell McDeere, che lavora per lo studio Bendini, e sospettiamo che sia in combutta con i tuoi. Capisci cosa voglio dire? Pensiamo che venda ai federali informazioni sullo studio Bendini. Abbiamo bisogno di sapere se è vero. Tutto qui.»

Alfred rimase ad ascoltare con aria impassibile, anche se non era facile. Sapeva qual era il gruppo sanguigno di McDeere e il suo ristorante preferito a Memphis. Sapeva che McDeere aveva parlato con Tarrance ormai una dozzina di volte e che l'indomani, martedì, sarebbe diventato milionario. Era uno scherzo.

«Vedrò cosa posso fare. Parliamo di soldi.»

Vinnie accese un Salem Light. «Bene, Alfred, è una cosa seria, non ti racconterò balle. Duecentomila in contanti.»

Alfred lasciò cadere la tazza. Prese un fazzoletto dalla tasca posteriore e pulì furiosamente gli occhiali. «Duecento? In contanti?»

«È quello che ho detto. Quanto ti abbiamo dato l'ultima volta?»

«Settantacinquemila.»

«Capisci cosa intendo dire? È una faccenda molto seria, Alfred. Puoi farlo?»

«Sì.»

«Quando?»

«Dammi due settimane di tempo.»

29

Una settimana prima del 15 aprile, nello studio Bendini, Lambert & Locke gli stacanovisti raggiunsero il massimo livello dello stress e cominciarono a funzionare esclusivamente grazie all'adrenalina. E alla paura. La paura di tralasciare una deduzione o una perdita o un deprezzamento che sarebbero costati un milione in più a un ricco cliente. La paura di dover prendere il telefono, chiamare il cliente e comunicargli che la dichiarazione dei redditi era pronta e, purtroppo, doveva pagare altri ottocentomila dollari. La paura di non finire entro il quindici e di essere costretti a presentare richieste di proroga e ad affrontare penali e interessi. Il parcheggio era già pieno alle sei del mattino. Le segretarie lavoravano dodici ore al giorno. Tutti avevano i nervi a fior di pelle, e parlavano poco e in fretta.

Dato che non aveva una moglie ad attenderlo, Mitch lavorava ventiquattr'ore su ventiquattro. Sonny Capps aveva imprecato e inveito contro Avery perché doveva al fisco 450.000 dollari. Su un reddito di dodici milioni. Avery aveva inveito contro Mitch, e insieme avevano riesaminato la documentazione di Capps, tra nuove ricerche e maledizioni. Mitch aveva creato due detrazioni molto discutibili che abbassavano a 320.000 dollari la somma dovuta. Capps aveva detto che stava pensando di affidarsi a un altro studio legale con sede a Washington.

Mancavano sei giorni alla scadenza e Capps pretendeva che Avery corresse a Houston per incontrarsi con lui. Il Lear era a disposizione, e Avery partì a mezzanotte. Mitch lo accompagnò all'aeroporto, e ricevette istruzioni lungo il percorso.

Poco dopo la una e trenta del mattino rientrò in ufficio. Nel parcheggio erano sparse tre Mercedes, una BMW e una Jaguar.

La guardia aprì la porta sul retro, e Mitch prese l'ascensore per il quarto piano. Come al solito. Avery aveva chiuso a chiave la porta del suo ufficio. Le porte degli uffici dei soci erano sempre chiuse a chiave. In fondo al corridoio si sentiva una voce. Victor Milligan, il capo del servizio fiscale, era seduto alla scrivania e inveiva contro il suo computer. Gli altri uffici erano chiusi e al buio.

Mitch trattenne il respiro e inserì la chiave nella serratura della porta di Avery. La maniglia girò. Entrò. Accese tutte le luci e andò al piccolo tavolo per le riunioni dove aveva passato tutto il giorno e gran parte della notte in compagnia del titolare dell'ufficio. C'erano pratiche accatastate sulle sedie, e fogli buttati qua e là. I manuali fiscali erano ammucchiati uno sopra l'altro.

Mitch sedette al tavolo e continuò le ricerche per Capps. Secondo gli appunti forniti dall'FBI, Capps era un uomo d'affari che esercitava attività legittime e si serviva dello studio legale da circa otto anni. Ai federali Sonny Capps non interessava.

Dopo un'ora la voce tacque, e Milligan chiuse a chiave la porta. Scese le scale senza fermarsi a dire buonanotte. Mitch controllò in fretta tutti gli uffici del quarto piano, poi quelli del terzo. Erano deserti. Mancava poco alle tre del mattino.

Vicino alle librerie nell'ufficio di Avery c'erano quattro schedari di quercia massiccia. Mitch li aveva notati già da mesi, ma non li aveva mai visti usare. Le pratiche aperte venivano custodite in tre schedari metallici accanto alla finestra. Era lì che frugavano le segretarie, di solito mentre Avery strillava. Mitch chiuse a chiave la porta e si avvicinò agli schedari di quercia. Naturalmente, erano chiusi. Poteva scegliere fra due chiavi minuscole, lunghe meno di due centimetri e mezzo. La prima apriva il primo schedario.

In base all'inventario del materiale effettuato da Tammy a Nashville, Mitch aveva imparato a memoria i nomi di molte società delle Cayman che funzionavano grazie al denaro sporco riciclato. Sfogliò i fascicoli del primo cassetto, e i nomi gli saltarono agli occhi. Dunn Lane, Ltd., Eastpointe, Ltd., Virgin Bay, Ltd., Inland Contractors, Ltd., Gulf-South, Ltd. Trovò altri nomi familiari nel secondo e nel terzo cassetto. Gli schedari erano pieni di documenti di prestiti delle banche caymaniane, ren-

diconti di accrediti, atti certificati, contratti di leasing, ipoteche
e mille altre carte. A Mitch interessavano soprattutto la Dunn
Lane e la Gulf-South. Tammy aveva annotato un numero signi-
ficativo di documenti per le due società.

Prese una cartelletta della Gulf-South piena di rendiconti di
trasferimenti e di documenti di prestiti della Royal Bank di
Montreal. Andò a una fotocopiatrice al centro del quarto piano
e l'accese. Mentre attendeva che si scaldasse, si guardò intorno.
Niente. Osservò il soffitto. Non c'erano telecamere. Lo aveva
controllato già molte volte. Lampeggiò la spia con l'indicatore
NUMERO DI ACCESSO, e Mitch batté il numero della pratica della
signora Lettie Plunk, la cui dichiarazione dei redditi stava sulla
sua scrivania al secondo piano. Mise il contenuto del fascicolo
nell'inseritore automatico, e tre minuti dopo ebbe la copia della
documentazione. Centoventotto fogli copiati e addebitati a Lettie Punk. Mitch tornò allo schedario, e poi di nuovo alla copiatrice, con un altro fascio di documenti incriminanti della Gulf-
South. Batté il numero di accesso della pratica della Greenmark
Partners, una società immobiliare di Bartlett, Tennessee, perfettamente legale e in regola. La loro dichiarazione dei redditi era
sulla sua scrivania, e anche quella società poteva permettersi di
pagare qualche copia. Novantuno, per l'esattezza.

Mitch aveva diciotto dichiarazioni dei redditi nel suo ufficio,
in attesa di venire firmate e registrate. Mancavano sei giorni alla
scadenza, e aveva finito il lavoro relativo. A tutti i diciotto
clienti furono addebitate automaticamente le spese per le copie
delle prove a carico della Gulf-South e della Dunn Lane. Aveva
scribacchiato i loro numeri di accesso su un foglietto che era sul
tavolo accanto alla fotocopiatrice. Dopo avere usato i diciotto
numeri, ne sfruttò altri tre presi dalle pratiche di Lamar e tre
tratti dalle pratiche intestate a Capps.

Un cavo andava dalla copiatrice a un foro nel muro, e si collegava con quelli di altre tre macchine identiche al quarto piano.
Poi il cavo attraversava il soffitto e proseguiva lungo il battisco-
pa fino all'ufficio addebiti al terzo piano, dove un computer registrava e metteva in conto ogni copia fatta nello studio. Un piccolo cavo grigio dall'aspetto innocuo partiva dal computer, saliva lungo la parete, attraversava il soffitto, arrivava al quarto

piano e poi al quinto, dove un altro computer registrava il codice di accesso, il numero delle copie e l'ubicazione della macchina che le aveva fatte.

Alle cinque del pomeriggio del 15 aprile, lo studio Bendini, Lambert & Locke chiuse i battenti. Alle sei il parcheggio era vuoto, e le lussuose automobili erano tutte radunate a circa tre chilometri di distanza, dietro un rinomato ristorante di mare, l'Anderton's. Ogni anno, una piccola sala per i banchetti era prenotata per la festicciola del 15 aprile. Erano presenti tutti gli associati e i soci attivi, oltre a undici soci in pensione. I pensionati erano abbronzati e riposati, quelli attivi erano tesi e un po' stralunati. Ma tutti erano animati da uno spirito festoso, pronti a fare baldoria. Le rigide regole della vita ineccepibile e della moderazione sarebbero state dimenticate per quella notte. Un'altra regola incrollabile dello studio vietava ad avvocati e segretarie di lavorare il 16 aprile.

Sui tavoli lungo le pareti troneggiavano grandi piatti di gamberetti freddi e di ostriche. C'era un enorme barile di legno pieno di ghiaccio e di bottiglie di Moosehead, e dietro il barile c'erano dieci casse pronte. Roosevelt stappava senza interruzione. A notte alta si sarebbe ubriacato come tutti e Oliver Lambert avrebbe chiamato un taxi perché lo portasse a casa da Jessie Frances. Era un rito.

Il cugino di Roosevelt, Little Bobby Blue Baker, era seduto a un piano a mezzacoda e cantava lamentosamente mentre gli avvocati continuavano ad affluire. Per il momento, toccava a lui intrattenere gli invitati: entro qualche ora non ci sarebbe più stato bisogno della sua collaborazione.

Mitch non badò ai piatti e portò una bottiglia verde a un tavolo accanto al piano. Lamar lo seguì con un chilo di gamberetti. Guardarono i colleghi che si liberavano di giacche e cravatte e attaccavano la Moosehead.

«Avete finito tutto?» chiese Lamar divorando i gamberetti.

«Sì. I miei li ho finiti ieri. Ho lavorato con Avery fino alle cinque del mattino sulla dichiarazione di Sonny Capps. È finita.»

«Quanto?»

«Un quarto di milione di dollari.»

«Ahi.» Lamar alzò la bottiglia e la vuotò a metà. «Non aveva mai pagato tanto, vero?»

«No, ed è furibondo. Non lo capisco. Ha guadagnato dodici milioni con le varie attività, ed è fuori dalla grazia di Dio perché deve pagare il due per cento di tasse.»

«E Avery cosa dice?»

«È un po' preoccupato. Capps lo ha chiamato a Houston la settimana scorsa, e non è andata molto bene. È partito a mezzanotte con il Lear. Poi mi ha raccontato che Capps lo aspettava in ufficio alle quattro del mattino ed era rabbioso per il pasticcio. Ha dato tutta la colpa a lui e ha minacciato di cambiare studio legale.»

«Credo che lo minacci ogni anno. Vuoi una birra?»

Lamar si allontanò e tornò con quattro Moosehead. «Come sta la madre di Abby?»

Mitch prese un gamberetto e lo sgusciò. «Abbastanza bene, per ora. Le hanno asportato un polmone.»

«E Abby?» Lamar fissava l'amico. Aveva smesso di mangiare.

Mitch attaccò un'altra birra. «Sta bene.»

«Senti, Mitch, i miei figli vanno alla St. Andrews. Non è un segreto che Abby si è fatta dare un permesso. È partita da due settimane. Lo sappiamo e siamo preoccupati.»

«Si sistemerà tutto. Vuole passare un po' di tempo lontano da casa. Non è una cosa grave, davvero.»

«Andiamo, Mitch. È una cosa grave quando tua moglie se ne va senza dire quando tornerà. Almeno, è quello che ha detto al direttore della scuola.»

«È esatto. Non sa quando tornerà. Probabilmente fra circa un mese. Faticava molto ad adattarsi ai miei orari di ufficio.»

Gli avvocati erano tutti presenti o assenti giustificati, e Roosevelt chiuse la porta. Nella sala il baccano divenne più forte. Bobby Blue suonava brani a richiesta.

«Non hai pensato di rallentare un po'?» chiese Lamar.

«Non proprio. Perché dovrei farlo?»

«Senti, Mitch, io ti sono amico, no? Sono in pensiero per te. Non puoi guadagnare un milione di dollari il primo anno.»

Oh, figurarsi, pensò Mitch. Ho incassato un milione di dollari la settimana scorsa. In dieci secondi il conto di Freeport era balzato da diecimila dollari a un milione e diecimila. Quindici minuti più tardi il conto era stato chiuso, e il denaro era finito al sicuro in una banca svizzera. E a causá del milione di dollari, quello sarebbe stato il primo e unico pranzo del 15 aprile della sua breve ma illustre carriera di avvocato. E il buon amico tanto preoccupato per il suo matrimonio sarebbe probabilmente finito in prigione molto presto. Insieme a tutti gli altri presenti nella sala, eccettuato Roosevelt. Ma, diavolo, forse Tarrance si sarebbe entusiasmato al punto di incriminare anche Roosevelt e Jessie Frances, tanto per divertirsi.

E poi i processi. «Io, Mitchell Y. McDeere, giuro solennemente di dire la verità, tutta la verità e nient'altro che la verità, e che Dio mi aiuti.» Sarebbe andato al banco dei testimoni e avrebbe puntato il dito verso il suo buon amico Lamar Quin. E Kay e i bambini sarebbero stati seduti in prima fila per impietosire la giuria con i loro pianti sommessi.

Finì la seconda birra e attaccò la terza. «Lo so, Lamar, ma non ho intenzione di rallentare. Abby si abituerà. Tutto andrà per il meglio.»

«Se lo dici tu. Kay ti vuole domani da noi, a mangiare bistecche. Cucineremo sul grill e pranzeremo nel patio. Ti va?»

«Sì, a una condizione. Non si deve parlare di Abby. È andata a casa sua per stare con la madre malata, e tornerà. D'accordo?»

«Sì. Certo.»

Avery sedette di fronte a loro con un piatto di gamberetti. Cominciò a sgusciarli.

«Stavamo parlando di Capps» disse Lamar.

«Non è un argomento piacevole» replicò Avery. Mitch guardò i gamberetti fino a quando ne vide un mucchietto di sei ben sgusciati. Li prese e se li cacciò in bocca.

Avery lo fissò con gli occhi stanchi e arrossati. Cercò qualcosa da dire, poi cominciò a mangiare i gamberetti senza sgusciarli. «Vorrei che avessero ancora le teste» disse fra un boccone e l'altro. «Con le teste sono molto meglio.»

Mitch ne afferrò due manciate e cominciò a masticare. «A me piacciono le code. Le preferisco.»

Lamar smise di mangiare e sgranò gli occhi. «Cos'è, uno scherzo?»

«No, no» rispose Avery. «A El Paso, quando ero ragazzino, andavamo a prendere i gamberetti con le reti. Li mangiavamo sul posto mentre si dimenavano ancora. Le teste sono la parte migliore perché contengono il cervello.»

«Ci sono i gamberetti a El Paso?»

«Certo. Il Rio Grande ne è pieno.»

Lamar si allontanò per prendere altra birra. La tensione e la stanchezza formarono rapidamente una miscela esplosiva con l'alcol e il chiasso aumentò. Bobby Blue stava suonando Steppenwolf. Persino Nathan Locke sorrideva e parlava a voce alta. Come tutti gli altri. Roosevelt aggiunse cinque cassette al barile di ghiaccio.

Alle dieci incominciarono a cantare. Wally Hudson, senza la cravatta a farfalla, salì su una sedia accanto al piano e guidò il coro in una fantasia rumorosa di canzoni australiane da bevitori. Il ristorante era ormai chiuso, quindi nessuno ci faceva caso. Poi toccò a Kendall Mahan. Aveva giocato a rugby alla Cornell University e conosceva un sorprendente repertorio di canzonacce da birreria. Cinquanta voci da ubriachi cantarono allegramente con lui.

Mitch si scusò e andò al gabinetto. Un inserviente gli aprì la porta sul retro. Uscì nel parcheggio. A quella distanza il canto era piacevole. Si avviò verso la sua macchina, poi cambiò idea e si accostò a una finestra. Si fermò nel buio, a guardare e ascoltare. Adesso Kendall era al piano e dirigeva il coro in un ritornello osceno.

Voci allegre di uomini ricchi e felici. Mitch li osservò per qualche istante. Avevano le facce rosse, gli occhi splendenti. Erano suoi amici... padri di famiglia... e tutti coinvolti in quella terribile associazione per delinquere.

L'anno prima Joe Hodge e Marty Kozinski avevano cantato in compagnia degli altri.

L'anno prima lui era uno studente di Harvard con una quantità di buone offerte di lavoro.

Adesso era milionario e presto avrebbe avuto una taglia sulla testa.

Era strano, quello che poteva succedere in un anno.

Cantate, fratelli.

Mitch girò sui tacchi e si allontanò.

Verso mezzanotte i taxi si allinearono in Madison Avenue, e gli avvocati più ricchi della città furono caricati sui sedili posteriori. Naturalmente Oliver Lambert era il più sobrio e dirigeva le operazioni di sfollamento. Quindici taxi in tutto, carichi di avvocati sbronzi.

Nello stesso tempo, dall'altra parte della città in Front Street, due furgoni Ford identici, blu e gialli con la scritta DUSTBUSTER dipinta vistosamente sulle fiancate, si fermarono davanti al cancello. Dutch Hendrix aprì e fece cenno di passare. I furgoni si accostarono a marcia indietro alla porta posteriore e otto donne con le camicie in tinta cominciarono a scaricare aspirapolvere e secchi pieni di bombole spray. Scaricarono scope e strofinacci e rotoli di salviette di carta. Parlottarono a voce bassa fra loro mentre entravano. Secondi gli ordini ricevuti cominciarono a pulire un piano per volta, partendo dal quarto. Le guardie si aggiravano tra loro e le sorvegliavano.

Le donne li ignoravano e vuotavano i bidoni della spazzatura, lucidavano i mobili, lustravano i bagni. La ragazza nuova era un po' più lenta delle altre. Osservava ogni cosa. Apriva i cassetti delle scrivanie e degli schedari quando le guardie non le badavano. Sì, era davvero molto attenta.

Era la terza notte che faceva quel lavoro, e stava imparando a destreggiarsi. Aveva individuato l'ufficio di Tolleson al quarto piano già la prima sera, ed era molto soddisfatta di sé.

Portava un paio di jeans luridi e un paio di scarpe da tennis malconce. La camicia con la scritta DUSTBUSTER era molto abbondante per nascondere la sua figura e per farla apparire grassa come le colleghe. Il cartellino sulla tasca diceva DORIS. Doris, l'addetta alle pulizie.

Quando la squadra ebbe quasi terminato al secondo piano, una guardia disse a Doris e ad altre due, Susie e Charlotte, di andare con lui. Inserì la chiave nel quadro di un ascensore che scese nel seminterrato. La guardia aprì una pesante porta metallica. Entrarono in una grande stanza suddivisa in una dozzina di cubicoli. Ogni scrivania era piena di materiale e dominata da un grosso computer. C'erano terminali dappertutto. Alle pareti troneggiavano numerosi schedari neri. Non c'erano finestre.

«La roba è lì dentro» disse la guardia, e indicò un ripostiglio. Le tre donne presero un aspirapolvere e le bombolette e si misero al lavoro.

«Non toccate le scrivanie» avvertì.

30

Mitch annodò i lacci delle scarpe da jogging Nike Air Cushion e sedette sul sofà accanto al telefono. Hearsay, depresso dopo due settimane di assenza della padrona, si sdraiò vicino a lui e cercò di addormentarsi. Il telefono squillò alle dieci e mezzo in punto. Era Abby.

Non ci furono frasi sentimentali, né appellativi affettuosi. La conversazione fu fredda e innaturale.

«Come sta tua madre?» chiese lui.

«Molto meglio. Si è alzata, ma è ancora piena di dolori. Comunque il morale è buono.»

«Mi fa piacere. E tuo padre?»

«Sempre lo stesso. Lavora tanto. Come sta il mio cane?»

«Si sente solo ed è depresso. Credo che stia crollando.»

«Mi manca tanto. Come va il lavoro?»

«Siamo sopravvissuti al 15 aprile senza disastri. Adesso sono tutti di umore più allegro. Metà dei soci sono partiti il giorno dopo per una vacanza, quindi c'è molta calma.»

«Immagino che adesso ti limiterai a lavorare sedici ore al giorno.»

Mitch esitò. Non aveva senso mettersi a litigare. «Quando torni a casa?»

«Non lo so. La mamma avrà bisogno di me ancora per un paio di settimane. Purtroppo papà non è di grande aiuto. Hanno una cameriera, certo, ma la mamma ha bisogno di me.» Abby tacque, come se stesse per dire qualcosa di decisivo. «Oggi ho telefonato alla St. Andrew's e ho avvertito che non tornerò per questo semestre.»

Mitch la prese con calma. «Alla fine del semestre mancano ancora due mesi. Non hai intenzione di tornare prima?»

«Almeno due mesi, Mitch. Ho bisogno di tempo.»

«Tempo... per che cosa?»

«Non ricominciamo, ti prego. Non ho voglia di discutere.»

«Va bene, va bene. Cosa avresti voglia di fare?»

Abby ignorò la domanda. Vi fu una lunga pausa. «Quanti chilometri di jogging fai ogni giorno?»

«Un po' più di tre. Vado fino alla pista e corro per otto giri.»

«Sii prudente. Nella pista c'è un buio tremendo.»

«Grazie.»

Un'altra lunga pausa. «Ora ti lascio» disse lei. «La mamma deve andare a letto.»

«Mi chiami domani sera?»

«Sì. Alla stessa ora.»

Abby riattaccò senza un "ciao" o un "ti amo" o altro. Riattaccò e basta.

Mitch si mise i calzini bianchi da ginnastica e infilò nei pantaloni la maglia bianca a maniche lunghe. Chiuse a chiave la porta della cucina e si avviò al trotto lungo la strada buia. L'edificio della scuola superiore era a sei isolati da East Meadowbrook. Dietro le aule e la palestra c'era il campo da baseball; e più lontano, in fondo a un viale buio, il campo da football. Era circondato da una pista, meta prediletta degli appassionati di jogging della zona.

Ma non alle undici di sera, soprattutto quando non c'era la luna. La pista era deserta, e a Mitch andava bene così. L'aria primaverile era leggera e fresca. Completò il primo miglio in otto minuti. Poi si avviò per compiere un secondo giro. Mentre passava davanti alla tribuna di alluminio scorse qualcuno con la coda dell'occhio. Continuò a camminare.

«Pssssst.»

Mitch si fermò. «Sì. Chi è?»

Una voce rauca e gracchiante rispose: «Joey Morolto».

Mitch si avviò verso la tribuna. «Com'è spiritoso, Tarrance. Mi ha seguito qualcuno?»

«No, nessuno. Laney è lassù, in uno scuolabus, con una torcia elettrica. Quando è passato lei ha segnalato con la luce verde. Se vedrà un lampo rosso, torni sulla pista e faccia finta di essere Carl Lewis.»

Salirono la gradinata ed entrarono nella tribuna della stampa. Sedettero al buio su due sgabelli e guardarono la scuola. I pulmini erano parcheggiati in perfetto ordine sul viale.

«È abbastanza tranquillo per lei?» chiese Mitch.

«Può andare. Chi è la ragazza?»

«So che preferisce gli incontri in pieno giorno, preferibilmente dove c'è una folla, diciamo un fast food o una calzoleria coreana. Io invece preferisco i posti come questo.»

«Benissimo. Chi è la ragazza?»

«È molto sveglia, vero?»

«Certo. Chi è?»

«Una mia collaboratrice.»

«Dove l'ha scovata?»

«Che differenza fa? Perché mi fa domande che non c'entrano affatto?»

«Non c'entrano? Oggi ho ricevuto la telefonata di una donna che non ho mai né visto né conosciuto, e mi ha detto che deve parlarmi di una faccenduola del Bendini Builing. Poi ha detto che dovevamo cambiare telefoni, e che dovevo andare in una cabina davanti a un certo negozio di alimentari e restarci per un certo tempo, e che avrebbe chiamato alla una e mezzo in punto. Ci sono andato, e alla una e mezzo in punto ha chiamato. Tenga presente, c'erano tre dei miei uomini a meno di trenta metri dal telefono, a sorvegliare ogni minimo movimento. La donna mi ha detto di trovarmi qui alle dieci e tre quarti di stasera, fare circondare la zona, perché poi sarebbe arrivato lei.»

«Ha funzionato, no?»

«Sì, finora sì. Ma chi è quella ragazza? Voglio dire, adesso ha coinvolto qualcun altro, e la cosa mi preoccupa, McDeere. Chi è e che cosa sa?»

«Si fidi di me, Tarrance. È la mia collaboratrice e sa tutto. Anzi, se lei sapesse quello che sa la ragazza in questo momento sarebbe in giro a distribuire rinvii a giudizio, invece di stare qui seduto a discutere.»

Tarrance respirò profondamente e rifletté. «Benissimo. Allora mi dica cosa sa la ragazza.»

«Sa che negli ultimi tre anni la banda Morolto e i suoi complici hanno trasferito all'estero oltre ottocento milioni di dollari e li hanno depositati in varie banche dei Caraibi. Conosce le banche, i conti, le date dei versamenti, e molte altre cose. Sa che i Morolto controllano almeno trecentocinquanta società con sede legale nelle Cayman, e che queste società spediscono regolarmante denaro riciclato nel nostro Paese. Conosce le date e l'ammontare dei vari trasferimenti. Conosce almeno quaranta società statunitensi di proprietà di società delle Cayman che a loro volta appartengono ai Morolto. Sa parecchio, Tarrance. È una donna che sa molte cose, non le sembra?»

Tarrance non parlò. Teneva lo sguardo fisso nel buio del viale.

Mitch si divertiva. «Sa come prendono il denaro sporco, lo convertono in biglietti da cento dollari e lo fanno uscire clandestinamente dal Paese?»

«Come?»

«Con il Lear dello studio, ovviamente. Ma si servono anche di corrieri. Hanno un piccolo esercito di corrieri, di solito i loro picchiatori a paga minima e le relative amichette, ma anche studenti e altri collaboratori indipendenti. Gli danno novemilaottocento dollari in contanti e gli comprano un biglietto per le Cayman o per le Bahamas. Non occorrono dichiarazioni per le somme inferiori ai diecimila dollari, ricorda? I corrieri vanno laggiù come normali turisti con le tasche piene di soldi, e li depositano nelle banche indicate. Non sembra molto, vero? Ma calcoli trecento persone che fanno venti viaggi all'anno, e vedrà che la somma che esce dagli Stati Uniti è ragguardevole. I corrieri sono detti anche "muli".»

Tarrance annuì come se lo sapesse.

«Ci sono tanti ben disposti a fare i muli, dato che ci guadagnano le vacanze gratis e qualche soldo. Poi ci sono anche i supermuli. Sono collaboratori fidati del clan Morolto; prendono un milione di dollari in contanti, lo avvolgono in un giornale in modo che le macchine del controllo all'aeroporto non lo vedano, lo mettono in una valigia e salgono tranquilli sugli aerei. Indossano giacca e cravatta e sembrano funzionari di Wall Street. Oppure portano sandali e cappelli di paglia e contrabbandano il milione dentro borse di tela. Ogni tanto voi ne beccate qualcuno... uno su cento, credo. E quando capita, i supermuli finiscono in prigione. Ma non parlano mai, vero, Tarrance? Ogni tanto un mulo comincia a pensare a tutto il denaro che ha nella borsa e si convince che sarebbe facile tenerlo per sé. E sparisce. Ma la mafia non dimentica. Magari ci vuole un anno o più, ma finiscono per trovarlo. Nel frattempo i soldi sono spariti... ma poi sparisce anche lui. La mafia non dimentica mai, vero? Proprio come non dimenticherà me. »

Tarrance si rese conto che doveva dire qualcosa. «Ha già avuto il suo milione di dollari. »

«Mille grazie. Sono quasi pronto per la seconda rata. »

«Quasi? »

«Sì. Io e la ragazza abbiamo ancora un paio di lavoretti da fare. Stiamo cercando di fare uscire altri documenti da Front Street. »

«Quanti documenti ha? »

«Più di diecimila. »

Tarrance restò a bocca aperta e fissò Mitch a occhi sgranati. «Accidenti! E da dove vengono? »

«Un'altra delle sue solite domande. »

«Diecimila documenti» ripeté Tarrance.

«Come minimo. Rendiconti bancari, bonifici, statuti societari, prestiti, promemoria interni, corrispondenza fra una quantità di gente. Un mucchio di roba interessante. »

«Sua moglie ha accennato a una società, la Dunn Lane Ltd. Abbiamo esaminato il materiale che ci ha già fatto avere. Ottimo. Cos'altro ne sa? »

«Parecchio. Fondata nel 1986 con un capitale di dieci milioni, accreditato alla società da un conto numerato del Banco de México, gli stessi dieci milioni che erano arrivati a Grand Cayman a bordo di un certo Lear intestato a un piccolo studio legale di Memphis, a parte il fatto che in origine i milioni erano quattordici ma si erano ridotti a dieci dopo le varie bustarelle alla dogana e ai banchieri delle Cayman. Quando è stata fondata la società, il suo agente era un certo Diego Sánchez, che guarda caso è un vicepresidente del Banco de México. Il presidente della società era un tipo adorabile che si chiama Nathan Locke, il segretario il nostro vecchio amico Royce McKnight e il tesoriere un certo Al Rubinstein. Sono sicuro che lei lo conosce. Io no.»

«È un collaboratore di Morolto.»

«Che sorpresa! Vuole sapere qualcos'altro?»

«Continui.»

«Dopo che il capitale iniziale di dieci milioni fu investito nella società, nel corso dei tre anni successivi sono stati depositati altri novanta milioni di dollari in contanti. Una società molto redditizia. Ha cominciato a comprare un po' di tutto negli Stati Uniti: piantagioni di cotone nel Texas, appartamenti a Dayton, gioiellerie a Beverly Hills, alberghi a St. Petersburg e a Tampa. Quasi tutte le transazioni sono state concluse mediante bonifici da quattro o cinque diverse banche delle Cayman. È un'operazione di riciclaggio del denaro sporco.»

«E lei ha tutti i documenti?»

«Che domanda stupida, Wayne. Se non avessi i documenti, come potrei saperlo? Io lavoro esclusivamente sulle pratiche pulite, lo ricorda?»

«Quanto tempo le occorre ancora?»

«Un paio di settimane. Io e la mia collaboratrice stiamo ancora curiosando in Front Street. E non va molto bene. È difficile portare fuori i documenti.»

«E quei diecimila da dove vengono?»

Mitch non rispose. Si alzò di scatto e si avviò verso la porta. «Io e Abby vogliamo andare a vivere ad Albuquerque. È una città abbastanza grande, piuttosto fuorimano. Cominci a darsi da fare.»

«Non sia precipitoso. Non è tanto semplice.»

«Ho detto due settimane, Tarrance. Fra due settimane sarò pronto per la consegna. E questo significa che dovrò sparire.»

«Calma, calma. Dovrò vedere qualcuno di quei documenti.»

«Ha la memoria molto corta, Tarrance. La mia deliziosa mogliettina le ha promesso un bel mucchio di documenti della Dunn Lane non appena Ray sarà uscito di prigione.»

Tarrance girò lo sguardo sul campo buio. «Vedrò cosa posso fare.»

Mitch si avvicinò e gli puntò l'indice contro il naso. «Mi stia a sentire e apra bene le orecchie. Mi sembra che non riusciamo a capirci. Oggi è il 17 aprile. Fra due settimane è il 1° maggio; e il 1° maggio, secondo la promessa, io le consegnerò diecimila pratiche incriminanti che metteranno in ginocchio una delle principali famiglie della criminalità organizzata esistenti al mondo. Questo finirà per costarmi la vita: ma l'ho promesso. E lei ha promesso che farà uscire di prigione mio fratello. Ha a disposizione una settimana fino al 24 aprile. Altrimenti, io sparirò. E sarà la fine per la sua azione contro il clan Morolto, e la fine per la sua carriera. »

« E cosa farà suo fratello, quando sarà fuori? »

« Sempre domande stupide. Scapperà come il vento, ecco cosa farà. Ha un fratello con un milione di dollari, esperto nel riciclaggio del denaro e nei sistemi elettronici bancari. Uscirà dal Paese in meno di dodici ore e andrà a raggiungere il milione di dollari. »

« Alle Bahamas. »

« Alle Bahamas? È un idiota, Tarrance. Quel denaro non è rimasto alle Bahamas più di dieci minuti. Non ci si può fidare di quella gente: è stupida e corrotta. »

« Al signor Voyles non piacciono i termini perentori. Lo irritano molto. »

« Dica al signor Voyles di andare al diavolo. Gli dica di preparare il prossimo mezzo milione, perché io sono quasi pronto. Gli dica di tirare fuori mio fratello, o l'accordo salta. Gli dica quello che vuole, Tarrance, ma se Ray non uscirà di prigione entro una settimana, io sparirò. »

Mitch sbatté la porta e cominciò a scendere le gradinate. Tarrance lo seguì. « Quando potremo parlare ancora? » gridò.

Mitch scavalcò lo steccato e arrivò alla pista. « La chiamerà la mia collaboratrice. E faccia quello che le dirà. »

31

La consueta vacanza di Nathan Locke dopo il 15 aprile, tre giorni a Vaile, era stata annullata. Da DeVasher, per ordine di Lazarov. Locke e Oliver Lambert erano nell'ufficio del quinto piano e ascoltavano. DeVasher riferiva le informazioni frammentarie in suo possesso e cercava invano di ricostruire un quadro completo.

«La moglie se ne va. Dice che deve andare dalla madre che ha un cancro al polmone. Dice che è stanca di quel modo di vivere. Negli ultimi mesi abbiamo notato una certa tensione. Lei protestava per gli orari di lavoro del marito e così via, ma niente di grave. Però va a casa da mammina, e dice che non sa quando tornerà. Mammina è malata, giusto? Le hanno asportato un polmone, giusto? Però non riusciamo a trovare un ospedale dove abbiano sentito nominare Maxine Sutherland. Abbiamo controllato tutti gli ospedali del Kentucky, dell'Indiana e del Tennessee. Sembra un po' strano, no, amici?»

«Andiamo, DeVasher» disse Lambert. «Quattro anni fa mia moglie è stata operata, e l'ho portata in aereo alla Mayo Clinic. Nessuna legge impone di farsi operare a meno di centocinquanta chilometri da casa. Sarebbe assurdo. E quella è gente della buona società. Magari si è fatta ricoverare sotto un altro nome perché non si sapesse in giro. Sono cose che succedono tutti i giorni.»

Locke annuì. «Lui le parla spesso?»

«La moglie chiama più o meno ogni giorno. A volte parlano a lungo di questo e di quello. Il cane. La madre di lei. L'ufficio. Ieri sera gli ha detto che non tornerà prima di due mesi.»

«Ha mai nominato l'ospedale?» chiese Locke.

«No. È molto prudente. Non parla molto dell'operazione. Adesso la mammina è tornata a casa. Ammesso che se ne sia mai allontanata.»

«Dove vorresti arrivare, DeVasher?» chiese Lambert.

«Stai zitto e lasciami finire. Supponiamo che sia tutto un trucco per allontanare la moglie dalla città. Per allontanarla da noi. Da quello che sta per succedere. Mi seguite?»

«Pensi che McDeere stia lavorando per loro?»

«Sono pagato proprio per fare queste ipotesi, Nat. Presumo che lui sappia che i suoi telefoni sono sotto controllo. Perciò si comportano con tanta prudenza. E presumo che l'abbia allontanata dalla città per proteggerla.»

«È molto dubbio» commentò Lambert. «Molto dubbio.»

DeVasher girò intorno alla scrivania. Lanciò un'occhiata folgorante a Ollie ma non ribatté. «Una decina di giorni fa, qualcuno ha fatto una quantità insolita di copie al quarto piano. È stranissimo, perché erano le tre del mattino. A quanto ci risulta, quando le copie sono state fatte c'erano due soli avvocati: McDeere e Scott Kimble. Nessuno dei due aveva motivo per trovarsi al quarto piano. Sono stati usati ventiquattro numeri di accesso. Tre sono pratiche di Lamar Quin. Tre riguardano Sonny Capps. Le altre diciotto sono pratiche di McDeere. Nessuna è di Kimble. Victor Milligan è uscito verso le due e mezzo, e McDeere stava lavorando nell'ufficio di Avery dopo averlo accompagnato all'aeroporto. Avery dice di avere chiuso l'ufficio a chiave, ma potrebbe essersi dimenticato di farlo. Oppure McDeere ha una chiave. Ho interrogato Avery, e lui è quasi sicuro di avere chiuso. Ma era mezzanotte, era stanco morto e aveva fretta. Comunque, non aveva autorizzato McDeere a tornare nel suo ufficio a lavorare. Non è niente di straordinario, in effetti, perché avevano passato lì tutto il giorno a preparare la dichiarazione dei redditi di Capps. La fotocopiatrice usata è la numero undici, la più vicina all'ufficio di Avery. Possiamo desumere che sia stato McDeere a fare le copie.»

«Quante?»

«Duemila e dodici.»

«Di quali pratiche?»

«Diciotto, tutte di clienti per i quali si stavano preparando le dichiarazioni dei redditi. Ora, sono sicuro che McDeere spiegherà tutto dicendo che aveva finito le dichiarazioni e ha fatto le copie. Sembrerebbe tutto in regola, no? Ma sono sempre le segretarie che fanno le copie, e cosa diavolo ci faceva al quarto piano alle tre del mattino, e perché le copie sono più di duemila? E questo è successo il 7 aprile. Quanti dei nostri finiscono il lavoro per il 15 aprile e preparano tutte le copie con una settimana di anticipo?»

DeVasher si fermò e fissò gli altri due. Stavano riflettendo. Li aveva in pugno. «Ed ecco la riprova. Cinque giorni dopo la sua segretaria ha usato gli stessi diciotto numeri di accesso sulla sua fotocopiatrice, al secondo piano. Ha fatto circa trecento copie; non sono avvocato, ma direi che questo è un numero più accettabile. Non vi sembra?»

I due annuirono in silenzio. Erano avvocati, abituati a discutere ogni questione da cinque angolazioni diverse. Ma non dissero nulla. DeVasher annuì malignamente e riprese a camminare avanti e indietro. «Dunque, abbiamo scoperto che ha fatto duemila copie senza una spiegazione plausibile. Ora, ecco la domanda: che cosa ha copiato? Se ha usato numeri di accesso diversi per far funzionare la macchina, cosa diavolo ha copiato? Io non lo so. Tutti gli uffici erano chiusi a chiave: eccettuato, naturalmente, quello di Avery. E così, l'ho chiesto ad Avery. Ha una fila di schedari metallici dove tiene le pratiche normali. Sono chiusi; ma lui, McDeere e le segretarie ci frugano tutto il giorno. È possibile che avesse dimenticato di chiuderli a chiave prima di correre all'aeroporto. Ma non ha importanza. Perché mai McDeere avrebbe fatto copie di pratiche legittime e regolari? Non le avrebbe fatte per niente. Come tutti gli altri al quarto piano, Avery ha quattro schedari di legno con il materiale segreto. E non li tocca nessuno, giusto? Ordini dello studio. Neppure gli altri soci. Sono sottochiave come i miei. Quindi McDeere non può arrivarci senza una chiave. Avery mi ha mostrato le sue. Mi ha detto che non aveva toccato quegli schedari da due giorni, prima del sette. Li ha controllati, e sembra tutto in ordine. Non è in grado di dire se qualcuno ci ha messo le mani. Ma voi sapreste dire se una delle vostre pratiche è stata fotocopiata a vostra insaputa? No, è impossibile. Non lo saprei dire neppure io. Perciò stamattina ho preso le pratiche e le manderò a Chicago. Controlleremo se ci sono impronte digitali. Ci vorrà all'incirca una settimana.»

«Non può aver fotocopiato quelle pratiche» disse Lambert.

«Cos'altro avrebbe fotocopiato, Ollie? Voglio dire, è tutto sottochiave, al quarto piano e al terzo. Tutto, eccettuato l'ufficio di Avery. E presumendo che McDeere e Tarrance siano d'accordo, cosa potrebbe aver cercato nell'ufficio di Avery? Le pratiche segrete, niente altro.»

«Allora presumi che abbia le chiavi» disse Locke.

«Sì. Presumo che abbia fatto fare i doppioni delle chiavi di Avery.»

Ollie sbuffò e proruppe in una risata di esasperazione. «È impossibile. Mi rifiuto di crederlo.»

Locke si rivolse a DeVasher con un sorriso malevolo. «Come potrebbe essersi procurato una copia delle chiavi?»

«È una domanda intelligente, e non so rispondere. Avery mi ha mostrato le sue chiavi. Undici, in due mazzi. Le tiene sempre con sé. È la legge dello studio, no? È ciò che deve fare un bravo avvocato. Quando è sveglio, tiene le chiavi in tasca. Quando dorme fuori casa, le tiene sotto il materasso.»

«Dov'è andato in quest'ultimo mese?» chiese Locke.

«Escludiamo il viaggio per andare a parlare con Capps a Houston la settimana scorsa. È troppo recente. Era andato per due giorni a Grand Cayman il 1° aprile.»

«Lo ricordo» disse Ollie che ascoltava con la massima attenzione.

«Bravo, Ollie. Gli ho chiesto che cos'aveva fatto quelle due notti, e ha risposto di avere sempre lavorato. Una sera è andato al bar, ma è tutto. Giura di avere sempre dormito da solo.» DeVasher premette un tasto di un registratore portatile. «Ma non è vero. Questa telefonata è stata fatta alle nove e quindici del 2 aprile dall'apparecchio della camera da letto matrimoniale dell'Unità A.» Il nastro cominciò a correre.

«Lui è nella doccia.» Prima voce femminile.

«Tutto bene?» Seconda voce femminile.

«Sì. Benissimo. Non ce l'avrebbe fatta.»

«Come mai ci hai messo tanto?»

«Non si svegliava più.»

«Si è insospettito?»

«No. Non ricorda niente. Credo che stia male.»

«Per quanto resterai lì?»

«Lo saluterò quando uscirà dalla doccia. Dieci minuti, forse quindici.»

«Bene. Sbrigati.»

DeVasher premette un altro tasto e riprese a camminare avanti e indietro. «Non so chi siano, e non ne ho ancora parlato con Avery. Quell'uomo mi preoccupa. La moglie ha chiesto il divorzio e lui ha perso la testa. Corre sempre dietro alle donne. Questa è una grave violazione della sicurezza, e prevedo che Lazarov esploderà.»

«A sentire la donna, Avery doveva essere in preda ai postumi di una grossa sbronza» osservò Locke.

«È evidente.»

«Pensi che sia stata lei a fare le copie delle chiavi?» chiese Ollie.

DeVasher alzò le spalle e sedette sulla logora poltroncina di pelle. Tutta la sua baldanza svanì. «È possibile, ma ne dubito. Ci ho pensato a lungo. Presumiamo che avesse rimorchiato la donna in un bar e che si fossero ubriacati. Probabilmente era tardi quando sono andati a letto. Come sarebbe stato possibile fare copie delle chiavi su quell'isoletta, nel cuore della notte? Non credo.»

«Ma aveva una complice» insistette Locke.

«Sì, e questo non riesco a capirlo. Forse volevano rubargli il portafoglio, e qualcosa è andato storto. Avery porta sempre con sé un paio di migliaia di dollari. Se si è sbronzato, chissà che cosa ha detto. Forse la donna contava di soffiargli i soldi all'ultimo momento e sparire. Non l'ha fatto. Non so.»

«Non ci sono altre ipotesi?» chiese Ollie.

«No, per il momento. Sarebbe un po' troppo presumere che le due donne abbiamo preso le chiavi, siano riuscite a farne le copie nel cuore della notte senza che Avery se ne accorgesse, e che poi una sia tornata a letto con lui. E che tutta questa storia sia legata in qualche modo a McDeere e al fatto che abbia usato la fotocopiatrice al quarto piano. È un po' troppo.»

«Sono d'accordo» convenne Ollie.

«E il magazzino?» chiese Locke.

«Ho pensato anche a quello, Nat. Anzi, ci ho perso il sonno. Se alla donna interessavano i documenti nel magazzino, deve esserci un legame con McDeere o con qualcun altro che sta curiosando. Non riesco a stabilire il nesso. Diciamo che la donna ha trovato il magazzino e i documenti. Cosa poteva farne nel cuore della notte, mentre Avery dormiva al piano di sopra?»

«Poteva leggerli.»

«Sicuro. Sono appena un milione. Tenete presente che doveva avere bevuto parecchio in compagnia di Avery, altrimenti lui si sarebbe insospettito. Dunque, la donna ha passato la notte a bere e a farsi sbattere. Ha aspettato che lui fosse addormentato, e all'improvviso le è venuta la smania di scendere al pianterreno per dedicarsi alla lettura dei documenti bancari. Non ha senso, ragazzi.»

«Può darsi che la donna lavori per l'FBI» dichiarò Ollie, fiero del proprio acume.

«No, non può darsi per niente.»

«Perché?»

«È semplice, Ollie. L'FBI non farebbe mai una cosa simile, perché sarebbe una perquisizione illecita e i documenti non verrebbero ammessi come prove in tribunale. E c'è una ragione ancora più valida.»

«Quale?»

«Se fosse stata dell'FBI, non avrebbe telefonato. Una professionista non avrebbe fatto quella chiamata. Credo che fosse una volgarissima ladra.»

La teoria della ladra venne spiegata a Lazarov, che la giudicò piena di falle ma non riuscì a farsi venire in mente nulla di più plausibile. Ordinò di far cambiare tutte le serrature del terzo e del quarto piano e del seminterrato, e dei due appartamenti di Grand Cayman. Ordinò di informarsi presso tutti i fabbri dell'isola, che non potevano essere molti, per accertare se uno di loro aveva fatto copie di alcune chiavi nella notte del 1° aprile o la mattina del 2, molto presto. Corrompili, disse a DeVasher. Per due soldi saranno disposti a parlare. Ordinò di esaminare le impronte digitali sui fascicoli dell'ufficio di Avery. DeVasher spiegò orgogliosamente che aveva già dato disposizioni. Le impronte di McDeere erano depositate presso l'ordine statale degli avvocati.

Lazarov ordinò anche di sospendere Avery Tolleson per sessanta giorni. DeVasher obiettò che la cosa poteva mettere in allarme McDeere. Benissimo, rispose Lazarov, di' a Tolleson di farsi ricoverare all'ospedale per dolori al petto. Due mesi di riposo per disposizione del medico. E di' a Tolleson di sbaraccare tutto. Metti sottochiave il suo ufficio. Assegna McDeere a Victor Milligan.

«Avevi detto di avere un piano per eliminare McDeere» gli ricordò DeVasher.

Lazarov sorrise e si grattò il naso. «Certo. Credo che possiamo usare l'aereo. Lo manderemo alle isole per lavoro, e ci sarà un'esplosione misteriosa.»

«E sacrificheremo due piloti?» chiese DeVasher.

«Sì. Deve essere una cosa credibile.»

«Non deve succedere intorno alle Cayman. La coincidenza darebbe nell'occhio.»

«D'accordo, ma deve succedere sopra l'oceano. Restano meno relitti. Useremo un ordigno abbastanza grosso, e così non troveranno molto.»

«L'aereo costa un patrimonio.»

«Sì, lo so. Sentirò il parere di Joey.»

«Il capo sei tu. Fammi sapere se possiamo essere utili.»

«Certo. Comincia a pensarci.»

«E il vostro uomo a Washington?» chiese DeVasher.

«Sto aspettando. Ho telefonato stamattina a New York, e stanno controllando. Dovremmo avere la risposta fra una settimana.»

«Sarebbe tutto più semplice.»

«Se la risposta è sì, dovremo eliminarlo entro ventiquattr'ore.»

«Comincerò a fare i piani.»

L'ufficio era molto tranquillo, per un sabato mattina. Alcuni soci e una dozzina di associati si aggiravano in maglietta e pantaloni kaki. Non c'erano segretarie. Mitch controllò la posta in arrivo e dettò varie lettere. Se ne andò dopo due ore. Doveva andare a fare visita a Ray.

Viaggiò per cinque ore sull'interstatale 40. Guidava come un idiota. Per un po' andava a settanta all'ora, per un po' a centocinquanta. Si fermava in tutte le piazzole di sosta. Usciva all'improvviso dalla corsia di sinistra. Si fermò a un sottopassaggio e rimase in attesa. Non vide mai nessuno. Non notò macchine, camion o furgoncini sospetti. Tenne d'occhio persino qualche autotreno a diciotto ruote. Niente. Non c'erano. Li avrebbe visti.

Le guardie controllarono il suo pacco di libri e sigarette, poi lo mandarono nella cabina numero nove. Qualche minuto dopo, Ray venne a sedere dall'altra parte dello schermo.

«Dove eri finito?» chiese in tono un po' irritato. «Sei l'unica persona al mondo che viene a trovarmi, ed è solo la seconda volta in quattro mesi.»

«Lo so. È il periodo delle dichiarazioni dei redditi ed ero carico di lavoro. Mi comporterò meglio in futuro. Comunque ti ho scritto.»

«Sicuro, due righe alla settimana. "Ciao, Ray? Com'è la branda? Com'è il vitto? Come sono i muri? Come va il greco e l'italiano? Io sto bene. Abby sta benissimo. Il cane è malato. Devo scappare. Verrò a trovarti presto. Ti abbraccio, Mitch." Le tue lettere sono magnifiche, fratellino. Le conservo gelosamente.»

«Le tue non sono molto meglio.»

«Che cosa ho da dire? Le guardie vendono droga. Un amico si è beccato trentun coltellate. Ho visto violentare un ragazzo. Andiamo, Mitch, chi vuole sentire queste cose?»

«Farò di meglio.»

«Come sta la mamma?»

«Non lo so. Non sono più tornato laggiù dopo Natale.»

«Ti avevo chiesto di informarti. Sono preoccupato per lei. Se quel delinquente la picchia, voglio che smetta. Se potessi uscire di qui, lo farei smettere io.»

«Potrai farlo.» Era un'affermazione. Mitch si accostò l'indice alle labbra e annuì. Ray si sporse e lo fissò.

Mitch parlò a voce bassa. «*Español. Habla despacio.*» Spagnolo. Parla adagio.

Ray sorrise. « *¿Cuando?* »

« *La semana próxima.* »

« *¿Que día?* »

Mitch rifletté per un secondo. « *Martes o miércoles.* »

« *¿Qué tiempo?* »

Mitch alzò le spalle, sorrise e si guardò intorno.

« Come sta Abby? » chiese Ray.

« È andata nel Kentucky per un paio di settimane. Sua madre è ammalata.» Mitch fissò Ray e mosse le labbra per comunicare in silenzio tre parole: Fidati di me.

« Che cos'ha? »

« Le hanno tolto un polmone. Cancro. Ha sempre fumato molto. Tu dovresti smettere.»

« Smetterò se uscirò di qui.»

Mitch sorrise e annuì. « Ti restano almeno sette anni.»

« Sì, ed è impossibile evadere. Ogni tanto qualcuno ci prova, ma li ammazzano o li riprendono.»

« James Earl Ray è pur riuscito a fuggire, no? » Mitch annuì lentamente mentre gli faceva la domanda. Ray sorrise e lo guardò negli occhi.

« Però lo hanno ripreso. Chiamano un esercito di montanari con i cani, e allora diventa una brutta storia. Non credo che nessuno sia mai sopravvissuto fra le montagne dopo essere evaso.»

« Parliamo d'altro » disse Mitch.

« Buona idea.»

Due guardie erano in piedi accanto a una finestra, dietro la fila delle cabine per i colloqui. Guardavano un mucchio di foto oscene che qualcuno aveva scattato con una Polaroid e aveva cercato di introdurre nella prigione. Ridevano tra loro e non badavano ai visitatori. Dal lato dei detenuti, un'unica guardia armata di sfollagente andava continuamente avanti e indietro con aria insonnolita.

« Quando potrò aspettarmi qualche nipotino? » chiese Ray.

« Fra qualche anno. Abby vuole un maschio e una femmina e comincerebbe anche subito se io volessi, ma non sono pronto.»

La guardia passò dietro Ray senza guardarlo. I due fratelli si fissarono, cercando di leggersi negli occhi.

« *¿Adonde voy?* » chiese in fretta Ray. Dove andrò?

«Perdido Beach Hilton. Io e Abby siamo stati alle Isole Cayman il mese scorso. È stata una vacanza magnifica.»

«Mai sentito nominare quel posto. Dov'è?»

«Nei Caraibi. A sud di Cuba.»

«¿Que es mi nombre? Qual è il mio nome?»

«Lee Stevens. Abbiamo fatto qualche immersione in apnea. L'acqua è tiepida, una meraviglia. Lo studio ha due appartamenti in Seven Mile Beach. Io ho pagato solo i biglietti dell'aereo. Magnifico.»

«Portami un libro sulle isole. Mi piacerebbe leggerlo. ¿Pasaporte?»

Mitch annuì con un sorriso. La guardia arrivò alle spalle di Ray e si fermò. I due fratelli parlarono dei vecchi tempi, nel Kentucky.

All'imbrunire, Mitch parcheggiò la BMW sul lato buio di un centro commerciale suburbano di Nashville. Lasciò le chiavi nel cruscotto e chiuse la portiera. Ne aveva un altro mazzo in tasca. La folla che faceva gli acquisti per Pasqua si riversava oltre le porte del Sears. Mitch si unì alla ressa. Poi andò nel reparto abbigliamento maschile e studiò calze e biancheria mentre teneva d'occhio l'ingresso. Niente di sospetto. Uscì dal Sears e si avviò a passo svelto. Un pullover di cotone nero esposto in una vetrina attirò la sua attenzione. Entrò, ne provò uno e decise di tenerlo addosso, dato che gli piaceva molto. Mentre il commesso gli dava il resto, Mitch sfogliò le pagine gialle per cercare il numero di un taxi. Uscì di nuovo, prese la scala mobile che lo portò al pianterreno, e trovò un telefono pubblico. Il taxi sarebbe arrivato entro dieci minuti.

Ormai era buio, il buio della primavera del sud. Mitch rimase a osservare l'entrata del centro commerciale da un bar per single. Era certo di non essere stato seguito. Si avvicinò al taxi. «Brentwood» disse, e prese posto sul sedile posteriore.

Brentwood era distante una ventina di minuti. «Savannah Creek Apartments» disse. Il taxista cercò nel vasto complesso e arrivò al numero 480E. Mitch gli passò venti dollari e sbatté la portiera. Trovò la porta 480E dietro una scala esterna. Era chiusa a chiave.

«Chi è?» chiese nervosamente una voce femminile. Nel sentirla, Mitch si sentì mancare.

«Barry Abanks» disse.

Abby aprì la porta e si avventò. Si baciarono con impeto. Mitch la sollevò fra le braccia, entrò e chiuse la porta con il piede. Le sue mani fremevano. In meno di due secondi le sfilò il maglione, le sganciò il reggiseno e fece scivolare a terra la gonna. Continuarono a baciarsi. Mitch controllò con un occhio il fragile letto pieghevole preso a nolo che li stava aspettando. O quello, o il pavimento. Adagiò Abby sul letto e si spogliò.

Il letto era troppo corto e cigolava. Il materasso era cinque centimetri di gommapiuma. La rete metallica era dura e sporgente.

Ma i McDeere non se ne accorsero.

Quando fu completamente buio e nel centro commerciale la folla si diradò per un momento, un lucido furgoncino nero Chevrolet Silverado si fermò dietro la BMW. Un ometto con i capelli e le basette ben curati scese, si guardò intorno e infilò un cacciavite nella serratura della portiera. Qualche mese più tardi, quando venne condannato, raccontò al giudice che aveva rubato più di trecento automobili e furgoncini in otto diversi Stati e che era in grado di scassinare una macchina e di avviare il motore molto più in fretta di quanto il giudice potesse fare con la chiave. Dichiarò che la sua media era ventotto secondi. Il giudice non ne fu molto impressionato.

Ogni tanto, se era una giornata molto fortunata, un idiota lasciava le chiavi nel cruscotto, e il tempo medio si riduceva sensibilmente. Un complice aveva segnalato che la macchina aveva le chiavi. L'ometto sorrise e accese il motore. Il Silverado sfrecciò via, seguito dalla BMW.

Il nordico balzò dal pulmino e restò a guardare. Era stata un'azione troppo fulminea. E lui aveva reagito in ritardo. Il furgoncino si era fermato, gli aveva bloccato la visuale per un istante e poi, bam! la BMW era sparita. Sotto i suoi occhi. Sferrò un calcio al pulmino. E adesso, come avrebbe spiegato quello che era successo?

Risalì sul pulmino e attese che comparisse McDeere.

Dopo un'ora sul letto, la sofferenza della separazione era stata dimenticata. Girarono nel minuscolo appartamento baciandosi e tenendosi per mano. In camera, Mitch vide per la prima volta quello che loro tre chiamavano "l'incartamento Bendini". Aveva visto gli appunti e i riepiloghi di Tammy, ma non i documenti veri e propri. La stanza sembrava una scacchiera, con file e file di mucchi ordinati di carte. Su due pareti, Tammy aveva fissato con le puntine grandi fogli bianchi e li aveva coperti di appunti, elenchi e grafici.

Un giorno, molto presto, Mitch avrebbe trascorso ore e ore in quella stanza, avrebbe studiato i documenti e avrebbe preparato tutto. Ma quella notte, no. Tra pochi minuti avrebbe dovuto lasciare Abby per tornare al centro commerciale.

Abby lo ricondusse al divanoletto.

32

Il corridoio del nono piano della Madison Wing al Baptist Hospital era deserto. C'erano soltanto un portantino e un infermiere che scriveva su una cartella clinica. L'orario di visita finiva alle nove, ed erano le dieci e mezzo. Mitch si avvicinò, parlò al portantino, venne ignorato dall'infermiere e bussò alla porta.

«Avanti» rispose una voce energica.

Mitch aprì e si accostò al letto.

«Salve, Mitch» disse Avery. «Roba da non credere.»

«Cos'è successo?»

«Stamattina mi sono svegliato alle sei con i crampi allo stomaco. Almeno mi sembrava. Ho fatto la doccia e ho sentito una fitta qui alla spalla. Il respiro è diventato pesante e ho cominciato a sudare. Ho pensato: No, non può capitare a me. Diavolo, ho quarantaquattro anni, sono in ottima forma, mi tengo in esercizio, mangio bene, bevo un po' troppo, forse, ma non è possibile che capiti a me. Ho chiamato il mio dottore e mi ha detto di venire qui all'ospedale. Secondo lui è stato un leggero attacco di cuore. Spera che non sia niente di grave, ma nei prossimi giorni mi faranno tutti gli esami.»

«Un attacco di cuore?»

«Ha detto così.»

«Non mi sorprende, Avery. È già un miracolo se in quello studio un avvocato arriva ai cinquant'anni.»

«È tutta colpa di Capps, Mitch. Sonny Capps. È stato lui a farmi venire l'attacco di cuore. Venerdì ha telefonato e ha detto di avere trovato un nuovo studio legale a Washington. Rivuole tutta la documentazione. È il mio cliente più importante. L'anno scorso gli ho presentato una parcella di circa quattrocentomila dollari, più o meno la stessa cifra che ha pagato di tasse. Non è arrabbiato per la parcella, ma è furibondo per le tasse. Non ha senso, Mitch.»

«Non vale la pena di morire per lui.» Mitch si guardò intorno per vedere se c'era un flacone per le fleboclisi, ma non c'era. Non c'erano né fili né tubicini. Sedette sull'unica sedia e appoggiò i piedi sul letto.

«Jean ha chiesto il divorzio. Lo sa?»

«L'ho sentito dire. Non è una sorpresa, vero?»

«È sorprendente che non l'abbia fatto lo scorso anno. Le ho offerto una fortuna per accordarci. Spero che accetti. Non ho certo bisogno di un divorzio combattuto.»

E chi ne ha bisogno? pensò Mitch. «Cos'ha detto Lambert?»

«È stato abbastanza ridicolo. In diciannove anni non l'avevo mai visto perdere la calma, ma stavolta l'ha fatto. Ha detto che bevo troppo, corro dietro alle donne e chissà cos'altro. Ha detto che sono la vergogna dello studio legale. Mi ha consigliato di consultare uno psichiatra.»

Avery parlava lentamente e a volte la voce diventava debole e rauca. Dopo una frase, si dimenticava e tornava al tono normale. Stava immobile come un morto, avvolto nelle lenzuola. Il colorito era ottimo.

«Penso anch'io che abbia bisogno di uno psichiatra. Magari di due.»

«Grazie. Ho bisogno di un mese al sole. Il dottore dice che mi dimetterà fra tre o quattro giorni, ma che per due mesi non posso lavorare. Sessanta giorni, Mitch. Ha detto che in nessun caso potrò avvicinarmi all'ufficio per sessanta giorni.»

«È una vera fortuna. Credo che me lo farò venire anch'io, un leggero attacco di cuore.»

«Al ritmo con cui lavora, è garantito.»

«È diventato medico anche lei?»

«No. Sono spaventato. Quando si prende una paura del genere, si comincia a pensare a tante cose. Oggi è stato il primo giorno in vita mia che ho pensato alla morte. E se non si pensa alla morte, non si può apprezzare la vita.»

«La mette giù pesante.»

«Sì, lo so. Come sta Abby?»

«Bene, credo. Non la vedo da un po'.»

«Allora è meglio che vada a cercarla e la porti a casa. E la faccia felice. Sessanta ore la settimana bastano, Mitch. Rovinerà il suo matrimonio e si ammazzerà se si ostinerà a lavorare di più. Abby desidera avere figli, quindi fateli. Vorrei tanto essermi comportato in un modo diverso.»

«Accidenti, Avery, a quando il funerale? Ha quarantaquattro anni e ha avuto un leggero attacco di cuore. Non è ridotto a un vegetale.»

L'infermiere entrò e guardò male Mitch. «L'orario delle visite è finito, signore. Deve andarsene.»

Mitch si alzò di scatto. «Sì, certo.» Batté la mano sui piedi di Avery e uscì. «Ci vediamo fra un paio di giorni.»

«Grazie della visita. E un saluto ad Abby.»

L'ascensore era vuoto. Mitch premette il pulsante del quindicesimo piano e uscì dopo pochi secondi. Salì correndo fino al diciassettesimo, riprese fiato e aprì la porta. In fondo al corridoio, lontano dagli ascensori, Rick Acklin stava di guardia e fingeva di parlare al telefono. Fece un cenno e Mitch si avvicinò. Acklin gli indicò di entrare in una piccola area usata di solito come sala d'aspetto per i parenti. Era buia e deserta, con due file di sedie pieghevoli e un televisore che non funzionava. Un distributore di Coca irradiava l'unica luce. Tarrance era seduto lì vicino e sfogliava una vecchia rivista. Portava una tuta, una fascia intorno alla testa, calzettoni blu e scarpe bianche di tela. Tarrance il jogger.

Mitch gli sedette a fianco.

«L'hanno seguita dall'ufficio al parcheggio, poi se ne sono andati. Acklin è nel corridoio, Laney qui in giro. Stia tranquillo.»

«Mi piace la fascia sulla fronte.»

«Grazie.»

«Vedo che ha ricevuto il messaggio.»

«È evidente. Molto ingegnoso, McDeere. Questo pomeriggio ero nel mio ufficio e pensavo agli affari miei, cercando di lavorare su qualcosa di diverso dal caso Bendini. Mi occupo anche di altro, sa. Poi entra la mia segretaria e mi dice che c'è al telefono una donna che vuole parlarmi di un certo Marty Kozinski.

Salto dalla sedia, prendo il telefono, e naturalmente è la sua ragazza. Dice che è urgente, come al solito. Allora io dico: d'accordo, parliamo. No, lei non vuole. Mi costringe a piantare quello che sto facendo, correre al Peabody, entrare nella sala d'ingresso... come si chiama? Mallards... e aspettare lì. E io stavo lì seduto a pensare che è un modo di fare molto stupido perché i nostri telefoni sono puliti. Accidenti, Mitch, so che sono puliti! Possiamo parlare tranquillamente con i nostri telefoni. Sono lì che bevo un caffè quando il barista si avvicina e mi chiede se mi chiamo Kozinski. Kozinski e poi? dico io. Così per divertirmi, visto che ce la stiamo spassando, giusto? Marty Kozinski, dice il barista con aria perplessa. Io dico: sì, sono io. Mi sentivo molto stupido, Mitch. E il barista mi dice che c'è una telefonata per me. Vado al banco, ed è la sua ragazza. Tolleson ha avuto un attacco di cuore o qualcosa del genere. E lei verrà qui verso le undici. Molto ingegnoso.»

«Ha funzionato, no?»

«Sì, e avrebbe funzionato anche se la ragazza avesse parlato al telefono del mio ufficio.»

«Preferisco così. È più sicuro. Inoltre, lei esce un po'.»

«Verissimo, accidenti. Io e altri tre.»

«Senta, Tarrance, facciamo a modo mio, chiaro? È in gioco la mia testa, non la sua.»

«Certo, certo. Con che mezzo è arrivato?»

«Una Celebrity presa a nolo. Va bene, eh?»

«E la sua bella macchina nera?»

«Aveva un problema di cimici. Era piena di microspie. L'ho parcheggiata in un centro commerciale di Nashville sabato sera, e ho lasciato le chiavi nel cruscotto. Qualcuno l'ha presa in prestito. Mi piace cantare, ma ho una voce orribile. Da quando ho preso la patente ho sempre cantato in macchina da solo. Ma con tutte quelle microspie mi sentivo troppo imbarazzato. Ero stufo.»

Tarrance non riuscì a nascondere un sorriso. «Molto bene, McDeere. Molto bene.»

«Avrebbe dovuto vedere Oliver Lambert questa mattina, quando sono entrato nel suo ufficio e gli ho messo sul tavolo il rapporto della polizia. Ha cominciato a balbettare e ha detto che gli dispiaceva moltissimo. Io mi sono comportato come se fossi addolorato. L'assicurazione pagherà, e quindi il buon Oliver ha detto che me ne avrebbe procurata un'altra; e che nel frattempo mi avrebbero trovato una macchina a noleggio. Gli ho detto che ne avevo già una. L'avevo presa a Nashville sabato sera. A lui non ha fatto piacere, perché naturalmente sapeva che non c'erano microspie. Ha telefonato personalmente al concessionario della BMW, in mia presenza, per prenotarmene una nuova. Mi ha chiesto di che colore la voglio. Ho risposto che il nero mi aveva stancato e che ne volevo una bordeaux con l'interno nocciola. Ieri ero andato alla concessionaria e avevo controllato: non ce n'era neppure una color bordeaux. Lambert ha detto al telefono come la volevo, e si è sentito rispondere che non ce l'hanno. Non andrebbe bene nera, blu, grigia, rossa o bianca? No, no, no. La voglio bordeaux. Dovranno ordinarla, mi ha riferito. Benissimo, ho detto io. Lambert ha riattaccato e mi ha chiesto se non potevo accontentarmi di un altro colore. Bordeaux, ho risposto. Avrebbe voluto insistere, ma poi si è reso conto che sarebbe stato ridicolo. E così, per la prima volta in dieci mesi, posso cantare in macchina.»

«Ma... una Celebrity. Per un avvocato fiscalista! Sarà umiliante.»

«Posso sopportarlo.»

Tarrance continuava a sorridere. Era molto colpito. «Chissà cosa diranno i ragazzi nell'officina del ricettatore quando smonteranno la BMW e troveranno tutti quegli aggeggini.»

«Probabilmente li porteranno al banco dei pegni spacciandoli per apparecchi stereo. Quanto possono valere?»

«I nostri tecnici dicono che sono il meglio, Dieci, quindicimila dollari. Non saprei. Piuttosto divertente.»

Passarono due infermiere che parlavano a voce alta. Svoltarono a un angolo e nel corridoio tornò il silenzio. Acklin finse di fare un'altra telefonata.

«Come sta Tolleson?» chiese Tarrance.

«Splendidamente. Spero che il mio attacco di cuore sia leggero come il suo. Starà qui qualche giorno, poi sarà a riposo per due mesi. Niente di grave.»

«Può entrare nel suo ufficio?»

«Perché? Ho già copiato tutto quello che c'è.»

Tarrance si sporse verso di lui e restò in attesa.

«No, non posso entrare nel suo ufficio. Hanno cambiato le serrature al terzo e al quarto piano. E nel seminterrato.»

«Come lo sa?»

«La ragazza, Tarrance. La settimana scorsa è entrata in tutti gli uffici del palazzo, incluso il seminterrato. Ha controllato tutte le porte, ha aperto tutti i cassetti, ha guardato in tutti i ripostigli. Ha letto la posta, ha sfogliato le pratiche e ha frugato nella spazzatura. Per la verità, la spazzatura non è molta. Nel palazzo ci sono dieci macchine tritadocumenti. Quattro sono nel seminterrato. Lo sapeva?»

Tarrance ascoltava con attenzione, senza muovere un muscolo. «E come ha fatto a...»

«Non me lo domandi. Tanto non glielo dico.»

«La ragazza lavora là! È una segretaria o qualcosa del genere! L'aiuta dall'interno.»

Mitch scosse la testa, esasperato. «Geniale, Tarrance. La ragazza oggi le ha telefonato due volte. Una volta alle due e un quarto, e una circa un'ora dopo. Mi dica, in che modo una segretaria potrebbe fare due telefonate all'FBI alla distanza di un'ora?»

«Forse oggi non è andata a lavorare. Forse ha chiamato da casa.»

«Si sbaglia, Tarrance. La smetta di tirare a indovinare. Non perda tempo a pensare alla ragazza. Lavora per me, e insieme le consegneremo la merce.»

«Cosa c'è nel seminterrato?»

«Uno stanzone con dodici scomparti, dodici scrivanie cariche di materiale e mille schedari. Schedari a controllo elettronico. Penso che sia il centro operativo per le attività del riciclaggio del denaro sporco. Sulle pareti degli scomparti, la mia collaboratrice ha notato i nomi e i numeri telefonici di dozzine di banche dei Caraibi. Non ci sono molte informazioni in giro, là sotto. Sono prudentissimi. Da un lato c'è una stanzetta più piccola con una quantità di serrature e piena di computer più grossi di frigoriferi industriali.»

«Si direbbe che sia il posto giusto.»

«Sì, ma potete scordarvelo. Non è assolutamente possibile portare fuori il materiale senza metterli in allarme. Io conosco un solo modo per riuscirci.»

«E quale?»

«Armarsi di un mandato di perquisizione.»

«Lasci perdere. Non avremmo un motivo per chiederlo.»

«Mi stia a sentire, Tarrance. Ecco come andrà. Io non posso darle tutti i documenti che vuole: ma posso darle tutti quelli che le occorrono. Ne ho più di diecimila e, anche se non li ho esaminati tutti, ho visto abbastanza per sapere che se li avesse lei potrebbe mostrarli a un giudice e ottenere un mandato di perquisizione per il palazzo di Front Street. Può prendere il materiale che ho già in mano e fare rinviare a giudizio metà degli avvocati dello studio. Ma quello stesso materiale le farà avere il mandato di perquisizione che desidera e, di conseguenza, una camionata di incriminazioni. Non c'è altro modo per riuscirci.»

Tarrance andò nel corridoio e si guardò intorno. Era deserto. Si sgranchì le gambe e si diresse al distributore della Coca. Si appoggiò e guardò dalla finestra, verso est. «Perché solo metà degli avvocati?»

«Solo metà, all'inizio. Più un buon numero di soci in pensione. Nei miei documenti ci sono i nomi di vari soci che hanno fondato società fasulle nei Caraibi con i soldi dei Morolto. Queste incriminazioni saranno uno scherzo. Quando avrà tutti i documenti, la teoria dell'associazione per delinquere diventerà inattaccabile e lei potrà incriminare tutti.»

«Dove ha preso i documenti?»

«Ho avuto fortuna. Molta fortuna. Ho immaginato che lo studio avesse abbastanza buon senso per non tenere in questo Paese la documentazione delle banche caymaniane. Ho immaginato che la tenesse nelle Cayman. E per fortuna, avevo ragione. Abbiamo copiato l'incartamento proprio sulle isole.»

«Abbiamo?»

«La ragazza. E una persona amica.»

«Dove sono adesso quei documenti?»

«Lei e le sue domande! Sono in mio possesso. Non ha bisogno di sapere altro.»

«Voglio i documenti del seminterrato.»

«Stia a sentire, Tarrance. E faccia attenzione. I documenti del seminterrato non usciranno di là fino a che non andrà a prenderli con un mandato di perquisizione. È impossibile. Ha sentito?»

«Chi ci lavora?»

«Non lo so. Sono nello studio da dieci mesi e non li ho mai visti. Non so dove parcheggiano le macchine, come entrano e come escono. Sono invisibili. Immagino che i soci e gli amici del seminterrato facciano il lavoro più sporco.»

«Che attrezzatura hanno?»

«Due fotocopiatrici, quattro macchine tritadocumenti, stampanti ad alta velocità e tutti quei computer. Roba ultimo modello.»

Tarrance andò alla finestra con aria assorta. «Sì, è logico. Molto logico. Mi sono sempre chiesto in che modo uno studio con tante segretarie, impiegati e paralegali potesse mantenere una segretezza così assoluta sulle attività di Morolto.»

«È semplice. Le segretarie, gli impiegati e i paralegali non ne sanno niente. Hanno il loro daffare con i clienti normali. I soci e gli associati con più anzianità stanno nei loro uffici e inventano sempre nuovi sistemi per riciclare il denaro sporco, e la banda nel seminterrato sbriga il lavoro. Un'organizzazione ammirevole.»

«Quindi ci sono molti clienti puliti?»

«Centinaia. Sono avvocati molto abili, con una clientela straordinaria che serve ottimamente da copertura.»

«E lei, McDeere, mi sta dicendo che ha abbastanza documenti per giustificare rinvii a giudizio e mandati di perquisizione? Li ha... in suo possesso?»

«Appunto.»

«In questo Paese?»

«Sì, Tarrance, i documenti sono in questo Paese. In un posto molto vicino, per la precisione.»

Tarrance cominciò ad agitarsi. Si dondolò su un piede e sull'altro e fece scrocchiare le nocche. Respirava affannosamente. «Che altro può portare fuori da Front Street?»

«Niente. È troppo pericoloso. Hanno cambiato le serrature, e questo mi preoccupa. Voglio dire, perché le avrebbero cambiate

al terzo e al quarto piano e non al primo e al secondo? Due settimane fa ho fatto certe copie al quarto piano, e non credo che
sia stata una buona idea. Mi sento piuttosto a disagio. Niente
più materiale da Front Street.»

«E la ragazza?»

«Non ha più accesso allo studio.»

Tarrance si rosicchiò le unghie e continuò a dondolarsi. E a
fissare la finestra. «Voglio i documenti, McDeere. E li voglio
presto. Domani, magari.»

«Quando se ne andrà Ray?»

«Oggi è lunedì. Credo che sia tutto combinato per domani
notte. Non immagina neppure le sfuriate che mi ha fatto Voyles.
Ha dovuto tirare in ballo un po' tutti. Crede che stia scherzando? Ha chiamato i due senatori del Tennessee, che hanno preso
l'aereo per Nashville e sono andati a fare visita al governatore.
Oh, ne ho sentite di parolacce, McDeere. E tutto per suo fratello.»

«Gliene è molto grato.»

«Cosa farà quando sarà fuori?»

«Ci penserò io. Mi basta che lo faccia uscire.»

«Non posso garantire niente. Se gli succede qualcosa di brutto, non sarà colpa nostra.»

Mitch si alzò e guardò l'orologio. «Devo scappare. Sono sicuro che là fuori qualcuno mi sta aspettando.»

«Quando ci rivedremo?»

«La ragazza le telefonerà. Faccia quello che le dice.»

«Oh, andiamo, Mitch! Non ricominciamo. Le dica che può
parlarmi al mio telefono. Glielo giuro! Le nostre linee sono pulite. La prego, non ricominciamo!»

«Come si chiama sua madre, Tarrance?»

«Cosa? Doris.»

«Doris?»

«Sì, Doris.»

«Il mondo è piccolo. Non possiamo servirci del nome Doris.
Come si chiamava la ragazza con cui è andato al ballo della
scuola, l'ultimo anno?»

«Uhm... credo di non esserci andato.»

«Non mi sorprende. Chi era la sua prima ragazza, se mai ne ha avuta una?»

«Mary Alice Brenner. Ed era anche cotta di me.»

«Ne sono sicuro. Il nome della mia ragazza è Mary Alice. La prossima volta che Mary Alice la chiama, faccia esattamente quello che le dice, d'accordo?»

«Non vedo l'ora.»

«Mi faccia un favore, Tarrance. Credo che Tolleson simuli, e ho la strana sensazione che il suo finto attacco di cuore abbia qualche legame con me. Dica ai suoi ragazzi di fiutare un po' in giro e di informarsi sul suo presunto malore.»

«Certo. Tanto, non abbiamo niente da fare.»

33

Il martedì mattina tutti, in ufficio, esprimevano preoccupazione per Avery Tolleson. Stava piuttosto bene. Faceva le analisi. Non c'erano lesioni permanenti. Aveva lavorato troppo. Era lo stress. Tutta colpa di Capps. Tutta colpa del divorzio. Comunque era in permesso per malattia.

Nina portò un fascio di lettere da firmare. «Il signor Lambert vorrebbe vederla, se non è troppo occupato. Ha telefonato proprio adesso.»

«Va bene. Devo vedere Frank Mulholland alle dieci. Lo sa?»

«Certo che lo so. Sono la sua segretaria. So tutto. Qui o nell'ufficio di Mulholland?»

Mitch guardò la rubrica degli appuntamenti e finse di cercare. L'ufficio di Mulholland. Nel Cotton Exchange Building.

«Nel suo» disse aggrottando la fronte.

«È andato là l'ultima volta, se lo ricorda? Alla facoltà di legge non le hanno insegnato quanto è importante giocare sul proprio campo? Non bisogna mai, mai incontrarsi due volte consecutive sul campo dell'avversario. Non è professionale. È sconveniente. È una dimostrazione di debolezza.»

«Potrà mai perdonarmelo?»

«Aspetti che l'abbia raccontato alle altre segretarie. Pensano tutte che sia così carino e così macho. Quando dirò che è senza grinta resteranno scandalizzate.»

«Scandalizzarsi gli farà bene.»

«Come sta la madre di Abby?»

«Molto meglio. Andrò a trovarla questo fine settimana.»

Nina prese due pratiche. «Lambert la sta aspettando.»

Oliver Lambert indicò il divano scomodo e offrì il caffè. Stava seduto eretto sulla poltrona e teneva la tazza come un aristocratico inglese. «Sono in pensiero per Avery» disse.

«Sono andato a trovarlo ieri sera» riferì Mitch. «Il dottore gli ha ordinato due mesi di riposo.»

«Sì, l'ho chiamata per questo. Voglio che in questi due mesi lavori con Victor Milligan. Quasi tutte le pratiche di Avery passeranno a lui, quindi si troverà su un territorio familiare.»

«Benissimo. Io e Victor siamo buoni amici.»

«Potrà imparare molto da lui. In campo fiscale è un genio. Legge due volumi al giorno.»

Magnifico, pensò Mitch. Quando finirà in prigione potrà arrivare a leggerne dieci. «Sì, è un grande esperto. Mi ha aiutato in un paio di casi complicati.»

«Bene. Penso che andrete molto d'accordo. Veda di parlare con lui stamattina. Ora, Avery aveva lasciato diverse cose in sospeso alle Cayman. Come sa, ci va spesso per incontrarsi con certi banchieri. Anzi doveva partire domani per fermarsi là un paio di giorni. Stamattina mi ha detto che lei conosce bene i clienti e i loro conti, quindi dovrà partire al suo posto.»

Il Lear, il bottino, il condominio, il magazzino, i conti. Mille pensieri balenarono nella mente di Mitch. Non quadrava. «Le Cayman? Domani?»

«Sì, è molto urgente. Tre dei clienti di Avery hanno bisogno immediato dei rendiconti e di altri documenti legali. Avrei voluto che andasse Milligan, ma domattina deve recarsi a Denver. Avery ha detto che può sbrigarsela lei.»

«Certamente.»

«Bene. Partirà con il Lear verso mezzogiorno e tornerà con un volo commerciale venerdì sera. Qualche problema?»

Sì, i problemi erano tanti. Ray doveva uscire dalla prigione. Tarrance esigeva la merce. Lui doveva incassare mezzo milione di dollari. Ed era previsto che sparisse da un momento all'altro.

«No, nessun problema.»

Mitch andò in ufficio e chiuse a chiave la porta. Si sfilò le scarpe, si sdraiò sul pavimento e chiuse gli occhi.

L'ascensore si fermò al sesto piano, e Mitch salì di corsa le scale fino all'ottavo. Tammy gli aprì la porta e la richiuse alle sue spalle. Lui andò alla finestra.

«Stavi qui a guardare?» le chiese.

«Certo. Il sorvegliante del tuo parcheggio si è piazzato sul marciapiede e ti ha seguito con gli occhi finché sei entrato.»

«Meraviglioso. Mi sorveglia persino Dutch.»

Mitch si voltò. «Hai l'aria stanca.»

«Stanca? Sono morta. Nelle ultime tre settimane ho fatto la portinaia, la segretaria, l'avvocato, il banchiere, la puttana, il corriere e l'investigatore privato. Sono andata nove volte in aereo alle Cayman, ho comprato nove set di valigie nuove e ho portato negli Stati Uniti una tonnellata di documenti rubati. Sono andata quattro volte in macchina a Nashville e dieci volte con l'aereo. Ho letto tanti documenti bancari e tante scartoffie legali da diventare mezza cieca. E quando sarebbe l'ora di andare a dormire, metto il camice della Dustbuster e vado a fare la donna delle pulizie per sei ore. Ho tanti nomi che ho dovuto scriverli sulla mano per non confondermi.»

«Ne ho un altro.»

«Non mi meraviglia. Quale?»

«Mary Alice. D'ora in poi, quando parlerai con Tarrance, sarai Mary Alice.»

«Aspetta, lo scrivo. Tarrance non mi piace. Al telefono è molto sgarbato.»

«Ho una grande notizia per te.»

«Non vedo l'ora.»

«Puoi lasciare la Dustbuster.»

«Credo che mi metterò a piangere. Perché?»

«È un'impresa disperata.»

«Te l'avevo detto una settimana fa. Neppure Houdini riuscirebbe a portare fuori i documenti, a copiarli e a rimetterli a posto senza farsi scoprire.»

«Hai parlato con Abanks?» chiese Mitch.

«Sì.»

«Ha ricevuto i soldi?»

«Sì. Sono stati trasferiti venerdì.»

«È pronto?»

«Ha detto di sì.»

«Bene. E il falsario?»

«Devo incontrarmi con lui oggi pomeriggio.»

«Chi è?»

«Un ex detenuto. Lui e Lomax erano vecchi amici. Eddie diceva sempre che per falsificare i documenti era il migliore del Paese.»

«Speriamo che lo sia davvero. Quanto vuole?»

«Cinquemila. In contanti, ovviamente. Carte d'identità, passaporti, patenti e visti.»

«Quanto tempo impiegherà?»

«Non lo so. Per quando ti occorrono?»

Mitch sedette sull'orlo della scrivania. Inspirò profondamente e si sforzò di riflettere, di calcolare. «Al più presto possibile. Credevo di avere a disposizione una settimana, ma ora non ne sono più certo. Vorrei averli al più presto. Puoi prendere la macchina e andare a Nashville questa sera?»

«Oh, sì. Con piacere. Sono due giorni che non ci vado.»

«Voglio una telecamera Sony con relativo treppiede installata nella camera da letto. Compra una cassa di nastri. E voglio che tu resti là accanto al telefono per qualche giorno. Riesamina l'incartamento Bendini. Continua con i resoconti.»

«Vuoi dire che devo restare là?»

«Sì. Perché?»

«Mi sono incrinata due vertebre a dormire su quel divano.»

«L'hai preso a nolo tu.»

«E i passaporti?»

«Come si chiama quel tale?»

«Doc qualcosa. Ho il suo numero.»

«Dammelo. Avvertilo che lo chiamerò fra un giorno o due. Quanti soldi hai?»

«Mi fa piacere che tu me lo chieda. Avevo cominciato con cinquantamila, giusto? Ne ho spesi diecimila per biglietti d'aereo, alberghi, valigie e macchine a noleggio. E continuo a spendere. Adesso vuoi una telecamera. E documenti d'identità falsi. Non vorrei rimetterci di tasca mia.»

Mitch si avviò alla porta. «Ti andrebbero altri cinquantamila?»

«Li prendo.»

Lui le strizzò l'occhio e chiuse la porta. Si chiese se l'avrebbe mai rivista.

La cella era due metri e mezzo per due metri e mezzo, con un gabinetto in un angolo e due cuccette sovrapposte. Quella in alto era vuota da un anno. Ray era sdraiato su quella in basso, con i cavetti che uscivano dalla cuffia. Parlava tra sé in una lingua molto strana. Turco. Al momento, si poteva scommettere che fosse l'unico a quel piano ad ascoltare la Berlitz School che farfugliava in turco. Si sentiva qualcuno che parlottava nelle altre celle, ma quasi tutte le luci erano spente. Erano le undici del martedì sera.

La guardia si avvicinò senza fare rumore. «McDeere» sussurrò attraverso le sbarre. Ray si alzò a sedere sul bordo del letto e si voltò. Si tolse la cuffia.

«Il direttore vuole vederti.»

Certo, pensò Ray. Il direttore è in ufficio alle undici di sera e mi aspetta. «Dove andiamo?» chiese in tono ansioso.

«Metti le scarpe e vieni.»

Ray si guardò intorno e fece rapidamente l'inventario dei suoi beni terreni. In otto anni aveva acquistato un televisore in bianco e nero, un mangianastri, due scatole di cartone piene di cassette e qualche dozzina di libri. Guadagnava tre dollari al giorno lavorando nella lavanderia del carcere, ma dopo aver comprato le sigarette gli restava poco da spendere. Quelli erano i suoi unici averi. Otto anni.

La guardia infilò la chiave nella serratura e socchiuse la porta. Spense la luce. «Seguimi, e non fare scherzi. Non so chi sei, amico, ma hai amici molto potenti.»

Altre chiavi aprirono altre porte. Uscirono e passarono sotto i tabelloni del campo di pallacanestro. «Stammi dietro» disse la guardia.

Ray girò gli occhi sul cortile buio. Il muro torreggiava in lontananza come una montagna, intorno al cortile dove aveva camminato per mille miglia e fumato una tonnellata di sigarette. Era alto circa quattro metri, di giorno: ma di notte sembrava immenso. Le torri di guardia erano a cinquanta metri l'una dall'altra, ed erano illuminate. E munite di armi.

La guardia si muoveva con tranquilla disinvoltura. Certo, aveva l'uniforme e una pistola. Passò con sicurezza fra due costruzioni, e disse a Ray di seguirlo e di stare calmo. Ray si sforzò di stare calmo, appunto. Si fermarono in un angolo. La guardia alzò gli occhi verso il muro lontano venticinque metri. I fasci di luce dei riflettori falciarono come al solito il cortile e arretrarono nell'oscurità.

Perché ci nascondiamo? si chiese Ray. Quelli che stanno lassù sono dalla nostra parte? Gli sarebbe piaciuto saperlo prima di fare qualche mossa decisiva.

La guardia indicò il punto esatto del muro da cui erano evasi James Earl Ray e la sua banda. Era un punto famoso, studiato e ammirato da quasi tutti gli ospiti di Brushy Mountain. Almeno da quelli bianchi. «Fra quindici minuti piazzeranno una scala. Il filo spinato è già stato tagliato. Dall'altra parte troverai una corda.»

«Posso fare qualche domanda?»

«Sbrigati.»

«E i riflettori?»

«Gireranno dall'altra parte. Ti muoverai nel buio totale.»

«E quei mitra lassù?»

«Non preoccuparti. Guarderanno tutti da un'altra parte. Anche loro.»

«Accidenti! Sei sicuro?»

«Senti, amico, ho già fatto altri lavoretti dall'interno, ma questo li batte tutti. I piani li ha preparati il direttore Lattemer in persona. È là.» La guardia indicò la torre più vicina.

«Il direttore?»

«Sì. Per assicurarsi che vada tutto liscio.»

«Chi porterà la scala?»

«Due guardie.»

Ray si asciugò la fronte con la manica e respirò profondamente. Aveva la bocca arida e gli tremavano le ginocchia.

La guardia bisbigliò: «C'è uno che ti sta aspettando. Si chiama Bud ed è bianco. Ti troverà lui dall'altra parte. Fai quello che ti dirà».

I riflettori fecero un altro giro, poi si spensero. «Preparati» disse la guardia. L'oscurità fu seguita da un silenzio agghiacciante. Adesso il muro era nero. Dalla torre più vicina risuonò un segnale, due brevi colpi di fischietto. Ray si inginocchiò e attese.

Dietro la costruzione accanto, poté vedere le sagome che cor-

revano verso il muro. Afferrarono qualcosa che stava sull'erba e
la issarono.

«Corri, amico» disse la guardia. «Corri.»

Ray si lanciò a testa bassa. La scala era a posto. Le guardie lo
afferrarono per le braccia e lo sollevarono sul primo gradino. La
scala tremò mentre si arrampicava. Alla sommità il muro era largo sessanta centimetri e nel filo spinato era stato aperto un ampio varco. Passò senza toccarlo. La corda era dove doveva essere. Si calò all'esterno. A due metri e mezzo da terra, lasciò la
presa e si lanciò. Si acquattò e si guardò intorno. Tutto buio. I
riflettori rimasero spenti.

Lo spazio sgombro finiva a una trentina di metri, dove cominciava il bosco. «Qui!» disse una voce calma. Ray corse da quella
parte. Bud lo aspettava fra i cespugli.

«Presto. Seguimi.»

Ray lo seguì fino a quando perse di vista il muro. Si fermarono in una piccola radura accanto a una stradetta. Bud tese la
mano. «Io sono Bud Riley. Divertente, eh?»

«Incredibile. Ray McDeere.»

Bud era un tipo robusto, con la barba nera e il berretto nero.
Portava scarponi da combattimento, jeans e giubbotto mimetico. Non sembrava armato. Gli offrì una sigaretta.

«Tu con chi stai?» chiese Ray.

«Con nessuno. Faccio qualche lavoretto per il direttore. Di
solito mi chiamano quando evade qualcuno. Certo, stavolta è diverso. Di solito porto i miei cani. Ho pensato di aspettare qui
qualche minuto fino a quando cominciano a suonare le sirene,
così puoi sentirle. Non sarebbe giusto che non le sentissi. Voglio
dire, suonano in tuo onore.»

«Non importa. Le ho già sentite.»

«Sì, ma è diverso sentirle da qui fuori. È bellissimo.»

«Senti, Bud, io...»

«Ascoltale, Ray. Abbiamo tutto il tempo. Non ti daranno la
caccia sul serio.»

«Come sarebbe a dire?»

«Be', sì, devono fare la scena, svegliare tutti come se fosse
una vera evasione. Ma non ti inseguiranno. Non so che razza di
potere hai, ma è straordinario.»

Le sirene cominciarono a ululare e Ray sussultò. I riflettori sciabolarono nel cielo nero e si sentirono le voci lontane delle guardie.

«Capisci?»

«Andiamo» disse Ray, e si incamminò.

«Il mio camion è più avanti, sulla strada. Ti ho portato qualcosa da metterti. Il direttore mi ha dato le tue misure. Spero che ti vada tutto bene.»

Bud era senza fiato quando raggiunsero il camion. Ray si cambiò in fretta. Indossò i pantaloni oliva e la camicia di cotone blu. «Molto belli, Bud» disse.

«Butta nei cespugli l'uniforme del carcere.»

Percorsero per poco più di tre chilometri la tortuosa strada di montagna, poi si immisero su una asfaltata. Bud ascoltava Conway Twitty e taceva.

«Dove andiamo?» chiese finalmente Ray.

«Be', il direttore ha detto che non gli interessa e che non vuole saperlo. Ha detto che sta a te decidere. Io ti consiglio di andare in una città grande, dove c'è una stazione di autobus. Poi dovrai arrangiarti.»

«Fino a dove mi porti?»

«Ho a disposizione tutta la notte, Ray. Scegli pure la città.»

«Mi piacerebbe lasciarmi alle spalle un po' di chilometri prima di ronzare intorno a una stazione di autobus. Facciamo Knoxville?»

«Vada per Knoxville. E poi dove andrai?»

«Non lo so. Devo lasciare il Paese.»

«Con gli amici che hai non sarà un problema. Ma stai attento. Prima di domani la tua foto sarà appesa in tutti gli uffici degli sceriffi di dieci Stati.»

Tre macchine con le luci azzurre lampeggianti arrivarono sfrecciando dalla collina di fronte a loro. Ray si abbassò.

«Calmati, Ray. Non possono vederti.»

Si girò verso il lunotto posteriore e le guardò sparire. «E i posti di blocco?»

«Senti, non ci saranno posti di blocco, chiaro? Fidati di me.» Bud mise una mano in tasca e buttò sul sedile un fascio di biglietti di banca. «Cinquecento dollari. Consegnati personalmente dal direttore. Hai amici molto potenti, vecchio mio.»

34

Il mercoledì mattina, Tarry Ross salì le scale e arrivò al terzo piano del Phoenix Inn. Si fermò sul pianerottolo davanti alla porta e riprese fiato. Il sudore gli imperlava le sopracciglia. Si tolse gli occhiali da sole e si asciugò la faccia con la manica del soprabito. La nausea lo assalì con violenza. Si appoggiò alla ringhiera. Lasciò cadere la borsa vuota e sedette sull'ultimo gradino. Le mani gli tremavano in modo spasmodico. Avrebbe voluto gridare. Si premette lo stomaco e si sforzò di non vomitare.

La nausea passò e gli permise di respirare di nuovo. Coraggio, coraggio. Ci sono duecentomila dollari che ti aspettano in fondo al corridoio. Se hai fegato, puoi andare a prenderli. Puoi portarteli via, ma devi avere coraggio. Respirò più a fondo e le mani smisero di tremare. Coraggio, amico, coraggio.

Le gambe vacillavano, ma arrivò alla porta. Si avviò nel corridoio, passò davanti alle stanze. L'ottava porta a destra. Trattenne il respiro e bussò.

Trascorse qualche secondo. Tarry Ross guardava il corridoio buio attraverso gli occhiali scuri e non vedeva niente. «Sì?» disse una voce dall'interno, a pochi centimetri di distanza.

«Sono Alfred.» Che nome ridicolo, pensò. Da dove veniva?

La porta si socchiuse, e dietro la catenella apparve una faccia. La porta si richiuse, poi si spalancò. Lui entrò.

«Buongiorno, Alfred» lo accolse calorosamente Vinnie Cozzo. «Vuoi un caffè?»

«Non sono venuto per il caffè» ribatté. Mise la borsa sul letto e fissò Cozzo.

«Sei sempre così nervoso, Alfred. Perché non ti calmi? Non possono beccarti.»

«Stai zitto, Cozzo. Dove sono i soldi?»

Vinnie indicò una sacca di pelle. Smise di sorridere. «Sentiamo, Alfred.»

La nausea lo assalì di nuovo, ma rimase in piedi. Si guardò le scarpe. Il cuore gli batteva come uno stantuffo. «Dunque il vostro uomo, McDeere, ha già incassato un milione di dollari. Un altro milione sta per arrivare. Ha consegnato un carico di documenti dello studio Bendini e afferma di averne altri diecimila.» Sentì una fitta acuta all'inguine, e sedette sull'orlo del letto. Si tolse gli occhiali.

«Continua a parlare» ordinò Cozzo.

«McDeere si è incontrato molte volte con i nostri durante gli ultimi sei mesi. Deporrà ai processi, poi sparirà come testimone protetto. Lui e la moglie.»

«Dove sono gli altri documenti?»

«Non lo so, maledizione. Lui non vuole dirlo. Ma sono pronti per la consegna. Voglio i miei soldi, Cozzo.»

Vinnie buttò la sacca sul letto. Alfred la aprì e aprì la sua borsa. Afferrò le mazzette con le mani che tremavano.

«Duecentomila?» chiese disperatamente.

Vinnie sorrise. «Come d'accordo, Alfred. Fra un paio di settimane avrò un altro lavoro per te.»

«Niente da fare. Non ce la faccio più.» Chiuse la borsa e si precipitò verso l'uscita. Si fermò e cercò di calmarsi. «Cosa farete con McDeere?» chiese fissando la porta.

«Tu cosa pensi, Alfred?»

Lui si morse le labbra, strinse forte la borsa e uscì. Vinnie sorrise e chiuse a chiave la porta. Prese un biglietto dalla tasca e chiamò Lou Lazarov a càsa sua, a Chicago.

In preda al panico, Tarry Ross si avviò nel corridoio. Non vedeva molto dietro le lenti scure. Dopo sette porte, quando era quasi arrivato all'ascensore, una mano enorme si allungò e lo trascinò in una stanza. La mano lo schiaffeggiò con violenza, un pugno lo centrò allo stomaco. Un altro pugno gli colpì il naso. Si ritrovò sul pavimento, stordito e sanguinante. La borsa venne vuotata sul letto.

Qualcuno lo buttò su una sedia e le luci si accesero. Tre agenti dell'FBI, suoi colleghi, lo fissavano minacciosamente. Il direttore Voyles si avvicinò e scosse la testa con aria incredula. L'agente dalle enormi mani efficienti rimase in attesa a un passo. Un altro contava i soldi.

Voyles si chinò verso di lui. «Sei un traditore, Ross. Un verme. Non riesco a crederlo.»

Ross si morse le labbra e cominciò a singhiozzare.

«Chi è?» chiese Voyles.

Ross singhiozzò ancora più forte e non rispose.

Voyles alzò di scatto la mano e lo colpì alla tempia sinistra. Lui gridò di dolore. «Chi è, Ross? Parla!»

«Vinnie Cozzo» balbettò fra i singhiozzi.

«Lo so che è Cozzo! Maledizione! Lo so! Ma che cosa gli hai detto?»

Le lacrime scorrevano dagli occhi di Ross, il sangue dal naso. Tremava. Non rispose.

Voyles lo schiaffeggiò di nuovo. «Parla, figlio di puttana! Dimmi che cosa vuole Cozzo.» Un altro schiaffo.

Ross si piegò in due e abbassò la testa sulle gambe. I singhiozzi si smorzarono.

«Duecentomila dollari» disse un agente.

Voyles si lasciò cadere su un ginocchio e abbassò la voce. «Si tratta di McDeere? Ti prego, oh, ti prego, dimmi che non è McDeere. Tarry, dimmi che non si tratta di lui.»

Tarry appoggiò i gomiti sulle ginocchia e fissò il pavimento. Il sangue sgocciolava sulla moquette. «Su, Tarry. Non potrai tenerti i tuoi quattrini. Finirai in galera. Sei uno schifo, Tarry. Sei un verme vigliacco, e sei finito. Cosa puoi guadagnare mantenendo il segreto? Avanti, Tarry.»

Voyles implorava sottovoce. «Ti prego, dimmi che non si tratta di McDeere, Tarry, ti prego.»

Tarry si raddrizzò sulla sedia e si asciugò gli occhi con le dita. Inspirò profondamente. Si schiarì la gola. Si morse le labbra, guardò Voyles negli occhi e annuì.

DeVasher non perse tempo ad aspettare l'ascensore. Scese di corsa la scala fino al quarto piano e si precipitò nell'ufficio di Locke. C'era la metà dei soci: Locke, Lambert, Milligan,

McKnight, Dunbar, Denton, Lawson, Banahan, Kruger, Welch e Shottz. Gli altri erano stati convocati.

Un panico silenzioso dominava la stanza. DeVasher sedette al tavolo per le riunioni, e gli altri presero posto.

«Bene, ragazzi. Non è venuto il momento di fare le valigie e scappare in Brasile. Almeno per ora. Stamattina abbiamo avuto la conferma che quello ha cantato con i federali, che gli hanno pagato un milione e gliene hanno promesso un altro, e che ha certi documenti considerati decisivi. L'informazione è arrivata direttamente dall'FBI. Mentre stiamo parlando, Lazarov e un piccolo esercito sono in volo per Memphis. A quanto pare, il danno non è ancora irrimediabile. Secondo la nostra fonte, un altissimo funzionario dell'FBI, McDeere è in possesso di più di diecimila pratiche ed è pronto per consegnarle. Ma finora ne ha passate poche. O almeno è quello che pensiamo. Evidentemente siamo intervenuti in tempo. Se riusciremo a impedire che il danno si aggravi, dovremmo cavarcela. Posso affermarlo anche se i federali hanno certi documenti. È ovvio che non hanno in mano molto, altrimenti sarebbero già qui con i mandati di perquisizione.»

DeVasher era al centro della scena, e ne era soddisfatto. Parlava con un sorriso di superiorità e girava lo sguardo da una faccia preoccupata all'altra. «Ora, dov'è McDeere?»

Fu Milligan a rispondere. «Nel suo ufficio. Gli ho appena parlato. Non ha sospetti.»

«Magnifico. Deve partire fra tre ore per Grand Cayman. Esatto, Lambert?»

«Esatto. Verso mezzogiorno.»

«Ragazzi, l'aereo non arriverà a destinazione. Il pilota atterrerà a New Orleans per sbrigare una commissione, poi ripartirà per l'isola. Dopo trenta minuti di volo sul golfo, il blip sparirà dagli schermi radar. Per sempre. I rottami finiranno sparsi su un'area di ottanta chilometri quadrati e i cadaveri non verranno mai trovati. È doloroso ma necessario.»

«Il Lear?» chiese Denton.

«Sì, figliolo, il Lear. Vi compreremo un altro giocattolo.»

«Stiamo facendo troppe supposizioni, DeVasher» disse Locke. «Supponiamo che i documenti già in possesso di McDeere siano pericolosi. Quattro giorni fa supponevi che McDeere avesse copiato parte delle pratiche segrete di Avery. E allora?»

«A Chicago hanno studiato i fascicoli. Sì, sono pieni di indizi incriminanti, ma non abbastanza per agire. Non potrebbero portare a una condanna. Sapete tutti che il materiale veramente pericoloso è sull'isola. E naturalmente qui, nel seminterrato. Dove nessuno può entrare. Abbiamo controllato le pratiche custodite nel condominio. Risulta tutto in ordine.»

«E allora cosa dobbiamo temere?» chiese Lambert.

«Dobbiamo temere l'ignoto, Ollie. Non sappiamo cos'abbia in mano McDeere, oltre a un milione di dollari. Non è scemo; e se lo si lasciasse fare potrebbe trovare qualcosa. Non possiamo permetterlo. Lazarov ha detto di farlo saltare in aria.»

«È impossibile che un associato novellino abbia trovato e copiato tutti quei documenti incriminanti» affermò Kruger in tono sicuro, e si guardò intorno in cerca dell'approvazione degli altri. Molti annuirono aggrottando la fronte.

«Perché Lazarov viene qui?» chiese Dunbar, l'esperto di proprietà immobiliari. Pronunciò il nome di Lazarov come se avesse detto che Charles Manson stava per venire a pranzo.

«È una domanda stupida» ribatté DeVasher e si guardò intorno per individuare l'idiota. «Per prima cosa dobbiamo sistemare McDeere e sperare che abbia causato danni minimi. Poi daremo un'occhiata attenta a questa unità e faremo tutti i cambiamenti necessari.»

Locke si alzò e fissò Lambert. «Fa' in modo che McDeere parta con quell'aereo.»

Tarrance, Acklin e Laney tacevano, storditi, e ascoltavano la voce che usciva dall'altoparlante del telefono. Era Voyles che chiamava da Washington e spiegava cosa era successo. Entro un'ora sarebbe partito per Memphis. Era sull'orlo della disperazione.

«Dovete prenderlo con voi, Tarrance. Subito. Cozzo non sa quello che sappiamo di Tarry Ross, ma Ross gli ha detto che McDeere stava per consegnarci i documenti. Potrebbero farlo fuori da un momento all'altro. Dovete prenderlo. Subito! Sapete dov'è?»

«Nel suo ufficio» rispose Tarrance.

«Bene. Bene. Fatelo venire da voi. Io sarò lì fra due ore. Voglio parlargli. Addio.»

Tarrance premette un tasto e compose un numero.

«Chi stai chiamando?» chiese Acklin.

«Lo studio Bendini, Lambert & Locke.»

«Sei pazzo, Wayne?» chiese Laney.

«State a sentire.»

Rispose la centralinista. «Mitch McDeere, per favore» disse Tarrance.

«Un momento, prego.» Poi la voce della segretaria. «Ufficio del signor McDeere.»

«Devo parlare con Mitchell McDeere.»

«Mi dispiace, signore, è in riunione.»

«Stia a sentire, signorina, qui è il giudice Henry Hugo, e il signor McDeere doveva presentarsi in aula un quarto d'ora fa. Lo stiamo aspettando. È urgente.»

«Non vedo nessun impegno del genere per stamattina.»

«È lei che gli fissa gli appuntamenti?»

«Be', sì.»

«Allora la colpa è sua. Me lo passi al telefono.»

Nina si precipitò nell'ufficio. «Mitch, c'è all'apparecchio un certo giudice Hugo. Dice che dovrebbe essere da lui in tribunale. È meglio che gli parli subito.»

Mitch balzò in piedi e prese il telefono. Era diventato pallido. «Sì?» disse.

«Signor McDeere» disse Tarrance, «sono il giudice Hugo. Lei è in ritardo per l'udienza. Venga immediatamente.»

«Sì, giudice.» Mitch prese la giacca e la borsa e guardò Nina aggrottando la fronte.

«Scusi» disse lei. «Sull'agenda l'appuntamento non è segnato.»

Mitch si lanciò nel corridoio, scese le scale, passò davanti alla receptionist e uscì in Front Street, corse verso nord in direzione di Union Avenue e attraversò correndo l'atrio del Cotton Exchange Building. Quando fu in Union Avenue, svoltò verso est in direzione del Mid-America Mall.

Lo spettacolo di un giovane benvestito con una borsa in mano

che corre come un cane terrorizzato può essere abbastanza comune in certe città, ma non a Memphis. La gente lo notava.

Si nascose dietro un chiosco di frutta e riprese fiato. Non vide
nessuno che lo seguisse. Mangiò una mela. Se si doveva arrivare
a una gara di velocità, c'era da augurarsi che l'inseguitore fosse
Tony Two-Ton.

Wayne Tarrance non gli aveva mai fatto una grande impressione. La calzoleria coreana era stata un fiasco. Il ristorante di
Grand Cayman era stato un'altra trovata stupida. Gli appunti
sui Morolto avrebbero annoiato un allievo boy scout. Ma la sua
idea di un codice di emergenza, un segnale di allarme tipo "non
faccia domande e scappi" era geniale. Da un mese Mitch sapeva
che se l'avesse chiamato il giudice Hugo, avrebbe dovuto filare a
tutta velocità. Era successo qualcosa di grave e i ragazzi del
quinto piano stavano entrando in azione. Dov'era Abby? si
chiese.

In Union Avenue c'erano pochi pedoni. Avrebbe preferito un
marciapiede affollato, ma niente da fare. Si fermò all'angolo tra
Front e Union e non vide nulla di sospetto. Due isolati più a est
entrò nell'atrio del Peabody e cercò un telefono. Ne trovò uno
nel mezzanino affacciato sull'ingresso, in un corridoio vicino al
gabinetto. Chiamò la sede di Memphis dell'FBI.

«Wayne Tarrance, per favore. È molto urgente. Sono Mitch
McDeere.»

Tarrance venne all'apparecchio in pochi secondi. «Mitch!
Dov'è?»

«Allora, Tarrance, cosa sta succedendo?»

«Dov'è?»

«Sono uscito dallo studio, giudice Hugo. Per ora sono al sicuro. Cos'è successo?»

«Mitch, deve venire qui.»

«Io non devo fare un bel niente, Tarrance. E non intendo farlo, a meno che mi dica tutto.»

«Be', noi... uhm... ecco, abbiamo avuto un problema. C'è
stata una piccola falla. Deve...»

«Una piccola falla? Ha detto proprio così? Parli, Wayne, se
non vuole che riattacchi e sparisca per sempre. State controllan-

do la provenienza della telefonata, non è vero? E allora io riattacco.»

«No! Mi ascolti, Mitch. Loro sanno tutto. Sanno che abbiamo parlato, sanno dei soldi e delle pratiche.»

Un lungo silenzio. «Una piccola falla, Tarrance? Direi che è crollata la diga. Mi racconti tutto, e subito.»

«Dio, è tremendo. Mitch, è davvero tremendo, e mi dispiace. Voyles è disperato. Uno dei nostri pezzi grossi ha venduto le informazioni. L'abbiamo preso stamattina in un albergo di Washington. Gli avevano pagato duecentomila dollari per riferire quello che sapeva di lei. Siamo sconvolti.»

«E io sono commosso. Sono davvero straziato per il vostro dispiacere, Tarrance. Immagino che adesso vorrà che corra nel suo ufficio, così potremo consolarci a vicenda.»

«Voyles sarà qui prima di mezzogiorno. Sta arrivando in aereo con i principali collaboratori. Vuole incontrarsi con lei. La faremo uscire dalla città.»

«Capisco. Volete che mi butti fra le vostre braccia per farmi proteggere. È un idiota, Tarrance. Voyles è un idiota. Siete tutti idioti. E io sono scemo perché mi sono fidato di voi. Sta facendo rintracciare la mia telefonata?»

«No!»

«È una balla. Ora riattacco, Tarrance. Stia lì buono, e la richiamerò fra mezz'ora da un altro posto.»

«No! Mitch, mi ascolti. Se non viene da noi è spacciato.»

«A risentirci, Wayne. Non si allontani dal telefono.»

Mitch riagganciò e si guardò intorno. Si avvicinò a una colonna e osservò l'atrio. Le anitre nuotavano nella fontana. Il bar era deserto. A un tavolo c'era alcune vecchie signore che bevevano il tè e chiacchieravano. Al banco c'era un unico cliente che si stava registrando.

All'improvviso il nordico girò intorno a una pianta e lo fissò. «Lassù!» gridò a un complice appostato dall'altra parte dell'atrio. Lo guardarono, poi guardarono la scala. Il barista alzò gli occhi verso Mitch, li riabbassò sul nordico e sul suo amico. Le vecchie signore ammutolirono.

«Chiamate la polizia!» urlò Mitch e si allontanò dalla ringhiera. I due uomini attraversarono correndo l'atrio e si lanciarono su per la scala. Mitch attese cinque secondi e tornò alla ringhiera. Il barista non si era mosso. Le signore sembravano paralizzate.

Un rumore per la scala. Mitch sedette sulla ringhiera, lasciò cadere la borsa, girò le gambe verso l'esterno, indugiò, poi si lanciò da un'altezza di sei metri. Cadde come un macigno ma atterrò saldamente sui due piedi. Una fitta gli trapassò le caviglie e le anche. Il ginocchio infortunato si piegò ma non cedette.

Dietro di lui, accanto agli ascensori, c'era una piccola boutique di abbigliamento maschile con le vetrine piene di cravatte e degli ultimi modelli di Ralph Lauren. Entrò zoppicando. Un ragazzo che non poteva avere più di diciannove anni era in attesa dietro il banco. Non c'erano clienti. La boutique aveva una porta che dava in Union Avenue.

«Quella porta è chiusa a chiave?» chiese con calma Mitch.

«Sì.»

«Vuoi guadagnare mille dollari? Niente di illecito.» Mitch si tolse dalla tasca dieci biglietti da cento dollari e li buttò sul banco.

«Oh, sì. Sicuro.»

«Niente di illecito, d'accordo? Lo giuro. Non ti metterai in un guaio. Apri quella porta e quando due uomini entreranno qui di corsa fra una ventina di secondi, digli che sono uscito di là e sono saltato su un taxi.»

Il ragazzo sorrise ancora di più e intascò velocemente i soldi. «D'accordo. Nessun problema.»

«Dov'è il camerino per le prove?»

«Là, signore, vicino al ripostiglio.»

«Apri la porta» disse Mitch. Entrò nel camerino e sedette. Si massaggiò le ginocchia e le caviglie.

Il commesso stava mettendo in ordine le cravatte quando il nordico e il suo complice entrarono correndo dall'atrio. «Buongiorno» disse allegramente.

«Hai visto passare di qui un uomo, taglia media, vestito scuro, cravatta rossa?»

«Sì, signore. Ha attraversato la boutique, è uscito di là ed è saltato su un taxi.»

«Un taxi! Maledizione!» La porta si aprì e si chiuse. Nella

boutique tornò il silenzio. Il ragazzo si avvicinò a uno scaffale di scarpe vicino al ripostiglio. «Sono andati, signore.»

Mitch si stava massaggiando le ginocchia. «Benissimo. Voglio una di quelle giacche sportive verdi e un paio di mocassini bianchi. Portali qui, d'accordo? E stai attento.»

«Sissignore.» Il ragazzo si aggirò nel negozio fischiettando, prese la giacca e le scarpe, e le fece passare sotto la porta. Mitch si tolse la cravatta e si cambiò in fretta. Tornò a sedersi.

«Quanto ti devo?» chiese.

«Ecco, vediamo. Facciamo cinquecento?»

«Benissimo. Chiamami un taxi, e avvertimi quando si ferma qui davanti.»

Tarrance aveva fatto almeno cinque chilometri intorno alla scrivania. Avevano scoperto che la chiamata proveniva dal Peabody, ma Laney era arrivato tardi. Adesso era tornato ed era lì, nervosissimo, in compagnia di Acklin. Quaranta minuti dopo la prima telefonata, la voce della segretaria echeggiò attraverso l'intercom. «Signor Tarrance, c'è McDeere.»

Tarrance si avventò sul ricevitore. «Dov'è?»

«In città. Ma non ci resterò per molto.»

«Mi ascolti, Mitch. Da solo non sopravviverà due giorni. Faranno venire abbastanza sicari da far scoppiare una guerra. Deve lasciare che l'aiutiamo.»

«Non so, Tarrance. Per qualche strana ragione non me la sento di fidarmi di voi, ragazzi. C'è da ridere, non è vero? Concludo un accordo con l'FBI, e poco manca che mi sparino nel mio ufficio. Bella protezione.»

Tarrance respirò profondamente. Un lungo silenzio. «E i documenti? Le abbiamo pagato un milione per averli.»

«Sta dando i numeri, Tarrance? Mi avete pagato un milione per le pratiche pulite. Le avete avute e io ho avuto il milione. Naturalmente, questa era solo una parte dell'accordo. Era compresa anche la protezione, no?»

«Ci dia quei maledetti documenti, Mitch. Sono nascosti vicino a noi: è stato lei a dirmelo. Scappi pure, se vuole, ma ci lasci i documenti.»

«Niente da fare, Tarrance. In questo momento io posso sparire, e i Morolto forse mi correranno dietro e forse no. Se voi non avrete le pratiche, non potrete arrivare alle incriminazioni. E se i Morolto non saranno rinviati a giudizio allora forse, se sarò fortunato, un giorno si dimenticheranno di me. Gli ho fatto prendere una bella paura, ma non ho provocato danni permanenti. Diavolo, può darsi addirittura che mi riassumano, uno di questi giorni.»

«Non lo penserà davvero? Le daranno la caccia fino a quando la troveranno. E se non avremo quei documenti, le daremo la caccia anche noi. È molto semplice, Mitch.»

«Allora sono pronto a scommettere sui Morolto. Se mi troverete per primi voi, ci sarà una falla. Una piccola falla.»

«È impazzito, Mitch! Se crede di poter prendere il suo milione e sparire, è pazzo. Manderanno i loro scagnozzi con i cammelli a cercarla nel deserto. Non lo faccia, Mitch.»

«Arrivederci, Wayne. Ray le manda i suoi saluti.»

La comunicazione si interruppe. Tarrance afferrò il telefono e lo scagliò contro il muro.

Mitch guardò l'orologio dell'aeroporto. Compose un altro numero. Gli rispose Tammy.

«Salve, tesoro. Scusa se ti ho svegliata.»

«Non preoccuparti. Su questo divano non riesco a dormire. Cos'è successo?»

«Un guaio grosso. Prendi una matita e ascoltami molto attentamente. Sto scappando, e li ho alle calcagna.»

«Spara.»

«Per prima cosa, chiama Abby a casa dei genitori. Dille di mollare tutto e di lasciare la città. Non c'è tempo per salutare la mamma o per fare una valigia. Dille di posare il ricevitore, saltare in macchina e filare senza voltarsi indietro. Deve prendere l'interstatale 55 fino a Huntington, West Virginia, e andare all'aeroporto. A Huntington deve prendere l'aereo e raggiungere Mobile. A Mobile affitta una macchina e si dirige a est sull'interstatale 10 fino a Gulf Shores, poi ancora a est sull'autostrada 182 fino a Perdido Beach. Lì prende alloggio al Perdido Beach Hilton sotto il nome di Rachel James. E aspetta. Tutto chiaro?»

«Sì.»

«Secondo. Prendi un aereo e vieni a Memphis. Ho chiamato

Doc; i passaporti e il resto non sono ancora pronti. Ho sbraitato ma non è servito a niente. Ha promesso di lavorare tutta la notte e di prepararli per domattina. Domattina io non sarò qui, ma ci sarai tu. Ritira i documenti.»

«Signorsì.»

«Terzo. Prendi un aereo e torna nell'appartamento di Nashville. E aspetta accanto al telefono. Non allontanarti per nessuna ragione.»

«Capito.»

«Quarto. Chiama Abanks.»

«D'accordo. Quali sono i tuoi piani di viaggio?»

«Verrò a Nashville, anche se non so quando. Devo andare. Senti, Tammy, di' ad Abby che se non scappa, potrebbe essere morta entro un'ora. Quindi deve filare, accidenti!»

«Bene, capo.»

Mitch si diresse all'uscita 22 e prese il volo Delta delle 10 e 04 per Cincinnati. Teneva stretta una rivista piena di biglietti di sola andata, tutti acquistati con la MasterCard. Uno per Tulsa sul volo 233 dell'American, con partenza alle 10 e 14, acquistato a nome di Mitch McDeere; uno per Chicago sul volo 861 della Northwest, con partenza alle 10 e 15, acquistato a nome di Mitchell McDeere; uno per Dallas sul volo 562 dell'United, con partenza alle 10 e 30, acquistato a nome di Mitchell McDeere, e infine uno per Atlanta sul volo 790 della Delta con partenza alle 11 e 10, acquistato sempre a nome di Mitchell McDeere.

Il biglietto per Cincinnati era stato pagato in contanti ed era a nome di Sam Fortune.

Lazarov entrò nell'ufficio del quarto piano e tutti chinarono la testa. DeVasher lo fronteggiò come un bambino impaurito. I soci si guardavano i lacci delle scarpe e si tenevano la pancia.

«Non riusciamo a trovarlo» disse DeVasher.

Lazarov non era il tipo che urlava e inveiva. Si vantava di restare sempre calmo, anche sotto pressione. «Vuoi dire che ha preso su e se n'è andato?» chiese freddamente.

Non ci fu risposta. Non era necessaria.

«Bene, DeVasher, ecco il piano. Manda all'aeroporto tutti gli uomini a tua disposizione. Controlla presso tutte le linee aeree. Dov'è la sua macchina? »

« Nel parcheggio. »

« Magnifico. È scappato a piedi. È uscito a piedi dalla vostra piccola fortezza. Joey ne sarà felice. Controllate tutte le società che noleggiano macchine. E adesso, quanti onorevoli soci abbiamo qui? »

« Sedici presenti. »

« Dividili in coppie e mandali agli aeroporti di Miami, New Orleans, Houston, Atlanta, Chicago, Los Angeles, San Francisco e New York. Dovranno batterli tutti, vivere e mangiare là. E sorvegliare i voli internazionali. Domani manderemo i rinforzi. Voi lo conoscete bene, quindi andate a cercarlo. Non ci sono molte probabilità, ma cos'abbiamo da perdere? Così sarete occupati. E mi dispiace dirvelo, ma queste ore non potete metterle in conto. Ora, dov'è la moglie? »

« A Danesboro nel Kentucky. Dai genitori. »

« Andate a prenderla. Non fatele del male ma portatela qui. »

« Cominciamo a distruggere i documenti? » chiese DeVasher.

« Aspetteremo ventiquattr'ore. Mandate qualcuno a Grand Cayman a distruggere quelli che sono là. E sbrigati, DeVasher. »

L'ufficio si vuotò.

Voyles si aggirava intorno alla scrivania di Tarrance e impartiva ordini rabbiosamente. Una dozzina di collaboratori prendeva appunti. « Sorvegliate l'aeroporto. Controllate tutte le linee aeree. Informate tutte le nostre sedi di tutte le città importanti. Mettetevi in contatto con la dogana. Avete una sua foto? »

« Non riusciamo a trovarne, signore. »

« Trovatene una, e in fretta. È necessario che prima di sera sia in tutti gli uffici dell'FBI e della dogana. Quel figlio di puttana è scappato! »

35

L'autobus partì da Birmingham poco prima delle due del pomeriggio di mercoledì. Ray sedette in fondo e studiò tutti quelli che salivano e prendevano posto. Aveva un'aria sportiva. Dopo aver preso un taxi, si era fatto portare in un centro commerciale di Birmingham e in mezz'ora si era comprato un paio di Levi's stinti, una maglietta scozzese a maniche corte e un paio di Reeboks rosse e bianche. Aveva mangiato una pizza e si era fatto tagliare i capelli come un marine. Adesso portava un paio di occhiali da aviatore e un berretto.

Una donna bassa, grassa e con la pelle scura sedette vicino a lui.

Ray le sorrise. « *¿De dónde es usted?*» chiese. Da dove viene?

La donna si illuminò. Un gran sorriso mise in mostra pochi denti. «*México*» disse un tono di orgoglio. « *¿Habla español?*» chiese premurosamente.

«*Sí.*»

Parlarono in spagnolo per due ore mentre l'autobus correva verso Montgomery. La donna doveva ripetere spesso qualche frase, ma Ray era sorpreso. Era fuori esercizio da otto anni e il suo spagnolo sembrava un po' arrugginito.

Gli agenti speciali Jenkins e Jones seguivano l'autobus con un Dodge Aries. Jenkins guidava e Jones dormiva. Il viaggio era diventato noioso dieci minuti dopo che avevano lasciato Knoxville. Una normale sorveglianza; semplice routine, gli avevano detto. Se lo perdete di vista, pazienza. Ma cercate di evitarlo.

Mancavano due ore alla partenza del volo da Huntington ad Atlanta, e Abby stava seduta in un angolo di una buia sala d'attesa. Osservava. Sulla sedia accanto a lei c'era una borsa da viaggio. Nonostante le istruzioni, aveva portato con sé uno spazzolino da denti, il necessario per truccarsi e qualche vestito. Aveva lasciato un biglietto ai genitori, spiegando che doveva correre a Memphis per vedere Mitch e che tutto andava bene e non dovevano preoccuparsi. Baci e abbracci, con affetto Abby. Non toccava il caffè e continuava a tenere d'occhio gli arrivi e le partenze.

Non sapeva se Mitch era vivo o morto. Tammy le aveva detto che sembrava spaventato, ma perfettamente padrone di sé. Come sempre. Aveva detto che Mitch stava andando in aereo a Nashville mentre lei andava a Memphis. C'era da confondersi le idee, però era sicura che Mitch sapesse quello che faceva. Doveva raggiungere Perdido Beach e aspettare.

Abby non aveva mai sentito nominare Perdido Beach. Ed era sicura che Mitch non c'era mai stato.

L'attesa era insopportabile. Ogni dieci minuti un uomo d'affari ubriaco si avvicinava e cercava di attaccare discorso. Sparisca, aveva detto Abby almeno una dozzina di volte.

Salirono a bordo dopo due ore. Ad Abby era toccato un posto di corridoio. Allacciò la cintura e si rilassò. E poi la vide.

Era una bella donna bionda con gli zigomi alti e la mascella volitiva, quasi mascolina. Abby aveva già visto quella mezza faccia. Solo mezza faccia, perché anche adesso gli occhi erano coperti. La donna guardò Abby, poi distolse lo sguardo, le passò accanto e andò a sedersi più indietro.

Lo Shipwreck Bar! La bionda dello Shipwreck Bar. La bionda che aveva ascoltato quanto dicevano lei, Mitch e Abanks. L'avevano trovata. E se l'avevano trovata dov'era suo marito? Cosa gli avevano fatto? Pensò al viaggio di due ore in macchina da Danesboro a Huntington, lungo le tortuose strade di montagna. Aveva corso come una pazza. Non era possibile che l'avessero seguita.

L'aereo si staccò dal terminal e dopo qualche minuto decollò per Atlanta.

Per la seconda volta in tre settimane, Abby guardò il crepuscolo dall'interno di un 727 all'aeroporto di Atlanta. Lei e la bionda. Rimasero a terra trenta minuti e poi partirono per Mobile.

Da Cincinnati, Mitch prese l'aereo per Nashville. Arrivò alle sei del pomeriggio di mercoledì, dopo la chiusura delle banche. Trovò un'agenzia di noleggio di furgoni U-Haul sull'elenco telefonico, poi cercò un taxi.

Decise per uno dei modelli più piccoli, un cinque metri. Pagò in contanti ma fu costretto a presentare la patente e una carta di credito per il deposito. Se DeVasher fosse riuscito a scoprire che si era rivolto a un'agenzia U-Haul a Nashville, pazienza. Comprò venti scatoloni di cartone ondulato e andò all'appartamento.

Non aveva mangiato da martedì sera, ma fu fortunato. Tammy aveva lasciato un sacchetto di popcorn e due birre. Si ingozzò come un maiale. Alle otto fece la prima telefonata al Perdido Beach Hilton e chiese di Lee Stevens. Non era ancora arrivato, rispose la centralinista. Mitch si sdraiò sul pavimento e pensò ad almeno un centinaio di cose che potevano capitare ad Abby. Poteva darsi che fosse morta nel Kentucky, e lui non l'avrebbe saputo. Non poteva telefonare.

Il divanoletto non era stato chiuso, e le lenzuola pendevano da tutte le parti. Tammy non era gran che come donna di casa. Mitch lo guardò e non poté evitare di pensare ad Abby. Appena cinque notti prima avevano cercato di distruggersi su quel letto. Si augurava che fosse sull'aereo. Sola.

Andò in camera da letto, sedette sullo scatolone della telecamera Sony e guardò con aria stupita le pile dei documenti. Tammy aveva eretto colonne di carta, divise meticolosamente secondo le banche e le società delle Cayman. Su ogni mucchio c'era un blocco per appunti con il nome della società seguito da pagine di date e di annotazioni. E di nomi!

Persino Tarrance sarebbe stato capace di seguire le piste di tutta quella documentazione. Un gran giurì sarebbe andato in estasi. Il procuratore federale avrebbe tenuto chissà quante conferenze stampa. E le giurie avrebbero pronunciato una sfilza di verdetti di colpevolezza.

L'agente speciale Jenkins sbadigliò nel ricevitore del telefono e fece il numero dell'ufficio di Memphis. Non dormiva da ventiquattr'ore. Jones era in macchina e russava.

«FBI» disse una voce maschile.

«Sì, chi è?» chiese Jenkins. Una semplice chiamata di controllo.

«Acklin.»

«Salve, Rick. Sono Jenkins. Abbiamo...»

«Jenkins? Dove eravate finiti? Resta in linea!»

Jenkins smise di sbadigliare e si guardò intorno. Una voce rabbiosa gli urlò all'orecchio.

«Jenkins! Dove siete?» Era Wayne Tarrance.

«Alla stazione degli autobus di Mobile. L'abbiamo perso.»

«Che cosa? Come avete potuto perderlo?»

Jenkins si svegliò di colpo. Si chinò sul telefono. «Un momento, Wayne. Avevamo l'ordine di seguirlo per otto ore e vedere dove andava. Routine, avevi detto.»

«Non posso credere che l'abbiate perso.»

«Non ci era stato detto di seguirlo per il resto della sua vita. Otto ore, Wayne. Noi l'abbiamo seguito per venti, ed è sparito. Cosa c'è da urlare?»

«Perché non avete chiamato prima?»

«Abbiamo chiamato due volte. Da Birmingham e da Montgomery. La linea era sempre occupata. Cosa sta succedendo, Wayne?»

«Un momento.»

Jenkins strinse il ricevitore e attese. Un'altra voce. «Pronto, Jenkins?»

«Sì.»

«Sono il direttore Voyles. Cosa diavolo è successo?»

Jenkins trattenne il respiro e girò lo sguardo sul terminal. «Lo abbiamo perso, signore. Lo abbiamo seguito per venti ore, e quando è sceso dall'autobus qui a Mobile, lo abbiamo perso in mezzo alla folla.»

«Magnifico! Quando è stato?»

«Venti minuti fa.»

«Bene. Stia a sentire. Dobbiamo assolutamente trovarlo. Il fratello ha preso i nostri soldi ed è sparito. Chiami la polizia di Mobile. Gli dica chi è e spieghi che c'è in città un assassino evaso. Probabilmente hanno già il nome e la foto di Ray McDeere appesi al muro. La madre abita a Panama City Beach, quindi è meglio avvertire tutte le polizie locali da Mobile a laggiù. Io manderò i nostri.»

«Va bene. Mi scusi, signore. Nessuno ci aveva detto che dovevamo seguirlo in eterno.»

«Ne riparleremo.»

Alle dieci, Mitch chiamò per la seconda volta il Perdido Beach Hilton. Chiese di Rachel James. Non era arrivata. Chiese di Lee Stevens. Un momento, disse la centralinista. Mitch sedette sul pavimento e attese. Il telefono della stanza squillò. Dopo una dozzina di trilli, qualcuno rispose.

«Sì?»

«Lee?» chiese Mitch.

Un attimo di silenzio. «Sì.»

«Sono Mitch. Congratulazioni.»

Ray si buttò sul letto e chiuse gli occhi. «È stato facilissimo, Mitch. Come hai fatto?»

«Te lo spiegherò quando avremo tempo. In questo momento, c'è un branco di individui che cercano di ammazzare me e Abby. Siamo in fuga.»

«Chi sono, Mitch?»

«Non basterebbero dieci ore per raccontare il primo capitolo. Lo faremo un'altra volta. Annota questo numero. 615-889-4380.»

«Non è di Memphis.»

«No, è di Nashville. Sono in un appartamento che serve come base per la missione. Impara il numero a memoria. Se non ci sono io, risponderà una ragazza che si chiama Tammy.»

«Tammy?»

«È una storia lunga. Fai come ti dico. Stanotte Abby prenderà alloggio lì sotto il nome di Rachel James. Arriverà con una macchina presa a noleggio.»

«Abby viene qui?»

«Ascoltami, Ray. I cannibali ci inseguono, ma abbiamo un certo vantaggio.»

«Un vantaggio su chi?»

«La mafia. E l'FBI.»

«Niente altro?»

«È probabile. Ora ascoltami bene. C'è la remota possibilità che Abby sia stata seguita. Devi trovarla, tenerla d'occhio e assicurarti che non le stia dietro nessuno.»

«E se invece qualcuno le stesse dietro?»

«Chiamami e ne parleremo.»

«D'accordo.»

«Non usare il telefono se non per chiamare questo numero. E parliamo il meno possibile.»

«Ho una montagna di domande da farti, fratellino.»

«E io ho le risposte per te. Ma non ora. Proteggi mia moglie e chiamami appena arriva.»

«Senz'altro. E... grazie, Mitch.»

«*Adiós*.»

Un'ora dopo, Abby lasciò l'autostrada 182 e si immise sul viale che portava all'Hilton. Parcheggiò la Cutlass a quattro porte con le targhe dell'Alabama e si avviò sulla veranda verso l'ingresso. Si fermò per un secondo, si voltò a guardare il viale ed entrò.

Dopo due minuti, un taxi giallo di Mobile si fermò dietro ai pulmini dell'albergo. Ray lo tenne d'occhio. Sul sedile posteriore c'era una donna che stava parlando con il taxista. Attesero un minuto, poi la donna pagò. Scese, aspettò che il taxi si fosse allontanato. Era bionda: fu la prima cosa che Ray notò. Era ben fatta, con un paio di calzoni attillati di velluto nero a coste. E occhiali da sole che sembravano un po' strani, dato che era quasi mezzanotte. La donna si accostò cautamente alla porta, poi entrò. Ray la osservò, poi si avviò verso l'atrio.

La bionda si rivolse all'unico impiegato al banco delle registrazioni. «Una stanza singola, per favore» la sentì dire Ray.

L'impiegato le porse un modulo. La bionda firmò, poi chiese: «La signora che è arrivata poco prima di me, come si chiama? Credo che sia una mia vecchia amica».

L'impiegato frugò tra le schede. «Rachel James.»

«Sì, è proprio lei. Da dove viene?»

«È un indirizzo di Memphis.»

«Qual è il numero della camera? Vorrei salutarla.»

«Non posso darle questa informazione» disse l'impiegato.

La bionda pescò duè biglietti da venti dollari dalla borsa e li mise sul banco. «Voglio solo salutarla.»

L'impiegato prese i quaranta dollari. «Camera 622.»

La donna pagò in contanti. «Dove sono i telefoni?»

«Girato l'angolo» disse l'impiegato. Girò l'angolo anche Ray e arrivò ai quattro apparecchi. Staccò il ricevitore di uno centrale e cominciò a parlare.

La bionda andò a un telefono in fondo e gli voltò le spalle. Parlò a voce bassa. Ray poteva sentire solo qualche parola.

«... preso alloggio... camera 622... Mobile... un aiuto... non posso... fra un'ora?... sì... sbrigatevi...»

La donna riattaccò, e Ray parlò a voce più alta nel telefono muto.

Dieci minuti più tardi la bionda sentì bussare alla porta. Balzò dal letto, afferrò la calibro .45 e la infilò nei pantaloni sotto la camicetta. Senza pensare alla catena di sicurezza, socchiuse la porta.

Il battente si spalancò e la scagliò contro il muro. Ray si avventò, le strappò la pistola e la tenne inchiodata sul pavimento, con la faccia sulla moquette. Le puntò la canna della .45 contro l'orecchio. «Se fiati, ti ammazzo!»

La bionda smise di dibattersi e chiuse gli occhi senza reagire.

«Chi sei?» chiese Ray, premendo un po' di più la pistola. Anche questa volta non ci furono reazioni.

«Non muoverti e non fiatare. Chiaro? Mi piacerebbe molto farti saltare le cervella.»

Ray continuò a restare seduto sulla schiena della bionda e aprì la borsa da viaggio. La rovesciò sul pavimento e trovò un paio di calzettoni da tennis. «Apri la bocca» ordinò.

La bionda non si mosse. Ray le puntò di nuovo la pistola all'orecchio e lei aprì la bocca lentamente. Ray le infilò i calzettoni fra i denti, poi le bendò la bocca con la camicia da notte di seta. Le legò i piedi e le mani con i collant, e strappò le lenzuola in lunghe strisce. La donna non si mosse. Quando ebbe finito di legarla e imbavagliarla, sembrava una mummia. La infilò sotto il letto.

La borsetta conteneva seicento dollari in contanti e un portafoglio con una patente rilasciata nell'Illinois. Karen Adair di

Chicago. Data di nascita 4 marzo 1960. Ray portò via il portafoglio e la pistola.

Il telefono squillò alla una del mattino. Mitch non dormiva.
Era sepolto fino alla cintura nei documenti bancari. Erano documenti molto interessanti, più che sufficienti per incriminare
parecchia gente.

«Pronto» rispose, guardingo.

«Parlo con la base della missione?» Nello sfondo risuonava
la musica di un jukebox.

«Dove sei, Ray?»

«In un locale che si chiama FloraBama Lounge. Sul confine
fra i due Stati.»

«Dov'è Abby?»

«In macchina. Non le è successo niente.»

Mitch respirò di sollievo e sorrise. Continuò ad ascoltare.

«Abbiamo dovuto abbandonare l'albergo. Una donna ha seguito Abby... la stessa che avevate visto in un bar delle Cayman.
Abby sta cercando di spiegarmi tutto. La donna l'aveva seguita
tutto il giorno ed è comparsa all'hotel. L'ho sistemata e siamo
spariti.»

«L'hai sistemata?»

«Sì. Non ha voluto parlare, ma per un po' starà fuori dai
piedi.»

«Abby sta bene?»

«Sì. Siamo stanchi morti tutti e due. Cos'hai in mente di preciso?»

«Siete a circa tre ore di macchina da Panama City Beach. So
che siete stanchi morti, ma dovete andarvene. Raggiungete Panama City Beach, abbandonate la macchina e prendete due
stanze all'Holiday Inn. Chiamami appena arrivate.»

«Spero che tu sappia quello che fai.»

«Fidati di me.»

«Io mi fido, ma comincio a rimpiangere di non essere ancora
in prigione.»

«Non puoi tornare indietro, Ray. Adesso, o scompariamo, o
siamo spacciati.»

36

Il taxi si fermò a un semaforo rosso nel centro di Nashville e Mitch scese vacillando un po' sulle gambe doloranti. Attraversò l'incrocio fra il traffico mattutino.

Il Southeastern Bank Building era un cilindro di vetro alto trenta piani, ideato secondo le linee di una scatola per palle da tennis. Era scuro, quasi nero. Sorgeva un po' lontano dalla strada, in un labirinto di marciapiedi, fontane e prati curatissimi.

Mitch varcò la porta girevole insieme a uno sciame di impiegati che andavano al lavoro. Nell'atrio marmoreo trovò un cartello indicatore e salì al secondo piano con la scala mobile. Aprì una pesante porta a vetri ed entrò in un grande salone rotondo. Una bella donna sulla quarantina lo guardò dalla scrivania di vetro, senza sorridere.

«Il signor Mason Laycook, per favore» disse Mitch.

La donna indicò con la mano. «Si sieda.»

Il signor Laycook non perse tempo. Spuntò da un angolo. Era acido quanto la sua segretaria. «Posso aiutarla?» chiese con aria sprezzante.

Mitch si alzò. «Sì. Devo trasferire una somma di denaro.»

«Ha un conto presso la Southeastern?»

«Sì.»

«Il suo nome?»

«È un conto numerato.» In altre parole, niente nome, signor Laycook. Non hai bisogno di saperlo.

«Bene. Mi segua.» L'ufficio non aveva finestre. Una fila di tastiere e di monitor troneggiava dietro la scrivania di vetro. Mitch sedette.

«Il numero del conto, prego.»

Mitch lo conosceva a memoria. «214-31-35.»

Laycook batté sulla tastiera e osservò il monitor. «È un conto Codice Tre aperto da una certa T. Hemphill, con accesso consentito a lei sola e a un maschio corrispondente ai seguenti connotati: statura circa un metro e ottantacinque, peso tra gli ottanta e gli ottantacinque chili, occhi azzurri, capelli scuri, sui venticinque o ventisei anni. Lei corrisponde, signore.» Laycook studiò lo schermo. «E gli ultimi quattro numeri del suo numero della Sicurezza sociale sono...?»

«8585.»

«Benissimo. Accesso consentito. Cosa posso fare per lei?»

«Desidero trasferire qui certi fondi da una banca di Grand Cayman.»

Laycook aggrottò la fronte e prese una matita dal taschino. «Quale banca?»

«La Royal Bank di Montreal.»

«Che tipo di conto?»

«È un conto numerato.»

«Immagino che avrà il numero.»

«499DFH2122.»

Laycook scrisse il numero e si alzò. Mitch batté i piedi doloranti e guardò i monitor.

Laycook tornò con il suo supervisore, un certo signor Nokes che era vicepresidente o qualcosa del genere. Nokes si presentò restando dietro la scrivania. Sembravano tutti e due nervosi mentre guardavano Mitch.

Fu Nokes a parlare. Aveva in mano un piccolo fascio di carta da computer. «È un conto riservato. Per poter effettuare l'accredito, dobbiamo avere certe informazioni.»

Mitch annuì con aria sicura.

«Le date e l'ammontare degli ultimi tre depositi?» Lo spiavano, sicuri che avrebbe sbagliato.

Mitch li conosceva a memoria. Non aveva bisogno di appunti. «Tre febbraio di quest'anno, sei milioni e mezzo. Quattordici dicembre dell'anno scorso, nove milioni e duecentomila. Otto ottobre dell'anno scorso, undici milioni.»

Laycook e Nokes guardarono il printout a bocca aperta. Nokes sfoggiò un sorrisetto professionale. «Benissimo. Può dare il suo numero Pen.»

Laycook si teneva pronto, con la matita accostata al foglio.

«Qual è il suo numero Pen?» chiese Nokes.

Mitch sorrise e accavallò di nuovo le gambe indolenzite. «72083.»

«Gli estremi del trasferimento?»

«Dieci milioni di dollari da accreditare immediatamente in questa banca sul conto 214-31-35. Aspetterò.»

«Non è necessario che attenda, signore.»

«Aspetterò. Ho altre disposizioni da dare non appena il trasferimento sarà stato effettuato.»

«Ci vorrà un momento. Gradisce un caffè?»

«No, grazie. Ha un giornale?»

«Certamente» disse Laycook. «Lì sul tavolo.»

I due uscirono in fretta dall'ufficio, e il cuore di Mitch cominciò a rallentare i battiti. Aprì il "Tennessean" di Nashville e lo sfogliò a lungo prima di trovare una notiziola sull'evasione da Brushy Mountain. Niente foto. Pochi dettagli. Ray e Abby erano al sicuro all'Holiday Inn sul Miracle Strip di Panama City Beach, Florida.

Finora, la via era libera. Lo pensava. Lo sperava.

Laycook ritornò da solo. Adesso era molto cordiale. Il tipo da pacche sulle spalle. «Il trasferimento è stato effettuato. Il denaro è qui. Che altro possiamo fare per lei?»

«Desidero trasferirlo altrove. In gran parte, comunque.»

«Quanti trasferimenti?»

«Tre.»

«Mi dica il primo.»

«Un milione di dollari alla Coast National Bank di Pensacola, su un conto numerato accessibile a una sola persona, una donna bianca di circa cinquant'anni. Le fornirò il numero Pen.»

«È un conto già esistente?»

«No, voglio che lo apriate con l'accredito.»

«Sta bene. Il secondo trasferimento?»

«Un milione di dollari alla Dane County Bank di Danesboro, Kentucky, su un conto intestato a Harold o Maxine Sutherland

o a entrambi. È una banca piccola, ma è corrispondente dell'U-
nited Kentucky di Louisville.»

«Bene. Il terzo trasferimento?»

«Sette milioni alla Deutschbank di Zurigo. Conto numero
772-03BL-600. Il resto rimarrà qui.»

«Ci vorrà circa un'ora» disse Laycook mentre prendeva appunti.

«Fra un'ora telefonerò per avere la conferma.»

«Molto bene.»

«Grazie, signor Laycook.»

Ogni passo gli causava una fitta dolorosa, ma Mitch non la
sentiva. Scese le scale mobili e uscì dal palazzo.

All'ultimo piano della Royal Bank di Montreal, filiale di
Grand Cayman, una segretaria del Servizio Trasferimenti mise
un printout di computer sotto il naso appuntito e aristocratico
di Randolph Osgood. Aveva segnato con un cerchietto un insolito trasferimento di dieci milioni. Era insolito perché normalmente il denaro di quel conto non tornava negli Stati Uniti e
perché era andato in una banca con cui non avevano mai avuto
niente a che fare. Osgood studiò il printout e chiamò Memphis.
Il signor Tolleson era assente per malattia, gli comunicò la segretaria. Allora Nathan Locke? chiese. Il signor Locke era fuori
città. Victor Milligan? Anche il signor Milligan era partito.

Osgood mise il printout nel mucchio delle pratiche da sbrigare
il giorno dopo.

Lungo l'Emerald Coast della Florida e dell'Alabama, dalla
periferia di Mobile a est, attraverso Pensacola, Fort Walton
Beach, Destin e Panama City, la calda notte di primavera era
tranquilla. Era stato commesso un solo reato lungo la costa.
Una giovane donna era stata rapinata, picchiata e violentata nella sua camera di Perdido Beach Hotel. Il suo amico, biondo, alto e con marcati lineamenti nordici, l'aveva trovata legata e im-
bavagliata. L'amico si chiamava Rimmer, Aaron Rimmer, ed
era di Memphis.

Il vero motivo di eccitazione di quella notte era una massiccia
caccia all'uomo nell'area di Mobile. Si trattava di Ray McDeere,

l'assassino evaso. L'avevano visto arrivare alla stazione degli autobus dopo l'imbrunire. La sua foto segnaletica era in prima pagina nel giornale del mattino. Prima delle dieci, tre testimoni si erano presentati per segnalare di averlo visto. I suoi movimenti vennero ricostruiti attraverso Mobile Bay fino a Foley nell'Alabama, e poi a Gulf Shores.

Dato che l'Hilton è a soli sedici chilometri da Gulf Shores lungo l'autostrada 182, e dato che l'unico omicida evaso si trovava nella zona quando era stato commesso l'unico reato di violenza, la conclusione era ineluttabile. L'impiegato di notte dell'hotel identificò quasi con certezza Ray McDeere, e dai registri risultò che era arrivato intorno alle nove e mezzo e aveva preso alloggio sotto il nome di Lee Stevens. Aveva pagato in contanti. Più tardi, era sopraggiunta la vittima ed era stata aggredita. Anche la vittima identificò Ray McDeere.

L'impiegato di notte ricordava che la donna aveva chiesto di una certa Rachel James; questa era arrivata cinque minuti prima e aveva pagato in contanti. Rachel James era sparita durante la notte senza degnarsi di avvertire. Lo stesso aveva fatto Ray McDeere, alias Lee Stevens. Un inserviente del parcheggio identificò con certezza quasi assoluta McDeere e disse che era partito insieme a una donna a bordo di una Cutlass bianca a quattro porte, tra mezzanotte e la una. Aggiunse che guidava la donna, e sembrava avere molta fretta. Disse che si erano diretti verso est sulla 182.

Aaron Rimmer chiamò dalla sua stanza al quinto piano dell'Hilton e, senza dare il proprio nome, suggerì a un vicesceriffo di Baldwin County di controllare presso le società di autonoleggio di Mobile per chiedere se risultava qualcosa su una certa Abby McDeere. Quella è la Cutlass bianca, disse.

Da Mobile a Miami incominciò la caccia alla Cutlass che Abby McDeere aveva preso a nolo dall'Avis. Il vicesceriffo promise di tenere informato degli sviluppi l'amico della vittima, Aaron Rimmer.

Il signor Rimmer avrebbe atteso all'Hilton. Aveva preso una stanza con Tony Verkler. In quella accanto c'era il suo capo,

DeVasher. Quattordici suoi amici attendevano nelle rispettive camere al sesto piano.

Ci vollero diciassette tragitti dall'appartamento all'U-Haul, ma prima di mezzogiorno l'incartamento Bendini fu pronto per la spedizione. Mitch decise di fare riposare un po' le gambe gonfie. Sedette sul divano e scrisse le istruzioni per Tammy. Fornì i particolari delle transazioni concluse con la banca e le raccomandò di attendere una settimana prima di contattare sua madre. Presto sarebbe diventata milionaria.

Si appoggiò il telefono sulle ginocchia e si accinse a svolgere un compito sgradevole. Chiamò la Dane County Bank e chiese di Hugh Sutherland. Era urgente, spiegò.

«Pronto» rispose rabbiosamente il suocero.

«Sono Mitch. È...»

«Dov'è mia figlia? Le è successo qualcosa?»

«No. Sta benissimo. È con me. Lasceremo il Paese per qualche giorno. Forse per qualche settimana. O per qualche mese.»

«Capisco» rispose Sutherland. «E dove andate?»

«Non siamo sicuri. Per un po' gireremo di qua e di là.»

«C'è qualcosa che non va, Mitch?»

«Sissignore. C'è qualcosa che non va, ma non posso dare spiegazioni. Forse uno di questi giorni. Tieni d'occhio i giornali. Entro due settimane vedrai che a Memphis succederà qualcosa di sensazionale.»

«Sei in pericolo?»

«Più o meno. Hai ricevuto un accredito fuori dal comune, questa mattina?»

«Sì, per la precisione. Qualcuno ha parcheggiato qui un milione di dollari circa un'ora fa.»

«Sono stato io. I soldi sono tuoi.»

Vi fu un lungo silenzio. «Mitch, credo di avere diritto a una spiegazione.»

«Certamente. Ma non posso dartela. Se riusciremo a lasciare sani e salvi il Paese, riceverai una comunicazione tra circa una settimana. Goditi quei soldi. Devo scappare.»

Mitch attese un minuto, poi chiamò la camera 1028 dell'Holiday Inn, Panama City Beach.

«Pronto?» Era Abby.

«Ciao, piccola. Come va?»

«È terribile, Mitch. C'è la foto di Ray sulla prima pagina di tutti i giornali locali. All'inizio si parlava solo dell'evasione e del fatto che qualcuno l'aveva visto a Mobile. Adesso il telegiornale dice che è sospettato di avere commesso uno stupro questa notte.»

«Che cosa? Dove?»

«Al Perdido Beach Hilton. Ray ha sorpreso la bionda che mi aveva seguita all'albergo. L'ha aggredita nella sua camera e l'ha legata. Niente di grave. Le ha preso la pistola e i soldi, e adesso quella racconta di essere stata picchiata e violentata da Ray McDeere. Tutti i poliziotti della Florida stanno cercando la macchina che ho preso a noleggio a Mobile ieri sera.»

«Dov'è?»

«L'abbiamo lasciata un chilometro e mezzo a ovest da qui, in un grande complesso residenziale. Ho paura, Mitch.»

«Dov'è Ray?»

«È sulla spiaggia e cerca di abbronzarsi la faccia. La foto pubblicata dai giornali è vecchia. Ha i capelli lunghi e sembra piuttosto pallido. Non è molto somigliante. Adesso ha i capelli cortissimi e tenta di diventare rosso come un gambero. Forse servità a qualcosa.»

«Tutte e due le stanze sono a tuo nome?»

«Rachel James.»

«Ascolta, Abby. Lascia perdere Rachel e Lee e Ray e Abby. Aspettate che si faccia buio, poi andatevene. Senza dire niente. A meno di un chilometro, verso est, c'è un piccolo motel che si chiama Blue Tide. Tu e Ray potete fare una passeggiata sulla spiaggia finché lo troverete. Entrate e fatevi dare due camere vicine. Pagate in contanti. Di' che sei Jackie Nagel. Chiaro? Jackie Nagel. Usa quel nome, perché quando arriverò, chiederò di una signora che si chiama così.»

«E se non hanno due stanze vicine?»

«Se qualcosa non va, poco più avanti c'è un altro motel che si chiama Seaside. Andate là, e dai lo stesso nome. Io partirò alla una, quindi dovrò raggiungervi fra dieci ore.»

«E se trovassero la macchina?»

«La troveranno, e passeranno al setaccio Panama City Beach. Dovete essere prudenti. Quando sarà buio, cerca di andare in un drugstore e compra una tintura. Tagliati i capelli molto corti e tingili di biondo.»

«Di biondo?»

«O di rosso. Non me ne importa niente. Ma cambia colore. Di' a Ray di non uscire dalla camera. Non correrete rischi.»

«Ha una pistola, Mitch.»

«Digli di non usarla. Ci saranno mille poliziotti in circolazione già da stanotte. Non potrebbe cavarsela in uno scontro a fuoco.»

«Ti amo, Mitch. Ho tanta paura.»

«Hai ragione di avere paura, piccola. Ma continua a far funzionare il cervello. Non sanno dove siete, e se vi muovete non potranno prendervi. Sarò lì entro mezzanotte.»

Lamar Quin, Wally Hudson e Kendall Mahan erano nella sala per le riunioni al terzo piano e riflettevano sulla prossima mossa. Erano associati anziani e sapevano del quinto piano e del seminterrato, di Lazarov e di Morolto, di Hodge e di Kozinski. Sapevano che quando si entrava a far parte dello studio legale, non se ne usciva più.

Parlavano delle loro esperienze del Gran Giorno. Lo paragonavano a quello in cui avevano scoperto la triste verità su Babbo Natale. Un giorno triste e spaventoso, quando Nathan Locke li aveva chiamati nel suo ufficio e aveva detto chi era il loro cliente principale. E poi li aveva presentati a DeVasher. Erano dipendenti della famiglia Morolto, e dovevano lavorare con impegno, spendere i loro ricchi assegni paga e stare zitti. Tutti e tre l'avevano sempre fatto. Avevano pensato di andarsene, ma non avevano mai tentato sul serio. Erano padri di famiglia. Col passare del tempo, tutto si era attenuato. C'erano tanti clienti puliti per cui lavorare legittimamente.

I soci sbrigavano quasi tutto il lavoro sporco, ma l'anzianità crescente aveva portato a un crescente coinvolgimento nell'associazione per delinquere. Non li avrebbero mai scoperti, dicevano i soci. Erano troppo furbi. I tre al tavolo delle riunioni erano molto preoccupati, però, per il fatto che i soci avessero lasciato la città. A Memphis non ne era rimasto neppure uno. Persino Avery Tolleson era scomparso. Era uscito dall'ospedale.

Parlarono di Mitch. Era là fuori, chissà dove, terrorizzato e in fuga. Se DeVasher l'avesse preso, sarebbe stato spacciato. L'avrebbero sepolto come Hodge e Kozinski. Ma se l'avessero preso i federali, avrebbero messo le mani sulla documentazione e sullo studio che, naturalmente, includeva anche loro tre.

E se invece non l'avesse preso nessuno? Se ce l'avesse fatta e fosse sparito? Con i documenti, certo. E se in quel momento lui e Abby fossero su una spiaggia a bere rum e a contare i soldi? Era un pensiero abbastanza gradevole e ne parlarono per un po'.

Alla fine decisero di aspettare fino all'indomani. Se Mitch fosse stato ammazzato in qualche posto, sarebbero rimasti a Memphis. Se non l'avessero mai trovato, sarebbero rimasti a Memphis. Se l'avessero preso i federali, sarebbero scappati.

Corri, Mitch, corri!

Le camere del Blue Tide Motel erano piccole e squallide. La moquette aveva vent'anni ed era molto lisa. Le coperte erano piene di bruciature di sigaretta. Ma il lusso non era importante.

Il giovedì, dopo l'imbrunire, Ray si piazzò alle spalle di Abby con un paio di forbici e le tagliò delicatamente i capelli intorno alle orecchie. Sotto la sedia erano stesi due asciugamani coperti di ciocche scure. Abby lo guardava attenta allo specchio accanto al vecchio televisore a colori e gli dava istruzioni. Era un taglio un po' mascolino, sopra le orecchie e con la frangetta. Ray indietreggiò di un passo e ammirò la sua opera.

«Niente male» dichiarò.

Abby sorrise e si tolse i capelli dalle spalle. «Ora devo tingerli» disse malinconica. Entrò nel piccolo bagno e chiuse la porta.

Quando uscì un'ora dopo, era bionda. Ray si era addormentato sulla coperta. Abby si inginocchiò sulla moquette lurida e raccolse le ciocche di capelli.

Le mise in un sacchetto di plastica per i rifiuti, buttò dentro anche la bottiglia di tintura vuota e l'applicatore. Sentì bussare alla porta.

Abby restò immobile, in ascolto. Le tende erano chiuse. Batté la mano sui piedi di Ray. Bussarono di nuovo. Ray balzò dal letto e impugnò la pistola.

«Chi è?» chiese Abby alla finestra.

«Sam Fortune» rispose una voce.

Ray aprì e Mitch entrò. Strinse a sé Abby e abbracciò Ray. Richiusero a chiave la porta, spensero le luci e sedettero sul letto al buio. Mitch teneva stretta Abby. Tutti e tre avevano tante cose da dirsi ma rimasero silenziosi.

Un fioco raggio di luce filtrò dall'esterno sotto le tende e, con il passare dei minuti, illuminò a poco a poco il comò e il televisore. Nessuno parlò. Al Blue Tide tutto taceva. Il parcheggio era virtualmente vuoto.

«Sono quasi in grado di spiegare perché sono qui» disse finalmente Ray. «Ma non so perché ci sei tu.»

«Dobbiamo dimenticare perché siamo qui» replicò Mitch, «e pensare ad andarcene. Insieme. E sani e salvi.»

«Abby mi ha detto tutto» disse Ray.

«Non so tutto» intervenne lei. «Non so chi ci dà la caccia.»

«Immagino che siano tutti là fuori» disse Mitch. «DeVasher e la sua banda non sono lontani. A Pensacola, credo. È l'aeroporto importante più vicino. Tarrance è lungo la costa e dirige i suoi ragazzi nella ricerca di Ray McDeere, lo stupratore. E della sua complice Abby McDeere.»

«E poi cosa succederà?» chiese Abby.

«Troveranno la macchina, se non l'hanno già fatto. E si concentreranno su Panama City Beach. Il giornale diceva che la ricerca si estende da Mobile a Miami, quindi si sono sparsi in giro. Quando troveranno l'auto piomberanno tutti qui. Ora, lungo lo Strip ci sono mille motel da quattro soldi come questo. Per circa venti chilometri non ci sono altro che motel, condomini e jeanserie. Questo significa una quantità di gente, di turisti in calzoncini e sandali, e domani anche noi saremo turisti con sandali, calzoncini e tutto il resto. Anche se ci hanno sguinzagliato dietro cento uomini, credo che abbiamo un margine di due o tre giorni.»

«E quando si saranno convinti che siamo qui, cosa succederà?» chiese Abby.

«Tu e Ray potreste avere abbandonato la macchina ed esservi

allontanati con un'altra. Non possono essere sicuri che siete sullo Strip, ma forse cominceranno a cercarvi proprio qui. Comunque non sono la Gestapo. Non possono buttare giù le porte e fare perquisizioni senza una giustificazione valida.»

«DeVasher può farlo» obiettò Ray.

«Sì, ma ci sono centinaia e centinaia di porte. Organizzeranno posti di blocco e sorveglieranno tutti i negozi e i ristoranti. Parleranno con tutti gli impiegati degli alberghi e mostreranno la foto segnaletica di Ray. Per qualche giorno brulicheranno come formiche e, se avremo un po' di fortuna, non ci troveranno.»

«Con che mezzo sei venuto, Mitch?» chiese Ray.

«Un U-Haul.»

«Non capisco perché non saltiamo sull'U-Haul e non ce la filiamo. Voglio dire, la macchina è a poco più di un chilometro e mezzo da qui, e aspetta solo che la trovino. Sappiamo che stanno per arrivare. Filiamocela.»

«Senti, Ray, è possibile che in questo momento stiano disponendo i posti di blocco. Fidati di me. Non ti ho tirato fuori dalla prigione? Avanti.»

Una sirena passò ululando sullo Strip. Rimasero immobili ad ascoltare mentre il suono si allontanava.

«Bene» riprese Mitch. «Ce ne andiamo. Questo posto non mi piace. Il parcheggio è vuoto e troppo vicino all'autostrada. Ho lasciato l'U-Haul da queste parti, davanti all'elegante Sea Gull's Rest Motel. Ho preso due belle camere. Gli scarafaggi sono molto più piccoli. Ora faremo una passeggiata sulla spiaggia. Poi scaricheremo il camioncino. Non è emozionante?»

37

Joey Morolto e le sue truppe d'assalto atterrarono all'aeroporto di Pensacola, con un DC-9 charter, prima dell'alba di venerdì. Lazarov era in attesa con due berline e otto pulmini presi a nolo. Riferì a Joey gli avvenimenti delle ultime ventiquattr'ore mentre il convoglio lasciava Pensacola e si dirigeva verso est sull'autostrada 98. Dopo un'ora di ragguagli, arrivarono a un condominio di dodici piani chiamato Sandpiper, in mezzo allo Strip di Destin. A un'ora da Panama City Beach. Lazarov aveva affittato l'attico per la modica somma di quattromila dollari la settimana: prezzi da bassa stagione. Il resto dell'undicesimo piano e tutto il decimo erano stati presi in affitto per le truppe.

Morolto impartiva ordini come un sergente istruttore innervosito. Nella sala grande dell'attico, affacciata sulle tranquille acque di smeraldo, era stato creato un posto di comando. Non gli andava bene niente. Voleva fare colazione e Lazarov mandò due pulmini al vicino supermarket Delchamps. Voleva McDeere e Lazarov pretendeva che avesse pazienza.

Allo spuntare del giorno le truppe d'assalto si insediarono nel condominio. E attesero.

A meno di cinque chilometri di distanza, in vista del Sandpiper, F. Denton Voyles e Wayne Tarrance stavano sul balcone di una stanza al settimo piano del Sandestin Hilton. Bevevano caffè, guardavano il sole che spuntava all'orizzonte e discutevano la strategia da assumere. Le cose non erano andate bene, quella notte. L'automobile non era stata ritrovata. Non c'era traccia di Mitch. Con sessanta agenti dell'FBI e centinaia di poliziotti locali che rastrellavano la costa, avrebbero almeno dovuto mettere le mani sulla macchina. Ogni ora che passava, i McDeere erano sempre più lontani.

In una cartelletta su un tavolino c'erano i mandati. Quello intestato a Ray parlava di evasione, rapina e stupro. Abby figurava semplicemente come complice. Le accuse a carico di Mitch avevano richiesto una maggiore creatività. Per avere ostacolato la giustizia e una nebulosa accusa di associazione per delinquere. E naturalmente la solita imputazione di riserva: frode postale. Tarrance non sapeva in che modo c'entrasse la frode postale, ma lavorava per l'FBI e non si era mai occupato di un caso che non includesse anche quel reato.

I mandati erano pronti ed erano stati discussi a fondo con dozzine di cronisti dei giornali e delle stazioni televisive di tutto il sud-est. Abituato a mostrarsi impassibile e a detestare la stampa, Tarrance si divertiva un mondo con i giornalisti.

C'era bisogno di pubblicità. La massima pubblicità. Le autorità dovevano trovare i McDeere prima che ci riuscisse la mafia.

Rick Acklin attraversò correndo la stanza e si precipitò sul balcone. «Hanno trovato la macchina!»

Tarrance e Voyles balzarono in piedi. «Dove?»

«A Panama City Beach. Nel parcheggio di un grattacielo.»

«Richiamate i vostri uomini!» gridò Voyles. «Smettetela di cercare dappertutto. Voglio tutti gli agenti a Panama City Beach. Metteremo quel posto sottosopra. Fatevi dare la massima collaborazione dai poliziotti locali. Ditegli di piazzare posti di blocco su tutte le strade grandi e piccole in entrata e in uscita. Cercate le impronte digitali sulla macchina. Com'è la città?»

«Un po' come Destin. Una fascia di venti chilometri lungo la spiaggia con alberghi, motel, condomini e tutto il resto» rispose Acklin.

«Mandi i nostri uomini in ogni albergo. Il fotofit della donna è pronto?»

«Dovrebbe esserlo» rispose Acklin.

«Faccia avere a tutti i nostri agenti e a tutti i poliziotti copie del fotofit di lei, di Mitch e di Ray e della foto segnaletica di Ray. Voglio che vadano avanti e indietro per lo Strip sventolando quelle foto.»

«Sì, signore.»

«Panama City Beach è molto lontana?»
«Una cinquantina di minuti. Verso est.»
«Faccia preparare la mia macchina.»

Il telefono svegliò Aaron Rimmer nella sua camera al Perdido Beach Hilton. Era l'ufficio dello sceriffo di Baldwin County. Hanno trovato la macchina, signor Rimmer, a Panama City Beach. Pochi minuti fa. A circa un chilometro e mezzo dall'Holiday Inn. Sull'autostrada 98. Mi dispiace molto per la ragazza, disse l'interlocutore. Spero che adesso si senta meglio.

Rimmer ringraziò e chiamò immediatamente Lazarov al Sandpiper. Dieci minuti dopo lui, Tony, DeVasher e altri quattordici sfrecciarono verso est. Panama City Beach era a tre ore di viaggio.

A Destin, Lazarov mobilitò le truppe d'assalto. Sbaraccarono in fretta, salirono sui pulmini e si diressero verso est. La guerra lampo era incominciata.

L'U-Haul cominciò a scottare in pochi minuti. Il vicedirettore della società di noleggio di Nashville era un certo Billy Weaver. La mattina del venerdì aprì l'ufficio, si preparò il caffè e diede un'occhiata al giornale. Nella metà inferiore della prima pagina lesse con interesse l'articolo su Ray McDeere e sulla caccia lungo la costa. Si parlava anche di Abby. E del fratello dell'evaso, Mitch McDeere. Quel nome gli ricordava qualcosa.

Billy aprì il cassetto e sfogliò le registrazioni dei contratti in corso. Infatti: un certo McDeere aveva preso a nolo un furgone da cinque metri la notte di mercoledì. Aveva firmato M.Y. McDeere. E la patente era intestata a Mitchell Y. McDeere. Di Memphis.

Billy, che era un patriota e un contribuente onesto, telefonò a suo cugino della polizia cittadina. Il cugino chiamò l'ufficio dell'FBI di Nashville. Dopo un quarto d'ora, l'U-Haul scottava.

Tarrance ricevette la chiamata via radio mentre Acklin era al volante, e Voyles sul sedile posteriore. Un U-Haul? Perché mai Mitch aveva bisogno di un U-Haul? Era partito da Memphis senza la sua macchina, senza i vestiti e le scarpe, senza neppure uno spazzolino da denti. Non aveva dato da mangiare al cane.

Non aveva portato niente con sé: e allora, perché aveva noleggiato l'U-Haul?

L'incartamento Bendini, naturalmente. O era partito da Nashville con i documenti sul furgone, oppure aveva noleggiato il furgone per andare a prenderli. Ma perché proprio Nashville?

Mitch si alzò con il sole. Diede una lunga occhiata vogliosa alla moglie diventata bionda, ma non pensò più al sesso. Poteva aspettare. La lasciò dormire. Girò intorno alle pile di scatoloni e andò in bagno. Fece una doccia frettolosa e indossò una tuta grigia che aveva comprato in un Wal-Mart a Montgomery. Si avviò lungo la spiaggia e, dopo circa un chilometro, trovò un negozio aperto. Comprò parecchie lattine di Coca, dolci e patatine fritte, occhiali da sole, berretti e tre giornali.

Quando tornò, Ray lo aspettava a fianco dell'U-Haul. Stesero i giornali sul letto di Ray. Le cose andavano peggio del previsto. Mobile, Pensacola, e Montgomery avevano articoli in prima pagina con i fotofit di Ray e di Mitch, oltre alla solita foto segnaletica. Secondo il giornale di Pensacola, il fotofit di Abby non era stato diffuso.

I montaggi fotografici erano somiglianti in certi punti e in altri non lo erano affatto. Ma era difficile essere obiettivi. Diavolo, Mitch guardava il suo e cercava di giudicarlo senza pregiudizi. Gli articoli erano pieni di dichiarazioni assurde di un certo Wayne Tarrance, agente speciale dell'FBI. Tarrance diceva che Mitchell McDeere era stato avvistato nella zona Gulf-Shores-Pensacola, che lui e Ray erano armati e molto pericolosi, e avevano giurato di non farsi prendere vivi; che si stava raccogliendo una somma per la taglia; e che se qualcuno vedeva un uomo, anche vagamente somigliante a uno dei fratelli McDeere, doveva avvertire subito la polizia locale.

Mangiarono i dolci e arrivarono alla conclusione che i fotofit non erano somiglianti. La foto segnaletica era addirittura ridicola. Andarono a svegliare Abby. Cominciarono a scaricare l'incartamento Bendini e a montare la telecamera.

Alle nove, Mitch chiamò Tammy, con telefonata a carico della destinataria. Lei aveva le carte di identità e i passaporti nuovi. Mitch le disse di affidarli alla Federal Express perché li portasse a Sam Fortune, Sea Gull's Rest Motel, al numero 16694 dell'autostrada 98, West Panama City Beach, Florida. Tammy gli lesse l'articolo apparso in prima pagina su di lui e la sua piccola banda. Non c'erano fotofit.

Mitch le disse di spedire i passaporti e di lasciare Nashville. Doveva raggiungere Knoxville, prendere alloggio in un grande motel e telefonargli alla camera 39, Sea Gull's Rest. Le diede il numero.

Due agenti dell'FBI bussarono alla porta di una vecchia roulotte malandata al numero 486 di San Luis. Il signor Ainsworth venne ad aprire in mutande. Gli agenti gli mostrarono i distintivi.

«Cosa volete da me?» borbottò lui.

Un agente gli porse il giornale del mattino. «Conosce questi due uomini?»

Ainsworth guardò le foto. «Credo che siano i figli di mia moglie. Non li ho mai visti.»

«E sua moglie, come si chiama?»

«Ida Ainsworth.»

«Dov'è?»

Ainsworth stava leggendo il giornale. «Al lavoro al Waffle Hut. Dice che sono da queste parti, eh?»

«Sì. Non li ha visti?»

«No, diavolo. Però tirerò fuori la pistola.»

«Sua moglie li ha visti?»

«No, che io sappia.»

«Grazie, signor Ainsworth. Abbiamo l'ordine di stare di guardia nella strada, ma non le daremo fastidio.»

«Bene. Quei due sono pazzi. L'ho sempre detto.»

A un chilometro e mezzo di distanza, altri due agenti parcheggiarono vicino al Waffle Hut e cominciarono a sorvegliarlo.

Prima di mezzogiorno tutte le strade statali e locali che portavano alla costa intorno a Panama City Beach erano bloccate. Lungo lo Strip, i poliziotti fermavano il traffico ogni sette chilometri. Andavano da una jeanseria all'altra e distribuivano fotofit, li affiggevano da Shooney's, Pizza Hut, Taco Bell e in altre

dozzine di fast food. Raccomandavano alle cassiere e alle cameriere di tenere gli occhi bene aperti, caso mai avessero visto i
McDeere. Erano individui molto pericolosi.

Lazarov e i suoi uomini si accamparono al Best Western, poco più di tre chilometri a est del Sea Gull's Rest. Lazarov prese
in affitto una grande sala per riunioni e vi istituì il suo posto di
comando. Quattro dei suoi furono mandati a compiere una spedizione in una jeanseria, e tornarono con un carico di indumenti
per turisti, berretti e cappelli di paglia. Prese a nolo due Ford
Escort e vi installò le radio per intercettare le chiamate della polizia. Batterono lo Strip e ascoltarono le comunicazioni inces-
santi. Vennero immediatamente a sapere della caccia all'U-Haul
e vi parteciparono. DeVasher sparse strategicamente lungo lo
Strip i pulmini presi a nolo che, piazzati con aria innocente nei
grandi parcheggi, attesero con le radio in funzione.

Verso le due, Lazarov ricevette una chiamata urgente da un
dipendente del quinto piano del Bendini Building. C'erano due
novità. Innanzi tutto uno dei loro aveva scoperto alle Cayman
un vecchio fabbro che, dietro compenso, aveva ricordato di avere riprodotto undici chiavi verso la mezzanotte del 1° aprile.
Undici chiavi divise in due mazzi. Aveva detto che la donna,
un'americana molto carina, bruna con un gran bel paio di gambe, aveva pagato in contanti e aveva lasciato capire di avere
molta fretta. Il lavoro era stato facile, a parte la chiave della
Mercedes: di quella non era molto sicuro. In secondo luogo,
aveva chiamato un banchiere da Grand Cayman. Giovedì alle 9
e 33 del mattino, dieci milioni di dollari erano stati trasferiti dalla Royal Bank di Montreal, filiale delle Cayman, alla Southeastern Bank di Nashville.

Tra le quattro e le quattro e mezzo le radio che intercettavano
le comunicazioni della polizia impazzirono. Non c'era un momento di sosta. Un impiegato dell'Holiday Inn aveva identificato Abby nella donna che aveva pagato in contanti per due stanze
alle 4 e 17 del mattino di giovedì. Aveva pagato per tre notti, ma
nessuno l'aveva più vista da quando le stanze era state pulite
verso la una di giovedì. Evidentemente nessuno vi aveva dormito. Non aveva avvertito che se ne andava, e le camere erano pa-

gate fino al mezzogiorno di sabato. L'impiegato non aveva visto neppure l'ombra del complice. L'Holiday Inn fu invaso per un'ora da poliziotti, agenti dell'FBI e uomini di Morolto. Tarrance andò a interrogare personalmente l'impiegato.

Erano lì! Erano a Panama City Beach. La presenza di Ray e Abby era verificata. Si sospettava che Mitch fosse con loro, ma questo particolare non trovava conferma. Fino alle 4 e 58 del pomeriggio di venerdì.

Poi, la bomba. Un vicesceriffo di una contea arrivò a un motel molto modesto e notò il cofano grigio e bianco di un furgone. Passò fra due edifici e sorrise al furgone U-Haul nascosto tra una fila di stanze e un grosso deposito delle immondizie. Scrisse tutti i numeri della targa e li comunicò.

Corrispondevano! Dopo cinque minuti, il motel venne circondato. Il proprietario schizzò fuori dall'ufficio e chiese spiegazioni. Guardò i fotofit e scosse la testa. Diventò più disposto a collaborare quando gli sventolarono sotto il naso cinque distintivi dell'FBI.

Accompagnato da una dozzina di agenti, prese le chiavi e andò da una porta all'altra. Le porte erano quarantotto.

Solo sette stanze erano occupate. Mentre faceva da guida agli agenti, il proprietario spiegò che per il Beachcomber Inn era la stagione morta. Tutti i motel più piccoli se la passavano male fino al Memorial Day.

Anche il Sea Gull's Rest, sette chilometri più a ovest, se la passava male.

Andy Patrick era stato condannato per la prima volta a diciannove anni e aveva scontato quattro mesi per assegni a vuoto. Bollato ormai come criminale, non aveva più avuto la possibilità di trovare un lavoro onesto, e per i vent'anni successivi aveva vissuto da balordo senza molto successo. Aveva girato un po' tutto il Paese rubando nei negozi, spacciando assegni a vuoto e facendo piccoli furti qua e là nelle case. Era un ometto fragile che non ricorreva alla violenza, ed era stato pestato spietatamente da un grasso e arrogante vicesceriffo texano quando aveva ventisette anni. Aveva perso un occhio e ogni rispetto per la legge.

Sei mesi prima era finito a Panama City Beach e aveva trovato un lavoro onesto; guadagnava quattro dollari l'ora facendo il turno di notte alla ricezione del Sea Gull's Rest Motel. Verso le nove di venerdì sera stava guardando la televisione quando un vicesceriffo grasso e arrogante entrò con aria baldanzosa.

«C'è in corso una caccia all'uomo» annunciò, e posò sul banco le copie dei fotofit e della foto segnaletica. «Cerchiamo questi tre. Pensiamo che siano nei dintorni.»

Andy studiò i fotofit. Quello di Mitchell Y. McDeere gli sembrava piuttosto familiare. Nel suo cervello di balordo di mezza tacca incominciarono a girare le rotelline.

Squadrò con l'unico occhio il grasso, arrogante vicesceriffo e rispose: «Non li ho visti, ma starò attento».

«Sono pericolosi» disse il vicesceriffo.

Sei pericoloso tu, pensò Andy.

«Attacchi queste foto sulla parete» ordinò il vicesceriffo.

Cosa sei, il padrone del motel? pensò Andy. «Mi dispiace, ma non sono autorizzato ad attaccare un bel niente sulle pareti.»

Il vicesceriffo restò immobile, inclinò la testa e fissò minacciosamente Andy attraverso le lenti scure. «Senti, cocco, l'ho autorizzato io.»

«Mi dispiace, signore, ma non posso attaccare niente sulle pareti se non me lo dice il principale.»

«E dov'è il principale?»

«Non lo so. Forse in un bar.»

Il vicesceriffo prese i fotofit, girò dietro il banco e li fissò con le puntine al tabellone. Quando ebbe finito, si voltò a guardare Andy e disse: «Tornerò fra un paio d'ore. Se li togli, ti arresterò per avere ostacolato la giustizia».

Andy non si scompose. «Non funziona. Una volta ci hanno provato con me nel Kansas, e so come vanno queste cose.»

Le guance grasse del vicesceriffo diventarono paonazze. Digrignò i denti. «Sei furbo, eh?»

«Sissignore.»

«Prova a toglierle e ti assicuro che finirai in galera per una ragione o per l'altra.»

«Ci sono già stato, e non mi fa paura.»

Sullo Strip passarono luci rosse e sirene ululanti, e il vicesceriffo si voltò a guardare. Borbottò qualcosa e uscì. Andy buttò i fotofit nel cestino. Osservò per qualche minuto le auto della polizia che facevano carosello sullo Strip, poi attraversò il parcheggio e raggiunse l'edificio in fondo. Bussò alla porta della camera 38.

Attese e bussò di nuovo.

«Chi è?» chiese una donna.

«Il direttore» rispose Andy, che era fiero di quel titolo. La porta si aprì. Ne uscì un uomo che somigliava al fotofit di Mitchell Y. McDeere.

«Sì?» disse. «Cosa succede?»

Andy si accorse che era nervoso. «È appena venuta la polizia. Capisce cosa intendo dire?»

«Che cosa vogliono?» chiese l'uomo con aria innocente.

La tua testa, pensò Andy. «Fanno domande e mostrano fotografie. Le ho guardate.»

«Oh-oh.»

«Sono foto molto ben riuscite» aggiunse Andy.

McDeere lo fissò.

Andy riferì: «Il poliziotto ha detto che uno dei tre è scappato di prigione. So quello che dico. In prigione ci sono stato, e penso che dovrebbero scappare tutti. Lo sa?».

McDeere sorrise. Un sorriso un po' nervoso. «Lei come si chiama?» domandò.

«Andy.»

«Ho un affare da proporle, Andy. Le darò mille dollari subito; e domani, se non sarà ancora riuscito a riconoscere nessuno, gliene darò altri mille. Lo stesso per il giorno dopo.»

Era una proposta magnifica, pensò Andy. Ma se quello poteva permettersi di pagare mille dollari al giorno, poteva pagarne anche cinquemila. Era la grande occasione della sua carriera.

«No» replicò in tono deciso. «Cinquemila al giorno.»

McDeere non esitò. «D'accordo. Vado a prendere i soldi.» Rientrò nella stanza e uscì con un mazzo di biglietti di banca.

«Cinquemila al giorno, Andy. Va bene così?»

Andy prese i soldi e si guardò intorno. Li avrebbe contati più tardi. «Devo tenere lontane le cameriere, vero?» chiese.

«Ottima idea. Sarebbe meglio.»

«Altri cinquemila» disse Andy.

McDeere esitò. «D'accordo, ho un'altra proposta. Domani arriverà un pacchetto portato dalla Federal Express per Sam Fortune. Me lo consegni e tenga lontane le cameriere, e avrà altri cinquemila dollari.»

«Impossibile. Io faccio il turno di notte.»

«Va bene, Andy. E se lavorasse tutto il fine settimana per ventiquattr'ore su ventiquattro, tenesse lontane le cameriere e mi consegnasse il pacchetto? Potrebbe farlo?»

«Certo. Il mio principale è un ubriacone. Sarebbe felicissimo se io lavorassi tutto il fine settimana.»

«Quanto, Andy?»

Buttati, pensò Andy. «Altri ventimila.»

McDeere sorrise. «D'accordo.»

Andy fece una smorfia e si cacciò i soldi in tasca. Si allontanò senza dire una parola, e Mitch rientrò nella camera 38.

«Chi era?» chiese Ray.

Mitch sorrise e sbirciò fra le tende e la finestra.

«Sapevo che avremmo avuto bisogno di un colpo di fortuna per cavarcela. E credo che lo abbiamo avuto.»

38

Joey Morolto indossava un vestito nero e una cravatta rossa e sedeva al tavolo delle riunioni nella Dunes Room del Best Western, sullo Strip. Le altre venti sedie erano occupate dai suoi uomini migliori. Intorno alle quattro pareti c'erano altre truppe d'assalto. Erano killer che facevano il loro lavoro senza scrupoli e con molta efficienza; ma sembravano tanti pagliacci, con le camicie colorate, i calzoncini corti e gli incredibili cappelli di paglia. Morolto avrebbe sorriso del loro aspetto buffo, ma la gravità del momento glielo impediva. Adesso stava ascoltando.

Alla sua destra sedeva Lou Lazarov, e alla sua sinistra DeVasher. Tutti i presenti ascoltavano con attenzione mentre i due prendevano la parola, alternandosi.

«Loro sono qui. So che sono qui» dichiarò DeVasher con aria teatrale, e batté le mani sul tavolo a ogni sillaba. Aveva un gran senso del ritmo.

Poi toccò a Lazarov: «Anche per me è così. Sono qui. Due sono arrivati con una macchina, uno con un furgone. Abbiamo trovato i due veicoli abbandonati e pieni di impronte. Sì, sono qui.»

DeVasher: «Ma perché sono venuti proprio a Panama City Beach? Non ha senso».

Lazarov. «Tanto per cominciare, lui è già stato qui. È venuto per Natale, ricordate? Conosce il posto, e quindi pensa che con tutti quei motel da due soldi sulla spiaggia sia l'ideale per nascondersi per un po'. In effetti non è una brutta idea. Ma ha avuto sfortuna. Per un uomo in fuga ha un bagaglio troppo ingombrante, come un fratello ricercato da tutti. E una moglie. E un furgone pieno di documenti, pensiamo. La tipica mentalità

dello studentello. Se devo scappare, mi porto dietro tutti quelli
che mi vogliono bene. Poi il fratello violenta una ragazza, e di
colpo tutti i poliziotti dell'Alabama e della Florida cominciano a
cercarli. Una vera sfortuna no?».

«E la madre?» chiese Morolto.

Lazarov e DeVasher annuirono in segno di omaggio per la domanda intelligente del grande capo.

Lazarov: «Non, è solo una coincidenza. È una donna non
molto sveglia che serve le cialde e non sa niente. L'abbiamo sor-
vegliata da quando siamo arrivati».

DeVasher: «Anch'io la penso così. Non ci sono stati contatti».

Morolto annuì e accese una sigaretta.

Lazarov: «Quindi se sono qui, e sappiamo che ci sono, lo
sanno anche i poliziotti e i federali. Noi abbiamo qui sessanta
dei nostri, e loro ne hanno centinaia. È più probabile che siano
loro a trovarli».

«Siete sicuri che siano tutti e tre insieme?» chiese Morolto.

DeVasher: «Assolutamente. Sappiamo che la donna e l'evaso
hanno preso alloggio la stessa sera a Perdido, se ne sono andati
e tre ore dopo lei è venuta qui all'Holiday Inn e ha pagato in
contanti per due stanze; ha preso a nolo la macchina, e ci sono
le impronte dell'evaso. Nessun dubbio. Sappiamo che Mitch ha
noleggiato un U-Haul mercoledì a Nashville, ha trasferito dieci
milioni dei nostri dollari in una banca di Nashville il giovedì
mattina e poi, evidentemente, è sparito. L'U-Haul è stato trovato qui quattro ore fa. Sì, signore, sono insieme».

Lazarov: «Se ha lasciato Nashville immediatamente dopo il
trasferimento della somma, deve essere arrivato qui di notte.
L'U-Haul è stato trovato vuoto, quindi hanno dovuto scaricarlo
qui intorno e nasconderlo. Probabilmente stanotte sul tardi.
Ora, bisogna calcolare che dovranno anche dormire. Penso che
stanotte siano rimasti qui e che abbiano deciso di ripartire oggi.
Ma stamattina, quando si sono svegliati, le loro facce erano su
tutti i giornali, c'erano poliziotti dappertutto e le strade erano
bloccate. Quindi sono intrappolati qui».

DeVasher: «Per andarsene, devono noleggiare, farsi prestare
o rubare una macchina. Nella zona non ci sono segnalazioni di

auto date a nolo. La moglie ne ha presa una a Mobile sotto il suo vero nome. Mitch ha noleggiato un furgone U-Haul a Nashville e ha presentato la carta d'identità. Quindi dobbiamo concludere che non sono poi tanto furbi».

Lazarov: «È evidente che non hanno documenti falsi. Se avessero noleggiato una macchina nei dintorni per fuggire, il contratto risulterebbe intestato a uno dei nomi veri. E non ce n'è neppure l'ombra».

Morolto agitò la mano, esasperato. «D'accordo, d'accordo. Dunque sono qui. E voi siete geniali. Congratulazioni. E adesso?»

Era la volta di DeVasher. «I federali rappresentano un ostacolo: hanno il controllo delle ricerche, e a noi non resta che stare a guardare.»

Lazarov: «Ho chiamato Memphis. Tutti gli associati anziani dello studio stanno venendo qui. Conoscono bene McDeere e la moglie. Li manderemo sulla spiaggia, nei ristoranti e negli alberghi. Forse vedranno qualcosa».

DeVasher: «Secondo me sono in un piccolo motel. Possono dare nomi falsi e pagare in contanti senza insospettire nessuno. E là c'è poca gente. È meno probabile che qualcuno li veda. Erano scesi all'Holday Inn ma non ci sono rimasti molto. Scommetto che si sono spostati lungo lo Strip».

Lazarov: «Prima dobbiamo liberarci di federali e poliziotti. Ancora non lo sanno, ma dovranno andare a caccia altrove. Poi, domattina presto, cominceremo a fare il giro dei piccoli motel. In maggioranza non hanno più di cinquanta camere. Prevedo che due dei nostri uomini possano perquisirne uno in mezz'ora. Mi rendo conto che ci vorrà un po' di tempo, ma non possiamo stare qui senza far niente. Forse, quando i poliziotti se ne andranno, i McDeere tireranno un respiro di sollievo e commetteranno un errore».

«Volete dire che i nostri uomini andranno a perquisire le camere dei motel?» chiese Morolto.

DeVasher: «Non potranno farlo con tutte, ma dobbiamo tentare».

Morolto si alzò e si guardò intorno. «E il mare?» chiese rivolgendosi a Lazarov e DeVasher.

I due si guardarono in faccia, sconcertati dalla domanda.

«Il mare!» gridò Morolto. «Cosa mi dite del mare?»

Tutti gli occhi si fissarono disperatamente su Lazarov. «Mi scusi, signore, ma sono un po' confuso.»

Morolto si sporse verso di lui. «Il mare, Lou! Siamo sulla spiaggia, giusto? Da una parte ci sono autostrade e ferrovie e aeroporti e dall'altra ci sono il mare e le barche. Ora, se le strade sono bloccate e gli aeroporti e le ferrovie sono da escludere, dove pensate che potrebbero andare? A me sembra evidente che cercherebbero una barca e se la filerebbero durante la notte. Mi sembra logico, no, ragazzi?»

Tutti si affrettarono ad annuire. DeVasher parlò per primo. «È perfettamente logico.»

«Magnifico» disse Morolto. «Allora, dove sono le nostre barche?»

Lazarov balzò in piedi, si girò verso la parete e cominciò a impartire rabbiosamente ordini ai suoi luogotenenti: «Andate ai docks! Noleggiate tutte le barche da pesca che riuscite a trovare per stasera e per tutto domani. Pagate quello che vogliono. Non rispondete se vi fanno domande, pagate e basta. Fate salire i vostri uomini sulle barche e cominciate al più presto possibile i giri di ronda. Rimanete a un chilometro e mezzo dalla spiaggia».

Poco prima delle undici di venerdì sera, Aaron Rimmer era alla cassa di una stazione di servizio Texaco a Tallahassee e stava pagando una birra e sessanta litri di benzina. Aveva bisogno di spiccioli per la telefonata. Uscì e, accanto all'impianto di lavaggio delle macchine, sfogliò le pagine azzurre e chiamò la polizia di Tallahassee. Era urgente. Spiegò di che si trattava, e il centralino gli passò un capitano.

«Mi ascolti!» gridò Rimmer. «Sono alla stazione della Texaco e cinque minuti fa ho visto gli evasi che tutti stanno cercando! Sono sicuro che erano loro.»

«Quali evasi?» chiese il capitano.

«I McDeere. Due uomini e una donna. Sono partito da Panama City Beach meno di due ore fa e ho visto le loro foto sul giornale, poi mi sono fermato qui per fare il pieno e li ho visti.»

Rimmer spiegò dove si trovava e attese per trenta secondi che arrivasse la prima macchina della polizia con le luci azzurre lampeggianti. Subito dopo ne arrivarono una seconda, una terza e una quarta. Una prese a bordo Rimmer e lo portò a tutta velocità al Distretto sud. Il capitano e una piccola folla di poliziotti lo attendevano con ansia. Rimmer fu scortato come una celebrità nell'ufficio del capitano. Sulla scrivania c'erano i tre fotofit e la foto segnaletica.

«Sono loro!» gridò Rimmer. «Li ho visti meno di dieci minuti fa. Erano a bordo di un camioncino Ford verde con la targa del Tennessee, e trainavano una roulotte U-Haul.»

«E lei dov'era, esattamente?» chiese il capitano, mentre i poliziotti bevevano ogni parola.

«Stavo facendo benzina alla pompa numero quattro, normale senza piombo, e quelli sono entrati nel parcheggio con fare sospetto. Si sono fermati lontano dalle pompe, e la donna è scesa ed è entrata.» Rimmer prese il fotofit di Abby e lo studiò. «Sì, è lei. Non c'è dubbio. Ha i capelli più corti, ma è bruna. È uscita subito senza comprare niente. Sembrava nervosa e aveva fretta di tornare al furgone. Io avevo finito di fare il pieno e sono entrato. Proprio mentre aprivo la porta, mi sono passati a meno di mezzo metro. Li ho visti tutti e tre.»

«Chi guidava?» chiese il capitano. Rimmer fissò la foto segnaletica di Ray. «Non era lui. L'altro.» Indicò il fotofit di Mitch.

«Posso vedere la sua patente?» chiese un sergente.

Rimmer aveva con sé tre serie complete di documenti d'identità. Porse al sergente una patente dell'Illinois con la sua foto, intestata al nome di Frank Temple.

«Da che parte sono andati?» chiese il capitano.

«A est».

Nello stesso momento, a circa sette chilometri di distanza Tony Verkler riattaccò il ricevitore del telefono pubblico, sorrise fra sé e tornò nel Burger King.

Il capitano era al telefono. Il sergente copiava gli estremi della patente di Rimmer-Temple e dieci o dodici poliziotti parlavano eccitati fra di loro quando un collega si precipitò nell'ufficio. «Ho ricevuto una chiamata! Un altro avvistamento, in un Burger King a est della città. È la conferma! Tutti e tre su un camioncino Ford verde che traina una roulotte U-Haul. L'uomo non ha voluto dare il nome, ma ha detto di avere visto le foto sul giornale. Ha detto che si sono fermati allo sportello del *carry-out*, hanno comprato tre sacchetti di roba da mangiare e sono ripartiti.»

«Devono essere loro» disse il capitano con un grande sorriso.

Lo sceriffo di Bay County assaggiò il denso caffè senza zucchero in un bicchiere di plastica e appoggiò gli stivali neri sul tavolo delle riunioni nella Caribbean Room dell'Holiday Inn. Gli agenti dell'FBI andavano e venivano, preparavano il caffè, bisbigliavano e si scambiavano le ultime notizie. Il suo eroe in persona, il direttore F. Denton Voyles, gli stava seduto di fronte e studiava una cartina stradale insieme a tre subalterni. Incredibile... Denton Voyles a Bay County! La sala era tutta un fervore di attività. C'erano agenti della polizia statale della Florida che entravano e uscivano. Radio e telefoni squillavano e gracchiavano in un angolo. Vicesceriffi e uomini delle polizie cittadine di tre contee si agitavano, contagiati dall'emozione della caccia all'uomo, della suspense e della presenza di tutti quegli agenti dell'FBI. E di Voyles.

Un vicesceriffo irruppe in preda a una forte eccitazione. «È appena arrivata una chiamata da Tallahassee! Ci sono state due identificazioni certe nell'ultimo quarto d'ora! Li hanno visti tutti e tre a bordo di un camioncino Ford verde con la targa del Tennessee!»

Voyles lasciò cadere la cartina stradale e gli andò incontro. «Dove sono avvenuti gli avvistamenti?» Nella sala era sceso un silenzio rotto solo dalle radio.

«Il primo a un Quick Shop della Texaco. Il secondo a una distanza di sette chilometri, in un Burger King, dove si sono fermati allo sportello del *carry-out*. I due testimoni erano sicuri, e hanno fornito le stesse indicazioni.»

Voyles si rivolse allo sceriffo. «Chiami Tallahassee per la conferma. È molto lontano?»

Lo sceriffo posò i piedi sul pavimento. «Un'ora e mezzo, sempre diritto sull'interstatale 10.»

Voyles fece un cenno a Tarrance. Entrarono nella saletta che veniva usata come bar. Nel centro operativo riprese il brusio.

«Se gli avvistamenti sono autentici» disse Voyles a voce bassa, «qui stiamo perdendo tempo.»

«Sì, signore. Sembrano attendibili. Una segnalazione potrebbe essere un abbaglio o uno scherzo, ma due a così poca distanza dovrebbero risultare valide.»

«Come diavolo hanno fatto ad andarsene da qui?»

«Secondo me è stata quella donna, capo. Sta aiutando McDeere da un mese. Non so chi sia né dove l'abbia trovata, ma ci osserva e gli fornisce tutto ciò che gli occorre.»

«Crede che sia con loro?»

«Ne dubito. Con ogni probabilità li segue a poca distanza, tenendosi lontana dall'azione, e prende istruzioni da lui.»

«Quell'uomo è un genio, Wayne. Aveva pianificato tutto da mesi.»

«È evidente.»

«Una volta lei mi ha parlato delle Bahamas.»

«Sì, signore. Il milione di dollari che gli abbiamo pagato è stato trasferito a una banca di Freeport. Più tardi McDeere mi ha detto di non avercelo lasciato per molto.»

«Pensa che possa essere diretto là?»

«Chi può saperlo? Ovviamente deve abbandonare il Paese. Oggi ho parlato con il direttore del carcere di Brushy Mountain. Mi ha detto che Ray McDeere parla correntemente cinque o sei lingue. Potrebbero andare dovunque.»

«Credo che dovremmo spostarci» disse Voyles.

«Facciamo istituire posti di blocco intorno a Tallahassee. Non se la caveranno per molto, se abbiamo una buona descrizione del veicolo. Potremmo prenderli prima di domattina.»

«Voglio che tutti i poliziotti della Florida centrale battano le strade principali. Posti di blocco dappertutto. Ogni camioncino Ford deve essere perquisito automaticamente, chiaro? I nostri aspetteranno qui fino all'alba, poi toglieremo le tende.»

«Sì, signore» rispose Tarrance con un sorriso esausto.

La notizia delle segnalazioni di Tallahassee si diffuse rapidamente lungo l'Emerald Coast. Panama City Beach tirò un sospiro di sollievo. I McDeere se n'erano andati. Per ragioni note a loro soltanto, si erano spostati nell'entroterra. Avvistati e riconosciuti con certezza, non una sola volta ma due, adesso erano chissà dove e correvano disperatamente verso l'inevitabile scontro a fuoco sul bordo di un'autostrada buia.

Lungo la costa i poliziotti tornarono a casa. Qualche posto di blocco rimase in funzione tutta la notte in Bay County e Gulf County, e le ore che precedettero l'alba del sabato furono quasi normali. Le due estremità dello Strip restarono bloccate. I poliziotti controllavano le patenti ma senza eccessivo impegno. Le strade a nord della città erano libere e sgombre. La caccia si era spostata verso est.

Alla periferia di Ocala, in Florida, nei pressi di Silver Springs sull'autostrada 40, Tony Verkler uscì a passo pesante da un 7-Eleven e inserì un quarto di dollaro in un telefono pubblico. Chiamò la polizia di Ocala e segnalò di avere appena visto i tre evasi che tutti stavano cercando nella zona di Panama City Beach. I McDeere! Disse di aver visto le foto sui giornali il giorno prima, mentre passava con la macchina da Pensacola: e adesso li aveva appena avvistati. Il centralinista gli comunicò che tutti gli agenti delle pattuglie mobili erano accorsi sulla scena di un gravissimo incidente e gli chiese se poteva presentarsi alla stazione di polizia per il verbale. Tony disse che aveva molta fretta; ma dato che era una cosa importante, sarebbe stato lì entro un minuto.

Quando arrivò, il capo della polizia era lì in maglietta e jeans ad aspettarlo. Aveva gli occhi gonfi e rossi e i capelli arruffati. Condusse Tony nel suo ufficio e lo ringraziò per essere venuto. Poi prese appunti finché Tony spiegava che mentre stava facendo il pieno davanti al 7-Eleven, un camioncino Ford verde con una roulotte U-Haul si era fermato accanto al negozio. Era scesa una donna che aveva fatto una telefonata. Tony stava andando da Mobile a Miami, disse, e per caso si era imbattuto nella caccia all'uomo intorno a Panama City. Aveva visto i giornali e ascoltato la radio, e sapeva tutto dei tre McDeere. Comunque era entrato, aveva pagato la benzina, e aveva avuto l'impressione di avere già visto la donna da qualche parte. Poi aveva ricordato i giornali. Era andato a una vetrina e aveva guardato bene i due uomini. Non aveva dubbi. La donna aveva riattaccato, era risalita sul camioncino, si era seduta fra i due uomini, ed erano ripartiti. Un Ford verde con la targa del Tennessee.

Il capo della polizia ringraziò e chiamò l'ufficio dello sceriffo di Marion County. Tony lo salutò e tornò alla macchina. Aaron Rimmer dormiva sul sedile posteriore.

La macchina ripartì e si diresse verso nord, verso Panama City Beach.

39

Il sabato mattina alle sette, Andy Patrick guardò a destra e a sinistra sullo Strip, poi attraversò in fretta il parcheggio e bussò delicatamente alla porta della camera 39.

Dopo qualche attimo, la donna chiese: «Chi è?».

Il direttore, rispose lui. La porta si aprì, e ne uscì l'uomo che somigliava al fotofit di Mitchell Y. McDeere. Adesso aveva i capelli cortissimi, biondo oro. Andy li fissò.

«Buongiorno, Andy» disse educatamente l'uomo, e girò lo sguardo sul parcheggio.

«Buongiorno. Volevo vedere se eravate ancora qui.»

McDeere annuì e continuò a guardarsi intorno.

«Ecco, secondo quello che hanno detto stamattina alla televisione, stanotte voi tre avete attraversato mezza Florida.»

«Sì, l'abbiamo visto. Stanno scherzando, vero, Andy?»

Andy tirò un calcio a un sasso. «La televisione ha detto che stanotte ci sono state tre identificazioni sicure. In tre posti diversi. Mi è sembrato un po' strano. Sono rimasto qui tutta la notte a lavorare e montare di guardia, e non vi ho visti andare via. Prima dell'alba ho attraversato la strada per andare in un caffè dall'altra parte, e c'erano parecchi poliziotti. Ho sentito che qui la ricerca è stata sospesa. Hanno detto che quelli dell'FBI se ne sono andati appena è arrivata l'ultima segnalazione verso le quattro di stamattina. Se ne sono andati anche quasi tutti gli altri poliziotti. Terranno bloccato lo Strip fino a mezzogiorno, poi lasceranno perdere. Pare che voi abbiate un aiuto esterno, e che stiate cercando di raggiungere le Bahamas.»

McDeere ascoltò attentamente e continuò a sorvegliare il parcheggio. «Cos'altro hanno detto?»

«Continuavano a parlare di una roulotte U-Haul piena di merce rubata, ma che era vuota quando l'hanno trovata, e dicevano che nessuno riesce a capire come abbiate fatto a caricare la roba su una roulotte e a fuggire dalla città sotto il loro naso. Sono molto colpiti, davvero. Certo, io non ho detto niente; ma ho pensato che fosse la stessa U-Haul che lei ha portato qui giovedì notte.»

McDeere era assorto e taceva. Non dava l'impressione di essere nervoso. Andy lo studiò con attenzione.

«Non mi sembra molto soddisfatto» osservò. «Voglio dire, i piedipiatti se ne vanno e rinunciano a cercarvi. È una buona notizia, non è vero?»

«Andy, posso dirle una cosa?»

«Sì.»

«Adesso è più pericoloso di prima.»

Andy rifletté per un lungo istante, poi chiese: «Come mai?».

«I poliziotti volevano solo arrestarmi. Ma ci sono altri che vogliono uccidermi. Assassini professionisti. Sono parecchi e sono ancora qui.»

Andy socchiuse l'occhio buono e fissò McDeere. Assassini professionisti? Lì? Sullo Strip? Indietreggiò di un passo. Avrebbe voluto chiedere chi erano esattamente e perché gli davano la caccia, ma sapeva che non avrebbe avuto risposta. Gli sembrava di intravedere una buona occasione. «Perché non scappate?»

«E come potremmo scappare?»

Andy tirò un calcio a un altro sasso e indicò una Pontiac Bonneville del 1971 parcheggiata dietro l'ufficio. «Be', potreste servirvi della mia macchina. Potreste entrare tutti e tre nel baule, e io potrei portarvi fuori città. Non mi pare che siate al verde, quindi potreste prendere un aereo e sparire. Qualcosa del genere.»

«E quanto verrebbe a costare?»

Andy si guardò i piedi e si grattò l'orecchio. Probabilmente quell'uomo era un trafficante di droga, pensò, e probabilmente gli scatoloni erano pieni di contanti e di cocaina. E altrettanto probabilmente lo stavano cercando i colombiani. «Costerebbe parecchio. Voglio dire, finora a cinquemila dollari al giorno sono soltanto un impiegato di motel poco attento. Non sono coin-

volto, capisce? Ma se vi porto fuori di qui divento complice e rischio di finire incriminato, di andare in galera e affrontare di
nuovo tutti i guai che ho già passato. Quindi costerebbe parecchio.»

«Quanto, Andy?»

«Centomila.»

McDeere non batté ciglio e non reagì. Restò impassibile e si
voltò a guardare l'oceano. Andy capì immediatamente che la cosa non era da escludere.

«Lasci che ci pensi. Per ora tenga gli occhi aperti. Dato che la
polizia se n'è andata, arriveranno i killer. Potrebbe essere una
giornata molto pericolosa, Andy, e ho bisogno del suo aiuto. Se
vede qualcosa di sospetto qui intorno, ci chiami subito. Non
usciremo da queste stanze, d'accordo?»

Andy tornò al suo posto. Anche un idiota sarebbe saltato nel
portabagagli e se la sarebbe filata. Ma c'erano le scatole, la merce rubata. Ecco perché non volevano andarsene.

I McDeere fecero una leggera colazione a base di dolci stantii
e bibite analcoliche calde. Ray moriva dalla voglia di una birra
fredda, ma era troppo rischioso tentare un'altra sortita fino al-
l'emporio. Mangiarono in fretta e guardarono il telegiornale del
mattino. Ogni tanto una stazione della costa mandava in onda i
loro fotofit. All'inizio si erano un po' spaventati, ma poi ci si
erano abituati.

Qualche minuto dopo le nove del mattino di sabato, Mitch
spense il televisore e proseguì il suo spot fra gli scatoloni. Prese
un fascio di documenti e rivolse un cenno ad Abby, che aziona-
va la telecamera. La deposizione continuò.

Lazarov attese che le cameriere iniziassero il turno di lavoro,
poi sparse le sue truppe sullo Strip. Lavoravano a coppie: bussavano alle porte, sbirciavano dalle finestre e si insinuavano furti-
vi nei corridoi bui. Quasi tutti i motel e gli alberghi più piccoli
avevano due o tre cameriere che conoscevano ogni stanza e ogni
ospite. La procedura era semplice e funzionava quasi sempre.
Uno degli uomini si rivolgeva a una cameriera, le allungava cento dollari e le mostrava i fotofit. Se quella resisteva, continuava
a darle soldi fino a quando si decideva a collaborare. Se non era

in grado di effettuare il riconoscimento, le chiedeva se aveva notato una roulotte U-Haul, o una camera piena di scatoloni, oppure due uomini e una donna che si comportavano in modo sospetto o sembravano spaventati, o altre cose insolite. Se la cameriera non poteva essere di aiuto, le chiedeva quali erano le camere occupate e andava a bussare alle porte.

Incominciate dalle cameriere, aveva ordinato Lazarov. Entrate dalla parte della spiaggia. Evitate i banchi di registrazione. Fingete di essere poliziotti. E se trovate quei tre, uccideteli immediatamente e telefonate.

DeVasher piazzò quattro dei pulmini presi a nolo lungo lo Strip, nei pressi dell'autostrada. Lamar Quin, Kendall Mahan, Wally Hudson e Jack Aldrich fingevano di essere gli autisti e osservavano tutti i veicoli che passavano. Erano arrivati nel cuore della notte a bordo di un aereo privato, con altri dieci associati anziani dello studio Bendini, Lambert & Locke. Nei negozi di souvenir e nei caffè, gli ex amici e colleghi di Mitch McDeere si mescolavano ai turisti e in cuor loro si auguravano di non vederlo. I soci erano stati richiamati dagli aeroporti principali di tutto il Paese, e a metà mattina stavano passeggiando sulla spiaggia e ispezionavano le piscine e gli ingressi degli alberghi. Nathan Locke era rimasto con Joey Morolto, ma gli altri soci si erano camuffati con berretti da golf e occhiali da sole e prendevano gli ordini dal generale DeVasher. Mancava soltanto Avery Tolleson. Nessuno aveva più saputo nulla di lui da quando era uscito dall'ospedale. Contando anche i trentatré avvocati, Morolto aveva a disposizione quasi cento persone per la sua segreta caccia all'uomo.

Al Blue Tide Motel, un portiere prese i cento dollari, guardò i fotofit e disse che gli sembrava di avere visto la donna e uno degli uomini prendere alloggio in due stanze nelle prime ore della sera di giovedì. Guardò il ritratto di Abby e si convinse che era lei. Accettò un altro po' di soldi e andò in ufficio a controllare le registrazioni. Ritornò e riferì che la donna aveva dato il nome di Jackie Nagel e aveva pagato in contanti due camere per giovedì, venerdì e sabato. Prese altri soldi, e i due sicari lo seguirono nelle stanze. Il portiere bussò alle due porte. Nessuno rispose.

Le aprì e lasciò che i suoi nuovi amici le ispezionssero. Il venerdì notte nessuno aveva dormito in quei letti. Uno degli uomini chiamò Lazarov, e cinque minuti dopo arrivò DeVasher che cominciò ad aggirarsi in cerca di indizi. Non ne trovò: ma la ricerca fu immediatamente circoscritta a un trattó di spiaggia di sette chilometri, tra il Blue Tide e il Beachcomber, dove era stato trovato l'U-Haul.

I pulmini portarono le truppe ancora più vicino. I soci e gli associati anziani batterono la spiaggia e i ristoranti. E i killer bussarono alle porte.

Andy firmò la ricevuta della Federal Express alle 10 e 35 e controllò il plico indirizzato a Sam Fortune. Era stato spedito da Doris Greenwood, il cui indirizzo risultava 4040 Poplar Avenue, Memphis, Tennessee. Non c'era numero telefonico. Era sicuro che fosse un plico prezioso, e per un momento pensò alla possibilità di un altro rapido guadagno. Ma ormai si era già impegnato a consegnarlo. Scrutò lo Strip da una parte e dall'altra, e uscì dall'ufficio con il pacchetto.

Dopo anni passati a nascondersi, Andy aveva imparato inconsciamente a camminare in fretta nell'ombra, rasente ai muri, mai all'aperto. Quando girò l'angolo per attraversare il parcheggio, vide due uomini che bussavano alla porta della camera 21. La camera era vuota, e i due lo insospettirono subito. Indossavano calzoncini bianchi eguali che arrivavano quasi alle ginocchia, anche se era difficile distinguere dove finivano i calzoncini e dove incominciavano le gambe pallidissime. Uno portava calzini scuri e mocassini sciupati. L'altro aveva un paio di sandali da pochi soldi e camminava come se avesse male ai piedi. Tutti e due avevano cappelli di panama bianco.

Dopo sei mesi vissuti sullo Strip, Andy era in grado di riconoscere un turista fasullo. L'uomo che aveva bussato batté di nuovo, e in quel momento Andy notò la sporgenza voluminosa di una grossa pistola infilata nei pantaloncini.

Tornò indietro senza fare rumore e rientrò in ufficio. Chiamò la stanza 39 e chiese di Sam Fortune.

«Sono io.»

«Sam, sono Andy. Non guardi fuori, ma ci sono due individui molto sospetti che bussano a tutte le porte sull'altro lato del parcheggio.»

«Sono poliziotti?»

«Non credo. Non sono passati dal mio ufficio.»

«Dove sono le cameriere?» chiese Sam.

«Il sabato non vengono fino alle undici.»

«Bene. Spegneremo le luci. Li sorvegli e ci chiami quando se ne andranno.»

Dalla finestra di uno stanzino buio, Andy guardò i due che andavano da una porta all'altra, bussavano e attendevano. Ogni tanto se ne apriva una. Undici delle quarantadue camere erano occupate. Alla 38 e alla 39 non rispose nessuno. I due tornarono alla spiaggia e sparirono. Killer professionisti! Nel suo motel!

Al di là dello Strip, nel parcheggio di un minigolf, Andy notò altri due finti turisti che parlavano con un uomo a bordo di un furgoncino bianco. Indicavano di qua e di là e sembrava che stessero discutendo.

Chiamò Sam. «Se ne sono andati. Ma ce ne sono in giro parecchi.»

«Quanti?»

«Ne vedo altri due dall'altra parte dello Strip. È meglio che ve la filiate.»

«Stia tranquillo, Andy. Se restiamo qui non ci vedranno.»

«Ma non potete restare per sempre. Prima o poi il mio principale capirà tutto.»

«Ce ne andremo presto. E il pacchetto?»

«È arrivato.»

«Bene. Devo vederlo. Senta, Andy, vorremmo mangiare. Potrebbe attraversare la strada e procurarci qualcosa di caldo?»

Andy era un direttore, non un inserviente, ma per cinquemila dollari al giorno il Sea Gull's Rest poteva occuparsi anche del servizio in camera. «Certo. Arrivo fra un minuto.»

Wayne Tarrance prese il telefono e si lasciò cadere sul letto a una piazza nella sua stanza del Ramada Inn a Orlando. Era esausto, furibondo, sconcertato e stufo di F. Denton Voyles. Era la una e mezzo del pomeriggio di sabato. Chiamò Memphis. La sua segretaria non aveva niente da riferire, a parte il fatto

che Mary Alice aveva telefonato e voleva parlare con lui. Avevano accertato che la chiamata era stata fatta da un telefono pubblico di Atlanta. Mary Alice aveva detto che avrebbe richiamato
alle due del pomeriggio per vedere se Wayne (lo chiamava così,
Wayne) si era fatto vivo. Tarrance diede il numero della sua camera e riattaccò. Mary Alice. Da Atlanta. McDeere era a Tallahassee e poi a Ocala. Poi era sparito. Non c'era più traccia di un
camioncino Ford verde con una roulotte e la targa del Tennessee. McDeere era di nuovo introvabile.

Il telefono suonò. Tarrance alzò il ricevitore al primo squillo.
«Mary Alice?» mormorò.

«Wayne, cocco! Come l'hai indovinato?»

«Dov'è lui?»

«Lui chi?» Tammy rise.

«McDeere. Dov'è?»

«Ecco, Wayne, per un po' voi ragazzi gli eravate arrivati vicino, ma poi siete andati a caccia di farfalle. Adesso non siete
neppure vicini, cocco. Mi dispiace di dovertelo dire.»

«Abbiamo avuto tre identificazioni certe nelle ultime quattordici ore.»

«Farete bene a controllarle, Wayne. Pochi minuti fa Mitch mi
ha detto che non è mai stato a Tallahassee e non ha mai sentito
parlare di Ocala. Non è mai andato in giro con un furgoncino
Ford verde e una roulotte U-Haul. Avete abboccato, ragazzi.
Avete mandato giù amo, lenza e piombino.»

Tarrance si pizzicò l'attaccatura del naso e fece un lungo sospiro nel telefono.

«Dunque, com'è Orlando?» chiese Mary Alice. «Hai visitato
Disneyworld, da quando sei in città?»

«Lui dove diavolo è?»

«Wayne, Wayne, calmati, cocco. Avrai i documenti.»

Tarrance si sollevò a sedere di scatto. «Quando?»

«Ecco, potremmo fare gli esigenti e pretendere il resto dei nostri soldi. Sto chiamando da un telefono pubblico, Wayne, quindi è inutile che fai rintracciare la chiamata, chiaro? Ma non siamo avidi. Avrai i tuoi documenti entro ventiquattr'ore. Se andrà
tutto bene.»

«Dove sono i documenti?»

«Dovrò richiamarti, cocco. Se rimani a quel numero, ti telefonerò ogni quattro ore fino a quando Mitch mi dirà dove sono le pratiche. Ma se te ne vai, Wayne, potrei perdere i contatti. Quindi non muoverti.»

«Resterò qui. Lui è ancora negli Stati Uniti?»

«Credo di no. Sono sicura che a quest'ora è arrivato in Messico. Lo sai che suo fratello parla lo spagnolo?»

«Lo so.» Tarrance si ridistese sul letto e pensò: al diavolo. Potevano stare in Messico, purché lui avesse i documenti.

«Resta dove ti trovi ora, cocco. Fai un sonnellino. Devi essere stanco. Ti chiamerò verso le cinque o le sei.»

Tarrance posò il telefono sul comodino e si addormentò.

Il rastrellamento perse la carica il sabato pomeriggio quando la polizia di Panama City Beach ricevette la quarta protesta da parte dei proprietari di motel. I poliziotti furono spediti al Breakers Motel, dove il proprietario inferocito parlò di uomini armati che infastidivano e terrorizzavano i clienti. Altri poliziotti furono inviati sullo Strip e cominciarono a battere i motel, in cerca degli uomini che cercavano i McDeere. L'Emerald Coast era sull'orlo di una guerra.

Stanchi e accaldati, gli uomini di DeVasher erano costretti a lavorare da soli. Si sparsero ancora di più lungo la spiaggia e abbandonarono le ricerche porta-a-porta. Oziavano sulle sedie di plastica intorno alle piscine e osservavano la gente che andava e veniva. Si sdraiavano sulla spiaggia nascondendosi dietro gli occhiali neri, e guardavano i turisti.

Con l'avvicinarsi della sera, l'esercito di picchiatori, killer e avvocati si dileguò nell'oscurità e attese. Se i McDeere intendevano muoversi, l'avrebbero fatto di notte. Un esercito silenzioso li aspettava.

DeVasher stava appoggiato alla ringhiera del balcone della sua camera al Best Western. Guardava la spiaggia deserta mentre il sole spariva dietro l'orizzonte. Aaron Rimmer varcò la porta scorrevole di vetro e si fermò dietro di lui. «Abbiamo trovato Tolleson» annunciò.

DeVasher non si mosse. «Dove?»

«Si era nascosto nell'appartamento dell'amichetta a Memphis.»

«Era solo?»

«Sì. L'hanno eliminato. E hanno fatto in modo che sembri una rapina.»

Nella camera 39, Ray esaminò per la centesima volta i passaporti, i visti e i certificati di nascita. Le foto dei passaporti di Mitch e Abby erano recenti e con i capelli scuri. Dopo la fuga, con il tempo i capelli biondi sarebbero tornati del colore normale. La foto di Ray era quella, leggermente ritoccata, che Mitch si era fatto fare quando studiava ad Harvard, con i capelli lunghi, la barba ispida e una rude aria accademica. Gli occhi, il naso e gli zigomi erano simili, ma niente di più. I documenti erano intestati a Lee Stevens, Rachel James e Sam Fortune, tutti residenti a Murfreesboro, Tennessee. Doc aveva fatto un ottimo lavoro, e Ray sorrideva mentre li studiava a uno a uno.

Abby mise la telecamera Sony nella scatola. Il treppiede fu ripiegato e appoggiato al muro. Sul televisore erano accatastate in ordine quattordici videocassette con le etichette adesive.

Dopo sedici ore, la deposizione registrata era finita. A partire dal primo nastro, Mitch aveva guardato la telecamera, aveva alzato la mano destra e aveva giurato di dire la verità. Era in piedi accanto al comò con le pratiche sparse sul pavimento intorno a lui. All'inizio, servendosi degli appunti, dei resoconti e dei grafici di Tammy, aveva esaminato metodicamente i documenti bancari. Aveva identificato più di duecentocinquanta conti segreti in undici banche delle Cayman. Alcuni erano intestati a persone, ma in maggioranza erano solo numerati. Mitch aveva ricostruito la storia di quei conti basandosi sui printout dei computer. Versamenti, trasferimenti, prelievi. In calce a ogni documento usato nella deposizione, aveva scritto con un pennarello nero le iniziali MM e poi il numero della prova: MM1, MM2, MM3 e così via. Dopo la prova MM1485 aveva identificato novecento milioni di dollari nascosti nelle banche delle Cayman.

Dopo i documenti bancari, aveva ricostruito minuziosamente la struttura dell'impero. In vent'anni, più di quattrocento società erano state fondate nelle Cayman dai Morolto e dai loro avvocati così incredibilmente ricchi e corrotti. Molte delle società erano proprietarie delle altre, e si servivano delle banche come agenti e indirizzi permanenti. Mitch aveva scoperto molto presto di avere in mano solo una minima parte della documentazione e, davanti alla telecamera, aveva esposto la convinzione che la maggior parte fosse nascosta nel seminterrato del Bendini Building a Memphis. Aveva anche spiegato, a beneficio della giuria, che un piccolo esercito di ispettori del fisco avrebbe impiegato circa un anno per ricostruire il mosaico delle società dei Morolto. Aveva spiegato con cura ogni prova, l'aveva contrassegnata e riposta. Abby faceva funzionare la telecamera. Ray teneva d'occhio il parcheggio e studiava i passaporti falsi.

Mitch aveva testimoniato per sei ore sui vari metodi usati dai Morolto e dai loro avvocati per riciclare il denaro sporco. Il sistema preferito consisteva nel caricare una quantità di denaro sporco su un aereo dello studio Bendini, di solito con due o tre avvocati a bordo per giustificare il viaggio. La dogana degli Stati Uniti, troppo occupata a dare la caccia alla droga che arrivava via terra, aria e mare, non prestava molta attenzione a ciò che usciva dal Paese. Era un sistema perfetto. Gli aerei partivano sporchi e rientravano puliti. Una volta sbarcato il denaro a Grand Cayman, uno degli avvocati arrivati con lo stesso aereo provvedeva a distribuire le dovute bustarelle alla dogana e al banchiere. Per certi carichi, le bustarelle arrivavano fino al venticinque per cento.

Il denaro depositato nei conti, generalmente numerati, diventava pressoché impossibile da rintracciare. Ma molte transazioni bancarie coincidevano alla perfezione con atti importanti delle società. Di solito il denaro veniva versato in uno dei dodici conti numerati o "superconti", come li chiamava Mitch. Nella sua deposizione, forniva alla giuria i numeri di quei conti e i nomi delle banche. Poi, quando venivano fondate le nuove società, i soldi venivano trasferiti dai superconti ai conti delle società stesse, molto spesso nella medesima banca. Quando il denaro sporco diventava proprietà di una regolare società caymaniana, incominciava il riciclaggio. Il metodo più semplice e comune consisteva in questo: la società acquistava proprietà immobiliari e altre attività legittime negli Stati Uniti. Delle transazioni si occupavano i bravissimi avvocati di Bendini, Lambert & Locke, e tutti i soldi venivano trasferiti mediante bonifici. Spesso la società caymaniana era proprietaria di un'altra società caymaniana che a sua volta era proprietaria di una società panamense la quale era proprietaria di una holding in Danimarca. I danesi compravano una fabbrica di cuscinetti a sfere a Toledo e facevano partire il denaro per l'acquisto da una banca sussidiaria di Monaco di Baviera. E il denaro sporco diventava pulito.

Dopo avere marcato la Prova MM4292, Mitch smise di deporre. Sedici ore di testimonianza erano più che sufficienti. Tarrance e i suoi colleghi potevano mostrare le registrazioni a un gran giurì e fare rinviare a giudizio almeno trenta avvocati dello studio Bendini. Avrebbero potuto sottoporre le registrazioni a un magistrato federale e ottenere i mandati di perquisizione.

Mitch aveva tenuto fede all'impegno preso. Anche se non sarebbe stato presente per testimoniare di persona, aveva ricevuto soltanto un milione di dollari e stava per consegnare più di quanto fosse stato pattuito. Era svuotato fisicamente ed emotivamente; sedette sull'orlo del letto, a luci spente. Abby se ne stava su una poltrona, a occhi chiusi.

Ray sbirciò dalla finestra. «Qui ci vuole una birra ghiacciata» disse.

«Scordatelo» ribatté Mitch.

Ray si voltò a guardarlo. «Calma, fratellino. È buio, e il negozio è poco lontano sulla spiaggia. So badare a me stesso.»

«Scordatelo, Ray. È inutile correre rischi. Partiremo fra poche ore. E se tutto andrà bene, avrai a disposizione il resto della vita per ingozzarti di birra.»

Ray non lo ascoltò. Si calcò sulla fronte un berretto da baseball, mise in tasca un po' di soldi e allungò la mano verso la pistola.

«Ray, per favore, lascia perdere almeno quella» raccomandò Mitch.

Ray infilò la pistola sotto la camicia e aprì cautamente la porta. Si avviò a passo svelto sulla sabbia, dietro i piccoli motel e i negozi. Si teneva nascosto nell'ombra e sognava una birra ghiacciata. Si fermò dietro l'emporio e si guardò intorno; quando fu certo che nessuno stava di guardia, si diresse verso la porta. Il frigo con le birre era in fondo.

Nel parcheggio sul bordo dello Strip, Lamar Quin stava nascosto sotto un grande cappello di paglia e chiacchierava con alcuni ragazzi dell'Indiana. Vide Ray che entrava nel negozio ed ebbe la sensazione di riconoscerlo. Il passo aveva una disinvolta che gli sembrò vagamente familiare. Lamar si avvicinò alla vetrina e guardò verso il frigo delle birre. L'uomo aveva gli occhi nascosti dagli occhiali da sole, ma gli zigomi e il naso gli ricordavano qualcuno di familiare. Lamar entrò nel piccolo emporio e prese un sacchetto di patatine. Attese alla cassa, e si trovò faccia a faccia con l'uomo, che non era Mitch McDeere ma gli somigliava molto.

Era Ray. Doveva essere Ray. La faccia non era abbronzata, e i capelli erano troppo corti. Gli occhi erano coperti. La statura era la stessa, e così pure la corporatura e il modo di camminare.

«Come va?» chiese Lamar all'uomo.

«Bene. E lei?» Anche la voce era familiare.

Lamar pagò le patatine e tornò al parcheggio. Buttò il sacchetto in un cestino dei rifiuti accanto a una cabina telefonica ed entrò in un negozio di souvenir per continuare a cercare i McDeere.

La notte portò una brezza fresca sulla spiaggia lungo lo Strip. Il sole sparì rapidamente, e la luna non venne a rimpiazzarlo. Il cielo era coperto da uno strato lontano di nubi innocue, e l'acqua era nera.

Il buio spinse i pescatori al molo Dan Russell al centro dello Strip. Si raccolsero in gruppi di tre o quattro lungo la struttura di cemento e rimasero a guardare in silenzio le lenze che scendevano nell'acqua nera, sei metri più sotto. Stavano appoggiati immobili al parapetto e ogni tanto sputavano o scambiavano qualche parola con un amico. Erano lì per godersi la brezza e il silenzio e l'acqua tranquilla assai più che la gioia quando ogni tanto un pesce si decideva ad abboccare. Erano vacanzieri arrivati dal nord che ogni anno passavano una settimana nello stesso motel e venivano ogni sera sul molo per pescare e ammirare il mare. A terra, in mezzo a loro, c'erano i secchi pieni di esche e le borse frigorifere piene di birre.

Ogni tanto una coppia di innamorati o un turista non appassionato di pesca si avventurava sul molo e arrivava fino all'estremità. Fissavano per qualche minuto l'acqua nera e tranquilla, poi si voltavano a contemplare il milione di luci dello Strip. Guardavano i pescatori appoggiati alla ringhiera. I pescatori non li notavano.

I pescatori non notarono Aaron Rimmer quando passò con aria disinvolta dietro di loro, verso le undici. Arrivò in fondo al molo, fumò una sigaretta e buttò il mozzicone nell'oceano. Osservò la spiaggia e pensò alle migliaia di stanze di motel e di appartamenti dei condomini.

Il molo Dan Russell era il più occidentale dei tre di Panama City Beach. Era il più nuovo, il più lungo, ed era l'unico tutto di cemento. Gli altri due erano più vecchi, e di legno. Al centro c'era una piccola costruzione di mattoni che ospitava un negozio di articoli per la pesca, uno snack bar e i gabinetti. Di notte, solo i gabinetti erano aperti.

Il molo si trovava circa ottocento metri a est del Sea Gull's Rest. Alle undici e mezzo, Abby lasciò la camera 39. Passò accanto alla piscina sporca e si avviò lungo la spiaggia. Portava un paio di calzoncini, un cappello di paglia bianco e una giacca a vento con il bavero rialzato. Camminava adagio, con le mani affondate nelle tasche e la disinvoltura di una frequentatrice abituale delle spiagge. Dopo cinque minuti Mitch uscì dalla camera, girò intorno alla piscina e la seguì. Camminava guardando l'oceano. Si avvicinarono due che facevano jogging sguazzando nell'acqua e parlando tra un respiro e l'altro. Appeso a un cordoncino sotto la maglietta di cotone nero, Mitch portava al collo un fischietto, per ogni evenienza. Nelle quattro tasche aveva distribuito sessantamila dollari in contanti. Guardava l'oceano e seguiva nervosamente Abby che lo precedeva. Quando lui ebbe percorso duecento metri, Ray lasciò a sua volta la camera 39. La chiuse e tenne una chiave. Avvolti intorno alla vita, portava dodici metri di corda di nailon nera. Sotto la corda era infilata la pistola, e un'ampia giacca a vento copriva il tutto. Andy si era fatto pagare altri duemila dollari per gli indumenti e il resto.

Ray passò accanto alla piscina e proseguì lungo la spiaggia. Teneva d'occhio Mitch, ma riusciva appena a scorgere Abby. La spiaggia era deserta.

Era quasi la mezzanotte di sabato e molti pescatori avevano abbandonato il molo. Abby ne vide tre vicino ai gabinetti. Passò davanti a loro e proseguì fino in fondo. Si appoggiò al parapetto di cemento e guardò la nera immensità del golfo. A perdita d'occhio si scorgevano le luci rosse delle boe. A est, una linea netta di luci bianche e azzurre indicava il canale navigabile. Il lampo giallo all'orizzonte rivelava un'imbarcazione che si muoveva lentamente. Abby era sola.

Mitch si nascose su una sdraio sotto un ombrellone chiuso, accanto all'accesso del molo. Non la vedeva, ma poteva scorgere bene l'oceano. A quindici metri da lui, Ray sedette su un muretto di mattoni, al buio, con i piedi penzolanti nella sabbia. Attesero. Controllarono gli orologi.

A mezzanotte in punto, Abby aprì la giacca a vento ed estrasse una grossa torcia elettrica. Guardò l'acqua e la strinse con forza. Se la premette contro lo stomaco riparandola con la giacca a vento, la puntò verso il mare e schiacciò per tre volte l'interruttore. Accesa e spenta. Accesa e spenta. Accesa e spenta. La lampadina verde lampeggiò tre volte. Abby continuò a tenere stretta la torcia e a guardare l'oceano.

Nessuna risposta. Abby attese per un'eternità. Due minuti dopo ripeté il segnale. Tre volte. Nessuna risposta. Respirò a fondo e parlò tra sé. «Stai calma, Abby, stai calma. Lui è là fuori, da qualche parte.» Fece lampeggiare la luce ancora per tre volte. Poi attese. Nessuna risposta.

Mitch era seduto sull'orlo della sdraio e scrutava ansioso il mare. Con la coda dell'occhio vide che qualcuno arrivava a passo svelto da ovest e balzava sui gradini del molo. Era il nordico. Mitch si lanciò all'inseguimento.

Aaron Rimmer passò dietro ai pescatori, aggirò la piccola costruzione, e fissò la donna dal cappello bianco in fondo al molo. Era un po' curva e teneva stretto qualcosa. Qualcosa che lampeggiò di nuovo per tre volte. Le si avvicinò senza far rumore.

«Abby.»

La donna si voltò di scatto e tentò di urlare. Rimmer si avventò e la spinse contro il parapetto. Dall'oscurità Mitch si lanciò addosso alle gambe del nordico. Caddero tutti e tre sul cemento. Mitch sentì la pistola che l'uomo portava infilata nella cintura, dietro la schiena. Sferrò furiosamente un pugno, e mancò il bersaglio. Rimmer si girò di scatto e lo centrò all'occhio sinistro. Abby scalciò e si allontanò carponi. Mitch era accecato e stordito. Rimmer si rialzò prontamente e cercò di prendere la pistola, ma non ci riuscì. Ray si buttò alla carica come un ariete e lo mandò a sbattere contro il parapetto, poi lo martellò con quattro colpi agli occhi e al naso facendolo sanguinare. L'aveva imparato in prigione. L'uomo cadde sulle ginocchia, e Ray lo centrò alla testa con quattro calci poderosi. Il nordico gemette e stramazzò bocconi.

Ray gli prese la pistola e la porse a Mitch, che si era rimesso in piedi e cercava di concentrare lo sguardo dell'occhio illeso. Abby sorvegliava il molo. Non c'era nessuno.

«Continua a segnalare» disse Ray mentre si srotolava la corda dalla vita. Abby si voltò verso l'oceano, schermò la torcia elettrica e cominciò a farla lampeggiare all'impazzata.

«Cos'hai intenzione di fare?» mormorò Mitch mentre guardava Ray e la corda.

«Abbiamo due possibilità. O gli facciamo saltare le cervella o lo affoghiamo.»

«Oh, mio Dio!» mormorò Abby mentre continuava a segnalare.

«Non sparare!» bisbigliò Mitch.

«Grazie» disse Ray. Prese un pezzo di corda, l'avvolse attorno al collo del nordico e tirò. Mitch gli voltò le spalle e si mise tra lui e Abby. Lei non guardava. «Mi dispiace, ma non abbiamo scelta» borbottò Ray.

L'uomo era privo di sensi e non si mosse, non oppose resistenza. Dopo tre minuti, Ray respirò profondamente e annunciò: «È morto». Legò l'altro capo della corda a un pilastrino, fece scivolare il corpo sotto il parapetto e lo calò nell'acqua.

«Scendo per primo» disse, passando oltre la ringhiera. Due metri e mezzo sotto il piano del molo, una traversa di ferro collegava due delle grosse colonne di cemento che scomparivano sott'acqua. Era un buon nascondiglio. Abby scese per seconda. Ray l'afferrò per le gambe quando lei si aggrappò alla corda e si calò. Mitch, che vedeva solo da un occhio, perse l'equilibrio e rischiò di piombare in acqua.

Comunque ce la fecero. Sedettero sulla traversa, tre metri al di sopra dell'acqua buia e fredda. Tre metri al di sopra dei pesci, dei cirripedi e del cadavere del nordico. Ray tagliò la corda in modo che il corpo finisse sul fondo. Sarebbe risalito a galla dopo un giorno o due.

Rimasero seduti come tre gufi su un ramo, a guardare le boe e le luci che delineavano il canale navigabile e ad attendere che il messia arrivasse camminando sulle acque. Gli unici suoni erano lo sciabordio sommesso delle onde e il ticchettio continuo della torcia elettrica.

Poi dal molo risuonarono alcune voci. Erano ansiose, innervosite, terrorizzate. Cercavano qualcuno. Quindi si allontanarono.

«Bene, fratellino, e adesso cosa facciamo?» bisbigliò Ray.

«Piano B» disse Mitch.

«E sarebbe?»

«Cominciamo a nuotare.»

«Spiritoso» commentò Abby, e continuò a segnalare.

Passò un'ora. La traversa di ferro, sebbene fosse in un'ottima posizione, non era comoda.

«Avete notato quelle due barche là fuori?» chiese sottovoce Ray.

Le barche erano piccole, a circa un chilometro e mezzo dalla riva, e da un'ora si spostavano lentamente, avanti e indietro, sempre in vista della spiaggia. «Credo che siano barche da pesca» disse Mitch.

«Chi va a pesca alla una del mattino?» chiese Ray.

Tutti e tre rifletterono. Non c'erano spiegazioni.

Abby lo vide per prima e pregò che non fosse il cadavere del nordico risalito a galla. «Là» disse, indicando a una cinquantina di metri. Era un oggetto scuro che si spostava lentamente verso di loro. Osservarono attentamente. Poi sentirono il suono, come quello di una macchina per cucire.

«Continua a segnalare» raccomandò Mitch. Il suono si avvicinò ancora.

Era un uomo a bordo di un gommone.

«Abanks!» chiamò Mitch. Il ronzio cessò.

«Abanks!» ripeté.

«Dove diavolo siete?» rispose una voce.

«Qui. Sotto il molo. Presto, accidenti!»

Il ronzio diventò più forte e Abanks fermò sotto il pontile un gommone da due metri e mezzo. I tre si lanciarono a bordo, e finirono allegramente uno addosso all'altro. Si abbracciarono e abbracciarono Abanks, che rimise in funzione il motorino da cinque cavalli e puntò verso il largo.

«Dov'è la barca?» chiese Mitch.

«A circa un miglio da qui» rispose Abanks.

«Cos'è successo alla lampada verde?»

Abanks indicò la torcia elettrica accanto al motore. «Si è scaricata la batteria.»

La barca era uno schooner di dodici metri che Abanks aveva acquistato in Giamaica per soli duecentomila dollari. Un amico attendeva vicino alla biscaglina. Li aiutò a salire a bordo. Si chiamava George, soltanto George, e parlava inglese con un accento straniero. Abanks disse che ci si poteva fidare di lui.

«C'è il whiskey, se volete. Nell'armadietto» disse Abanks. Ray andò a prendere il whiskey. Abby trovò una coperta e si sdraiò su una cuccetta. Mitch rimase sul ponte ad ammirare la sua barca nuova. Quando Abanks e George ebbero caricato a bordo il gommone, Mitch disse: «Andiamocene. Possiamo partire?».

«Come vuoi» rispose George.

Mitch guardò le luci lontane della spiaggia e disse addio agli Stati Uniti. Poi scese sottocoperta e si versò una tazza di whiskey.

Wayne Tarrance si era addormentato vestito sul letto. Non si era mosso dopo la chiamata precedente, sei ore prima. Il telefono suonò accanto a lui. Riuscì a trovarlo al quarto squillo.

«Pronto.» La sua voce era un po' assonnata.

«Wayne, cocco. Ti ho svegliato?»

«Naturalmente.»

«Ora puoi ritirare i documenti. Stanza 39, Sea Gull's Rest Motel, autostrada 98, Panama City Beach. L'impiegato è un certo Andy. Ti farà entrare nella camera. Abbi cura di quei documenti. Il nostro amico li ha contrassegnati con molta precisione e ha registrato sedici ore di videotape. Quindi stai attento.»

«Avrei una domanda da fare» disse Tarrance.

«Certo, cocco. Chiedi pure.»

«Dove ti ha trovata? Tutto questo sarebbe stato impossibile senza di te.»

«Oh, grazie, Wayne. Mi ha trovata a Memphis. Siamo diventati amici e mi ha offerto un sacco di soldi.»

«Quanto?»

«Che importanza ha, Wayne? Non dovrò più lavorare per tutta la vita. Ora devo scappare, cocco. È stato divertente.»

«Lui dov'è?»

«In questo momento è su un aereo diretto in Sud America. Ma non perdere tempo a cercarlo. Wayne, cocco, sei tanto simpatico, ma non eri riuscito a prenderlo neppure a Memphis. Ciao-ciao.» Mary Alice riattaccò.

Era l'alba della domenica. Lo schooner da dodici metri correva verso sud a vele spiegate sotto il cielo sereno. Abby dormiva profondamente nella cabina più grande. Ray giaceva su una cuccetta, in preda a una specie di coma indotto dal whiskey. Abanks era sceso sottocoperta a riposare.

Mitch era sul ponte. Beveva caffè freddo e ascoltava George che esponeva i principi fondamentali della navigazione a vela. Era un uomo vicino alla sessantina, con i lunghi capelli grigi schiariti dal sole, e la pelle scura e inaridita dalla vita all'aria aperta. Era piccolo, magro e solido, più o meno come Abanks. Era australiano, ma ventotto anni prima era fuggito dalla patria dopo la più colossale rapina in banca della storia di quel Paese. Lui e il complice si erano spartiti undici milioni in contanti e se ne erano andati ognuno per la propria strada. Il compare, a quanto aveva saputo, ormai era morto.

George non era il suo vero nome, ma lo usava da ventotto anni e aveva dimenticato l'altro. Aveva scoperto i Caraibi verso la fine degli anni Sessanta, e quando aveva visto quelle migliaia di piccole isole primitive dove si parlava inglese, aveva concluso di avere trovato la sua casa. Aveva depositato il denaro nelle banche delle Bahamas, del Belize, di Panama e naturalmente di Grand Cayman. Aveva costruito un piccolo complesso su un tratto di spiaggia deserta a Little Cayman e aveva trascorso gli ultimi ventun anni girando nei Caraibi con lo schooner da dieci metri. Durante l'estate e l'inizio dell'autunno non si allontanava molto da casa; ma da ottobre a giugno viveva a bordo della barca e andava da un'isola all'altra. Ne aveva visitate trecento. Una volta aveva passato due anni interi alle Bahamas.

«Ci sono migliaia di isole» spiegò. «E non vi troveranno mai, se vi spostate spesso.»

«Ti stanno ancora cercando?» chiese Mitch.

«Non lo so. Non posso certo telefonare per chiederlo. Ma ne dubito.»

«Dov'è il posto più sicuro per nascondersi?»

«Su questa barca. È un piccolo yacht efficiente, e quando avrai imparato a farlo navigare sarà la tua casa. Trova un'isoletta da qualche parte, magari Little Cayman o Brac, che sono tutte e due piuttosto primitive, e costruisci un'abitazione. Fai come ho fatto io. E passa la maggior parte del tempo su questa barca.»

«Quando hai smesso di avere paura che ti cercassero?»

«Oh, ci penso ancora adesso, sai. Ma non me ne preoccupo. Tu con quanto sei scappato?»

«Otto milioni, più o meno» rispose Mitch.

«Molto bene. Hai i soldi sufficienti per fare ciò che vuoi, quindi non pensarci più. Gira tra le isole per il resto della tua vita. Non è poi tanto male, credi.»

Per alcuni giorni navigarono in direzione di Cuba, poi l'aggirarono e proseguirono verso la Giamaica. Guardavano George e ascoltavano le sue lezioni. Dopo avere navigato per vent'anni nel Mar dei Caraibi, era diventato molto esperto e paziente. Ray, il linguista, ascoltava e imparava a memoria parole come spinnaker, albero maestro, prua, poppa, timone, verricelli delle drizze, montaggio dell'albero, puntali, scotte, delfiniera, battente del boccaporto, bugne, fiocco, gallocce, boma. George teneva lezioni e spiegava il significato di ingavonare, orzare, filare con il vento in poppa, bordeggiare, rubare il vento, prendere il vento, stringere il vento. Ray assorbiva il linguaggio della navigazione a vela; Mitch studiava la tecnica.

Abby se ne stava in cabina. Parlava poco e sorrideva solo quando era necessario. Vivere su una barca non era il suo sogno. Sentiva la mancanza della sua casa e si chiedeva che fine avrebbe fatto. Forse il signor Rice avrebbe falciato il prato e strappato le erbacce. Sentiva la mancanza delle strade ombrose, dei giardini ben tenuti e dei bambini che correvano in bicicletta.

Pensava al suo cane e pregava il cielo perché il signor Rice lo adottasse. Si preoccupava dei suoi genitori, della loro sicurezza e delle loro paure. Quando li avrebbe rivisti? Sarebbero passati anni, pensava, e avrebbe potuto sopportarlo se avesse avuto la certezza che erano sani e salvi.

I suoi pensieri non potevano sfuggire al presente. Il futuro era inconcepibile.

Durante il secondo giorno della sua nuova vita, Abby cominciò a scrivere lettere ai genitori, a Kay Quin, al signor Rice e a qualche amica. Non le avrebbe mai spedite, e lo sapeva: ma mettere le parole sulla carta l'aiutava un po'.

Mitch la osservava con attenzione ma la lasciava in pace. Non aveva molto da dire, per la verità. Forse avrebbero potuto parlare dopo qualche giorno.

Alla fine del quarto giorno di navigazione, mercoledì, giunsero in vista di Grand Cayman. Le girarono intorno lentamente e gettarono l'ancora a un miglio dalla riva. Quando scese la notte, Barry Abanks si congedò. I McDeere lo ringraziarono molto semplicemente, e lui si allontanò con il gommone. Sarebbe sbarcato a cinque chilometri da Bodden Town, in un altro centro per immersioni, e avrebbe chiamato uno dei suoi capitani perché andasse a prenderlo. Sarebbe venuto a sapere subito se era comparso qualche individuo sospetto. Abanks non prevedeva guai.

Il complesso di George a Little Cayman consisteva in una casa di legno verniciata di bianco e due casette più piccole. Sorgeva a quattrocento metri dal mare, su una piccola baia. La casa più vicina non si vedeva. Nella costruzione più piccola viveva una indigena che provvedeva a tenere tutto in ordine. Si chiamava Fay.

I McDeere si insediarono nella casa grande e cercarono di ricominciare daccapo. Ray, l'evaso, girava per ore sulla spiaggia e stava molto sulle sue. Era euforico, ma non poteva dimostrarlo. Lui e George uscivano in barca tutti i giorni, bevevano scotch ed esploravano le isole. Di solito ritornavano sbronzi.

Abby trascorse i primi giorni in una stanzetta al primo piano, affacciata sulla baia. Scrisse altre lettere e incominciò un diario. Dormiva sola.

Due volte alla settimana, Fay prendeva il pulmino Volkswagen e andava in città a fare provviste e a ritirare la posta. Un giorno tornò con un pacchetto spedito da Barry Abanks. George lo consegnò a Mitch. Nel pacco c'era un plico spedito ad Abanks da Doris Greenwood, Miami. Mitch aprì la grossa busta e trovò tre giornali, due di Atlanta e uno di Miami.

I titoli annunciavano l'incriminazione in massa dello studio legale Bendini di Memphis. Cinquantuno avvocati, tra quelli in servizio e quelli in pensione, erano stati rinviati a giudizio insieme a trentuno presunti membri della famiglia mafiosa dei Morolto di Chicago. Ci sarebbero state altre incriminazioni, prometteva il procuratore federale. Quella era solo la punta dell'iceberg. Il direttore dell'FBI F. Denton Voyles aveva dichiarato che si trattava di un duro colpo sferrato alla criminalità organizzata. Doveva servire da monito, aveva detto, per i professionisti e gli uomini d'affari che potevano essere tentati di maneggiare il denaro sporco.

Mitch piegò i giornali e andò a fare una lunga passeggiata sulla spiaggia. Trovò un po' d'ombra sotto un gruppo di palme e sedette. Il giornale di Atlanta elencava i nomi di tutti gli avvocati dello studio Bendini che erano stati incriminati. Li lesse lentamente, senza alcuna soddisfazione. Provava quasi pena per Nathan Locke. Quasi. Wally Hudson, Kendall Mahan, Jack Aldrich e soprattutto Lamar Quin. Gli sembrava di vedere le loro facce. Conosceva le loro mogli e i loro figli. Guardò l'oceano e pensò a Lamar e Kay Quin. Gli era affezionato e li odiava. Avevano contribuito ad attirarlo nello studio legale, e non erano immuni da colpe. Ma erano suoi amici. Che peccato! Forse Lamar avrebbe scontato solo un paio d'anni e poi avrebbe ottenuto la libertà vigilata. Forse Kay e i bambini sarebbero riusciti a cavarsela. Forse.

«Ti amo, Mitch.» Abby era in piedi dietro di lui. Teneva in mano una caraffa di plastica e due bicchieri.

Mitch sorrise e le indicò di sedersi sulla sabbia. «Cosa c'è lì dentro?»

«Punch al rum. L'ha preparato Fay per noi.»

«È forte?»

Abby gli sedette accanto. «È quasi tutto rum. Ho detto a Fay che abbiamo bisogno di sbronzarci, e mi ha dato ragione.»

Mitch la strinse a sé e assaggiò il punch al rum. Guardarono una piccola barca da pesca che avanzava lentamente sull'acqua scintillante.

«Hai paura, Mitch?»

«Sono terrorizzato.»

«Anch'io. È pazzesco.»

«Ma ce l'abbiamo fatta, Abby. Siamo vivi. Siamo salvi. E siamo insieme.»

«E domani? E dopodomani?»

«Non so, Abby. Vedi, le cose potrebbero andare peggio. Il mio nome potrebbe figurare sul giornale insieme a quelli degli altri imputati. Oppure potremmo essere morti. Può capitare di peggio che navigare nel Mar dei Caraibi con otto milioni di dollari in banca.»

«Credi che i miei genitori non corrano pericoli?»

«Ne sono convinto. Cosa ci guadagnerebbe Morolto se facesse qualcosa di male ai tuoi genitori? Sono al sicuro, Abby.»

Lei riempì di nuovo i bicchieri con il punch al rum e lo baciò sulla guancia. «Andrà tutto bene, Mitch. Finché siamo insieme, posso affrontare qualunque cosa.»

«Abby» disse lui guardando l'acqua, «devo farti una confessione.»

«Ti ascolto.»

«La verità è che, in fondo, non ho mai desiderato di fare l'avvocato.»

«Oh, davvero?»

«Certo. In segreto ho sempre sognato di fare il marinaio.»

«Proprio così? Hai mai fatto l'amore sulla spiaggia?»

Mitch esitò per una frazione di secondo. «No.»

«Allora bevi, marinaio. Ubriachiamoci e facciamo un bambino.»

OSCAR BESTSELLERS

38458
1995